秦纵之

孙庞传

网中人　著

陕西新华出版

太白文艺出版社·西安

图书在版编目（CIP）数据

秦纵之孙庞传 / 网中人著.—— 西安：太白文艺出
版社, 2024.1
ISBN 978-7-5513-2565-3

Ⅰ.①秦… Ⅱ.①网… Ⅲ.①长篇历史小说－中国－
当代 Ⅳ.①I247.5

中国国家版本馆 CIP 数据核字(2024)第 016352 号

秦纵之孙庞传
QIN ZONG ZHI SUN PANG ZHUAN

作　　者	网中人
责任编辑	井良俊
封面设计	姜　非
版式设计	元诗歌文化
出版发行	太白文艺出版社
经　　销	新华书店
印　　刷	三河市中晟雅豪印务有限公司
开　　本	787mm×1092mm　1/16
字　　数	590 千字
印　　张	28.5
版　　次	2024 年 1 月第 1 版
印　　次	2024 年 1 月第 1 次印刷
书　　号	ISBN 978-7-5513-2565-3
定　　价	89.90 元

目　录

第一章

万胜不败

第一节　逃命

咸阳城中，卫鞅带着人马刚刚回到府邸，准备稍作休息后入宫面见新君。

前线鏖战刚结束，卫鞅在石门所向披靡，收复大片河西之地，魏国兵将已经无力抵抗，秦军若乘胜追击则魏国可图。然而，正在此时，秦国国内传来国君嬴渠梁去世的消息，可谓天不亡魏。

更令卫鞅心中担忧的是，多年来，他之所以能在秦国令行禁止，畅通无阻，都是因为秦王对自己毫无保留地支持。如今秦王猝然长逝，新君对自己的态度还不太清楚，现在又紧急召自己回咸阳，让他心中多了一份不安的感觉。

但是作为先王最信任的臣子，新君有令，卫鞅又怎敢违逆。只是觉得忽然中断伐魏大计，殊为可惜。

卫鞅在外征战日久，多日未能回到咸阳的府邸。他让人稍作打扫，安排整顿，把马准备好后就动身入宫。就在此时，他忽然听到门口传来一阵喧哗。

仆人打开大门，门口有两个人昂首进入。卫鞅一眼就认出他们是甘龙和杜挚。当年新法刚刚施行时，宗室以公子虔为首，大臣以此二人为首，反对最为激烈。卫鞅与他们私下交锋无数，此番自己刚刚回到咸阳，这二人就寻上门来，恐怕没有好事。

甘龙上前施礼，说道："商君，别来无恙！我们听说商君回来了，就立即上门拜访，没有怠慢吧？"

甘龙表面有礼，实则话中暗藏讥讽。卫鞅在还礼的同时说道："两位大夫亲自登门拜访，卫鞅未能及时远迎，请多多海涵。"

"不敢不敢，商君不仅大权在握，而且手握重兵，我等可不敢怪罪。只是我们听闻商君在河西早早就占据优势，百战百胜，为何直到最近才攻破石门？"

"石门的守将魏错乃是庞涓的弟子，深得他的教诲，更兼武艺高强，又有地势之利。卫鞅不才，直到前些日子才战胜他。"

"我知道你打败的是魏错，但是魏错可不是庞涓。庞涓是'万胜不败'，他魏错一介武夫能有什么能耐！难道是商君别有私心，要通敌卖国吗？"

卫鞅身边的将士大怒，说道："你是什么意思？你在咸阳坐享其成，哪里知道我们出生入死过的是什么日子？"一时间，宝剑出鞘，寒光闪烁，双方大战似乎一触即发。

"我们是否体谅商君并不重要，重要的是当今大王怎么想。商君，跟你说实话吧，我们今天奉王命而来，要捉拿你这通敌叛国的反贼。如果你束手就擒，随我们入宫向大王解释，尚有一线生机；但如果你要动手，就别怪我们无情了！"

当初新君还是太子之时犯过商君新法，卫鞅为给新法立威信，坚持要处置太子。

后来经先王求情，太子是国之根本不可轻动，卫鞅才网开一面转而施刑太子的老师公子虔。如今新君初即位就急急召卫鞅回咸阳，落脚未定又让甘龙、杜挚以通敌叛国的罪名捉拿他，恐怕是对当年的事仍然耿耿于怀。卫鞅心想："如果自己去了，恐怕真的凶多吉少。而且，最恨自己的应该是公子虔，捉拿我入宫，他应该为首，为什么他没有来？这事一定不简单！"

"二位大夫莫急，我稍作准备，马上就来。"卫鞅说完，转身向后院走去，招呼身边将士跟上。因为新君匆忙召自己回咸阳，卫鞅只带了十几个人跟随。

"商君请尽快，我们是奉王命，不敢多耽误。"甘、杜二人竟然没有阻拦，反而齐齐退出商府。

卫鞅回到后院，对将士们说："新君刚立，当年我和新君不和，如今在前线战事紧急之时急急召我回来，恐怕凶多吉少。此次来的甘龙、杜挚，其心难测，还有嬴虔尚没有露面，恐怕他是另有后手。一旦入宫，我必死无疑，若能逃离咸阳反而还有一线生机！你们如果愿意跟随我，速速顶盔掼甲，备好兵器杀出去；如果不愿离去，就留在府中。将来怎么应对公子虔的盘问，就看你们的造化了。"

众人跟随卫鞅多年，当然没有抛弃的道理，一个个顶盔掼甲，罩袍束带，收拾得干净利落，随后飞身上马跟随卫鞅。这时，有人打开大门，卫鞅一马当先，手持宝剑冲了出来。甘龙、杜挚大喊："叛国贼卫鞅要逃，快放箭！"

看来外面确实是早有准备。只听一声令下，箭如雨下，铺天盖地地朝卫鞅等人射来。众人手中的兵器上下翻飞，将箭矢纷纷打落在地。卫鞅挥舞宝剑，纵马朝咸阳城城门冲去，背后众将士紧紧跟随。

只是他们没想到，这一路上异常安静，家家闭门闭户，咸阳的街道上安静得有些诡异。城门处不仅没有想象中的重兵把守，反而大开城门，好像早就准备好让卫鞅通过。虽然一切都太不正常，但是此时此刻自己又有什么选择呢？卫鞅纵马带着十几骑将士冲出城门。为今之计，只有速速回到商地，或战或逃，再做打算。

"商君，这一路上是不是走得太快了？"一个声音从不远处传来。

卫鞅听到有人说话，抬头观瞧，只见前方出现一队人马，为首一人身披铠甲，手持大刀，最显眼的是来人只有一只眼睛露出，另一只眼睛被遮盖住了。

"原来是公子虔。"卫鞅说道。

来者不是别人，正是新君的右傅、先王的兄长——嬴虔。当年新君犯了卫鞅的新法，右傅公子虔和左傅公孙贾代为受刑。公孙贾从那之后自惭形秽，辞官不做；嬴虔则一直怀恨在心，时时与卫鞅作对。看来之前的一切都是他安排好的，他应该在这里等待多时了。

"卫鞅，咱们明人不说暗话，之前有先王保着你，我们拿你没有办法。现在先王不在了，你也应该去陪他了。今天，你休想逃出生天。"

"咸阳城中狭窄，城门又有人把守，你们在咸阳城中抓我岂不是更加万无一失？为什么要让我逃出来，摆这么大阵仗？"

"商府地处闹市，在那里动手，难免误伤我秦国百姓。他们将来都是要上战场为我大秦征战的，不能白白枉死。"

"看来你我虽水火难容，但你总归还是有些底线的。当初我来秦国的时候，秦国积弱多年，又刚刚被庞涓打败。变法以来，全国军民为之一变，天下称秦为'虎狼'，每个人都看在眼里，右傅何苦对我苦苦相逼？看在我多年来为你们嬴家和大秦尽心尽力的分上，今日放我一马，我必定退隐山林，永不再出。"

"哈哈哈哈，这些话，你对他说吧。"

嬴虔抬手一指，只见后面走出一人，也是一身戎装，只是面容略显憔悴，满脸凶光地直视卫鞅。

"卫鞅！不对，是商君大人！你还记得我吗？"

"怎么是你！"

第二节　作法自毙

数日前，大牢之中，嬴虔见到被看押的魏印。

"公子，如今再披戎装，感觉如何？"

"多谢你给我这次机会，让我手刃卫鞅这个无耻之徒。"

"你的出现对商君来说，可真是一份大礼。"

"不杀卫鞅，难消吾恨！"

"公子印，怎么是你？"

卫鞅吃了一惊，他无论如何都想不到，嬴虔竟然会把魏印放出来对付自己。

魏印是魏国公子，当初卫鞅在魏国时，两人私交甚好，后来卫鞅投奔秦国辅佐秦王变法并在庞涓死后乘虚进攻魏国。魏印率兵拦截，卫鞅用苏秦之计骗魏印和谈，魏印被苏秦活捉后押回咸阳，魏国一时群龙无首，秦国趁机兵进河西。

利用自己和魏印的私交达到这一切目的，一直都是卫鞅的一块心病。如今公子印站在面前阻拦自己，无疑是在帮助嬴虔揭自己的伤疤。

卫鞅知道，在这位老朋友面前说什么都是白费，因为自己伤他伤得太深了。

"我真的没想到你会变成这个样子。想当年，你可是出了名的耿直，不懂得变通，还因此得罪大王，让大王始终不愿意重用你。没想到自从到了秦国，你就彻底变了一个人，连求饶的话都能说得那么自然了，你真的还是我认识的卫鞅吗？"

"在这乱世之中，不求变就永远没有出头之日，你知道我当年在魏国的处境。"

"无论你有什么理由，你的手上都沾了魏国的血，今天我要你血债血偿！"

说罢，魏卬抬手一枪刺来。卫鞅迅速拦住，说道："嬴虔在利用你，你就甘心让他利用吗？"

"你和我谈'利用'？当初你不是利用我让自己一路攀升，才有了今天商君的地位吗？他的'利用'是明计，而你，才是真正的卑鄙小人！"

卫鞅看到魏卬对自己恨之入骨，自觉多言无益，只好舞剑还击。只是魏卬在秦国被囚禁多年，早就精力不济，战不多时便气喘吁吁，只靠着心中的一口怨气勉力支撑。

这边，卫鞅的招式越发狠辣，因为他知道此时自己不能耗费太多精力在打斗上，一会儿还要突围逃走。十几个回合之后，卫鞅说道："公子，今生是我对不起你，来生还你吧！"

说罢，卫鞅加快剑速，使出一招鬼谷剑法"他山之石"。这些年来，魏卬久不见卫鞅，不知他剑法如此精进，看到招式惊奇，顿感手足无措。霎时间，剑以自己想不到的角度刺来，穿喉而过。

卫鞅乘胜指挥十几骑将士冲杀，要一举突围。公子虔也招呼人马团团将其围住，自己手舞大刀直奔卫鞅。

"商君果然手段狠辣，连朋友都不放过！"公子虔冷笑一声说道。

卫鞅没有和他说话，只是挥剑反击。手下的十几骑将士围住卫鞅，保他突围。秦军人马众多，人人奋勇向前，卫鞅所领的这十几骑势单力薄，渐渐不支。卫鞅无奈，只好施展出自己的绝招，大喊一声："鬼谷剑法——以卵击石！"

这一招看似软弱却柔中带刚，无处不在，秦国兵马挨者死，碰者亡。卫鞅杀出一条血路，终于突围出来，往东跑去，不一会儿，回头望去，背后已经没有人跟随了。

卫鞅长叹一声，自己前几天还在河西为秦国浴血奋战，今天就成了秦国的叛徒，还杀了多年前的好友。世事难料，自己该何去何从，一切未知。

卫鞅急急奔走几日，身上带的食物已经吃完了，他感到肚中饥饿，口中干渴。天色也渐渐暗下来，眼看已到边关了，他提马上前便要出去。

"干什么的？回去！"守关士兵语气强硬地说道。

"这位将军，放我过去吧。"

"你开什么玩笑，商君之法规定，黄昏之后非公事不得出城，你有公事证明吗？"

"我……没有。"

"不许出城！回去！"

卫鞅只得返回，在附近走动。他看到有间客舍，赶忙上前。

"咚咚咚！"卫鞅叩门，有人过来开门。

卫鞅抱拳问道："这位小哥好，我想来投宿一晚，不知还有没有房间？"

"有房间的，客人请出示官府凭证吧。"

商君的凭证一出示，自己必死无疑，卫鞅当然不敢，只好说："我出来得匆忙，没有来得及带，请通融一下吧。"

"对不起了，客官，我们真的不敢。商君新法规定，收留没有凭证的客人可是要削鼻断手的。我们就是做个小买卖，不敢不敢。"

卫鞅无法，只好再去找别的客舍尝试。他想到今天竟然被自己设立的法规逼得无处容身，不禁心生感慨。但一想到这样的边关小城都能够如此严格地遵守自己的法令，一时又颇觉欣慰。

卫鞅转身，忽然看到四周灯火通明，照得夜如白昼。有几十个人包围上来，个个手拿刀剑，目露凶光。为首的一人和卫鞅年纪相仿，一身黑衣装扮，却一脸平静，手中没有拿任何兵器。

"卫鞅，到此为止吧。"

"你是来抓我回去的？"

"走吧。"来人点点头说道。

卫鞅没有拔剑，只是对来人说："如果是师尊要抓我，我可以逃；如果是诸侯要抓我，我可以一战；如果是墨家要抓我，我唯有束手就擒了。"

"我也不想动手，我们走吧。"

卫鞅被抓回咸阳、押入天牢后，秦君和嬴虔前来探望。

"大王，卫鞅可以死，但是我恳求大王不要废除我的法令。自新法施行以来，秦国实力与日俱增，这是所有人都看得到的事实。新法继续施行下去，秦国莫说是称王称霸，一统天下也无不可！这是先王和我共同的愿望，希望大王不负先王遗愿。"

"商君，变法的成效孤都看在眼里，该怎么做孤很清楚。"

"商君，我确实一直在恨着你，我也知道你为大秦做的一切，但是我过不了自己这关，就像我过不了先王那关一样。所以你必须得死，不过你可以放心，我只是利用甘龙、杜挚那帮人。我和他们不一样，新王上位还需要他们的帮助，杀你只是幌子，安定他们的心才是真正的目的。至于日后新法会不会废，那可不是他们说了算的。"公子虔说道。

"多谢大王，多谢公子虔。"

听闻此话，卫鞅反而一副释怀的样子。

"商君，你对秦国的恩情，孤在此谢过了。"

第三节　阻止救援

数日前，卫鞅与苏秦回到咸阳。

"师兄，我们离开咸阳好久了，你先回商府，我想去拜见景监大夫，顺便看看景华。"苏秦说。

"好，速去速回，我们还要入宫拜见新王呢。"卫鞅说。

没想到两人的这一次分别竟是永别，但也因此救了苏秦一命。

咸阳城内，一匹马从远处飞奔而来。

马上的人，不到三十岁的模样，面容憔悴且神色焦虑。他一身紧身装扮，背后背着一把宝剑，此人正是苏秦。

忽然，苏秦背后有一个人骑马跟了上来，随后张弓搭箭。眼看一箭射来，苏秦赶忙拔剑遮拦，却发现对方的目标不是人而是马。

意识到来人的意图，苏秦赶忙勒住战马察看来人是谁，但对方已经抬手一剑刺来。苏秦左右遮挡，对方一直围着马的前后左右发起进攻。苏秦无奈，手上加了几分力道拦住对方的剑，然后定睛一看，发现来人是景华。

"景华，你在做什么？我要去救师兄！"

"苏秦，你冷静点！现在商君已经被押往法场，你去只会白白送命！"

"可是如果我不去，师兄就必死无疑，你让开！"

"爹好不容易保你到现在，就怕你会跑去救商君，所以让我每天盯着你。想不到你还是找机会溜了出来，朋友一场，我绝对不允许你去送死。"

"师兄就要没了，你走开！"

"鬼谷剑法——横！"

苏秦剑招一出，无穷无尽的剑网袭面而来，景华不闪不避，因为他知道这一剑，以他的修为避无可避。

剑停了。苏秦不可能不知道卫鞅已经必死无疑，而且，即使自己赶去了也于事无补。他更不可能杀害自己的恩人之子。

"其实，据我们所知，商君是自己求死的。商君多日奔走后到达边关，在想要寄宿客舍的时候被客舍拒绝入内，因为他没有带凭证。而留宿无凭证者要被削鼻断手，正是商君之法的规定。商君因此未能继续前行，才被甘龙、杜挚二人抓回咸阳。"

世人都以为商君崇尚法，所创立的法令严苛残忍，所以定是个冷酷无情之人。但真正了解他的人才能懂得，其实他本人并非冷酷无情，只是在他的心中，有比他自身更重要的事，那就是缘法治国。一国之内，以法为尊，肉食者与匹夫莫不从之，王子犯法与庶民同罪。如此大胆之设想，实在是亘古未有。而见证一个国家在自己的理想下强大起来正是商君的梦想。为此，哪怕是牺牲自己的性命，他也在所不惜。

于是，他今天真的为此献出了自己的生命。

但苏秦知道卫鞅一定是欣慰的，当一个边关的小民都知道遵守商君之法的时候，无论缘法治国是否真如他想象的那样美好，他都会相信距离那一天已经不会太远了。

只是这代价，真的要这么沉重吗？

景华抓着苏秦的肩膀，说："留着有用之躯为商君报仇吧。人人都说商君是作法自毙，但是你最了解他。如果你真的陪他赴死了，那商君就真的成为千古笑柄了。"

"对，师兄不能白死。"

咸阳城景监府内，景监正在劝苏秦：

"还记得当初先王下招贤令，商君前来投奔，第一站便是来我这里，细细数来竟然已经十余载了！我还记得那天，他同我去见先王，一副胸有成竹的样子。结果说到一半，就把先王说得昏昏欲睡。先王后来还为此斥责我，说我竟然把这么迂腐的人带来见他。后来他又求我好几次，才终于说动了先王，让他从左庶长做起，留在了大秦。谁能想到这个小子竟然成了后来的商君，还把大秦变成今天这个样子。"景监回忆着当年的事情，不胜感慨。

"你说若是商君知道会是这样的结果，他还会来秦国吗？"

"师兄是不会以自己的生死来评判是非的。若是有再来一次的机会，他一定还会来秦国。"

景监府外面，景华匆匆赶回。

"景华，情况探听得如何？"

"父亲、苏子，商君已被押到闹市施以五牛分尸之刑，百姓争食其肉。他的首级还要被挂在咸阳城上示众三日！"

所有人都沉默了。苏秦知道师兄的代价会很沉重，但是没想到竟然会沉重到让自己尸骨无存。最重要的是连老百姓都这么痛恨他，恨到要食他的肉、碎他的骨。那变法强秦到底是为了什么？是师兄错了还是百姓错了？咸阳城上高悬的人头会瞑目吗？

"我想去看看师兄。"

"苏子，我知道你们师兄弟情深，但是商君犯了叛国之罪，按律当诛十族。公子虔正在四处抓你，这个时候你出头实在是太危险了。"

"我知道，但是师兄遭此横祸，我总想做点什么，哪怕只是远远地看一眼也好。"

"可这太冒险了！一旦苏子被发现，公子虔又顺藤摸瓜查出来是老夫暗中保护了你，那时遭殃的就是我这一家老小啊！万望苏子三思，还是早早离开咸阳为好。"

确实，若是一时冲动，反而害了恩人景监一家老小，苏秦于心不忍。可是想到师兄的头颅高挂在咸阳城上风吹日晒，还要遭受千人唾骂、万人羞辱，苏秦又是万分心痛。

"景大人，据我所知，师兄的头颅三日后会被丢弃到荒郊野岭，任凭豺狼猛兽祸害，希望到时候景大人可以想办法保留师兄的遗骸，让他入土为安。"

"老夫并非不愿相助，苏子也知道商君自变法以来便是满朝旧贵的仇人，连因新法入朝的官员也并不和他亲近。在这风口浪尖，老夫实在不敢因为出这个头而招致满门祸事，望苏子体谅。"

苏秦长叹一声，说道："那大人有没有办法尽快送我出城？"

"景府内暂时安全，等风波暂缓之后，我再送苏子出城吧。"

"大人，苏秦自有方法出城，只希望大人愿意相助。"

"什么方法？"

"您知道当年孙膑师兄是如何逃离大梁的吗？"

第四节　城门盗首

正午时分的咸阳城门外，士兵拦住一顶轿子的去路，随后轿子缓缓放下。

景华骑马从旁边过来，厉声说道："轿内是大夫景监，你们也敢拦阻吗？"

"大人，如今王令在上，要搜捕商贼余党，我等不得不查，望大人恕罪。"

说罢，士兵不等景华回答，过来就掀开轿帘。轿内，景监正襟危坐。

"老夫也是奉王命去咸阳城周边查视商贼余党，切莫耽误了时间。"

"是，大人。"

士兵口中说着，手上依旧在检查，先是敲敲景监的座下和脚下，然后环视一圈，没有发现异常，便双手抱拳道："大人多多得罪，请过去吧。"

景华抬手，轿夫缓缓抬起轿子向前走去，景监长舒一口气。景华等咸阳城城墙渐渐消失在视野中之后，立即回身下马。

"父亲，可以下轿了。"

景监赶忙从轿中出来，说道："快把轿子抬起来！"

四个轿夫莫名其妙，随后把轿子举起来。景监、景华父子钻到轿下，伸手给苏秦解绑。原来苏秦就被绑在轿子下面，因为怕节外生枝，所以提前几个时辰就已经绑好，除了景监、景华父子，无人知晓。四个轿夫惊慌失措，不知道什么时候多了个人，赶忙赔罪。苏秦坐在地上摇摇头，因为四肢被绑太久，一时还不能动弹，只好缓缓地说："你们不知道，不怪你们。"

景华指着他们说："但今日之事，你们四人若敢透露出去半句，即使我死了，也要在死之前灭你们满门。"四人连称不敢。

景监又对苏秦说道："辛苦苏子了。"

"还是要多谢景大夫多日来的救命之恩，苏秦感激不尽，必定终生铭记。"

"和你们师兄弟相识这么多年，也算是被你们拉下水了，不救你又能如何？哈哈！"

"直到今日，我才知道当日孙膑师兄离开大梁承受了什么样的痛。不知他如今去往何处，也不知是否安好。"

"苏子现今打算去往何方？"

"我十三岁上云梦山学艺，转眼十五年过去了，已经太久了。如今落得一事无成，身无长物，只好先回洛阳家中，有机会再面见鬼谷恩师。"

"原来如此。请苏子休息片刻后速速起程。这里毕竟还是秦国地界，难免还有危险。"

"我知道了，再次谢过大夫！大恩大德没齿难忘，苏秦在此拜别。"

看着景监父子远去，苏秦心中五味杂陈，此次与恩人一别，不知何日再见，亦不知今生是否还能再见。

休息了好一会儿，天渐渐黑下来，四肢也能活动自如了，苏秦整整衣服，背好背后的"纵横"原路返回。

咸阳城下，苏秦未敢靠近。远远望去，城门上悬挂着的人头在灯火的映照下显得格外引人注目，那正是师兄卫鞅的首级。虽然苏秦与卫鞅并非亲密无间，相处时间也并不长，但毕竟卫鞅是苏秦在秦国最大的依靠，原指望在他麾下成就一番事业，想不到他到如今却惨遭车裂之刑。过去看到他为秦国、为自己的理想付出那么多，没想到如今竟然落得这样的下场。苏秦想到几天之前两人还一起，但现在已阴阳两隔。

世事如棋，变幻莫测，莫过于此。

"我一定要带着你离开！"苏秦在心里暗下决心。

算定守卫换岗的时间，趁着城下一排士兵走过去的机会，苏秦纵身一跃，竟然跳上城楼，转眼间站在卫鞅头颅的面前。然后，他身子一停，背后的"纵横"同时飞出，苏秦抬手抓住宝剑，想要砍断绑着首级的绳索。

"什么人？"

城楼上站岗的兵卒已经看到苏秦，几个人手持长戟过来就刺。苏秦不想伤人，只用守势拨开长戟。后面的士兵纷纷赶到，发现有人来盗首级，赶忙挥动武器阻止。苏秦大喊："你们快让开，我不想伤人！"但没有人能够近他的身，这一切的攻击在苏秦眼里太不值一提了。

待终于有了空隙，苏秦一剑砍断绳索，提头在手，转身就要跃下城楼。忽然，他看到对面的士兵似乎疯了一样喊道："啊，不要啊！""我求求你不要啊！""求求你不要带走首级啊！"竟然还有几个人"扑通"跪倒，一直在磕头。

"我是苏秦，此番前来只是为了带走商君头颅，你们不要阻拦。"苏秦说道。他本可以一走了之，但是很疑惑眼前的士兵为什么会这样。

"求求你不要带走商君首级，若今日首级被盗，明天我们这几十个人就都要身首异处啊！求求你，我们家中都有妻儿老小，不要绝了我们的生路啊！"

"事情竟然会如此严重，这是王令还是嬴虔的命令？"

"既是王令，也是商君之法规定的！"

"那我问你，为什么秦国百姓要让商君尸骨无存，为什么如此残忍？难道你们不知道正是因为他才有了今日大秦的强盛吗？"

"秦国强不强我们并不知道，我们只知道我们现在除了靠当兵过活，没有任何出路。以前大王管得少，我们活得轻松自在，虽然贫困但是也无拘无束。后来，商君来了，各种法令层出不穷，稍不留神就被刑罚处置，甚至有一言半语的怨言都会被抓走，人人敢怒不敢言。我们哪个人身边没有几个没鼻子少耳朵的亲朋好友？现在商君已死，才是我们熬到头的机会。"

"如今商法未废，一旦人头被夺，我们都要被诛灭九族啊！求求先生，求求你放过我们，放过我们的家人吧！"

一群官兵纷纷下跪叩头，涕泪俱下，场面令人悲悯。苏秦见状，长叹一声。

"师兄，我做不到。"

月光之下，咸阳城上，卫鞅的头颅高悬，秦国兵将照常巡逻，只是看管得更加严密。每时每刻，那颗头颅都被无数双眼睛盯着，大家生怕再出一点点的意外，因为在场的所有人都承受不起那后果了。

远处，一个身影飞速离去，另一边有人在说话，原来是景监、景华父子。

"父亲，您知道他会回来？"

"商君是他的师兄，是他在大秦的依靠。苏子情深义重，肯定是放不下的。"

"那您怎么肯定他不会抢走商君的头一走了之？"

"正因为他情深义重，更不可能忍受因为自己而使更多的人蒙受苦难，我相信他。"

"他这样的人要在这乱世生存，殊为不易。难怪多年过去，仍然未能混出头。"

"他未能混出头，恐怕只是时机未到。这世上没人可以小看鬼谷一门，永远没有。"

第五节　回家

苏秦十三岁离家，一直师从鬼谷子，后来与孙膑一同去了魏国投靠庞涓。马陵之战后，庞涓战死，苏秦又投在秦国师兄卫鞅门下，成功谋取商地。他本以为可以在秦国闯出一片天地，想不到秦孝公嬴渠梁身死，新主上位的第一件事便是杀卫鞅。

苏秦在外漂泊十余年直到今日，竟然落得身无分文，并且还是以戴罪之身逃离秦国的结局。

曾经在几位师兄门下，他一直以为可以依靠师兄们的地位，再靠自己的能力出人头地。虽然庞涓、卫鞅最终身死，但是总算名重一时，不负此生，这让苏秦既敬仰又有几分嫉妒。

不敢奢望如日月之辉，也不要求如恒星长明，哪怕只是如流星一闪而过，在世间留下一瞬的痕迹，便也不负今生了。

前方的路该怎么走？此刻的苏秦十分迷茫。考虑多时，他认为只有先回家，再向鬼谷师尊学习请教。

掐指一算，苏秦已有十多年没有回过家了，这些年，他和家里只是书信往来。但自己一直在漂泊，和家里又能有多少联系呢。

一路上，苏秦饥餐渴饮，等到达洛阳的时候已然蓬头垢面，不似人形了。看着熟悉的城墙和一草一木，苏秦忽然觉得万分惭愧。离别前的豪言壮语，如今都成了笑话。

苏秦转身到城外河边洗洗脸，整整衣服，再看河中的倒影，竟快认不出自己了。但是又有什么办法呢？该面对的总是要面对，家总是要回的。

想到这里，苏秦终于鼓起勇气进入洛阳城，朝着家的方向走去。路上他以袖子遮面，生怕被别人认出来。

"咚咚咚！"走到家门口，苏秦还是上去叩门了。

"谁啊？"开门的是多年未见的娘亲。她没看清苏秦的模样，继续问道："你是？"

"娘，秦回来了！"苏秦倒头便拜，三叩首把地磕得咚咚作响。

"哎呀，我的孩儿，你回来啦！老头子，咱们儿子回来了，你快出来啊。"

"不就是儿子回来了嘛，有什么大惊小怪的。是苏岩、苏厉还是苏代啊？"原来苏秦在苏家排行第四，上面还有三个哥哥。

"都不是，都不是，是季子！"

父亲还没出来，苏秦就冲到家里跪在父亲的面前喊道："爹，是秦回来了！"话没说完，苏秦的眼泪就已经流了下来。

"回来就好，回来就好啊。"苏秦和爹娘三人一起抱头痛哭。多年别离之情在今日终于得以纵情释放。

父亲看着苏秦的衣服，十分心疼地说："你怎么就穿了这身衣服回来了？这些年过得苦吗？"

"孩儿这些年和庞涓、卫鞅几位师兄一起，过得还算不错。只是前些日子在秦国发生了一些事情，让孩儿几乎沦为阶下囚。能够回来，已经是万幸了。"

老母亲听了这几句话，更加心疼起来，说："我的儿啊，你怎么能做错事让人家抓到牢里，吓死为娘了！"

老父亲拍了拍母亲，说："先别说这些了，你看他这样子，快去找身衣服给他换上。我去买点酒菜，咱们坐下来好好聊聊。"

晌午时分，苏秦洗漱完毕，换上像样的衣服，整个人焕然一新。苏厉、苏代两个哥哥也回到家中，一家人多年来第一次团聚，殊为难得。苏秦给他们讲述这些年的经历，听得两位老人嗟叹不已，两个哥哥却是激动万分，一副摩拳擦掌、跃跃欲试的模样。

这几天，苏秦没事就帮帮家里做农活。苏家在洛阳一带算不上大富大贵，但也是小康家庭。这天，苏秦刚刚外出归家，看到母亲正在往屋中端茶。

"娘，家中有客人吗？"

"是啊，你父亲的朋友来了。你快来招呼一下。"

苏秦端过茶水进屋，见一对和父亲年龄相仿之人，像是夫妻。三人相谈甚欢，他便上前敬茶："叔父、叔母，苏秦给您两位敬茶了。"

"哎哟，大哥，这就是你常年在外的季子吗？果然出落得一表人才啊！"

苏秦身高七尺半，面如冠玉，目似朗星，一副美男子模样。

"哎呀，过奖啦！闯荡多年，也没什么大出息。"

"唉，这年头，敢闯就不错啦！孩子，你怎么一个人，令阃何在？"

苏秦答道："惭愧，苏秦尚未婚配。"

老妇人听完一惊："按照年龄推算，你都二十七八岁啦。你那三个哥哥可都有孩子了，你怎么能还没婚配呀！"说完，她转头看向苏秦母亲，把苏母看得浑身不自在。

苏母赶紧说："没有没有，他只是这几年在外求学，无暇考虑这些，所以耽误了下来。老朋友啊，你要是有合适的姑娘，可要给我们家季子介绍介绍啊。"

老妇人说："哎哟，这个年龄可不好找咯。不过你放心，就咱们两家的关系，我一定会上心的。"

"那可多靠你了。"

苏秦只觉一阵尴尬，回来之后爹娘和兄弟也都说过这些事，但是感情哪里是那么简单的事情。不过在洛阳，男子十多岁就结婚生子，拖到二十多岁还未婚配的确实是太少了。这样的男人不是家里太穷，就是自己有什么问题。

这几日，苏秦天天在家中，接触的都是小城百姓，总觉得无话可说，自己也无所事事，便想尽快去拜见恩师鬼谷子。隔天苏秦收拾收拾便要起程，父亲看到后，问起他的去向。

"我想去云梦山，去看看师父。"

"去见他做什么？跟他学了那么多年也没见学到什么。让我们十多年见不到你不说，前些日子你混得一身破衣烂衫跑回家来，人不像人，还不接受教训！"

"哪是这么回事，他总是我的师父，不去看望不合适。师父的弟子个个都是人中豪杰，像孙膑、庞涓师兄都是闻名天下的人物！"

"人家是人家，你是你。你就在家好好待着，别瞎跑，更别去见那个鬼东西。这么多年了，自己有多少斤两自己还不清楚吗？"

苏秦一看老爹不好说通，赶忙上前鞠一躬，说："我就知道爹会同意的，我这就见师父去！"说完，他拔腿就跑。老爹在后面大喊："我哪里同意了？你给我回来！兔崽子，好的没学会，也不知道都学了些什么！"

苏秦头也不回地跑远了。漂泊多年，他对鬼谷子更加敬重，有时觉得自己如果可以多随师父学习几年，也许不至于有今日。

云梦山一如往昔，峰峦叠嶂，山起云浮。鬼谷子在山中更为这座山增添了一丝仙气，令人肃然起敬。苏秦沿着熟悉的山路攀爬而上，不一会儿就到了师尊住处。只见住所外面松柏环绕，树下有石桌石椅，一人正端坐独酌，一派仙风道骨，苏秦见了倍感亲切。

"师父，苏秦回来了！"苏秦纳头便拜。

眼前此人不是别人，正是人称"鬼谷子"的玄微子，亦被人们称为"王禅老祖"。

"我早就听说卫鞅身死秦国，猜到你肯定会跑回来，所以等你多时了。"

"师父，是弟子无能。"

鬼谷子上前扶起苏秦。

"这些年，为师也是道听途说，对你们的事情只略知一二。来，给为师讲讲你们下山之后都经历了什么。"

第六节　云梦求贤

十三年前，同样在云梦山上，魏国公子卬前来拜访鬼谷子。

"久闻鬼谷子大名，在下魏国魏卬，今日特来求贤，希望您可以下山与我魏国共建伟业。如今天下万乘之国有七，七国之中又以我大魏最强，想必您也知晓。最强之国加上您这当世最强智谋之士才是真正的最强。假如到时候魏国称霸天下，您也可享受到不尽的荣华富贵。"

魏印姿态雍容华贵，三十多岁模样。

鬼谷子微微一笑，说道："公子太抬爱老朽了！我只是一介山野草民，哪有什么智谋，更不敢奢望什么荣华富贵。我在山上待习惯了，一天不喝这山中的水，一天不吃这山中的野果，我就实在是活不下去呀。"

"您这是不愿出山吗？"听到鬼谷子的回答，魏印把手背在身后，倨傲地看向他。

"哈哈，老朽是真的走不动了。不过我有两个得意弟子在此，公子如果喜欢可以挑选其中一人，将来足可以帮助魏国称霸天下。"

"魏国不是没有您的弟子，只是大王不甚喜欢啊。"

"公子说的是卫鞅吧？他这个人有点执拗，做事不懂变通，我想应该是这个性子让魏王不高兴吧。"

"虽然我和卫鞅私交不错，知道他满腹才华，但是魏国多年来一直施行贤相李悝的国策，并没有太大问题，所需的攻杀战守之策，他又不怎么擅长，加之他的性子又让大王实在不喜欢，连老儿公叔痤也看不上他，所以一直难受重用。"

"那只能看他的造化了。不过我现在正传授的两个弟子，在行军布阵上虽不敢称比吕望，但就算孙武子和司马穰苴复生也不过如此。"

"能让鬼谷子这么说的人，想必有不凡的本领，请带来让我见识见识吧。"

"此时他们正在学习，不如公子随我来演兵岭一观他们的本事。"

鬼谷子带魏印到演兵岭，一路上谈笑风生，全然不受魏印地位、气势的影响，就像是在和一位老友相谈。

演兵岭上，两位少年面对面坐着，看着面前的沙盘，神情专注，若有所思。鬼谷子对两人高喝一声："你二人快过来，这位是魏国公子印，赶紧拜见。"

两人过来向魏印抱拳施礼，魏印微微一笑，端详着他们。两人一般身高，皆是八尺，身形魁梧，肩宽背厚，颇有大将之风，器宇不凡。

"果然看起来气度都不凡！鬼谷子，这就是你的两位高徒吗？"

"哈哈，不错，我来给公子引荐。这位孙宾——"鬼谷手指其中一人，说道，"乃是当年兵家之祖孙武子之后，其父乃是当今齐国的驸马孙操。自幼孙驸马便把爱子送到我这里来学艺，其天赋异禀不在先祖之下，可谓旷世奇才。"

"原来是孙武子后人，失敬。"

只见孙宾眉宇之间隐隐有一股英气，双眼透出的神态自信却又不高傲，反而给人温暖的感觉。

"这位庞涓——"鬼谷手指旁边之人，说道，"乃是和公子同样来自魏国，出自平民百姓之家。我当年游历天下，经过魏国时发现他在路边乞讨，当时正逢大旱之年，他的家人都不幸去世了，我便收养了他。本想把他带到山上做些杂役，想不到接触下来发现他天赋异于常人，所读兵书战策过目不忘，我便让他随我学艺至今。"

"原来是魏国同乡。"

只见庞涓面庞青涩，目光非常柔和，但是眼神飘忽不定。与孙宾相比较，他则给人一些不自信的感觉。

魏印目光如炬，虽然觉得孙宾看着更让人喜欢，但还是问道："你们两个人可愿随我去魏国一展身手，享受荣华？"

两人面面相觑，低头不语。鬼谷子呵斥道："你们两个人真是大胆，公子千里迢迢来这云梦山上请你们下山，你们竟然不领情。"

两人听后，一起说道："弟子只是觉得学艺未精，还想跟随师父再多学习些时日。"

"我知道你们的想法，但是公子亲自前来，总不能空手回去吧？"鬼谷子说完，看向魏印。

魏印道："既然如此，不知鬼谷子认为这两人谁更胜一筹？我将其中更胜一筹之人带回魏国，也好向魏王有个交代。"

鬼谷子笑道："这不好说啊，手心手背都是肉，难说谁优谁劣。不如让他二人就在这演兵岭上以沙盘为战场列阵斗法，公子在旁观看也做个见证。谁若是赢了一招半式，就随公子去魏国出仕。"

"好主意！"

两人听罢，各按宝剑，走到沙盘跟前。沙盘长宽各三丈，他们用沙石、树枝摆阵，虽然材料简单，但是其中深藏玄机，不是常人能懂的。魏印也曾领兵带队，但此时也看得目瞪口呆。

不一会儿，阵法摆好了。孙宾面前是一个方阵，密不透风，雄武威严。庞涓面前是一个长阵，却不知是何阵法。

"孙宾的阵法错落有致，以他的能力恐怕已经不在我之下。只是这庞涓的阵法，不知是何阵法？"魏印问鬼谷子。

鬼谷子说："这叫一字长蛇阵，是当初武王伐纣时吕望留下的阵法，我加以改良之后教给庞涓的。"

只见鬼谷子脸上露出满意神色，颇为欢喜。

"不愧是鬼谷高徒，魏国若有如此阵法，何愁不能称霸！"

说话间，两人变动阵法。庞涓以一字长蛇阵出击直逼方阵，想寻找破绽；孙宾以方化为圆，无懈可击。庞涓再变，"长蛇"飞舞；孙宾见招拆招，应付自如。

魏印在旁边看得满心欢喜，鬼谷子则洋洋得意。

只见孙宾与庞涓全神贯注地看着眼前的争斗，阵法变化玄妙，已然将到尽头。庞涓的阵法行走之处，渐渐露出四爪，颇有飞龙在天之势。孙宾这边的变化刚开始魏印还能知道是何阵法，后面却一个比一个陌生，能在片刻间有如此大的变化，魏印心想这两个人果然是奇才。

终于，庞涓势尽，最后飞龙在天一击让孙宾显得有些支绌，但他是强推阵法压上，两边碰撞如两军白刃交接，凶猛异常，魏印此时已经骇然。忽然，孙、庞二人按剑而起，以阵法配合剑法。庞涓双目精光迸射，高呼："鬼谷剑法——崇山峻岭！"跳起向下砍；孙宾精神抖擞，高呼："鬼谷剑法——惊涛拍岸！"横剑格挡。只听"当"的一声，一拼之下，孙宾倒退三步，二人高下立判！

"好！"魏印在旁边鼓掌赞叹。

庞涓定定心神，赶忙说道："师兄，你没事吧？"

孙宾摆摆手，说："无碍，无碍，师弟比我厉害啊。"

"一定是师兄让我，不然怎么会——"

"为师看得清清楚楚，你们两个人的能力虽在伯仲之间，但确实庞涓技高一筹。孙宾，你虽然是名门之后，天资聪颖，但是还需多加练习。"

庞涓听了有些激动，又有些不敢相信："自己真的比师兄优秀吗？可是师尊都这么说了。也许是他一时疏忽，也许是我一时取巧，或者也许是我运气好？无论如何，师尊这么说了，至少自己和师兄相差不大吧。"

这样的鼓励虽然很多，但是庞涓始终信心不足。也正因为信心不足，所以他更加努力地学习，去弥补不足。常常孙宾已经休息了，他还半夜出来思考阵法、练习剑法，鬼谷子看在眼里，既欣慰又心疼。

魏印走向庞涓，拍拍他的肩膀，说："果然是栋梁之材，你愿意随我去魏国为将吗？以你的才干，将来必然可以拜帅，统我魏国百万雄师，称霸天下！而我魏印到时候随你差遣，在你左右为将！"

听到魏印的一番话，庞涓十分惊愕地看向鬼谷子。

"哈哈，公子果然求贤若渴。庞涓，你早就学艺有成，应该下山实战磨炼。继续在我这云梦山上只会让明珠蒙尘。如今公子亲自前来，你应该抓住这个机会一展雄图，而且，你也该回家了。"

魏印对鬼谷子的说法很满意，转头看向庞涓。庞涓低头沉默，似有不舍。

"师父，如果您希望我留下，我愿意在这山上陪您一辈子。"

鬼谷子看出弟子的迟疑，和蔼地说道："你有属于自己的路，不可能一直跟随我，师父等着你名震天下的好消息。相信自己，你一定会做到。"

庞涓拜倒在地，三叩首后说道："多谢师父成全，徒儿一定不负师父所托。"

魏印此行非常满意，带着庞涓当日便要离开。庞涓与师父、师兄依依不舍，洒泪道别。

"即使你不留手，他也不一定会输给你。"

"师弟出身贫寒，一直都比较自卑，不敢出头。其实我们都知道他只是太看轻自己了，希望他这次出山磨炼，能让自己坚强起来。而我也还有些需要精进的地方，现在离开还是太早了。"

"单论天赋，庞涓天下无双，只是性格会影响他不敢出头。这次有魏印这样的人推举并常常从旁指点，我想他定然可以扬长避短，实现抱负。剩下的，就看他自己的造化了。"

第七节　魏国战事

一路上，魏印都在与庞涓交谈，想进一步了解这位鬼谷门徒，也想进一步了解鬼谷一门的情况。

"你是魏国哪里人？"

"我是魏国河西庞家村人。"

"河西几年前大旱，先王举全国之力赈灾，只是当年安邑尚难自保，你家乡的事实在是遗憾。"

"当初多亏师父相救，庞涓才命不该绝。"

"到魏国之后，你只要好好干，我定然会劝说魏王给你加官晋爵。以后荣华富贵，出人头地，光宗耀祖都不在话下。"

"天下有能力之人数不胜数，庞涓不敢夸大，还要多多学习，只希望不辱鬼谷一门的名声。"

"民间传闻鬼谷子通天彻地，智慧卓绝，人不能及。所擅长者一曰数学，日星象纬，在其掌中，占往察来，言无不验；二曰兵学，《六韬》《三略》，变化无穷，布阵行兵，鬼神不测；三曰言学，广记多闻，明理审势，出辞吐辩，万口莫当；四曰出世，修真养性，祛病延年，服食导引，平地飞升。说得神乎其神，不知道真实的鬼谷子是什么样的人？"

"师父也知道民间有这些传闻，无论是褒是贬，他都不怎么在意。要说通天彻地是有些夸张了，但是如果说师父擅长者只有四种，那确实不是真的。师父所交之人甚广，儒、道、墨、法、兵、名、阴阳、纵横、杂、农、小说、方技，没有师父不通的。对我们，师父也是因材施教，我和师兄一直都对兵家之说更感兴趣，所以师父专心教我们兵家之道。"

"原来鬼谷子是比传闻中更加厉害的人物，幸亏他没有功利之心，不然这天下恐怕也要归了他。我看孙宾的年龄应该比先生要小吧，你称呼他师兄，难道是因为他拜师较早吗？"

"并不是的,师兄是后入门的。但我只是村野之人,师兄是名门之后,我不敢居上。"

"鬼谷子有没有对先生说过你太自卑了?"

"师父确实说过这点,我也不知道该怎么做。"

"你可是鬼谷门徒,受到鬼谷子的青睐,刚刚还把孙武子的后人打败,可见实力非凡,为什么还会看不起自己?"

"从小爹娘就教我做人要谦虚低调,不要太扎眼。太骄傲的人容易看不清自己,走向失败,我只是不让自己太浮夸而已。"

魏卬听后,低声自语道:"庶民之教,实在是眼光狭隘。"

随后,他对庞涓说:"哈哈,不过这点无须担心,只要你在战场上尽展才华,我会让你自信起来的!"

"我还有一个问题,我看你们在对决的时候都在用鬼谷剑法,但是招式却不一样。我和你们师兄卫鞅也是好友,我看他的鬼谷剑法和你们的又不大相同。这是怎么回事?"

"鬼谷剑法其实只是一个名字,并没有太多固定的剑法招式。我们一开始只会练两招,一招名曰'纵',一招名曰'横',一招分七式,这是鬼谷剑法仅有的固定招式。但是这两招可以无穷无尽地扩展,根据练习之人性格禀赋、环境经历不同,每个人都会创造出属于自己的招式,不会拘泥于当下。所以,鬼谷剑法有数不胜数的变招,我现在也只是悟出了一招而已。"

"鬼谷子教学授课的方法果然别具一格,令人称奇。"

"师父临别前特别教导,要知彼知己,不知道现在魏国国内是什么情况?请公子说明,我好在心中早做准备。"

"如今魏国先王武侯薨逝,新君公子罃初立,百废待兴。先王当年文有李悝丞相变法强国,武有'兵家亚圣'吴起西退秦国七百里,一时间魏国威震四方,天下无二。后来先王因吴起不愿意入赘而大怒,吴起只好逃到楚国。贤相李悝从此闭门不出,不理朝政,先王也不肯屈服,彻底不再起用他。"

说到此处,魏卬唉声叹气。庞涓早就听师父说过贤相李悝在魏国变法,治国有道,有经天纬地之才,一定是和魏王发生了什么不可调和的矛盾才让他如此颓废。

"先王于是以老驸马公叔痤为相直到现在。公叔痤当年抗秦有功,但是治国能力一般。如今先王去世,新君刚立,另有魏缓虎视眈眈。谁都知道他私养兵士,实力难以估量。他一直隐而不发,又是魏国公子,所以当今大王也拿他没有办法。国内动荡也就罢了,现在魏国东有韩、赵两国与我大魏面和心不和,不知道什么时候就会突然发难;西有秦国和我们已经为河西之地打了几十年的仗了,现在趁魏国国内局势不稳,已经派章蟜为将,兵进石门,大王以公叔痤为帅迎敌,奈何章蟜勇武,公叔痤不自量力非要硬碰硬,被秦兵攻破石门,屠杀我魏国六万子民!"魏卬咬牙切齿地说,"这个仇,我一定要报!"

杀人，在庞涓心中还是一件很陌生的事情。"六万"在他眼中只是一个数字，但是在魏印眼中，那是魏国六万多个鲜活的有生力量，在几天之内就被屠戮殆尽了。他看着魏印，心中在思考，眼前这个人让自己去做的其实就是杀别的国家的子民，而自己的成功也要以杀更多的他国子民为代价，但那真的是自己的命运吗？他有点不敢想象未来那个双手沾满鲜血的自己会是什么样子。

"现在秦国已经兵进安邑，魏国危如累卵。正是因为前线吃紧，所以我才赶忙跑到云梦山拜访鬼谷子先生。他既然推荐你去魏国，你就一定可以成功。我也一定会全力保你。魏国前途，有赖先生了！"

"我一定尽力而为。不知现在卫鞅师兄的情况如何？"

"卫鞅几年前投在公叔痤门下，但他这个人太过耿直，往往说话没有回旋的余地，让身边的人都觉得讨厌。所以，魏王一直不怎么喜欢他，也不起用他。我偶然间认识他，让他来到我的府中做客，竟颇为投缘。后来，他说他想认识贤相李悝，我就代为引荐，之后他就一直在李悝府中学习变法之道，陪伴贤相了。"

"我并没有见过师兄，不过师父曾说众家学说之中，师兄一直对法家情有独钟。能够认识贤相，也是遂了他生平所愿了。"

庞涓一路和魏印谈论魏国国情，了解前线战事。一代名将之路，即将开启！

第八节　初战疆场

这日清晨，两人到达安邑。由于战事紧急，魏印便直接带着庞涓面见魏王。

"王弟，你终于回来了。可有请来鬼谷子助本王脱困？"

"回大王，鬼谷子久居云梦，不愿意出山参与世俗事务。不过，他特别推荐他的得意弟子庞涓前来帮助我魏国，有他在，定然可以退秦。"

魏印说完，示意庞涓上前，庞涓赶忙走上来行礼。

"小人庞涓，魏国河西人士，鬼谷师尊的弟子，拜见魏王。"

魏王看他年纪轻轻，心想："他虽然一表人才但是又能有多少实战经验？前线作战非是儿戏，这个年轻人真的可以吗？"这样的想法让他对重用庞涓不免有些迟疑。

"大王，目前战事如何？"

"现在秦兵每天在安邑城下叫阵，我们依靠城墙之险固守，但是一直这样下去我军士气只会日益衰减，总有城破的一天。我已经派人去平陵调兵，希望上将军龙贾可以速速赶来救援。王弟缓提议去韩、赵搬救兵，他已经去了多日，希望能尽快回来。"

"大王，这无异于饮鸩止渴啊，你怎么能让他去搬救兵？"魏印小声责备魏王。这种事情虽然大家心知肚明，但是说出来还是不妥。

"这也是无奈之举。如今只要能退秦兵，其他的就以后再说。如果秦兵真的攻破了安邑，我们就什么都没了！"

"王兄，请立刻派庞涓为将出城迎敌吧。"

看到魏印这么推举庞涓，魏王于是问眼前的这个年轻人："你有什么办法退秦兵？"

"我……需要去看看。"

"好，王弟你就带着这位小将军出战吧。"

"且慢！"

众人循声望去，说话之人正是老将公叔痤。

"大王，打仗不是儿戏。我们怎么能让这么一个年轻人出战，他有战场经验吗？如果输了，岂不是对我魏国士气打击更大。老臣请求大王再耐心点，等公子缓的救兵到来，再里应外合，必然能够战胜秦兵。"

"公叔痤！"魏印指着公叔痤大声喊道，"就是因为你才让我们失了石门，损我六万魏国子弟。如今魏国危如累卵，你还在这里指指点点。"

"公子，这是两回事。失了石门是老臣失职，但是现在不是意气用事的时候，与其战败，不如不战，以保存兵力，我们还有一线生机。"

"如果公子缓带不来韩、赵的救兵呢？"

"公子缓才识过人，一定可以说动两国国君相助。如果请不来救兵，老臣愿豁出老命和魏国共存亡！"

"你凭什么如此自信？魏国不需要陪你殉葬！"

魏印向魏王抱拳施礼，说道："大王，请给我五千人马，我这就和庞涓出城一战。"

魏王略显犹豫地说："王弟，孤看他虽年轻有为，但这样会不会太冒险了？"

"大王无须多言，我愿立军令状，此战不胜，愿受军法处置。"

魏王看他态度十分坚决，信心也随之坚定了起来。毕竟王弟从来不是鲁莽之人，他必然心中有数才会这样做。

"好，王弟这就去点齐兵马吧。"

"多谢大王。"

魏印和庞涓退下，去教军场点齐五千人马。庞涓找了一身盔甲穿戴起来。第一次穿甲胄有些不习惯，所以他选了一件比较轻薄的。就在这时，他听到安邑城外一声炮响，是秦军在叫阵。庞涓立刻率领人马冲出城门，列阵摆开。

秦国士兵叫骂多日，城中一直不敢回应。今天看到城中竟然敢主动出击，秦军大感意外，赶忙报告坐镇中军帅帐的章蟜。章蟜率诸位副将一起出来观看，只见魏军零零散散不似阵形，不由得冷哼一声。

此刻魏军也在观察秦军。秦军军纪严明，队列整齐利落，军阵声势浩大，让人肃然起敬。魏王君臣在城上观战，见此情形，心中开始后悔。这样的军容，这个年轻人如何能赢？

魏卬问庞涓："面对秦军这样的军容，你感觉如何？"

"秦国军纪不错，只是这阵法稀松平常。如果给我一个月训练时间，我也能让魏军做到。只是现在时间紧急，只能先摆个迷惑敌军的阵形。"

"我给你打头阵，后面的看你了，我会为护翼。"

说罢，魏卬一马当先，身披银盔银甲，手握大刀，冲到阵前对秦军说："秦国兵将，你们末日到了，魏国公子卬前来应战。"

众将听说是魏国公子跃跃欲试，章蟜令副将范从出马。范从手拿长枪，拍马向前。二人并不搭话，见面就打。两人斗到十个回合上下，范从被魏卬一刀砍中后背，负伤逃走。见此情景，魏国城楼上欢呼雀跃，同时点燃响炮以振士气。

"章蟜，你不要小看了我魏国。我不要别人，如果你还有点胆量，就亲自来和我一战。"

章蟜拿起手中刀，说道："既然是魏国公子，我就给你这个面子。"

说罢，章蟜挥舞大刀劈来，两人战在一起。安邑城上，魏王双手紧紧攥住，生怕魏卬发生一点儿意外。庞涓一边认真看着他们的打斗，一边观察周围地形。两人打斗十多个回合后，魏卬拖刀就走，章蟜不追，忽然放声大笑，说道："哈哈哈，原来魏国公子也不过如此，众将士随我杀！"就在秦军正要冲杀时，忽然前面出现一个人，他身披银盔银甲，手中握一杆长枪，年纪二十上下，姿态英气逼人。

"来者何人？"章蟜大声问道。

"在下云梦山鬼谷门下，庞涓是也。"

"你这年轻人不要妄想拦住我，快快退下！何苦来送性命？"

说完，章蟜就要继续追魏卬，但庞涓岿然不动。章蟜不再客气，把刀高高举起，趁着马的冲劲，双手用力砍下，想要结果庞涓的性命。只见庞涓把手中的枪一横，刀枪相碰，章蟜被震得几乎坠下马来，再看庞涓，仍是纹丝不动。

"原来有些力气，是我小看你了，但战场之上可不是有力气就能赢！"

章蟜说着就改变刀招，从四面八方砍来，但庞涓都能从容应对，将章蟜的招式一一拦截。

章蟜心中着急，自己竟然被一个年轻人压着打，但是无论怎么努力，手中的刀就是不能给庞涓造成一点点的威胁。而且奇怪的是，对面的人却也不趁机进招伤害自己。

"庞涓，杀了他！"魏卬在背后喊。

"可是！"

杀人，庞涓觉得自己做不到。眼前之人可是一个鲜活的生命，自己怎么下得了手？但是章蟜不依不饶，继续进招。庞涓优势明显，却不敢下死手，这样下去没人知道会发生什么。

又一个回合，两个人正面交战。章蟜发现庞涓手软，虽然不知他为何如此，但是渐渐有恃无恐，想要奋力一刀劈下庞涓。忽然，一支冷箭射来，章蟜一直不服自己怎么会拿不下眼前这个无名小辈，早就忘了战场之事瞬息万变。刹那间，他眼睁睁地看着自己被箭射穿咽喉。

庞涓也惊了，眼前之人刚才还在挥舞着刀，现在却纹丝不动了。他应该再也动不了了，刀落在了地上，咽喉处迸射出的鲜血溅在他的脸上。这血还是热的，却比冰冷的血更加让人震惊。

章蟜死了。

第九节　安邑解围

他死了，他就这样死了。

庞涓有点不敢相信眼前的一切，自己不想做的事情终于还是发生了。这血是如此的真实，真实到让他不知所措。

魏卬早就做好了准备，令旗一指，松散的阵法突然变化，形成一个阵首。后面的安邑城门顿时大开，城中兵马接上阵首形成巨大方阵，向秦兵冲杀而来。听着耳边不绝的厮杀声，庞涓的头脑一片空白。身体里的热血仿佛一直在灼烧着他，渐渐地，血开始冷却变干。他清晰地感受着这变化，眼前无数的生命就像这血一样，无情而又迅速地"冷却"了。

忽然。有人拍了拍他的肩膀，对他说："你做得很好，我们赢了。"

庞涓回头一看，正是魏卬。

"我——"庞涓不知道该说些什么。

"不用解释，我知道你的想法。我第一次上战场时紧张得浑身发抖，兵器都抓不稳，还不如你呢。慢慢来吧。"

魏卬的话让人觉得有些安慰，庞涓振作起精神，跟随他前进。

两军对垒，兵戎相见，尸横遍野，血流成河。从前这些只是一个个词语，但当真的呈现在眼前时，竟是如此令人感到恐怖。刚才让秦军统帅章蟜手足无措的庞涓，现在的样子比对手更难看。如果不是魏卬在身边保护，他早就死了好多回了。

然而，此时秦军军容依然严整，此前又是胜利之师；魏军龟缩多日，士气不足，反而渐渐显现劣势。魏王在城上看得着急，赶忙问道："快快，谁能扭转战局？"

"公叔痤愿往。"

"好好，你快去！现在秦军无首，这场仗一定要赢！"

"末将遵命。"

公叔痤再点城中所剩兵马加入战斗。战况一时胶着，难分胜负。

忽然，四周炮声不断，有三面大旗高高竖起，一面写着"缓"，一面写着"韩"，一面写着"赵"。

魏王在城上看得清楚，忍不住叫了出来："是王弟带着韩、赵的兵马来啦！哈哈哈，天佑我大魏！"

炮响之后，三方人马再加上安邑城中的人马四面夹击，对秦兵形成合围，尽管秦军军纪严明，临危不乱，但主帅已死，无力回天，数万秦国兵马立刻溃败。退败之间，忽然听到南方又是一声炮响。魏王君臣赶忙看去，只见又有一面大旗竖起，旗上写着"上将军龙贾"。

魏王顿时心花怒放，说道："胜了胜了，我们要胜了！天助大魏，天助孤王啊！"原来是平陵上将军龙贾率人马前来救驾。几方人马齐聚，秦军溃败，安邑之围终于解除了。

安邑城下，魏卬让公叔痤整顿人马，自己带着庞涓和几个人一起拜见韩、赵统帅。这时恰巧遇到魏缓，魏卬便上前拜见。

"王兄，多亏你说动韩、赵两国君侯前来援助，不然今日胜败难料。"

"我魏国命不该绝，这是天意。韩、赵两国君侯通晓事理，才亲自带人马来支援。"

"韩、赵两国君侯是亲自带人马前来了吗？"

"没错。"

"这件事会不会有诈，还是他们有什么其他要求？"

"王弟多虑了。三国本是一家，互为唇齿，两国君侯并没有他意。他们能够亲自带兵救援，我觉得大王应该择日登门拜访，方能表达我大魏的感激之情。"

"若真的没有他意，那当然是最好了。让他们二位入城确实有所不便，我想先去拜见他们，让他们先在城外安营扎寨，大王和我再择日拜见。"

"如此也好。"

说罢，两人前去拜见韩、赵两国君侯，他们都在整顿自己的人马。两人说明来意，请韩、赵两国先将人马驻扎在城外，魏王稍后亲自前来拜见，两国君侯均有此意，当即同意了。

安邑被秦兵围困数月，军民疲惫，今日逃出生天，魏国君臣终于长舒一口气。韩、赵兵马就在城外扎营。魏缓进入安邑城中来见魏王，魏卬带着庞涓回到城内，公叔痤、龙贾也整顿好人马入城。

此时已是傍晚，但战事紧急，魏王立刻上朝准备后续事宜。

"如今秦兵退走，我大魏命不该绝。王弟公子印何在？"

"魏印在。"

"这次胜利多亏王弟神勇，还有你推荐的——"

还没等魏王说完，魏印就赶忙插话道："秉大王，此次是魏国天运昭昭，我只是侥幸一胜。箭射章蟜，此乃大王之福，和他人无关。"

"确实是王弟箭射章蟜，此乃首功。"

魏王见魏印抢话，又没有看到他引荐的庞涓上朝，知道定有深意，于是没有多说，只是命人给予魏印封赏。一旁的魏缓侧目观看，听闻秦军主帅章蟜英勇无比，竟然被魏印射杀，实觉不可思议。

"启禀魏王，如今韩、赵两国君侯在安邑城外安营扎寨，我认为大王应该亲自带领文武大臣前去拜见，方显我魏国诚挚感谢之心。"魏缓奏道。

"王弟之言有理，我择日就亲自带领文武百官前去拜见二位君侯。这次多亏你请来了韩、赵两国的人马，才能对秦国做最后制胜一击，同样功不可没。"

"谢大王。"

"公叔痤何在？"

"臣在。"

"你先在石门大败，损我魏国六万兵马，但是今日取得胜利亦有功劳，就功过相抵吧。"

"谢大王。"

"上将军龙贾何在？"

"臣在。"

"将军及时率领平陵兵马救驾，也记你功劳一件。"

"谢大王。请问大王接下来是继续追击秦国败兵，还是以守为主，要臣带兵再回平陵？"

"众卿以为如何？"

公叔痤上前道："大王，如今秦军新败，正应该乘胜追击。龙将军神勇，应一鼓作气，率平陵兵将收复失地才是。"

众人一时议论纷纷。魏缓说："上将军平时在平陵固守，贸然率兵去河西，实在不是好主意，何况他对河西不熟。反倒是公叔老将军常年巡视河西，有地利之便，正好率领兵马乘胜追击，将功补过啊。"

公叔痤回道："末将打了败仗，应该在家反省，此时让败将带兵，恐怕众将士不服。"

"不错，老将军年纪大了，应该守在安邑休养。"魏印说道。

"老将军在魏多年，德高望重，勇武不减当年，不存在这个问题。大王，请分给老将军兵马五万，收复石门失地吧。"魏缓接着魏印的话说。

"老将军，王弟都这么说了，请你不要推辞了。"

"唉，好吧。大王既然这么说了，臣自当遵命。"

"退朝。"

第十节　兄弟相见

魏卬府中，魏卬与庞涓聊起白天的战事。

"今天之战，感觉如何？"

"如在梦中，我还不能平复心情。"

"不知道你有没有听说过，第一次上战场的士兵能够抓住枪不逃跑，站好队列，就已经很优秀了。记得当年我第一次上去，看到那些人血肉模糊的样子，不知道有多少次逃跑的想法。而你今天一点儿都不怯，还一直压着章蟜打，已经非常优秀了。"

"你是说我有一天会像你一样，视人命如草芥？"

"身处乱世，没有人能够置身事外。你可以不杀人，但你也要有杀人的能力，别人才不敢碰你。"

魏卬拍了拍庞涓，说："你可是鬼谷门徒，我相信你会过这关的。"

"今天大王在朝堂上论功行赏了，你知道对你有什么封赏吗？"

"不知道，大王并没有派人来封赏。"

"大王没有给你任何封赏。"魏卬看着庞涓，理直气壮地说出了这句话。

"我没有任何功绩，还让公子一直为了保护我分神，不能放开手脚，确实不值得封赏。"

"不，这次大战虽然你没有伤一个人，但正是因为你对章蟜的压制，才让我有机会射杀他，要论功劳其实你才是最大的。可我并没有提你的名字，反而冒领了你的功劳。你知道这是为什么吗？"

"公子这样做，必然有深意。请公子明示。"

"因为我觉得这次魏缓搬救兵一定不简单，他以一个公子的身份，何德何能说动韩、赵两国君侯亲自出马？"

"难道说，他私下许给了两国君侯很大的利益？"

"这个利益一定很大，大到值得他们亲自出马。"

"或者说有他们不得不出马的理由。"

"能够让两个诸侯国的君侯动心，只有一种可能，这个利益就是——"

"魏国。"两人同时脱口而出。

"没错，这个利益足够大，足够吸引人。"魏卬接着说，"魏缓狼子野心，一直对魏王的位置虎视眈眈，但是先王指定了当今大王继承王位，他唯有用这个方法篡位。现在对他来说，大王新立，人心不稳，正是篡位阻力最小的时候。再加上安邑刚刚大战，他利用两国的力量，许以利益，万无一失。如果魏缓真的以魏国为代价来达到自己的目的，那这招也太狠了。"

"哎呀！"魏卬忽然恍然大悟，"他提出来要大王亲自去向两位君侯道谢，如果我的猜测不错，这一定就是阴谋了。大王一旦进了韩、赵的大营，恐怕凶多吉少，这条计谋太毒了！"

"但是他还是考虑少了。"

"哦，哪里考虑少了？"

如此如此，庞涓一一道来。魏卬大喜，说道："这三点他考虑不到，注定了他要失败。这也是我冒领你的功劳的原因，因为你是我最后的王牌，是大王翻盘的关键。"

"公子，我想见一见师兄。临行之前，师父曾经将书信托付给我，让我转交给卫鞅师兄。"

"他现在每天都在李悝府中，很少回来。我带你去吧，正好见见贤相。"

两人动身出发，前往李府。待门卫通报之后，两人进去，李悝因病重在家休养，卫鞅出来见魏卬和师弟。庞涓细看眼前之人，只见他身材瘦高，有八尺模样，一身深色装扮，双目炯炯有神。

庞涓上前施礼，说道："阁下就是卫鞅师兄吗？"

"不错，在下卫鞅，你是哪位？"

"我也是鬼谷师尊的徒弟，我叫庞涓，师兄幸会。"

"哦，找我何事？"

卫鞅说话颇为直白，直接开门见山。魏卬听了摇头苦笑，师兄弟初次相见竟然没有寒暄，直接就问拜访目的，卫鞅实在是太耿直了。

"师父有一封书信给你。"

卫鞅伸手接过书信。魏卬看他们师兄弟二人有话要说，自己留着不合适，便说道："你们聊着，我先去看望贤相。"

卫鞅拦住他说："师父重病在身不想见人，公子不必去。"

魏卬暗自想："听卫鞅这话的意思，李悝还是对魏王有怨言。"于是说道："那我暂避，你们先聊。"

卫鞅看书信看了好一会儿后，说道："师父说要我向你学习，你有什么本事？"

"我跟着师父主要学习兵家战书，行军布阵。"

"那你给我讲讲你的阵法吧。"

庞涓说："我们到院中吧，我在地上以沙土为模型，比画给师兄看。"

两人往院中走，庞涓对卫鞅说："师父特别叮嘱我，师兄才华横溢，只是机遇还没到，将来你一定可以在魏国大展拳脚。"

卫鞅哼了一声，然后说道："如果不是为了陪伴师父，我早就离开魏国了。"

"原来师兄已经认了贤相做老师，真是可喜可贺。"

"李悝师父当年在魏国实行变法，才有魏国数十年的兴盛。感谢他愿意栽培我。为了能跟着他学习，我愿意继续待在魏国。"

卫鞅说得恳切，庞涓知道他是真心感激李悝。

二人来到院中。庞涓在地上画出阵法的轮廓，并一一给卫鞅指明。庞涓的阵法只有一个一字长蛇阵，但是"长蛇"每次应势而变，看似简单实则变化无穷。卫鞅看着，若有所思。

"师父说我为人太耿直不懂变通，但是我并不知道怎么做，他说让我看你的阵法就知道了。我看你的阵法只是一个长阵，如何能做到千变万化？"

"师兄，阵法什么样根本不重要。只要记住阵法的核心要领，不忘根本，然后因势利导，灵活变通，不要墨守成规即可！"

"我似乎明白了一些，你继续教我阵法吧。"

两人在一起聚精会神地研习兵法，因为太过投入，以至于忘记了时间。

翌日早朝，公叔痤上前启奏。

"大王，臣已经连夜点齐五万人马，准备即日起程，西进收复河西失地。"

"老将军果然对我大魏忠心不二，竟然不顾休息连夜点兵。"

"秦军刚退，沿路百姓仍然一心向魏。我正应该速速进兵，安定人心。"

"将军打算怎样进兵？"

"自然是先收复石门，以报一箭之仇；再兵进庞城、少梁，驱逐秦军。"

"将军一路保重。收复失地后先做固守，就不要轻易进兵了。"

"且慢！"魏卬出列拦阻。

"大王，如今安邑之围刚解，应当休养生息，而不是轻易进兵。目下兵将疲惫，匆匆出兵恐怕凶多吉少。"

"公子所言差矣。此时我军气势正盛，是乘胜追击的好时候，怎么能贻误战机？"

"是啊，王弟你多虑了。老将军尽管去吧，孤王为你亲自送行。"

见魏缓也在朝堂之上，魏王又不知自己的意思，魏卬只好不再阻拦，眼睁睁地看着魏王派公叔痤出兵，让他在这可能会到来的危急时刻分散魏国兵力。但是他想到龙贾的平陵主力仍在，城中不仅有守卫的精兵，而且还有庞涓相助，心里多少才有些踏实。

第十一节　内侍队长

送走公叔痤西去的大军，魏卬随同魏王回宫。

"大王，明天就要前去感谢两国君侯了。大王做了什么准备吗？"

"这点王弟放心，孤王已经让人准备了我魏国上好的美酒佳肴和珍宝。两国君侯看到这些，一定可以感受到孤王的诚意。"

"大王准备如何前去呢？"

"当然是坐轿前去。"

"臣的意思是大王应该带着内侍队前去。毕竟大王要出城，务必做好安全准备。"

"有这个必要吗？"

"有。此次臣举荐庞涓为内侍队长，和臣一起伴随大王左右。"

"哦，说起来这个庞涓，孤王倒是想问问，为何王弟那天要冒领他的功劳？"

"这个臣日后会对大王说明。"

"好吧，你就替我传旨，让他今日快来入宫，明天好一同前去。"

"是，臣弟告退。"

魏卬出宫后将此事告知庞涓，随后便带着庞涓一同入宫。不一会儿，有人领庞涓去内侍队。这里有早就准备好的衣服，庞涓找到一件合身的穿上。他从小家中贫苦，后来又随鬼谷子在山中学艺，从没想过能够入宫，还能穿上这么华丽的衣服。庞涓掩饰不住内心的欢喜，走到院中，抽出宝剑舞弄起来。

忽然，一道剑光闪过，庞涓急忙收剑护住身体。有个人一剑从左侧刺来，庞涓起手鬼谷剑法，只是用"横式"格挡几招，然后拉开距离，跳出圈外。

"哼！堂堂的内侍队长只会这几招，连进攻都不会吗？"

庞涓仔细观看，来人四十多岁的年纪，身上穿的是和自己一样的衣服，看来也是内侍队的。

从一旁又陆陆续续出来十几个人上前拦住来人，说道："队长，不要乱来！"

"你们不要乱叫，他才是你们的队长。"

大家看向庞涓，目光中充满了敌意。

这时，有个人站出来指着庞涓，问道："你是什么人，有什么背景？看你年纪轻轻的，凭什么能做内侍队长？"

庞涓说："我是河西人，名叫庞涓。祖上只是无名的普通人，不足挂齿。"

来人喝道："无名的普通人，怎么可能一上来就是内侍队长？你不说实话，我今天就给你点颜色看看！"

其他人赶忙拦住，说道："梁哥不可！他肯定是有来历背景的，你不要冲动啊。"

来人道："内侍队平时不出动，人们都以为我们只是摆设。其实我们哪个人不是刀口舔血，一步一步杀上来的，我不能忍受这种不劳而获的人！"

庞涓大概明白了他的意思，说道："我也只是奉命行事，并不是来抢这个职位。你要是不高兴，我可以求公子印去收回任命。"

"不要抬出公子印来压我。看剑！"

来人说罢，挥剑再上，庞涓只能继续抵挡，但只守不攻。忽然，他发现来人招式比之常人确实高出很多，只是在自己面前实在不值一提，也就渐渐放心。来人看庞涓年轻又长得唇红齿白，以为是弱不禁风之人，没想到几招下来竟然难以寸进。

这时，旁边又有人说道："人们都说内侍队长韩梁武艺高强，桀骜不驯，今日一见果然名副其实。"

围观的人纷纷朝着说话的人施礼，原来是魏印到了。韩梁一看是魏印，也赶忙收剑施礼。

"韩梁，你已进了多招。实话实说，庞涓的武艺如何？"

韩梁低头不语。

魏印继续笑着说道："你们可知道他可是闻名天下的鬼谷门徒？前几日在战场之上，正是他力压秦国主帅章蟜，才让我有机会射杀章蟜！"

所有人都震惊了，他们没想到面前的人有如此来历，怪不得这几招下来，庞涓仍旧如一座大山般沉稳。

"原来是这样，难怪武艺高强。是韩梁冒犯了，请队长海涵。"

庞涓赶忙上前扶起韩梁。

"明天内侍队会随着大王前去韩、赵军营，你们今天务必做好万全准备。庞涓不会一直留在这里。你们不必介怀，队长的职位以后还是你韩梁的。"魏印说。

接着，魏印看着韩梁说："因为他将是我魏国的统魏兵马大元帅。"

然后他又对庞涓说："今天你也要好好准备。明天魏王的安危，很可能就看你了。"

"是！"

说完，魏印转身离去。庞涓不了解内侍队的规矩，因此还让韩梁指挥，同时告诉他目前的局势以及明日任务的重要性和危险性。此时，韩梁心中的结已经解开，态度好了很多。

"韩大哥，有一句话不知道当不当问？"

"队长请问吧，韩梁知无不言。"

"你刚开始为何对我如此排斥？是因为我抢了你的队长职位吗？"

韩梁先是一愣，然后轻叹一声，说道："我熬了这么多年才熬到这个位置，你不知道我的不易。一旦我从这个位置下去，地位、名声、待遇都会大不如前。我背后的整个家族都要靠着我的这点收入生活，我在乎的不是内侍队长这个职位，而是我必须承担的责任啊。我知道也许你看不起我这样在乎名利的小人，但是我没有别的选择。"

"原来你背负着这么沉重的压力。"

"你还孑然一身，可能难以理解我，等你到了这天，你就知道这世上有多少无奈了。"

第二天一大早，魏王就带着魏卬、魏缓出发。庞涓带着韩梁等内侍队的人一起跟随。韩赵联军大营之外，早有人通报进去，随后韩、赵两国君侯出来迎接。

韩国在位的乃是韩哀侯之子，名叫韩若山。韩国与郑国交战多年，郑国靠着魏国撑腰，两国难分胜负。但是近些年魏国忙于应付秦国，无暇顾及，郑国一直催促魏国出兵相助，反而让魏王不悦，魏国干脆撒手不管。韩国趁这个机会一举攻破郑国，迁都新郑。此时正是韩国国运上升、士气大盛的时候。

赵国在位的乃是赵敬侯之子，名叫赵种。赵王刚即位就灭了赵胜的叛乱，三年夺取卫国七十三座乡邑，并与韩国合兵进攻周王畿，将周一分为二，使得周王室再也无力管辖诸国。赵国声势也是一时无两。

魏王看到两国君侯早就出来迎接甚是欢喜，赶忙走上前说：

"安邑之围，魏国岌岌可危，多亏两国君侯肯出力相助，亲自领兵前来。本王实在是感激不尽，在此多谢二位君侯，并带了些薄礼略表心意。"

韩王道："魏王太谦虚了。韩、赵、魏本是一家，唇齿相依，应该互相帮助，不要如此见外。"

赵王也说道："不错，魏王太见外了。我们快快入中军帅帐详谈吧。"

"好，二位君侯请带路。"

韩、赵两国的君侯转身走在前面带路，魏王跟随在后。魏卬赶忙上前站在魏王左边，魏缓也只好上前列在右侧。魏卬回头示意庞涓跟上。庞涓看向韩梁，示意韩梁招呼内侍队跟上，但被大营门口的士兵横戟拦住，不让进去。

"我们是魏王的内侍队，为何不让进去？"

"军营之内不允许闲杂人等进入！"

"内侍队怎么就是闲杂人等了？"有人气愤地说道。

"但是为确保魏王安危，现场必须有人护驾。我们只进去两个人，可以吧？如果出了什么事你能负得起责任吗？"韩梁说道。

"没有大王的命令，谁都不许进入！"

魏王回头看了一眼，对韩、赵两国君侯说道："他们是我的贴身护卫，就让他们进来吧。"

"军帐虽狭小，但多两个人还是无碍的。放他们进来吧。"

看守营门的士兵闪开道路，韩梁和庞涓赶忙跟上，护在魏王身后。

第十二节　虎口

韩、赵两国君侯率先进入帅帐，魏王跟在后面。只见两侧士兵昂首挺胸，手中紧握兵器，目光充满杀气，让人不禁感到一阵寒意。

就在魏王正要迈入帐中时，帅帐左边士兵的武器忽然脱手，大刀向中间劈下。刀速虽不快，但事发十分突然。就在此时，只见庞涓眼疾手快，一个箭步上去，双手一左一右推开魏王和魏卬。魏缓在魏王身后一步的位置，未被波及。庞涓又单手一举，拖住压下的刀杆，然后把刀抬起，用力砸到地上，而他自己却丝毫未受影响。

"二位君侯，请问这是什么意思？"魏卬已经感受到对方的敌意，大声质问。

两位君侯转身呵斥士兵："这是怎么回事？让你们做好准备，怎么还会发生这种事？"

一旁的韩国元帅冯况回道："是我们在准备的时候正好少了一口刀，所以就让士兵拿了我的刀站在帅帐门口。应该是我的武器太重了，普通的士兵拿不动，又看到魏王英雄神武，被魏王的气势所震撼，所以没拿稳。"

赵国元帅乐祚说道："不错，这是我们考虑不周。"

拿刀的士兵早就跪倒在地请罪。魏王终于缓过神来，看到眼前的情景，心里"怦怦"直跳，心想：幸亏王弟推荐的庞涓眼疾手快。

韩王怒斥道："没用的东西，在魏王面前丢我们的脸，还不快快退下！"

士兵伸手去扶庞涓插在地上的刀，刀竟然纹丝不动。他又加了一把力，仍然拔不出来，只能无奈退下。

"韩、赵是魏国的恩人，这点小小的失误不影响韩、赵与魏国的关系。只是如果今天伤的不是我王，而是韩、赵两国的君侯，那可就不合适了。"魏卬冷冷地说。

"公子教训的是，我们以后自当注意。"

韩王抱拳赔礼，赵王也抱拳表示歉意。

魏王见两位君侯已经道歉，便不再计较，继续前行。韩帅冯况在旁边脸色已经铁青。

军帐内，众人各自落座。韩王、赵王在北，他们的左右各坐着两国的元帅；魏王在南，他的左右分别是魏卬和魏缓，庞涓、韩梁则立在魏王身后。

韩王道："刚才在帅帐门口那位抬刀的将军，不知是何人？"

魏王道："乃是内侍队队长庞涓。"

"听闻魏国内侍队队长是韩梁，什么时候换新人了？"

韩梁施礼回道："内侍队队长有才能者居之。韩梁技不如人，自当让贤。"

"孤看这位将军年少，竟然有这样的本领，不知祖上是谁，师从何处？"

庞涓道："我是魏国河西庞家村的人，父母只是寻常百姓。我师从云梦山鬼谷子。"

一旁的韩帅冯况说道："我早年师从墨家，曾学得一些剑法。听闻鬼谷门下也有一套鬼谷剑法，今日就在这帅帐之中与庞将军比试比试，为大家舞剑助兴，如何？"

韩王鼓掌笑道："好啊好啊，孤王好久没有看到元帅舞剑了，魏王意下如何？"

魏王也笑道："好，庞涓，你就陪冯元帅比试一下吧。"

"庞涓领命。"

说罢，两人走到军帐中央。韩帅道："我的刀重八十斤，普通人拿都拿不动。将军竟然一只手轻轻托起，足见力气过人。今天我就领教下鬼谷门下的高招。"

庞涓抱拳回道："承让了。"

两人说罢，冯况先进招。庞涓起手鬼谷剑法守势，即鬼谷剑法的"横"字诀，观察对方招式。他初上战场不知对手功力深浅，事事以学习为主。冯况看他守得严密，便加快招式，逼他出招进攻。庞涓见守下去不是办法，只得逐渐加入攻势，"纵"字诀上手后，剑法愈显凌厉。

韩王道："这位将军和冯元帅不分胜负，果然厉害。"魏王和魏印心中高兴。只见魏缓面露忧色，他不知什么时候魏王的内侍队竟然加入了这么一位高手。

忽然，庞涓剑招再变，竟是自己悟的鬼谷剑法"崇山峻岭"。剑招一共七式，冯况变化不及，宝剑脱手，朝着魏王飞过去。魏印一直聚精会神地看着比武情况，见此情景，他及时抽出腰间宝剑，抬手把飞向魏王的剑打掉。

"庞涓大胆！"魏印呵斥道。

庞涓赶忙请罪，他没想到这个时候冯况会输，也没想到剑还会飞出去。

冯况说道："魏王、公子印，不要怪罪他，是我技不如人致使宝剑脱手，罪该万死。"

赵王也说道："刀剑无眼，这种事情本来就难免。我看还是不要比了，大家坐下来谈事情吧。"

魏王这时举杯说道："想不到二位君侯在百忙之中愿意亲自带兵襄助魏国，也多亏了王弟缓想到让二位君侯出马，才有今天的三晋会盟。本王带了重礼前来，请二位不要嫌弃啊。"

韩、赵两国的士兵早就把军营门口的礼品抬了进来，打开箱子一看，果然尽是金银珠宝。

赵王说道："不错，是公子缓前来搬请救兵。我们看公子确实是有雄才大略之人，又充满诚意，所以答应了出兵。"

韩王道："不错，公子缓年少有为，不输魏王，确实是人才啊。"

魏缓不停地摆手，自言不敢当。

韩王道："不过，孤和赵王都不缺少这些珠宝，我们其实另有所求。"

魏王道："不知二位君侯想要什么？"

"我们想要的是开拓疆土。"

"二位君侯是要魏国割让部分土地作为补偿？不知看上了魏国哪里的土地？"

赵王道："我提议魏国三分：魏国占河西之地，河东以黄河为线，北部归赵，南部归韩。魏王以为如何？"

魏王听后，脸色大变。魏卬勃然大怒，用剑指向赵王，说道："赵王，你是什么意思？你莫要忘了这是魏国的领土！"

赵王冷笑一声，说："你们也不要忘了，这里是我们的军营。"

韩王道："或者我们提议魏王就此退位，让位给公子缓。公子缓雄才大略，相信会是魏国大王更好的人选。到时候三国交好，定然可以谈出更好的解决办法。"

一切真相大白。魏王转头看向魏缓，说："原来是你狼子野心，私下勾结韩、赵出兵助你篡位。好一招空手套白狼！"

魏缓起身离座，站到韩王和赵王一边，说道："魏罃，如果不是因为你年龄比我大，魏王的宝座哪里轮得到你这个庸才坐？论才干、论见识、论谋略，我才是那个更优秀、更配得上做魏王的人。你就是个废物，魏国在你手里迟早要衰亡。"

魏卬道："如果你得逞了，才会让魏国陷入困境。"

魏王手指魏缓，激动地说："你！你是我的亲兄弟，父王尸骨未寒，你竟然做出这种叛逆之事！"

"只要你死，我坐上魏王的位置，三晋重归于好，我们就能齐心协力灭秦伐楚，称霸天下。父王毕生的愿望不就是这些？而我魏缓一定可以实现他没有实现的梦想。"

魏卬道："魏缓，今天你终于肯摊牌了。我们现在要名正言顺地铲除你这个败类！"

"魏卬，请你看清楚现在的处境，是谁要铲除谁？"

第十三节　鬼谷新剑

如今魏王身处险境，不知怎样才能从这韩赵联军的重重包围中逃出去。他毫无对策，陷入了绝望。

只见韩王、赵王胸有成竹地看向冯況、乐祚，冯、乐二人迈步向前就要动手，一旁的庞涓、韩梁抽出宝剑向前护住魏王。魏卬也手握剑柄，但是并没有拔出剑，他厉声对韩、赵二王说："今天我们君臣死不足惜，但是两位大王要如何向天下交代？难道你们为了帮助逆贼，要合力刺杀一国的新君吗？"

韩王、赵王愣住了，魏缓抢过话说道："今天只要除掉你们，怎样向天下人交代我们自有办法。你们则会因为羊入虎口的愚蠢而被人们记在史书上。"

没错，历史都是由胜利者编写的。胜利的人做什么都是对的，都是聪明神武、天命所归；失败了，就是愚蠢无知。事实上，成败只有一线之隔，而魏印正是看到了那一线生机，因为有人也许会动摇。

赵国元帅乐祚一马当先，挥剑就砍，韩梁过来抵挡住。冯况也上前进攻，庞涓迎面拦住他。魏印直奔营帐门口，庞涓、韩梁护着魏王，三人且战且退，才逃出营帐，就见魏缓挥手说道："上！"

看来魏缓还有后招。只见周围冲上来四员大将，魏印立即明白，所有人都听说魏缓在私养精兵，但是从来没有证据，今天看来这四员大将就是他的人了。四人四杆长枪从四面杀来，他们招式整齐划一，互为辅助，看来训练已久。一时间，魏王三人险象环生。庞涓使出鬼谷剑法，身子一转，一剑分开四人兵器。魏印抓住一瞬间的机会，发出信号。一声长鸣之后，信号冲向天空。

魏缓也冲出帅帐，看到魏印放出信号，知道不能拖延，便对手下说："陈旭、冯谦、樊聪、赵平，你们四个人快快给我杀了魏王，不得有误。"

"得令。"四人应声，再次一起冲过来。庞涓一夫当关，将魏王守得密不透风，四人竟然难以寸进。

魏缓看到庞涓英勇杀敌，心中着急，转头对韩王、赵王说："两位大王，请快快杀掉魏王，不可以放他走啊！"旁边的赵国元帅乐祚跟过去，韩梁赶忙拦住他。魏印护着魏王且战且退，四下查看有没有战马。但是韩王和赵王早就想到了这些，周围空荡荡，连遮蔽身体的地方都没有，何况是战马。

韩梁越来越吃力，庞涓被魏缓手下四人纠缠得分身不暇，魏印又要护着魏王，而此时从四面八方包围过来的人越来越多，形势越发紧急。魏王心中着急，不知如何是好。

"王弟，方才的信号是怎么回事？"

"我早就命令龙贾待命，以信号为令，随时出兵救援。"

"原来王弟早就预料到今日的情况。老天保佑，龙贾将军快快来救驾。"

话音刚落，只听韩梁"啊"地大叫一声，所有人转头望去，只见乐祚一剑砍掉了韩梁的左臂，顿时血流如注。庞涓心下着急，剑招再次变化，使出鬼谷剑法"崇山峻岭"，瞬间逼退魏缓手下的四将。庞涓顺势过来帮助韩梁，拦住乐祚。

魏印看到庞涓的剑招已经开始发生变化，马上就要突破极限，再次创造出新的剑招，但一时又无法破局。他心中着急，然而又无法勉强。

虽然韩、赵两国君侯和魏缓之前没有听说过庞涓这个人，但是他们清楚，今天要想杀魏王就必须先解决掉庞涓。

"一起上！"众人异口同声地说。

话音刚落，乐祚、冯况和魏缓手下的四将一起冲了上来。韩梁一臂断去，血流如注，魏王上前搀扶住他，魏印要抵挡其他兵将，因此只有庞涓奋力抵挡六人，一道剑气尽展鬼谷剑法精髓，出神入化。

魏印说："庞涓，你的剑法就在突破的边缘。你之前一直置身战场之外，不见杀戮，所以有所收敛，不能尽展锋芒。如今你已经身在战场，再也不能站在远处看这一切了。危机已经近在咫尺，你必须有所突破！"

突破谈何容易，要知道"纵""横"两招之后，他和孙宾都用了好久才悟出第三招。

但是，他今天必须有所突破，不然一定会命丧此处。他还年轻，他还有梦想，他还要出人头地，他还什么都没有做，不能就这样默默无闻地死去。

庞涓觉得公子印说得有道理。之前自己一直置身战场之外，远远地观望着这个世界。所以那山，永远只是崇山峻岭。但是现在，他已经身处其中，此时再用之前的眼光去看待这个世界，愈发显得格格不入。因为，山已经不在远处，而是近在咫尺。

这山，果然是重峦叠嶂。

念及此处，庞涓手中的剑招突然发生变化，让所有人都大吃一惊。

"鬼谷剑法——重峦叠嶂！"

庞涓的吼声一出，冯况、乐祚武艺高强，看到情况不妙，急忙抽身出来。魏缓手下的四将撤走不及，樊聪、赵平两人一命归西，陈旭、冯谦惊慌失措，赶忙退后。

"你做到了。"魏印对庞涓说道。

"什么？"庞涓缓过神来，看向自己手中的剑，不知什么时候剑上沾满了鲜血，再看向眼前，发现有两具尸体横卧在地。

"我杀人了？"

庞涓惊愕不已，自己终究还是迈出了这一步。看着手中的鲜血，他仍然有些无法相信。

然而战场上，哪里有让人愣神的工夫！只见魏缓反应迅速，大喊一声："放箭！"

弓箭手早就准备好了，刹那间，箭如雨下，铺天盖地而来，庞涓岌岌可危。忽然一个身影扑了上来，挡在庞涓身前。就在庞涓愣神的工夫，两支箭早就穿透了来人的肋骨，庞涓定睛一看，竟是韩梁。

"韩梁，你干什么？"庞涓大吼一声的同时，用一只手将他拖住，另一只手舞剑如飞，将射来的箭矢纷纷打落在地。

"我受伤太重，快不行了。你一定要保着大王安全撤退。"

"不要胡说，我们一起撤退。你背后还有你的整个家族，他们都需要你，你必须回去！"

"就算回去，我也只剩一只手，成了废人。放下我，快走吧，以你的武艺一定没问题的。"

"卿家，你一定要坚持住。"魏王说道。

"你必须跟我们回去，回去之后你仍然是魏国的内侍队队长，没有人可以替代你。你若是死了，就什么都没了。"

韩梁的双眼中充满了感激，但是他真的无力再动弹了。

庞涓把他放下，奋力挥着剑，拦挡着箭矢。魏王扶着浑身是血的韩梁，眼神里充满了绝望。

"今天，我们还能活着出去吗？"魏王问。

说话间，忽然背后杀声震天，一人身披金盔金甲，手握一杆大刀，高喝一声："大王莫惊，龙贾救驾来了！"

第十四节　逃生

龙贾的现身，让魏王看到了生机，高呼："龙贾救驾！"龙贾命人上前保护魏王等人。韩王和赵王看今天追杀魏王无望，但两家联军已经兵临魏国城下，便立即指挥兵马如潮水般冲向安邑。龙贾率领人马死命拦截，一阵冲杀后终于逃入城中，魏王在鬼门关前走了一遭终于逃出生天。然而另一边，韩、赵的人马也顺势包围了安邑城，可怜安邑城在短短时间内两次被围。

韩赵联军大营内，韩、赵两国君侯和魏缓落座。魏缓感叹道："可恨没有杀了魏罃，让他逃走了。否则，我们的大事今天就能成了。"

韩王道："谋事在人，成事在天。谁知道他身边忽然出来一个武艺高强的庞涓，否则，今天志在必得。实在是天意让他多活几天。不过这并不影响大局，毕竟我们还是占据优势的一方。只要加紧攻势，就定然可以成功。"

赵王道："不错，事成之后，公子你可要记住对我们的承诺。"

"韩王、赵王，请放心，事成之后，我一定会割让答应给两国的土地。以后三国交好，韩、赵的兵马可以在魏地任意穿行。"

赵王道："你和魏罃的争斗，让我想起了当年的赵胜。不过这次最后胜利的肯定是我们。"

安邑城中，魏王逃回城中，惊魂未定。魏印和龙贾护送魏王入宫，稍作休息。

"多亏龙贾将军救驾及时，不然孤王今天必死无疑。"

"大王，这都是公子印的提前安排。臣只是奉命行事，在看到信号后出兵救援。"

"王弟，这么说，你早就预料到今天的会面是一场阴谋？"

"臣也只是猜测，并不确定。以防万一，所以才安排了龙贾将军接应，并让庞涓和内侍队陪同。"

"你是怎么发现这是阴谋的？"

"因为魏缓的救兵来得太快、太容易了。他只是一国公子，一出马就让韩王、赵王亲自带兵前来，实在太过蹊跷。我曾问过他韩、赵有什么要求，他却说没有，这没法不让人怀疑。要知道韩、赵、魏三国多年来面和心不和，表面看起来很平静，内心谁都巴不得三晋再次归于一统，不过是心有余而力不足。而且，他再三提出要大王亲自前去韩、赵军营中回谢。要知道，军营和宫中相比，实在太危险了。如果发生意外，谁能保证大王能全身而退？这实在不像是人臣提出来的建议。"

"看来他从准备去韩、赵搬救兵的时候，就已经开始计划这样做了。"

"没错，我想他能够让韩、赵出兵，重点不在退秦。三国攻秦，秦国必败，这是毫无疑问的。所以，一开始他让韩、赵出兵的目的就是夺魏。然后，他再许以丰厚的条件回报两国，甚至是割地朝贡。我想只有这样的利益才能让韩、赵两国国君禁不住诱惑亲自率兵前来。"

"王弟之言有理。也就是说，一开始你就想到韩、赵来者不善。"

"不知道大王还记不记得，当初杀掉秦国主帅章蟜之后，我并没有让大王封赏庞涓而是自己冒领了功劳？就是想拿庞涓做奇兵，在关键时刻打乱他们的计划。"

"原来王弟有此深意。庞涓此人果然神勇，要不是他，孤王今天必死无疑。"

"所以，我才推荐他以内侍队长的身份陪王伴驾，在危急关头可以起到关键作用。只是唯一的疏漏就是公叔痤老糊涂，这个时候竟然要率兵去收复河西失地，导致我军分兵。当时魏缓在旁边，所以我也不便拦阻。"

"是孤王愚昧，竟然让公叔痤在这时候分兵。现在再派人前去让他撤兵，咱们内外夹击是不是可行？"

"臣认为不可。"

"为何？"

"能杀出重围的人只有庞涓，上将军龙贾或许也可以勉强做到。但如今正是用人之际，如果他们走了，城中定然空虚，如此一来，大王更加危险。"

"那现在如何是好？"

"龙贾带来的兵马都是精兵，虽然数量上不如韩赵联军和魏缓的叛军，但是防守一段时间还是绰绰有余。这段时间内，我需要让庞涓安心练兵。只要一个月时间，让他摆出一字长蛇阵，何愁三家兵马不破？庞涓这个人着实是个奇才，不负鬼谷门徒之名，他又是魏国人，将来大王一定要重用他。"

"孤王一定会大加封赏，让他做安邑的上将军。"

"不，臣的意思是，统魏兵马大元帅非他莫属。"

"这样做是否太过了？自从吴起离开魏国之后，再也没有人能够真正胜任这一职位，庞涓可以吗？"

"庞涓此人不输吴起。"

"一个刚刚出山的庞涓真的能退去韩、赵的兵马和魏缓的私兵吗？毕竟他没有经验。"

"大王，臣和庞涓早就商议过此事。庞涓认为韩赵联军和魏缓有两处考虑不周。有这两处不周之处，再加上臣认为的一个不周之处，则其必败。"

"是哪三处不周？"

魏卬上前向魏王一一道来。

韩梁经过医治终于保住了性命，魏王看到韩梁苏醒，心中颇为欣慰。内侍队的部将听说韩梁苏醒了，也赶忙过来。

"多谢大王关心。"

"说什么感谢，是你救了孤王。孤王会赏赐你，以后内侍队队长的位置还是你的。"

"大王不可，我已经是一个废人，实在是无力再留在这个位置了。内侍队能人辈出，他们一定可以胜任。"

"你别推辞了，就算孤王答应，他们也不答应啊。"

旁边的人也一起说："队长，你永远都是我们的队长。没有人可以代替你。"

韩梁感动不已，说道："遇到你们，韩梁不负此生。"

他又对魏王说道："这次多亏了庞涓，我们才能逃出生天。大王，您和公子卬以后一定要大力栽培他，此人前途无量。"

"这些我们心里都很清楚，你放心养伤吧。"

一番论功行赏之后，魏王和魏卬同去魏卬府中看望庞涓。

"庞涓人呢？"魏卬问仆人。

"他一大清早就一个人站在院子里静静地看着天，然后又突然跑出去了，没有和任何人说去向。我看他脸色不怎么好。"仆人回答道。

"他怎么了？"魏王问。

"大王，新人上战场，这是必须克服的一关，鬼谷门徒也不例外。我们不用着急，要相信他。"

第十五节　最难一关

夜半时分，庞涓难以入眠，白天发生的一切一次又一次地在他的脑海中萦绕，挥之不去。他完全没有心思去琢磨悟出来的新剑法，更别说练习、巩固和精进。此时，樊聪、赵平两个人倒下的画面，也在他的脑海中不断地重演着，折磨着他。

他走出房门，站在院中，不知道自己该做什么。

"我杀人了。"

白天，他的手沾满了鲜血。虽然他一直都知道这是注定会发生的事，但还是不能接受这个事实，至少现在还不能。

"师父，如果你在身边，会怎么样对弟子说呢？师兄，如果是你，你又会怎么做呢？对啊，师兄，这里不就有一个师兄吗？"

天刚亮，庞涓就赶往李悝府，想对卫鞅诉说这一切，不知他又会如何看待这件事。

"听说你救了魏王，以后你就要飞黄腾达了。"卫鞅说。

"也许是的。"

"你怎么了，不该高兴吗？"

"师兄，你杀过人吗？"

"当初在卫国逃亡的时候杀过，有什么问题？"

"我杀人了！我看到两个生命在我的面前倒下。如果不是因为我，他们现在还活得好好的。"

"但是就算他们不死，也还会有其他人死。"

"那是他们的事情，但是我……我不希望别人因我而死。"

"身逢乱世，心中仍有不战和兼爱之心，你这句话让墨翟佩服，若是鬼谷老儿听了也会感到欣慰。"

这忽然传来的一句中气十足的话，把庞涓吓了一跳。

"但是在这乱世中，不战的前提是战无不胜，兼爱的前提是有所舍弃。"来人继续说。

庞涓细看来人，他和鬼谷师尊年纪相仿，气度不凡，突然想起自己曾经在云梦山中见过。

"您是墨子吗？"

"哈哈，你真是好记性啊。记得当年我拜访云梦山，曾经见过你。那时候，鬼谷老儿一直夸你天赋异禀。"

"但是现在我有不解之处，希望您能帮我解答。"

"墨者信奉兼爱、非攻，这是世人都知道的。但是在世人眼中，墨者又不是柔弱、盲目妥协的，而是个个身怀绝技，有自己的坚定信念。其实，早年的墨者只懂得宣扬自己的想法，于是我们得到了太多的血的教训，不知道有多少弟子在我的面前倒下。后来我懂了，在这乱世你想说教，想让别人听从你的道理，首先你得有能制服他的手段；你可以不去动手，但是必须能自保。所以，墨者开始有了自己的墨家剑法，有了自己的组织。然而，势力大了又容易反过来欺压别人，所以我又要求墨者不得侵犯他人。他们可以追求高官厚禄，但是必须定期向组织奉献。当他们回到组织的时候，那个氛围会提醒他们：他们只是一个平凡的墨者，而非多么了不起的人。

至于杀人，一定是不对的，但是并不是不可以。对于有些人，我对他仁慈了，他就会反过来杀我和我的弟子，你说我该不该杀？世上不可能永远有可以两全的办法，从来都没有。我们必须做出选择。

据我所知，当时情况危急，如果你不出手杀他们，他们会手下留情吗？"

"不会。"

"所以，你杀他一定是错的，这没有疑问，但是你没有其他选择。能在战后懂得反省，你已经很优秀了。我知道这三言两语并不能让你看开，但是你必须振作起来向前看，魏国还需要你。"

"多谢墨子开导。"庞涓施礼表示感谢。

"多谢墨子开导庞涓。"一个声音说道。

听到又有人说话，三人转头看去，是魏卬和魏王来了。

三人赶忙施礼。

"想不到在这危急关头，墨家巨子墨子竟然到了魏国，使魏国蓬荜生辉啊。不知墨子此来有何贵干？"

"不瞒二位，墨翟此次前来，乃是为了一件墨家的私事。"

原来，墨翟多年前收了一个弟子，名叫胜绰。此人虽出自平民之家，但为人聪明伶俐，深得墨翟喜爱。墨翟将自己的学说和武艺倾囊相授。后来他仕于齐国，步步高升。随着俸禄越来越高，他向墨家奉献却越来越少了，门人因此不停地向墨翟告状，说胜绰如何不敬师长、不守墨家规矩。本来墨翟并不是很在意，奈何太多人不满意，于是他找了个机会和胜绰谈谈。胜绰却说不应该因为自己俸禄高就要多交。墨翟并没有为难他，只是说门人会觉得不平衡，建议他可以多付出一些以平息众怒，胜绰竟然拂袖而去。墨翟感叹世人容易妒忌，连墨者也不例外，胜绰其实并没有做错什么。后来，墨翟打算动身去齐国劝胜绰，想不到这时候齐国大夫项子牛无端侵鲁，并且以胜绰为先锋。墨家推崇非攻，胜绰公然主动攻击别的国家，实在是犯了墨家根本大忌。墨翟派高孙子前去齐国劝阻，想不到竟被胜绰杖责三十。高孙子负伤后匆匆赶回，最后病重身亡。胜绰这一次的行为彻底惹怒了墨翟和墨家众弟子。他们前去齐国要人，甚至要暗杀胜绰。胜绰听到风声连夜逃走，不知所终。后来，有人在魏国边境遇见胜绰，猜测他逃到了魏境。墨翟这才带着十名弟子赶来魏国想找出逆徒，但是打听多日，没有任何消息，胜绰好像人间蒸发了一般。

墨翟无法，因为曾经和李悝相识，便顺道前来拜见，没想到遇到了庞涓和魏王兄弟。

魏王听完，说道："墨子既然到了魏国，想必已知道如今魏国被三方兵马合围，正是危急时刻。不知墨家能不能伸出援手，助我魏国一臂之力？孤与魏国将感激不尽。"

"老夫也确实看不过韩、赵两国见魏王新立就出兵侵略。为了魏国百姓的安宁，我自当尽力帮助魏王守城。"

"能得到墨家相助，魏国有救了。退兵之后，魏国一定全力帮夫子全国搜寻胜绰，铲除逆徒。"

"老夫在此也多谢魏王了。"

"庞涓，我们也要开始做我们的事情了。"一旁的魏卬对庞涓说。

"什么事？"

"我要你亲自训练一支兵马，演练你的阵法。如今，固守安邑的兵马大部分都被公叔痤带走了，龙贾将军带来的人马虽然是精兵，但是数量不足。韩、赵兵马有十数万之众，想要解围，为今之计只有靠你的阵法破敌。展现鬼谷子阵法的时候就是现在！"

第十六节　一不周

"庞涓，你没有带过兵，所以我先给你调五千兵马。人数太多的话，恐怕你难以控制，毕竟你在军中没有威望。"

"公子考虑得周到，我这就开始准备操练人马。"

"韩赵联军的人马攻城，有墨子帮助对付，魏国应该暂时没有问题。你要在这期间尽快让这些士兵能摆出你的阵法，如此，我们魏国才有胜算。否则，时间久了，人心惶惶，就算敌人攻不破城，我们也可能生出内乱。"

"王弟，这么说，这段时间里我们什么都做不了了吗？"

"大王，你忘了吗？那天我曾经说过的韩、赵和魏缓考虑有'三不周'。'一不周'就是韩国刚刚灭了郑国，需要花费很大的精力去消化这片土地，所以，这个时候韩国最没有心思把精力花费在魏国，也没有余力强占魏国的土地。这次韩国前来不过是想不劳而获、占个便宜而已。不知大王是否还记得，当日我们在韩赵联军的帅帐之中，是赵王提出要瓜分土地，而韩王只是提出来要大王让位给魏缓？如今大王逃出生天，需要他们耗费时日来攻城，心中最着急的一定是韩国。所以，我们只要晓以利害，让韩王知难而退，韩国兵马自然会退去。"

这天，魏卬带着庞涓直奔韩国军帐。韩国士兵立刻报告帅帐，韩王带着元帅冯况出来应战。

"多日来，我们攻打安邑，你们一直都闭门不出，为什么今天敢来主动挑衅？"韩王指着魏国军阵说。

魏卬拍马向前，对韩王说："大王，别来无恙。我们此次前来乃是为了韩、魏的百年大计。"

"公子卬，请你看清楚状况，现在我们兵困安邑，你们有没有明天还不确定，何谈百年大计？"

"大王，韩赵联军已经围困安邑多日，损兵折将却不能再进寸地，您认为这是为什么？"

"哼！你们不过是负隅顽抗，我们迟早会攻破安邑。"

"实话跟您说吧，安邑城中有墨者相助，而且是很有地位的墨者。我相信有他们在，按照安邑中的粮草计算，就算是再固守半年也不成问题。"

"就算有墨者相助又如何，就算能坚持半年又如何？半年之后，你们又能怎么办？"

"这就是我想说的。韩赵联军明明已经围困住了安邑，不需要动一兵一卒，一年半载之后城池必破，那为什么一定要打呢？岂不闻'不战而屈人之兵，善之善者也'。如此不划算的账，大王一定可以算得清。"

"要不要攻城，孤心中自有盘算，何须公子说教。"韩王面色沉了下来。

"因为现在，我想大王你比我们更着急。"

"魏卬，你凭什么这么说？"

"因为郑国！"

魏卬的话像是一把剑，戳在了韩王的胸口。

"韩国从祖上韩武子开始到大王，历时五十年，和郑国大小百余战，不知有多少英魂埋葬，如今终于攻破新郑。明眼人都看得出来，韩国如要称雄于这乱世，迁都新郑势在必行，但是现在陷在魏国进退不得，又是何苦？就算最后安邑城破，魏国还有大片土地，韩国又不知要征战到什么时候。大王如今亲自来此，谁又能保证在这期间秦国和楚国不会蠢蠢欲动呢？"

"魏卬，就算你说的都对，但是我怎么能因为你这三言两语就放弃眼前的利益？攻下安邑，指日可待。等到安邑城破，我们立魏缓为魏王，到时候韩、魏交好，孤就可以及时撤兵回朝。"

"魏卬不敢欺瞒大王，刚才的这些话并非魏卬自己想到的，而是他。"

魏卬用手指向庞涓。

"他叫庞涓。正是他分析出来并告知我其中的利害，想必大王和冯元帅还记得他。"

韩王和冯况看向庞涓。

韩王道："不错，孤王记得他。那天是他保护魏王杀出营帐，没想到他文武双全，竟然还能够分析到这一步。"

冯况道："明天战与不战，决断在大王。但现在我们在战场上，庞涓你敢不敢过来与我再战一场？当日我们人多欺负你人少，本帅实在不忍心对你一个年轻人痛下杀手。今天，让我们一决胜负。"

"多谢当日手下留情，庞涓愿领教高招。"

原来，冯况性格耿直，当日有所保留，而且他本就是马上将，步下战法略输一筹。

韩王看起来十分有把握，他也想看看庞涓的手段到底如何，于是欣然同意。

战场上，冯况与庞涓一刀一枪开始交手。魏卬心中担心庞涓，虽然知道他武艺高强，但是毕竟战场经验太少。冯况征战多年，经验丰富，而且这一战关乎魏国命运。若是赢了，韩王可能知难而退；若是输了，下一步又该怎么办、怎么谈，都是未知之数。韩王这边也在观察，若是庞涓能赢，魏国有这样年轻有为的将领，韩国是否真的要考虑撤兵？若是韩国赢了，是否要继续和赵国、魏缓合作攻打安邑？

此时此刻，战场上两个人的眼中只有彼此。冯况率先行动，迎头就砍。庞涓举枪迎上，两人打在一处。冯况经验丰富，招招狠辣，这让庞涓一时险象环生。好在庞涓反应敏捷，多次化险为夷，几个回合之后，反而能用冯况展示的招式反过来对付冯况，让人不禁称奇。就这样你来我往三四十个回合之后，冯况刀法渐渐落入下风。忽然他拍马回到队列之中，把刀交给手下士兵并向韩王抱拳表示歉意。

"冯况惭愧，武艺不精，敌不过庞涓，实在无颜再战。"

"孤王看得清楚，此人确非凡人，不怪元帅。"

韩王又看向对面说："将军果然武艺不凡，冯况输了。"

魏卬赶忙上前，掩饰不住内心的喜悦，脸上堆满了笑容。

"承蒙冯元帅相让。大王，我再告诉您一件事，秦国主帅章蟜就是在庞涓手下败亡的。"

"这样的身手，章蟜败得不冤。庞将军确实是年少有为，能文能武。魏国有此良将，未来可期。"

"退兵之事，还请大王认真考虑。"

"今天韩国输了，其他事情日后再议。"

"恭送大王。"

韩王回到帐中，赵王和魏缓已经闻讯赶来。

"韩王，今天战况如何？"

"魏国的庞涓十分厉害，冯况没能赢他。"

"没想到魏国竟然敢主动出击。不过这一战对大局并无影响，我们只要继续围困安邑，总有一天能攻破城。到时候，除掉魏䓨，让魏缓即位，分到我们约定的土地之后，我们的大计就成了。"

"赵王打算怎么处置当今魏王？"

"当然是杀掉他，以除后患。"

"孤认为不妥。魏王和安邑军民同心协力多日，我们杀掉他，只怕会落得一个残暴的罪名；我们打着'救魏'的旗号而来，再强行占领土地，只怕又会落得一个贪婪的罪名。"

"韩王认为应该怎么办？"

"孤认为不如把魏国分为东西两部分，分别归属魏缓和当今魏王。到那时，魏国就如同宋、卫诸国一般对我们毫无威胁，且又不失和魏缓的约定，二位以为如何？"

"韩王，我们都打到这一步了，安邑就是一座孤城，迟早会被拿下。为什么在这个时候要饶他一命？"

"韩国国力有限，不如赵国强大，继续下去会粮草不济，只怕撑不到城破之日。魏国幅员辽阔，援兵肯定还会陆续赶来。赵王要打，韩国实在难以用举国之力奉陪。"

"韩王的意思是要撤兵吗？"赵王冷冷地说。

"不错。"

"孤认为韩王此时的注意力还在郑国，所以不想出全力，只想来占个便宜吧？"

"赵王既然这么说了，那我们也没什么可谈的了。韩国就此撤兵，我们日后有缘再见。"

魏缓知道韩国有自己的考虑，只好劝赵王不要动怒，眼下还是和魏国的战斗更重要。

安邑城中，士兵们观察到韩国方向的营帐在陆续撤走，魏王大喜。

"王弟，孤看韩国军营那边在陆续撤兵，果然一切不出庞涓所料。"

"接下来，我们就可以专心对付赵国了。"

第十七节　二不周

"王弟，我们接下来该怎么做？"

"接下来我们要做的就是给庞涓争取时间。他的一字长蛇阵是我见过的最强阵法，等到他稍有所成，我们就可以和赵国一战了。"

"你说的'二不周'，真的会发生吗？"

"这是肯定的。赵国如果攻破了安邑，就等于得到了魏国，到那个时候，赵王又凭什么把自己得来的土地平白交给魏缓？只是现在魏缓手中的兵马还有利用价值，所以他们之间暂时不会发生什么冲突。而魏缓也一定明白，安邑城破之日，他的处境将会变得非常尴尬。所以他一定会保留实力，以防赵国的攻击。这样一来，其实我们只要专心对付赵国就可以了。"

"话虽如此，但魏缓会想到这些吗？"

"如果他想不到，那我们就让他想到。"

"怎么样可以让他想到？"

"说客。"

两军交战，也只有有胆魄的人才敢担任说客。

"墨子多日来同诸位墨家高贤一起帮助魏国守城，魏王心中无限感激。大恩难报，今日魏卬亲来道谢，并献以薄礼聊表敬意。"魏卬说。

"墨家向来反战，韩、赵两国无故兴兵，墨门中人理当相助。"

"如今，韩国已经退去，只剩赵国和魏缓，我们的压力就小很多了。今天魏卬前来，是有不情之请，希望墨子能再出手相助。"

"公子尽管说。"

"如今韩国退去，魏缓能力有限，敌军主力只有赵国。我希望夫子能够作为说客去魏缓那里劝说他，从而离间魏缓和赵王的关系，则安邑解围指日可待。"

接着，魏卬把"二不周"的详情给墨翟说了一遍。

"这样可行吗？两军交战，师尊贸然前往，岂不是让自己置身于险境？"墨翟大弟子禽滑釐说道。

"若是其他人前往，魏缓必杀无疑；但若是墨子前往，则必然可以全身而退。因为墨子闻名天下，若是谁敢对您动手，就是与天下墨者为敌，与天下贤者为敌。墨学乃是当世显学，谁敢做这样的事？魏缓就算能逃得过墨者的追杀，做了魏王，谁又会去投奔一个连墨子这样的贤者都敢杀的人呢？"

"公子之言有理，老夫愿意前往。止息干戈就是墨家一直追求的，若魏缓能够听从最好不过了。"

"魏卬在此谢过墨子。"

第二天，墨翟和十多个弟子一同来到魏缓军营外，让人通报墨家巨子前来求见。魏缓不敢怠慢，立即让人将墨翟等人请进来。

"墨子前来有何指教？"

"公子，实不相瞒，老朽今天乃是为做说客。武侯是否有遗命老夫不晓得，但是现在魏国上下都认公子罃为魏王，公子何必妄兴干戈导致生灵涂炭？"

"墨子是什么意思？难道是劝我撤兵吗？"

"不错。公子可知道韩赵联军之所以多日攻不下城，正是因为老夫和众弟子一直在安邑相助守城？"

"这是为什么？您应该知道此时谁的力量更强大。安邑已是孤城，我们围困日久，假以时日，安邑城必破。到时候刀剑无眼，难免杀戮，墨子在城内恐怕也会有危险，不如早日离开为妙。"

"城破之日，城内的人难免有死伤，老朽不能坐视不理。更何况在老夫看来，只怕公子也会陷入险境。"

"墨子何出此言？"

"公子应该知道韩国退兵了。"

"当日韩王要撤兵，我就在旁边。韩国刚刚灭郑，有诸多事务要处理，所以先撤了。"

"韩国撤退就是公子陷入危险的原因。此前韩、赵两国互相牵制，即使最后有了实在不可调和的矛盾，公子还可以退一步自立为魏王，然后让两国从魏国拿好处，从而使自己处于不败之地。现在韩王退去，目前公子还有利用价值，所以赵王暂且不会动手。但倘若哪天赵王胜了并顺势拿下魏国，他又有什么理由把自己辛辛苦苦打下来的疆土拱手让人呢？"

魏缓恍然大悟，说："这样一来，只要安邑在，我反而会有一线生机。"

"不错，老夫此次前来就是要给公子指明，留在此地绝非明智之举。"

"我谋划了那么久就是为了能够攻破安邑做魏王。如今，攻破安邑反而会成为我的催命符，真是造化弄人。"

"公子，请及时收手吧。"

"此事不劳夫子费心。我早已想好一切，到时候我知道该怎么做。"

"公子不愿听老夫的劝告吗？"

"墨子不用多说了，请快快回去吧。"

"公子既然执迷不悟，老夫只有告退了。"

墨翟和弟子们离开魏缓军营，回到安邑。忽然，魏缓营帐中出现一人，只见魏缓对那人说："他说得很有道理。"

"他说的话一直都很有道理。"

"所以你认为我该怎么办？要像他说的那样逃走吗？"

"赵王不动手则已，若他敢对公子乱来，那么，有危险的人就只会是他。"

"只要有你在，我就放心了。"

安邑城中，魏王和魏印见墨翟回来，赶忙上前问候。

魏王道："墨子，今日之说，魏缓如何回应？"

"我看他态度坚决，似乎并不打算撤走。"墨翟说。

魏印说："他不是这种不识时务的人，不知是虚张声势还是另有所图。"

墨翟问道："不知道我那个逆徒胜绰，魏王查得如何了？"

魏王道："孤已派人多加查访，有人报告说曾在安邑城中见过此人，但后来就不见踪迹了。不知他现在是已经离开了安邑，还是藏匿在城中。孤已派人继续排查，若有消息必然立刻告知墨子。"

"多谢大王。"

第十八节　三不周

"王弟，这'三不周'真的没问题吗？"

"这'三不周'才是赵王和魏缓的致命伤，因为他们在谋划这一切之前，绝对想不到这个最大的意外——庞涓。"

"如果一切真如庞涓所料，他能够破解此次的困局，那么魏国的将来真是前途不可限量。"

"大王，这样的人，您可以得到三个。"

"哦，天下间还有这样的好事？谁还有这样的才华？"

"我去拜访鬼谷子的时候，他还有一个弟子名叫孙膑，乃是'兵圣'孙武子的后人，战术、武艺和庞涓不相上下，将来我们可以用庞涓把他引来，纳入麾下。"

"魏国如能得到此人，那真是好极了。另外一个人是谁？"

"这个人一直都在魏国，只是大王不曾重用他。"

"谁？"

"卫鞅。"

"你是说当初公叔痤推荐的、才华一般又在朝堂上公然顶撞孤王的那个卫鞅吗？"

"我私下和他交流甚多。此人也是鬼谷门徒，对法家学术颇有见地，如今来到魏国，又主动向贤相李悝学习。贤相把他一直留在府中，足见对他很赏识。"

"此事容后再议，等他有了功劳，孤自会用他。"

"愿大王不计前嫌重用此人。将来魏国有此三人，足可统一天下。"

"两代先王的遗愿莫过于此。若在孤王这代能完成此愿那真是先人保佑，更足以向魏缓证明，孤王不输他。"

"大王和魏缓本就是不同的人。魏缓虽刚强勇猛，但对下体恤不足。大王爱民如子，这才是父王选择您的原因。"

"愿不辜负父王的遗愿。"

"大王，我们去看看庞涓吧。"

"走吧。"

教军场上，魏王看到庞涓身披盔甲，手执令旗，大声指挥兵马移动。龙贾站在一旁观看。

"大王，微臣甲胄在身，不便行礼。"龙贾说。

"军中不必多礼。庞涓练兵练得如何了？"

"刚开始的时候，他尚有些难以服众，公子印让我过来协助，顺便从旁指导他带兵。但他学习得很快，这些兵将也都渐渐习惯了他的指挥。后来，我看他有了余力，就在原来五千人的基础上又增加了两千人。现在看起来阵法已经有了雏形，确实很不容易。"

"多亏龙贾将军协助。"魏印向龙贾道谢。

"魏国正值危急关头，龙贾能力有限，未能为大王分忧，受之有愧。"

三人转头看向庞涓布的阵法。魏印说："这阵法和我在云梦山看到的以沙石为阵的阵法已经颇有几分相似，但是还有差距。不过即使是现在这个样子，也已经有足够的杀伤力了。"

魏王不懂阵法，但听了魏印的话后，心中多了几分信心。

"我行军打仗多年，这个阵法却未曾见过。和庞涓交流几日，竟然让他这个小子给我长了见识，真是惭愧。"龙贾说道。

"不是每个人都能有让鬼谷子这样的名师指点的机会。将军的经验想必对庞涓来说也一定受益匪浅。"魏印说道。

"将军认为庞涓的能力比之吴起如何？"魏印接着问。

"这……龙贾不敢断言。两人都是百年难遇的奇才，吴起雄兵二十年，退秦七百里，但眼下庞涓还没有真正的战功，实在难以比较。"

"我认为，庞涓的能力，不输吴起。"

"公子这么说，末将倒是更加期待他的表现了。"

齐国王宫内，齐王田因齐与丞相邹衍共坐赏月。

"大王，您能看出来最近的天象有什么不同吗？"

"孤王不如大夫通晓阴阳和天象，不知最近天象有何异样？"

"臣观最近将星照在中原，有冉冉升起之势，大约是在魏国的位置。"

"据我所知，魏国都城安邑已经被赵国和叛贼魏缓包围一月有余。丞相的意思是魏国不但不会有危险，反而会有将星降临，帮助摆脱困境吗？"

"恐怕不仅如此。这将星起势就超乎常人，再加上魏国地大物博，实力在诸国之中最强，若是缓过这口气，天下危矣。"

"几十年前，将星照在魏国，有了吴起；如今再次照在魏国，不知会是谁。孤王就是遗憾，为何自孙武子之后，将星就不曾降临齐国呢？"

"大王不需要忧虑，只要励精图治，鼓励生产，任用贤良，不出三年，必会有将星来临。"

"唉，也许这就是对孤王的报应吧。"

"大王是说当年那件事吗？"

"孤每想起此事都感到十分悔恨。当初年少轻狂，考虑甚少，致使生灵涂炭。如今边关摩擦不断，都是因为孤王当年犯下的错误！"

"大王，您当初是出于好意，后来也做了补救，就不要太过自责了。齐国如今在大王的治理下，仅临淄就万户有余，要是大家站在一起，张袂成阴，挥汗成雨。任何一个国家都没有这样的繁荣，这就是您的善政。"

"丞相的话是在安慰寡人吧？"

"大王，齐国虽然现在看不到将星，但并非没有。这绝对不是臣安慰您的话语。大王耐心等待，他会来的。"

安邑城下，关闭多日的大门已经打开，为首的魏卬和庞涓出门列阵，七千兵马整齐有序，高声叫阵。赵国那边报告进去，赵王听闻魏国今日不再固守并且主动出击，很是诧异，便带着乐祚前来对阵。魏缓那边得到消息，也带着陈旭、冯谦赶来助阵。

"魏国躲避多日，今天竟然敢出城，实在出乎本王意料。"赵王说。

"魏国准备多时，就是为了今日能够再会赵王。"魏卬回道。

"公子，不要告诉孤王今天你有必胜的把握，这样的笑话孤王听得多了。"

"大王且看，我背后的阵法您认得出来吗？"

"区区小阵何足挂齿，孤王不需要了解。"

"大王敢来破阵吗？"

"待孤王破了你的阵，安邑就会因为你今天的自大而被攻破了。"

"若是大王破了阵，不需大王动一兵一卒，魏卬自然会把魏国全境奉上。"

"好！你的阵法有多少人？"

"七千。"

"那本王就七千对七千。"

赵王说罢，转身呼唤元帅乐祚点齐七千人马。双方人马蓄势待发，魏国兴亡在此一战。

第十九节　长蛇舞

硝烟起，战鼓鸣，长蛇狂舞待出征；

将星亮，刀剑横，将军欲留万古名。

庞涓站在一字长蛇阵的阵眼，以剑为令，左右指挥，从容不迫。赵王和乐祚各自带着一队人马从两侧杀来。一字长蛇阵首次出战，成效将会如何，魏印和安邑城楼上的每个人都在期待着。

赵王只觉得一靠近一字长蛇阵，就有一种逼人的寒气迎面袭来，颇感震慑。但赵王也曾身经百战，便稳定心神继续冲锋。两军短兵相接之际，赵王一骑当先杀入阵中，并未察觉异样，于是直奔庞涓而去，但是越杀越觉得难以再进，回身再看，只见"长蛇"首尾相连，自己已经被团团围在了中央。

墨翟在城楼上看得清楚，感慨道："鬼谷阵法果然奇妙，这般变化绝非生搬硬套，其中多有庞涓自己的想法和临阵的判断，如果换了别人，即使一模一样地学来，只怕也不会有这样的效果。赵王大意了。"

墨翟说得不错，赵王意识到自己已经身处险境，高喊后队变前队，速速撤出，然而这时要再出去难如登天。那边的乐祚一样不好过，自己被团团包围，又不能杀出去，转念一想，与其坐以待毙，倒不如置之死地而后生，带着人马再次冲向庞涓的阵心。庞涓并不阻拦，看他冲来，提起枪亲自接招，只消二十个回合上下，便挑飞乐祚手中的大刀，顺势将其打下马来。一旁的士兵见状，立即上前把他五花大绑，抓入安邑城中。

赵王被困多时，庞涓抓了乐祚，转过来要抓赵王。忽然，阵外有响动，原来是魏缓见赵王、乐祚二人带着人马进去良久没有出来，怕有意外，于是率领本部人马和陈旭、冯谦二将杀来。庞涓令剑一抖，一字长蛇阵散开，放出赵王；再一挥，又恢复"长蛇"模样。庞涓位于阵头，冲着魏缓杀去。

魏缓看到赵王回来，正想着乐祚在何处，忽然又看见庞涓冲自己过来，赶忙让身边的两位将士拦住。但这两个人哪里是庞涓的对手，三五个回合后就落荒而逃，魏缓和赵王趁机回到大军队列。庞涓浑然不惧，指挥一字长蛇阵杀向赵军，"长蛇"如同一个锥子插入赵军。安邑城上的众人远远望去，庞涓的人马就像长蛇一般肆意乱舞，势如破竹，赵国兵马大乱，立刻溃败，即使龙贾带兵多年也不曾见过这样的阵势。

转眼之间，庞涓杀到魏缓面前，魏印有令最好活捉魏缓，所以庞涓收起枪，抽出腰间宝剑，只见他使出鬼谷剑法，寒光一闪，魏缓知道自己没有招架的能力，所以干脆放弃抵抗，冷眼看着庞涓，这一举动让庞涓感到诧异，手中的剑略一停顿。忽然，魏缓身旁的护卫将手中的剑轻轻一挥，竟然轻松化解了庞涓的招式。

"墨家剑法。"庞涓见过冯况的墨家剑法，只一招就看出了来人的剑法。

安邑城上的墨家众人也同时脱口而出："墨家剑法。"

墨学乃是当世之显学，传人遍布天下，魏缓身边有人会墨家剑法并不奇怪，但是只用一剑就替魏缓解了围，天下间有这样水平墨家剑法的人并不多。

"师父，会不会是他？"墨家弟子说。

"这里太远，我们稍作观察再说。"墨翟回道。

庞涓看到来人轻松化解自己的招式，不敢大意，再次使出鬼谷剑法，来人举剑还击。

"鬼谷剑法——崇山峻岭！"

"墨家剑法——兼爱！"

双剑相交，所有人只见剑影闪烁，不见人影，又听到兵器碰撞之声不绝，足见两人招式速度之快。

忽然，两人分开，站立在原地。

"你用的是墨家剑法，你是墨家的人。"

"你的剑法不错，但是你还没有尽全力。"

"魏缓谋权篡位，你不要再跟着他了。墨家巨子墨子也在安邑城内，你快收手吧。"

"出剑吧！"

来人话不多说，再次进招："墨家剑法——非攻！"

他的剑直逼眼前，庞涓只好再出新招鬼谷剑法"重峦叠嶂"。

在一般人看来，两人的招式比方才放缓了，但明眼人都能看得出来，这次的招式比刚才要凶险得多，而且每招又藏了更多的后手。

"师父，一定是他！"

"不错，看这招式和这身法，一定是他了。"

墨翟说罢，转身就下城楼，走到城墙一半高的地方竟然纵身一跃跳了下去，然后从旁边拉过一匹马来，飞身上马就要出城。后面的一众弟子纷纷跟上，魏王看墨翟要出城，赶忙下令打开城门。

战场上，庞涓和来人再次分开，庞涓额头见汗，来人面不改色，足见功力之高深。

"你还有招式吗？"

庞涓看着他说："你收手吧，魏缓不会赢的。"

"如果这就是你的极限，就太让我失望了，鬼谷剑法不应该如此而已。"

说罢，来人再次使出手中的剑，庞涓的招式已经散乱，无力招架。就在此时，庞涓的身旁突然横出一剑，拦住来人攻势。

"胜绰，果然是你！"墨翟说。

"师父。"

"收手吧，跟我回去。"

"师父，徒儿不能跟您回去。"

"你杀了师弟，妄兴干戈，犯了门规，但是为师知道你不是那样的人，你到底为什么要这样做，告诉为师好吗？"

"师父，这些事情确实是我做的，现在说什么都晚了，我也不想回去见那些人，你放我走吧！"

"我是巨子，放你走，对得起墨家的徒子徒孙吗？"

"那弟子得罪了。"

说罢，胜绰一剑刺来，墨翟还剑，墨家剑法对墨家剑法，但是双方都有所保留，以守为主。墨翟老当益壮，剑法沉稳，让所有人大开眼界。

赵王那边早就和魏缓一起带着败兵逃走，战场上只剩下赵国的残兵败将。这一战赵国损兵折将，赵军已退出百里之外。胜绰看大队人马已经撤走，找个机会转身就逃。

墨家弟子赶忙要追，魏卬过来说："赵国吃了这场败仗，想必会撤回赵国境内，墨子如果贸然追赶，恐怕中了赵王的计谋。既然已经知道胜绰去向，来日方长，不如先回安邑城内，魏国稍作休整之后就会派兵前往赵国索要魏缓，到时候，墨子再和墨家众弟子一起捉拿胜绰也不迟。"

墨翟见到胜绰，又听到他说的那些话，心乱如麻，正不知是否该追赶下去问个清楚，听到魏卬如此说，心想也有道理，便和众弟子一同回到安邑。

这一战，庞涓带着自己刚演练的阵法，在战场之上初露锋芒，化解了魏国灭国危机，一代将星之路，从此开启。

安邑城已被困多日，解困之后，魏王一边派人四处抽调兵马粮草，恢复元气，为今后的战斗做准备；一边派人打探消息，得知公叔痤的人马在河西未遇到什么抵抗，他们长驱直入，已经要兵进石门了。听到这个好消息，魏王心情大好，重重封赏庞涓等诸将和墨家众人，另外加派给庞涓五千人马，让他好好操练，准备出兵赵国捉拿魏缓，同时帮助墨翟捉拿胜绰，以报守城之恩。

第二十节　求见李悝

"大王，探子传来最新消息，赵王和逆贼魏缓退到了浍，最近也在整顿人马，准备和我们再战。"

"孤王以为赵国战败，必然不敢再犯，想不到赵王还是贼心不死。"

"赵国虽败，但没有伤到元气，现在安邑仍然虚弱，赵王肯定不会轻易放弃这个机会。"

"庞涓何在？"

"臣在！"

"孤封你为先锋，魏卬为帅，统领十万人马攻打赵国，务必捉拿魏缓和胜绰！"

"得令！"

"公子是希望这次师兄也和我们一起出兵吗？"

"是，我想卫鞅在云梦山也一定跟着鬼谷子学了兵家之道，行军打仗应该也有自己的本领，不如这次让他和我们一起出发，岂不是胜算更大？"

"师兄之前为什么不出来帮忙？"

"他当初得罪了大王，大王不愿意重用他，因此赌气不愿在我的府中停留，整天都在李府中跟着贤相学习法家学说。李悝自从吴起元帅出走后就称病在家，不再入朝，他老人家德高望重，我们平时也不便打扰。现在有了你这个师弟，我想试一试，如果他能看在你的面子上相助最好不过。"

两人说着来到了李府，见到了卫鞅。

"公子、师弟，这次来到李府有什么事？"

"师兄，我和公子准备出兵攻打赵国。"

"师弟刚刚在安邑城下一战让赵王毫无还手之力，这次也一定可以得胜归来。"

"这真的是卫鞅说的话吗？"魏卬觉得有些惊讶，继续说，"我没有听错吧，卫鞅竟然会说这样的话，你之前可从来不会夸人，我更没听你说过客套话。"

"我看到师弟的剑法和阵法，心中有所领悟，所以我也在试着改变自己，让自己不要太死板。"

"那么，师兄要不要和我们一起去？军中如果有了你，就更有胜算了。"

"不去。"

"哎，我刚夸了你，你怎么又变成这样了？"魏卬说。

"李相现在身体不好，我要留在这里多陪他。他最近把毕生所学写成了一本《法经》，需要我一起整理修改，我也要利用这个机会多多学习。"

"贤相身体要紧，我们可以去看他吗？"

"我去问下他，你们稍等。"

卫鞅到后院去问过李悝后，便带两人过去。众人见李悝躺在床上，面黄肌瘦，气若游丝。

"贤相，晚辈魏卬来看您了。"

李悝缓缓睁开眼，说："老夫不能行礼，请公子见谅。"

"不敢，想不到贤相如此病重，是魏卬叨扰了。"

"公子前来找老夫不知有何事？"

"我就是替大王来看看您，自从先王薨逝，我们晚辈来得也不多，实在是失礼。"

"唉，先王。"

"您是在怪先王吗？"

"当初老夫和吴起元帅一文一武在朝，眼看大魏国运日昌，结果因为吴起不愿意娶公主，先王就发怒要杀他。"

"据我所知，先王确实曾经动怒，但并没有要杀功臣！"

"这是吴元帅亲口告诉我的。公主娇生惯养，吴元帅军心中有所忌惮是人之常情，可是因为这点小事就要杀害忠臣吗？"

"贤相怕是有所误会，我的几位姐妹，魏卬都很了解，也许她们有公主的娇惯之气，但并不是蛮横不讲理的人。"

"那公叔痤家的夫人作何解释？"

"公叔痤？他和家姐关系一直甚好，不曾听闻有什么不和。"

"那是在你们王家面前，公主在背后可没少欺负公叔痤。当初吴元帅去公叔痤家，公主稍有不悦就非打即骂，吴元帅亲眼所见，难道有假？"

"也有这种可能，不过以我对家姐的了解，她是魏国诸位公主中最知书达理的，绝不可能是那种人，这件事我稍后会调查，也许其中有隐情。"

"都过去了，查这些又有什么用？就算有了结果，元帅也回不来了，先王也回不来了，恐怕老夫也要去了。老夫多谢公子前来探望，若是无事，公子公务繁忙，就不要在这里浪费时间了。"

"贤相保重身体，魏卬告退。"

"卫鞅，你帮我送送他们。"

"是。"

待几人退出之后，卫鞅对魏卬说："公子看到了，贤相的身体很差，不知哪天就会离我们而去，我确实不能离开。"

"你就留在这里安心照顾他吧。"

离开李府之后，魏卬忍不住对庞涓说："这件事情好奇怪，家姐出嫁前明明是个温文尔雅的人，怎么嫁给公叔痤之后就变了一个人？"

"在吴元帅去过公叔痤家，了解到公主们的坏脾气后，先王还要把公主许配给他，确实会引起吴元帅的不满。先王一番好意反而被拒绝，动怒也在情理之中。"

"公叔痤？这件事我要好好查一下，问问家姐到底是怎么回事，其中如果有什么隐情，那魏国为之付出的代价也太大了。"

魏卬叹息一声，接着说："若不是先王对不起他，他也不会落得这个下场，魏国也不至于先后两次被围。"

说完，他看向庞涓，又拍了拍他，说："幸亏，魏国遇到了你。不过上次你还是没有杀人，冲锋陷阵也只是点到为止。"

"我还做不到。"

"那你看到手下的兵将杀人，是什么感受？"

"我也不希望他们杀人，但是我知道这是不可能的。"

"希望你早日接受这个现实吧，如果每个人都像你一样，魏国还怎么打仗？"

"如果每个人都像我一样，就不会打仗了。"

第二十一节　浍北之战

魏国先锋官庞涓兵渡浍水，与赵国军队对阵，他的背后是一字长蛇阵。

"庞涓，之前在安邑是孤王疏忽，中了你和魏卬的奸计，今天在这浍水之畔，孤王要一雪前耻！"

"庞涓尽力奉陪。"

经历了上次的胜利，庞涓更加有信心取胜。刚刚出山的时候，他对自己的本领还并不清楚，但是几次战斗下来，心中已经有数。有了信心之后，他的举动和思考都很快成熟起来，更何况今天，他的身后还有墨家。

"谁愿意出马？"赵王问道。

"末将愿一战。"赵王身后的三员大将应声答道。

"你们一起上，杀了此人重重有赏。"

"得令！"

只见赵军营中冲出三匹马，马上三人刀枪齐上，庞涓不慌不忙，紧握长枪，沉着应对，十多个回合下来，连着两枪打在其中两人的后背，他们掉下马来，当场被活捉，剩下一人落荒而逃。

赵王看到又是一败，气急败坏，宝剑一指："杀！"

站在赵王背后的魏缓说："大王不用着急，我还有胜绰没出马！"

"好，胜绰快上前一战，杀杀他的锐气。"

只见胜绰没有穿盔甲，和其他墨家弟子的装扮一样。墨翟看到胜绰出来了，也拍马上前。

"胜绰，为师来了，如果你一定要战，就和我打吧。"

胜绰看到墨子跟着魏国大军追到浍水，有些惊讶。

"师父，我不想和你打。"

"我看得出来你心中还有愧疚，是什么让你做出那些有辱师门的事情？"

"师父不要问了，都过去了。"

"那你告诉我，你为什么要跟着魏缓助纣为虐？"

"我无路可逃，遇到魏缓招募私兵，他愿意收留我，我自然就投奔了他。墨家弟子遍布天下，如果我投了任何国家，都会暴露行踪。"

"现在收手还来得及！"

"来不及了。"

说罢，胜绰立刻进招，而且招招紧逼，不留余地。只见墨翟年纪虽大，但招式不弱，一一还击，庞涓一边看，一边不停地赞叹。

忽然，胜绰再次进招，仍然不留余地，墨翟被逼得只能加快招式。忽然，他一招刺去，胜绰不闪不躲。墨翟大吃一惊，赶忙收剑。出手容易，及时收手方见真功夫，这一招足见其高手风范。

"你为什么求死？"

"师父，我不想和你为敌。"

"不捉拿你，我没法给墨家弟子交代。"

"我不能跟您回去，这场战斗的胜负还是交给战场吧。"

说完，胜绰飞身撤回，站到魏缓身边，魏缓的人马立即围过来保护着他，这让墨翟无法接近。

"你为什么不打了？这是咱们最后的机会了，如果赢了再杀回安邑，我就可以登上王位，否则三年五载之后，等魏䓨坐稳王位就难如登天了！"魏缓问。

"师父一直手下留情，我不是他的对手，再打下去没有意义，不如让赵王自己决定战场的胜负。"

"赵王面对庞涓的阵法，只怕凶多吉少，如果这是天意，那我们就只好准备那条后路了。"

赵王看胜绰不能取胜，便指挥人马冲向一字长蛇阵。庞涓那边早就严阵以待，见赵国军队杀来，庞涓令剑一指，"长蛇"立即出洞。

"庞涓，上次我没有准备，中了你的奸计，被你分兵两处、各个击破，这次我和我的十万大军正面冲杀，你能奈我何？"

"赵王，正面交战，你势难取胜。"

两军交战，兵刃相接，浍水之畔，杀声震天。赵国兵马如狼似虎，誓要雪耻，而魏国一字长蛇阵进退有度，收放自如。

赵国人马众多，一字长蛇阵瞬间被包围起来，然而庞涓从容指挥，阵法一直没有混乱的迹象。赵王眼看着对方已经在包围之中，却迟迟不能将其吞灭，心中突然有一种不安的感觉。魏缓也着急双方不能早定胜负，便对胜绰说："对付这种阵法，你有办法吗？"

"比试武艺，庞涓年纪尚轻，不是我的对手；固守城池，我还绰绰有余；但是对于阵法，我是一窍不通。"

"他被我们围在中间，竟然一点儿都没有慌乱，久攻不下只怕会生变。这个阵法太神奇了，孤从未见过。"

"师父和墨家的人一直与庞涓在一起，我也没有机会杀他。只能等机会，毕竟我们人多。"

话音刚落，忽然战场两侧杀声再起，"魏"字大旗随风飘动，原来庞涓的目的是分散赵王的注意力，魏卬大军早已趁机渡过浍水，从两侧包围过来。随后，庞涓令剑一挥，"长蛇"分成两翼，和魏卬内外夹击，赵国军队阵脚大乱，立刻溃败。

赵王气愤不过，带着人马朝庞涓冲杀来，但是谈何容易，赵军反而越陷越深。好在身边将士奋力劝阻，赵王终于冷静下来，下令再次突围，但此时外围的魏卬军队已经包围上来，想要脱身难如登天。

忽然，战场远处又传来一声炮响，赵王大惊失色："完了，我命休矣！"

"不是，大王，是赵国的人马！"

赵王仔细观看，正是赵国的军旗，不禁喜出望外："定是丞相来救援，我们快冲出去！"

赵军顿时振作精神，赵王在身边众将士的护卫下突围出来；魏缓那边因为有胜绰在左右，没有人能靠近，他也得以冲出重围，和外面的人马会合。赵王仔细一看，来人果然是丞相大成午。

"多亏丞相，不然本王今日命丧于此。"

"魏国实力毕竟深不可测，大王太过轻敌了，快快随我撤退吧。"

"悔不听丞相之言。"

赵军撤退之际，又听到一阵杀声，赵王回头一看，魏卬一马当先，已冲到自己的面前。赵王大怒，剑指魏卬，说："魏卬你不要欺人太甚，今日本王已败，你何苦纠缠不休？"

"非是魏卬纠缠不休，而是大王忘了一个人。"

"本王忘了谁？"

"贵国元帅乐祚。"

"你要如何？"

"只要大王愿意交出魏缓和胜绰，魏国愿意将元帅送回，绝不伤他一根汗毛。"

魏缓听到这话脸色大变，赵王看了他一眼，说道："魏缓是我国上宾，断无此理!"

"魏印就是来告知大王这件事的。魏军现在立即撤回，请大王三思，三日内给我答复。"

第二十二节　决裂

赵国军队撤退到赵、魏边境扎营，赵王盘点人马，已经损失大半。魏军则后退数十里扎营，随时等候赵王的回复。

墨家弟子纷纷议论为什么魏印不乘胜追击，如果追击，既可以败赵国，甚至捉拿赵王，又可以灭魏缓，还能顺便捉拿胜绰。

墨翟说："公子印考虑得周全，如今魏国新君初立，自然是以休养生息、稳定人心为重。无奈魏国连续经历几番大战，不能消停，魏王也是无奈。如今虽然胜利，但毕竟无法灭掉赵国，还不如送个顺水人情，让两国不失颜面就能解决此事。"

魏印道："墨子果然心思缜密，能看出我的这些盘算。没错，魏国虽然国力最强，但是在这个时候实在经不起太多折腾，不过赵国更加没有胜算，希望赵王能识时务，让我们省些力气。"

赵国帅帐内，赵王和丞相大成午商议对策。

"丞相，如今孤陷入这样的窘境，该当如何？"

"大王，现在我们没有什么选择的余地。魏国强大，陷入困战只是暂时的，只可与交，不可与战，才是赵国的长治久安之策。"

"但是，如果将魏缓交出，是否会让天下人觉得孤王言而无信？"

"大王，失败才是比言而无信更让人无法接受的。何况魏罃是魏文侯亲自传位的魏王，魏缓是魏国的叛贼，如果我们帮助魏国捉拿叛贼，没人会指责我们的。如今，魏缓明显已经走投无路了，为了他得罪魏国得不偿失，大王务必听臣一言，不可一错再错了！"

"那我们这就去捉拿魏缓。"

"大王英明。"

两人迅速点齐人马，包围了魏缓军队。魏缓那边赶忙带着胜绰和两员副将出来。

"大王，你这是什么意思。"

"魏缓，孤王思考良久，你终究是魏国的叛贼，孤今日便要捉拿你交给魏国，以消除两国误会。"

"大王请三思，不可中了魏卬的计谋！"

"此事无须再议。来人，给孤捉拿魏缓！"

话音刚落，就有人冲上前来，魏缓身边的胜绰手拿宝剑护住魏缓，两员副将也赶忙上前保护。

胜绰说："赵王，我胜绰在此再次请你三思，否则，别怪我手下不留情。"

"就凭你单枪匹马也敢威胁孤王吗？今天我就看你如何三头六臂，敢说这样的大话。来人，给孤拿下！"

赵国众将士得令，欺负魏缓人少，一拥而上，只见胜绰竖起宝剑，等一圈人围上后，身形一转，所有人宝剑脱手，四散飞去，咽喉处鲜血飞溅，在场之人无不震惊。胜绰脚踩尸体，飞身向前，阻挡者无不血溅当场。赵王大吃一惊，还没来得及调转马头，就已经被胜绰用宝剑抵住了咽喉。

"请赵王三思，是不是仍要捉拿我主？"

大成午赶忙说道："勿伤大王！魏缓，咱们有事好商量。"

魏缓说道："大王和丞相今天就在我营帐中休息吧，若丞相敢轻举妄动，你们的安全我就不能保证了。"

"你要挟持大王？"

"大王受人蛊惑，我要和大王好好谈谈，在这危急时刻齐心协力对抗魏罃，夺回我的魏王宝座。大王，麻烦你让赵国兵将退下，先去准备接下来的死战吧。"

"你们都退下！"赵王下令。

"大王放心，我们现在还是合作关系，当然不能从内部开始分裂。"

胜绰挟持着赵王和大成午，与魏缓一起回到军帐中。

在魏缓的军帐中，魏缓和胜绰商议接下来的行动。

"你果然说到做到，赵王这么轻易就被你抓了。"

"是他孤陋寡闻，没有见过高手，这就是他小看我的代价。"

"现在抓了赵王，只是解了一时的危机，接下来和魏卬、庞涓的战斗，仍然取胜无望。"

"那就先想退路吧，只有两天时间了。"

"现在我只能去找他了。"

"他难堪大用。"

"但此时他是我唯一的生机。"

"今后，你每天都会生活在危险中。"

"最危险的地方就是最安全的地方，我没有选择。否则，以魏国叛贼之身，任何国家敢收留我都是和魏国为敌，诸国君主不是傻瓜。只能以后等待机会，再做打算。"

"那你现在就必须走了，从西营乔装打扮出去吧。"

"你不跟我走？"

"你我都走了，这里没人控制，赵国很快就会派人追杀，逃就没有意义了。"

"一切都靠你了，三天之后，一定要来找我。"

"如果可以，我会去的。接下来，战场上无论胜败都不重要了，我需要做的就是尽量拖延时间。"

魏缓遁走，胜绰守营。三日过后，胜绰派使者前去魏军大营下战书，魏印让人将使者领进营帐中。众人一看，来人竟然是魏缓的副将陈旭，魏印心觉事情有变，对陈旭说道："你就是使臣？"

"不错，今天我来传达赵王的旨意，赵国誓与我主共进退，与魏訾血战到底，此事绝无商量余地！"

"必败之局，赵王怎么会如此不理智？"

"这你就不必替赵王担忧了，准备再战吧！"

"那这一战，现在就开始吧。"

魏印说完，挥剑就砍，陈旭措手不及，被魏印一剑砍死。庞涓早已见过战场的残酷，已经没有了刚开始的胆怯，对魏印说道："那我去点齐人马开战？"

"对，越快越好，等到赵军彻底退到赵国境内，我们就只能打攻城战，到时候我军损失会更加惨重。"

庞涓得令，立刻去点齐本部人马，魏印大军随后跟上。赵国那边看到魏国人马杀来，纷纷射箭反击，一字长蛇阵举起盾牌防御，赵军徒劳无功。

胜绰抓着赵王和大成午，远远地看着战场的一切，不知魏缓到了什么地方。忽然，一股凉意从背后袭来，胜绰下意识推开两人，闪身躲过。

"师父！你是怎么来的？"

第二十三节　胜绰之死

胜绰的注意力都在聚焦在战场上，想着赵王和大成午就在手中，赵国军中也没有稍能与自己比肩的高手，所以并没有多加防备。他没想到忽然有人这样刺来一剑，下意识地一把推开两名人质，身形一转，躲开剑锋，定睛一看，才发现是墨子来了。

"师父，你是怎么进到这军营之中的？"

"我想来这里，还需要经过谁的同意吗？"

胜绰推开人质之后，墨翟一把抓过他们推到身后，赵王一得救，便立刻下令停止前方和魏军的战斗，指挥人马将胜绰包围起来。

"胜绰，你还要执迷不悟吗？"

"师父，为什么你也要逼我？"

说完，胜绰进招，一剑刺来，墨子不闪不避，闭目无言。

"啊！"胜绰大吃一惊，立马收剑。

"你停手了。"

"师父，为什么？"

"为师从来没有逼过你，你告诉我，到底发生了什么。"

"师父，你无能为力。"

"那就让我们师徒一起承担。"

"师父所知道的我的所作所为是什么？"

"当年我找你，是因为有人说你在齐国步步高升后不断违背门规，奉献越来越少，就连墨家行动也很少参加，还不敬师长。但是我知道你不是那样的人，可当时你似乎对我也很抵触，并且对我说你的奉献不比别人少，我知道这是事实，因此只是劝你以后多奉献一些，不要落人口实即可，你却生气地离开了。世人嫌贫爱富，觊觎他人，皆是人性使然，我无能为力。我能劝几个人，但劝不了天下的数万门人，我只是他们的领袖，并非他们的君主。其实这样也没有太大影响，门人之间难免有摩擦，只是后来忽然听闻你带兵伐鲁，实在犯了墨家之大忌，我派高孙子前去找你了解情况，却被你施以刑罚，不久后病死。同门相残，罪不可恕，所以我一定要找你问个明白。"

"我出身贫寒，家族又很庞大，因为出仕齐国后一路顺利，所以前来投奔的亲属也越来越多。我在齐国俸禄虽然不少，但是无法负担起每日巨大的开销，尽管如此，我每月仍然按时交墨家奉献，并且分文不少，不承想却有了我越交越少的传闻，甚至有人当面指责我忘恩负义，我气愤不过，就恶语反驳，又被他们当作事实纠缠不放，让我越来越难以应对。本来我就心烦意乱，这时候师父前来又是说这件事，让我更加无法忍受，所以当时怠慢了师父。后来，我想找师父解释，却遇到大夫项子牛要侵鲁，我本意阻拦，可项子牛私下威胁我，我的妻儿和家族都在齐国，别无选择，只好无奈出征。在征战途中，我一直在避免杀戮，甚至拦阻士兵屠城，因此得罪了不少人。这时候，师父您却派高孙子前来，他和我向来不和，能力一般且嫉妒心极强，当时就对我恶语相加，项子牛认为他这样的言辞会扰乱军心，所以把他杖责三十，赶了出去。我认为教训一下他也无不可，但想不到他竟然因此而死亡。自此，墨门中人便传闻我违背墨家思想，背叛师门，残害同门，我百口莫辩，也没人听我的辩解，继续在齐国待着只会被墨者诋毁甚至追杀，所以只好一路向西逃。墨学是当世之显学，门人弟子遍布天下，我投靠任何一国都是自寻死路，更没人敢收留墨家的叛徒，见魏国的公子缓在招募人马，我就私下投靠了他，隐姓埋名，总算能安稳地度过一些日子。"

墨翟听完长叹一声，一行老泪缓缓落下，说道："为师一直都知道这当中一定有隐情，你从来不是那样的人，你真的不是那样的人。"

"但是这样的局，师父您也无法可解。即使您愿意信我，您身边的几位师兄弟也愿意信我，可是您如何能把这份信任传递给天下数万的墨者呢？就算传递给了他们，那些人又怎么会真心愿意相信呢？知道真相，只能增添您的烦恼罢了。"

"是啊，天下愚众万千，我也无力改变。不过，现在知道你是无辜的，为师甚是欣慰，你和我走吧。"

"师父欠考虑了，带我在身边，只会影响您的声誉，弟子不能这样。"

"我会为你解释，虽然做不到让所有人相信，但是只要有人愿意相信你，你就不应该放弃。"

"师父不可！"胜绰跪下说，"您还是杀了我吧，我对人心已经失望，不想和世人纠缠不清了。"

"你一直都是这么执拗，才给人落下口实，你让为师怎么下得了手！"

大成午赶忙过来对墨子说："墨子，在下赵国丞相大成午。我有个建议，不知当讲不当讲。"

"丞相请说。"墨翟应答无力，目光一直追随着胜绰。

"胜绰捉拿赵王，理当死罪，但是赵国并不打算追究，而且赵国境内有很多地方可以让胜绰归隐，也愿意接纳胜绰。如果有人敢打扰他，我们也会尽力相助，夫子认为如何？"

看到墨翟面有疑虑，大成午赶忙解释说："墨子放心，今天我们大王可以在这数万大军面前承诺，绝不敢有半点儿欺骗。"

赵王也过来说："不错，一切如丞相所言，本王不会追究，这就放他离开。"

墨翟看向胜绰，问道："你的想法呢？"

"天下难有容身之所，赵国愿意留我，感激不尽。"

"那从今天起，胜绰已死，这是为师给天下墨者的交代，愿你以后好自为之。"

"师父，受弟子三拜。"胜绰说完，跪下拜了三拜，随后又对墨翟说，"师父保重，弟子去了。"

"且慢！"大成午忽然叫住他。

"你反悔了？"

"非也，请问先生，魏缓现在何处？"

"他两天前就走了，去了何处我并不知道。"

"请先生不要隐瞒，否则只怕于两国战事不利。"

"我真的不知道，只知道他向西去了。"

"那也只好如此了，多谢先生赐教。"

墨翟眼中含泪，看着弟子离去，沉默无言。大成午上前问："墨子可好？"

墨翟看向大成午，赶忙施礼回答："丞相，老朽没事。"

"胜绰已经离去,墨子如果挂念,以后可以来赵国探望,赵国随时欢迎您前来。"

"多谢丞相,想必丞相这样做,是对老夫有所求吧?"

"果然瞒不过夫子,在下确实有一事相求。"

"丞相但说无妨。"

"前些日子,大王被魏缓所蒙蔽,贸然向魏国进兵,以致损兵折将。现在赵王已经醒悟,愿意和魏国交好,支持魏国新君,愿两国可以止息干戈,不知墨子是否愿意出面从中调和?"

"能够止战,本就是墨者毕生追求的信念,老朽自然义不容辞。"

"有墨子愿意相助,两国关系定然会向好的方向发展。"

这时,魏印和庞涓赶了过来,赵军分成两列,两人未带各自人马,只有几个墨家弟子跟随。

"墨子,现在情况如何?"魏印问。

"公子,赵王已经无恙,胜绰已死了。"大成午说,"至于魏缓,并未见到他的踪迹,有人看到他向西去了,具体去了哪里无从知晓。"

"西边是秦国,不知他是不是真的要入秦,即使他是魏国叛逆,也应该知道秦、魏世代为仇,不至于自寻死路吧。"

第二十四节　虎狼出

墨翟说:"魏缓孤身一人,已经难以掀起任何风浪,眼下最重要的就是赵、魏两国应该止战了。"

大成午说:"不错,之前我王被魏缓蛊惑,一时利欲熏心做下错事,现在两国都已视魏缓为敌,应该和好了。"

赵王也说:"孤王有错,愿意和魏国商议退兵之事,并赔城池两座给魏国。"

魏印说:"一切都是因魏缓而起,赵王既有停战之意,魏国自然愿意撤兵,墨子就在此做个公证吧。"

墨翟说:"老朽刚刚经历一场大战,已经累了,赵王也终于摆脱魏缓,应该好好休息,我们三日后再详谈吧。"

于是,赵、魏双方约定三日后谈撤兵细节,各自军队也暂时撤回。

"我们就这样放了胜绰吗?让他在我们的眼皮底下隐居,会不会养虎为患?"赵王问大成午。

"大王，我们可以看出胜绰不是魏缓那种人，他能够得到墨子的偏爱，自然有他的原因，绝非其他墨者所说的欺师灭祖、大逆不道。把他留在赵国，将来如果赵国有难，他焉有不帮之理？眼下这样做又可以请墨子出面从中调和，一举两得。"

"还是丞相考虑得周全。"

墨翟虽然不舍胜绰离去，但是亲耳听到了胜绰的解释，心中还是感到有些宽慰。尽管现场未曾有人见过胜绰的尸首，但没人敢怀疑墨翟的话。

此次出师顺利，让魏卬心情大好，他问庞涓："你现在感觉怎么样？到目前为止，你还没有尝过失败的滋味，一字长蛇阵所向无敌，鬼谷一门果然名不虚传！"

"目前还没有遇到过真正强大的对手，我不敢妄下断言。不过一字长蛇阵现在人数不够多，还不是最强大的样子。"

"我也看过不少阵法，一字长蛇阵确实精妙。赵王也是久经沙场之人，却仍然拿你毫无办法。等回去之后，我再从各地征调精兵由你训练，到时这支军队定然可以驰骋天下！"

"天下能人辈出，庞涓不敢自傲，只希望将来我遇到真正的强大对手时不会输得太难看。"

"你什么时候才能自信起来？你真的已经很强大了，但是自己完全意识不到。"

"我真的觉得自己还不够好，不敢自夸。"

"我看你和胜绰的比斗，如果你能有杀心，绝不会落于下风。你不杀别人，别人却不会饶过你，你这样不知道什么时候就会给自己带来危险！"

"杀人的问题，我现在不想面对，顺其自然吧，也许哪天我自然就会了，现在看到身边有人倒下，我已经不像第一次那样不知所措了。"

"这种事情强求不得，我会帮助你的。"

"公子，现在魏缓向西去，会不会已经入秦了？"

"魏国和秦国已经战了数十年，仇深似海，他就算是魏国叛徒，也应该知道去秦国是自寻死路。我想这只是他的疑兵之计，干扰我们的判断。不过，这次危机过去，他再难有所作为了。"

三日后，在墨翟的主持下，魏、赵两国在分界处商议停战事宜。赵国愿意割让列人、肥两座城池给魏国作为补偿，两国以后互为友邦。魏卬派人接收城池，不久后，大军回归安邑。

安邑城外，魏王带着百官前来迎接，魏卬把前后的经过介绍了一遍，魏王听到魏缓逃脱，面有忧色，魏卬宽慰说，魏缓已经难成大器，捉拿他不急于一时，然后又说到赵国割让两座城池，魏王才稍稍转喜。

"为什么王兄看起来不是很高兴？"魏卬问道。他看向魏王身后之人，发现竟是此前被派去征西的公叔痤。

"公叔痤，你不是带领人马去收复河西失地了吗？怎么会出现在这里？"

"惭愧。"公叔痤面露尴尬之色。

"臣也是刚刚回来，河西再次大败。秦军取少梁，攻庞城，臣一败再败，已经无力支撑了。"公叔痤说。

"此次秦军何人为帅？"

"回公子卬，这次是'虎狼'嬴师隰亲自出马！"

数月前，秦都栎阳王宫内，秦王嬴师隰得意扬扬地坐在王座之上。忽然前线传来消息，秦帅章蟜一路无人可挡，已经杀到安邑城下，破城指日可待。

"众位卿家，孤王果然没有判断错误，魏国王位更迭之际，内忧外患，此时正是一举拿下河西甚至是拿下安邑的最好时机。那魏击在位时，靠南征北战打下铁桶江山，有他在，孤还敬魏国三分；现在他没了，又有谁可以威胁到大秦的虎狼之师呢！"

"大王圣明！"朝堂下百官恭维之声不绝。

"他们以为章蟜就是秦帅，其实章蟜之才尚不足够，他只是此战的先锋官而已。"

"大王，不知真正的秦帅人选会是何人呢？"上大夫甘龙问道。

"哈哈哈哈，这次孤要选一位公子为帅，孤负责坐镇后军，让你们历练一番。"

只见嬴虔、嬴渠梁两位公子都摩拳擦掌，跃跃欲试。

"孤决定让——"

"报！"

来人的喊声伴随着匆忙的脚步声，打断了秦王的话。

"何事？速速报来！"

"报大王，前线传来消息，章蟜被魏公子卬所杀，魏军有韩赵联军相助，我军大败！"

"什么？章蟜败了！"这消息如晴天霹雳，击碎了秦王的美梦。

"魏国能够战胜章蟜，确实出乎意料，是孤失算了。"说完，秦王沉默了。

"大王，为今之计应当如何？"甘龙问道。

"请让儿臣出征吧！"两位公子异口同声地提出请求。

"不，孤改变主意了，孤要以嬴虔为先锋，统领五万人马进攻；孤亲自挂帅，统领三十万大军踏平魏国！"

"这些年来，战事稍缓，孤的'虎狼军'很少出征。今天，魏国，你激起孤的战斗欲了！"

第二十五节　请卫鞅

退朝之后，秦王让上大夫甘龙跟随来到后宫。

"大王有何事要对微臣说？"

"上大夫，你可知道孤王今年年岁几何？"

"若臣记得不错，大王今年五十有四了。"

"不错，孤知道自己时日不多了，所以这次出征，你也应该知道还有什么意思。"

"大王身体健康，即使是二十岁的少年也不能及，实在是多虑了。"

"孤自己的身体，自己清楚，人不能胜天。今天，孤就想听听你对两位公子的看法。"

"两位公子都是栋梁之材，臣实在不敢妄加评判啊！"

"老狐狸啊老狐狸，你别在孤王面前耍心眼儿，今天孤就是要听听你的想法。根据平日和他们交流的情况，你给孤一些中肯的建议。"

"大王折杀微臣了，在臣看来，公子虔颇有大王风范，性格刚猛，又武艺高强，对待臣下推心置腹，确实是难得的人才；公子渠梁虽然不及公子虔勇武，但是心思细腻，颇有城府，做事有章法。他们各自都有优点，臣真的难以比较。"

"如果一定要你说孰优孰劣呢？"

"那臣还是认为公子虔更优，他毕竟尽得大王真传，举止坐卧和大王如出一辙，行军打仗也颇有大王风范，实在是太子的最佳人选。"

"孤知道了，你且退下吧。"

"臣遵命。"

"老狐狸啊，"看着甘龙离去的背影，秦王长叹一声，"我纵横一生，希望这次还能像往常一样作出正确的决定。"

魏国王宫之中，魏王和魏卬正在商议，魏卬询问公叔痤失败的经过。

"丞相是败给'虎狼'赢师隰的吗？"

"不是，赢师隰并没有出现，是秦国的先锋——秦国大公子赢虔。此人勇武不下赢师隰，臣连战连败，不是他的对手。"

"原来丞相是败给了一只'小狼'。"

公叔痤无地自容，沉默不语。

"王兄不用担心，等我们整顿人马，再和'虎狼'一较高下。"

"王弟，河西已失，我们从长计议，但还有一件事……"

"什么事？"

"李悝死了。"

"什么时候的事？"

"就在三日前。"

"葬礼办了吗？"

"孤打算三天后大办此事，以回报贤相对魏国的付出。"

"正应该如此，我这几日有时间就去李府看看。"

庞涓和魏印带领一队人马进入安邑城中，安顿好之后，两人一起去李府看望李悝的家人。

"贤相之死实在是魏国的不幸，想当年他和先王一起变法，让魏国走上变强的道路。虽然有先王支持，但是那个时候他所面临的朝中压力一点儿都不小，多少旧贵不停地阻挠，正是贤相的尽心尽力，才有了魏国的今天，可以说，贤相对魏国有再造之恩！"

"可惜这样的尊贵长者，庞涓没有机会多交流。"

"不是有人天天和他在一起吗？"

"公子是说师兄？"

"之前他说要在贤相左右侍奉，现在贤相已去，不知道他愿不愿意帮助我们。秦王实力非同小可，如果他愿意出马，我们的胜算就可以大大增加了。"

"秦王是个什么样的人物？"

"秦国一直都是边陲小国，被中原诸国瞧不起，多年来，有晋国挡在秦国的东方，更让秦国多年无法东望。后来晋国三分，秦国才有了崛起的势头。从我祖父时代开始，秦国就和魏国战事不断，双方互有胜负，但魏国国力强大，让秦国难以讨到便宜。后来先王勇武，更有元帅吴起在阴晋一战，以五万破五十万，一时间声名鹊起。但当年秦国能起五十万人马，已经让天下震动。吴起和先王乘胜追击，想要一举攻破栎阳，是秦王嬴隰拿出一支奇兵，号称'虎狼'，竟然成功偷袭元帅，是先王率领援军赶到才解了围。后来两军大战数日难分胜负，要知道能够让吴元帅陷入险境的人并不多，足见这支军队的不凡。最后，先王考虑到亲率人马出击难免背后空虚，只好主动撤军。多年来，双方互相忌惮，都没有什么动作，'虎狼'趁这个时候出山，只怕魏国凶多吉少。如今，'虎狼'的实力如何，嬴隰是否已经扩大这支军队的规模，都是未知。你的'长蛇'刚刚小有所成，就要遇上这样的对手，我也没有十足的把握。"

"所以，这次尤其需要师兄的帮助。"

"有他带一支人马策应，你才能更有把握。"

"这件事不能强求，还要看他的意思。"

两人说着来到了李府，在李府门口遇到了前来吊唁的公叔痤，三人一同进入，看过李悝的棺椁后，便去找卫鞅。

"卫鞅，我们今天来是对你有所求的。"魏印开门见山。

"现在秦王嬴师隰入侵河西，'虎狼'的野心和实力我们都不清楚，庞涓的一字长蛇阵尚未完全成形，战场之上刀剑无眼，而且，他还没有完全放开手脚，所以这一战十分危险，你能不能助他一臂之力？"

三人看向卫鞅，等待他的答复。

"公子，我和贤相关系不同寻常，他刚刚过世，我每日心烦意乱，不是不愿意帮助师弟，而是真的爱莫能助。"

魏卬知道他生性耿直，听到他这样的回答，明白他心意已决，心中略有不悦。

"师兄，师弟也想请你出马相助。"

"师弟，我真的无能为力。"

"师兄！"庞涓跪倒在地说，"河西是我的家乡，现在家乡父老有难，庞涓虽死也义不容辞，请师兄助我！"

"你是河西人？"

"我自小在河西庞家村长大，后来河西大旱，爹娘双亡，是师父在游历时路过河西收留了我，才让我有命活到今天。虽然已经过去了多年，但是家乡毕竟是家乡，那里有我最熟悉的亲人，现在河西被秦军占领，庞涓就是死也要解救父老乡亲。师兄，你我毕竟师出同门，请你这次就帮帮师弟吧！"

卫鞅长叹一声，说："好吧，师弟，我本不愿为魏国出一丝一毫的力气，今天你既然这样说了，咱们又师出同门，虽然以前没有见过面，如今只身在外，你我也算是兄弟。兄弟有难，我当然义不容辞，卫鞅舍命陪你了！"

"哈哈。"魏卬喜出望外，"咱俩这些年的交情，竟然比不过你和庞涓的几日之交啊！也好，丞相，当初卫鞅是拜在你的门下，就由你去向大王进谏，起用卫鞅，如何？"

公叔痤答道："卫鞅愿意相助，帮我报仇，当然是最好不过了，我马上就入宫。"

第二十六节　真相

"大王，李相已逝，他的徒弟卫鞅原来是我的门客，现在公子卬和庞涓将军想要力保他这次随军一同去抗秦，请大王恩准，封他做偏将军。"

"丞相，你认为此人如何？"

"我认为此人自作聪明，自命清高，实在是不宜大用。"

"我也不喜欢这个人，但是王弟多次推荐他，想来他应该有过人之处。"

"公子卬对鬼谷一门一向十分看重，请大王不要受到他的影响。"

"现在是用人之际，你转告王弟，就说此次出兵，关于卫鞅的任用，让他自己去决定吧。"

"臣领命。"

公叔痤出来之后，再次来到李府找到卫鞅。

"卫鞅，我已经在大王面前举荐你了，但是大王不愿意任用你。"

"大王怎么说？"

"大王说你这个人没什么本事，性子还冲，他绝对不会任用你。"

"如果他是英明的人，绝对不会说出这样的话。"

"所以我告诉大王，让他杀了你。"

"丞相是什么意思？"

"因为我了解你的能力，如果你不能为魏国所用，将来一定是魏国的大敌。推荐你是我的职责，告诉你这件事是我作为朋友的情分，你现在还是快走吧，大王不会允许你随军出征的。"

"我还是要向公子卬和庞涓说一声，否则，我不辞而别实在是失礼。"

"都这个时候了，你还讲什么礼？再拖拖拉拉，性命都要丢了呀。"

"公子卬是明白人，他只要向魏王说清楚，我就不会有危险。"

"你呀你，还是这么固执。不如这样，你先去我府里暂避，我派人去通知公子卬，如何？"

"这样也好，丞相稍等，我去收拾行李。"

卫鞅简单收拾好行李，然后和公叔痤急匆匆赶回府中。

公叔痤让人上茶，卫鞅摆手拒绝："不用了。"

"你在李府待久了，怎么还在我这里客气起来了？"

"我只是觉得有趣。"

"你的性命都有危险了，哪里有趣了？"

"非也，卫鞅说的是丞相有趣。"

"什么意思？"

"丞相说大王认为我没有什么本事，既然大王不愿意用我，又怎么会费力来杀我呢？"

"大王应该是怕你会被其他国家所用，反过来危害魏国。"

"既然他认为我是个无才之人，若是别的国家用了我，岂不是魏国之大幸。所以，卫鞅认为大王既然不能采用丞相的谏言用我，也不可能采用丞相的谏言杀我。"

"你这个人真的是莫名其妙，这个时候还在说胡话！"

"卫鞅以为，是丞相有什么事情隐瞒我了吧？"

听到这话，公叔痤的脸色阴沉，露出了前所未有的杀机。

"你这个人真的不简单，说话从来都一针见血。只是，这样会害了你，包括你的性命！"

话音刚落，忽然门外进来两个人，卫鞅不认识，但也并不慌张。

"丞相，这是什么意思？"卫鞅问。

"卫鞅，你之前还没有机会认识他就去了李府，我给你介绍下，这位就是本应成为魏王的公子缓，旁边那位是他的手下大将冯谦。"

"什么？魏缓！"

魏缓的出现，着实让卫鞅大吃一惊。

"哈哈，不错，我就是魏缓。卫鞅，识时务者为俊杰，本王诚心邀请你加入我的阵营，你以为如何？"

"浍水之战，胜绰挟持赵王助你逃走，传闻你向西而去，原来你真的是向西走，只不过不是去投秦，而是去找丞相了。"

"不错，卫鞅，现在我明人不说暗话，你如果投降，和我一同扶助公子缓，还有一条生路可走。否则，今天过后，就再也没人知道你去哪里了。"公叔痤说。

"这样看来，一切就说得通了。"忽然，门外传来一阵声音，让魏缓和公叔痤有些惊慌，因为这个声音他们太熟悉了。

"魏印？"两人异口同声地说。

门打开了，魏印和庞涓站立在门外，他们的背后还有一个看起来文质彬彬的人，公叔痤和魏缓都没见过。

"王兄，我们都以为你一走了之了，想不到你竟然回来自投罗网。"

魏印又对公叔痤说："丞相，你真是忠心耿耿，不然魏缓肯定不会冒这么大的风险回来找你的。"

看到魏缓和公叔痤吃惊的样子，卫鞅说："我在李府收拾行李的时候，就让惠施兄前去报告公子印了。他也是李府的门客，胆识过人，见闻学识之广博，世间少有。"原来门外的第三人正是惠施。

"卫鞅，你过誉了。"惠施说。

"你们怎么知道我想做什么？"公叔痤问。

魏印说："我并不知道你要做什么，只是你的举动太奇怪了。"

"哪里奇怪？"

"出征赵国之前，我曾经拜访过贤相，他对我说，吴元帅当初拒绝迎娶公主是因为接受了你的提议。当初，你邀请他来府上用饭的时候，让他看到了家姐对你的蛮横无理。但据我了解，家姐乃是宗室之中最贤惠的女子，为什么在吴元帅眼中却完全是另一副样子？此外，我又了解到，当初正是你向父王提出让吴元帅迎娶公主，想利用联姻让他对魏国保持忠心。结果，他在看到公叔府上发生的事情后拒绝了此事。又因为你曾对先王说，如果吴元帅拒绝，就一定是有异心，从而成功地让吴元帅惹怒了父王。我特意问过家姐，她对此事印象不深，只记得你曾经要求她表现得蛮横一些。是魏缓的出现让我想到，吴元帅对于太子之位一直提议立长不立贤，你为了能让魏缓有机会做魏王，从几年前就开始为他铺路，甚至因此挤走了吴元帅。"

"我一直以为这件事做得滴水不漏，整个过程我未费吹灰之力就赶走了吴起，想不到你能从蛛丝马迹中想到这些。不错，吴起在朝中的地位可谓举足轻重，他的功绩也始终压我一头，他的话先王不可能不重视，有他在，公子缓和我难有出头之日，甚至包括你魏卬也是。"

"父王的命令，魏卬没有异议，只要为了魏国好，让我做什么都可以。只是吴元帅为了魏国抗秦多年，殚精竭虑，你竟然因为自己的私心致使他远走楚国，居心何其险恶！之后你和魏缓密谋借韩、赵两国之手夺取魏国，所以在秦兵撤退之后，你连夜点兵，以收复河西之名带着安邑本部的全部人马离开，如果不是上将军龙贾还有十万人马，安邑将再一次被你掏成一座空城。"

"这是老夫出的主意，本来万无一失，结果出来一个庞涓，搅乱了所有的计划。"

"庞涓冷静分析，根据韩、赵两国的现状分析出你们考虑的'三不周'，才帮助魏国退敌。"

"是哪'三不周'？"

"一不周：韩国新吞郑国，急于消化郑国大片土地，攻打魏国只是想来占个便宜，根本无心打长久之战，这从韩王不愿意灭魏国，只想让魏王和魏缓平分魏国就可以看出。所以，只要让韩王意识到此战不会速战速决，他就一定会撤军。二不周：韩国如果不撤军，可以和赵国互相牵制，魏缓从中总会有利可图；但是韩国撤军，赵国如果胜则可以独吞魏国，没有理由让魏缓空手套白狼，因此，他在联军中的处境就会变得很尴尬，一旦没有利用价值，自然会引起内部的分裂。三不周：就是你们万万没想到，我带了庞涓下山，他操练的一字长蛇阵所向无敌，彻底粉碎了你们的阴谋。另有墨家相助守城，更是意外之喜。魏国在这样内忧外患的情况下依然能转危为安，真是天助我也。今天真相大白，魏缓、公叔痤，你们还要负隅顽抗吗？"

魏缓长叹一声，说："我本想置之死地而后生，想不到竟变成了自投罗网。魏卬你可知道，在我们兄弟之中，我最看不起的就是魏罃，他胸无大志，才华平庸，只是因为年长才坐上魏王之位。而我多年来，努力表现自己，却没有争取到一丝一毫的机会，我不服啊！其实，如果父王愿意立贤，让你做魏王的话，我一定会尽心尽力辅佐你。"

"孤知道你不服我，也清楚自己比不上你和王弟卬，但孤有自知之明，愿意听从他的话，而且和他一样，只要是为了魏国好，让孤做什么都可以。"

魏王站在门外，手指魏缓，继续说："今日孤还要告诉你，魏国在孤的手上，一定会比在你的手上强，因为孤相信父王的眼光，他传位于我，一定有他的深意。今天，你就束手就擒吧。"

魏缓看到魏王走来，反倒微微一笑，两人已经不知有多久没有这样近距离说过话了。

"我自认为不输于你，若是束手就擒，岂不被天下人看了笑话。希望父王的眼光没错，不然等你死后，我绝对饶不了你。"

说罢，魏缓拔剑自刎。

"孤百年之后，在黄泉路上，一定会让你折服。"

公叔痤看到自己苦心经营的计划落空，心如死灰。

"丞相，你是托孤大臣，因为兵败河西，内心愧疚，所以郁郁而终。这是孤给你的最大的优待。"

"多谢大王，只是臣还想说一句，当初让吴起走并不只是臣的意思，这背后的隐情，只有我和先王知道。"

"什么隐情？"

"血灌瞳仁杀性起，狂起一出无人敌。斯人已去，其他已经不重要了。"

话音刚落，公叔痤的身体就倒在了地上，只留下一句不知其意的诗句和其中藏着的秘密。

"难道传说是真的？"

第二十七节　魏武卒

"庞涓，老朽这就要走了。"

"墨子打算往何处去？"

"老朽打算去看看你的师父鬼谷老儿，我们已经有很多年没见了，你有什么需要我带去的吗？"

"墨子，我这里有一封信，劳烦您带到云梦山，给师父他老人家看。"

"好，我一定带到。"

朝堂之上，魏王坐在王座上对群臣说："昨日，公叔丞相因病暴毙，孤实为遗憾，只是现在丞相之位空缺，不知众卿是否有人才举荐？"

魏卬上前禀报："启禀大王，臣举荐贤相李悝的门客惠施，此人才华出众，可胜任丞相之位。"

"惠施是何人？宣他上殿。"

惠施早就在殿下准备妥当，只等魏王宣见。魏王看惠施年纪不大，一身书生装扮，头上扎巾，意气风发。

"你就是惠施？"

"拜见大王，臣正是惠施。"

"惠施，你是哪里人士，有什么才华？"

"臣是宋国人士，来到魏国已经一年了，一直在李府门下。臣没有什么特别的才华，只是知道天下之中央而已。"

"天下之中央是何地？"

"据臣所知，天下之中央，燕之北、越之南也。"

"哦？燕是天下之极北，越是天下之极南，再往南北而去尽是万里荒芜，哪里堪称'天下之中央'呢？"

"臣以为极北之北便是南，极南之南便是北，所以，天下无处不是极北，无处不是极南，无处不是中央。所谓天与地卑，山与泽平，至大无外，谓之大一；至小无内，谓之小一。泛爱万物，天地实为一体也。"

"天地一体？"

"何止天地一体，时间也是一体。"

"此话怎讲？"

"臣尝与人言：今日去越国，但昨日就到了。正如天地一体，昨日与今日也是一体。乍听之下，有些不可理喻，但是仔细想想，又觉得有理。"

"你的见地确实不凡，只是，这些可以助孤安定魏国吗？是否有些过于空谈？"

"臣若是空谈之人，何必为官？大王聪慧，应当自有判断。"

"那你倒是说说，现在魏国内忧外患，应该如何应对？"

"如今魏国内忧，明在于魏缓，现在他只身一人，以魏国叛贼的身份定然无人敢收留，所以臣以为他注定难成气候，迟早有人会将他送回魏国；暗在于李相之法施行已多年，当初采用此法正值魏国寻求突破之时，法令多有偏激不讲情理之处，现在魏国已然国力强盛，应当有所改变，以便应对将来的未知挑战。"

"你有腹案了吗？"

"臣早已有所准备，并曾在李府与李相多次讨论，最终立新法十八则，废旧法十八则，李相甚为赞同，并合力修改，请大王过目。"

侍者将法令递给魏王，魏王看过，心中大悦。

"先生果然大才，孤相信你的才能。从今日起，惠施，你就是我魏国的丞相！"

"谢大王！"

"现在，秦国已再次吞并河西，这次出兵又该如何计划？"

魏卬向前一步，对魏王说："大王，此次出兵，臣保举庞涓为帅，另请起用卫鞅为先锋，臣自为后军支援。"

"这次不以王弟为帅吗？"

"启禀大王，臣自问没有和'虎狼'相争的能力，这次唯有庞涓可以和秦国一决胜负。"

"好，孤同意你的建议，就以庞涓为帅，卫鞅为先锋，只是现在我军连番征战甚为疲惫，真的能和秦国'虎狼'相争吗？"

"大王，魏国还有一支人马没有调用。"

"你说的是哪支人马？"

"正是当年的魏武卒！"

"自从吴元帅离开魏国后，这支军队群龙无首，早已四散离去，不见踪迹。如何能在短期内再建立一支这样的军队呢？"

"据臣所知，内侍队队长韩梁当年就是魏武卒中的一员，魏武卒主要成员的去向，可以向他讨教。"

"若是有了魏武卒，加上庞涓的用兵如神，这一次，我们大魏就真的有和秦国'虎狼'一较高下的实力了。"

退朝后，庞涓问魏印："魏武卒是什么？"

"那是当年吴起元帅组建的一支军队，其中，五人为伍，设伍长一人；二伍为什，设什长一人；五什为屯，设屯长一人；二屯为百，设百将一人；五百人，设五百主一人；一千人，设二五百主一人。魏武卒的选拔标准非常严格，只有能披上三层铠甲，手执长戟，腰悬铁利剑，身后背负犀面大橹、五十弩矢和强弩，同时携带三天军粮，在一天内能连续急行军一百里的士兵，才可以成为魏武卒。"

"竟然有装备如此精良的军队！"

"不错，魏武卒是举全国之力供养的一支精锐部队，所以，即使在全盛时期也只有五万人。但就是这五万魏武卒让吴元帅在阴晋之战大破十倍于己的秦军，前后大战七十二场，全胜六十四场，战平八场。魏武卒个个视死如归，又令出必行，不敢稍有逾越。因为不曾打过败仗，所以又多是心高气傲之人，像韩梁这样的，你也看到了，他绝不会轻易服人。"

"那为什么之前魏军被秦军围困在安邑时，这支军队没有出现呢？"

"因为吴元帅离开魏国后，先王身体不佳，其他人没有能力统领这支人马，魏武卒开销又太大，所以当时只好就地解散，让他们各奔前程，一支雄兵劲旅就这样白白丧失了。现在，魏国有了你这样足以匹敌吴元帅的人，一定可以聚起当初的魏武卒，再次为大魏所用！"

"那我们去找韩梁吧。"

两人来到韩梁家里，韩梁虽失去一只手臂，但他受人敬仰，内侍队仍然推他为队长。

"韩梁兄，最近可好？"庞涓说。

"是庞涓，还有公子印！韩梁拜见公子！"

"不必多礼了，我们此次前来是有事要你相助。"

"公子请说。"

"你以前是魏武卒的人，我想再次建立起魏武卒，你可有办法把当年的旧部再次召集起来？"

"韩梁已经是个废人，心有余而力不足，但如果要召集魏武卒，韩梁可以推荐其他人。"

"谁？"

"和我同为二五百主的两位兄弟：徐甲、侯英，他们都在安邑城外不远的村落，公子和庞涓可以随我去找他们。"

第二十八节　招募魏武卒

韩梁带着魏卬、庞涓二人来到徐甲家中，只见徐甲三四十岁的模样，虎背熊腰，正在家中练武。

"老兄弟，韩梁来了。"

徐甲看到是韩梁，赶紧迎上前去，说："老哥哥，你身体不好，一个人如果闷了，找人捎个话，我就过去找你了，怎么还亲自前来？"

"这次不是我要找你，是这位——"韩梁指了指身旁的魏卬。

"这位看起来眼熟，却一时想不起来。"

"这是当今大王的弟弟，公子卬。"

"原来是公子卬，难怪这么眼熟。徐甲拜见公子，公子小时候就常去军营，我们曾经见过的。"

"魏武卒威震天下，全赖像将军这样的人浴血奋战，当年魏卬就万分敬仰，希望有一天可以成为你们！"魏卬说。

"公子谬赞了，吴元帅走后，魏武卒也散了，我们现在就是一群平民百姓，不值一提。"徐甲摆摆手说。

韩梁说："老兄弟，不要气馁，这次公子前来就是为了重建魏武卒之事。"

"公子，这是大王的意思吗？"

"我已经向大王提了这个请求，如今多事之秋，大王当然愿意重建魏武卒。"

"公子，重建魏武卒并非易事，您要知道每个魏武卒的挑选都有严格的标准，即使是通过了选拔还要经过层层训练才能上战场。而且，战场上每个魏武卒配备的三层铠甲、长戟、铁利剑、犀面大橹、五十弩矢和强弩都不是短期内可以准备齐全的。即使这些都齐全了，还有一个最重要的问题就是谁来统领，魏武卒都是精中选精的一等一勇士，个个桀骜难驯，除非吴元帅这样有威信之人。否则，不服统帅的魏武卒反而会成为极大的不稳定因素。"

"这确实是一个问题，请公子三思。"韩梁听后，觉得徐甲说得很有道理。

"但如今的局势，除了魏武卒，谁还能战胜秦国'虎狼'？新的兵器一时难以铸造齐全，不知将军当年的那些武器是否还在？应该还能使用吧？"

"我闲来无事时还经常用当年的武器练习，如今再用应该没有问题。"

"其他的魏武卒兄弟可能也留存了当年的武器，我们再把他们收编回来，或许还可以再建魏武卒，然后再选拔新的魏武卒进行训练，以备将来之需。"

"再把这些老兄弟们聚集回来需要一段时间，而且很多人早就不再练武，疏于练习；有些人更是远走他乡，无从寻找，即使能找到他们，当初的魏武卒也大都有了家室，有了家产，未必愿意再上战场了。"

"现在能有一万算一万，能有五千算五千，哪怕只有一千也可以，只要魏武卒能再聚，我相信你们骨子里的骄傲绝对不会允许魏国败给秦国。"

"我们试试吧。"

魏印找人广发布告，召集当年的魏武卒，同时又和韩梁、徐甲亲自登门拜访一些他们熟悉的魏武卒。这天，他们几人来到侯英家门前。

徐甲叩门，侯英出来开门。

"是两位哥哥，今天找我有事吗？"

"侯英，这是当今魏王之弟，公子印。"

"拜见公子，诸位请进来说话。今天公子前来，不知有何事？"

"侯将军，想必近日你也听说了重建魏武卒的事情，当初你也是二五百主的一员，不知是否愿意再次出山，重现魏武卒辉煌？"

只看侯英面有难色，说："公子，实不相瞒，我现在身体不佳，恐怕难以拿起刀剑了。"

韩梁说："老兄弟，你前几天还说可以举起几百斤的巨石，怎么今天忽然身体就不佳了？"

"老哥哥不要在公子面前乱说，我已经多年不练武了，身体不比从前啊，而且你看我这一家的老人和孩子，我走不开啊。"

魏印看到侯英无意再次从军，知道不能强求，只好作罢，便和韩梁、徐甲离开了。

"这小子，明明身体硬朗，非要找各种理由推脱，真是辱了魏武卒的名声！"韩梁气愤地说。

"公子，正如我所说的，当年的魏武卒都很年轻，心中没有顾虑，战场上只知有进不知有退。现在十几年过去了，他们大多已经成家立业，即使还能从军，也有太多的顾虑。"

"总会有将军这样的人仍然愿意为国效力。"魏印说道。

几日后，前方传来秦军再次进军的消息，而魏印此时聚集的魏武卒还不足千人。

教军场上，徐甲根据当年的指挥方式操练一遍。魏武卒穿上重甲之后，军容立刻焕然一新，在阳光的照耀下，魏武卒们浑身上下耀眼夺目，不失当年风采。

魏王和上将军龙贾在一旁观看，魏印则和庞涓、卫鞅一起在徐甲身边观看。

训练完毕，魏印问庞涓："这支军队和一字长蛇阵相比如何？"

"各有所长。"

"你是否有办法训练他们一字长蛇阵？"

"我还没有好办法让他们演练一字长蛇阵。"

"为什么？"

"一字长蛇阵重在变化无穷，重在指挥之人能够根据战场形势变化采取应变措施。魏武卒则长于平原冲锋，身上背负太重，不够灵活机动，和一字长蛇阵一刚一柔，太过冲突了。"

魏印听罢，觉得有些遗憾，又问道："为今之计，该当如何？"

卫鞅说："公子将这支军队交给卫鞅吧，先锋军正需要这支军队。"

魏印看着卫鞅说："这支军队直来直去，正合你的脾气，就交给你吧。"

卫鞅上前，从徐甲手中拿过令旗，大喝一声："众军听我命令，列阵！"

魏武卒令出即行，再次操练起来。

"众将士听着，明日我们就要出兵，再战当年的老对手秦国，此战许胜不许败！"

"许胜不许败！"场上魏武卒的呼喊声不绝于耳。

"庞涓，你也准备好了吗？"魏印问。

"嗯！"

"我和大王商量好了，这次如果能得胜归来，就给你立一面旗，一面当年吴起都没有得到的旗。"

"什么旗？"

"你看——"魏印拿手一指，庞涓顺势看去，只见几个人用力一举，一面大旗迎风飘扬，上面赫然写着四个字："万胜不败"。

"此事万万不可，我如何承受得了这样的称呼？"

"我认为你可以，你就一定可以。"

第二十九节　先锋对决

数日前，河西战场上。嬴虔的三万先锋军与公叔痤的大军在临晋城外相遇。公叔痤上前问道："来者何人？"

"我乃当今秦王之子，前部正印先锋官嬴虔是也！你就是老头儿公叔痤吗？"

"正是老夫，娃娃，若是秦王亲自前来，以他'虎狼'之名，我还有三分敬重，但是如果是你，休怪我刀下无情。"

"老匹夫，看刀！"

嬴虔说罢，挥刀就砍。公叔痤迎上去，两人杀在一处，战场上顿时飞沙走石。

二十个回合之后，两人不分胜负，公叔痤倒吸一口凉气，心中暗想："当初我随先王去解救吴元帅时，曾经和'虎狼'嬴师隰交手过，想不到他的儿子年纪轻轻，武艺竟不输当年的他！"

公叔痤老当益壮，卖个破绽，转身就走，嬴虔指挥秦军冲杀。魏国疲惫之师，不能阻挡秦军，于是匆匆退回石门。

嬴虔连日攻城，公叔痤坚守不出，避而不战。公叔痤此次出兵收复河西，只是为了掏空安邑城中人马，自然无心和秦军交战。嬴虔这一战虽然赢了，但未能拿下石门，不禁心生怒火。

这天，秦王亲自率大军前来，询问了战场局势后，决定亲自去查看一番。

石门城外，秦王军马整装列阵。城上的公叔痤见秦王亲自前来，知道大事不妙。

"公叔痤，你还记得本王吗？"

"秦王，多年不见，你的身体仍然硬朗。"

"老将军能和小儿大战数十个回合，我现在都做不到了，你真是威风不减当年啊！"

"这么说，'虎狼'老了吗？"

"当然老了，但是孤还有牙齿，还有利爪，还有野心，最重要的是，还有新的'虎狼'。"

"可惜吴起当年七十二战六十四胜八平，仍然没有把你的牙齿、利爪和野心拔除。"

"魏国错过了最好的机会，以后只会被秦国踩在脚下！"

"那就看秦王的本事了。"

秦王亲自指挥攻城两日，竟然都没有攻破，然而临晋魏军的防守之势也渐渐变弱。

就在这天，石门城中突然出现一个人，原来是魏缓。

"公子，你怎么来了？"

"韩国战场忽然撤军，赵国和魏罃之战，又杀出个庞涓，他摆了一个不知名的阵法，非常厉害，赵国元帅乐祚被擒，赵王也败退到浍北。魏印对赵王说，要用我换乐祚，幸亏有胜绰挟持了赵王和大成午，我才逃出生天，还有命来找将军。"

"公子来得不是时候，若是平时，公子可以长留此处，但是现在秦军攻势正盛，城破只在旦夕之间。"

"那我们撤回安邑。"

"此时回安邑岂不是自投罗网？"

"这个问题我想过了，现在我就算去其他国家，也难有容身之所，更别说再聚齐军马打败魏罃。现在倒不如回安邑，我们伺机杀了魏罃，也许有机会夺回魏国！"

"那我们明天就弃城走吧。"

转过天来，秦军攻城，发现临晋已经是一座空城。大军进城后，准备进兵安邑。临晋和魏国仅有一条黄河相隔，秦军休整数日后，准备渡河。

秦王嬴师隰再次调兵遣将。

"这次，本王命嬴渠梁为先锋，进军安邑！"

这日，魏国先锋官卫鞅来到前线，他和嬴渠梁一样也是首次带兵。此时，两军正面相遇。

"来者何人？"

"秦国二公子嬴渠梁。你是何人？"

"在下卫鞅。嬴渠梁，我看你的人马气势，今天必败。"

"卫鞅，我看你只有不到一千人马，也敢说大话？今天让你尝尝我的厉害！"

嬴渠梁一马当先，朝卫鞅杀来，卫鞅并不应战，只大喊一声："魏武卒，冲锋！"

话音刚落，这不到千人的精锐部队齐声大喊："冲！"

魏军气势震天，把嬴渠梁惊了一下，只见魏武卒一身厚重的戎装，个个面带杀气，嬴渠梁迎面一刀砍了下去，"当"的一声，魏武卒的盔甲震得他手臂发麻。嬴渠梁心想："不好，魏国也有这样的军队吗？"

两军交战，秦军先锋部队不敌魏武卒，立刻溃败。

"想不到我初次上战场就吃了败仗，真是愧对父王。"嬴渠梁暗自说道。

"你走吧，我不杀你。"卫鞅对嬴渠梁说。

"你为什么放过我？"

"我没必要得罪秦国，更没必要替魏国杀人。"

"你不是真心为魏国，又为什么替魏国领兵带队？"

"这是我的事情。"

"卫鞅，秦人虽不如中原人讲究礼仪，但总晓得知恩图报，今日的恩情我记住了，将来有缘再见。"

一战溃败，嬴渠梁回去复命，详细说了魏军的军情和装备。嬴师隰听罢，说：

"听你的描述，像是魏武卒。"

"什么是魏武卒？"

"魏武卒是当年吴起训练的一支军队，每个人都是层层选拔上来的，然后再经过严格的训练，配以特别的铠甲和弓箭。当年，吴起靠这支军队七十二战都未曾有败绩，从此闻名天下。他离开魏国后，孤听说这支军队也解散了，想不到今天再次出现了。如果对手是魏武卒，你败得不冤。"

"我看他们的装备和我们的秦锐士相似，莫非——"

"不错，魏武卒可以负重五十斤，疾行百里而不影响战斗，我在魏武卒的基础上又增加了全副甲胄、一口阔身短剑、一把精铁匕首与一面牛皮盾牌，总负重达八十斤，从而培养出属于我秦国的真正的两万虎狼之师——秦锐士。当初吴起就是遇到了秦锐士，几乎失败，若不是魏击救援及时，吴起的战绩就是七十二战六十三胜八平一败了。"

"秦锐士虽然耗费巨大，但是父王仍然坚持训练，才有今日之用，父王考虑得长远。"

"孤要让魏国尝尝败给自己最熟悉的战术的感觉。"

第三十节　一战秦

卫鞅的前军先行，魏卬和庞涓带着大军跟在后面。

"庞涓，你的家乡在哪里？"魏卬问道。

"在庞城附近，只是一个小小的庞家村，也不知道现在是什么样子了。"

"这些年你在云梦山上学艺，应该早就想家了吧？"

"是啊，这些年一直没有机会回去看看，不过也没什么，那年大旱已经让我成了孤儿了。"

"总还有些亲戚朋友吧？"

"整个村子都是我们家族的人，他们都是我或远或近的亲人。"

"那我们抽空去看看吧，正好这一路也经过庞城。"

"如果能回去看看，那最好不过了。"

"报！"说话间，忽然有士卒来报。

"何事禀报？"魏卬问。

"报元帅、将军，前方先锋官卫鞅遭遇秦国二公子嬴渠梁，现已打败敌军，魏武卒首战告捷!"

"太好了,师兄初战就告捷,助长我军士气。"

"魏武卒遇到普通的军队,得胜不足为奇,就看接下来面对秦王会有什么表现了。我们速速跟上,以防卫鞅有失。"

在前往石门的路上,卫鞅大军遇到兵马拦路,为首一人身披金盔金甲,手中紧握一杆黄金定秦刀,一缕白髯随风飘动,威风凛凛。

"前方秦将是何人?"

"哈哈,小娃儿,你不知好歹,今天让你死得明白,孤乃当今秦王嬴师隰是也!"

卫鞅定睛观瞧,只见秦王身后的大军和自己的魏武卒几乎装扮相同,他们也穿戴了一身的盔甲,个个虎背熊腰,怒目圆睁。卫鞅心中暗想:"不好,原来秦国也有这样的军队,而且人数更多,武器配备更足。魏武卒虽然强悍,但是都是临时集合起来的,训练时间稍显不足,如果正面硬碰硬,此战有输无赢!"

"秦王,我这人马数量不足,你敢等我援军到来决一死战吗?"卫鞅对秦军喊道。

"哈哈,孤征战一生,从未见过你这样的人。你自知此战必败,为何不投降?"

"卫鞅可以输,但不可屈!"

话音刚落,魏武卒已列好阵势,只听徐甲大喊一声:"冲!"全军前进,直冲秦军。秦王左手一挥,五万秦锐士严阵以待。两军交会,只见魏武卒顿时大败。

秦军手持短剑,又有牛皮盾牌,可攻可守,魏武卒只靠三重甲,对付普通军队足够了,但面对秦锐士束手无策,前排士卒纷纷倒地,场面惨烈。

卫鞅一看形势不妙,甚至比自己预想得更加危急,于是大喊一声:"徐甲何在?"

徐甲正在冲杀,听到呼喊后,立即回应道:"徐甲在!"

"此战危急,速速撤退!"

"是!魏武卒撤!"

"想走,你们走得了吗?"秦王大喝一声,持刀杀了过来,战马飞过之处,魏武卒人头落地。卫鞅双眉挑起,也拍马而上,对魏武卒说:"你们撤,我断后!"

"你有这个能耐吗?"

说罢,秦王一刀砍下,卫鞅不敢拿手中的剑硬碰硬,只好躲到一旁,寻找机会,但他的剑法与性格一样,都是直来直去,愈发不敌。

"鬼谷剑法——海枯石烂!"卫鞅使出鬼谷剑法。

"今日你没有海枯石烂,只有碎尸万段!"

秦王再次挥舞大刀,招式更加凶狠。危急关头,卫鞅忽然想起了师父的信,想起了和庞涓的交谈,每个人都看出来他这个人太过耿直,不懂变通,他也一直在努力改变,努力用自己不习惯的方式做事,用自己不习惯的方式说话,他受够了因为性格给他带来的失败。他一直默默无闻,但是他从来都不服;他一直忍受着在魏国受到的各种成见，但是他的自尊心其实很强。

他在努力，他要改变，所以，今天他绝对不能倒下。一字长蛇阵固然神奇，但是最神奇的地方在于指挥者的临时调度，没有永远相同的战局，只有永远的随机应变。变，可以怎么变？如果不能硬碰硬，那就——不去碰。

"鬼谷剑法——他山之石！"

卫鞅突变的剑法，诡异的招式，让秦王一时手足无措。

"鬼谷剑法果然名不虚传，但以你的实力想打败孤，还远远不够！"

秦王加快刀招，一时将卫鞅包围得密不透风，卫鞅看魏武卒已经撤出去一段距离，也寻找机会撤退。忽然，他趁秦王不注意，虚晃一剑，转身就走，秦王紧追不舍，嬴虔、嬴渠梁也一起跟上。秦王说道："渠梁，那就是放过你的卫鞅吗？"

"不错，正是此人，请父王务必捉拿他。"

"哦？为什么不是饶他一命？"

"我觉得此人与众不同，若是能生擒他，让他投降，也许将来会有大用。"

"那就看为父将他生擒活拿！"

秦王一拍马，一骑当先，大喊一声："卫鞅休走，纳命来！"

眼看秦王就要赶上，忽然听到前方一声炮响，正是庞涓领兵前来。卫鞅看是庞涓，大喊："师弟救我！"

庞涓拿枪向前，护住卫鞅撤退。秦王打量面前之人，身高八尺，穿着银盔银甲，手持长枪，威风凛凛，便问道："来者何人？"

"魏国元帅庞涓！"

"无名小卒，吃孤王一刀！"

秦王举刀砍下，庞涓横枪招架，一声巨响之后，二人竟然旗鼓相当。

"能接我一刀，你果然不愧为帅，再来！"

两人走马交战，往来五十个回合，不分胜负。两边都怕有失，嬴虔说："父王不必和他纠缠，我们有秦锐士！"这边魏卬也说："元帅不必久战，我们还有魏武卒和一字长蛇阵！"

"娃娃，你果然武艺不凡，且让孤王看看你的排兵布阵如何！"

两人退下，两万秦锐士全副武装，准备冲锋。魏军这边的魏武卒暂时撤退，两万人的一字长蛇阵迈步上前，蓄势待发。魏卬看到秦锐士的军容，不禁全身战栗，他对庞涓说："我征战沙场也有些年头，但从未见过这样让人震撼的军队。"

庞涓转身站到阵心，来回指挥，进退之间，避免魏军和秦锐士正面相拼，以此消耗秦军体力。看到秦锐士有所松懈，庞涓故意露出破绽，纵然是秦锐士偶尔也会被拉扯得阵容散乱，无法应战。然而，一旦被秦锐士抓到机会，稍一接触，一字长蛇阵内立刻就有人倒下。秦锐士趁势推进，一字长蛇阵又散开，一会儿绕到秦军周围，一会儿又绕到秦军背后，散而复聚，其形不乱，秦王无可奈何。

嬴虔看了，忍不住心中的怒气，说："战又不战，退又不退，真是急死人！有种硬碰硬打啊!"

秦王说:"你不要只看他不接战,孤征战多年,从未见过这样进退有据的阵法,今天也算大开眼界。秦锐士身上有四重甲,负重太大,今日不适合再战,这样拉扯下去有害无益。他能看出秦锐士的缺点,确实不是普通人,我们就此撤军吧。"

"就这样放过他们吗?"

"来日方长,不急于一时。"

第三十一节　二战秦

秦军撤退,庞涓找到一处安全之地安营扎寨。

翌日,魏卬说:"昨日一战,我的手心都攥出了汗,秦军的军容实在震撼!"

"看来秦王吸取了和吴元帅交战的经验,仿照魏武卒练出了这样一支军队,而且装备更加完善,战斗力更强。"庞涓说。

"这话让魏武卒听到,恐怕他们要找元帅你的麻烦。秦军如此强悍,此战你有什么计划?"

"我倒是有一计可以一试。"

"什么?"

"我知道从石门绕道过去就是黄河,黄河的后面是临晋,临晋是秦国在东方的重镇,背靠秦都栎阳,若临晋有难,秦兵必然会撤兵救援。而我们则可以绕道合阳,现在秦国重兵都在前线,合阳定然兵力薄弱,我们拿下合阳,一样可以直面栎阳。秦军疲于奔波,到时就是我军的机会。"

"好一招声东击西,果然厉害。此事保密,我们认真考虑下兵力分配。"

"就由公子留一支人马在石门继续叫阵,但是一定要避免战斗。"

"我自然不会和'虎狼'正面对决。"

"然后,由师兄带着我的一字长蛇阵绕过石门进兵临晋,搭建浮桥,摆出渡河的样子,若是秦兵靠近,切记不可交战,能走则走。"

"卫鞅可以指挥一字长蛇阵吗?"

"我已经把一字长蛇阵的方法告诉了师兄,他没有问题。到时候有公子在背后牵制,秦军不知虚实,更不敢轻视。"

"我则准备带着魏武卒和大军进兵合阳!"

计划讨论完毕,众人各自去休息,魏卬和庞涓在军营中闲走。

魏印对庞涓说："庞城就在附近，不如我们整顿好人马后去看看吧，连番交战，不知道你的家乡怎么样了。"

卫鞅说："师弟，如果你想去就去吧，军营中有我看守，不会出事。"

"好。"

两日后，魏、庞二人带着十几个随从出发，庞涓从小在河西一带生活，所以对沿途比较熟悉。走着走着，众人放慢了脚步，只见路边时不时地出现几具尸体，都是平民打扮，有些尸体还在流血，地面一片一片的红色。

"秦人可恶，连百姓都不放过，所到之处，烧杀抢掠，无恶不作，魏印誓报此仇！"

"杀人，为什么人要杀人？他们的心不会难受吗？他们的灵魂不会感到不安吗？"

"在这乱世，要想不被杀，你得先让别人不敢杀你。"

"杀人，就能让别人不敢杀人吗？"

"你会想这些，但秦王不会。"

几个人继续前行，庞涓的速度却越来越慢。

"为什么慢了？"

"因为我害怕。"

"元帅竟然也会怕？你在怕什么？"

"我怕我会看到我最不想看的事情。"

"你是说，你的家族吗？"

庞涓没有回答，或许是不敢回答这个问题，因为他怕一旦回答了这个问题，那些不幸的事情就真的会发生。

前方的道路上还有很多横七竖八的尸体，偶尔有几只野狗过来啃食，它们看到有人来，赶忙又走开。令人作呕的气味弥漫在空气中，让庞涓反胃，也让庞涓感到心悸，过了一会儿，在他前方又出现了一个村落。

"战后的地方都是这样的，屠戮就是为了占有这里的一切，不只是粮草、财产、货物，还有生命。也许你现在还受不了，但是将来你会和我一样习惯这一切的。我们不能阻止这一切，但可以阻止其他国家对魏国做这些事。"

"阿叔！"

魏印话刚说完，庞涓惊呼一声，立刻下马，三步并作两步跑上前去，蹲在一具尸体面前，尸体靠在一面墙上。庞涓擦了擦尸体的脸，呜咽地说："真的是你，为什么是你？阿叔，是庞涓回来了，庞涓回来看你了。"

过了很久，庞涓起身，这一刻安静得可怕，因为发生了这样的事，现场不应该这么安静，除非——

庞涓走向阿叔身后的房间，一具具尸体映入他的眼帘，鲜血染红了地面，让庞涓找不到落脚的地方。

此时，门外传来一阵对话："怎么样了？"

"报将军，已经查看了，全村没有一个活口，都被秦军杀了。"

庞涓走出了屋子。

"庞涓，你没事吧？"魏卬问道。

庞涓没有回答，因为他根本听不到任何声音。他本来期待着回来，期待着可以看到很多许久未见的亲人长辈、儿时的玩伴，向他们诉说这些年来的经历和对家乡的思念，但是此刻能面对的，只有他们冰冷的身体。

他在村里漫无目的地走着，时而在一棵树下，抚摸着粗糙的树皮；时而进入房屋，四下观瞧。没有人敢发出声音，村庄如死一般的寂静，不，这个村庄已经"死"了。连乌鸦扇动翅膀的声音都显得吵闹。

"你——吵死了。"

庞涓手一扬，手中的飞石瞬间砸中了乌鸦，乌鸦"啊"的一声惨叫后，跌落到了地上。跟随在他身后的士兵看到这一幕，浑身颤抖起来，不知是因为寒冷的天气，还是因为庞涓的杀气。

在一个屋子门口，庞涓敲了敲门，说："爹、娘，孩儿回来了。"

屋中显然不会有人回应，庞涓推门进去，静静地坐在早已破败的屋子里，没人敢上前。

"公子，前方传来消息，秦军出战了，我们怎么办？"

"我们先回去吧，让他一个人静静。"

战场之上，嬴虔一马当先，徐甲跨上战马，舞枪应战。

"魏国武将就是这样的能力吗？太让我失望了！"

"无知的小子口出狂言，今天就让你为你的狂妄付出代价！"

两人交战了二十个回合，卫鞅怕徐甲有闪失，上前把他替换下来。

"你们的元帅庞涓呢？让他出来受死！"

"庞涓没必要见你，有我就足够了。"

卫鞅应战，一样不敌，拍马回阵，呼唤一字长蛇阵。

"哈哈，魏军如此不济，上次让你们侥幸逃脱，这次你们难逃一死！"

秦锐士列阵上前，卫鞅不敢硬碰硬，学着庞涓以牵制为主，但他是法家出身，毕竟不如庞涓一直都是以兵家为主，一字长蛇阵也只能牵制住秦军片刻。

秦军阵营里，秦王不解地问道："今天颇为怪异，为什么庞涓不出来应战，只是让这个卫鞅顶着？"

嬴渠梁说："父王，儿臣已经派人四处查探，并没有埋伏。"

"那就奇怪了，这庞涓的葫芦里到底卖的是什么药？"

忽然，有十几骑从南边飞奔而来，卫鞅仔细观瞧，是魏卬回来了，心中大喜，但又仔细一看，庞涓并不在其中。

"公子，元帅何在？"

"他需要一个人冷静一下，我知道秦军来犯，就先赶回来了，现在战况如何？"

"再这样下去，我们要败了。"

魏卬加入战团，但是于事无补，一字长蛇阵阵形渐渐散乱，陷入败局。

秦王站在远处说："我以为是庞涓回来了，原来只是无关紧要的魏卬。魏军啊，孤来了！"

言罢，秦王手拿定秦刀，如闪电一般冲向阵前，魏军挨者死，碰者亡，嬴师隰如入无人之境。

魏卬说："完了，秦王勇猛，秦锐士凶狠，此战必败，我们快撤吧。"

卫鞅指挥撤退，但转眼秦王已来到自己的面前，他拿起手中刀，对卫鞅说道："卫鞅，纳命来！"

卫鞅无力抵挡，闭目等死。

第三十二节　三战秦

秦王挥刀向前，马势加着刀势，一力有如千斤，魏卬眼睁睁地看着，却无能为力。千钧一发之际，只听"当"的一声响，一个男子用手中的兵器将秦王的刀拦住，并且口中还吟唱着：

"南有乔木，不可休思。汉有游女，不可求思。"

另一边，嬴虔也拍马赶到，刀劈魏卬。然后又听到"当"的一声响，一个女子用和那个男子一模一样的武器挡住了嬴虔的刀，同时也口吟诗句：

"汉之广矣，不可泳思。江之永矣，不可方思。"

两人的出手，震惊了所有人，但更让人震惊的是这两个人吟唱的诗句，因为能吟唱这两句诗的，只可能是那两个人。

"汉江双侠——乔木、游女！"

所以，他们手中挡住秦王和嬴虔的武器就是他们的成名兵器——弯钩剑。

汉江双侠是一对侠侣，乃是楚国汉江人，他们师出同门，都拜在道家门下学艺。近些年来，他们在中原活动，却从未投靠任何国家，一直在江湖上漂泊，居无定所。不过，他们的武艺早就名震天下，路见不平惩凶除恶，他们凭仗的就是手中的一对弯钩剑。所有人见了弯钩剑都得避让。他们今天出现在河西，真是令人意外，更让人意外的是他们竟然出手帮助魏国。

细看两人，都是紧衣打扮，头上扎巾，置身战场之上依然面不改色，旁若无人。

"你们是谁？"秦王问。

"夫君，他在问你。"

"他在问我吗？我就是乔木啊。"

"你叫乔木？"

"你叫我做什么？"

"你为什么要拦孤的刀？"

"我并不知道自己的剑为什么要阻拦你，只是顺其自然吧，看到有人要死，就出剑了。妻啊，你呢？"

"我吗？我看你出剑了，所以我也出剑了。"

"你们俩竟然完全不将孤放在眼里！"

"夫君，他嫌你眼中没有他。"

"这就奇怪了，我的眼中为什么要有他，我的眼中有你就足够了。"

"哼，还是这样花言巧语。"

秦王怒不可遏，再次挥舞手中刀，直奔乔木。秦王刀舞如飞，但乔木应对自如，面不改色。另一边，嬴虔也挥刀砍向游女。

"我不会因你是女子而手下留情，挡我秦国道路者唯有——死！"

"你可真是个不通情理之人。"

"秦人从不必懂中原礼数！"

两边各战数招，乔木道："我看这个人年轻，以为武功要差些，想不到这几招看下来并不比那个老的差。"

"我以为那个人年纪大了不中用，想不到狠辣程度不输这个年轻人。"

秦王和嬴虔看到他们在打斗时仍旧谈笑风生，更加恼怒，再次加紧招式。

"他们的招式快了。"

"但是也乱了。"

说话间，秦王的鬓角已经见汗，他自知单打独斗赢不了面前的两个人，转身就撤，嬴虔看秦王撤回，自己也撤走，乔木、游女收剑，并不追赶。

"秦锐士，冲！"秦王一声令下，秦锐士开始冲锋。

"这是什么？他们穿了好多衣服。"

"让我去试一试吧。"

只见乔木说罢，身形一动，瞬间出现在秦锐士面前，手起一剑，钩住一名秦锐士腋下，往上用力一挑，四重甲被硬生生扯散。秦王看在眼里，大为震惊，四周的秦锐士也看得目瞪口呆。

再也没有人敢上前一步，眼前两个人看起来柔弱的身躯里，竟然有着如此强大的力量，这一剑如果钩住的是头，又会是怎样的结局？

"好硬，哎呀，四层衣服！妻啊，你来看。"

乔木拿着扯下来的四重甲回到游女跟前，游女摆摆手，说："拿开拿开，我才不要看别人穿过的衣服。"

"你们果然是奇人，今日孤带的人马不多，暂且放过你们，来日再战！"

秦王说罢，命后队变前队撤退。

"妻啊，他想来日再战？"

"夫君，你真笨，他知道打不过我们，所以找个借口罢了。"

"还是妻你聪明，那我们也走吧，还要去找师弟呢。"

魏卬听到两人要走，赶忙说："二位辛苦，不如留在营中休息片刻，容魏卬感谢二位。"

"妻啊，他想让咱俩吃军营的饭。"

"我不喜欢军营的饭，我们还是走吧。"

说罢，两人身形一闪，片刻之间就在魏卬和卫鞅的视线里消失了。

"真是天下的奇人。"卫鞅感叹道。

"是啊，若不是他们的突然出现，今天我们必死无疑了。"魏卬仍然心有余悸。

"庞涓呢？"

"他需要一个人冷静冷静。"

庞家村内，庞涓将全村人的尸体都汇集到一处，自己砍了一些枯树枝，围在尸体四周，随着火把点起，庞涓曾经熟悉的人逐渐消失在火光中。

"阿叔，我还记得小时候你和阿婶看我饿坏了，心疼我给我一个馒头，我说：'将来一定要阿叔、阿婶天天吃肉。'你们说：'好啊，等着吃庞涓送给我们的肉。'如今我可以天天吃到肉了，为什么你们却不等我给你们送过来了？"

"张伯，我还记得小时候和张狗子一起玩，我把他衣服扯坏了，爹娘气得要打我，是你拦住他们说：'孩子之间的打闹没什么，衣服坏了补起来就好了。'我说：'张伯，将来我一定给你买一身漂亮衣服。'可你也没有等我把衣服送到你的面前。"

"王祖母，你在村里德高望重，像亲祖母一样一直护着庞涓。每次爹娘打我，我都去你那里，你每次都帮我求情，你的好我都记着，我有好多话想对你说，为什么你不要听我说了？"

这些悲伤的话语，如同一声声的控诉，控诉着命运的不公，控诉着自己的无能，控诉着杀人者的残忍。

看着冲天的火光，庞涓无处释放的恨意也在胸中燃烧。大火烧掉的不仅是最亲近之人的遗体，还有庞涓心中那一丝宝贵的仁慈。

"我一定会为你们报仇！"

"元帅，你回来了？"魏卬看到庞涓回来，心中的一块石头终于落地，他赶忙上前询问。

庞涓目光如炬，带着一股从未见过的凶狠气息。

"师弟，你没事吧？"卫鞅问。

"师兄，我很好，现在战况如何？秦王这几天可有来挑战？"

"前些日子他们来挑战过一次，我和公子卬几乎死在秦王手上，幸亏道家的汉江双侠乔木、游女出手，我们才逃过一劫。但他们在秦军撤军后就走了，什么都没说。"

"没有关系，现在我们按照原计划进行。"

"好的，我去指挥一字长蛇阵，偷偷渡过石门，前往临晋。"

卫鞅出去点兵，魏卬向庞涓问道："需要我派人去帮你处理善后事宜吗？"

"不需要，我已经处理好了。那面大旗你带了吗？"

"你是说'万胜不败'？"

"对。"

"我一直让人备着。"

"很好，我需要这面旗，让魏武卒拿着，需要的时候就竖起来。"

"好，我命人交代清楚。"

庞涓点齐人马，立刻绕道往合阳进兵。合阳城下，突然出现的魏军强行渡河，城中守卫不多，顿感惊慌失措。庞涓一马当先，率先渡过黄河，指挥人马攻城，自己也踩着云梯冲到城墙上，随着剑光一闪，几颗人头掉落在地，庞涓身后的魏军兵卒也陆续冲了上来，打开城门，合阳城一日之内就被攻破。

另一边，秦王因为忌惮汉江双侠，没敢轻易出兵，忽然听说临晋有一支人马要强行渡河，而且摆出的是一字长蛇阵，他感到十分惊讶。

"怪不得前几日交战没有看到庞涓的影子，原来他偷偷带着人马越过石门，往临晋去了！此人诡计多端，真是可恶！"嬴虔说道。

"父王，临晋现在守卫薄弱，若是给他破了临晋，魏军就逼近栎阳了，但如果我们贸然撤军回援，又怕是疑兵之计，让魏军趁机破了石门。"此时嬴渠梁仍能冷静地分析。

"不错，你说得有道理，现在虚虚实实，我们并不清楚魏军的部署。不过，一字长蛇阵并不是谁都能指挥的，所以庞涓很可能就在临晋，我们这就回临晋。景监何在？"

"景监在。"

"孤命你带一支人马在石门固守，石门前的魏军应该只是疑兵，但是你不能掉以轻心，石门不可有失！"

"臣领命。"

秦王带着嬴虔和嬴渠梁率领大军起程回援临晋，正在行军途中，忽然有兵卒来报。

"报大王，合阳被一支魏军占领，他们直奔栎阳而去了！"

"什么！"秦王大惊失色，赶忙问，"魏军是什么人领兵？"

"只看到魏军兵马带着一面大旗，上面写着'万胜不败'四个字。"

"好个猖狂的庞涓，原来你暗地攻取了合阳，我们速速撤军救栎阳！"

大军渡过临晋，卫鞅摆出搭桥渡河的架势，但是并没有进攻，他探听到秦王大军正在赶往临晋，于是赶忙撤军，和魏卬兵合一处。秦王一路上没有遇到魏军，直接通过临晋，急急赶回栎阳。

这日，秦军正在行军途中，忽然前方出现一支人马，高举一面大旗，上有"万胜不败"四个大字，秦王认真观瞧，为首之人正是庞涓，他身后依次是魏武卒和魏军的常规兵马。

"秦王，庞涓等你多时了。"

"庞涓，想不到你诡计多端，竟然绕道合阳，直奔我都城而去，幸亏孤及时赶回。今天你孤军深入，孤要让你有来无回！"

"秦王，今日我就要你的头颅，祭奠我庞家村的父老，祭奠我这'万胜不败'的大旗！"

"孤征战多年都不敢夸口不败，你这娃娃小小年纪竟然如此不知天高地厚，就让你看看'虎狼'名震天下的手段！"

"虎狼"秦王嬴师隰对上初出茅庐的庞涓，这一战是国运之战，也是复仇之战，更是秦锐士和魏武卒数十年后的再次正面交锋。是老辣的秦王更胜一筹，还是怒火中烧的庞涓从此高竖不败之旗？庞涓能够在此为自己的全族复仇吗？

云梦山上，鬼谷子正在和孙宾研讨兵法。

"徒弟啊，你今天的兵法修为已经不在为师之下了，就看哪国运气好，能把你纳入麾下了。"

"师父过奖了，徒儿还不敢和师父相提并论。"

忽然，山下有一人来到，只见来人手中的剑突然出鞘，朝一块巨石砍去，一声巨响响彻山谷，气势震撼云霄，接着来人高喝一声："鬼谷老儿，出来受死！"

这一声呼喊传入了鬼谷子和孙宾耳中。

"师父，这是什么人？待徒儿前去看来！"

"哈哈，徒儿不必惊慌。"说罢，鬼谷子双袖一挥，兵器架上的两柄剑飘然来到他的跟前。鬼谷子移动身形，飞奔下山。

"原来是你来了！"

正在此时，山下又来一人。

"哈哈哈哈。"此人长笑一声，内力不输方才说话之人，只见他腰间系着一柄剑，剑上刻着一个"恕"字。

"鬼谷子啊，竟然有人在你的云梦山下撒野，是此人太过猖狂，还是——"

此人话音未落，只见宝剑出鞘，旁边的一棵树应声倒下，分为两段。

"你鬼谷子不中用了呢！"此人接着刚才的话说。

云梦山下风云再起，这两个人到底是谁，他们来此又有何目的？鬼谷子是否能全身而退？孙宾未来的命运又会如何？

与此同时，楚国王宫之内，楚王芈商正在与百官商议军情，一副自得的模样。

"孤听闻魏国现在新君刚立，局势动荡，又遇上秦国'虎狼'这个劲敌，我们此时出兵是否可行啊？"

堂下的丞相昭厘上前说道："大王，臣有三步，可灭魏国！"随后他把计谋向楚王一一道来。

楚王听罢，拊掌大笑，说道："妙计！妙计！"

昭厘到底给楚王提出了什么样的计策？楚国真的可以让魏国陷入灭亡的危机吗？

第二章

宾死膑生

第一节　三龙会

魏国王宫内，一个婀娜的女子坐在荷塘旁边，时值寒冬，虽然有厚衣包裹全身，却遮掩不住她清秀的容颜和曼妙的身姿。

只见她看向空无一物的荷塘，若有所思。

"璞月，你又在想什么呢？一副愁眉苦脸的样子！"

说话之人正是魏文侯魏击之妻，子夷夫人。

"母后，璞月正在赏荷花。"

"这大冬天的，哪有荷花可赏？"

"这大冬天的，不愁眉苦脸，又有什么事情可乐的？"

"你呀，在我面前怎么犟嘴都好，出去了可不能这副样子啊！"

"璞月知道了，该笑的时候璞月自然会笑出来。"

"哎呀，夫人，万一我们小姐是在想将来会嫁给哪个如意郎君呢？"旁边的丫鬟小蝶说。

"你休要胡说！我只是在想，父王刚刚过世，现在魏国动荡，各个国家都想趁这个机会侵犯魏国，不知道咱们能不能扛过这个困难时刻。"璞月公主说。

"听说最近新来的那个庞涓非常厉害啊，前段时间叛乱的魏缓和韩、赵两国联军都被他打败了，现在正率军和秦国打仗呢！"子夷夫人说。

"这个庞涓一定是个英雄，如果他英俊潇洒而且还未成亲，和公主正相配！"小蝶又贫嘴了。

"我听说大王正有此意。"子夷夫人说。

"只要他是个人才，愿意尽心尽力辅佐我们魏国，我倒是不在乎他长什么样子。"

云梦山下，不速之客的一招剑劈大石，更像是在向鬼谷子示威。

山上的鬼谷子和孙宾也听到了挑衅之声，孙宾勃然大怒，说："师父，竟然有人敢来云梦山挑衅，待徒儿下山看看是什么情况！"

鬼谷子一副成竹在胸的模样，缓缓说道："徒儿莫慌，我自有分寸。"

说罢，他长袖一挥，兵器架上的两柄剑飞入手中，一柄"天谴"，一柄"宿命"。只见鬼谷子飞身向山下冲来，心中暗想："竟然是你来了，真是好久不见！"

孙宾正在担忧，忽然旁边出来一位少年，比孙宾略小几岁的模样。

"师兄，发生什么事情了？"少年对孙宾说。

"苏秦，你来了。有人来云梦山挑事，师父下山去了。"

"师父会不会有危险？"

"看师父胸有成竹的样子，应该不会有危险。不过我们还是一起去看看吧。"

"那我们快走。"

云梦山下颇不平静，这时，旁边又出现一人，四十多岁的模样，手中的剑刻着一个明晃晃的"恕"字，随着剑从鞘中飞出，一棵参天巨树竟轰然倒下。来人长笑一声，提气说道："鬼谷子啊鬼谷子，你威名震天下，竟然有人敢来挑衅，是此人不知天高地厚，还是你鬼谷子不中用了呢？"

山下之人看到来者，立刻被他的剑吸引，问道："阁下认为是哪一种情况呢？"

"一试便知。"来人说罢，剑锋直指对方，剑招在轻缓之间带着刚毅。对方还击，暗暗称奇："不愧是儒家传人，竟有这样的造诣。"

双方一来一往，只是互相试探，没有生死之招。

鬼谷子飘然来到山下，看着二人打斗，笑而不语。两人看鬼谷子已经到山下，便一起出剑，鬼谷子使出双剑，轻松应对。

一会儿，鬼谷子的两名弟子赶到，孙宾见师父和另外两个人打在一起，三人来往之间，剑招翻飞，却更像是在展示武艺，没有杀招，便安下心来。苏秦却看不明白，看到师父有难，也拔出手中剑，上前就刺。

"师父，我来助你！"

鬼谷子看到徒弟过来，一跃跳出圈外，另外两人也不追赶，各自准备收招。苏秦的剑朝手中持"恕"剑之人刺去，此人不慌不忙，只等苏秦过来，仅用三两招就把他带到另一个人的面前，自己退了出去。苏秦又朝另一个人进招，此人用剑贴着剑，轻轻一使劲，就把苏秦的剑打落在地。

此人和持"恕"剑之人以及鬼谷子三人大笑，只有苏秦不明所以，站在原地。

孙宾此时定睛观瞧，说道："哎呀，这位可是墨子？弟子孙宾拜见。"

说罢，孙宾便上前拜倒在墨子面前。

原来，第一个来到云梦山下之人正是从魏国赶来的墨翟，他多年前也曾来过云梦山，所以孙宾和庞涓都能依稀认出来。

"怪不得师父胸有成竹，原来在山上便知道是墨子来了。"

"哈哈，好啊，鬼谷老儿，你有好徒弟啊！"墨翟说着扶起孙宾。

"墨翟，你这老东西，一把年纪来我这闹事，欺负我弟子年轻，真是为老不尊啊！"

"哈哈！"两人大笑。

苏秦听出来这位原来是名满天下的墨家巨子墨翟，也赶忙拜倒，说："弟子苏秦不知是墨子，多有得罪。"

"起来，好孩子，是老夫开了个玩笑。"

"那旁边这位是谁呢？"苏秦问。

只见此人昂首站立，器宇轩昂，目光如炬。

鬼谷子说："你们看他手中的剑。"

孙膑、苏秦一起看去，只见他的剑上有一个"恕"字。孙膑恍然大悟："子贡尝问孔夫子：'有一言可以终身行之者乎'？夫子对曰：'其恕乎，己所不欲勿施于人。'儒家之大成者便是这柄'恕'剑，这位想必是儒家之人，而且是地位尊贵的人物吧？"

鬼谷子大笑道："不错，我曾听过一个故事：一位孟孙氏后人和他的母亲在离墓地近的地方居住，此人甚为聪慧，很快学会了祭拜之事，并常常以此为戏。其母觉得'此非吾所以居处子'，便迁居到了集市旁边，结果此人又学会了买卖和屠杀之术。其母便又迁居到了学宫的旁边。那学宫乃是孔夫子的嫡孙子思讲学的地方，此人耳濡目染，学会了儒家进退的礼节。其母见状，从此住了下来，后来此人因聪颖过人被子思发现，并引为座下弟子。请问阁下可是孟轲？"

"哈哈，不愧是鬼谷子，晚辈孟轲拜见！"

"虽闻名已久，但刚才也是看到你的剑才知道是你，当今天下的儒者能佩戴此剑的，非阁下莫属。"

"不敢不敢，是家师抬爱，将此剑传给孟轲。"

"两位今天是相约而来吗？"

"并不是，晚辈来到山下本打算登门拜访，刚好看到墨子在此施展武艺，便一起开个玩笑。"

"孟轲武艺确实不弱，子思也有个好徒弟啊。"

"你的弟子遍布天下，要说好徒弟还是墨子最多，天下无人能比！"

"你休要抬举我了，要说我的弟子和你门下的一位弟子比起来，那都差远了！"

"墨老头儿，你说的是谁？"

"庞涓。"

第二节　万胜不败

在前往栎阳的路上，秦王的心情颇不平静。他征战数十年，历经大小百余战，当年在吴起的面前，他都没有过这种奇怪的感觉，今天究竟是为什么？想到这里，他不由得回头看看身后的两个孩子：长子嬴虔威风八面，颇有自己当年横刀立马的样子；次子嬴渠梁虽然武艺不高，但是做事考虑周到，经常让自己眼前一亮。秦王希望他们将来能够继承自己的基业，让秦国强大起来。

然而，一个更加重要的问题摆在面前，秦王的位置只有一个，自己的接班人也只有一个，秦王之位到底传给谁，这个决定又会带来什么后果？看到当年赵国闹出的赵种、赵胜兄弟之争，以及眼前的魏蓉、魏缓兄弟之争，秦王心中更加担忧。这种情况在这个时代并不少见，眼下他们两人都已成年，都有各自的势力，将来继承王位的新君要面对的风险可不少。

想到这里，秦王再看看他们，谁知道有这样两个儿子是幸福还是灾难呢？

但是目前，最重要的还是赶回栎阳，秦王希望庞涓那边还没有攻城，希望城中的王亲们安然无恙。

忽然，前方一声炮响，一支军队拦住了秦军去向，秦王抬头看去，两面大旗迎风飘摆，一面"万胜不败"，一面"魏元帅庞"，魏军中间有一人身披银盔银甲，手中握着长枪，此人正是庞涓。

"嬴师隰老贼，庞涓等你多时了！"

"'万胜不败'这几个字太嚣张了，当年吴起都不敢在我面前这样自夸，眼前这个初出茅庐的小子竟然如此不知天高地厚，真是不把自己放在眼里！"秦王心想。

"庞涓，想不到你诡计多端，竟然绕过孤的大军直奔栎阳，要不是孤及时察觉，恐怕栎阳早已凶多吉少。"

"栎阳迟早是我庞涓的囊中之物，而你嬴师隰，今天我庞涓就要拿你的人头祭奠我庞家村的父老，和我这面'万胜不败'的大旗！"

"孤征战多年，在孤面前敢夸下海口的人很多，但是夸下海口之后还能活着的人少之又少，你以为你的结局会有所不同吗？"

一旁的嬴虔早已按捺不住，他对秦王说："父王，此人太过张狂，出言不逊，待儿臣上前把他拿下！"

秦王点头同意，嬴虔拍马上前，手中的刀挥舞如飞，迎着庞涓就要砍，庞涓不等他砍下，手中的枪已经杀到嬴虔的面前，嬴虔赶忙躲过。在躲闪的一瞬间，嬴虔以为对手会变招，自己已经在想各种可能的应对方式，但是他并没有等来这个变招。再弱的对手都应该知道的招数，对面之人却没有动手，是他迟钝了还是傻了？嬴虔有些不理解，突然觉得浑身发冷，他感受到了一阵从来没有过的杀气，如果对方愿意，立马可以用一百种以上的变招再次发起攻击，而自己不一定能躲过。然而，嬴虔一招都没看到，只是感到寒冷，冷得浑身发抖。

嬴虔愣在原地，不知不觉转过身来，他仿佛看到一股寒气在向前冲，而自己在对方的眼里仿佛不存在，不，自己根本就不在他的眼里。

寒气冲到了秦王面前，秦王也感受到了，秦王心想："莫非今天的不安，就是因为庞涓？自己征战数十年，从没怕过谁，今天又岂会害怕这个庞涓！"他拿起刀，和庞涓的枪碰撞在一起。

秦王努力让自己保持冷静："也许他是一个很厉害的年轻人，但以他的资历，以他的能力，还算不上自己的对手，他还没有那个资格！"

庞涓的枪再次刺来，而庞涓明明刚才离秦王还很远。秦王用刀拦住，然而下一个瞬间，庞涓的枪又横扫过来。这让秦王心生疑惑："这是什么招式？这是什么打法？每一招都不精妙，但是每一招都包含着惊人的杀意。"

"杀！"

"杀！"

"杀！"

杀气和寒气一起袭来，包裹着秦王全身，也似乎从盔甲的每个缝隙渗透进了心里。他明明在激烈战斗，却还是浑身发冷。

"定秦刀——怒狼斩！"秦王知道自己必须进招，拿回主动权，否则一直处于被动，迟早会有危险，但是庞涓好像根本看不到秦王的刀，只是继续进攻，仿佛他眼中只有一个字——杀。只要能杀了眼前之人，他什么都不在乎。

"庞涓，你不要命了吗？"

"你夺走了比我生命更重要的东西！"

"孤征战数十年，手中沾的血不知有多少，就算人人都要来寻我复仇，孤也不在乎。只是你也为将，将来你的手又岂会是干净的？"

"如果手上沾了你的血是我堕落的开始，那我甘愿如此！"

"今日你不会有这份荣幸，但是孤可以让你堕入黄泉！"

"定秦刀——虎啸斩！"

秦王心中的怒火开始熊熊燃烧，他还有很多事情没有想明白，还有很多话没有说，还有决定没有作，他今天不能倒下，如果他倒下了，秦国的未来何去何从，没有人能够知道。

庞涓杀意高涨，他今天也不能倒下，如果他倒下了，魏国将再次陷入危险境地，庞家村父老的血海深仇就再也没有机会报。

他们都不能输，但今天注定要倒下一个人，"虎狼"战庞涓，究竟谁能打败谁？

两人之间是绝对武力的对抗，刀枪在飞舞，没有人能够插进去一招半式，也没有人敢靠近半步。

嬴虔在远处看着，嬴渠梁在阵前看着，他们的手中都攥出了汗：平时自认武艺高强的自己，为什么今天这么无能为力？

忽然，庞涓一枪砸下，秦王横刀挡住，庞涓又趁机取出背后宝剑，高喊一声："鬼谷剑法——一览众山！"万千剑影刺来，秦王再也没有办法拦住，这出其不意的一剑，透过甲胄穿透了秦王的腹部。剑之快，快到秦王没有任何感觉，直到他看到庞涓拔出剑来，鲜血从铠甲里渗了出来，而庞涓没有受一点儿伤，他才确定自己受伤了。

"虎狼"败了。

秦王不再纠缠，拍马就回，大喊一声"秦锐士"，随后钻入阵中。

"秦王老匹夫，你以为秦锐士能保你的性命吗？"

庞涓说着，拿着枪冲了过来，秦锐士举起盾牌抵御，庞涓以枪扎地，再往上一挑，秦锐士像被划开了一道口子，几个秦锐士手中的盾牌连人一块飞起。但这时，后方秦锐士的长枪已经刺了过来，庞涓赶忙转身，对狼狈冲往后阵的秦王说：

"懦夫，今天如果让你逃走，庞涓誓不为人！阿叔、阿婶、张伯、祖母，还有其他所有的庞家村父老，庞涓要替你们报仇了！"

只见庞涓回身张弓搭箭，一箭射去，秦王被利箭穿透胸膛，翻身落马。

庞涓立即下令："魏武卒，杀！"

徐甲听到命令，高喊一声，率领魏武卒列阵冲锋，和秦锐士正面对决。秦王重伤在前，秦军无心战斗，瞬间溃败。

看到败退的秦军落荒而逃，一个高大的身影在魏军阵中举起"万胜不败"的大旗。

"今天起，我庞涓就是魏国'万胜不败'的战神！"

"万胜不败"的呼声响震天际，秦军的溃败像是献给战神的祭品。庞涓握着旗杆，"万胜不败"四个字随风飘动。新一代的战神从今日起，将书写属于自己的历史。

第三节　儒辩

"哦，墨老头儿，这么说你在魏国见过我那徒儿庞涓了？"

"不错。"墨翟将在魏国发生的事情——道来，详细说了一字长蛇阵的威力，以及庞涓在赵军面前如何势如破竹。几个人走着说着，不知不觉已经上了山。

鬼谷子听着徒弟的战绩，心中愉悦，孙宾听到师弟出师顺利，也非常高兴。

"太好了，师弟打败赵王，这下一战成名了！"

孙宾喜笑颜开，看向师父。鬼谷子捋着胡须，怡然自得。

"两国和解之后，我便辞别他来看看你这老头儿，顺便给你带封信。"

墨翟从袖中拿出庞涓的信，孙宾赶忙上前接过来，递给师父。鬼谷子看完信，又递给孙宾，孙宾看罢，高兴地说："师弟请我一起去魏国和他建功立业！"

"庞涓有心了，自己飞黄腾达了还记着咱们。孙宾，你如果想去，这几日便可以动身了。"

孙宾神情犹豫了一下，然后又淡然一笑，说："弟子忽然明白当初师弟离开时的心情了。"

"当日你让他一招，让他先下山建功立业，现在你也学有所成，接下来就看你的造化了。"

墨翟看鬼谷子师徒情深，便说："听说鬼谷子收徒谨慎，不像墨者遍布天下，又不像儒者开课讲学，却个个都是聪明绝顶的人才，真是令人羡慕。"

"我原来还在担心庞涓这孩子出身贫寒，忽然得了富贵，会不会迷失自我，想不到他还如此有心，确实让我欣慰。墨老头儿，你能够帮他一把，我在这里谢过了。"

"老哥哥客气了，我也是举手之劳。咱们的事情日后再详谈，别怠慢了客人。"

"是啊，一直没顾上问孟轲，你此来所为何事？"

"近来师尊年纪大了，身体不适，便将儒家掌门宝剑'恕'传给我。我等儒家众人拜在齐国，齐王在稷下府中，每日给予我等优待，并让我担任稷下学宫祭酒，只是与我们偶有交谈，也不见用儒家学说。后来，我们发现齐王对诸子百家弟子、尊者都是这样的态度，极少采用他们的学说。孟轲深感迷茫，所以前来云梦山拜访鬼谷子。"

"不知齐王和先生聊过什么？"鬼谷子问道。

"当年，'徐州相王'之后，齐王心高气傲，曾经问我是否听闻过齐桓公、晋文公的故事。"

"'徐州相王'之后，魏、齐互相承认对方为王，天下诸侯也陆续以王自称，齐王骄傲也并不意外。你又是如何对答的呢？"

"我回答说：儒家自孔夫子以来，历代徒子徒孙从未有谈及此人之事，故此，孟轲从未听闻过此事。如果大王执意想了解，不如谈谈王道。齐王问：'要有什么样的德行，才可以称王于天下？'我说：'以民为本，抚民、爱民、助民，就可以称王于天下。'"

墨翟在旁听着，没有说话。鬼谷子听后，说道："不愧是儒家学说，若是其他学派，实在难以有这样的认识。但是齐王有可能做到'以民为本'吗？"

"齐王是这样问我的，我认为并无不可。齐王又问我为什么认为他可以做到，我说：'我听说大王曾经因看到用来祭钟的牛而感到不忍心，要求放过那头牛，有人认为这是因为大王吝啬。若是其他国君，或许可以这么认为，但是诸国之中以齐最富，大王绝对没有吝啬的理由，之所以有这样的举动，是因为大王有仁爱之心。那头牛就是在那个时间引起了大王平时不能察觉的善念，所谓'仁者无敌'，大王有此仁爱之心，就是称王于天下的根本。'"

"'仁者无敌'四个字掷地有声，闻所未闻，只怕天下间能懂这个道理的人并不多。不过你也知道我教出的徒弟有兵、法、纵横等，但唯独没有儒。或许我对儒不能完全理解，也不敢乱说，今天儒家后起之秀在此，我想问阁下，为什么'仁者无敌'？"鬼谷子问道。

"仁者惠民，则民趋之若鹜，只要有了民，又有什么事情是办不到的呢？因此仁者无敌。"

"齐王为什么可以成为仁者？因为人性就像是树木，仁义就像是杯盘，人的性善不过是被人做成了杯盘的样子罢了，并非来自本心。"鬼谷子说。

"这要看是顺从树木的天性来做杯盘，还是违逆树木的天性来做杯盘了。如果是后者，难道就意味着仁义会伤人的天性了吗？这真是带有偏见的言论。"

"我想说的是，人性如水流，东边有缺口就流向东方，西边有缺口就流向西方，人性并无善恶之分，这和水流不分东西是一个道理。"鬼谷子又说。

"水的流向不分东西，但总是分上下的。人性向善，如水之就下，人性无有不善，水流无有不下，这是一个道理。就算人可以强行使水流向上，也绝非水的本性，只是形势使然罢了。人作恶，也是一样的道理。我们看到一个小孩要掉到井里，一定会产生惊惧和恻隐之心，除了恻隐之心外，羞耻之心、辞让之心、是非之心，凡此种种都是与生俱来的，而非后天习得的，这就是仁、义、礼、智四端的萌芽，即使是最凶恶的人也不外如是，何况是齐王呢？"

孟轲滔滔不绝，言辞犀利，一席话令众人无言以对。孙膑、苏秦二人更是听得十分佩服，不知师父鬼谷子将会如何对答。

鬼谷子说道："阁下有如此才华，足以横行天下，还有什么忧愁的？"

"鬼谷子谬赞，学生说得再多，君王无视谏言，又有何用呢？"

"你知道为什么齐王不肯用你的学说吗？"墨翟忽然开口问道。

"请夫子赐教。"

"天下都在行霸道，而你在齐国宣扬仁道，仁道在霸道的面前，如同螳臂当车。如果现在是文王、武王的时代，天下一统，施行仁政没有问题；但如今是乱世，诸侯人人自危，又怎么可能置安危于不顾而去施行仁政？"

"墨子，请问文王、武王是因为天下一统才施行仁政，还是因为施行仁政才能天下一统呢？这就和当今齐王一样，如果齐王施行仁政，也许齐国早就不是现在的状态了。"

墨翟点点头，不禁说道："果然是奇才，你的口才过人，老夫行走江湖多年，未曾见过你这样厉害的人。"

鬼谷子对苏秦说："你一直在学纵横之术，像孟轲这样的人，是你学习的对象啊。"

"弟子已经将刚才的话记下了，自当认真学习。"

三人相谈甚欢，一直聊到半夜，孙膑和苏秦在一旁服侍，虚心学习。

三日后，孟轲离开了云梦山。

"你不再多停留几日了吗？"鬼谷子问道。

"在下确实希望能再多叨扰几日，奈何有职务在身，不便久留，眼下我必须早日回到齐国了，这几日给您带来的诸多不便，望请海涵。"

众人送走孟轲，孙宾和苏秦说："此人学识渊博，口齿伶俐过人，实在是少有的人才。"

鬼谷子却说："此人言辞犀利，可以将人说得一时无言以对，却也有儒者的通病，儒家在他手中可以发扬光大，却仍难受到各诸侯国重用。这几日，你们都在旁边，不妨说说他的学说中有何纰漏？"

第四节　蠢蠢欲动

楚国王宫之内，一人高坐在虎皮之上，器宇不凡，环视四周，这人正是当今的楚王熊疑。楚国位于中原以南的蛮夷之地，虽然幅员辽阔，但是不被中原诸国认可，历代楚王以此为忧。数年前，魏国元帅吴起前来投奔，楚王大喜，大加重用，封为令尹，实行变法。当时，楚国在大梁、榆关兵败于三晋联军，面对三国兵马，只得联合同样被视为蛮夷的秦国，才得以喘息。楚国国内由屈、景、昭三家把持朝政，只知道欺压百姓，坐大势力，对内不能治理内政，对外不能抵御外侮。楚王十分担心，此时恰好吴起来楚，此人不仅长于兵法，而且在魏国和李悝相处日久，对内政也颇为了解。在楚王的支持下，吴起积极变法，楚国国力日强，因此常常想要加兵于他国，以彰显国威。变法以来，楚国曾南征百越，西败秦国。此时，魏、秦之战的消息传到楚国，楚王意识到现在正是进攻魏国的好时候。

"孤听闻魏国现在新君刚立，局势动荡，又遇上秦国'虎狼'这个劲敌，我们此时出兵是否可行啊？"楚王用期待的眼神看着堂下的臣子，并将目光停留在令尹吴起身上，但吴起低头不语，并不回应楚王的目光。楚王知道他和魏国的关系，心中并不愿出兵伐魏。

"大王，臣有三步计策，可灭魏国！"

楚王听到这句话，不由得眼前一亮，说话之人乃是丞相昭厘。

"丞相有何高论？向孤详细道来。"

"大王，若是要伐魏，需要有人带路，臣有一人引荐，请大王唤他上朝便知。"

"哦，不知是何人？"

"魏国大夫王错。"

"哦，魏国大夫为何会来我楚国？"

"此人乃是魏缓的党羽，其所在地乃是上党，魏缓兵败，此人便逃来楚国，投奔在臣的门下。有此人在，可以让我们更清楚地了解魏国。现在他就在殿外，请大王召他上殿。"

"好，宣王错上殿！"

不一会儿，王错就被人带上殿来，随后纳头便拜："王错拜见大王。"

"王错，你因为什么前来我楚国？快细细说来。"

"大王，魏文侯魏击薨逝后，魏国群龙无首，我主公子缓虽然有雄才大略，奈何势单力孤，只得找来韩、赵两国协助，共同图谋大事，推翻魏罃，拿回属于他的王位。奈何魏罃手下有魏印和一个新来的鬼谷门人庞涓，他们勇武过人，用计说服韩王撤军，又摆阵打败了赵王，活捉赵国元帅乐祚，逼走公子缓，致使他至今生死未明。臣趁他们在前线作战，无暇顾及后方，于是前来投奔楚国。"

"你可知道魏印和那个庞涓用什么阵法打败了赵王？"

"臣未上战场，着实不知。"

楚王看向令尹吴起，问道："吴令尹，你在魏国多年，可知道庞涓是何人？"

"回大王，臣从未听闻过此人，应该是魏国新提拔的将领。"

楚王对王错说："那你能给本王提供什么样的信息？"

"回大王，魏国现在颇为动荡，连番征战河西，已经自顾不暇，此时正是出兵伐魏的好时机，大王切不可错过这个良机！臣熟悉魏国地形，可以为大军引路。"

"丞相，你推荐的王错颇有可取之处，如果伐魏有功，孤自会给他加官晋爵。不知道你的第二步是什么？"

"回大王，第二步，派人联络秦国，让秦国加紧攻势，不要给魏国喘息之机。秦国将魏国主要人马牵制在河西之地，魏国无暇顾及中原以南地区，我们就有可乘之机。"

"好计，丞相以为何人可以担此重任？"

"臣可以代大王出使秦国。"

"丞相为我楚国尽心尽力，孤心甚悦。这第三步是什么呢？"

"第三步，由令尹吴起为帅，亲率人马进攻魏国，以令尹对魏国的熟悉程度，以及当年和秦国七十二战不败的能力，想必此战绝无失手之理！"

"哈哈，孤也有此意。令尹，你以为如何？"

"大王，魏国虽内乱已平，但西有秦国牵制，此时确实是出兵的良机，臣只是担心最近大王身体有恙，应多加调理，不宜轻言战事。"

楚王确实一直在咳嗽。

"唉，令尹啊，你不要以孤的身体为念，要以国事为重。"

"大王的身体就是最重要的国事，请大王好生休养吧。"

"我看令尹是因为在魏国多年，至今对魏国仍有旧情吧。"昭厘说道。

"丞相，天地可鉴，大王也可为证，吴起自从来了楚国，做的每一件事都是为了我楚国的兴盛，没有半点儿私心，你不要在朝堂之上血口喷人！"吴起气愤地回击昭厘。

"你怂恿大王变法，私下又不知做了多少见不得人的勾当，楚国从上到下无人不受你的苦，你还敢在此大言不惭！现在魏国虚弱，重兵都在河西，你却视若无睹，是何居心？"

"两位爱卿不要说了，孤内心自有分寸。"楚王说完，忍不住咳起来。

"你们都退下吧。令尹，你留下。"

百官退去之后，朝堂上只剩下楚王和吴起二人。

"卿家为何不同意攻魏？此时只有你和我，说出你真正的顾虑吧。"

"大王，以臣之见，此时并非伐魏的良机。如今新法施行，触犯了屈、景、昭三家的利益，昭厘一直多加阻挠，此时他让臣带兵出征，表面上是举荐臣，其实居心不良。他所举荐的王错，在魏缓联合韩、赵进攻安邑的时候，连跟随在魏缓左右的资格都没有，想要投靠楚国又不晓得找人送信，再里应外合以上党为献礼，竟空着双手来到楚国，足见此人没有大才，毫无价值可言。如果放任昭厘前去和秦王勾结，他敛财有术而交涉能力不足，遇到狡猾的'虎狼'，不知道还会生出什么事端。现在，楚国变法刚刚有了起色，但和魏国几十年的积累相比，仍是九牛一毛。楚国地处于南方，无法像韩、赵、秦一样直接逼近安邑，贸然进军只会陷在魏国境内，一旦魏国喘息过来，恐怕凶多吉少。"

"还是你考虑得周全，是孤思虑不周。然而真的要孤眼睁睁地看着魏国内乱而无动于衷吗？何况这次出兵如果真的可以有所建树，也会是对你我二人多年来坚持变法的最大肯定。"楚王说完，又咳了起来。

"大王，其实我最担心的还是你的身体。"

"孤的身体你不必担心，从坐上这个位置开始，熊疑的命就不再只是为自己而活。"

"大王，出兵不是不可以，但是必须答应臣三点要求。"

"你尽管说，孤无有不允。"

"一，王错此人只许留在臣营中，不可让他独自带领人马，否则，他居心叵测，只会干扰战局；二，可以派昭厘前去秦国说服秦王，但不允许他承诺任何好处给秦国，否则按军法处置；三，当前魏国虚而不弱，当年的魏武卒尚在，楚国军队征伐百越时虽所向披靡，但和魏武卒相比，仍有不小差距。臣虽然有办法打败魏武卒，可战场之上瞬息万变，实在难以预测，万一战败，还请大王饶恕臣战败之罪。"

"令尹如此没有信心吗？"

"尽管魏国如此动荡，但仍能成功击退韩赵联军，从这点来看，魏国新起用的大将庞涓定然不是普通人。不过最让臣担忧的是，变法以来，朝中旧臣多般阻挠，一旦此战不胜，恐怕会成为他们拿捏变法的说辞。"

"孤明白了，你且放心去吧。"

第五节　败将遗言

秦军战败，大军急急撤退，所幸距离栎阳已经不远，不久后秦军撤回城中。秦王嬴师隰受伤严重，被送入宫中，嬴虔、嬴渠梁赶忙呼唤太医来看，宫中乱作一团。

"太医，父王的伤势如何？"嬴渠梁问。

"此箭伤及心脉，已经回天乏术了。"

太医哀叹一声，说："恕臣无能为力。"

"你说什么？你是太医，让你白吃这么多年俸禄不就是为了今天，你现在说你无能为力，留你何用！"嬴虔拔出宝剑就要砍死他。

"大哥冷静，不要冲动。"嬴渠梁赶忙拦住。

"他不在乎父王的死活，你也不在乎吗？别拦着我！"嬴虔双目圆睁，眼圈泛红，好像要瞪出来一样，又好像故意瞪着眼珠为了防止眼泪流出来。

"现在不在乎父王死活的是你！杀了太医有什么用？"嬴渠梁说。

嬴虔看着平时有些文弱的王弟今天竟然如此态度强硬，不知不觉松开了手。

"渠梁说得对，你冷静点。"嬴师隰还有些意识。

"父王！"

两个人赶忙跑到近前，抓着嬴师隰的手不敢放开。

"不要为难他们了，让他们都退出去吧，你们俩留下。"

"是。"

其他人都退了出去。

"我知道我不行了，现在最重要的不是为难那些太医，你们听我说。"

"父王，不会的，你没事的，我们还需要你，秦国还需要你。"

两位公子再也忍不住了，任凭一行行泪水滚落下来。

"和魏击、吴起打了一辈子，输了一辈子，老了老了又输了，真是命运弄人。但是我知道，我有两个好儿子，你们都比我强，有你们在我就放心了。可你们知道我最害怕的事情是什么吗？"

"孩儿不知，请父王教诲。"两人摇摇头说。

"我怕的就是你们会像当年赵国的赵胜、赵种，眼前魏国的魏䓨、魏缓一样兄弟相争，秦国可禁不起那样的折腾啊。"

"父王，我们不会的，不会的。"嬴虔说。

"我考察你们很久了，迟迟不能做决定，但是今天必须说了。我决定，立渠梁为秦王继承人。"

此言一出，房间里的空气如同凝固了一般，嬴渠梁低头不语，嬴虔目光呆滞看着嬴师隰。

"父王，您没有说错吧。"嬴虔开口问道。

"你们听得没错，这件事我想了很久，渠梁做事沉着冷静，即使是我也远远不及，秦国需要治国之才，而他就是这样的君王。虔武艺高强可以为将，但武将能打一时的胜仗，却不能带领秦国赢一世。"

"父王，您一直对我说，我是兄长，要让着弟弟。有好吃的东西他要，我就要给他；有漂亮衣服他要，我就要给他；后来长大了，我喜欢的臣子可以让给他，甚至我喜欢的女人我都可以让给他。因为我以为我将来会是秦王，所以这些我都可以不在乎！"嬴虔绝望地说。

"我知道你很委屈，但是为了秦国，为了我，你可以继续委屈下去吗？"

"凭什么！凭什么一切都是他的！就因为我是大哥，所以我就应该让着他吗？连秦王的位置都要让给他吗？"

"对，孤就是要你让给他。孤眼中只有秦国的未来，而他，是可以给秦国带来更好的未来的人！今生欠你的，黄泉路上，孤再还你。"

"我不服，我不服，我让了他几十年了，我不要再让了！"

"你过来，孤要你——发誓。"

"发誓"两个字，字字如千斤，压在嬴虔身上，他的目光更空洞了，身体也没有动弹。

"你跪下！"嬴师隰用最后的力气吼着，但是此时他的吼声和平时低语的声音差不多，还伴随着无力的咳嗽。

嬴虔双膝缓缓地跪地，手指苍天。秦王用颤抖的声音对他说：

"你今后所做的一切都是为了秦国，为了嬴渠梁，即使粉身碎骨也无所畏惧。"

"我嬴虔今日立誓，今后尽心辅佐秦王嬴渠梁，绝无二心，如违此誓，粉身碎骨，九泉之下无颜再见父王。"

"好孩子，你最像我，你一直都是孤最喜欢的孩子。渠梁，你也要好好对待你的兄长，记住他为你做的一切，如果将来九泉之下让我得知你利用秦王的权力对他不利，孤一样饶不了你！"

"父王，儿臣定然不负所托。"

嬴师隰看着两个儿子，露出了满意的笑容，随后说道："好，很好，这样，孤就放心了。"

话音刚落，只见嬴师隰双目闭上，身体一动不动。嬴渠梁战战兢兢地将手放到秦王的鼻子跟前，确认没有鼻息后，缓缓地说：

"父王，已薨。"

大殿之外，文武群臣都在焦急地等待着，不知道秦王父子会谈论些什么，但大概的内容每个人也猜得到。忽然，大家听到殿内传来一声巨吼："嬴渠梁！啊！"

这一声吼叫，震惊了殿外的每个人，大家都想要冲进去看看发生了什么，但是又没有人敢带头进入，如果殿内发生了兄弟相争之类的事情，这时候进去恐怕不太合适，不但会让自己陷入危险境地，还可能得罪了胜利的那一方。如果已经决出了胜负可能还好，万一两个人还没分出胜负，那么又该帮谁呢？

只不过，无论如何，秦国注定要变天了，就看一会儿在殿上站立着的是嬴虔还是嬴渠梁。

缓缓地，嬴虔走出来了，他双目低垂且无神，也不看向殿下的人群，他的身上满是鲜血，手中提着自己常用的佩剑。每个人都在猜测刚才发生了什么，如果是兄弟内斗，现在嬴虔也未免太平静了；如果没有内斗，那刚才的一声吼叫又是因为什么？大家都直勾勾地看着他，等着他宣布最后的结果。嬴虔对众人说："父王已薨，他亲自指定的新任秦王乃是——嬴渠梁！"

每个人都瞪大了眼睛，没有人能想到是这个结局，从来都是兄弟相争，胜者为王，但是今天大哥宣布弟弟为王，实在是罕见。

只见嬴渠梁从嬴虔的身后缓缓走了出来，他抬着头，看着四周的文武群臣，脸上带着哀伤的神情，却又有着一种和平时完全不同的气质——王者之气。

嬴虔举起手中剑，大声喊道："从今天起，所有人包括我嬴虔在内，要以嬴渠梁为尊，若有违此言者，如同此石！"

说罢，嬴虔一剑向旁边的石狮砍去，剑落之处，石狮被砍成了碎块，足见其力道之大，众人纷纷拜倒，高呼："参见秦王。"

这时，台下有人大声问道："秦王，如今栎阳危如累卵，不知大王有什么办法可以拯救秦国于水火？"

有人敢在这个时候提出这样的问题，分明是不给新任的秦王面子，甚至是在刁难他。众人循声望去，提问的人正是上大夫甘龙。

"此事，本王已有腹案，可保栎阳安然无恙。"

第六节　败军求战

云梦山上，鬼谷子师徒和墨翟送走了孟轲。看着孟轲离去，鬼谷子说："此人有儒者的通病，你们能看出来吗？"

孙宾和苏秦当场愣住，无言以对，只能请师父赐教。

"孙宾，你当年也曾跟随你父亲孙操上过战场，跟敌人厮杀过，那个时候谈仁义有用吗？"

"那个时候只有生死，没有仁义可言。"

"不错，战斗中如此，国家也是如此，除非四周没有强敌，国内安然无事，否则，哪有施行仁义的土壤呢？在当今这个世道，施行仁政的这个前提条件本身就太过苛刻了。"

墨翟说："不错，而他却说当年周文王、周武王是因为施行仁政才得了天下，那么当年牧野一战，血流漂杵又作何解释呢？此外，他的人性本善之说漏洞更是明显。"

苏秦说："水的流向不分东西，但总是分上下的。人性向善，如水之就下，人性无有不善，水流无有不下；人作恶如同水向上，不过是形势使然，而非本意。这有什么问题吗？"

鬼谷子说："他从第一句话就错了，你们能发现吗？"

孙宾略加思索，说："人性向善如水之就下，人性向恶如水之就上。但是谁说人性一定就是这个样子呢？我是不是也可以理直气壮地说，人性向善如水之就上，人性向恶如水之就下？"

墨翟看着鬼谷子，指着孙宾说："哎呀，你个鬼谷老儿，为什么我就没有一个徒弟像你的弟子这般聪明绝顶啊！"

鬼谷子仰天大笑，说："孙宾啊，你说对了。此人雄辩天下，但有时候太固执了。"

"那你为什么不当场点破呢？"

"当场点破，他只会用其他的言辞来辩解，或者转移到其他无关的话题上，这样争论下去，永远不会有结果，很多事情还是需要他自己去慢慢体会。所以，我说儒家在他手中可以发扬光大，却仍难受到各诸侯国的重用。儒学想要成为墨学这样的显学，可能只有在和平的时代才行吧。"

"墨学能成为显学，大概也是因为守城之术对诸侯们有用，一旦我对这些避而不谈，和魏王说到兼爱、非攻，他就一点儿耐心都没有了。"墨翟说。

鬼谷子连连点头，随后把自己的两把剑交给孙宾。

"为师一直带着'天谴''宿命'这两把剑，现在我已经用不上了，今天就把它们交给你，等你和庞涓相会，你们一人一把，愿你们师兄弟如同这两把剑一样，齐心协力，所向无敌。"

"弟子替师弟一并谢过师父。"

栎阳城中，新君嬴渠梁正在与众人商议军情。

"大王，现在栎阳危急，我们该怎么办？"上大夫甘龙问道。

"本王自有方法可解危机。王兄，请前去点齐秦锐士，随时准备战斗。"

"什么？"甘龙目瞪口呆，没想到新君的第一个决策就出人意料，确切地说是愚蠢得出人意料。

"臣恐怕没有理解大王的意思，刚才大王说的可是要公子虔去和魏国交战？"

甘龙继续问道。

"你没有听错，你们都没有听错，王兄也没有听错，孤知道你们不能理解为什么我们明明是败军却要主动出战，但这是我们唯一的出路。不过现在，最重要的是要知道前线发生了什么事。"

"大王，以目前的形势来看，石门、临晋丢失，已经是必然的，庞涓和魏印率领大军不日就要兵临城下，大秦真的还有一战之力吗？"甘龙接着发出了第三问。

"报！景监将军回来了！"忽然，探子的声音传了过来。

"宣！"秦王下令。

探子上前，同他一起上前的还有留守石门的大将景监，他一副狼狈的模样，用手推开探子，说："公子虔、公子渠梁，大王何在？罪臣景监战败回来了。"

这时，旁边的嬴虔厉声说道："景监，你要注意自己的言辞，先王已薨，现在站在你面前的公子渠梁，就是我们大秦的新任秦王！"

"啊，原来传言是真的！"景监闻言失声说道。

嬴渠梁扶起景监，问道："前方战事如何？"

"前方魏军大军压境，又传言大王身死，军心涣散，是臣无能，我军一败涂地。"

"石门到栎阳中间隔着魏国大军，你是怎么回来的？"

"大王，臣一战被俘，本想速求死，但是那员魏将没有要臣性命，而是放臣回来报信，要大王早早归降，否则，魏军的一字长蛇阵和魏武卒将兵临城下，秦国必亡。"

"饶你性命之人是谁？"

"他自称卫鞅。"

"现在他可在城下？"

"他和臣一同来的。"

"能见此人，则秦国有救。王兄，请给魏军下战书，孤要出战。"

"大王，虽然我不知道你在想什么，不过你要考虑清楚，搭上我的性命没关系，但是大秦不能亡。"嬴虔语气平和，他的一只手搭在嬴渠梁肩上，让这位新秦王心中感到无限温暖。

"王兄，相信我，也相信父王。"

嬴虔不再说话，转身去点齐兵马准备出战。栎阳城楼上，士兵将免战牌取下，高喊要战。那边魏军一路势如破竹，卫鞅、魏印先后攻破石门、临晋，随后和庞涓兵合一处，三人齐聚在栎阳城外，准备攻城。忽然，魏印看到栎阳城上的秦人竟然摘下免战牌，不由得心中生疑。

"嬴隰中箭，伤势必然不轻，此时秦军竟然主动求战，莫非有诈？"魏印说。

"无论如何，现在我军气势正盛，不怕秦军有什么阴谋诡计。师弟，你看呢？"卫鞅看向庞涓。

庞涓自从射中嬴师隰报了仇之后，便一直沉默寡言。很明显，虽然庞涓已亲自手刃仇人，但是家乡父老的死，对他来说还是打击太大了。

"我这就去点兵，我们阵前再随机应变吧。"庞涓说完就转身离去。

魏卬对卫鞅说："卫鞅，庞涓的心病比我想的要严重。"

"大仇刚报，他需要时间，等待他成长，是魏国必须承受的代价。"

庞涓列阵，栎阳城城门大开，嬴虔、嬴渠梁带着秦锐士已经排好阵形。

"秦贼，你还要负隅顽抗吗？"庞涓提枪上前，厉声高喝。

"庞涓，你不要猖狂，看我嬴虔今天为父王报仇！"嬴虔回道。

嬴虔舞刀杀来，庞涓拿枪接战，二人一来一往，历经三十个回合难分输赢。嬴渠梁怕嬴虔有失，大喊一声："王兄且退吧，不必与他缠斗。"

嬴虔听到撤回命令，不再恋战，回身就走。庞涓得势不饶人，紧跟其后。忽然，嬴虔的坐骑忽然前腿着地，他整个人向下栽倒，庞涓随后拍马跟上来，举枪就刺，嬴虔反手回击，庞涓顿感眼前一花，赶忙侧身躲过，结果稍稍慢了一些，致使头盔落地，所幸人没有伤到。庞涓毕竟临阵经验少，这一惊，吓得他赶紧回马。

原来，嬴虔不是战败，他看庞涓紧追不舍，灵机一动，让马卧倒，这匹马已经跟随他多年，知道主人的用意，于是前腿着地，但并非真的摔下去，嬴虔顺势向下一倒，并以手中刀纂为武器向后刺去，这个动作太快，让庞涓差点上了当。等庞涓撤回，魏卬和卫鞅赶忙迎上来观瞧，只看他脸上带血，魏卬赶忙让人包扎，随后对庞涓说："你赶紧下去休息吧。"

庞涓摆摆手说："我没有事，只是皮外伤。"

庞涓在一旁简单地处理伤口，魏卬仔细一看，他只是左眼处被划了一道伤口，并没有大碍。那边嬴虔已经回到阵中，此时秦军又有人出来挑战。

"卫鞅，你还记得景监吗？今天我就要报上次战败之仇，你给我过来，咱们两个人打。"

卫鞅看庞涓还在处理伤口，便转头看向魏卬，魏卬点点头，说："你多加小心就是。"

卫鞅答应一声，拿着枪上了战场，只见景监衣甲斜穿，面容有些憔悴，看起来准备得甚是仓促。两人并不说话，站在一起，打斗了七八个回合之后，景监不敌，败下阵来，卫鞅这次没有追赶，只是看着他离去。

另一边，景监回到秦王面前，说："大王让我做的，臣做到了。"

"爱卿辛苦了，大秦安危，只看今夜。"

第七节　生机

栎阳城外，战场之上，魏、秦两军对垒，只见魏国军威雄壮，士气依然高涨，此时更配得上"虎狼"之名的恐怕是他们。不过秦军这边赢虔败中取巧，轻伤庞涓，多少也挽回了一些颜面。

魏卬此时出马，手指秦军说："不知秦军领军者是何人？多日不见秦王出来，如果我猜得不错，他中了我们元帅一箭，已经非死即伤了吧。"

"魏卬你不要嚣张，我乃是秦国二公子赢渠梁！庞涓的武艺不错，但是箭法稀松平常。父王只受了一些皮外伤，今日由我兄弟二人代为出战。"赢渠梁上前答道。

"哈哈哈，赢渠梁，你又何必苦苦强撑？秦国没有了赢师隰就等于没有了战斗力，不如归降我魏国，向我国年年纳贡，岁岁称臣。我魏卬念你识时务，或许饶你秦王一脉性命，否则，栎阳城破之日，刀剑无眼，那时候的局势谁都控制不了了。"

魏卬得意扬扬地说着，在他看来，眼前的胜负根本不重要，只要时间一长，魏国终究是实力更强的一方，这是毫无悬念的事实。魏、秦两国从魏文侯开始，历经数十年三代人的河西之争，即将在自己手中结束，这样的千秋功业，实在是让人期待。

赢渠梁听后，冷哼一声，说："你以为，秦人会轻易投降吗？"

说完，赢渠梁看向赢虔，只见赢虔带头大喊一声"岂曰无衣"，背后的几万秦军随即齐声高唱：

> 岂曰无衣？与子同袍。王于兴师，修我戈矛。与子同仇！
> 岂曰无衣？与子同泽。王于兴师，修我矛戟。与子偕作！
> 岂曰无衣？与子同裳。王于兴师，修我甲兵。与子偕行！

秦人高歌，一时声势震天，震惊了在场的魏军，也让魏卬感到了一丝凉意，他看向庞涓，只见庞涓的双眼盯着对面的秦军，似乎不为所动。

赢渠梁把手往空中一举，秦军的喊声立即停止。赢渠梁说："魏卬、庞涓，你们可看到我秦人的军威了吗？秦人可以败，可以死，但投降是绝无可能的！你们若要鱼死网破，秦人奉陪到底，就算是死，我们也要咬下你的一块肉来！"

庞涓刚处理完伤口，魏卬便上前答话："赢渠梁，那你想怎样？真准备以卵击石，战到秦国人全都死绝吗？"

"并非没有这个可能，不过，这一切取决于阁下。"

"什么意思？"

"今日我来并非真的求战，而是前来议和。秦国保证不再入侵魏国，我们所占领的河西之地如数奉还，只要魏国撤军，如何？"

"秦王何在？若要谈和，让他亲自前来，不能凭你的一句话就让我们言听计从。"

"我现在代父出战，行使秦王权利，我的话自然算数。"

魏卬问庞涓："元帅认为应该怎么办？"

"若要战，我可以战，一直战到我亲眼看到嬴师隰尸体的那一天。"

卫鞅说："秦人今天没有败，而且气势不弱，现在元帅有伤在身，恐怕会影响我军士气，若是继续战下去，杀敌一千自损八百，不如今日暂且作罢，是战是和，我们回去再商议吧。"

魏卬说："我也认为如此最好，现在我们是占优势的一方，来日方长，再做打算吧。"

庞涓心有不甘，但看他们两个人都建议今日暂且收兵，便说："今天就暂时撤军，来日再战！"

他又上前对秦军说："今日暂且撤军，议和之事容后商议。"

嬴渠梁说："好，议和之事事关两国命运，请庞元帅慎重考虑。"

随后，两边各自撤军回去。

秦国王宫内，众人正在商议，看到新任秦王回来，心情大好。

上大夫甘龙上前问："大王，若要议和，派人前去议和便是，为何还要一战，劳师动众？"

"大夫，若是手中没有筹码，我们凭什么议和？"

"那这一战之后，我们又能有什么筹码呢？"

"今日一战虽然未能取胜，但是大大提升了我军士气，也让庞涓和魏卬看到我大秦并不会因为父王之死而迅速衰落，我们仍有战斗力。将来在议和的时候，他们就不得不多加考虑了。"

"大王，你还是年轻欠考虑呀，这一切的前提是魏国愿意议和。现在两国实力对比悬殊，先王刚刚离世，正是大秦最虚弱的时候，时间一长，栎阳城必破，魏国没有理由谈和啊！"

"大夫多虑了，孤敢断言魏军一定会同意议和。大家都回去吧，不出三日，一切见分晓。景监，你留下。"

众人退去，景监站立在堂下。

"一切按照计划行事？"

"不错，臣已经在战场上悄悄把书信交给他了，他没有回应，也没有当场说破，看来此人确实对魏国有二心，只是这种两面三刀之人，真的可信吗？"

"孤不在乎他是不是两面三刀之人，只要他愿意帮我，就是我大秦的恩人。秦国的命运，就在此人手中。"

魏军帅帐之中，卫鞅匆匆赶来。

"元帅，哦，公子也在，我这边刚刚得到消息，说楚国以吴起为帅已经出兵魏国，虽然还没有确定真假，但是听到这样的传闻，魏国也不能不做准备。"

庞涓听到这个消息，并没有什么表情，只是低头说："假的。"

庞涓似乎并不在意，继续思索接下来如何对付秦军。

卫鞅心中一惊，问道："为什么是假的？"

"这肯定是秦国散播的谣言，想扰乱我军军心，好让我们放松对秦国的进攻，甚至撤兵。现在胜利只在眼前，我们没必要为这种似真似假的消息而乱了阵脚。"

卫鞅心中叫苦，赶忙把魏卬拉到一旁，说："公子，元帅现在被个人仇恨蒙蔽了双眼，但我们必须清醒。秦国元气大伤，已经对魏国构不成任何威胁，以后再做打算也未尝不可，但是如果被楚国乘虚而入，魏国就真的安危难料了。"

魏卬也没有主意，便说："还是先等安邑那边的消息吧，如果真的有危险，王兄会给我们消息的。"

这时，有两个探子来报。

"报元帅，秦国派人前来谈和。"

"报元帅，楚国以吴起为帅，领军二十万攻打林中，上将军龙贾已经火速前往支援！"

第八节　鱼之乐

惠施当上魏国丞相之后，每日操劳奔波，今日终于有片刻的闲暇，独自在安邑城中行走，欣赏安邑的风光。虽然劳累，但是能够在当今诸国中最强大的魏国做到丞相的位置，世上又有几人能有这样的荣耀呢！

只是虽说名望已经有了，但回到内心，惠施十分苦恼自己的"遍为万物说"一直没有人可以理解，更没有志同道合的人能够一起谈论。即便是一些很优秀的人，也只能看到一些自己目之所及的事情，对于宇宙万物，似乎没有人感兴趣，一想到这里，惠施心中感到颇为遗憾，不由得叹息起来。

不知不觉之间，惠施走到了一座桥上，身边的行人穿梭往来，他并没有在意。忽然，惠施听到有人说了一句："鱼啊，鱼啊，你能在水中自由地游来游去，好不快活，真是让人羡慕啊。"

惠施听到这话，心中顿觉好笑，循着声音望去，眼前此人身着道家衣冠，身材瘦小，年纪和自己相仿，或者略小上几岁。只见他站在桥上，看着桥下的流水，独自感慨。惠施便走上前去，站在此人旁边，说："鱼啊，鱼啊，你每天都在这河中游，为何偏偏今天是快活的？"

这人转头看向惠施，会心一笑，说："鱼快乐与否，我一看便知。"

"子非鱼，安知鱼之乐？"惠施问道。

"子非我，安知我不知鱼之乐？"那人回道。

惠施一笑，说："我不是你，所以我确实不知道你知不知鱼之乐。但是同理，你也非鱼，又怎么会知鱼之乐呢？"

那人稍一停顿，说："那咱们从头开始说，你刚才问我'安知鱼之乐'，看，你已经说了我是知道鱼很快乐的。你现在是问我在哪里知道的吗？我当然是在这桥上知道的。"

惠施听罢，哈哈大笑，说："好，好，答得好。那我且问你，天下之中央在何处？"

"你看那鱼，它便是天下之中央。"

"哦？为什么它是天下之中央？"

"因为鱼之乐。它若不是因为在天下之中央，又为何而乐呢？"

"如果我也乐，那么是不是可以说，天下之中央就在我身上呢？"

"不，天下之中央在我。"

"为什么？"

"因为吾之乐甚于汝之乐。"

"哈哈，好一个诡辩之术，我崇信'合同异'，多年来恨无可相谈之人，想不到今天在这里可以遇到你。请问兄台姓名，来自何处？"

"我叫庄周，乃是宋国人，出自道家。"

"原来你和我同为宋国人，在他乡相遇，还能聊得如此投缘，真是幸运。在下惠施，承蒙魏王垂爱，现在乃是这魏国的丞相。"

"原来你就是丞相惠施，我早就听说了。闻名不如见面，原来你也是个喜欢辩论的人。"

"惠施只是喜欢空谈而已，但在这乱世，人们都喜欢所谓现实的东西，没人能真正和我聊这些，今天遇到你真是相见恨晚。不知道你此次来安邑，所为何事？"

"我听说魏国强大，想来看看这最强大的国家的都城到底是个什么模样。"

"那你是否愿意和我一同去欣赏王宫的模样呢？"

庄周听后，眼前一亮，说："丞相当真愿意带我进宫？"

"哈哈，别人或许不懂，但是我看得出来你是有才之人，有我担保，绝无问题。"

"多谢丞相。"

庄周就要施礼，惠施赶忙拦住，说："不必，你我既然是朋友，就不要如此见外了。"

随后，两人互报年龄，惠施略长，两人便以兄弟相称。

相谈之间，惠施邀请庄周去府上，庄周欣然答应，一路上都十分喜悦。惠施对庄周说："看来你的快乐真的比我的快乐要多。"

两人一路就身边所见之物展开谈论，越聊越投机，正在行走之间，忽然听到远处传来一个男人的声音。

"师弟，是你吗？"

庄周一惊，回头一看，赶忙拔腿就跑。

"贤弟，发生何事？"惠施问道。

"来日再说，我先走了！"

惠施仔细看去，不远处有两个人，一男一女，都是紧衣打扮，貌不惊人，腰间都系有宝剑。

只见这两人的轻功也十分了得，庄周还没走出去几步，两人已经一前一后拦住了他的去路。

"师弟，你可真让我们找了好久，不要乱跑了，随我们回去吧。"

"师兄、师姐，我还年轻，我没有你们那么豁达，做不到什么都可以不在乎，你们能不能放过我，让我走自己的路？"

"师弟，这一切都是徒劳的。我们夫妻行走江湖多年，对这一切早就看透了，与其眼睁睁地看着你梦碎，不如不要让这一切发生，随我们回去见师父吧，不要胡闹了。"

"我才没有！"庄周说完，拔出宝剑，又对他们俩说，"你们不要逼我。"

两人相对一笑，说："你又胡闹了。"

随后，两人移动身形，围着庄周，庄周也把剑挥舞起来，却根本碰不到两人的衣襟。很快，庄周额头冒汗，手忙脚乱起来，惠施看得着急，也拔出宝剑加入打斗，他一剑刺向那对男女，但是他无意伤人，只是想逼退这两人。两人见有人攻击，剑锋却无杀意，心中明白，立即停下脚步。

"你是什么人？"男子问惠施。

"我乃是魏国丞相惠施，请问二位姓名？为何缠着我贤弟不放？"

"我们是乔木和游女，这是我们道家自己的事情，请你不要插手。"

"原来是二位侠侣，闻名久矣。我已经答应贤弟要带他入宫，把他推荐给魏王，作为魏国丞相，我不能失信于人。何况庄贤弟自己想去博功名，你们为什么一定要阻止他呢？我知道道家一向不崇尚功名，但是如果他有机会一展才华，为什么要把这样的机会让给其他平庸之人，而不是握在自己的手中？"

"你一定要带他去见魏王？"游女问道。

"请二位让他去试一试吧。"

"夫君，我们没必要和官家闹不和，将来他碰了壁，自然会回头的。"

"也罢，那我们走吧。师弟，希望你及时回头，以你的天赋，一定会成为比师父更有造诣的人物，不要在歧途中陷得太深。"

"多谢师兄、师姐成全。"

两人并不多言，飘然离开。

"夫君，我在他身上看到了你当年的影子。"

"是啊，我曾经视游侠为不务正业之人，认为大丈夫就应该立功名，最终一事无成；想不到做了游侠，反倒为人所知，世事如棋，殊难预料。"

"看来只有真正经历过的人才会懂得你说的是什么吧。"

第九节　兵进林中

魏卬闻报，深感楚国出兵之事非同小可，不仅是因为楚国乘虚而入，更是因为楚国的统帅乃是吴起。对于这个人，没有人比魏国人更了解了。现在吴起正在攻打林中，林中一破，楚军就能越过黄河，到时安邑也怕不保。

"元帅，再不撤兵，魏国将有危险。就算有上将军龙贾前去应战，魏国也绝不是吴起的对手，此时此刻请不要再感情用事了。"卫鞅说。

魏卬和卫鞅看向庞涓，只见他背过身去，"咔嚓"一声，手中的令箭被他掰成了两半。庞涓把头低低地垂下去，又使劲地闭上眼睛，这才没有让眼泪流出来。

卫鞅走过来拍拍他的后背，说："现在不是时机，我们暂时撤兵，等魏国国内局势稳定了再做打算。到时候如果秦国敢有半点儿动作，咱们就灭了他们。"

"嗯。"庞涓终于点了点头，卫鞅和魏卬大喜。庞涓立即下令撤军，留卫鞅和秦军谈和，让他谈和结束后再回安邑。

且说吴起这边起兵二十万奔向林中，一路上魏国人听到吴起的名字，无不望风而降，不敢抵抗。

这日，吴起率大军来到林中城外，在距城五十里处扎下营盘，随后令人前去打探。探子回来禀报，说林中城城门紧闭，守将坚守不出，看来要死守不降。

"林中城城墙坚固，易守难攻，这次恐怕要血战一番了。王将军在魏国多年，有什么计策吗？"

王错显然没有做好准备，听到元帅叫他名字，一脸惊讶。

"元帅，我……"

"王将军在魏国多年，根基想必深厚，有什么计策敬请赐教。"

"我……"

"王将军，这一路上我们没有遇到任何抵抗，所以本帅也实在没有功劳可以分给你。你新投我楚国，身无寸功，无论怎么说也不好立足，我也是为你着想，现在正是你立功的机会，若是错过了，等到林中城破，以后只怕更难有你的机会啊。"

"元帅，我着实并无计策，我只是一个文官，不懂行军打仗。"

"那你在魏国多年，临走前可有约定内应之人？"

"这……要说熟识之人，确实有不少，但是当初逃得匆忙，并没有约定。"

"哼！"吴起勃然大怒，说，"王将军啊，你着实是不识抬举，本帅给你机会，你却再三推辞。既然如此，为今之计只有把你送上战场才能有你立功的机会。来人啊，给王将军披甲，让他带三千兵卒进攻林中！"

王错吓得跪倒在地，连连求饶，两边的将士哪里管这些，上来就把甲胄给王错套上，又有两个士兵架着他出了营帐。

吴起看王错出去了，让一旁的偏将到王错身边做副手。

"想他一介文官想来不懂打仗，不能因为他白白折了三千弟兄，我随后点齐人马跟来。"吴起对偏将说。

王错被架出大营，一路叫喊，两旁的军士无人不讥笑。偏将跟来扶起王错，好言安慰。

王错说："将军，我着实不懂打仗，还请替我求情，饶过我的性命。"

偏将说："这是将令，没有收回的道理。王将军不要怕，我会保护你。"

王错看说破嘴皮，偏将也不敢违抗军令，只好放弃，说："那请将军多给我几件甲胄，让我不至于伤了性命吧。"

偏将让人再拿来一件盔甲，王错又要来一件，这下身上一共穿了三层铠甲，整个人大了一圈，让人扶着才勉强上马。一路上都是由偏将来指挥，王错垂头丧气，无可奈何。

两人带着三千人马赶到林中城下，偏将命人叫阵，看到城中竖起一面大旗，上写一个"龙"字。大旗之下，上将军龙贾正在看楚军阵势，见楚军人马不多，为首的两员大将，其中一人甲胄宽厚，颇有膂力的模样。龙贾向下高喊："来将何人？"

偏将拍了一下王错的马，王错的马向前几步，吓得王错赶忙勒住马。

城上的龙贾看到甲胄宽厚的大将上前，再次高喊："下面的楚将，你是何人？报上名来。"

王错不敢说话，偏将大喊："来者乃楚国先锋官王错是也！"

"原来是上党郡的王错，你主魏缓已败，你还有何面目来到我魏国的土地上？"

王错不敢答话，想要拨马回头，龙贾张弓搭箭，朝着王错一箭射去。王错看到龙贾拉弓，就赶紧缩成一团。这一箭射在头盔上，但是王错头盔顶了三层，箭并没有射穿。只是这一震也不轻，王错头晕目眩，掉下马来。他赶忙又缩成一团，趴在地上不敢动，龙贾连射三箭，都射在了甲胄之上。

偏将看王错已经被吓破胆，便让人用钩锁把王错钩回来，并将军队阵形列好。龙贾看吴起没来，便点齐人马冲出城，忽然看到人山人海的楚军朝着林中杀来，为首一人身披金盔金甲，手中紧握长枪，胯下系着宝剑，此人正是吴起。

龙贾看到吴起来了，不禁倒吸一口凉气，再看吴起，他和离开魏国前相比已经略显老态，但是威风不减。

"龙贾见过吴元帅，一别多年，想不到今日咱们竟然能在战场相见，元帅英雄气概不减当年。"

"你我各为其主，上将军不必多礼。今天吴起来，便是要拿下林中。"

"如果元帅执意要攻打我林中，龙贾只好得罪了。"

两人不再说话，刀枪并举，二十个回合下来不分胜负。龙贾看吴起的武艺更加精进，枪枪刚劲有力，自己渐渐被压得喘不过气来，便拉个败式，回身就走。吴起指挥人马冲杀，龙贾回到城中，拉起吊桥，坚守不出。吴起攻城不下，暂且退兵。

吴起回到营中，让人带上王错。

"王将军，首次出战，不知战果如何？"

王错拜倒在地，哭着说："元帅饶命，请不要让我上战场了。"

"那我问你问题，你要如实回答，不然下次绝不会让你再穿三层铠甲上战场了。"

"元帅如有问题尽管问，我一定知无不言。"

"昭厘力主你随军出征，他是什么用意？"

"丞相让我随军，乃是为了监督元帅的行动，如果有异样，就及时通报给他。"

吴起站起来，走到王错面前，一只手搭在王错肩上，问："真的只有这些吗？"

王错赶忙说："还有……找一些蛛丝马迹，好栽赃元帅有不臣之心，至于为什么如此，我就不知道了，我只是依计行事。"

"好，那么王将军，你是打算继续留在前军做先锋，还是在后军好好休息呢？"

"元帅，请让我在后军吧，我实在不敢上战场了。"

吴起冷哼一声，让人把王错带下去看着，不让他自由走动。

他抬头望向远处的林中城，想到对面是老朋友龙贾，觉得此战确实有些棘手。

第十节　必胜之战

"报元帅，大王有书信到。"

"拿来。"

吴起打开信件，看罢，叹息一声。

偏将问："元帅，大王在书信里说了什么？"

"大王说，他一直希望可以饮马黄河，让我不要有任何顾虑。"

"大王为元帅着想，元帅为何反而叹气？"

"大王年迈，身体多病，我出发之前他每说几句话就咳嗽不止，只怕是他自觉时日不多，所以才会这样说吧。"

"那我们还要继续前进攻打上林吗？"

"大王志向远大，我身为臣子，自然应该帮他实现愿望。"

"龙贾征战多年，又坚守不出，现在要攻破上林，着实不易，元帅有什么好办法吗？"

吴起沉默不语。

王错在后军，距离前方战场较远，眼看没有生命危险，他便放心起来，倒也乐得自在。这天，他忽然听到吴起传唤，心一下子又提了起来。

王错来到前军，进入帅帐，说："王错拜见元帅。"

"王将军，现在军中有些要事，眼下不能讲明，但是需要你坐镇前军，本帅帅帐迁到后军。魏军一旦有动静，立刻报知本帅。你也不用害怕，自有其他将军做你的副手，你接令吧。"

王错心中害怕，又不敢拒绝，只好硬着头皮接过帅令。吴起出了帅帐，带着身边众人向后军走去。

王错问偏将："军中有什么事吗？为什么元帅要移动帅帐？"

偏将轻声叹了一口气，说："我只知道近日大王来了一封书信，其他并不清楚，将军不要多问了。"

接下来，一连多日，吴起都没有攻城，魏军也坚守不出，两边相安无事，王错更加疑惑。这天，他找了一个小卒，问："你参军几年了？"

"回将军，我参军八年了。"

"我看你年纪不大，怎么可能参军八年，莫不是骗我？"

"我怎么敢骗将军，我十六岁就从军了，今年二十四岁，正是八年。"

"那你想必对军中事务了解很多，我且问你，你可遇到过元帅移动帅帐的事情？"

"这没有什么奇怪的。"

"此话怎讲？"

"这帅帐位置因人而异。厉害的将帅自然是敌军主力在哪里，帅帐便在哪里，但不会轻易移动。懦弱无能的主帅便是敌军主力在哪里，便把帅帐移得远远的，先保证自己的安全。"

"那你说吴起算是什么样的主帅？"

"吴元帅当然是厉害人物中的厉害人物！"

"大军在前，吴元帅如果把帅帐移到后军，可能是什么缘故？"

"这……我就不清楚了，吴元帅应该自有他的安排。"

"以你多年从军经验，有可能是什么缘故？"

"如果非要我说，那可能是准备撤军了。"

"撤军？"

"撤退之前，自然要前军变后军，后军做前军。"

王错眼珠直转，在思索着原因，心想："难道吴起要撤军了？如果真的是准备撤军，那么，移动帅帐以及这几天不出战便能说得通了。"

王错和小卒闲聊几句便回去了，正在帐中百无聊赖之时，忽然帐门掀开，吴起和几员偏将走了进来。王错见是吴起，赶忙拜倒，说："王错拜见元帅。"

"王将军，近日过得可好？"

"敌军在前，王错不敢怠慢，每日盯着敌军动势，以防有变。"

"王将军有心了，本帅多日未曾出战，敌军动态不明，想让你现在出战一探虚实，要战要退全看明天的战场形势，你接令吧。"

王错闻言，再次拜倒在地，说："元帅不是说过不需要我出战了吗？"

"本帅改变主意了，大王来信，说他身体不适，让我速战速决，我不能再拖了。王将军今天好好休息，待本帅点齐人马，明日出战。"

吴起说完便走，没有给王错半点儿求饶的机会。王错愣在原地，不知所措。

半夜，王错想到昭厘和吴起有矛盾，自己投在昭厘门下，吴起必然会想方设法害自己。自己继续留在楚军中势必凶多吉少，横竖是死，不如带着吴起准备撤军的消息反投魏国，或许还有一线生机。

王错主意已定，半夜找了一匹马牵着，假装巡营，然后朝上林方向逃走，一路上兵卒也不盘问，放他过去，王错暗自庆幸。看着到了营门口，王错牵马便要出去，营门士兵拦住他，王错说："吴元帅派我去查看敌情，你们焉敢拦阻！"

士兵立即让开，放王错过去。王错出了楚国军营，快马加鞭，朝上林奔去。

上林城下，王错向上高喊："不要放箭，我有要事找上将军龙贾！"

城上的士兵听后，立刻报告龙贾。龙贾来到城上，向下问话："来者何人？"

王错说："龙贾将军，我是王错。"

"你个反叛之臣，有什么脸面站在这里？"

"龙贾将军，此处不是讲话的地方，请放我入城，我有重要的楚国军情相告！"

龙贾自忖，王错只身前来，如果是假的，莫不是连命都不要了，想来他也不是能舍生取义的人，便落下吊桥，放王错进来。

城楼上，有兵卒带着王错上来。

"王错，你有什么军情快快告诉我，如果有假，小心你性命不保！"

"上将军，我的命就在你的手中，绝对不敢骗你，请听我如实道来。那天交战之后，吴起把我放在后军，告诉我不需要再参加战斗，没过几天又把我放在前军，自己到后军去了。"

"他这是什么意思？"

"我也是不明白，今天找了一个在军中待了七八年的小卒询问，他说一般吴起打算撤军的时候就会后队变前队，前队变后队。加之楚军又多日不进军，我想吴起是准备撤军无疑了。不久，吴起便来找我，说楚王来信，自感身体不适，让他速战速决，他便要我再次攻城。我探听到这些军情，就连夜逃了出来，想面见将军诉说情由。楚国退军，就是将军的一件功劳，请将军看在我通报军情的分上，替我向大王说情，饶过我的死罪吧。"

龙贾听后，心想这确实是撤军的架势，虽然楚国现在占据优势，吴起没有撤军的理由，但是如果楚王快要死了，那么他不得不退。如果说这是吴起的计策，这样拖着不战，贻误了战机，时间长了魏国援军就会来了，吴起不会不懂这个道理。王错此人绝对没有为了执行吴起的计策而不惜性命的魄力，楚国那边即使发现王错叛逃，最快也得到明天才能察觉，更不可能立刻做准备。无论怎么看，现在都是最好的反击时刻。

"真的可以出击吗？"龙贾自言自语地说。

他想起了多年前两人还在河西的时候。

"吴元帅，你太厉害了，打得秦军毫无还手之力，龙贾佩服！"

"哈哈，龙将军过奖了，你也很英勇。"

"如果有一天，咱们俩有一战，不知道结果会怎么样？"

"哈哈，如果有那一天，我不会给你任何机会。"

"输是无法避免的，但是我至少也要赢你一次。"

这些话回响在龙贾的脑海中，恍如昨日。

"王错，你见过楚王吗？"

"我见过一次。"

"你看他身体如何？"

"楚王看起来很虚弱。"

"那应该没错了。"

龙贾手一挥，对众将士说："全军集合，偷袭吴起，扬名立万，只在今夜！"

在这样一场必胜之战面前，龙贾按捺不住了。

第十一节　饮马黄河

林中城的吊桥一放下，龙贾就带着人马冲了出来，直奔楚军大营。龙贾一马当先，来到营门之外，看着黑漆漆的楚营，有一种不祥的预感。他忽然想到，按照王错的描述，一切都太完美了，完美到他今夜好像一定要来袭营一样。这真的是自己的判断，还是上天的安排，还是——

龙贾来不及多想，便听旁边喊声大作，楚国的人马从两边杀了过来。

"中计了！"

这是自己的判断，也是上天的安排，但是，这更是吴起的安排——一场精心设计的骗局。

"龙贾，你素来以沉稳著称，看来今天你沉稳的名声不保了。"

"在'兵家亚圣'面前，沉稳又有什么用？你知道我以沉稳出名，那你又怎么知道我今天一定会偷营？"

"因为我还记得当年你说过的话，如果将来你我会有一战，你至少要赢一次，而今天就是最好的机会。"

"这个机会其实就是你设置的陷阱。"

"你是束手就擒，还是让我动手？"

"至少我还从未被擒过。"

吴起引兵冲杀，龙贾且战且退，到了天明，魏军兵马已经所剩无几。龙贾带着残兵退回到上林城下，见城楼上的旗帜已经变成了"楚"，便不敢入城，直接绕城而走了。

吴起攻下了上林，让人把这个好消息报知楚王。随后，有人抓到王错，吴起让人把他带上前来。

"王将军果然忠心爱国，替本帅打头阵，功不可没啊。"

"元帅，饶过我的性命吧，我不想送死，迫不得已出此下策。想不到元帅威武，这么快攻破了上林。"

"其实这都是我的计策，先让人告诉你我可能撤军，而且楚王身体不好，然后本帅再逼你叛逃，让你今夜顺利逃到上林，告诉龙贾你看到的一切。如此一来，龙贾一定认为我没有准备，今天就是他最好的反击时刻。其实本帅一直在做着准备，趁机设下埋伏，才有了今天的这场胜利。这一切的关键就是王错你啊，如果你没有叛逃，我就只能硬攻城，那时候直接面对以沉稳出名的龙贾，即使赢了，也不知道我军要付出多少代价。"

"元帅料敌如神，请放过我吧，王错以后绝对不敢了。"

"你没有以后了。"

吴起再也没有看他一眼，因为这种人不值得他再浪费时间了。在吴起转身的一瞬间，王错已一命归西。

"大王，吴起这次真的让楚国饮马黄河了。"

吴起望着楚国的方向，虽然距离称霸还很遥远，但是楚国的实力明显已经今非昔比，成了无人敢轻视的力量。

"元帅，我们接下来是继续进攻还是准备撤军？"

"我们刚刚占据林中，人心未稳，魏军势必要夺回城池，到时我们正好以逸待劳。"

龙贾败逃，退过黄河，正遇到庞涓和魏印的人马。两边合兵一处，龙贾详细说了自己失败的经过。

"对任何人来说，如果有一个机会可以打败吴起都是一个巨大的诱惑。元帅，你有什么想法？"魏印问。

"我想正面会一会吴起。"庞涓说。

"现在吴起占领了上林，隔着黄河与我军相望，如果我们要夺回上林，楚军以逸待劳，我军将面临一场硬仗。"

"现在他还来不及做好准备，城中人心不齐，时不我待，立刻进军！"

不日，庞涓大军压境，魏武卒手举盾牌作为前列，朝对岸进军。

吴起也摆好阵势，让弓箭手居前，只听吴起一声令下，箭如雨下，朝魏武卒射去。

魏武卒举起盾牌抵挡，箭矢纷纷落到盾牌上，渐渐地，盾牌因为变得太重而无法举起，于是，第一排的魏武卒扔下盾牌，后排的魏武卒再举起盾牌替换第一排，如此下来，魏军得以稳步前进。吴起看罢，赞叹魏武卒不输当年之勇，对面的将领也指挥有度。

"看来此战比我想的要困难。"吴起说。

魏武卒渐渐靠近楚军岸边，楚军拿起长矛戳向魏武卒前排，魏武卒第一排举盾，第二排伸出长矛回击。两军交会之处，士卒纷纷倒下，鲜血染红了河水。楚军居高临下，但也没能阻挡魏武卒的脚步，被魏武卒逼着后退。前排的魏武卒势不可挡，后面的魏武卒一排一排跟上，中军的庞涓和魏印也渡过了黄河，楚军不得不后退，两军形成对垒之势。

吴起身边的诸将看得目瞪口呆，纷纷说道："好厉害的军队，我们楚国哪有这样的队伍！"

吴起说："这就是名扬天下的魏武卒，前排领兵的是徐甲，他是我当年的部将。我用了多年才培养起的这支队伍，自从我离开魏国之后就逐渐被弃用，当年的部将也渐渐老了，本以为不会再看到他们，想不到现在的魏军统帅能把他们聚集起来，人数虽然不多，但是气势一点儿都不输当年。"

"元帅可以组建这么强的队伍，为什么楚国不效仿？"

"我在楚国实行变法多年，朝中还是有很多阻力，组建这样的队伍更是难上加难。何况你们看魏武卒队列没有兵将之分，所有人站在一起，进退一致，没有人会在这样的队伍里有突出表现，也不被允许有突出表现。一个人往前多跨一步，不仅让自己陷于险地，还会让身边的人陷于险地，你们有几个人可以做到？"

"魏武卒如此厉害，我们该怎么办？"

"魏武卒也不是全无破绽，我自有办法。"

吴起打马上前，朝着魏军问道："魏军统帅是何人？"

庞涓也上前，把枪一横，回道："我乃鬼谷门下庞涓是也。"

吴起看向庞涓背后，见到大旗上写着"万胜不败"四个大字，他微微一笑，说："那面大旗是你立的？"

"不错，秦王嬴师隰就是在这面旗下被我打败的。"

吴起轻轻拍马，绕着庞涓转了一圈，庞涓把枪提起来，警惕地看着这个传说中的人物。

"你觉得我会偷袭吗？"

"不会。"

"那你在警惕什么？"

"战场之上连警惕性都没有，如何为帅？"

"我赢了嬴师隰一辈子，戎马一生，七十二战六十四胜，战平八场，都没敢称自己'万胜不败'，你赢了他一次，就这么张狂。"

"你虽然赢了他一辈子，但是杀他的人是我。"

"这么年轻就有这样的气魄，不愧是鬼谷门人，只是这面大旗迟早有一天会让你成为众矢之的。"

庞涓回身看向旗帜，坚定地说："谁愿意来便来，只要我足够强，我就谁都不怕，我会让他们看到的。"

第十二节　狂起现

"我会让他们看到的。"

庞涓总是有意无意地说这句话，没人知道这是什么意思，也没人知道"他们"指的是谁，但是可以看出来，他一直很在乎"他们"，很想在"他们"面前证明自己，虽然他已经很优秀了。

"魏卬拜见元帅！"魏卬从后面过来向吴起施礼。

"你是魏卬吗？已经这么大了！"

"魏卬小时候见过元帅英姿，今日再见，元帅威风不减当年。"

"但今天我们是对手了。"

"元帅不能看在昔日情分上撤兵吗？"

"我如果撤兵，又如何对得起楚王？"

"吴元帅今日相逼，又对得起文侯吗？"

"我为文侯守河西二十年，没有什么对不起他的。"

"那是谁害了文侯的性命呢？"

"战场上刀剑无眼，是我没有保护好他。"

"你难道没有听人说过文侯正是被你杀的？"

"我没有做过，这是哪里来的传闻？你不要胡说！"

"'血灌瞳仁杀性起，狂起一出无人敌'，秦人之言不是空穴来风吧。"

"我听不懂，也不要以传闻压我，来战吧。"

吴起一刀砍去，庞涓和魏卬双双迎战，只见吴起抖擞精神，斗了二十个回合完全不落下风。

打斗之间，吴起偷看庞涓的枪法，见他多以防守为主，每隔四五招才进一招，而且并不致命。

吴起突然大喊一声："停！"

"庞涓，你是慑于我的威名不敢动手，还是看我年长瞧不起我？"

"我……你我无冤无仇，我不想杀人，请元帅退兵，归还所占城池。"

"为了占领上林，不知死伤了多少楚国兵卒，现在让我因为你一句话就放弃，你是傻了吗？庞涓，如果你再不认真，今天我吴起定让你横尸当场！"

说完，吴起招式加紧，招招紧逼，庞涓尚能抵挡，但魏卬已经难以招架。下个回合，三匹马刚刚错位，吴起立即拨回马头，跟在魏卬身后，一刀砍下。魏卬听到声响，赶紧拦挡，只觉得双臂发麻，兵刃几乎脱手。吴起立刻收回刀头，用刀纂向上砸，魏卬再也抓不住手中刀。听到"当"的一声，庞涓转头来看，吴起的刀纂已经再次刺向魏卬后背，魏卬避无可避。情急之下，想要帮魏卬拦挡已经不可能了，庞涓迅速反应过来，一枪刺向吴起咽喉。吴起看到枪来，赶紧侧过头躲避，脖子虽然躲了过去，但这一枪还是刺在了肩甲之上，所幸并未伤到皮肉。魏卬因为吴起的刀变了方向，所以没有被刀纂扎中，只是背上盔甲被刮掉几片甲片。

此时的魏卬脑中一片空白，只能听到自己粗重的呼吸声。

他趴在马鞍上，忘记了自己该怎么做。他只知道此刻一刀一枪在自己头上来回闪过，只要他不动，就好像什么事情都不会发生。

吴起刀刀砍向魏卬，庞涓只能招招攻向吴起，从而化解他的招式。吴起把剑拔出来，刀剑齐用，庞涓只好加快进攻招式，自己的防线也在逐渐被突破。

"公子，快回去！"

庞涓的喊声惊醒了魏卬，他赶紧上马，让马带着他离开了战场。

"你懂了吗？不是你不杀人，别人就不会杀你，就不会杀你的朋友，就不会杀你的国人。你是一块璞玉，只是太年轻了，我希望你能明白这个道理，和我痛痛快快地打一场。"吴起说。

"你是故意逼我。"庞涓说。

"不是我故意逼你，是你必须逼自己明白。在战场上仁慈没有用，不要等到失去了才懂得这个道理。如果刚才我杀了魏卬，就是因为你一直不对我动手，所以你说是我杀了魏卬，还是你杀了魏卬呢？"

"不要等到失去了才懂得这个道理。"

失去，庞涓太害怕这种感觉了。

"我不能失去了，我再也不想失去了。"

"我发誓，我再也不要失去你们任何人了！"

庞涓的吼声如惊雷响彻天际，这一次，他终于不再犹豫了。

"准备好了吗？"

"杀！"

庞涓高举手中枪，迎风挺立，战袍也随风飘起，这气势和背后的"万胜不败"大旗相得益彰。

两人再次交手，这一次和前一次不同，庞涓好像换了一个人，每一招每一式都不再有犹豫，不再有顾虑，也更加充满了力量。吴起好多年都没有遇到过这样的对手了，沉睡已久的战斗欲望被再次激起，显得更加精神起来。两人打了五十个回合，未分胜负。

魏卬在后面缓了过来，看着庞涓这副模样，既高兴又心惊胆战，便问龙贾："上将军看谁会取胜？"

"如果是二十年前的吴起，庞涓早就输了，但是今天的吴起年纪大了，这样战下去肯定会体力不济，不出意外，我们赢定了。"

"庞涓终于不再仁慈，才是我最宽慰的事情。"

战场上，庞涓一枪扎向吴起，吴起刀向外架，突然手一软，手中的刀几乎被震掉，随后身子一闪，躲过这一枪。庞涓再来一枪，吴起翻身几乎掉到马下，他扔掉手中的刀，用双脚紧紧夹着马的身体，那匹马没有回归本阵，而是向旁边飞奔而去。庞涓毫不犹豫地跟了过去。

两匹马一前一后紧紧跟随，不知跑了多远，吴起的马在一片平地停了下来，庞涓勒住战马，紧紧握住枪。

"果然是少年英杰。"吴起跳下马，转身对庞涓说。

"你输了。"

"我还没输。"吴起拔出佩剑，说，"来试试我的儒家八剑。"

庞涓也跳下马来拔出剑，说："鬼谷剑法来会一会元帅。"

两个人脱下盔甲，剑锋相对，一时杀气腾腾，庞涓的"纵""横"尽出，但难以占上风；吴起的"儒家八剑"刚猛无比，又被吴起舞动得出神入化，庞涓更加难以近身。

"鬼谷剑法——崇山峻岭！"庞涓使出自创的招式，突然的变化让吴起终于打起精神应对。

"这样才有点儿意思了。"

正在打斗时，吴起突然胸口一疼，感觉有东西往上涌，心中暗叫不好。原来吴起多年没有和这样的对手酣战，有些体力不济，加上旧伤影响，此时就要吐血。吴起知道，现在这口血如果吐出来，立刻就会元气大伤，成为任人宰割的羔羊。

这时，庞涓再次变招，使出鬼谷剑法"重峦叠嶂"。

面对这突然变得更加凌厉的攻势，吴起再也控制不住了，一张嘴，一口鲜血吐了出来，把庞涓吓了一跳。

"我不能输，我今天一定不能输，如果输了，饮马黄河又有什么意义，又如何对得起大王的期待？不能输啊！"

吴起抬头，发现庞涓正看着自己，他一点点举起手中的剑，朝着自己走过来。

"我不能输，不可以输，绝对不要输！你不要逼我！你不要，逼我啊！血灌瞳仁杀性起，狂起一出无人敌！这甜美的鲜血，这绝望的气息，刺激，刺激啦！"

第十三节　狂起战

墨翟和孙宾、苏秦一起离开了云梦山，朝魏国方向走去，三人一路闲谈，孙宾和苏秦学习到了很多，墨翟十分感慨二人的聪明好学。

这天，几人走到魏国边境，却听说这里已经被楚国占领，经过一番打听后得知，原来楚国以令尹吴起为帅，起兵进攻魏国。

三人不知前线的情况，继续往前走。

"不知道在路上能不能遇到师弟，也不知道他现在变成什么样子了！"孙宾在内心期待着。

这天，三人快走到了上林，打算在附近休息。孙宾出去方便，这一路上他都随身携带着鬼谷子给他的"天谴"和"宿命"两柄剑。

正在行走间，孙宾听到有兵器打斗的声音，便循着声音找过去，突然他听到一声吼叫。

"血灌瞳仁杀性起，狂起一出无人敌！"

然后又是一声："鬼谷剑法！"

"这不是师弟的声音吗？"

孙宾认出这是庞涓的声音，立即循着声音跑去，只见前面有两个人，一个正是自己的师弟庞涓，另一个一头白发，手中挥舞着剑，招式异常狠辣，如癫似狂，像疯了一样攻击庞涓。

突然，庞涓手中的剑被白发之人一剑砍断，立刻险象环生。情急之下，孙宾大喊一声："师弟接剑！"

孙宾朝庞涓跑去，随手拿出一柄剑扔了过去。庞涓本来已经绝望，听到这久违的声音，内心又有了希望，飞快地朝孙宾跑来，可身后的吴起已经快步赶到，他手中的剑紧紧跟着庞涓。眼看剑尖就要抵到后心，庞涓接到了孙宾的剑，转身把吴起的剑向外架开。庞涓觉得这剑特别趁手，好像为自己打造的一般，而且比自己之前用的剑坚硬多了。

庞涓刚把这一剑挡回去，一旁的孙宾已经赶过来，从上向下一剑直取吴起。

"鬼谷剑法——惊涛拍岸！"

吴起看到剑招，突然露出邪魅一笑，他不退反进。尽管孙宾剑法奇妙，但瞬间就被他一一击败。

"不够，还不够，再来啊！"

吴起说话的模样看起来十分可怕。

"师弟，这是谁？"

"吴起。"

孙宾大吃一惊，吴起闻名天下，传闻他性格豪爽，喜好交友，孙宾一直以为是一个高大伟岸、气度不凡的人，想不到今天一见，竟是一个疯子。

"他怎么会这样？"

"我和他交战，突然他吐血了，然后就像变了一个人，力大无穷，出手狠辣，就是现在疯癫的模样了。"

"这么说来，齐、鲁两国传闻当年他杀妻求将，难道是真的？"

"你说我杀什么？你说我杀什么！"

吴起咆哮着向两人进攻，气势吓人，逼得孙、庞二人连连后退，再不抵挡，不出十招，两人必然倒下。两人被逼无奈，只能使出新的招式。

"鬼谷剑法——重峦叠峰！"

"鬼谷剑法——怒潮袭天！"

两人气势如虹，再次向疯狂的吴起发起进攻。

吴起看起来丝毫没有慌张的样子，不顾嘴角还在淌着血，竟然微微一笑，说：

"有点儿意思了。"

吴起再起招式，稳步前进，三人的兵器相碰，发出如天崩地裂一般的轰响，空气中布满烟尘，让人不能直视。

待烟尘落定，只见吴起"嘿嘿"直笑，孙、庞二人喘着粗气，用剑支撑在地，双手颤抖不止，豆大的汗珠滚落下来。无论兄弟两人的招式如何强横，都难以撼动吴起分毫。

"师兄，我最近悟出一招，并用它打败了秦王，今天我必须用出来，有机会你就跑吧，我们不能一起倒在这里。"

"真巧，我在云梦山上也悟出一招，本来想去魏国吓你一跳的，看来今天不得不用出来了。"

"太弱了，太弱了，死吧！"

吴起继续疯狂，朝两人冲过来，势要置两人于死地。

孙、庞二人振作精神，握紧手中的剑，从两边攻向吴起。

"鬼谷剑法———览众山！"

"鬼谷剑法——风平浪静！"

两人这次剑法的气势完全不同，他们不再和吴起硬碰硬，而是观察局势，灵活应变，甚至故意示弱，躲避锋芒，同时不减弱攻势，一有机会就下手。两人互为攻守，灵活机动，一年多未见却仍然有着过人的默契。这下战局陷入僵持，两边都难以占据上风。

突然，孙宾大喊一声："不好！"

"为什么？"

"我刚才用了三次同样的招式，他第一次几乎被刺中，第二次提前挡住，第三次不但挡住，还反守为攻，每一次都比上一次应对得更加轻松，他正在逐渐摸透我们的招数！"

这意味着，今天他们必败。

疯狂的吴起，太可怕了。

今天，孙、庞二人就要丧命于此吗？

两人感觉死神正在逼近，却束手无策，越来越力不从心；吴起渐渐占据上风，剑影把两人包围起来，两人此刻只能无奈地等待着死亡的到来。

忽然，孙宾把剑朝吴起扔过去，吴起闪过，孙宾跳了过来，但此时吴起的剑已刺穿孙宾的肩头，孙宾像不要命一样一把抱住吴起拿剑的右臂，说："师弟快走，我们不能一起死在这里！"

庞涓被这一幕吓了一跳，愣在原地。

就在他犹豫的片刻，吴起左手抓住孙宾，大喊一声，只见孙宾被拉了下来，连着刺穿孙宾肩头的剑也一并被吴起抽了出来，吴起顺势将孙宾摔在地上。庞涓想要救孙宾，但此时已经晚了，吴起的剑已经架在了孙宾的脖子上。

"嘿嘿嘿，有趣，嘿嘿嘿。"

"元帅手下留情，放我师兄一命吧！"

"元帅？什么元帅？嘿嘿嘿，你过来，做一件事我就饶你一命。"

吴起疯疯癫癫地说着话，因为孙宾被挟持着，庞涓无奈，只能过来听他摆布。

"我饶你一命好不好，只要你拿起剑，杀了他，嘿嘿嘿。"

第十四节　狂起醒

"怎么样，干不干？"

"干不干？让自己杀了相处多年的师兄，这怎么可能？但是如果不下手呢？自己和师兄就要一起白白死在这里，该怎么办？

师兄什么功名都没有，自己虽已经是魏国的元帅，是魏国的'万胜不败'，可谓一呼百应，但这一切是用这一年多以来辛辛苦苦的征战换来的，是用庞家村一村老幼亲人的鲜血换来的，只有自己才知道自己付出了多少，承受了多少，这一切对自己来说太重要，太难得。

所以，该怎么办？"

庞涓的大脑在思考着，他不知道自己该怎么做，也不知道自己在做什么，他认为自己是静止的，但是在孙宾眼里，庞涓正在拿着剑一步一步朝自己走过来。

"师弟！"

突如其来的喊声，让庞涓从沉思中醒来，这时他才意识到自己在做什么。自己和孙宾在云梦山上一起学习、一起练剑、一起玩闹的场景一幕幕出现在脑海中，和师兄、师父在一起的日子，是庞涓这一生最快乐、最无忧无虑的日子。生又何欢，死又何惧？庞涓不知道自己为什么会犹豫。

"怎么样，动不动手？嘿嘿嘿。"

庞涓把剑扔在地上，说："我们一起在云梦山长大，我不可能做出这种事。"

"你真的不干？"

"我永远都不会做对不起师兄的事情！你杀了我们吧！"

"你说什么？"吴起像是受到了猛烈的刺激，紧接着问道，"你刚才说什么？"

"我说，我永远都不会做对不起师兄的事情，你动手吧！"

"我永远都——不会做——对不起——谁的事情？"吴起重复着庞涓的话。

"啊！"吴起突然扔下手中的剑，双手抱着头大喊。

"是谁？那个人是谁？"

看到吴起变得更加疯癫，庞涓赶紧过去扶起孙宾，然后和吴起拉开距离，就在两人正准备离开之时，又听到一阵声响。庞涓仔细一看，是魏印和龙贾带着魏国人马追了过来，楚国吴起手下的兵将也跟着追了过来。

"师兄，是公子印来了，我们得救了。"

"哈哈，我以为我刚出山就要死了，正想着辜负了师父的栽培，对不起爹娘的期望呢，真幸运啊。"

"大难不死必有后福！"

魏印走到近处，问庞涓："庞涓，这是谁？怎么受了这么重的伤？"

"这正是我的师兄孙宾，他是被吴起打伤的。"

大家看向吴起，只见他现在披头散发，任鲜血染红了头发和胡须，表情十分骇人，楚国军队把吴起包围起来，却没人敢上去查看情况。

"是谁？为什么这句话这么熟悉？我是对谁说的？

我想不起来，为什么我什么都想不起来？但是我知道你一定对我很重要。"

吴起抓着旁边的兵卒，大声地喊着："他是谁？告诉我他是谁！"

"我……我……我，元帅我不知道！"兵卒被吓得话都说不清了。

啊！"吴起用力把他摔在地上，兵卒半晌爬不起来，旁边的人见状赶紧过去扶起来又拉回去。

不远处的魏印和龙贾看着这一切，摇头叹息。

"我和他打斗的时候，他突然吐了一口血，然后就变得像疯子一样，这是怎么回事？"庞涓问。

"血灌瞳仁杀性起，狂起一出无人敌。"魏印说。

"多年之后，竟然再见'狂起'，可怜，他已经不是吴起了。"龙贾说。

"怎么回事？"庞涓再次发问。

"我们也不知道怎么回事，只是那年吴起和文侯带着一千人马被秦军包围，我们后来赶到，战场之上只有数不清的秦军尸体和一千魏国兵卒的尸体，还有奄奄一息的文侯。而当时文侯嘴里就说着这句话，他还说：'那不是吴起'。"龙贾停顿了一下，然后继续说，"从那之后，秦军军营里就流传着吴起发狂变成杀神的传说。"

"所以，你们怀疑是'狂起'杀了文侯。"

"从文侯伤势来看，很像是'狂起'造成的。"

"齐、鲁两国一直传闻吴起杀妻求将，难道也是'狂起'所为，他为什么会变成这样？"孙宾问道。

"没人知道，或许连他自己也不知道。"

"啊！你是谁？我是谁？"

吴起仰天大喊，他手中的剑已经掉落在地，他双手抱着头，显得痛苦不堪。

突然他停了下来，双眼呆滞地看着前方。

"你，你是？"

他的话语变得平静了许多，好像看到有人正在朝他走来，但没有人能看到这个人；他的目光也变得温柔起来，像是在看着一个很重要的人。

泪水从吴起的眼角滑落，那一刻，他好像老了很多，也憔悴了好多。

"你别走，别走。"

他伸手去抓，但是什么都抓不到。

他没有放弃，努力地向前跑去，终于他再也没有力气，趴在了地上，一动也不动。

偏将们上前把吴起扶起来，命人将他送回上林城，然后列好阵形，准备迎战庞涓等人。

庞涓看看受伤严重的孙宾，再看看魏印和龙贾，几人互相点头示意，随后庞涓说："今日不分胜负，权且作罢，择日再战吧。"

两军同时撤退，这时墨翟和苏秦也跟了过来。几人都认得墨子，便过来施礼。苏秦看孙宾刚才还平安无事，现在就受了这么重的伤，赶忙上前询问。庞涓看到小师弟也来了，便向他诉说刚才发生的事情，随后几人一起回归本阵。

这时，孙宾和庞涓两人看向各自手中的剑，孙宾拿着的是"天谴"，庞涓拿着的是"宿命"，二人都觉得很趁手，像是专门为自己打造的一样。

几人商议是否要夺回上林，如果进攻，他们害怕吴起再次变成"狂起"，这样就没人能赢得了他，而且孙宾伤得不轻，庞涓也无心再战。正在这时，有消息传来，说楚王病危。

龙贾带人到上林城下叫阵，单叫吴起来战，城楼上的军士并不答话，只是固守。毫无疑问，因为楚王病危，吴起不得不回去，这次不会有假了。

"现在虽然是夺回城池的时机，但是庞涓没有战斗之心，不如我们撤军回安邑吧。"魏印提议。

"公子和元帅可回安邑，我率军镇守边境，这次肯定不会再让楚军跨过黄河了。"龙贾说。

"如此最好。"

魏国大军起程，返回安邑。墨翟对孙宾说："此事真让我后怕，如果你们真的有什么不测，我怎么向鬼谷老头儿交代。"

孙宾大笑说："哈哈，不会的，上天还不能夺走我的性命，如果我还没成亲就死了，那老天也太不开眼了。"

魏印心想："看来他们师兄弟性格差异很大，孙宾真是个乐观的人。"

第十五节　回眸

回到安邑之后，众人各自回府，庞涓带着墨翟、孙宾和苏秦回去，找来最好的大夫给孙宾好生医治，调理身体。战场上救治匆忙，现在大夫重新给孙宾包扎好肩膀，孙宾日渐好转。

这天，几人坐下来听庞涓讲自己这一年多的经历，聊到杀人时，墨翟说："庞涓初出茅庐，内心善良，这种事情确实需要经过多次考验才能做得出来。通常都是现实逼得你不得不这样做，才能下得去手。"

庞涓说："没错，我经历了三次才敢杀人。第一次是因为被逼到绝境，第二次是因为秦人杀了我的一村父老乡亲，第三次是因为吴起元帅的指点，他告诉我，如果我不下手，就会有更多的人因我而死。"

孙宾说："我从小就看过父亲杀人，战场无情，每个人都是以生死相搏。没想到你会因为这一点承受了这么多，这一年多，你在如此的情况下还能有今天的成就，真是太难得了。"

苏秦自言自语道："如果是我，肯定也会迷茫，不过我武功低微，也不懂打仗，应该没有这样的机会。"

庞涓讲到后面箭射赢师隰，魏武卒大破秦锐士时，孙宾拍手称快，几乎要动了伤口，之后又讲到上林之战魏武卒强行渡河、大战吴起，以及遇到了孙宾一行人的事。

墨翟说："鬼谷老儿有你们几个好徒弟真让我羡慕，我最看重的两个徒弟却不遂我愿，一个隐居，一个不知所终，也不知道他们过得怎么样。"

"至少胜绰可以安稳度过余生吧。"庞涓说。

这时，有人报魏印来了。

"看到这一屋子的精英，我好像已经看到魏国称霸的那一天了，哈哈。"

魏印迈步进来，看起来心情大好。

几人拜见公子印，魏印回礼，说："我已经奏报大王，下次上朝之日，便给几位论功行赏，你们为魏国流的汗、流的血不会白流。"

魏印一边说着，一边看向庞涓和孙宾。

庞涓高兴地看着孙宾，说："师兄，以后我们就可以在一起为魏国效力，光宗耀祖了！"

这时，又有人来报，说卫鞅回来了，魏印派人将他请过来，几个鬼谷门人聚在一起，好不热闹。

"现在河西的情况怎么样了？"魏印问。

"秦人没有什么动作，边境平安无事，我们也探听到新任秦王已经开始着手准备迁都，看来河西近些年都不会有什么危险了。"

"难得这场近百年之战，算是暂时停歇了。"

"卫鞅师兄，我在师父那里早就听说过你，今天难得一见，一定要好好聊聊！"孙宾说。

"我在外这么多年，难得有人愿意和我长谈。"

两人欢欢喜喜地去一旁谈论天下之事。

这天，魏王坐在宝殿之上，魏印和墨翟带着庞涓、卫鞅、孙宾师兄弟三人上朝。魏王离座拜见墨翟，两人在朝堂之上聊起了治国之道，墨翟备言墨家兼爱、非攻之道，魏王频频点头，不断赞叹，说："今天听墨子一席话，胜读十年书，如果当年文侯武侯能听夫子一言，魏国一定比现在更加强大。不过，孤更想知道墨家以守城闻名，是因为有什么好的方法或谋略吗？不知可不可以赐教？"

墨翟说："如果大王能遵从刚才老夫说的兼爱、非攻的道理，那些固守之道也不过是皮毛而已了。"

魏王说："甚是有理，请夫子先去休息吧，我们该论功行赏了。自从孤即位以来，魏国动荡，先有秦国章蟜发难，又有韩、赵两国联合魏缓篡位，再有秦王嬴师隰举国侵我河西，最近又是楚国夺取上林，可谓多灾多难，多亏了众位将军辛苦征战，才有今天的安宁，现在我要大封群臣，凡有功者绝不遗漏！"

接着，魏王便封赏征战功臣，给庞涓和魏印不少赏赐，也给孙宾记大功一件，并给予赏赐。卫鞅有胜有败功过相抵，魏王念其有苦劳，仅给了些许钱帛。

只见卫鞅并不多言，向魏王道谢之后便退了回去。魏印心中不悦，上前说道："大王，卫鞅虽然没有战场杀敌的战绩，但是作为先锋官先败秦军，成功挫敌威风，至于败给秦王嬴渠梁实是无奈。而且，后来卫鞅领军指挥，并无失误，请再多加封赏，不要寒了将士之心。"

魏王道："我根据战场形势秉公判断，有功必赏，王弟不必多言。"

"贤相李悝去世之前还留了一部《法经》传给卫鞅，魏国之内能读懂此书者唯有卫鞅，还望大王重用于他！"

"竟有此事，卫鞅为什么不把这本书献上来？"

卫鞅道："此书并未完成，还有些需要修改的地方，等臣改完之后自然会献给大王。"

魏王道："那等你献上之日，孤自会追加封赏。"

魏印还想再说，卫鞅拦住魏印，说："是卫鞅功劳不足，能有赏赐已经满足，公子不必多言了。"

魏印只得作罢，心想退朝之后再去劝谏魏王。

这时，丞相惠施上前奏报："臣举荐一人，名叫庄周，此人乃是道家一派，被臣偶然在市井之间发现，其人有大才，希望大王能用他。"

"哦，道家之人，快唤上来让孤见一见吧。"

侍者把庄周带了上来，魏王看他衣着朴素，一派道家风骨，面容清秀但稍显稚嫩。

"你就是庄周？"

"正是。"

"你是道家门人？"

"臣正是出自道家，师从长桑君。"

"你有什么治国之术，且说来吧。"

"《道德经》有云：圣人处无为之事，不尚贤，使民不争。"

"什么意思？"

"道家崇尚无为而治，无所为，则无所不为。权力如同刀剑，习武之人都知道，刀剑一旦在手，就有挥舞的冲动，而真正的高手最厉害的地方就在于能控制住这种冲动。治国同样如此，大王每下一道命令，颁布一条政策，都会牵动整个国家的命脉，太过激进的改变往往不如静观其变。"

魏王听罢大笑，说道："怎么无为，怎么无所不为？你是说秦人杀过河西，魏缓想要篡位，外邦一个个如狼似虎，孤面对他们都要什么都不做吗？"

庄周慌忙解释："臣不是这个意思，只是想让大王每天踏踏实实做事，不要太突出，也不要太过于示弱。不尚贤，则可以柔克刚。"

"不尚贤，那孤把这朝堂上的文武百官都遣散了，如何？"

"这……"庄周一时哑口无言。

"丞相，庄周是个人才，但是还欠磨炼，请你日之后多教导他，等他成才之日，孤自会重用。"

"是。"

"若是无事，今天便退朝吧。这一年多来，诸位甚是辛苦，择日孤在宫中大摆庆功宴，你们必须都来。"

魏王看无人再奏，便转身离座，百官随后退去。

在回去的路上，魏卬安慰卫鞅，卫鞅看起来却并不气馁。两人正说着，对面来了一队车马，前后簇拥着众多侍从。魏卬上前和前车中的人说了几句话，口称"母后"，然后又和后车里的人打了个招呼便回来了。

其他人没有在意，只有孙宾看向那一队车马。这时，后车中的人转过头来，掀起珠帘，恰巧与孙宾四目相对。谁知正是这一瞬的回眸，便影响了他的一生。

第十六节　初遇

"公子，刚才你同谁打的招呼？"孙宾问。

"那是子夷太后和王妹璞月，她们应该是去见大王的。"魏印答道。

孙宾看着渐渐远去的车马，若有所思。

"师兄，你在看什么？"

"没什么。对了，公子，我们初来乍到，能不能带我们在这王宫里走走？"

"你们要逛一逛这王宫吗？本来这并不合礼数，但是你们如果有兴致，我可以带你们四处走走。"

看几位都没有异议，魏印也来了兴致，带着众人转过头来在王宫里走起来。直到快走到后宫时，魏印说："前面便不能再去了，那里是后宫嫔妃们住的地方。那边是子夷太后的寝宫，王宫那边的一角便是今天在后面跟随她的王妹璞月的寝宫了。"

众人转身离去，孙宾暗暗记下位置，随后也转身离开。

转过天来，天光微亮，孙宾转到后宫外面，看四下无人，踩着上了墙，望向宫内，只见璞月公主一身白衣，正端坐在院中，旁边有一个穿粉色衣服的丫鬟伺候着。

"公主，为什么这么早就起来，因为太高兴睡不着了吗？"

"不要胡说！"

这时，璞月一抬头，看到孙宾正趴在墙上看着她，示意她不要出声。璞月吃了一惊，本来想叫出来，但是她看到了孙宾的眼睛，那双眼睛里有一种前所未见的温柔，像是一束光照射了过来，让人觉得无比温暖。璞月也不知道为什么自己竟然没有声张，还配合地说："小蝶，我觉得有些冷了，你去我房里拿件衣服来。"

小蝶离开后，璞月走到墙下，问："你是什么人？"

璞月的脸上突然露出了微笑，这笑容虽然来得有些突兀，但在她的脸上显得非常自然，就好像她一直都是在笑着的。

"昨天我在王宫中见过公主一面，公主忘了吗？"

"难怪刚才看你有些面熟，你是从战场回来的吗？"

"没错，你看我肩头还包扎着伤口呢。"

"嗯……难道你是庞涓吗？"

"你猜呢？"

"你不说，我怎么猜得到？"

"想知道的话，就出来啊。"

"我又不认识你，为什么要出去？"

"因为我想认识你！"

"难道只要有人趴在墙头说他想认识我，我就要出去？"

"我给你讲讲我在战场上是怎么受伤的，如何？毕竟我的伤也是为了你们魏国受的，你作为公主不应该无动于衷吧。"

"那……你稍等下我。"

孙宾突然松手跳下去，璞月不明白他是什么意思，这时她听到小蝶在说："公主，你看这件衣服怎么样？"

璞月回头对小蝶说："我不想穿这件，你再去挑一件颜色鲜艳一些的来。"

小蝶眉头一皱，说："公主，你好好看看，这身已经是最鲜艳的了！"

"你去找就是了，还是那么多话！"

"遵命！"小蝶嘟着嘴，皱着眉转身回去了。

璞月看她进去了，立即出了庭院，在宫中转了几个弯到了宫门口。看守的兵卒看是公主出来，无人敢阻拦，璞月走了出来，见孙宾已经在宫门等候。

"你知道我会从这里出来？"

璞月的脸上还是带着自然的笑容。

"我当然不知道，但是魏国王宫的墙还拦不住我。这里人多嘴杂，我们换个地方说话吧？"

"我们去哪里？"

"你这一身衣服太惹眼了，生怕别人不知道你是公主一样，我们先去换件衣服吧。"

孙宾说完，拉住璞月的手就走，没走出几步，璞月就把手缩了回去。孙宾回头一看，璞月的脸色有些尴尬。

"是我失礼了，我向公主赔罪，现在我们去绸缎庄换一件衣服吧？"

"我已经出来了，你现在可以讲讲你的伤了吗？"

"现在还不行，我的伤口太疼了，现在不想说话。"

璞月本想说些什么，但是一看到孙宾的眼睛，就不自觉地放松了警惕，跟着这个陌生人走了下去。

孙宾看到一家绸缎庄，于是两人便走了进去。

"先生和夫人要看衣服吗？"

店家看两人衣装不凡，因此态度很是客气。

璞月赶忙说："我们不是……"

孙宾拦住她说："是的，我想给我夫人看一件朴素一些的衣服，请店家推荐几件。"

璞月想要发作，但是又暂且忍住了。

店家向他们俩一一介绍各种款式，璞月认真地看着、听着，虽然她看不上这些衣服，但是看起来对这些平民百姓的服饰非常感兴趣。

"这些衣服是怎么做的？"璞月突然发问。

店家愣了一下，说："先把绸缎在染缸中浸染多日，再拿出来晾晒，之后由专门的女工缝制成衣服。夫人想必对我们这些粗活不甚了解吧？"

"我确实不怎么了解，可以看看吗？"

店家便带两人来到后院。后院的架子上搭着各种颜色的布料，璞月走到中间仔细观看，一阵微风吹过，布料随风飘起来，璞月如仙女般走在"彩虹"之间，孙宾一时看呆了。

"夫人真是绝世美女。"

"对，世上没有比她更美的人了。"

璞月抚摸完布料，又走到放染缸的地方，她十分好奇，便把手伸进去摸了一下，又闻了闻，手上的颜料无处擦拭，就在身上擦一擦，然后又去看另一缸，来来回回看了好几处。孙宾看着她，虽然见她脸上的笑容消失了，但是又分明可以感受到她内心的快乐。

"是不是很有趣？"孙宾问。

璞月转过头看向孙宾，脸上又突然露出微笑，说："我从来没来过这种地方。"

"喜欢的话你可以经常来。"

"这种地方我本不应该来的。"

璞月的声音突然变得低沉，但她脸上的笑容并没有消失。

"喜欢就来，不喜欢就不来，哪有什么应不应该。"

"别人可以没有，但是我必须有。"

她看看四周的染缸，看看飘舞的绸缎，又抬头看看天，觉得身边的这一切好像一下子突然变得离自己好远。

孙宾说："你的衣服怎么回事？"

璞月低头一看，只见自己身上的纱衣一片红，一片绿，一片黑，一片白，已经被自己抹得乱七八糟了。

"哦，怎么办？"她一脸无辜地看着孙宾，这模样把孙宾逗乐了。

店家拿过来一身白色的纱衣，说："我这件衣服是用店里最好的料子做的，虽然比不上夫人的衣服，不过可以暂时将就一下。"

孙宾把衣服接过来递给璞月，璞月走进一间屋子，把外面的纱衣脱掉，换上店家给的衣服，随后两个人走出绸缎庄。璞月问："现在我们要去哪里？"

"跟我走就好了。"

没走出几步，他们就看到路边有许多店铺，有卖吃的，有卖生活用品的。

"你饿了吗？"孙宾问。

"有一些。"

"我们是找个酒楼点些吃的，还是在这路边尝尝市井百姓的吃食？"

"不必去酒楼了，我想看看魏国的百姓平时都吃些什么。"

孙宾带璞月在路边的面馆坐了下来，要了两碗面，璞月将面夹入口中，细细品味。

"味道比宫里怎么样？"

"差好多，味道怪怪的，他们平时都吃这些吗？"

"大多数人连这个都吃不到。"

"是因为魏国还不够强大吗？"

"不是，至少在这安邑城内，百姓还能吃到这样的面，好些诸侯国每年都有人饿死。"

璞月脸上的笑容消失了，她用力吃了好几口面，好像要吐出来，却又用力咽了下去。

"很好吃啊，真的。"

璞月又笑了，但她的笑却没有之前那么灿烂。

孙宾看着眼前这个美丽的公主，心中生出一丝敬意。她生长在宫中，一直都是娇生惯养，但是此时却在体察自己国家百姓的生活，能够努力咽下宫里人不屑一顾的食物，这着实让他敬佩。

孙宾一边想着，一边低下头，把面条大口大口地拨到口中，吃完之后，他对璞月说："我也喜欢吃这个。"

吃完面的两人起身后在街上走着，看到前面围着一堆人，他们也凑了过去，原来是有人在耍猴儿，璞月感到十分有趣，便停下来观看。

"宫中没有过这种表演吗？"孙宾问。

"这是我第一次见到。"

璞月静静地看着耍猴儿，这时，孙宾发现她脸上的微笑消失了，在一旁看着她看得出神。

"你看那边！"璞月的一声叫喊，打破了平静。

第十七节　忘不了

璞月朝另一边指了指，孙宾顺着她指的方向看去，只见那边摆了几把刀剑，一个汉子站在路边舞刀。璞月不曾见过打打杀杀的场面，心中好奇，两人便走了过去。

只见那个汉子一套刀法舞完，气不长出，又打起了一套拳，拳上带着风，"呼呼"直响，让人忍不住拍手称赞。

"你看他武艺怎么样？"璞月问。

"很厉害，如果从军，算得上一流的武将。"

"和你比呢？"

"比我差一些。"

"你真的有这么厉害？"

"那我过去露一手给你瞧瞧？"

孙宾不由自主地想表现一下自己，正要上前和那个汉子比一比时，见有人提着一把刀闯了过去，对着那个汉子喊道："你停手，就你这种把式也敢在这里骗人，快快走开！"

汉子抱拳对来人说："这位朋友，在下是安邑人，祖上世代为将，奈何为奸人所害，被贬为庶民，到我这代，除了一身武艺别无所长，现在为生计所迫来到这大街上卖艺。大家出来都是为了讨生活，请不要砸我的场子。"

"今天我给你看看什么是真正的武艺！"来人说。

只见他舞起手中花刀，果然比那汉子更加好看，一时叫好声不停。

"你看他武艺呢？"

"差远了，他舞得好看，却没有什么有用的招式，那个汉子招招都是真功夫。"

这时璞月挤开人群，上去说："你不要舞了，不过是一些花架子，刚才那个人才是真功夫。"

来人不悦，说："你这小丫头懂个屁，不服过来比试比试。"

孙宾走过去挡在璞月身前，说："你说话干净些，不然别怪我不客气！"

"小白脸你讨打！"来人说完，一刀砍过来，璞月大吃一惊，"啊"地喊了一声。孙宾听到她这一声喊，知道她在担心自己，心中顿觉暖暖的。

孙宾什么事都没发生，来人的刀却断了，没有人看清刚才发生了什么。为什么他的刀会断？应该是刀本来就快折了，或者是这个少年运气好吧。但是旁边的汉子看得很清楚，孙宾在一瞬间抽出腰间宝剑砍断了对方的刀，又在一瞬间收剑归鞘，这一切发生得太快，普通人根本看不清。

来人看刀断了，吃了一惊，也不知道发生了什么。这时，先前舞刀的汉子上来一把抓住他的手腕，疼得来人大声喊叫。

"大家都为了吃一口饭，你何必下杀手！"

汉子说完，一脚把他踢了出去。那人吓得不敢停留，抱头鼠窜而去。

"你没事吧？"璞月转到孙宾面前，焦急地问。

"你看我受伤了吗？"孙宾一边笑着说，一边张开双手给她看。

"你在关心我？"孙宾接着问。

"我才没有，是因为我，他才要伤害你。"

"他没那个本事。"

"这位兄台好武艺。"旁边的汉子走过来对孙宾说。

"你也很厉害，你说你祖上世代为将，不知是哪位名门之后？"

"在下乐书，先祖乐羊，曾在魏国为帅。"

"果然是名门之后。为什么会沦落到当街卖艺呢？"

"先祖曾被文侯封在灵寿，灵寿远离安邑，名为封赏，实为弃用，我们子孙为了找出路，才来到安邑。奈何这里的人听到先祖的名字，就不肯录用，现在我在安邑又无亲无故，所以只能在街头卖艺了。"

"原来如此，你去庞府找庞涓，把这把剑拿给他，他自然会重用你。"

说着，孙宾把腰间的"天谴"解下来交给乐书。

"我们萍水相逢，你竟然愿意把这样的宝剑交给我？请问兄台大名？"

孙宾看向璞月，摇了摇头，笑着说："你尽管去吧。"

乐书再三感谢，收拾东西奔着庞涓府上去了。

"你为我们魏国挑选了一个将军。"

"他有这个本事，应该做将军。"

"为什么刚才那个人的刀断了？"

"是我砍断的。"

"我什么都没看到，你是怎么砍的？"

"用我的剑砍的，如果你能看到，那我可能早就死了。"

"我不会武艺。"

"你本来就应该不会武艺，这种打打杀杀的事情交给我们男人就好。"

"你武艺这么好，应该就是庞涓吧？更何况刚才你那么自信他去了庞涓府上就能被录用。"

"如果我不是大元帅庞涓，你今天还会跟我在一起吗？"

璞月沉默了，面无表情地看着他。

"你不愿意？"

"其实，我已经告诉你了。"

"我不懂。"

"我没有笑，这就是答案。"

他们继续向前走着，天渐渐要昏暗了。这一路上，两人之间的距离越来越近，偶尔会碰触到对方，但又敏感地分开。璞月的笑也越来越少，她本应该越来越开心的，孙宾觉得自己越来越看不懂她。

"明明早上你还在笑，为什么现在不笑了，你不开心吗？"

"没有，我很开心。"

"那你为什么不笑？"

璞月没有回答。

她没有笑意味着什么？她笑又意味着什么？

这时，两人走到城外的一片田地，黄昏的太阳很大，但是很柔和，他们并排坐在田地上，看着远方。

"安邑是不是很好？"璞月问。

"安邑很好，比我见过的很多地方都好。"

"那安邑是不是这世上最好的地方？"

"我知道一个地方，比安邑还要好。那里的人比安邑多，好玩的东西也比安邑多得多，那里的人也比安邑的人更快乐。"

"真的有这样的地方吗？在哪里？"

"在齐国都城临淄，那是我的家。将来我带你去玩吧！"

"你的家在齐国？我听说庞涓是河西人，你果然不是他。"

"我是庞涓的师兄，我叫孙宾。我们一起在上林大战吴起，我肩头中了一剑。"

"孙……宾，你还痛吗？"

璞月看向他伤口的位置。

"现在和你靠在一起，一点儿都不痛。"

"原来你真的不是庞涓。"

"你还是很失望？"

"我不是还坐在这里嘛！我说过，我没有笑，我不知道别人为什么要笑，但是笑对我来说只有一个作用——保护自己。"

"我不明白，因为开心而笑不是很正常的事情吗？"

"我从来都不喜欢笑，如果我笑了，就说明我认为自己很不安全。"

"所以你现在不笑了？"

"这是一个让我自己也不明白的问题，只有父王、母后、大王和小蝶见过我不笑的样子，今天又出现一个人，至少，现在是的。"

"我很荣幸。"

阳光洒在大地上，微风拂面而来，孙宾转过头看着璞月的脸颊，他多么希望时间可以停下来，让两个人永远停留在这一刻。

"这种感觉如此美妙。这只是幸福的开始吧。感谢上天把这么美的女孩送到自己身旁，我愿为她付出一切，一切。"孙宾在心里说。

不知为什么，孙宾的心里产生了一丝奇怪的感觉。

"月。"

"嗯？"

"今天只是一个开始，对吧？"

"也许吧。"

她的脸上露出了一丝微笑。

第十八节　庆功宴

"我该回去了。"

"你再不回去，有人该着急了。"

璞月站起来，拍拍身上的土。孙宾也站了起来，然后突然朝一边大喊：

"你已经跟了我们一天了，累了吧！"

璞月很诧异，只见不远处有人走了出来，竟然是小蝶。

"小蝶，你怎么在这里？"

"公主，这么多年了，我太了解你了，你对我说话的时候脸上竟然挂着一丝笑容，虽然并不明显，但是很不正常，没有外人的时候你是从来不笑的，所以我假装回去找衣服，暗中跟了出来。我也是怕你有危险啊，谁知道这个家伙安的是什么心，你不能怪我。"

"傻丫头，我们走吧。"

"小蝶，你说得对，以后不要让公主一个人跑出去了。"孙宾说。

"你说得对，我以后要把公主盯得紧紧的，不能再让你这种不怀好意的人把公主骗出来了！"

孙宾和小蝶笑了。璞月一脸平静，这说明她很放松。

夕阳西下，这一幕是如此的美好。

三人往城中走，小蝶故意和他们保持一定的距离。

璞月抬头看着天，孙宾也抬起头看。

"你在看什么？"

"我在看月亮，我喜欢看月亮。"

"因为你的名字里有月吗？"

"嗯。"

"星星也很美，你信不信我可以数清天上的星星？"

"那怎么可能？"

"我可以的，你看，一、二、三……"

璞月看着孙宾，她没想到世上竟然有这么傻的人。

"幼稚。"

"你打断我了！我又得重新数！一、二、三……"

"还是很幼稚。"

璞月抬起头，看着星星。

"你数漏了，那里还有两颗星星你没有算进去。"

"对哦，那就是二十一颗星星，二十二、二十三……"

"二十四、二十五……"

"那个我数过了，不算的。"

"为什么不算？我说算就算。"

"好，你说了算。二十六、二十七。"

"二十八、二十……"

突然，孙宾抓住了璞月的手，璞月吃了一惊，但是她的手没有收回去。她看向小蝶，而小蝶的目光没有朝向他们这边；然后她又看向孙宾，孙宾依旧若无其事地数着："三十、三十一。"

数完了之后，孙宾看着璞月说："天上有三十一颗星星。"

"天上不可能只有三十一颗星星。"

"但是今天，只有三十一颗。"

璞月轻轻点头，说："只有幼稚的人才会相信天上只有三十一颗星星。"

"你却和我一起数星星。"

"可能，每个人都有幼稚的时候吧。"

孙宾送两人回王宫。在王宫门口前，璞月对孙宾挥挥手。

"宾哥，我回去了。"

孙宾的心一动，璞月的这一声，太温柔了。

"快回去吧，月。"

进了宫门，璞月和小蝶回头看了一眼，便从孙宾的视野中消失了。望着她们离去的身影，孙宾久久不愿移开自己的目光。

"因为你，我终于懂得了什么是快乐。"

孙宾回到庞涓府中，苏秦迎了上来。

"师兄，你去哪里了？"

"我第一次来魏国，想到处看看。"

这时，庞涓走了出来，一脸喜悦地说："师兄，你来看！"

只见他拔出自己的"宿命"，一阵寒光闪过。他把剑身朝着孙宾，让他看剑上刻着的"万胜不败"四个字。

"哈哈，你竟然把这四个字刻在上面了，是有多自恋。"

"我会为配得上这四个字而努力的！"

"你可以的，更何况还有我帮你。"

苏秦道："我也会全力帮师兄的。"

"有没有一个叫乐书的人前来投奔？"孙宾问道。

"我见过了，已经安排他先在府中待着，明天就是魏王的庆功宴，等庆功宴结束之后再给他在军中安排职位。"庞涓说。

众人在庞涓府上住下，第二天去卫鞅住处。卫鞅并不在家，侍从说他从昨天出门到现在还没回来。大家想着他可能提前进宫了，便朝着王宫走去。

正午时分，众人到了王宫，魏王和魏卬已经就座。孙宾看到璞月也在，她的旁边坐着子夷太后。但是他们没看到卫鞅，感到有些奇怪。魏王看庞涓等人已经到了，并不在乎卫鞅来没来，便开始了宴席。

"众位辛苦了！想我刚刚即位的时候，内忧外患，是元帅，不，现在应该叫'万胜不败'将——庞涓，在这个时候来到魏国，一出手就大破秦军。面对韩、赵两国和魏缓的联军，他毫不惧怕，说出的'三不周'让孤大开眼界，敌人也正是因为这'三不周'而被我们——击败。此战不但解了安邑的围，还在洰北打了一个漂亮仗。之后更不用说，那老贼秦王嬴师隰和我魏国两代先王交战多年，是个难缠的对手，最后竟是败在元帅手下。这一战逼得秦国迁都，解决了我河西百年之难题，更是不世之功。而且，最近元帅还打败了吴起，这一件件功劳真的让人难以置信，想我魏国有这样的人，将来称霸天下，不费吹灰之力啊！哈哈，孤先干为敬。"

魏王说完一饮而尽，其他人也跟着一饮而尽。庞涓说："大王过誉了，这是庞涓应该做的。"

"不，丝毫没有过誉，而且，孤以后还要你立下更大的战功，今后孤只想听到你战胜的消息，你可不能输，不然对不起你的那面大旗啊！"

"庞涓哪敢不尽力！"

"不过，更让我高兴的是，我们有的不只是庞涓，还有他的师兄孙宾、师弟苏秦，他们都是人才啊。王弟对我说了，孙宾之才不在庞涓之下，有一个庞涓就这么厉害，现在我们魏国有三个！三个！那将来灭尽诸国，称霸天下，岂不是如探囊取物一般！孤告诉你们，你们必须帮孤做到！哈哈。"

魏王走到庞涓、孙宾和苏秦面前，端起酒杯说："你们一定要帮助我，到时候孤才能告诉魏缓，魏国是因为在孤的手里才变得如此强大的！来，孤敬你们！"

庞涓他们三个人赶紧站起来，一饮而尽。孙宾偷偷看向璞月，只见她面带微笑，孙宾知道是因为这里人太多，所以她才会笑。

喝完之后，魏王转身回座。这时，大家听到一阵脚步声，回头一看，发现是卫鞅来了。庞涓问："师兄为什么才到？"

"我刚刚回到安邑，去见了几个朋友，这才赶过来。"

卫鞅找到座位后入席，魏王看到了，也没有说什么，继续端起酒喝。

"今天还有一件喜事，我和母后说了很久了，我有个妹妹，叫璞月公主，就是这位。"魏王指向璞月。

"她可是父王的心头肉，早就到了谈婚论嫁的年纪了，可一想到把她嫁到别的国家，当年父王心疼，后来母后心疼，而国内又没什么看得上眼的人，所以她的婚事一直耽误到现在。这几天我和母后商议，现在我们魏国来了这么多的少年英杰，我们打算从中挑选一位做我魏国的驸马。经过王妹同意之后，我们打算将她许配给——"

听到经过璞月自己同意，孙宾心中闪过一丝喜悦，满怀期待地看向璞月，又看向魏王。

"'万胜不败'将、大元帅庞涓！"

听到这话的孙宾脑中一片空白，两眼呆滞地看向璞月，只见璞月低下头，目光并没有看向孙宾。

"啪"的一声，孙宾手中的酒杯掉落，酒也洒了一桌，流到了身上，但是他没有一点儿感觉。

另一边，庞涓看向璞月，他也是生平第一次见到这样倾国倾城的容颜，羞得低下了头。魏印说："庞涓，你还不谢过大王。"

"庞涓多谢大王。"

"哈哈，正好你也是魏国人，以后咱们就是一家人，你可更要为了咱们家努力啊。"

"庞涓一定鞠躬尽瘁，死而后已！"

庞涓说完，看向孙宾，见孙宾一副神情呆滞的样子，便问道："师兄，你怎么了？"

孙宾对魏王说："大王，我身体不舒服，先回去了。这个时候扫了大王的兴，实在是罪该万死。"

"是不是因为你的肩伤还没好？要注意保重身体啊！来人，护送孙卿回去。"

"多谢大王，我自己可以走。"

说完，孙宾便离开了。

魏王再次举杯，众人也一起举杯，将杯中酒一饮而尽。

"孤在此多有不便，这就回去了，你们尽管畅饮，今天一定要尽兴！"

魏王起身离座，旁边的子夷太后和璞月也跟着一起离开了。庞涓看向璞月和魏王的背影，心中无限欢喜，感觉自己已经走在通往成功的康庄大道上了。

这时，魏印过来，挨个地向众人敬酒，随后走到庞涓面前说：

"这一年来，咱们在一起的时间最长，今天敞开心扉说，我真的想不到你会这么厉害，把你从云梦山上带下来是我魏印这辈子做得最正确的选择。客套话不说了，你是大元帅，是'万胜不败'将，以后我还指望你的照顾啊。"

"公子谬赞，多亏公子提携，才有庞涓的今天。"

说完，两人一饮而尽。

魏印又拿一杯酒走到卫鞅面前，说道：

"咱们认识最早，我了解你，你不善言谈，说话耿直，但是你有一颗想要建功立业的心。我知道你和魏王有些误会，但是没关系，只要你真心为我魏国效力，只要有我魏印在，就一定让你有展现自己的机会，到时候不管大王愿不愿意，他都不得不封赏你！"

卫鞅看魏印已经有些微醉，便说："公子放心，卫鞅一定尽力。"

魏卬又一饮而尽，卫鞅小酌一口，就把酒杯放下了。

魏卬继续向众将士敬酒，喝完一圈之后，庞涓站了起来，走到魏卬身边说："公子，庞涓来回敬你了。多亏公子从一开始就信任我，给我最大的支持，才让我有机会历练自己，才有了今天的庞涓，这一切庞涓万分感激，永远不会忘记公子的恩情。"

庞涓再次一饮而尽。

庞涓又走到卫鞅身边说："能和师兄共事，庞涓真的很开心，虽然师兄至今还未受到重用，但是庞涓明白师兄是有大才的人，将来一定比庞涓厉害。师兄你不要着急，只要我庞涓在这帅位一天，就一定会尽力帮助师兄的。"

"多谢师弟。"

两人一饮而尽。

庞涓又走到苏秦身边说："苏秦，你终于也出山了，跟着师兄，将来我绝对亏待不了你！"

"多谢师兄！"

两人也一饮而尽。

庞涓一一敬完后，走到众人中间，说道："今天大家高兴，我庞涓给大家舞剑助兴！"

众人一起欢呼，只有卫鞅沉默不语，眼前的一切，好像和他没有任何关系。

庞涓拔出"宿命"，抚摸着剑身，尤其是对上面的"万胜不败"四个字格外珍视。庞涓突然将手中剑一抖，转出一个剑花，惹得众人再次欢呼。只见他刚开始的动作很缓慢，随后身影逐渐地消失在剑影之中，在他的四周充斥着"万胜不败"的呼喊声，这让庞涓觉得仿佛世间的一切都在为他喝彩。

"你们看到了吗？我不是你们说的低贱之人，我是'万胜不败'的元帅！我还要娶魏国的公主，我是人上人了！

现在我身边有孙宾师兄、卫鞅师兄和苏秦师弟，我们可以一起建功立业、名传千古，还有马上就要和我在一起的美丽的公主，我真的好开心。

今天是我最开心的一天！"

第十九节　背叛

"今天是我最痛苦的一天!"

魏国王宫内，璞月公主庭院的外墙上，一个身影在自言自语。

"公主，你快来看啊，是他!"

小蝶拉着璞月出来，璞月顺着小蝶手指的方向看去，见有一个人坐在宫墙上。那人正是孙宾。

璞月说："这件事已经无可挽回，你还是放下吧。"

孙宾没有看她，因为他怕看到她的微笑。

"不，这件事里面有你的意思。"孙宾说。

"如果你认为有我的意思，那就更不该勉强了。"

"我不懂为什么会这样，难道那天的事都是假的吗?"

"那天发生了什么都不重要了，都过去了。你只要记着，我是魏国的公主，嫁给魏国元帅，是理所应当的，也是我必须做的事情。忘了那天，忘了我吧。"

"不，还来得及!"孙宾跳下来，抓着璞月的手腕说。

璞月用另一只手抓住孙宾的手，把他的手拉开了。

"不，来不及了。"

她笑了。

她走了。

"对不起。"璞月轻轻地说道。这声音轻微到除了她自己，谁都听不到。她快速眨了眨眼，便进屋了。

咫尺之间的距离，孙宾却跨不过去，也看不透她的心。渐渐地，她的背影也消失了。

泪水从孙宾的脸上滑落了下来。

"啊!"孙宾大喊一声，跪倒在地。

那天有多快乐，今天就有多痛。

"孙将军，你在我这寝宫多有不便，请回吧。"

从屋中传来的那个熟悉的声音，此时却是如此陌生和无情。

孙宾起身一跃，跳到墙上，抬头看天。月那么圆，那么亮，但当乌云飘过，天地也会瞬间变得昏暗。他的双眸不再充满希望，变得暗淡无光。

小蝶在院中，看着自己关上门回到屋中的公主，再看看墙上的孙宾，心中焦躁万分。

"哎呀，你们! 我不懂你们在说什么，但是事情为什么会变成这样? 孙将军，你请回吧，今夜有风，别冻坏了身子!"

"夜色虽凉，但不及我心凉。"

无论小蝶如何劝慰，孙宾都不再回答，小蝶只好回到屋中，对公主说："公主，他坐在墙上不肯走，今天这么冷，他一定会病的！"

"他是聪明人，要走要留，他自会想明白，我们不必管他。"

"公主，你怎么会这个样子！他说不定真的会生病，你一点儿都不担心吗？"

"我为什么要担心他？我要休息了，你不要打扰我。"

璞月上床躺下，任凭小蝶说什么也不再回应。

"你们俩怎么都这样啊！"

小蝶无奈，只能回到院子里，看着墙上的孙宾，心中不忍，回到自己屋中拿了条棉被子背在身上，然后取了梯子，再爬到墙上，小心地给孙宾盖上。这时的孙宾只是看着月亮，好像失去了一切的知觉，对于小蝶所做的一切，他都没有任何反应。

小蝶放心不下，穿上厚衣服坐在墙下，抬头看着孙宾，生怕他有什么闪失。这一夜，小蝶好生疲惫，坐得腰酸背痛，孙宾却是一动不动，像块石头一样。

"公子，我知道你心里难受，但你在这里待着不走也没用，不如你今天先回去，我帮你劝劝公主，公主平日很听我劝的。"

孙宾还是不理她，继续看着天。随着一声鸡鸣，不知不觉，两人竟然在此过了一夜。小蝶看着他，既心疼又有一种说不出的感觉，她希望孙宾早点回去休息，但又有些不希望，却不知是为什么。

"孙将军，天已经亮了，要是被人看到了你坐在后宫的墙上，无论是对公主还是对你都不好，你还是回去吧！"

孙宾仍然不答话。

"好！好！好！我知道你脾气大，但是这真的没什么用啊，你去找元帅庞涓，让他不要娶公主不就好了，那样你们还有机会！"

孙宾突然如梦初醒，回头看向小蝶。小蝶看到他转过头来，胸前的衣襟湿透了，脸上十分憔悴，但是双眼在这一刻好像又有了光。

"你说得对，我还有机会。"

说完，孙宾就要跳下去，但这时身子一软，掉在了院子里。小蝶赶忙过来扶他，不小心抓住了孙宾的手，她的脸一下子红了，低下头不敢看孙宾。

"谢谢你，小蝶，我没事。"孙宾说完再一纵，跳了出去。

孙宾回到庞涓府上，看庞涓还没回来，就回到自己屋里先休息，躺下来之后觉得特别疲惫，很快便入睡了。

魏国王宫之中，所有人都酣醉不醒。直到第二天日头当中，魏印才醒来，他环顾周围，发现庞涓和苏秦已经醒了，其他偏将、副将都在身边，却遍寻不见卫鞅。

"他怎么自己走了？"魏印自言自语，然后伸个懒腰就要起身，这时有东西从怀里掉下，他伸手捡起来一看，是一封信，便打开读了起来。

公子卬启：

　　鞅自来魏国，不受两代君侯重用，心中十分遗憾，唯有两件幸事：一者得遇公子，交为挚友；二者得遇贤相李悝，学习变法治国之道，故迟迟未离开魏国。然贤相已离世，而鞅虽有功魏王却仍不用，鞅实无留恋之理，今日特此作别，离魏去秦。秦国疲敝，正是鞅大展拳脚之机，望有出头之日。鞅在秦之日，绝不会与师弟手足相残，请公子不必派兵相逼，否则昔日之事，鞅将公之于世，孰轻孰重，请公子三思。人各有志，望公子成全。

卫鞅拜上

　　魏卬看完信，气得浑身发抖，抬头看向庞涓，庞涓还不知道发生了什么，正准备和苏秦过来向魏卬道别后回府。魏卬立刻把信收起来，答应一声，两人便回去了。
　　见两人离开，魏卬怒气发作，把桌上的杯盘扔砸在地上。
　　"气杀我也，卫鞅你气杀我也！"
　　魏卬立即入宫面见魏王，魏王说："王弟找孤有什么事？"
　　"大王，卫鞅逃去秦国了。"
　　"他走了正好，孤早就看他不顺眼，一直不愿重用他，你还一直护着他，他走了，孤正好眼不见心不烦。"
　　"这次是臣眼拙，没有察觉他早有二心，只是臣想起来，他这一走，就带走了丞相李悝的《法经》，此事非同小可，秦国有了此书，定可富国强兵，只怕秦国又将成为魏国隐患。"
　　"那就派庞涓去剿灭他。"
　　"这也不可。"
　　"为什么？"
　　魏卬走上前去，向魏王说出昔日的一件事，结果却让魏王大怒。
　　"荒唐！这么重要的事你竟然派卫鞅去为你做，这不是故意给人留把柄吗？还是你主动把这么重要的把柄亲自塞给别人。魏卬啊魏卬，你平时挺聪明的，怎么在卫鞅这件事上这么糊涂啊！"
　　"是臣一直太过于信任他，觉得大王对他有些成见，有我从中斡旋，早晚能解开误会，没想到他会做出这样的事，我现在也是后悔莫及。"

第二十节　法经

数月前，河西，庞城附近。

"卫鞅，我有一件事要交给你去做。"

"有什么事要交给我做？"

看魏卬的神情，卫鞅感觉到要做的事情并不简单。

"我们就快到庞城了，你知道庞城对庞涓意味着什么吗？"

"庞涓是河西人，难道庞城就是他的家乡？"

"对，所以我要你去做一件事。"

"公子请吩咐。"

"带一支人马，命所有人穿戴秦军战甲，今夜赶赴庞城，绕庞城一圈，所见村庄全部屠杀，不留活口！沿途扔一些衣甲兵器，让人确信是秦人所为。"

"什么？这……"

卫鞅不能理解，此时魏卬应该做的不应该是把庞城保护起来，甚至把庞涓家族接过来给他惊喜吗？现在反而要杀害他们，魏卬的葫芦里到底卖的是什么药？

"庞涓一直不肯杀人，但是如果面对的是杀死他全族的秦人，他能不能痛下杀手呢？"

"这代价未免太大了，他们可是魏国无辜的百姓啊！"

魏卬把一只手搭在卫鞅肩上，对他说：

"他们确实是无辜的，但是如果他们的性命能唤醒那个能使出全力的庞涓，那么他们的牺牲就是值得的。只要是为了魏国，要我付出什么代价都可以，甚至包括我自己的性命。"

魏卬给卫鞅上的这一课，刷新了他对代价的理解。

"你这事做得对，但也不对，付出这种代价是值得的，只是你为什么要让卫鞅帮你去做？现在他把这件事的把柄握在手中，还好秦国虚弱，他暂时没有能力胡作非为，只不过我们也要受到制约，只要他在秦国一天，我们就不能对秦国轻举妄动。本来孤还想退了楚国之后再发兵一举灭秦，现在只能作罢了！"魏王怒气冲冲地斥责魏卬。

"是臣糊涂。"魏卬吓得拜倒在地，不敢抬头。

"你太糊涂，趴着吧！"

过了好一会儿，魏王说："《法经》只有一份吗？"

"臣确实不知，卫鞅不曾提过这件事。但是他如果一心要投奔秦国，应该不会给魏国留一份。"

"话虽如此，但我们还是要抱着一线希望。去查一查他最近接触过的人，哪怕只留下了《法经》的只言片语，对我们也会很有用。"

"臣这就去查。"

魏卬离开王宫，派人到卫鞅住处查找，但掘地三尺也没有找到任何和《法经》相关的信息；又派人到李悝府上，也没有找到有用的线索。

"这几天和卫鞅有过接触的人有谁呢？"

魏卬猛然想起，卫鞅回来当天和孙宾谈了一夜。

"孙宾？或许他有一些线索。"

魏卬又带人准备到庞涓府上，在去的路上，他思索着孙宾和卫鞅这一夜能聊些什么："卫鞅所熟知的就是律法，肯定绕不过《法经》，孙宾好学，一定会聊很多与《法经》相关的话题。他又是齐国人，或许有一天会回齐国用到《法经》，如果说卫鞅把《法经》传给他也不是不可能的。"

魏卬又想到："昨天晚上孙宾提前离席，然后卫鞅就走了，现场只有他们两个人不在，难道他们早有勾结？"

这么一想，魏卬越来越觉得孙宾有问题，甚至认为就算孙宾没有得到《法经》，这一切也多少和他有些关系。

到了庞涓府邸，魏卬直接带人走了进去，没有让人通报庞涓就直接问仆人："孙宾在这里吗？"

"孙将军今天回来得早，回到后院后就没有出来。"仆人回答道。

"带我去。"

仆人被这个阵仗吓坏了，一点儿都不敢怠慢，带着魏卬一行人去孙宾的屋子，另派人赶紧去禀报庞涓。

孙宾身心疲惫，早就昏昏睡去，在梦里面，他不知什么时候自己又回到了和璞月一起坐着的那片田地，又回到了那个黄昏。

孙宾上前拉住璞月的手，说："月，你到底怎么了？到底发生了什么？"

"宾哥，我真的没有办法，我是被逼的，你不要怪我！"

璞月流着泪，迷茫地看着孙宾。孙宾看在眼中，肝肠寸断，自己的眼泪也不自觉地流了下来。

"我知道一定是发生了什么，是谁逼你？你告诉我！"

"我真的没有办法，没有办法！"

孙宾紧紧地把璞月抱在怀里，说："有我在，不会有事的。"

"我是被逼的，你不要怪我！"

看着璞月这样柔弱，这样依靠自己，孙宾既感到甜蜜，又充满了责任感，不由得大声喊道："不要怕，我们走，我们离开这里，你跟我一起回齐国！我们回齐国！"

忽然，孙宾感觉到有人在推自己，他一睁眼，看到身边站着一圈士兵，魏卬站在士兵中间向自己问话："孙宾，你这么着急要回齐国吗？你是思乡心切，还是有重要的东西要带走？"

　　孙宾看到魏卬和身边的士兵，心情瞬间跌落谷底，原来刚才只是一个梦，如果那是真的该有多好。他想发怒，因为是这些人让自己从这个梦中醒来，看到魏卬又只好忍住。

　　"公子，你来这里是找师弟还是找我？师弟不在吗？"

　　孙宾心想，魏卬应该不是找自己的，如果是找庞涓的话，就赶紧打发他离开，现在入睡，也许还可以回到刚才的梦中。

　　"我是来找你的！"魏卬说。

　　看着魏卬严肃甚至有些发怒的样子，孙宾感觉到事情不简单，只好打起精神，但头仍然昏昏沉沉的，他晃一晃头，跟着魏卬来到前厅。这时，庞涓和苏秦也来到前厅，魏卬坐在上座，其他人坐在左右。

　　"现在我要说一件事，你们的师兄卫鞅昨夜已经离开魏国，投奔秦国去了。"

　　听到这话，所有人都感到很惊讶。

　　"孙宾，我知道卫鞅刚回到安邑的时候，你和他畅谈了一夜，你们到底聊了什么？昨天晚上他逃走的时候，只有你不在王宫之中，是不是你们早就在谋划什么事情？他有没有把李悝的《法经》交给你？如果你知道什么的话就赶紧说出来！"

第二十一节　条件

　　魏卬一连串的提问，让孙宾摸不着头脑，他虽然意识到问题的严重性，但是一点儿思考的心思都没有。

　　"我们只是聊了各自在云梦山上的经历，告诉他师尊最近的状况而已，并没有聊其他事情。至于什么《法经》，我完全不知道，也不知道师兄要去秦国的事情。"

　　魏卬看他没精打采地回答自己，怒不可遏，于是语气严厉地说："孙宾，你认真听我说，这件事非同小可，如果你知道关于《法经》的一些事，就快说出来；如果隐瞒不说，虽然你立过战功，但是我也不能保你周全！"

　　"我真的不知道。"

　　孙宾说完，往后一靠，抬头看着房顶，一副生无可恋的模样，然而在魏卬眼里，他一副轻浮的模样，完全不把自己放在眼里，这让魏卬更加愤怒了。

　　"孙宾，你认真回答我，和卫鞅有关的事情，你到底知不知情？"

　　"我不知道。"

"那我问你，昨夜你去了哪里？"

"无可奉告。"

"你必须告诉我！"

"我想说就说，不想说就不说。"

"孙宾，你放肆！这件事关乎魏国兴亡，岂容你儿戏，不问个究竟我决不罢休！来人，把孙宾押入大牢！"

孙宾白了魏印一眼，一声不吭。

"公子手下留情，师兄不说一定是有原因的，让我劝劝他，千万不要把他关进大牢！"

庞涓坐不住了，起身向魏印求情。

"好，那你问他，昨天夜里他到底去了哪里？"

"师兄，你就告诉公子印昨天晚上你去哪里了。"

孙宾看到庞涓，这才把身子坐直，抬头说："你们都知道啊，我昨晚去了王宫，就这些。"

然后，他又看向魏印，说："信不信随你。"

魏印怒拍桌案，说："庞涓，他这个样子你还要替他求情吗？"

庞涓心急如焚，站在孙宾身前，想要劝他："师兄，你告诉我，昨夜你到底去了哪里，不然你真的会被押入大牢的。"

"你告诉我，你告诉我！"

庞涓晃动着孙宾的肩膀，孙宾看着他，心想庞涓什么都不知道，但是这一切又和他有着脱不开的关系，自己本该厌恶他，但此时对他只有羡慕。

"该说的我都了，如果你不信，就抓我吧。"

"我刚才听到你说你要回齐国，你是不是拿了《法经》要逃回齐国？"

孙宾朝魏印哼了一声，便再也不看他。

魏印怒不可遏地说："来人，把他抓起来。"

左右士兵上来按住孙宾，孙宾也不反抗，只觉得无论现在发生什么，和昨夜发生的事情相比，都不值一提。

"公子，师兄对魏国有功，也请看在我对魏国有功的分上，不要对他用刑！"

"庞涓，我自有主张，如果他是无辜的，我自会放了他，向他请罪；如果他真的拿了《法经》或者和卫鞅有什么勾结，谁都救不了他。"

庞涓抓着孙宾的胳膊，说："师兄，你放心，我一定会救你出来。"

孙宾点点头，但还是没有多说什么，庞涓从来没有见过孙宾这个样子，心中充满了焦虑，也充满了疑问。

孙宾被押入大牢，单独关在一个牢房。他坐在地上，背靠在墙上，头也靠在墙上。

他的背后，本不应该是这面冰冷的墙。

但他并不觉得这墙很冷。

因为他的心更冷。

"孙宾。"

孙宾朝着声音的方向看去，是魏印来了。

"孙宾，我现在好言相劝，如果你真的拿了《法经》就交出来，现在还来得及。"

"这样，你满足我一个条件，我就告诉你真相，包括昨天晚上发生的一切。"

"好，你说你要什么条件，我一定满足你。"

"你过来我告诉你。"

魏印附耳过来，孙宾对他说了一些话。

"放肆，这个要求太无礼了！"

"这就是我的条件，答不答应随你。"

现在《法经》对魏印来说是最重要的事情，所以，虽然孙宾的要求听起来荒唐，但是他不得不考虑考虑。

"这件事要禀告大王和太后，他们同意了，我才能答应你。但如果我做到了，你还是不说的话——"

"你放心，我孙宾是齐国大元帅孙操的儿子、鬼谷子的徒弟，我说到做到。"

"好，我暂且相信你，你等着。"

魏印前脚刚离开，庞涓和苏秦后脚就来了，见到孙宾后，庞涓说："师兄，今天你很不对劲，发生什么事了？你应该不知道卫鞅师兄的事吧？"

"师弟，我不想说，你就不要问了。你只要相信我，我什么都不知道，也没有拿《法经》。"

"我们一起长大，你有什么不能说的。你没有拿就说出来，把昨天晚上去了哪里、做了什么说明白不就没事了。"

"我说了，我在王宫，剩下的我不想说。"

"唉，你不说我也没办法，但是我相信你，我会劝大王和公子印早日放你出来的。"

孙宾终于露出了一丝微笑，说："好。"

魏印进宫后直奔魏王寝宫，魏王和子夷太后正在聊天。

"王弟，何事如此匆忙？是《法经》有线索了吗？"

"大王、太后，臣查到卫鞅回安邑那天和孙宾彻夜长谈，而昨夜卫鞅逃走的时候孙宾也不在宫中，所以他很有可能和卫鞅勾结，甚至把《法经》藏起来了。"

"你搜查过他的住处了吗？"

"他现住在庞涓府上，他的屋子已经搜过了，并没有发现《法经》。"

"会不会是你多虑了？"

"不会，臣去找他的时候，他正在说要回齐国。他现在如此着急回齐国，很可能是得到了什么宝贝想尽早离开，所以，他拿着《法经》的可能性很大。而且，臣再三询问昨夜他的去向，他就是不肯说，我想这其中一定有秘密。"

"这么说来，他确实有很大的嫌疑，你一定要查清楚这件事。"

"臣已经把他抓起来了，审问他的时候，他说他愿意说出所有实情，只是有个要求。"

"什么要求？"

"他要单独见璞月。"

第二十二节　宾死

"王弟，你是不是因为卫鞅的事糊涂了？"

"大王，臣也知道这个条件很过分，但目前孙宾什么都不肯说，这是我们最后的一条路了，请大王和太后权衡利弊。"

"孤不明白他为什么要见王妹。王妹从小到大都没离开过安邑，他们不可能认识，这件事和王妹更不可能有半点儿关系。"

"管他什么原因，他既然要见璞月，就让璞月去会会他吧，反正他被绑着，璞月不会有危险的。"子夷太后说。

"母后，这不太合适吧。"

"你们应该也知道璞月的脾气，这件事如果你去问她，她是不会犹豫的。面对这种问题，她和你们兄弟俩一个模样。"

"母后既然同意了，那就让璞月去见孙宾吧。王弟，你去找王妹吧。"

看到魏王和子夷太后同意了，魏卬立刻告退直奔璞月住所。落座之后，魏卬让璞月屏退左右，只留下小蝶在旁。

"王兄，什么事这么保密？"

"王兄我有事要请你帮忙。"

"璞月身无所长，不知道有什么能帮上王兄的？"

"是这样的，昨天晚上庆功宴上，你和太后、大王走得早，我们留下来的这些人一起喝到后半夜，等我今天醒来，发现一个叫卫鞅的人不见了，他留下一封信，在信中告诉我他要去投奔秦国。"

"这个人我知道，他是贤相李悝的门人，并且得到了李悝的真传。"

"对，就是他，李悝临终前写了一部《法经》传给了他。现在他这一走，就把《法经》带走了。那本书总结了魏国变法强国以来的很多经验教训，对魏国很重要，但现在被他带走了。"说完，魏卬长叹一声。

"那我能做什么呢？我不认识他，也做不到让他把《法经》送回来。"

"是这样的，他有一个师弟叫孙宾。"

说到这里，小蝶不禁"咦"了一声，又赶紧住口，璞月则在不经意间露出了一丝微笑，但又马上收回去了。

"我觉得他一定知道什么，因为卫鞅刚回到安邑的那天他们俩谈了一夜，昨天晚上卫鞅逃走的时候，他也不在庆功宴上。我想他们两个人一定串通好了，甚至我想《法经》他也可能有一份。我今天去找孙宾的时候，听到他说要回齐国，如果我的假设成立，那么，他一定是拿了《法经》准备离开。"

"这件事我能帮上什么忙？"

"我再三审问，他就是一口咬定什么都不知道，但是又不肯解释昨天晚上去了哪里。所以，我先把他押入狱中，他说只要见你一面，就把他所有知道的都说出来。我不知道他为什么要见你，我也知道这不合适，但是《法经》事关重大，希望王妹可以帮我。"

小蝶看向璞月，不知她会怎么说。

"卫鞅走了便走了，这没什么，但是既然《法经》这么重要，我愿意去和孙宾谈谈。"

"我这里谢过王妹了，你什么时候方便动身？"

"王兄客气了，我们现在就去。"

魏卬和璞月来到监牢，隔着铁栅栏，他们看到孙宾依旧靠在牢房的墙上，抬头看着屋顶。小蝶看在眼里，觉得他的神情和那天晚上太相似了，她又看了璞月一眼，只见璞月的脸上露出了微笑。

"孙宾，璞月公主来了。"魏卬说。

孙宾像是打了个寒战，立刻把目光锁定在璞月身上。

此刻，他的眼里又有了光。

"现在你可以说了吗？"

"我要和她单独聊，你们都走开。"

"你说要见璞月公主，现在公主来了，你又提要求，是不是过分了？"

"王兄，没关系，让我和他两个人聊聊。"

"王妹这么说了，我就先避开，你一定小心。"

"不会出什么事的。"

所有人都离开了，只留下两个人，隔着牢门四目相对。

璞月在笑，她的笑却让孙宾感到心痛。

"我今天做了一个梦。"孙宾说。

"什么梦？"璞月问。

"我梦到你告诉我，你是被逼无奈的，让我救你。"

"那只是一个梦。"

"这是你对我的回答？"

"我来，不是为了回答你的问题。"

"所以，你以后每次见到我都会笑，是吗？"

璞月沉默了，她自己也不知道答案。

"天上有三十一颗星星，是吗？"孙宾继续问。

"我不知道。"

"这不是你的答案。"

"现在，这就是我的答案。"

"你可以问你的问题了。"

"你有《法经》吗？"

"你为什么不问我昨天夜里我为什么不在庆功宴上，我去了哪里？魏卬很想知道。"

"我知道这件事你是无辜的，我会作证，但是关于《法经》，如果你真的有，请一定交出来。"

"这对你很重要吗？"

"这对魏国很重要。"

"如果我说我有，你愿意帮我隐瞒吗？"

"我不会。"

"这真的是你的答案？"

"我没有选择。"

"如果我不交出来会怎么样？"

"我不知道，也许王兄会对你用刑，那会非常痛苦，所以，如果你真的有《法经》，请你一定要交出来。"

"我有，但我不会交出来。"

璞月笑得比刚才更灿烂，但是双眼依稀泛着泪光。她似乎不需要再问了。

"所以，你会把这个答案告诉魏卬？"

"我没有选择。"

"你真的不会再关心我了吗？"

"这是两件事。"

"好，你可以走了，去告诉魏卬：孙宾勾结卫鞅，藏匿《法经》。现在《法经》已经不在魏国了，他永远都找不到。"

"这真的是事实吗？"

"你希望这是事实吗？"

"我……我只想知道真相。"

"这就是真相。"

孙宾不再看她，他低下头，闭上眼，眼泪顺着眼眶流了下来。

紧接着，他面前的人变成了魏印。

"好你个孙宾，你竟然真的勾结卫鞅，还拒交《法经》，我绝对饶不了你！"

听到这句话，孙宾知道意味着什么。

这一刻，孙宾彻底"死"了。

他彻底死心了。

"来人，拉出去，斩了！"

"手下留情！"

孙宾听声音，知道是庞涓在说话。

原来，庞涓打点过看管监牢的人，如果有人来审问孙宾，让他立即通知自己。今晚他一听说魏印要再次亲自审问孙宾，就立刻赶了过来。

"庞涓，他已经招了，是他串通卫鞅，还拿了《法经》，现在谁都不许给他求情！"

"我不信，师兄不可能做这样的事，其中一定有问题。"

"这是他自己说的，已经板上钉钉，无可反驳！"

"那也请公子手下留情，不要杀了师兄。"

"王法面前不许有私情！"

"那我就和师兄一起死！"

"你！"

看到庞涓强硬的态度，魏印更加愤怒了。

"好，我饶他一命，但是他活罪难饶。他不是要离开魏国吗？我就对他施以膑刑，让他永远不能走路！你不许再求情，否则，我就禀报大王收回你的帅位，撤下你'万胜不败'的大旗，将你贬为庶民！"

"这……"

第二十三节　夹着尾巴

庞家村不只有一个，在魏国庞城周边的各个地方都有庞家村，其中一个村庄里有一对很不起眼的夫妻，他们膝下只有一个儿子，他们给他起名叫庞涓。

他们家境不是最差的，但也说不上很好，夫妻二人人缘不错，在村里和任何人都没有恩怨。庞涓的父亲认为，这一切都是因为自己生存有道，这以后将成为他家传的"法宝"。

这个生存之道就是"夹着尾巴做人"。

所谓枪打出头鸟，有的人没本事，还特别喜欢出风头，没事就指指点点别人，自以为了不起，其实大家都很讨厌那种人，因为他们只会动动嘴皮子，干活的时候却躲得远远的。

有的人穷，还特别横，好像谁都欠他的，人们躲着他，有啥好事都没他的份。

"那些村里有钱有地位的人家自然趾高气扬，谁让人家没人管得了，咱们学不了，也不能学。反倒是不管人家什么样，咱都得卑躬屈膝地听着，面子不值钱，人家高兴了咱们多少能喝点儿汤，生活这不就好起来了！"

"你听见了吗？"老爹问小庞涓。

"听见了。"

"听见有个屁用！你要记住啊！你说说你今天做了什么？"

"是他先打我的。"

"人家不就是推了你一下，你怎么就敢动手打人呢！"

"是他先打我的，哇！"小庞涓哭了出来。

"我和你说多少遍了，夹着尾巴做人！人家是村里的富户，咱们家有很多事都指着人家帮忙呢，你爹我花了多少工夫才和人家混个脸熟，你倒好，把人家孩子打了，我得花多少钱上人家家里赔礼道歉才行，而且人家还不一定真的原谅咱们！你这一冲动坏了多少事！"

说完，老爹在小庞涓的脑门上狠狠地戳了一下，庞涓哭得更大声了。

一旁的母亲看到儿子哭有些心疼，她过来蹲下，一边擦着庞涓的眼泪，一边说："别哭了，你呀，别怪你爹说你，你把人家小孩打了，咱们不知道要送多少东西赔礼道歉，这些东西省下来自己用不好吗？现在全没了。"

庞涓一家人到了村里富户的家里，庞涓爹娘低声下气，不停地赔礼道歉，庞涓则在一旁一直抽泣。

"老庞啊，你得好好管管你儿子，我家孩子现在鼻青脸肿的，要很久才能恢复！哪有下手这么狠的人，咱们有仇吗？"

"对不起，实在对不起，是我们管教不严，回去之后一定好好教训他，以后绝对不敢再犯了。庞涓，还不赶紧过来跪下！"

庞涓只好跪下。

"不行，儿子你过来。"

一个脸上有些淤青的小孩走了过来。

"打他，他怎么打你，你就怎么打他！"

小孩过来就在庞涓脸上打，又在他身上踢。庞涓爹娘看到儿子受欺负，疼在心里，但不敢说话。庞涓被打得趴在地上，抱着头，任凭富户儿子踢打。

过了一会儿，庞涓母亲终于受不了了，走过去抱住庞涓，大喊："别打了！"

"行了，就这样吧。"

富户的儿子不解气，还在庞涓母亲身上打了两拳。

"你打我就算了，为什么打我娘？"庞涓本来就受了气，现在更加愤怒了。

母亲紧紧地抱住庞涓，说："没事的，娘不疼。"

富户说："老庞啊，不是我说你，孩子要好好管教，再这样，咱们以后连朋友都没法做了。"

"是是是，我一定严加管教，再也不会有这样的事了。"

回家的路上，父亲语重心长地教导庞涓说："我们是小民，无论什么事情都不能由着脾气来，我们也没资格有脾气。我和你娘如果像他们一样有钱，能让你受这欺负吗？我们还要天天欺负他们呢！可是没办法啊，在他们面前，我们就是要低头，要谦虚，要夹着尾巴做人！不但遇到这种事情不要还手，平时也不要出风头！"

庞涓在爹娘的谆谆教诲下，开始变得内敛，不爱表达，也不喜欢表达，这一件件事在他心里渐渐种下了一颗种子：我要谦逊、低调，不要出风头，即使受了欺负也要忍着，这样才是正确的。

那年大旱，河西有很多地方都饿死了人。庞涓的爹娘已经两天没吃饭了，母亲把仅存的一块饼递给庞涓。

"你吃吧，吃了咱们去村里的富户那里求一求，也许能给咱们一点儿粮食度过这段日子。"

庞涓拿过饼，看着饿得虚弱的爹娘说："爹、娘，你们吃吧，我不饿。"

"让你吃你就吃，我们心里有数！"父亲严厉地说。

庞涓只好听话，三两口就把干巴巴的饼子咽下去了，然后跟着爹娘来到富户家里。

"给我们一些粮食吧，现在实在是没粮食了，再不吃我们就要饿死了，我们不要紧，还有孩子啊。"

"老庞，我们也难啊，哪有多的粮食给你们啊！过几天我们一家人可能也要逃难去了！"

"求求你给我们一点儿粮食吧，一块饼也好。"

"走吧，走吧，路上那么多饿死的人，你们能活到现在不错了，再纠缠我可就赶人了。"

庞涓爹娘苦苦哀求，最后富户还是让人连踢带打把庞涓一家三口赶了出去。

在富户家大门外的三个人哭作一团，最后只好拖着疲惫的身子回到家。

晚上，庞涓偷偷跑了出来，到了富户家的后院，看到院墙外有一棵歪脖子树，爬了上去，又跳到了院子里，这些动作就让本就虚弱的他喘了好一会儿。因为之前来过，他摸到厨房，找到一些粮食，装到事先藏在身上的口袋后就准备走。没想在准备离开的时候，迎面走过来一个人，正是富户家的儿子。

"庞涓，你怎么在我家庖屋？我知道了，你是来偷东西的!"

富户家的孩子走过来就要夺走庞涓手里的口袋。

"你敢偷我家东西!"

他举起拳头就往庞涓身上打，一拳两拳，虚弱的庞涓本能地抱住头，要是被大人发现，他知道自己就完了。

平时这个孩子欺负庞涓习惯了，庞涓自从那次被他爹娘带过来道歉之后，再也没有还过手，所以富家孩子认为欺负他不会付出任何代价，而被富家孩子欺负不可以还手，也成了庞涓的习惯。

但是今天，这里是庞涓的绝境。

他知道自己如果被人发现，即使不被这个孩子打死，也会被富户打死。

如果自己被打死了，爹娘一定会很痛苦。

想到爹娘，他又想到今天白天爹娘被他们一家打出家院，现在他们还躺在家里挨饿，而且还要忍受着身上的伤痛。

这次，他不可以再忍了。

他要把口袋里的粮食带回去给爹娘吃!

这个时候他才意识到，自己是可以反抗的。

他突然站了起来，用尽全身力气，双手推在对面这个孩子的身上。

"啊!"

庞涓一把推了过去，让那个孩子吃了一惊，因为庞涓的举动超出了他的认知。

他不是不会反抗吗？

那个孩子甚至忘了庞涓曾经反抗过他。

他毫无防备，被庞涓重重地推了回去，却因为站立不稳，后仰着倒了下去。

他的背后，是一把斧刃朝上的斧头，这是平时用来砍柴的斧头。

一瞬间，他再也没有了任何动作，鲜血把地面染红了一大片。

庞涓没有意识到发生了什么，他仍然用力地在他身上捶打着。

"让你欺负我! 让你打我爹娘!"

他终于释放了所有的怨气，这才发现那个孩子不会动了，在月光的照耀下，地上的血显得那么的恐怖。

庞涓赶紧跑了出去，跌跌撞撞地朝家跑去。

回到家里，他喊着："爹！娘！咱们有吃的了！你们起来吃点儿东西啊！"

他们没有反应。

庞涓把吃的放在爹和娘的嘴边，说道："你们闻闻，是吃的！"

他们还是没有反应。

庞涓用力推着爹娘，喊道："爹、娘，你们醒醒啊！"

他们依旧没有任何反应。

庞涓把手放在他们的鼻子下面，吓得倒退了几步。

他们再也不会有任何反应了。

第二十四节　断膑

庞涓从未感到过如此的无助，随之而来的还有恐惧。

他只好逃，逃到那家富户找不到的地方。

不知道跑了多远，他终于没有了力气，坐在路边，拿出口袋里的饼吃了几口，然后哭了起来。

荒郊野外，这哭声显得那么微弱，这孩子也显得和地上的土、石子一样渺小。

在恢复了些力气之后，他继续往前走。他不知道自己要去往哪里，只是漫无目的地走着，只要不回去，不被富户抓住就可以了。

但是没有目标的前方，只有绝望。

他开始迷茫，自己继续往前跑的意义是什么？前方就可以让自己活下去吗？让一个刚刚失去爹娘的孩子活下去吗？

如果不能，不如不去浪费这仅有的气力了。

他停了下来，坐在地上，回想着发生的事情。

他不懂，自己明明是可以反抗的，反抗之后就有吃的，如果是爹娘敢反抗，他们一定可以得到更多吃的，但是为什么没有呢？他们在自己心里是那么的厉害，懂得那么多道理，为什么还会死呢？

难道是他们错了？

没有人回答他。

"你为什么在这里啊？"

听到声音的庞涓抬头，看到一个四十来岁，器宇不凡的人出现在他面前。庞涓本来如同惊弓之鸟，听到有人说话，下意识地想跑，但是看了这人一眼，就立刻被他平和的气质所吸引，觉得倍感亲切。

"我的爹和娘都饿死了，我是逃出来的。"

"好可怜的孩子，你叫什么名字？你要往何处去？"

"我叫庞涓，我没有地方去。"

这人用手怜爱地摸摸庞涓的头，突然他眼睛一亮，又拉起庞涓的手，脸上露出喜色，不禁感叹道："这真是练武的好苗子。"

"庞涓，你拜我为师，跟着我去云梦山如何？"

庞涓本来看他就觉得亲切，现在听到他说愿意带着自己走，这让庞涓立刻看到了希望，情不自禁流下了泪水。他立刻拜倒在地，说："多谢师父！"

鬼谷子说："真是好孩子。"

一年后，云梦山上来了一位客人，庞涓跟在鬼谷子身后一起前去接见。

"鬼谷子，齐国元帅孙操前来拜见。"

"孙元帅，不要多礼，不知来此有何贵干？"

"我有犬子孙宾，想让先生在兵法方面对他多加指点。"

"元帅出身于兵法世家，提到'兵圣'孙武谁人不敬仰？您本人又是齐国的元帅，请我指点未免有些谦虚了吧。"

"两军对垒时，战法从来不是一成不变的，就孙某看来，祖上的一些战法已经渐渐过时，现在我也是因为不断学习才能有些许立身之地。无奈我天资愚钝，而此子是我几个孩子中最聪明的，我怕他一直留在我身边被耽误了。鬼谷子闻名天下，他在您这里学习，一定可以更好地成长。"

鬼谷子看向孙宾，只见他眉清目秀，在生人面前毫不露怯，一双大眼睛此时也在看着自己，不由得心生喜爱。

"元帅如此抬爱，我就不客气了。"

"多谢师父收留，孙宾拜见师父。"

不等孙操说话，孙宾就已经朝鬼谷子行了拜师礼。

"好徒儿，哈哈。庞涓，你过来，以后你们就是师兄弟了。"

庞涓怯生生地走了过来，像一国元帅这样的人物，他一直认为只会活在传闻中，没想到今天真人就站在自己面前。

孙宾看他和自己年纪相仿，便上前一把拉住他的手，说："师兄，我叫孙宾，以后请多多关照。"

庞涓的身体像触电了一样，他没想到一个位高权重的家庭的孩子如此的平易近人，比村里那家富户的孩子更加和善。

"不不，我不能做你的师兄。我……我也刚拜师不久，我看你的年纪应该比我大一些，以后你是师兄，我是师弟吧。"

庞涓的话让孙操和孙宾都愣住了，听到这个要求的他们不知道庞涓到底在想什么，但是鬼谷子知道。在这一年的时间里，他渐渐发现，庞涓虽然天资聪明，但是一直缺乏自信，即使有了可以展现自己的机会，他也不会主动迎上去，除非有人刻意鼓励他。

从小形成的性格，不知多久才可以改变，或许，永远都无法改变。

鬼谷子看到孙家父子二人诧异的表情，笑着说道："既然如此，孙宾，你以后就是庞涓的师兄。从今天起，你师兄弟二人一起生活、一起学习，将来出人头地了，也要记着互相提携、互相帮助。"

两人跪下，齐声说道："谨遵师命！"

孙、庞二人从此以后就住在了一起，关系也越来越好。庞涓发现，原来名门贵族之后，也不用每天摆出一副谁都瞧不起的样子。孙宾的性格和庞涓截然相反，他积极阳光，对所有事情都有好奇心，也愿意主动去尝试、去挑战。

"师兄，你说，是不是他们错了？"

"我没有体验过那样的生活，我不知道他们每天面临什么样的问题，但是我相信他们可以做得更好，你认为呢？"

"我很尊敬他们，也很相信他们，但是我从心底里希望他们是错的。我希望自己有一天可以出人头地，到了那天我会告诉他们，我真的不必夹着尾巴做人，我真的很棒。"

"万胜不败"的名号、魏国元帅的职位，这些是庞涓好不容易取得的成就，是证明他自己的关键，他多希望爹和娘还健在，那样的话，自己就可以告诉他们："我可以做到，我很优秀，我不要向别人低声下气。"

但是，每当他获得了一些成就时，都会有一个声音告诉他："这只是一个小成就，不要骄傲，低下头来，谦虚谨慎，这才是我们应该做的。对于我们来说，踏踏实实地活下去就够了！"

这个声音就像是噩梦一般缠绕自己，庞涓一直无法将它赶走，无论自己多优秀，他都做不到。

现在，魏印要把这一切都收回去。

这意味着什么？

意味着自己获得的成就全没了，自己又要变成当年那个从庞家村逃出来的孩子；

意味着爹和娘是对的，每个人就应该夹着尾巴做人，至少对自己来说是这样的；

意味着自己错了，将来九泉之下见到爹和娘，他还是要低下头，而且再也抬不起来。

从今天起，他曾经的所有抗争、所有努力都是错误的、徒劳的。

而他放弃这一切值得吗？

魏印的一句话，瞬间让庞涓回到了自己被别人欺负却不敢还手的时候，回到了爹和娘在一旁看着、心痛着，却什么都不敢做的时候。

"我不想回去，我真的不想回去！"

庞涓的内心在吼叫着，他觉得身边的一切声音也变得模糊起来。

"师弟救我！我没有拿《法经》！"

与此同时，孙宾也在嘶吼着，他终于意识到，自己很可能要面临着终身的残疾。可是他还年轻，还有很多美好的事情没有来得及去做，还有一身武艺没有施展，还有远在齐国的爹娘等着自己回家！

孙宾被人架到刑椅上，然后有人拿着刀一步步地朝他走了过来，孙宾看着这一切，感到绝望也在一步步地逼近自己，他努力地想要抓住最后一根救命稻草。

"师弟救我！庞涓！"

"庞涓！"

"啊！"

第二十五节　新婚

庞府的大门外张灯结彩，各种乐器的响声震耳欲聋。门外还有一个长长的队伍，队伍里的人都穿着喜庆的衣服，簇拥着一顶八抬大轿。不一会儿，轿夫将轿子缓缓抬到了门口。

庞涓出来后，所有的乐器都停了，每个人都在等着这一刻。他掀开轿帘，轿中之人伸出来一只手，拉住他的手走了出来。

"喔喔喔，哈哈哈哈，嘿嘿嘿嘿，呵呵呵呵，哈哈哈哈！"

一连串怪异的声音从一旁传过来，庞涓的脸上闪过一丝尴尬和愧疚。所有人的目光都被声音吸引了过去，只见一个人穿得破破烂烂的，蓬头垢面地躺在地上，胡乱抓着地面和墙面，又哭又笑。他疯疯癫癫的样子和这喜庆的场面显得格格不入。但是最让人注意的，还是他那残废的双腿。

魏卬狠狠地说："如果不是因为你，我真的想——"

他想说"杀"字，但又想到这个字在今天说出来太不吉利，所以控制住了自己，只是用手比了一个划脖子的动作。

"不要伤害他，他已经很可怜了。"庞涓说。

"该劝你的，孤都说过了，你坚持要让他待在这里，孤不强求。"魏王说。

从轿子里出来的人没有任何表情，好像什么都没听到一样，眼睛一直注视着前方。旁边的丫鬟小蝶却忍不住看向那边的人，眼泪不自觉地流了下来，嘴里轻声说着："都是因为你，你为什么要这样？"

她不懂，她也希望自己永远都不要懂。

这些日子以来，其实很多人都习惯了这个人躺在庞府的门口，虽然他很碍眼，但是庞涓竭力保护他，甚至还派人日夜看守，保护他的安全，因为这个人正是他的师兄——孙宾。

那天，魏印在狱中的一句话让庞涓产生了犹豫，恍惚之间，他被一声叫喊拉回了现实。他立刻回头去看孙宾，眼前的一幕让他绝望，孙宾膝盖上的骨头已经被行刑的人取下，鲜血一直流到了自己的脚下。

他已经见过无数次的鲜血，但是这次的血让他感到恐惧。

他抬头再看，孙宾已经昏死过去了。

"师兄！"

一切都已经来不及了，和自己最亲的师兄已经成了一个废人。

那天两人合战吴起，庞涓以为这是他们合作的开始，想不到那天竟然是两人最后一次一起站在战场上。

"我是魏国的元帅，却没能保护你，我怎么向你交代，怎么向师父交代，怎么向你的家人交代？"

魏印看着遍地的血，心想："自己是不是不够冷静，是不是做得太过了？"

两人都没有说话，静静地站着。

庞涓突然意识到了什么，大喊一声："快来人，救他！"

他又看着魏印说："谁都不可以再伤害他！"

魏印没有说什么，点点头转身离开了。

庞涓让人赶紧为孙宾止血，然后把孙宾带回家，命人好生照看，自己也时常过来看望。孙宾昏睡了数日之后，才悠悠转醒。

庞涓听人说孙宾醒了，便跑来照看他，只见孙宾双目无神，直愣愣地看着前方，别人问话他也不回答。庞涓看到他这副模样，心中悲痛，忍不住哭了出来。

"是我没有保护好你，如果知道是这样，我就不写信让你来魏国了。"

孙宾还是没有任何反应，庞涓只好离开，让人有了消息就禀告他。

夜，是如此的安宁。

孙宾的眼睛缓缓睁开，他想起身，但双膝的疼痛感和无力感一直在提醒他自己身上发生了什么。

这不是噩梦，是现实。

原来，现实即是噩梦。

好狠的魏印，好狠心的庞涓。

想到自己在行刑前的无助以及庞涓无动于衷的样子，孙宾不由得咬紧了牙关。

"如果是别人也就罢了，你可是庞涓！你竟然为了自己的功名富贵置我的安危于不顾，原来我一直看错了你！"

但更加让他心痛的却是另一个人。

"是什么可以让一个女孩愿意为了所谓的国家利益放弃自己的感情？或许从始至终她都没有喜欢过我？

那天，我以为幸福已经被我牢牢握在手中，想不到我终究还是看不透她，原来我什么都不曾得到过。

最可笑的是庆功宴上魏王和魏印的那些话，现在听来都是笑话，其实我的性命在他们心中连一本书都不如。

我一直以为自己很聪明，原来这世间，还有太多事情和人是我没有看清的。

真正愚蠢的人，原来是我。

既然如此，这世间还有谁是我可以信任的吗？"

此时的孙宾觉得，至少在这异国他乡，绝不可能有了。

"走？走得了吗？

现在自己连一步都走不了。

什么'我永远都不会做出对不起师兄的事情'，不过是一时的意气之言。

原来，真的有人会为了名利而抛弃兄弟。

什么'今天只是一个开始，我愿为她付出一切'，不过是我愚蠢的一厢情愿。

哪有人会为了只相处过一天的人抛弃国家的利益？更何况，这国也是她的家。

什么'将来灭尽诸国，称霸天下，如探囊取物'，他亲自敬酒，只是因为他觉得你对他有用罢了。

如果哪天他觉得你做了对不起他的事，他只会毫不犹豫地伤害你，甚至杀了你。"

"哈哈哈哈——"

现在，能释放孙宾内心情感的方式，只有一声仰天长笑。

"他醒了！快去叫元帅！"

仆人听到孙宾有动静了，立即禀告庞涓，其他仆人过来准备伺候孙宾。

"走开！别过来！"

孙宾嘶吼着，他的手四处乱抓，不让人靠近自己。他奋力地爬着，要离开这个让他感到肮脏的地方。仆人过来想要扶起他，孙宾却使劲打仆人，因此没有人再敢靠近。

他爬到院子里，这时庞涓赶了过来，看到孙宾的样子，他心中既愧疚又难过，准备过去扶他起来，孙宾还是四处乱抓，不让他靠近自己。

庞涓只好抓住孙宾的双手，说道："师兄，我知道你恨我，是我对不起你，但是现在你需要好好养伤，不要乱动了。"

孙宾不为所动，甚至要咬庞涓的手，庞涓赶忙松手。

有个仆人说："元帅，你看他的样子，可能是疯了。"

庞涓看着孙宾，感到不知所措，便问道："师兄，你真的疯了吗？"

孙宾不回答他，继续爬着，庞涓只能眼睁睁地看着，眼泪又忍不住流了下来。

"我就算累死、饿死在路上，也不要留在这里了！"孙宾在心里狠狠地说。

这时，有个仆人说："元帅，我知道这样说可能不合适，但是如果孙将军真的疯了，现在您大婚在即，还是不要因为他耽搁了您和璞月公主的婚礼为好。"

第二十六节　刺杀

孙宾爬到庞府的一角，终于停了下来，他靠着墙角躺着，头昏昏沉沉的。

庞涓走过来，想再次把他扶起来，便对他说："师兄，我们回府里去吧。"

孙宾"啊啊"地喊着，又抓又咬，庞涓只好放手。

"元帅，该怎么办？"

"随他吧，他想在哪里就在哪里，每天吃喝照常供应，再派人好好看守，不许有人靠近伤害他！"

"是。但是他如果一直在这里，迎亲那天该怎么办？"

"我自会向大王说明。"

孙宾从此每天躺在庞府外，既不离开，也不许人靠近。有时，庞涓想趁他睡熟让人把他带回府中，但孙宾醒来后继续又哭又闹，再次爬到墙角。因此他越发蓬头垢面，和痴傻了一样。庞涓没有办法，只好让苏秦带着几个人每天守在孙宾周围，保护他安全。

孙宾疯了的消息很快传到王宫中，魏王和魏卬召庞涓入宫，商议此事。庞涓坚持不让任何人赶走孙宾。

"你确定他疯了吗？"

"不管他是真疯还是假疯，都是我造成的，我必须负责。"

旁边的魏卬低头不语。

"但是王妹马上就要过门，有这样一个人在庞府门口，成何体统？"

"我的婚礼本来就应该有师兄参加，他只要在我身边就可以了，我不在乎他是什么样子。"

"母后说了，这件事绝对不可以发生！庞涓，孤命你把他拖走，婚礼当天他绝对不能出现在孤面前，其他时间随你处置！"

庞涓眼神坚定地看着魏王和魏卬，说："恕难从命。"

"大胆，你竟敢忤逆孤的意思！"

魏王勃然大怒，庞涓竟敢直接顶撞自己，这是他没有想到的。

"臣不敢忤逆大王，只是在师兄的事情上，臣再也不愿意让步。如果大王不满，可将臣帅位废除，生杀随意！"

"你！"

魏王站起来，愤怒地指着庞涓，他气得手一直在颤抖，却什么话都说不出来。因为他知道，自己想要称霸，就只能继续培养庞涓，庞涓对自己太重要了；因为在九泉之下，他想直起腰见魏缓，庞涓就是自己最大的底气。

这时，魏卬走过来说："王兄息怒，这件事不如从了元帅，毕竟是臣有错在先。"

魏王用奇怪的眼神看着魏卬，说："这件事没有商量的余地。"

魏卬看庞涓低着头，便向魏王挤挤眼，说："请大王开恩。"

"这……这件事确实是魏卬的错。既然元帅坚持，孤就不管了，随你吧，你回去吧。"

庞涓跪倒在地，赶忙说："谢大王！"随后他起身离开，并不搭理魏卬一言半语。

"你为什么同意了他这种荒谬的要求？王妹过门的时候旁边有个疯疯癫癫的傻子大喊大叫，这成何体统？"

"大王，我们只要让孙宾活不到那天，他就不会影响婚礼了。"

魏王恍然大悟，说："你去办这件事吧。"

这天白天，魏卬身穿便衣，戴一顶帽子，从庞府门前走过。他环顾四周，看到苏秦带着几个人围在孙宾左右一步也不离开，一旦有人靠近会被赶走。查看已毕，魏卬回到王宫，向魏王禀报自己的计划。

"庞涓看守得如此严密，你有什么办法？"

"只有等到晚上，苏秦总有休息的时候，到时候守备肯定松懈，我们刚说服侯英重新加入魏武卒，到时候我和徐甲、侯英一起去刺杀孙宾，他绝无生还的道理！"

"这件事一定要办成，我等你的好消息。"

今天这个夜晚，对苏秦来说和以前并没有什么不同。在他看来，孙宾所面临的最大的危险就是每天经过的路人，他担心有人看孙宾疯疯癫癫的便来欺负他。现在路上没什么人，自然也就没有危险，于是他和几个人换了班，随后就去休息了。

守卫的人员没有了主心骨，对魏卬他们来说，此刻就是最好的时机。

这时，三个黑影突然出现，守卫孙宾的几个兵卒还没反应过来就已经身首异处。其中一个黑影看到兵卒倒下，哀叹一声，转身又看向孙宾，只见他闭上了眼睛，早已睡去。想当初他和庞涓双战吴起，是何等的雄姿英发，现在竟落到这步田地。

"但是今天以后，他就可以解脱了。这样看来，在某些程度上自己也是做了一件好事吧。"

他举起剑朝着孙宾刺了下去，这本应是很容易的一剑，但是他刺不下去了。一口刀挡在了他的面前。

"谁？"

他抬头看，并不认识挡他的人，但是这口刀带给他的力度，绝对不是普通人能做到的。庞涓身边的人他都熟悉，却不知道有这样一个人存在。

"你们是谁？竟敢在帅府外杀人？"挡刀之人问道。

三人并不搭话，继续执行今天的任务，但是眼前之人舞动手中刀，让他们一时难以成功。即便可以战胜眼前这个人，兵器碰撞出的声响也会很快引来其他人。

想到这里，三人加快了招式，但是这个人好像抱了必死的决心，坚决不退半步。

这时，从空中跳下来一个人，他手中的剑刚出鞘，一道寒光就照亮了半边天。他落在地上，目光如剑一般地看着眼前的四个人。

"元帅，有人要刺杀孙将军！"

"乐书，你做得漂亮，剩下的交给我了！"

庞涓一剑刺向为首的刺客，只见刺客赶忙退后，转身就走，旁边的两个人过来接住这一剑，但也只是勉强弹开了庞涓的剑。两人再次过招，给为首的人争取时间，但是他们这一出手，庞涓已经看个明白，他手中剑一抖，立即将两人的剑砍断。

两人吃了一惊，扔掉手中断了的兵器，转身也要走。乐书想去追，但被庞涓一把拉住。

"元帅，不去追吗？"

"不必了，将来魏国南征北战还要靠他们。"

庞涓明白这三个人都是谁，他看着在地上躺着的孙宾和死去的兵卒，心痛欲碎。

第二天，庞涓进宫面见魏王，说："大王，昨夜有人行刺臣的师兄孙宾，不知大王是否知道这件事？"

"孤实在不知，不知孙宾现在如何？"

"幸亏有臣新收的猛将乐书出手相助，才保全了师兄的性命。"

"这个乐书可是有功之人，要大加封赏。元帅，你要多派人手看管，别让孙宾伤了性命啊。"

"谢大王提醒，臣告退。"

庞涓转身就走，忽然又停下脚步，说："若是被臣知道是谁刺杀了师兄，我绝不饶他！"

庞涓离去后，魏卬从魏王身边走了出来。

"都是你办事不力，现在孤答应了他不管孙宾，你却没能杀得了他，要孤怎么办？"

魏卬垂头丧气地说："臣也想不到会杀出个乐书，毁了所有的计划，想来庞涓已经猜到是我带着徐甲、侯英去刺杀孙宾，现在我也更加不敢轻举妄动了。"

"倒是这个乐书，孤可要好好'报答'他！"

第二十七节　膑生

婚礼结束后，新人被送入洞房，所有人都欢欢喜喜，只要孙宾不出现在眼中，魏王兄弟俩还是很开心的。

洞房之中，两个新人相对而坐，这本是欢乐的时刻，庞涓却高兴不起来。

"夫君。"璞月轻声说道。伴随着这一声"夫君"，她从此以后，就要告别很多事情、很多身份。

庞涓好像没有听到，仍在低头沉思。

"今天你就打算坐着了吗？"

庞涓抬头看看她，只见穿着新娘衣服的璞月比庆功宴那天还要美，笑得也更灿烂，虽然这笑总让他觉得有些不舒服，不过他真的没心思去想那些男女之事。

"我的心很乱。"

"为什么乱？"

"因为我的师兄孙宾。"

璞月本来是闭着嘴微笑的，现在不禁微微张开了嘴。

"我今天累了，先休息了。"璞月淡淡地说。

"你愿意和我一起去见见师兄吗？他就在府门外。"

璞月没有问为什么，因为她问不出口。

"他现在疯了，但是他是我最好的兄弟，我没有任何亲人了，他就是我最亲近的人。今天是我的婚礼，无论他听不听得懂，我都想告诉他这件事，所以想带你见他一面。"

"可以，如果你一定要我去的话。"

璞月轻声说着，她不知道怎么面对孙宾，也无法想象孙宾疯了的样子。不过她觉得如果孙宾真的疯了，至少，她和他之间就不会尴尬了吧。

两人走到了孙宾面前，只见孙宾靠在墙上，抬头痴痴地看着月亮，平时如果有人来他会疯疯癫癫地打，但是今天安静得出奇。

"师兄，我不知道你能不能听懂我要说的话，但是我还是想对你说，今天我成亲了，这就是内子璞月。"

庞涓把璞月拉过来，璞月看看孙宾，只见他一直抬着头，好像什么都没听到。

"你是我的师兄，也是我的兄长，是我最亲近的人，我真的不知道该怎么办，如果可以补救的话，要我做什么都可以。"

庞涓泪如雨下，孙宾依旧抬头看着天。

"我一定会好好保护你，不会再让你有任何危险了。"

孙宾突然叫喊了起来，两只手往庞涓的身上乱打，璞月拉拉他的衣襟，庞涓明白她的意思，两人转身进了府。

孙宾赶走庞涓和璞月后，在地上打起了滚，眼里的泪也流了出来。他用力嘶吼着，苏秦和其他兵卒都以为孙宾只是像往常一样发疯了，但只有他自己才知道，此时自己的内心有多痛。

直到后半夜，孙宾哭累了，他抬头看着月亮，今晚的月亮真的很亮，月光照耀着泪水，又显得如此刺眼。

"月，璞月……"一瞬间，孙宾的眼泪又流了下来，只是他再也没有力气嘶喊了。

这样活着，意义何在呢？

他歇息片刻，身上有了些力气，转过身来，就要往墙上撞。旁边的苏秦一直看守着他，看到这一幕，赶紧过来拦住孙宾。

"师兄，不可以！"

孙宾没有力气推开他，想用力继续撞，但无法做到。

"师兄，不可以，你真的不可以死。我看到你变成今天的样子真的很难受，刚才看你哭的样子让我心碎，我不能眼睁睁看着你去死。我还是很难相信你真的疯了，我希望你能够清醒过来，能够重新振作起来，我相信你是无辜的，是有苦衷的。如果是这样的话，你应该振作起来，告诉他们你问心无愧，谁敢冤枉你，你就打回去，这才是我认识的师兄啊！就算死，你也应该有尊严地死，而不是在这里被人当成一个没用的疯子默默无闻地死去！"

苏秦说得有些动情，他双手扶着孙宾的肩膀继续说："师兄，为了师父，为了你的家人，也为了你自己，你不能平白无故地死在这里。如果你没有疯，请你告诉我，让我帮你！我真的不想看你这个样子，师父他如果知道你变成这个样子，也会心痛的。"

孙宾看着他，长叹一声，说："苏秦，谢谢你。"

尽管他说话的声音很低，但是这句话就像一把重锤打在苏秦心里，他高兴得要跳起来，孙宾赶紧用仅剩的力气拉住他。

"嘘，不要告诉任何人。"

这句话的声音依旧很低，旁边的兵卒和孙宾还有一定的距离，因此完全听不到。

他继续躺在地上，睁着眼，看着月亮。苏秦明白他的意思，站在一边，当一切都没发生。

"对啊，我不能死。我还得振作，我不甘心，我绝不能放弃！"

但是当月亮映入眼帘，孙宾的内心立刻如同刀绞一般。

"月。"

他只是希望那天她能站出来，为他说一句话，但他并没有得到这一句话，得到的只有断膑之刑。

比断膑更痛的，是心。

他真的想和她永远在一起，却再也不可能了。

"月。

月和宾，合起来，竟正好是一个膑字。

真是可笑，却又像是命运安排的。

从今天起，孙宾死了，我的名字叫——孙膑。

我要振作，我要报仇！魏卬、庞涓，所有对不起我的人，我要你们为自己的所作所为付出代价！"

与此同时，齐国王宫内，齐王端起一杯酒，说："丞相，请满饮此杯。"

邹衍端起酒杯，说："多谢大王。"

"爱卿明日离去，不知何日才能再见？"

"大王，现在齐国有邹忌为相，他的才能远胜于臣，大王不须多虑，臣也可放心离去。"

刚刚卸任的元帅孙操也过来敬酒。

"元帅，你终于可以颐养天年，好好歇息了。"

"田忌武艺高强，精通兵法，一代新人换旧人，这是齐国之福。"

只见齐王脸上略有愁容，但是马上又消失不见。

"丞相，你曾对孤说不出三年，将星可落在齐国，不知这是安慰孤的话还是真有此事？"

"让臣临行前再为大王占卜一卦。"

邹衍拿出八卦五行图，指指点点，口中念念有词，不多时，他说："大王，将星此前星光黯淡，应该正在遭受磨难，不过刚刚却突然变得耀眼无比。"

"不知是何人？"

"这臣确实不知，但是臣想起一个人，孙元帅，你还记得八年前你曾送你的长子去云梦山吗？"

"丞相说的是孙宾？"

"想来他应该到了学成下山的时候了，我特别喜欢这个孩子，他聪明好学，这将星若是落在他身上，我一点儿都不奇怪。如果有他的消息，请大王和元帅多多关注他的去向。现在将星有两颗，都落在中原魏国位置，孙元帅正好清闲，不妨以出使为名，前往魏国一探究竟。"

第二十八节　父子相见

“赵国有使臣来拜见大王。”

“韩国有使臣来拜见大王。”

“楚国有使臣来拜见大王。”

“卫国有使臣来拜见大王。”

“中山国有使臣来拜见大王。”

这半年多以来，魏国王宫颇为热闹。为了不怠慢使臣们，璞月公主经常协助魏王接待他们，因为她总是面带笑容，所以也被人们称为“笑面公主”。

“丞相，你说为什么最近这么多国家都来参拜，是不是因为在孤的治理下，魏国局势已经安稳，我军对外作战在庞元帅的指挥下又常胜不败，所以让他们有了敬畏之心？”

“大王刚即位的时候战事不断，各国或参战，或观望局势，即使有些国家想参拜也做不到。现在局势安稳，出于礼仪他们也是应当如此的。”丞相惠施答道。

“只是连韩、赵、楚这些面子上与魏国都不和的国家也在这段时间前来，着实让臣有些想不通。”

“他们都是孤的手下败将，这有什么想不通的？”

“他们所说的话、所表现出来的态度和之前并没有不同，甚至一点儿都不在乎我国的回礼，只是象征性地收了一些，看起来完全没有目的。”

“没有目的？”

“没有目的就是最大的问题，没有一个诸侯国会做没有意义的事，也许我们只是没有发现他们的目的，或者说他们前来可能并不是为了拜见大王。”

“那是为了什么？”

“他们是为了孙宾。”魏卬站了出来说。

“为了一个废人？”

“庞、孙二人双战吴起不分胜负的事情，已经传了出去，各国诸侯已经没几个人不知道庞涓还有一个和他一样厉害的师兄孙宾了，但是又很久没有听到我们重用孙宾的消息，所以他们以出使为名来一探究竟。他们都在半夜去庞元帅府邸周围，看到孙宾真的疯疯癫癫，又见有人看守，就离开了。”

“可惜他是个人才，却不能为我所用，现在连《法经》也没有了。孤真没想到这样一个人在魏国却落个如此的下场。”

“大王，臣听说齐国也派人来我国了，现今正在来的路上，而孙宾又是齐国元帅孙操之子，到时该当如何？”惠施说。

“如果把他放走，《法经》的事就这么算了，那绝无可能。但是不让他走，我们留着这样一个疯子还不让他回家，传出去也不成体统。这……魏印，这件事是你做的，你说该怎么处理？"

"大王，依臣看，放他走也可以，但是齐国必须用什么东西交换。"

"有什么东西可以比得上《法经》？"

"有一件东西可以比得上《法经》，而且只怕有过之而无不及。"

"你指什么？"

"《孙子兵法》。"

"齐国孙操拜见大王。"

"果然该来的还是来了。"魏王在心中暗自说道。

"孙元帅亲自前来，真是蓬荜生辉。"

"大王过誉了，孙操能力有限，早已退位让贤了。"

"元帅谦虚了。"

"大王，臣听闻一件事，想请教大王。"

"但说无妨。"

"臣这一路上听闻臣的不肖子孙宾现在正在魏国，而且受了刑罚，不知此事是否为真？"

"这……确实如此。"

孙操确认了这个消息后，心中感到一阵剧痛，但他还是强忍着说道："不知他犯了什么错？受了什么刑？"

"他私自串通卫鞅，帮助卫鞅逃窜到秦国，而且拒不交出李悝留下来的《法经》。"

"《法经》既然是卫鞅带走的，为什么要迁怒我儿，还对他用刑？"

"孤本不愿如此，奈何他隐瞒不报，而且可能私藏《法经》副本，所以孤只好对他用刑。后来孤也是万分悔恨，奈何错已铸成。"

孙操只觉头晕目眩，后退几步，站稳之后说道："请问吾儿现在何处？"

"在庞涓元帅家。"

"臣是否可以去探望？"

"他是元帅之子，这是当然的。"

这时，一旁的庞涓说："元帅，我就是庞涓，请随我一起回府上见师兄吧。"

"你就是庞涓，都这么大了，还这么有出息，真好。"

两人回到庞涓府上，走到府门外时，都停下了脚步。

孙操看着躺在地上的人，一眼就认出是自己的儿子，经过半年多的风吹日晒，他早已没了人样。

泪水从这个征战几十年的大元帅的眼眶中涌了出来，尤其是再看到身旁曾和孙宾一起在云梦山上学习的庞涓，两相对比之下，他彻底失控了。

"吾儿！"孙操想要上前，旁边的苏秦赶忙拦住。

"叔父，师兄自从受断膑之刑后就疯了，一有人靠近他就胡乱撕咬，您靠近他只会让您受伤。"

"我不在乎。"

苏秦坚决不退让，他对孙操说："叔父，我也是鬼谷门下的弟子，和孙宾师兄在一起多年，我知道您对他的感情，但是出于安全考虑您不能靠近。您可以等到晚上他睡着之后再来探望。"

苏秦知道，这时候孙操过来，孙宾是否还能忍住继续装疯就是个问题，一旦孙宾心软，被人发现他是装的，魏王必然会继续派人来追问《法经》的去向，到时候事情的发展就难以预料了。

孙操被苏秦拦住，只好在远处看着。庞涓在一边解释事情的来龙去脉，倍加自责。

"唉，是我不该送他上云梦山，本想着他如此聪明伶俐，在我膝下只会浪费他的天赋，想不到反而害了他。悔不该，悔不该。"

苏秦说："叔父可以先回住处，等到师兄睡着之后，侄儿请叔父再来探望师兄。"

"多谢你们。"

孙操看了好一会儿，才黯然离开。

晚上，苏秦来到孙操住处。

"吾儿睡着了吗？"

"叔父，师兄没有疯。白天人多口杂，多有不便，所以我才让叔父晚上来见师兄。"

"什么？他没疯？"

"没错，现在这件事只有叔父和我两个人知道。"

两人来到庞涓府外，苏秦让其他兵卒都撤去。

"宾儿！"

孙宾睁开眼，轻轻地喊着："爹！"

这一刻，他再也不用伪装了。

第二十九节　追心三问

两人相对而泣，孙宾在孙操怀里尽情地释放着自己的委屈。

"我去找魏王，带你回齐国。"

"父亲不必如此，儿子自有办法离开魏国。"

"两国之间礼数必须周到，而且他如果强留你，将会被其他诸侯国耻笑。"

"也可。"

第二天，孙操去见魏王，说道："大王，臣想带吾儿孙宾回齐国，大王应该不会为难一个疯子吧。"

"这……孤当然不能为难他，但是他让魏国遗失了《法经》这件事，实在是非同小可。"

"大王，即使《法经》真的是他遗失的，现在他也疯了，就不能放过他吗？"

"如果孙元帅能献出一物，此事孤不再过问。"

"原来大王是有所求，但凡孙操能做到的，一定竭尽所能。"

"请以《孙子兵法》交换。"

"可以，孙操这就回去将《孙子兵法》十三篇写好交给大王。"

"烦劳元帅了。"

孙操晚上再次来到庞府外，告诉孙宾魏王要《孙子兵法》的事情。

"不可，他害我受刑，绝不能给他。"

"一本书没什么大不了的，而且书中的很多战法并不稀奇。"

"就算是空白的竹简，我都不想留给他，到时候咱们离开魏国，庞涓一定不会追，其他人皆不足虑。苏秦，庞涓哪天不在家你可知道？"

"庞涓师兄这几天很少回家，应该是魏国又准备出兵了。"

"爹，明天可以在半夜来接我，我藏在轿子中出城。"

几人当下商议好，孙操随后便离开了。

"师兄，你终于可以摆脱这一切了。"

"你不和我一起走吗？"

"我想留在魏国，魏国国力更强，机遇更多，还有庞涓师兄在，我想试一试。"

"哼，庞涓。"

"我知道你恨他，但他真的是无意的。"

"如果受刑的是你，你就不会这样认为了。我需要你再去帮我做一件事。"

"什么事？"

"你去把璞月叫出来，就说孙宾要见她，不必带其他人。"

"师兄为什么想见她？"

"她是我在魏国最放不下的人。"

"公主，师兄说他想见你。"

"庞涓不是在王宫吗？"

"我说的是府外的孙宾师兄。"

璞月一惊。

原来他真的没有疯，得知这个事实，她是该高兴还是失望呢？

"他为什么想见我？"

"因为他要离开魏国了。"

璞月意识到事情的严重性，便随苏秦来到庞府外，随后苏秦退去。

"你没有疯。"

璞月在笑。

"你希望我疯吗？"

"我希望你安好。"

"这样就可以为魏国效力了是吗？"

"已经没有人认为你可以为魏国效力，但是如果你真的有——"

"如果我真的有《法经》，请一定要交出来。"

璞月沉默了，她的脸上带着笑容。

"我要走了，你会去告密吗？"

璞月依旧沉默，她的脸上仍然带着笑容。

"那天发生的一切，是真的吗？"

璞月还是沉默，她的脸上笑容依旧。

"你喜欢我吗？"

"我是魏国的公主，又是你师弟的妻子，你这样问是否失礼？"

"你喜欢我吗？"

"我是魏国的公主，魏国臣民的幸福、魏国国运的昌隆，这些都是我必须去背负的东西。"

"你喜欢我吗？"

"我是魏国的公主，我生来就是在王室，没有资格去体会平民的快乐，这是我的宿命。"

"我问的是，你喜欢我吗？"

璞月再次沉默了，她的脸上又出现了之前的笑容。

"对了，告诉你一件事，以后我的名字就叫孙膑，膑刑的膑。"

"是为了记住这仇恨吗？"

"不是。"

"那是什么？"

"因为月不离宾，宾不离月。"

微风吹来，拂过璞月的面颊，吹起她的头发，这一幕和那天两人坐在田地里时一样。

不同的是，那天的夕阳是温暖的，今天的月，却是冰冷的。

"宾儿，可以走了吗？"孙操过来问。

"我们走吧。"

孙膑被孙操用轿子接走了，璞月没有动，只是静静地站在门口。

孙膑掀起轿帘，看着她一点点地消失在自己的视线里。

这天的月色很暗。

璞月的心情很低落。

自己的内心到底是怎么想的，她不知道，躲在一旁的小蝶也不知道。小蝶只知道，看到孙膑离开，自己的心里空落落的。

她希望璞月心里也和她一样，这样的话，孙膑会欣慰一些吧。

半年以前的那一天对璞月来说意味着什么？好像从来都没意味着什么，虽然那天她确实有些心动，但是又能怎么样呢？为什么这个人就因为那一天发生的事情，到现在都放不下呢？

她不懂，也不想懂。

即使只有一天，有的人却永远都忘不了。

感情真是世上最难以解释的事情，有时一眼万年，有时求之不得。

有的人毫无感觉，有的人却已死去活来。

快乐是因为它，痛苦也是因为它。

这就是感情之所以美好的原因吧。

"公主，你舍不得他离开？"

"我没有。"

"其实，你如果嫁给他，你可以很幸福，而且一定比现在幸福得多。"

"你不懂。"

"公主，我真的希望你可以放下那些家国情怀，摸摸自己的心，问问自己是不是愿意为他流一滴泪，即使只有一滴。"

"你的话太多了。"

今夜，庞府外前所未有的安静。

第三十节　出城

　　只有最强大的国家才会吸引最多的人才，因为这里有更多的机会、更多的希望，而魏国就是这样的国家。

　　所以，当初的卫鞅会首先来到魏国，所以，现在苏秦才会不想离开。

　　但孙膑现在要离开这个地方了。

　　他不知道自己是不是真的想离开。离开可以摆脱魏王和庞涓的纠缠，但今生却很有可能再也看不到她了，到底他更在乎什么，他也不知道。

　　他抬起头看着天上的月，仿佛那就是她的化身，如果真的是这样也好，至少每天晚上抬头，他就能看到她。

　　"可是，你真的不是她。"

　　泪，再次从他的脸上流了下来。

　　"这个时候城门都关了，我们真的可以出去吗？"

　　"孩儿自有安排。"

　　轿子来到安邑城门下，守卫上前拦住去路。

　　"我乃是齐国使臣孙操，现在大王来信有急事召我，请速速放行！"

　　"现在城门已关，恕难从命。"

　　"大胆！我乃是齐国元帅，你们竟敢在此阻挠！"

　　"元帅，不是我们刻意阻挠，而是军令如此，我等不敢违抗。"

　　"放行！"

　　这时，远处有一骑飞奔而来。

　　"我有元帅的令旗，奉元帅庞涓的命令，速速放行！让孙元帅回国！"

　　守门的兵卒拿过令旗观看，确认是庞涓的令旗，回身说道："是元帅令旗，放行！"

　　孙操看来人并不认识，于是说："多谢这位将军，请问尊姓大名？"

　　"在下乐书，多亏孙将军提携，我今天才能被庞元帅重用，此番相助理所应当。"

　　"多谢乐将军，后会有期。"

　　孙操下令起轿，轿子抬起，正要出城，背后又一骑飞到。

　　"停轿！不许出城！王令在此，任何人不得出城！"

　　孙操回身看，竟是魏卬来了，心中暗叫不好。

　　乐书拍马上前，说："我有庞涓元帅的令旗在此，元帅令他们出城，不得阻拦。"

　　魏卬冷哼一声，说："你是何人？知道我是谁吗？"

　　"不知。"

"我是公子印，你个小小的无名之辈，还不下马！"

乐书翻身下马，向魏印行礼。

"既知我是公子印，还不闪开！我有王令，请孙元帅回城，等到明日再出城。"

乐书知道事情难办了，起身拦在轿子前，握紧手中的刀准备死保孙膑出城，轿子里的孙操也打算出来，今天如果不出城，孙膑祸福难料。

魏印一声令下，四周的兵卒围了上来，两边马上就要动手。

"谁都不许动手！"

这一句喊声犹如惊雷，从很远的地方传过来。乐书听到声音，心中立刻有了底气。

原来是庞涓来了。

魏印看到是庞涓来了，心中有气，却又不便发作。

"元帅为什么来这里？"

"今天叔父要离开，我作为侄儿应该相送。叔父为何离去匆匆？"

孙操从轿子里出来，说："贤侄，今天收到齐王之令，让我速速回国，故此不辞而别。"

"既如此，王令难违，小侄有要事在身不便远送，就此别过。"

"多谢贤侄。"

孙操回身上轿。

"不能走！这轿中藏有孙膑，若是放走了他，《法经》该怎么办？"

"我让苏秦看守在孙膑周围，如果他不在一定会通知我，但直到现在苏秦都没有来通知我，由此可知孙膑不在轿中！"

"元帅今天一定要阻拦我吗？"

"公子认为师兄藏在这轿中，待我检查就是！乐书，你去检查轿中有没有孙膑！"

"乐书是你的人，当然会包庇孙膑！"

"公子，乐书的确是我的人，但你的意思是信不过乐书，还是信不过我庞涓呢？"

面对魏印的咄咄相逼，庞涓不但不退让，反而昂起胸膛，颇有压倒魏印的气势。

"庞涓，你就这样和我说话吗？"

"公子用这样的口气和庞涓说话，是认为魏王和你的能力已经超过了先王，还是认为庞涓的能力比不上当年的段干木呢？"

四周一下子安静下来，这一对两年以来合作无间的组合，今天竟然闹到剑拔弩张的地步，看得旁人心惊胆战。

如果不是今天月色暗淡，魏印铁青的脸色想必会吓坏很多人。

"好，把轿子转过来，乐书，我要看着你检查。元帅，这不过分吧？"

"可以。"

轿子转了过来，乐书掀起轿帘，孙操从轿子中走出来，轿子里再无他人。

"座位下面呢？"

乐书轻轻敲了两下，听到回声很大，不像是藏人的样子，就又用力敲了两下，说："元帅、公子，轿子中确实没有人。"

庞涓说："公子，我们都看清楚了，轿子里没有孙宾。"

庞涓下马，走到孙操面前拜倒在地，说："叔父，是庞涓一时犯错，导致师兄残疾，侄儿在此谢罪，望叔父原谅。"

"哪里的话，你替我照顾他这么久，我这里谢过你了。"

两人的对话，旁边的魏印也听到了，心中不满，却无可奈何。他实在不明白，明明有人告诉他孙宾上了轿子走了，为什么没能找到他？

这时，孙操走上前来，递上一物并对魏印说："公子，这是祖上孙武子所作的《孙子兵法》，请公子收下，莫要因为今天的事情伤了两国和气。"

魏印拿过竹简，心情稍微舒展了一些。

"元帅既然有急事回国，魏印也不便阻拦。"

"乐书，夜晚多有不便，你就随孙元帅同行，保他一路周全，送到魏国边境再回我帐下报到吧。"

"是！"

守门的兵卒立刻闪开，放孙操一行人离开。

"公子恕罪，庞涓失礼了。"

"我知道你和孙宾的关系。"魏印叹了一口气说。

"只要走的人不是你，其他的都没关系。"

"庞涓不会离开魏国的。"

轿子出城后，乐书眼看离安邑城池很远，才让人把轿子抬起来，孙膑就被绑在轿子下面。

"乐将军，今天多谢你相助。"

"我只是听你的话去拿了令旗来，魏印的出现确实有些出乎意料。"

"我想我应该知道是谁去告诉他的。"

孙膑说着又抬头看了看天上的月亮，他的脸上有着无尽的哀伤。

孙操说："我想应该不是她，她没有那个时间。"

"也对。"孙膑听了父亲的话，心里有些释怀。

"那会是谁呢？"孙操问。

"之前公子印曾派人来刺杀将军，我想应该是他派人在附近监视，昨天将军父子相见，可能引起了他们的注意，所以今天一有动静就去报告了公子印，或者公子印亲自监视，也是有可能的。"乐书说。

"歹毒的魏印！"

"但是庞涓为什么会来呢？是谁通知了庞涓？"

"这件事我确实不知。"

"有一个人知道这件事，并且有时间去通知庞涓。他，就是我那傻师弟啊。"

第三十一节　回家

"乐书将军，你和我们一起去齐国吧？你已经从魏卬手里救过我两次了，如果再回魏国，恐怕他会对你不利。"

"乐书本就是魏国人，家人朋友都在这里，所以从没想过要离开魏国。而且，现在庞元帅重用我，我想魏卬不会把我怎么样。"

"乐将军，人在屋檐下不得不低头，他是魏国王族，背后有魏王支持，只要他想，就总有机会陷害你。"孙操说道。

"爹，人各有志，不必多言了，我们走吧。"

"好吧，乐将军，孙操在此谢过你对小儿的关照，后会有期。"

"孙元帅、孙将军，后会有期。"

乐书拨马回去，孙操看着他的背影，不禁长叹一声。

"爹在感叹什么？"

"我在想，我们将来会不会有一天和他在战场上兵戎相见。"

"公归公，私归私，这个爹都忘了吗？"

孙操皱了一下眉头，说："不错，你说得有理。"

齐国是战国经济最繁荣的国家，临淄正如孙膑所言，这里的人比安邑多，好玩的东西比安邑多，这里的人也比安邑的人更快乐。

置身熙熙攘攘的街道中，孙膑没有兴趣看一看熟悉的家乡。

"宾儿，你高兴吗？"

"高兴。"孙膑冷冷地说。

"可是我看你不像高兴的样子。"

"可能因为太久没回来，有些陌生吧。"

回到家里，孙膑见到了多年未见的娘，还有孙平、孙卓两个弟弟。

孙平性格沉稳，武艺平平，颇有孙操之姿；孙卓身材高大，力量过人，性格单纯。

母亲是最受不了看孩子受到伤害的，孙膑却早已习惯了自己现在的样子，毕竟经历了快一年的风吹雨淋，现在的生活已经比在安邑舒服多了。

至少现在，真的有人可以做他的依靠了，没有人能比自己的家人更值得信赖。

这天，家中来了两位贵客。

"宾儿，你来见过两位叔父，这位齐颖，是齐城的都大夫；这位高唐胜，是高唐的都大夫，他们是为父最好的朋友，也是战场上出生入死的好兄弟。"

"见过两位叔父。"

"这个就是你当年送去云梦山的儿子孙宾吗？都这么大了！"

"两位叔父，我不叫孙宾，我现在叫孙膑，膑刑的膑。"

这句话让两人不知道该说什么好。两人看向孙膑的膝盖，心中不禁怜悯起来。

"告诉我们，是谁害你变成这个样子的？叔父们去给你报仇！"

"多谢叔父，这个仇，孙膑将来自己会报。"

家人给孙膑做了轮椅，又帮他换上新衣服，孙膑恢复了当初那个英俊少年的样貌，同时配了一把新的宝剑。他的"天谴"留在了魏国帅府，不过孙膑认为即使"天谴"还在自己身上，也没有什么用了。

因为没有步法，人就是一个靶子，剑法再好又有什么用呢？

回到齐国后，孙操夫妇和孙平、孙卓趁着闲暇时间带着孙膑在城里逛一逛，看看临淄近年来的变化，打探朝中和各诸侯国的消息。现在邹衍已经离开了齐国，邹忌身居相位，元帅则是由王族出身的田忌担任。

齐国虽然是经济最发达、最富有的国家，但是也因此人心思定，不爱打仗，所以齐国军队战斗力低下天下皆知。

"本来，我真的希望你可以坐上这帅位。"

孙操长叹一声。

"即使不做元帅，孩儿也有其他方式可以在军中立足，不过爹如果举荐一个废人，会有碍于名声，齐王也很难用我，现在我需要一个机会。"

"明日咱们去田忌府上，如何？"

"甚好。"

魏国王宫之中，魏王听到元帅庞涓上前奏报："臣以为现在楚国吴起元帅已死，楚国国内空虚，正是收复上林、林中的时机，甚至可以顺势进攻楚国，以彰显我国国威。"

"孤也考虑了很久，正想和元帅议论此事，众卿有何看法？"

丞相惠施上前说："臣以为不然。"

"为何？"

"现在我国西无秦国之忧，韩、赵两国也暂时未有动作，此时我们应该把视野放在更长远的事情上面。安邑地偏西北，守城没有问题，但若要进军中原、称霸天下，则显得太过偏僻。臣已经在全国范围内考察过，认为大梁实在是最适合作为都城的地方。此地西有洛阳，乃是周天子所在，东有定陶，定陶位居黄河、长江、济水、泗水汇聚之处，是诸侯四通、货物交易之地，实乃天下之中。大王迁都大梁，将来无论向哪个方向进取，都非常便利，望大王思之。"

"丞相之言很有道理，这件事甚合孤意，众卿以为如何？"

朝堂之下，人人称赞，都认为此举目光长远，确实是很好的提议。

庞涓上前一步，说："大王，现在上林、林中守备虚弱，臣旦夕可破，请给臣一支人马，先收回失地，迁都之事也不急于一朝一夕。"

"元帅之言也有道理，丞相你看此事该怎么办？"

惠施说："如果大王定了迁都之事，那就应该尽快安排，而且这一路上要带的东西很多，必然需要大军护送。时间如此紧迫，但元帅又如此心念失地，臣想，就给元帅一个月的时间，一个月后，无论上林、林中是否成功收复，元帅都要撤军，如何？"

"元帅，一个月的时间是否过于紧迫了？"

"就一个月，臣此去必定成功！"

齐国王宫之中，田忌来见齐王。

"元帅，有何事要见孤？"

"大王，臣最近得到三匹好马，甚是合我的心意，所以想和大王宫中的良马一较高低，不知大王敢不敢赌？"

"哦，元帅，你已经输了两次了，还没输够吗？"

"这次臣有足够的信心。"

"好，你如果能赢，孤赏你玉带一条，但你如果还是输了又该如何？"

"臣愿意罚俸一年。"

"好，明天城南马场，咱们一决高下！"

魏、楚两军阵前，楚国丞相昭厘亲自带领楚国精兵迎战，看到对面趾高气扬的庞涓和他背后的"万胜不败"大旗，不禁怒火中烧。

"谁能出战？"

"末将愿往！"

三匹马一起冲出阵营，朝庞涓杀过去。

昭厘高喊："庞涓，你以为楚国只有吴起吗？今天我就告诉你，没有吴起，你们魏国也不是我们的对手！"

庞涓并不答话，举枪迎战，寒光闪烁，枪影来回，昭厘好似被电击一般，目瞪口呆。不一会儿，三人跌落马下，横死当场。

庞涓看着昭厘，冷冷地说："今天我就是要告诉你，没了吴起，楚国军队就是废物！"

深夜，孙操府上。

"我已经打听过了，明天田忌元帅要和齐王在城南马场赛马，咱们去那里就可以见到他们了。"孙操说道。

"这场赛马，输赢有悬念吗？"

"既然是赛马，没有比之前，当然就有悬念。"

"如果没有悬念，则齐国国内安定；如果有悬念，只怕齐国危矣。"

"一场赛马而已，你言重了。"

"夫君，你先离开，我有话想和儿子说。"

孙操的夫人来了，孙操依言退避。

"娘知道你在外面受了委屈，也知道你很难受，但是你为什么要给自己改名叫孙膑？"

"因为孩儿喜欢这个名字。"

"你喜欢别人每天叫你孙瘸子吗？这传出去，你让别人怎么看我们？"

"但是，孩儿确实喜欢这个名字，这个'膑'字，让我感到温暖。"

"儿大不由娘，改名就改名了。只是娘还想问你，这次回来，为什么娘从没见你笑过？"

孙膑抬头看看天，没有说话。今晚月色晦暗，和他离开安邑那天一样。

"因为她，因为她我终于明白什么是快乐，也因为她，我这一生再也不会快乐。"

第三章

光影之争

第一节　军令状

"大王、丞相，一个月时间是否太过紧张了？"

魏印终于忍不住了，站出来说话。

"从安邑到上林，来往就要数日，再加上驻扎整顿，就算顺利攻下上林，再进兵林中，途中也要休整，一个月的时间恐怕太短了。如果失败，将有损元帅'万胜不败'的名声。"

"公子印多虑了，元帅既然已经答应，应该是心中有了计划。如果一个月内元帅能收复上林和林中，此事也将有助于振奋我国人心。"惠施说道。

魏王说："元帅，你看是否需要三思？孤也觉得一个月的时间太短了。"

"大王不必为我担心，战场之上我们已经见识过楚军的战斗力，远不如魏武卒。现在吴起身死，楚国缺少战将，更兼楚国新君刚立，正是最好的时机，机不可失。"

"元帅，你知道出兵意味着什么吗？这不仅关乎魏国的胜败，也关乎你的那个名号。"

"大王，请相信庞涓，臣愿立军令状！如果一个月内不能收复上林、林中，耽误了迁都大计，臣甘愿军法处置！"

惠施说："好，有满朝文武作证，元帅到时可不要食言。"

"绝不反悔！"

魏王看庞涓态度坚决，只好说："好，就依元帅之言，孤在此等元帅的捷报。捷报传来之日，就是我大魏迁都之时！"

这天，苏秦在庞涓府上，听到有人要求见他。

"你是何人？找我何事？"

苏秦未立寸功，也不擅长兵法武艺，知道他的人不多，来找他的人更是寥寥无几。

"我是惠施丞相的家人，丞相想请先生到府上，有要事相商。"

"既是丞相找我，咱们走吧。"

两人来到惠施府上，惠施亲自迎接苏秦。

"苏子在元帅府上过得可好？"

"丞相何必如此称呼，苏秦受不起。"

"哈哈，这并无不妥。你是鬼谷门人，自然是有大才之人，旁人不知，我怎能不知？称呼一声'苏子'理所应当。"

"丞相这么说，苏秦真是惭愧，不知丞相找我有什么事？"

"我想请苏子出使楚国，劝说楚国投降，献出吴起占领的上林和林中。希望你尽快出发，越快越好。"

"楚国辛苦占领的城池，怎么可能靠我一张嘴就放弃？何况师兄正准备起兵，此时我出使，不就等于泄露了消息，让楚国好做准备吗？"

"我就是要让楚国做好准备。"

"如果楚国做好了准备，师兄又怎么能在一个月内攻下两座城池？他已经立了军令状，丞相这样做是要害师兄吗？"

这时，旁边也有人说："不错，这也是我要问的问题。据我所知，丞相和元帅并没有私人恩怨，但是为什么丞相这次的举动，处处像是在针对元帅？"

两人向说话的人看去，来者正是魏卬。

惠施叹了一口气，说："唉，你们真的误会我了。"

"你逼他立军令状也是误会吗？岂不知军中无戏言，而且这'万胜不败'的名号是我为帮助元帅树立信心好不容易立起来的，如果这次他在一个月内不能拿下两座城池，或者出现什么闪失，这名号不就毁了吗？"

"公子有所不知，我就是想帮元帅把这个名号毁了。不知你们有没有注意到，他太爱惜这个名号了，在盔甲上、武器上都刻了这四个字，四处炫耀。我认为凡事要有度，这世上没有真的可以做到不败的元帅，他还是早日放下这个虚名为好。"

"丞相你有所不知了，元帅出身贫寒，他的家庭教育又常常教导他为人要收敛，所以他一直很自卑，刚刚上战场的时候都不敢杀敌人。直到我给他立下这面大旗，他才杀了赢师隰，战胜秦国。到了上林，他又是为了这个名号大战吴起，才成长为现在的样子。他需要不停地被鼓励，但是没有人能时刻在他身边鼓励他，所以只要他喜欢这个名号，那么这个名号就可以一直鼓励他。魏国需要一个有自信的元帅，而不是一个自卑的将领。"

"公子，这场仗说到根本，还得靠元帅自己打，不是靠那个名号平白得来的，只要他有实力，通过每一次战斗的胜利他就可以积累信心，而不是用这种揠苗助长的方式。我还是觉得如果元帅一定要靠一个名号才能有自信，那这个基础也未免太不牢靠了。"

惠施走过来拍拍苏秦的肩膀，说："你认为庞元帅这样看重一个称号，真的是好事吗？如果哪天他败了，那面旗倒了，这个称号没有了，那意味着他也要倒了，这样脆弱的元帅才是我们魏国不能接受的吧。"

苏秦听罢点点头，说："丞相高瞻远瞩，我愿意去楚国。"

魏卬长叹一声，说："我会把你的考虑告诉大王，至少让他知道你们将相并没有不和。不过楚国必定会提前做好准备，这对魏国来说，又是一番苦战。"

苏秦辞别惠施后，又辞别庞涓，对庞涓只说家里有事，随后快马加鞭离开安邑，朝楚国国都而去。

到了楚国都城之外，苏秦让人通报，说魏国使臣来见楚王。没过多久，就有人把苏秦带到宫中。

此时，楚王熊疑已死，谥号"悼"，继位的乃是其子熊臧。苏秦抬头看楚王，只见新任楚王年纪轻轻，器宇不凡，一派王者之风。

"苏秦拜见楚王。"

"你就是苏秦？听闻你从魏国来，到我楚国所为何事？"

"只因楚国将亡，臣为楚国存亡而来！"

"哈哈哈，可笑可笑，我楚国沃野千里，战将千员，兵马百万，试问天下间有谁敢侵我？你竟敢说我楚国将亡，真是年少无知，不自量力。"

"大王所言，苏秦不能苟同。楚国空有土地千里，却多是无用的不毛之地；所谓战将千员，自从吴起元帅死后尽是碌碌无为之人；兵马虽有百万但缺乏操练，在上林城外尚不能抵挡魏军渡过黄河。这样的楚国在魏武卒面前，除了束手就擒还有什么出路？"

此言一出，文武百官一片哗然，纷纷指责苏秦出言不逊。楚王却微微一笑，毫不在意。

"我想先生来楚国见孤，不是为了说这番自寻死路的话吧？既然先生说楚国将亡，不知先生有什么方法可避免楚国灭亡？"

"大王英明，苏秦正是为此事而来。现在楚国就在危急关头，只是大王和楚国满朝文武尚不知情。现今魏国的大元帅庞涓率领人马一心要收复上林、林中的失地，一旦失地收复，魏国士气大振，如果再趁势入侵楚国，大王将如何抵挡？"

"此事是真的吗？先生从何处听来？"

"苏秦和魏国大元帅庞涓同为鬼谷门下弟子，此前就住在他的府中，这个消息绝对假不了。"

"先生特来相告，难道是要背叛你的师兄、背叛魏国？"

"我不只是魏国的臣子，更是鬼谷的门徒；我是师兄的师弟，却不是师兄的家臣。今天帮了大王，也许将来就是在帮助苏秦自己。"

"先生如此真诚，孤在此谢过了，请问可否告知此事的详细情况？"

第二节　威震楚国

"大王，据臣所知，魏国国内将相不和，魏相惠施要庞涓在一个月内收复上林、林中，一个月之后，庞涓无论如何都要撤军。而且庞涓已经立了军令状，到时候如果做不到，就会按军法处置。楚国的命运就在这一个月内，只要在这一个月内能够抵挡住魏军的攻势，守住上林、林中，等到魏军撤退，楚国就有生机。"

这时，有人来报，说安邑城中有动作，一队军马向南而来，不知有什么计划。

楚王点点头，说："原来如此，先生的教导犹如醍醐灌顶。谁愿意去守这两座城池，抵御庞涓和魏武卒？"

丞相昭厘上前奏报："大王，庞涓打败了吴起，就以为自己已经天下无敌，殊不知我楚国人才辈出，一个庞涓何足挂齿。这次臣亲自带领人马前去固守，绝不辱没楚国的名声！"

"丞相老当益壮，愿意亲自挂帅，实在令孤欣慰，不知你要带何人前去？"

"臣有子昭续，有万夫不当之勇，可以为先锋！"

"丞相之子如此英勇，真乃楚国之幸。"

一旁的屈、景两家大夫也都推举子嗣出战，楚王同意，命昭厘为帅，昭续为先锋，率领屈、景两家人立刻出发，力保上林、林中。

苏秦说："既然大王已有所安排，苏秦就此告辞。"

"先生不愿留在我楚国吗？先生如此大才，孤一定会厚待你。"

"苏秦只是不忍看到楚国陷入危境而不知，特来相告，既然大王已经做好了准备，苏秦自当告退。"

"先生要去何处？"

"自然是回魏国。"

"先生向孤透露了这么重要的信息，回到魏国不会有危险吗？"

苏秦突然意识到自己说错了话，但是立刻头脑一转，说："苏秦自有安全之法，可保无事。"

"既然如此，孤赐先生金银，请笑纳。"

侍者端上来金银，苏秦却推辞不收，说："带着金银一路反而不便，苏秦谢大王恩赐。"

"既如此，孤不便相留，先生保重。"

苏秦退去后，楚王背后有个人说："这人有趣。"

"确实有趣，却又让人不解。他竟敢这样明目张胆地泄露魏国的军机，还敢大摇大摆地回去，确实让孤看不懂。不知这是魏国的计策，还是此人真的在为自己的将来铺路。"

"我觉得这其中一定有蹊跷，不如让我去查个究竟。"

"你要去魏国？"

"是的，如果有机会，还可以斩草除根！"

"这个苏秦年纪不大，他应该是第一次做使臣，而他竟然毫不紧张，句句在理，不可小看。"

"他终究还是个小孩子。"

庞涓点齐人马，立刻向上林挺进，经过一路的急行军后终于赶到了上林，此时时间已经过去了五天。这一路的行军让庞涓意识到，惠施是有意让自己输掉赌局，但是他没想明白原因。

这时，楚国援军还未赶到，魏军没有给城中楚军反应的时机就立刻攻城，城中守军措手不及，毫无抵抗之力，第二天天明，魏军就拿下了上林全城。

庞涓在全军休整三天后，再次率领人马向林中进发，又行军两天，赶到林中附近。这时有探马来报，说林中城已经全城戒备，城上守备森严，看起来早有准备。

庞涓算算日期，从林中回安邑需要七天，现在已经过去了十一天，所以他只有十二天的时间攻打林中，不但时间紧迫、人马疲惫，而且林中已经做好准备，可以说此战难上加难。

自从庞涓娶了璞月公主，两人常常谈心，璞月鼓励他用心为魏国效力，让他动力倍增。现在他再看到旁边举起的"万胜不败"的大旗，立刻又觉得充满了力量。

"我不会败的!"

林中城下，庞涓已经摆好阵法，过了一会儿，城门打开了，只见楚军为首的是一员老将，他的旁边有十几员战将，旌旗飘飘，威风凛凛。

"对面是何人？"庞涓问。

"我乃是楚国丞相昭厘，你就是庞涓吗？"

"不错，正是庞涓。"

"你好大的胆子，敢侵犯我楚国的疆土，还敢自称'万胜不败'，真是不自量力，你是欺我楚国无人吗？"

"上林、林中本就是我魏国的疆土，当初被吴起攻下，现在我来夺回不是理所应当的吗？"

"你不要再提吴起那个叛逆了，他早就被处死了。现在楚国的元帅是我昭厘，我楚国不是只有吴起，还有很多的英雄豪杰。"

"楚国除了吴起还有其他人吗？"

昭厘大怒，说："你这小子欺人太甚，我今天就教训教训你，让你知道楚国的厉害!谁给我过去杀了这个不知天高地厚的庞涓？"

这时，有三员战将早已按捺不住，昭厘只见有三匹马冲了出去，他们都是屈、景家的战将。

庞涓没有叫人相助，自己拿枪来战，二十个回合之后，只见他仍然轻松，反倒是对面的三人招式散乱，疲于应付。庞涓无心拖延时间，突然枪里加剑，拔出如"宿命"，一剑刺中其中一人，另外一名战将一惊，被庞涓跟上，一枪挑下马来。马匹交错而过之时，庞涓回身又一枪刺向第三名战将后心，并将其挑到马下。庞涓一下子打败了三人，两边兵将都看得目瞪口呆。

昭厘也看得胆战心惊，说："谁……谁再去战？杀了庞涓，重赏!"

一旁的先锋昭续拿着大斧冲上前去，和庞涓交手三十个回合，结果被庞涓刺伤了右手，再也拿不了大斧，只得丢了兵器败退回来，这下昭厘彻底慌了。

庞涓耀武扬威地说："老东西，你要不要亲自来教训我？"

昭厘不敢说话，想撤回城内死守。

庞涓接着说："老东西，难道吴起元帅之后，楚国所谓的英雄豪杰就是这些人？如果真是这样的话，我说楚国自从吴起之后再也没有人了，可真是一点儿都没有冤屈了你们！"

昭厘准备下令撤回城内死守时，有个人说："元帅，我想上去一战！"

昭厘回头一看，是孙子昭扬。

"不要打了，这庞涓太厉害了，你上去就是送死！"

"不妨，我已经看懂了他的招式了。"

说话间，昭扬已经催动战马冲了过去，昭厘想拉住，奈何为时已晚。

庞涓看到对面来了一员小将，只有十几岁模样，不免有些轻敌。

"你还这么年轻，何必在战场上送死？还是回去吧！"

"我如果回去，谁来把你的'万胜不败'大旗扯下来呢？"

第三节　万胜不倒

庞涓听到一个十几岁的孩子自称可以把自己"万胜不败"的大旗扯下来，不禁大笑起来，说："那些大人都做不到的事，你一个孩子凭什么认为自己可以做到？"

庞涓一向谦逊，但面对这样一个孩子，他没法不看轻他。

"那就让你看看我的手段！"

话音刚落，昭扬手中的方天画戟就砸了下来，庞涓向上一架，只觉得略有吃力。这时他看了一下昭扬的兵器，原来这方天画戟有碗口粗细，不由得吃了一惊。

昭扬再进招，庞涓多了几分小心，用上十足的力气，才能抵抗得住。

一个回合过去后，昭扬说："怎么样？我只用了一半的力气，接下来我可不客气了。"

庞涓看他终究是个孩子，如果自己只知躲闪，那么这"万胜不败"的名号岂名不副实？下一个回合，昭扬一戟刺来，庞涓用尽全身力气应对，手中的枪竟然没拿稳，几乎要飞出去，幸好右手死命抓住才没脱手。昭扬没有乘机下杀手，而是拨回马头，对庞涓说："怎么样，你还认为楚国没人吗？"

庞涓说："果然厉害，你让我重新认识了楚国。"

两人再次交手，庞涓开始认真对敌，尽量避免硬碰硬，用巧劲周旋，寻找机会。昭扬力量强大，但毕竟经验少，两人杀了五十个回合仍不分胜负。庞涓凭借经验在撑着，继续下去恐怕会失手。这时，他拉个败式就走，说："好大的力气，今天暂且作罢！"

昭扬年轻气盛，正杀得兴起，哪肯放过，于是拍马追来。这时，庞涓的马前腿着地，他几乎跌下马来。昭扬跟上就刺，庞涓原来不是真的跌倒，他立刻用枪纂回身刺向昭扬。这一招他学的是嬴虔的招式，当初嬴虔就用这招让庞涓脸上留下了疤痕。

昭扬没有防备，被一枪刺在左肋，拨马就走，庞涓立刻指挥人马冲杀。昭厘护着昭扬退回城中，关门死守。

庞涓率领人马开始攻城，将云梯架在城上，将士们奋勇当先，冲向林中城池。城上守卫早就做了准备，推动滚木礌石砸向魏军，魏国人马牺牲甚大，却又无法攻上去。

魏军一连攻城十一天，虽然占据优势，但是时间紧迫，恐怕难以在约定的时间内拿下林中。庞涓心急如焚，也踩着云梯向上冲杀，手中的"宿命"锋利无比，将落下的滚木礌石一一砍断。

眼看就要上城了，脚下的梯子却支撑不住，庞涓因靠着城墙才没有摔下来。随后魏军又攻了半天，但还是没有任何进展。

庞涓也累了，身后的兵卒连番征战，想必比自己更累。他看到城上的人还在坚守，居高临下占尽先机，自己只有徒呼无奈。庞涓心想，现在时间只有半天了，再不能攻下上林，就要违背军令状，辜负自己"万胜不败"的名号了。

他回身看向那飘扬的大旗，再看向纷纷倒下的兵卒，心想："难道今天就要在这里扔下这个名号了吗？绝对不可以！"

"绝对不可以！"庞涓突然大喊一声，然后对身后的兵卒说，"我们绝对不可以败！今天我们必须攻上去，因为我们是万胜不败的！"

魏国兵卒齐声高喊"万胜不败"，一时间，声势震天。

庞涓张弓搭箭，连射城上数人，魏国兵卒趁机再次搭上云梯，庞涓一马当先，向上冲来。楚国兵卒知道庞涓厉害，纷纷朝着他扔滚木礌石，士卒们的刀剑兵刃也纷纷落下，庞涓紧握"宿命"，来回挥舞，不敢有半分疏忽，一旦被落下的守城重物蹭到一丝一毫，他就会立刻死无葬身之地。

看到庞涓吸引了楚军的注意力，旁边的徐甲、侯英也冲了上去。两人如虎入羊群，打退守城的兵卒，庞涓也趁机冲了上来，三人守住城头，让魏国兵卒纷纷爬上来，楚军立刻溃败。庞涓杀进城内，打开城门，魏国兵卒也冲杀进来，昭厘眼看城池已经守不住了，慌忙带着儿子昭续、孙子昭扬逃回楚国。

终于攻破了林中，庞涓长舒一口气，这一战因为时间紧迫，全军损失巨大，所有人都感到异常疲惫。但他在看到"万胜不败"的大旗后，心情立刻又好了起来。

"终于，我没有让你倒下。你永远都不会倒下的。"

另一边，临淄城中，孙操正在安慰孙膑。

"你娘是为了你好，你回到临淄之后，她看到你这个样子，一直都很难受。"

"我知道，我也很难受，比娘更难受，我是痛苦。"

"如果你觉得你比她痛苦，那是因为你还不懂你娘。"

孙膑沉默不语。

孙操说："不说这些了，你早点休息吧。"

"爹，齐王和元帅都是什么样的人？邹衍为什么要走？"

"大王早年年轻气盛，和魏国在徐州会盟之事，闹得沸沸扬扬。但是自从燕国的事情之后，他就变了，开始变得宽仁。田忌不仅勇武，而且精通兵法，是个难得的人才，只是骄傲程度比当年的齐王有过之而无不及，言谈举止常常有失礼之处，这点让大王十分不悦。"

"和大王赛马，确实不是聪明人会做的事。"

"邹衍则是因为大王对当年燕国的事情一直心有愧疚，所以想去燕国，为燕国做些事情，来替齐王弥补当年的过错，希望两国可以重新交好。"

"燕国有他辅佐，虽然可以崛起，只是两国的关系难以预料，未必会因为他一个人而变好。"次日，孙操带着孙膑去了城南马场，孙卓和孙平也跟着，两人轮流推着孙膑的轮椅。

马场上，人山人海，原来齐王提倡与民同乐，马场也是与民同用，所以百姓听闻今天齐王和元帅赛马，都纷纷赶来观看。

孙操一行人挤过人群来到前排，找到文武百官的位置坐下来观看。孙操给孙膑指明齐王和田忌的位置，然后他又上前去拜见两人。孙操回来之后告诉孙膑，这场赛马分三局，赢两局者获胜。

孙膑看向两人，只见他们各自坐在马上，蓄势待发，一副信心满满、互相不服的样子。

只听一声锣响，两人一起催动战马，两匹马如离弦的箭冲向终点，互不相让，最后齐王的马快了一个身位，冲过了终点。齐王仰天大笑，田忌则满脸的不服。

两人回到起点，换了其他马匹，再次做好冲刺准备，这次还是被齐王快了一个身位。

这下胜负已分，齐王说："胜负已分，这第三局就不必比了吧，哈哈。"

齐王的言语之间有抑制不住的喜悦，田忌虽然不服，但是只能愿赌服输。

赛马结束后，周围的人纷纷散去，孙膑对孙操说："父亲请把田忌元帅请来，告诉他如果重新赛一次，孩儿有办法让他赢。"

孙操依言，走到田忌身边，田忌果然跟着孙操来到孙膑面前。

"你就是孙膑？"

田忌打量着孙膑，看他身有残疾，不由得语气间有看轻的意思。

"你有办法让我赢吗？"

孙膑看田忌身高近八尺，三十岁左右年纪，身材魁梧。他对田忌说道："暂时还没有办法，不过不是完全没有机会。"

"你也看到了，我的马都比齐王的马慢，这怎么能赢？"

"元帅不是准备了三匹马吗？只要元帅用这最后一匹马再去比一场，我就心中有数了。"

第四节　赛马

"最后一局我输定了，那是一匹劣马，是我用来凑数的，想赢就得靠前两局的两匹马，但它们都输了，最后一局比和不比又有什么差别？"

"没有人可以永远赢，元帅想赢就要输得起，第三局非常重要，请元帅认真对待。"

田忌看向孙操，孙操说："请元帅相信小儿的话，他的聪慧远非孙操可及。"

"好，最差的结果无非再输一局，反正已经输了。"

田忌回去找到齐王，提出要比第三局，齐王已经赢了，毫不在乎，欣然答应。这一次，两人和先前一样认真对待，田忌的马是劣马，齐王的第三匹马也没有好太多，不过齐王还是领先两个身位到达终点。

齐王哈哈大笑，说："元帅这次是不是彻底认输了？"

田忌说："大王稍等，我去去就来。"

说完，田忌来到孙膑面前，问道："你可有办法让我赢吗？第三匹马差得更多了。"

"元帅可以赢。"

"怎么赢？快告诉我！"

"元帅很想赢吗？"

"当然，你看大王得意扬扬的样子，我就是要杀杀他的威风。"

"既然这样，元帅输得起吗？"

"什么意思，你不是要让我赢吗？"

"我的意思已经说过了，没有人可以永远赢下去，元帅想要赢到最后，首先要能输得起。如果元帅一局都不想输，恕孙膑愚钝，不能逆天改命；如果元帅愿意先输一局，孙膑有办法让元帅赢其余的两局。"

"请先生指教！"

"我刚才仔细测算了六匹马的速度，可以把它们分成三类，分别是上等马、中等马、下等马。你们一上来都想取得先机，所以都拿上等马来比试，元帅的上等马不如大王的上等马，所以输了。然后，大王要乘胜追击，就拿中等马来比，元帅为了扳回一局，也拿中等马比试，元帅的中等马同样不如大王，所以又输了。我让元帅比试第三局，就是为了测算大王的下等马速度，虽然还是比元帅的劣马速度快，但是并不比元帅的中等马快，而且大王的中等马也不比元帅的上等马快。我的计策就是，元帅和大王定好马匹出场的顺序，用那匹劣马对大王的上等马，先输一局；再用元帅的上等马对大王的中等马，用中等马对大王的下等马，就可以赢这次赌局。"

"先生妙计！"

田忌欣喜若狂，开心地扶着孙膑的轮椅，说："如果赢了，我一定举荐你做军师！"

田忌转身走向齐王，提出要重新比赛。齐王刚刚赢了三局，正在高兴，听到田忌提出再次比试，他丝毫不放在心上，于是说："元帅还想再输一次吗？"

"请大王定好马匹出场的顺序，我们不许更换马匹，这次我一定可以赢。"

"哈哈，就依你所言，孤不介意让你再输一次。"

这次，齐王的上等马出场，一声锣响之后，甩田忌的下等马七八个身位。到了终点之后，齐王看着田忌说："这次你输得更惨了！"

田忌虽然输了有些不悦，但还是胸有成竹地说："不到最后一刻，胜负难料。"

说完，两人再次比试，这次田忌的上等马反倒领先齐王的中等马一个身位，率先到达终点。这下齐王慌张了，不知道田忌的马为什么速度突然快了起来。

两人再次比试第三场，田忌的中等马毫无悬念地赢了齐王的下等马。

现在，换成田忌得意扬扬了，他哈哈大笑，一点儿也不给齐王面子。

孙操和三个儿子过来拜见齐王，齐王心情不悦，不想说话。孙操说："大王恕罪，这次比试元帅之所以获胜，是因为采纳了犬子孙膑的计策，希望没有冒犯到大王。"

"什么意思？"

田忌说："是孙膑说他有办法让我赢，我听了他的话，按他所说的去做才赢的。"

齐王听后眼前一亮，问："此话怎讲？孤也不能明白，刚才明明是孤的马快，为什么在没有更换马匹的情况下，孤反而输了？"

孙膑就把给田忌献上的计策又说了一遍，齐王听完恍然大悟："卿果然是聪明过人，这么快就想出这样绝妙的计策。"

"大王过誉了，如果大王第一次比试不比第三局，我也不能保证必胜，或者大王拒绝重新比试，这次赢的还会是大王。"

"哈哈，爱卿，这就是你的儿子孙宾吗？"

"回大王，正是犬子孙宾，现在他改名叫孙膑。"

"邹衍提到过你，说你从小聪明过人，后来在云梦山跟鬼谷子学习，这——"

齐王看着孙膑的腿，突然欲言又止，孙膑就把在魏国发生的事情，省去璞月的部分，对齐王讲说了一遍。

"想不到卿如此大才，在魏国竟然蒙受如此冤屈，实在让孤心痛不已。你且放心，从今天起，只要你在齐国，孤就绝不会让你受委屈。"

"谢大王厚爱。"

"卿应熟知兵法吧？"

"略知一二。"

"卿认为，兵法之中什么最重要？"

"臣的师兄卫鞅、师弟苏秦、朋友乐书，他们的首选之国都是魏国。卫鞅师兄尽管不受重用，但遇到李悝后，也愿意多留数年；师弟苏秦即使和臣关系好，也愿意留在魏国等待机会；乐书三番两次帮臣，肯定已经得罪了魏王，但他还是坚持留在魏国，认为那里有更好的机会。这是为什么？魏国为什么有这样的吸引力让天下有识之士趋之若鹜？在臣看来，就是一个'势'字。魏国自文侯以来，是各国中发展最快的、国力最强的，这就是它的'势'。因为这个'势'就必定会给魏国带来利，这些人才就是利。而有了利，利就可以反哺魏国的'势'，二者相辅相成。因此，魏国如今即使因新王即位导致国内局势动荡，外患不止，却也很难动摇其根本。兵法也是一样，如果想要胜，最重要的也是这个'势'，有了'势'，一切自然水到渠成。"

"'势'在战争中如何使用？请卿详细说明。"

"急水冲击大石，可使其飘浮移动；飞禽搏击燕雀，一招可以制敌，就是因为它们掌握了'势'，从而获得超过自身实力的力量。善战的人会利用'势'，甚至可以造'势'，通过向敌军展示或真或假的军情，来让敌人按照我所期待的方式行动，必要时可以先让敌军尝到一些甜头，获得一些小的胜利，从而让他陷入我的'势'中。一旦如此，则两军治乱之势、怯勇之势、强弱之势都会发生变化，到那个时候，我们的'势'就如同让石头从千仞之山上滚下来一样不可阻挡，胜利易如反掌。"

第五节　势论

齐王听得入神，田忌也被孙膑的说法折服，孙操更是十分自豪。

齐王问："对于用兵多少，卿有想法吗？"

"请大王明说。"

"比如，敌我双方势均力敌，统军将领也平分秋色，两边都有稳固的营盘，互相都有所顾忌，这时该怎么办？"

"大王还记得今天第二次赛马时元帅是怎么赢的吗？大王的马和元帅的马其实在速度上旗鼓相当，就像是大王刚说的情况。这时候我需要做的就是派出勇士去试探，通过试探可以得知敌军动向、面对突发情况的反应等信息，同时也可以迷惑对方。试探的输赢不重要，没有人可以永远赢下去，即使那个人号称'万胜不败'。这面大旗还没倒，只是因为他暂时没有遇到可以打败他的人而已。所以，每次战斗我都不会计较眼前一城一池的得失，而是纵观大局，即使先输一局，在得到敌军情报之后，我军仍可以有所行动，攻其弱点。"

"当我军比敌军强时，该如何应对？"

孙膑向齐王施礼，然后说："在一般人看来，我强敌弱，胜负是没什么疑问的，但是大王能问出这样的问题，可见大王之英明，这种谨慎的态度才是立国的根本。我可采用诱敌之计，先行示弱，让敌以为有机可乘，从而诱敌深入。"

"如果敌强于我呢？"

"那就撤退，但是撤退的时候我军必须做好掩护工作，同时时刻做好反击准备，等到敌军疲惫或有机可乘的时候，就可以反击了。"

"如果不知道敌军情况，该怎么排兵布阵？"

"同样需要派人去试探并观察、判断，重要的是信息而不是输赢。"

"如果敌我实力悬殊，甚至敌军十倍于我，该怎么打？"

"那只能依靠将领的勇武，看准时机进行奇袭了。"

"如果两军实力相当，我军却败了，可能是什么原因？"

"或是军阵操练的问题，或是因为我军缺少能改变战场形势的将领。"

"怎样才能做到令行禁止？"

"靠平时的威信。"

齐王赞叹道："不愧是邹衍夸奖过的聪明人，听卿一席话如醍醐灌顶。"

孙膑说："大王过奖，孙膑只是纸上谈兵，这些都是鬼谷师尊常常教导的事情。"

"但是你所说的论断，已经比孤从其他人那里听到的强百倍了！"

在说这话的同时，齐王向远处瞥了一眼。田忌坐不住了，上前问道：

"用兵的忧虑是什么？"

"用兵最大的忧虑是不得地利。"

"使敌军陷入困境的办法是什么？"

"让敌军落入困境的办法是据险而守。"

"不能攻占壁垒、壕沟的原因是什么？"

"不能攻克壁垒、壕沟的原因在于没有准备足够的障碍物掩护。"

"失去天时的原因是什么？"

"失去天时是因为将领不能察天时、知日月。"

"失去地利的原因是什么？"

"失去地利是因为行军太急，被敌人提前做好准备。"

"失去人和的原因是什么？"

"失去人和是因为将领平时不能令行禁止，以身作则。"

"这六项有规律可循吗？"

"有。用兵时，几里沼泽地就能妨碍军队行动，这就是地利的重要性。所以，行军一定要注意随时查看地形，否则容易陷入敌军设置好的圈套。同样，我军利用陷阱让敌军陷入困境，使其失去据守的屏障也是很重要的。当然天时也很重要，无论是天时之势，还是地利之势，我们如果失去其中一个就很难获胜。不过最重要的还是人和，将领赏罚分明，可以和士兵同甘共苦，让士兵死心塌地地效命，这才是作战的基础。"

"我占据地利，但是敌军坚守不出，该怎么办？"

"击鼓假做进军却不前进，以扰乱其军心，引诱敌军来攻。"

"进军部署已定，怎样让兵卒完全服从命令呢？"

"严明军纪，同时又明令赏罚。"

"赏罚是用兵中最要紧的事项吗？"

"不是。赏赐是提高士气，使兵卒尽力作战的办法；处罚是严明军纪，让兵卒对上敬畏的手段。这些有助于取得胜利，却不是最要紧的事项。"

田忌皱了皱眉，又问："那么，权力、威势、智谋、诡诈是用兵最紧要的事吗？"

"也不是。权力是保证军队整体指挥的必需，威势是保证士卒用命的条件，智谋可以使敌军无从防备，诡诈能让敌军落入困境。这些都有助于取得胜利，但又都不是用兵最要紧的事项。"

田忌脸色大变，说："田忌也曾粗读兵书，不知有多少兵书战策中都说这六项乃是善于用兵的人最常用的，而你却说这些都不是最要紧的事项，依你之见，什么才是最要紧的呢？"

"现在魏国的庞涓号称'万胜不败'，元帅知道他厉害在哪里吗？"

"我没有和他交手过，不过听说他的一字长蛇阵很厉害，还拥有当年吴起留下来的魏武卒。"

"一字长蛇阵是从鬼谷师尊那里学习的，我也懂得，这一字长蛇阵的奥妙之处在哪里元帅知道吗？"

"请赐教。"

"这阵法本身没有什么特别的地方，一般的将领也可以很快学会，但是他们一定做不到像庞涓那样可以发挥出十成的威力，因为这个阵法厉害之处就在于庞涓，而不是阵法本身。真正重要的是将领能充分地了解敌情，根据当时的形势和战局将会出现的变化，利用好地形，随机应变，知道什么时候从哪里进攻，什么时候保存实力退守，不拘泥于任何的形式和套路，这就是长一字蛇阵厉害的地方，也是领兵打仗最重要的地方。"

田忌再问孙膑："敌军摆开阵势却不进攻，有办法对付吗？"

"利用险要地形增加堡垒，约束士兵，不许轻举妄动，不要被敌军的挑衅所激怒。"

"敌军不仅兵多而且勇猛，有战胜敌军的办法吗？"

"要增加堡垒，广设旗帜，用以迷惑敌军，并且严申军令，约束士兵，在避敌锐气的同时，想办法使敌军骄傲，并设法牵制敌军，使其疲惫不堪，然后出其不意，攻其不备，消灭敌军力量。此外，还要做好打持久战的准备。"

"庞涓有一字长蛇阵，你有什么得意的阵法吗？"

"我在鬼谷师尊那里学习了七阵，只要集合精锐士兵加以操练，将来肯定不输庞涓的一字长蛇阵。"

齐王说："好，我就给你一支精兵，让你负责操练。从今天起，你就是我齐国的军师了！"

孙操大喜，立刻拜倒，说道："多谢大王！"

旁边的孙膑却一脸平静地说："臣拒绝。"

第六节　伐齐

齐王想不到，自己的恩赐竟然被这个年轻人拒绝了。他如果不要功名，那么，今天来的目的又是什么呢？

"卿为何拒绝孤的好意？"

"臣不是想拒绝大王的好意，只是现在还不是臣做军师的时候。"

"为什么？"

"大王，现在最强的国家是哪个？"

"魏国。"

"其次呢？"

"那就得是我们齐国了。"

"齐、魏在天下诸侯国中的实力居前两位，两国之间注定有一战，现在打的话，大王又有几分胜算？"

"孤不知，不过应该胜算不大。"

"臣讲一句实话，齐国实力强大，但是军队战斗力低下，这是所有人都知道的事情，现在和魏国一战必败无疑。而魏国可以容忍臣回来的原因就是他们认为臣只是一个残废的疯子，如果让魏国知道臣是装疯卖傻，在回到齐国之后马上受到重用做了军师，魏王本就不想放我回来，现在这样做不就是给魏国攻打我们的借口吗？臣就算有不输庞涓之才，也没办法在这么短的时间里训练一支可以打败一字长蛇阵的军队；田忌元帅再厉害也难敌魏武卒的勇猛；再加上庞涓十分勇武，臣如身体健全或可与之一战，现在则实无胜算。"

"卿所言有理，军师之位孤会一直给你留着，直到你给孤操练出一支可以打败一字长蛇阵和魏武卒的精兵。"

"臣拜谢大王。"

时间已经不早，齐王回到王宫，心中为齐国多了这样一个厉害的军师而高兴，田忌也因为结识孙膑而欢喜。

在回去的路上，孙操问孙膑："齐王和田忌，你感觉如何？"

"他们对兵法都可以算是有所了解，但是要达到战必胜、攻必取，还是远远不够的。而我，就是可以让齐国做到的那个人。"

孙膑从这天起，每天坐轿去演武场操练军队，演习从鬼谷子那里学习的七阵，这七阵分别是方、圆、疏、数、锥、雁、钩，七个阵形相互之间又有四十九种变化，非年轻精壮的士兵不能操练。孙膑让兄弟孙平、孙卓也进入其中做了小队长。田忌每天就在旁边观看学习，受益良多，齐王有时间也过来看看。

这天，孙膑正在操练，突然田忌赶过来，说道："军师，大事不好了。"

"今天不是上朝的日子吗？发生了什么事情？"

"今天朝堂上要吵翻天了。前方刚刚传来情报，说魏国联合韩、赵、楚三国，以庞涓为帅，合计三十万人马要来攻打齐国！军师，我们的兵马现在可以抵抗这三十万人吗？"

"不能。"

"有几成胜算？我不怕死，只要你有办法，我赴汤蹈火，在所不辞！"

"一成都没有。"

"这……"

田忌急得像热锅上的蚂蚁，看到孙膑一脸镇定的样子，变得更加焦急了，说：

"军师，你倒是想想办法，我们该怎么办？"

"这件事很棘手，我需要面见齐王。"

这时，突然有人报齐王来了，只见齐王慌慌张张地来到孙膑面前，说："军师已经知道了吧？"

"元帅已经告诉我了。"

"卿有什么办法可以退敌？"

"大王，臣有一计可保大王平安无事。"

"真的吗？如何用兵？"

"不需要一兵一卒。"

"真的可以吗？卿快快说来！"

"投降。"

庞涓班师回朝，魏王带着百官夹道欢迎，庞涓看到这一幕心中欢喜，璞月也上前恭迎庞涓回朝，一派和谐景象。只有惠施不知是该高兴还是该哀叹，但也由衷地钦佩庞涓。

世上本没有人可以永远不失败，但是万一呢，也许眼前这个年轻人就是那个可以永远不失败的人。

或许，他背后的那面旗帜就可以一直飘扬着。

魏国已定下迁都事宜，准备在大梁建设新都，隐隐有雄踞中原之势。各诸侯国都忌惮魏国的实力，不敢争锋，却又在暗中较劲。

这天，魏卬上前奏报："齐国有了孙膑，将来必是魏国的心腹大患，应该趁他羽翼未满早做打算。"

魏王说："孙膑已经疯了，还有必要如此吗？"

"孙膑之疯真假未知，此时出兵伐齐有备无患，臣建议可以联合韩、赵两国之兵一起伐齐，如此一来，万无一失。"

"谁可以出使韩、赵两国？"

只见丞相惠施上前说："大王，让韩、赵两国出兵容易。此外，臣举荐一人出使楚国，可以让楚国一起出兵，更加万无一失。"

"哦？我们和楚国刚刚结束交战，他们会出兵吗？"

"臣举荐此人出使，绝对没问题。"

"谁？"

"苏秦。"

"好，就让苏秦出使楚国，三国军队会合之日就是出兵之时。谁可为帅？"

魏王看向庞涓，只见庞涓沉默不语，没有上前的意思。

朝堂上一时陷入沉寂，魏卬说："臣愿带领三国人马出兵，纵使孙膑有经天纬地之才，也不能败四国之兵。"

"王弟这些年没有做过统帅，也该找找当年的感觉了。"魏王说。

退朝后，惠施去找苏秦，此时苏秦已经在庞涓府邸附近买了一间小房子并搬了进去，长期在帅府寄居总有不便，他又不喜欢太大的府邸，一个人一间小屋，难得清静。惠施上门拜见，说明来意，苏秦犹豫不决，去找庞涓。庞涓认为这是一个很好的历练机会，至于伐齐，只要自己不出兵，孙膑就一定有办法可以退敌，于是苏秦答应了惠施的请求，再次出使楚国。

再次来到楚国，苏秦对这里已经很熟悉，他让人通报楚王，楚王私下接见了他。

"之前多亏先生提醒，孤才能早做准备，防御魏国。不知先生此次前来所为何事？"

"之前虽然提前告知大王，奈何楚国仍败，我费了好一顿唇舌才说服庞涓不继续出兵伐楚。"

"可惜昭厘无用，还是大败而回，孤已经罢了他的相位。庞涓之威，孤已经见识到了，还请先生在魏王面前多多美言，孤感激不尽。现在相位空置，先生如不嫌弃的话请坐此位。"

"多谢大王厚爱，这是我本应做的事情。此次前来，我是奉魏王之命来请大王出兵伐齐。"

"魏国为什么要伐齐？"

"魏国伐齐是因为孙膑的事情，大王应该有所耳闻。"

"孙膑不是疯了吗？为什么为了一个无用之人出兵？"

"魏卬不信孙膑是真的疯了，所以要出兵，以绝后患。"

"为什么又要楚国出兵相助？之前不是还准备灭掉楚国吗？"

"大王有所不知，要楚国一起出兵是臣和丞相惠施的主意。臣回去之后，丞相经常说楚国人才济济，人马精壮，此时不是伐楚的好时机，魏楚是近邻，应该以和为贵。所以，他这次建议集韩、赵、楚三国之兵一起伐齐，和楚国重修于好。"

"之前出兵都是昭厘的主意，既然昭厘已经离开，现在正是两国和好的时机，孤愿意出兵。"

苏秦劝说楚王出兵成功，两人又聊了许久苏秦才告退。他并不多留，立即回到了魏国。

"我们聊的内容都记下了吗？"

左右侍从说："都记下了。"

"把这些信息给他送去吧，他自有分寸。"

第七节　第一计

韩、赵、楚三国虽有些慑于魏国的军力，但也乐得趁火打劫，捞点好处，因此都同意出兵，魏卬于是统领四国兵马共三十万人，打着庞涓的名号，朝齐国进发。

齐王这边慌慌忙忙地来找孙膑，询问他解决的办法，孙膑说："臣有上中下三策，可供大王选择。"

"哪三策？"

"下策，将臣献出，可立解齐国之危。庞涓来此，无非因为臣是魏国的巨大隐患，如果将臣献出，四国兵马或许就会撤退。但是将来四国如再次进攻齐国，大王就再也没有抵抗之力了。"

"卿才华盖世，孤重用你都来不及，怎能将你献出！中策呢？"

"齐国和四国开战，但我军坚守不出，用这刚刚开始操练的兵马抵抗，应该可保齐国三个月。"

"这无异于以卵击石，断不可取。上策呢？"

"立刻投降。"

"投降怎么就是上策了？"

"只有投降可以让齐国免于战祸，可以让大王安然无恙。"

"将卿献出就是下策，将齐国献出就是上策，卿之言何意？"

"现在敌人虽然是四国军马，但是人心不齐，韩、赵、楚不过是慑于魏国之威，不会愿意出全力。大王投降之后要求加入四国，成为五国军队，这样在五国之中，大王的地位必然在其他三国之上，到时韩、赵必然心生猜忌，然后退出，魏国迁怒于韩、赵，楚国则必然会因为魏国有韩、赵牵制而退军。当四国变成魏国一国，即使魏国执意要攻打齐国，也会因为战线太长、粮草不足而影响实力，而那时的齐国虽不能打赢，但固守还是绰绰有余。"

"如果魏国不接受投降呢？"

"那就退。"

"齐国在东，再退就退到海里了。"

"退出临淄即可，将空城临淄留给四国，等到四国攻陷临淄，他们的目的已经达到，其他三国也得到了好处，再进则风险太大而收益太小，到时必然撤军。魏国孤军深入，齐国因为兵力无损，到时可以奇袭魏军，那么魏军必退。"

齐王沉默了。

"大王不愿意输吗？上策以退为进，实乃长久之策，请大王三思。"

"孤输得起，只是如果魏国不接受投降，临淄是三代都城，如在孤手中陷落，这个恶名孤承受不起。军师没有万全之策吗？"

"一旦临淄被四国包围，鱼死网破，结果还是一样，甚至连大王的性命也可能会搭进去。"

"这。"

"既然大王犹豫，臣还有个折中的办法。"

"什么办法？"

"莒城、即墨两座城池多产盐铁，现在可以开始向两座城池迁移人口和兵器，以备不时之需，如果临淄守不住，还可以作为最后的退路，齐国仍有一线希望。"

齐王长叹一声，说："只好如此了。"

说罢，齐王即刻回宫，召丞相邹忌入宫。同时，他一方面，让邹忌前去四国军营表达投降之意；另一方面，开始安排迁移人口和兵器事宜。

孙膑回去之后，开始闭门不出，孙操问他原因，孙膑却不愿意说。

"那你有几成把握让魏国可以接受我们的投降？"

"没有把握，如果庞涓要置我于死地，都追了这么远，他不会轻易放弃的，除非齐王把我交出去。"

"这么说来，如果魏国不接受投降，会为了抓你进攻齐国；如果魏国接受了投降，更会提出让齐王把你交出来。你打算怎么办？"

"如果真的有那一天，你们会保护我还是把我交出去？"

"我们是你的亲人，当然会保护你，但是我们的力量太小了。"

"已经足够了。"

邹忌走进四国军营，士卒将其带到中军帅帐，魏卬坐在帅帐中央，三国的兵将列在两边。

"齐国丞相邹忌拜见四国元帅。"

"听说齐国要投降，此事是真是假？"

"四国人马甚众，齐国自知无力抵抗，不仅愿意投降，而且希望可以加入联军，为联军出一份力。"

魏卬本想打败齐国，顺势铲除孙膑，以绝后患，但是又怕孙膑有什么诡计，万一输了就坏了庞涓"万胜不败"的名声，想不到现在不费一兵一卒齐国就投降了，这反而让他有些不知所措。

"邹忌，齐国投降是谁的主意？"

"是大王自己的主意。"

"难道不是孙膑的主意吗？"

"元帅说的孙膑是何人？"

"孙操出使魏国，带回其子孙膑，你不知道吗？"

"臣听说孙元帅之子在魏国被施以膑刑，人已疯癫，至于他被带回齐国之事，臣实不知。"

魏印心中疑惑："孙膑回到齐国竟然没有受到重用，难道他发疯不是装的？无论如何，稳妥最重要。"

"齐国愿降，这当然最好不过，只是那孙膑和卫鞅串通，私藏了《法经》——这是他自己说的，希望齐国能把他交出来，以示诚意。"

"这件事需要问过大王和孙元帅，让他们做主。"

"丞相回去请转达我的意思，如果做不到，这投降之事容后再议。"

邹忌领命回去，向齐王转达了魏印的意思，齐王随即来到孙操府上，找孙膑商议。听到齐王来了，孙膑备好佩剑，由孙操推着出来见齐王。

"军师，魏国提出这样的要求，你有什么办法吗？"

"这是庞涓提出来的吗？"

"是魏印提出来的。"

"魏军统帅不是庞涓吗？"

"丞相并没有见到庞涓，只有魏印坐在中军帅帐。"

孙膑思索片刻，说道："臣没有太好的办法，大王打算怎么办？如果要献出臣，君要臣死臣不得不死，臣无话可说。"

齐王说："孤虽无才，但你是孤的臣子，也是孤的朋友，孤绝不会出卖你的。"

孙膑向齐王施礼，说："有大王这句话，臣不敢不肝脑涂地。臣想如果四国军马由庞涓带领，他要置臣于死地，必然不会接受投降。如果四国联军的元帅是魏印，假庞涓之名，他怕万一输了，坏了庞涓'万胜不败'的名声，所以一定会接受投降。魏印投鼠忌器，而且韩、赵、楚三国本无战心，我们只要做出鱼死网破的姿态，他就会妥协。就算他真的要战，我们本就做好了最坏的打算，不是吗？"

齐王道："军师如此一说，孤豁然开朗，这就让丞相再去表达此意。"

齐王随后离开，孙膑出来送走齐王后，把佩剑交给孙操。

"你之前不是说佩剑没用吗？为什么见大王的时候要带？"

"如果他要把我献出去，我就杀了他。"

第八节　芈仲

邹忌来到魏国中军帅帐，拜见魏印，说："齐王了解到孙元帅确实带回了孙膑，但是这是孙家的事，大王如果命令孙元帅献出儿子，这不是君主可以做出的事情，如果真的做了，只会让齐国上下人人寒心。所以，元帅所说的事情，齐国恕难从命。如果元帅执意如此，那么齐国只有坚守到底了。我想元帅和韩、赵、楚三国的各位将军也是这么想的吧？"

三国将领看向魏印，魏印一时语塞，心中暗想："如果坚持要孙膑，真的打起来的话，齐国坚守不出，肯定是一场血战，到时不免损兵折将，三国也会因此而萌生二心，不如就此作罢。从邹忌的反应看，孙膑并没有出仕，应该是疯了无疑了。"

"诸位以为如何？"魏印问。

"元帅确实没必要因为一个已经疯了的人失了体面。"三国将领附和道。

"既然如此，我们就此罢兵，今后五国共为一体，互帮互助。"

四国又停留数日，韩、赵、楚三国见无利可图，齐国又和魏国走得很近，觉得无趣，于是纷纷撤军。这时魏印才意识到，这次出兵，除了立威，竟然毫无实际收获，而且也没有了打仗的理由，一想到在此空耗粮草，也只好打着得胜的旗号撤军了。

苏秦两次游说楚王，立下大功，惠施向魏王报功，要将他作为左膀右臂培养，并要为他建立府邸，苏秦坚决不受，只愿住在自己的小屋里，怡然自得。

这天，苏秦在河边散步，看到远处小舟上有个婀娜人影，心中好奇，便向小舟的方向走去。苏秦走到近处，只见小舟上是个美丽的女子，貌若天仙。苏秦春心萌动，就走了过去。前面的路上有六个水坑，苏秦没有在意，踩着走了过去。但是他发现水坑没有自己想得那么浅，每踩一步，身上就重一分。六步走完之后，他的身上好像压了千斤重担。他回头一看，每个水坑冒出一块金牌，六块金牌拴在他的身上，拉住了他的步伐，让他不能再走。

他再看那女子，只见她从水面捧起一朵花，举过头顶端详，阳光照在她的脸上，这一幕真的犹如仙女临凡。她看了一眼苏秦，好像一点儿都不在意这个人的存在，驾着小舟缓缓向河中划去。

"你……你是谁？可以告诉我你的名字吗？"

"花永远是花。"

她不知是在自言自语，还是在回答苏秦的问题。

"你说什么？"

苏秦用力迈步，身体却被六块金牌拉住，一步也不能前进。

"花永远是花。"

这次，她终于看向苏秦，却已经远去，隐入一片芦苇之中，消失不见了。

看着她远去，苏秦感到无限惆怅，就在这时，他听到有人在叫喊："算卦，文王亲传，周易正宗，算无不验，每卦必中。"

苏秦这才发现，刚才只是一个梦，不禁感到遗憾。

他出了门，看到门口有个大约三四十岁年纪的人，衣着朴素，在一遍一遍地叫喊着这句话。苏秦上前说："先生请移驾别处，您打扰到我休息了。"

这人上下打量苏秦，先是忍不住说了一声"哎呀"，然后笑道："叨扰了，先生要算算吉凶吗？我看你器宇不凡，我不收你钱，咱们交个朋友。"

苏秦略一犹豫，那人说："交个朋友总不会吃亏，遇到一些事情我可以帮你卜一卦，即使先生不信也可以作为参考。"

他这么一说，苏秦便不再拒绝，说："如此也好，苏秦多谢先生了。"

那人说："何必说谢，咱们去找个地方坐下聊聊吧。"

"那就请先生进屋吧。"

两人到苏秦的小屋里坐下畅谈。

"在下苏秦，洛阳人，请问先生如何称呼，从哪里来？"

"在下芈仲，楚国人，略懂周易、八卦，并以此为生。"

"先生姓芈，可是楚国贵族？"

"唉，惭愧，如果往祖上算七八代也许勉强是贵族，但是到了我这里，已经是普通百姓了。今天走到先生门前，感到有瑞气，所以才停下脚步。"

苏秦笑道："瑞气之说，不足为信，就算有也是那边庞涓元帅府上的瑞气吧。"

"苏子谦虚了，我看苏子一表人才，将来定是魏国栋梁之材。如果你感兴趣，可以告知在下生辰，让在下卜一卦。"

苏秦不信鬼神，听他这么说，也不忌讳，就如实相告，只见芈仲拿出一个龟甲比比画画，约一炷香的时间过后，他突然笑了起来。

"我的生辰有什么好笑的？"

"我笑是因为先生真是少有的命格。"

"此话怎讲？"

"先生现在就像是收了羽翼的大鹏，将来一旦有机会肯定一飞冲天。先生性格仁慈，有时又会犹豫不决；胸怀大志，却又不知路在何方，一时陷入了迷茫；命格虽贵，但没有王佐的运数，真让人不解。"

苏秦听了钦佩，施礼说道："先生真是高人，方才所言正是秦所想，不知先生有何见教？"

"这些都无妨，谁的人生都不是一帆风顺的，谁都会遇到烦恼，只要有才，这些都会克服的，所以这些对你来说不是问题，只是……"

"只是什么？"

"只是我看到先生会有一难且十分凶险，甚至可能有性命之忧。"

苏秦虽然不信鬼神，但是听到芈仲这么说，心里还是有些担忧。

"为什么这么说？请先生明说。"

"不知道，我只是根据卦象推测的，具体什么时间，会发生什么事，我就不知道了。但是这并不是不能避免，既然咱们已经是朋友，如果你有困难，我自然会帮你渡过难关。"

"既然如此，如果苏秦真的有一天遇到了危险，到时候还希望先生能够相助。"

苏秦突然转念一想，自己怎么被这个人说得开始有些相信了？他觉得荒唐。于是，他又说："不过，在魏国的话，有师兄在，苏秦应该不会有什么危险。"

"哦，不知你的师兄是谁？"

"庞涓。"

"哎呀，苏子原来和庞涓元帅一样都是师出鬼谷门下，是在下眼拙了。今天得以认识苏子，真是生平幸事，以后芈仲还望苏子多多帮助才是。"

"苏秦比师兄差远了，手不能提，肩不能挑，只有一张嘴而已。"

两人越聊越投机，芈仲十分欣赏苏秦，言谈间说得苏秦心中颇为舒畅，两人开始以兄弟相称。

"我做了一个梦想让兄长算算，昨夜梦到我在河边遇到了一个美丽的女子，我想过去和她交谈，踩过地上六个水坑，却被水里冒出的六块金牌拉住，只听到她对我说了一句'花永远是花'，醒来之后心中一直挂念。请兄长解一解此梦。"

芈仲听了之后，笑道："这无非是贤弟年轻气盛，做的一场春梦罢了，我也是从这个年纪过来的，很理解你。这没什么特别的，你以后还会梦到很多女子，也会很快忘记这些梦的。"

"是这样吗？"

可那个身影，在他心中就是挥之不去。

第九节　曹文

"今天天色不早，我该走了。"

"兄长住在何处？"

"那边的四方客栈，就是我的住所，你可以随时来找我。对了，愚兄还有一事需要拜托贤弟。"

"什么事？"

"哈哈，愚兄自楚国而来，跋山涉水，无非是想要一个功名，不知兄弟是否可以将我引荐给庞元帅？"

"当然可以，兄长如果会武艺，或者懂一些兵法，那样最好不过了。"

"唉，这些我并不精通，只是看过《周易》，颇有心得而已。"

"如此，有机会我可以把兄长引荐给惠施丞相，他一定会给兄长安排合适的职位。"

"那愚兄先谢过兄弟了。"

芈仲先行离去，苏秦则为认识一个朋友而感到高兴。

从这天开始，芈仲经常来苏秦的住处，他也是个豪爽之人，两人知无不言，相互推心置腹。对于芈仲推演的卦象，苏秦听不太明白，但是看他一副滔滔不绝的样子，只觉十分佩服。

这天，苏秦带芈仲来到惠施府上，进去之后便把芈仲推荐给惠施。

"阁下是楚国贵族吗？"惠施问。

"到了在下这辈，早就是普通人了。"

"阁下可有一技之长？"

"略通八卦、周易。"

"兵书、战策、治国之道，阁下是否有所涉猎？"

"这些不是我这贫穷的小民所能懂的。"

"他既然懂周易，苏秦你就送他去司天鉴吧。"惠施对苏秦说。

两人告退之后出来，只听芈仲哀叹了一声。

"兄长在叹息什么？"

"我在叹息这司天鉴的工作，不过就是每天观看星象，写成文书报告给大王而已，想要见大王一面难如登天，但是不去又等于驳了你和丞相的面子。"

"可惜兄长只懂周易，丞相也很难做，不如先去司天鉴，将来再有机会我一定会举荐兄长。"

"贤弟，我知道你的难处，我也真的不想去司天鉴，但是现在不得不低头，总比天天找人算卦要好。我能看出来，你将来一定会有出息，到时候千万别忘了哥哥我，带着我一起飞黄腾达。"

"兄长的为人我也清楚，我不会忘了你的。"

辞别芈仲，苏秦独自一人回家，却未察觉到此时一只信鸽在他身后腾空而起。

快到家门口时，苏秦见一男一女迎面走来，两人不到三十岁的年纪。那女子迎着苏秦过来，笑着说："这位小兄弟，打扰一下。"

苏秦抬头看她，这时他发现这个女人和他很近，她的胸口几乎碰到自己了，苏秦一瞬间被一种前所未有的感觉所包围，那种感觉很奇妙，他本来想往后退一步稍微保持距离，却又舍不得退后这一步。

他忍不住看了一眼她的胸口，立刻感到自己的脸在发烧，赶忙移开目光。

"啊？什么事？"苏秦问。

他看着眼前这个女子，相貌不算漂亮，但就是有一种神奇的魅力。

"我和我的兄长是来投军的，我们从小练习武艺，想在军中谋个一官半职，听说庞元帅的府邸在附近，小兄弟知道在哪里吗？"

苏秦看看旁边的男子，只见他和自己一般高，皮肤黝黑，十分精神，双目炯炯有神，还带着一股寒意。

"我……我知道，就在那边。"苏秦用手一指，身子不经意地侧过去，不小心碰了一下她的胸口。

只见这女子好像才反应过来的样子，低头一笑，说了一声"对不起"，然后向后退了半步。苏秦的脸上火辣辣的，却不知为什么仍然舍不得退后半步。

"是……是苏秦失礼了。"

苏秦偷偷看向旁边的男子，只见他手中抱着剑，神色冷峻，目光看向其他地方，并不理苏秦和这女子。知道没有其他人注意后，苏秦才稍稍宽心，这时他才发现自己的心在"怦怦"直跳。

"我们是赵国人，我叫曹文，他叫曹墨，我们是墨家弟子。"

"我叫苏秦，洛阳人。"

曹文笑了出来，说："你怎么这么腼腆？是不善于交流吗？"

"不，不是的，我也不知道怎么回事。"

他确实不知道自己为什么会这样，要知道他在云梦山上学的可是纵横之术，如果有人说他不善于交流，这话说出去，认识他的人听到了之后都会笑掉大牙，但是现在这件事就发生了。

"我们走了好久，可以讨杯水喝吗？"

"好，没问题。"

"多谢。"

苏秦带着两人来到自己家中，曹文说："你在安邑有自己的房子，还离元帅府这么近，你一定很厉害了。"

"我不厉害，是我师兄庞涓厉害，我才有机会在这里。"

"原来你是庞涓的师弟！那么你肯定也很厉害啊，别谦虚啊！"

苏秦听了这话，心里感到甜甜的，说："是，我说的都是实话。"

曹文看他傻傻的样子，心中觉得好笑，便在屋中走来走去，随后问道："对了，你在魏国是什么职位？"

"还没有职位，只是给丞相出出主意，做些使臣的事情。"

"你这么年轻就出使了？"

"这只是最末等的职位，我并不参与国家大事的讨论，而且只是出使过两次楚国而已。"

"你出使楚国，见到楚王会紧张吗？"

"不会，这些我在云梦山上都训练过。"

曹文问东问西，苏秦都如实回答，竟忘了他们兄妹两个人只是来讨杯水喝。

不知过了多久，曹文说："打扰你好久了，再拜托你帮个忙，好不好？"

"有什么事尽管说。"

"你能不能带我们去元帅府，帮我们在军中要个一官半职？这样就省得我和兄长从一般小卒做起了。"

"好，我们现在就去，有我给你们作保，师兄一定会给我面子的。"

三人来到庞府外，苏秦让人通报，过了一会儿，小蝶先来了。

"小蝶姐姐，我带了两个人来，他们要投军。"

"你怎么糊涂了？这里是元帅府，不是投军的地方，别人不知道，你还不知道吗？现在元帅有了孩子，每天忙着陪公主和小元帅呢，可没有时间管这些小事。"

"我知道，但是，我想找师兄来看看他们的武艺，帮他们在军中谋个差事。"

"这还不是一样？"

"哎，小蝶姐姐，你带我们去见师兄就好了。"

"随我来吧，孩子刚睡下，他正在后院练武呢。"

几人来到后花园，只见庞涓穿着一身素衣，正在练武，他手中的"宿命"上下翻飞，众人只见剑影而不见人。

"师兄。"

"苏秦，什么事？"

"这位是曹文，这位是曹墨，他们是赵国人，也是墨家弟子，想要来我魏国投军。我们挺投缘的，想让师兄帮他们在军中谋个官职，不用屈了人才让他们从最底层做起。"

庞涓看了看两人，说："你们有什么本事？展示给我看吧。"

只见曹墨上前一抱拳，说了一声"承让"，便拔出佩剑舞动起来，可以看出他的力量不小，舞得手中的剑"呼呼"直响，但是招式稀松平常。练完之后，曹墨收招站定。

"你也舞来让我看看。"庞涓对曹文说。

"我没有带剑，可以从兵器架上拿一柄剑吗？"

"可以。"

曹文看到兵器架中间放着一柄剑，不同凡响，径直走了过去，伸手要拿。

"不许碰那把剑！"庞涓呵斥道。

苏秦赶紧上去说："这把剑是孙膑师兄留下的，师兄很在乎，你换一把吧。"

"对不起，我不知道。我换一把。"

曹文在旁边拿了一把普通的剑，舞动起来，她比曹墨熟练一些，却也算不上厉害。

庞涓摇摇头说："不行，你们的武艺在魏武卒里只能做一名普通士兵，在其他队伍里也不一定能做到百夫长。"

"我最多允许你进我的魏武卒做一名普通士兵。"庞涓指着曹墨说。

"至于你，女子本就不能参军，我也无能为力。"

第十节　黑衣人

三人离开庞府，苏秦低头无语，自己夸下海口，却只给曹墨在魏武卒中要了个普通士兵的职位。他也怪自己疏忽，竟然没有提前试一试他们的武艺，结果在师兄面前弄得大家都尴尬。

"谢谢你，我知道你已经尽力啦。"曹文拍拍苏秦的后背说。她总是不经意地突破苏秦心中的那个距离，让他很不自在，却又很享受。

"天不早了，你们去哪里休息？"

"我们在附近找个客栈吧。"

"我知道那边有个四方客栈，你们可以去那里。"

苏秦带两人过去，要了两间敞亮的屋子，曹文一直充满感激地看着苏秦。苏秦一行去找屋子的时候，正碰到芈仲回来。

"兄长，你刚才出去了吗？"苏秦问。

"我刚去吃饭了。贤弟，你是来找我的吗？"

"我有两个朋友来投宿，我就把他们带来了。这是我的兄长芈仲，楚国人。"苏秦对两人说。

曹文和曹墨眼神交流了一下，又立刻恢复了正常，向芈仲点头示意。

"兄长，这是我刚认识的朋友，曹文和曹墨，他们是赵国人。"

说到赵国，芈仲的眼睛动了一下，然后又立刻恢复正常。

"哈哈，两位有礼了。"芈仲说。

苏秦送曹文、曹墨进了屋子之后就和三人道别了。他回到家中拿起曹文用过的茶碗，轻轻地抿了一口，脑中不停地回想着今天发生的事情，又不停地想起她，想起那些两个人靠得很近的时刻，脸上泛起羞涩的同时又露出了笑容。

"可是她和梦中的'花'完全不一样。

想什么呢！她可比我大不少年纪呢！

也许梦只是一个暗示，至于相貌这么具体的事情并不准确吧？"

四方客栈内。

"赵国的朋友，你们是赵国哪里人？听你们的口音不像是赵国人。"

"楚国的朋友，你又是楚国哪里人？听你的口音也不像是楚国人。"

"哈哈哈哈，看来你们别有目的。"

"呵呵，也许我们有相同的目的。"

"既然如此——"

"咱们井水不犯河水。"

"启禀大王，楚王亲自引兵二十万往我魏国而来，他以景舍为先锋，誓要夺回林中！"

"何人愿去救林中？"

"大王，臣庞涓愿带二十万人马救援，让楚人再不敢窥视我魏国疆土！"

"元帅刚刚得子庞英，是不是应该在家多陪陪孩子和璞月？魏国还有其他可靠的将领。"

"大王无须多虑，我和璞月平时经常一起谈论政事，璞月对我说过，如果有了战事让我放心出战，而且她每天有人伺候，不用担心。"

"既然如此，这次就再麻烦元帅了。"

庞涓转身去教军场点人马，准备出战。

苏秦退朝后，来到四方客栈找芈仲。

"兄长，楚国出兵，师兄庞涓要领兵出征，你看此战凶吉如何？"

芈仲拿出龟甲指指点点，说："此战没有大问题，庞元帅必然大捷。"

"我看兄长对魏国和楚国的战争好像感到不大开心的样子。"

"哈哈，你多虑了，这个时代打仗太正常了，愚兄已经习惯了。"

随后，苏秦又去找曹文。

"我这次要跟随师兄去上林打楚国。"

"楚国的实力可不弱，你们会不会输？"

"这世上没人是师兄的对手，你放心吧。我就是出发前想来看看你。"

曹文向前一步，两人几乎贴在了一起。

"自己小心啊，平安回来最重要。"

"嗯。"

苏秦不知道该说什么，但是心里感到暖暖的，他甚至有一把抱住曹文的冲动，却又没那个胆量。突然，他感到浑身发冷，转头一看，不知曹墨什么时候出现在一旁。

"兄长，战场上你也要小心，随机应变。"

"嗯。"

曹墨哼了一声，没有看苏秦一眼就出去了。苏秦看到曹文看曹墨的眼神，总觉得有些醋意。

"我又瞎想了，他们可是兄妹。"

魏军进兵上林，和楚军对垒。楚王也来到战场上，举起鞭子指着庞涓说："你们为何要占我上林、林中？竟然还敢派军来战！"

庞涓上前说："是楚国先出兵占领了我魏国疆土，我只是拿回属于魏国的地盘，怎么能叫侵占？在下奉劝楚王不要做无谓的抗争，我这'万胜不败'的大旗，可不是你区区楚国就能扳倒的！"

楚国这边，先锋官景舍一马当先，直取庞涓，庞涓上前迎敌，两人交战二十个回合未分胜负。

这时，景舍虚晃一枪，回身败走，庞涓指挥人马冲杀，阵头的曹墨英勇异常，横冲直撞，楚军没人能阻拦。庞涓追上景舍，这边楚王亲自拿刀来助阵，他和景舍两人不敌战庞涓，一起败走。庞涓继续追击，二十万楚军像被一刀劈开，庞涓回身看了一眼，见曹墨所在的一百人的先头队伍紧紧跟着自己，也就放心追赶，楚国士兵纷纷栽倒在两边。

突然，楚王停下了脚步，说："庞涓，你现在投降还来得及。"

"楚王，你怕是不知道自己的处境！"

庞涓回头一看，只见身后一百人的先头队伍竟然一个人都没有了，自己则被楚军团团围住。

"就算没人跟上来，你们也拿不住我庞涓！"

"是吗？"

庞涓顺着声音看去，只见一个人浑身穿着黑色的衣服，蒙着头，不知道是什么人，但此刻，他手中拿着剑，正在朝庞涓走过来。

"你们都走开，让我和他一对一。"黑衣人说。

楚王示意所有人听他的话，楚国军队扩大包围圈，空出来一片场地。

庞涓跳下马来，拔出"宿命"。

"什么'万胜不败'，不过是浪得虚名，今天，三十招内，我就让你败得心服口服。"

"对我说大话的人多了，但他们最后都输给我了。"

"还从来没人敢在我的面前说大话！"

黑衣人先下手为强，招招狠辣，不留余地，庞涓使出鬼谷剑法还击，两人打在一处。

庞涓一接招，就感到他力量强大，招式奇特，不像是中原的招式。楚国地处蛮夷之地，这倒并不稀奇，只是此人似乎对鬼谷剑法有些了解，知道庞涓的招式套路，总是能提前应对，让庞涓差点儿招架不住。

"原来如此，怪不得你有自信打败我。"

"你现在投降还来得及。"

"不，我不能败，也不会败，因为我是'万胜不败'！"

庞涓突然变招，一时变幻莫测，这正是对付吴起时用的鬼谷剑法"一览众山"。这招显然出乎黑衣人的意料，让他无力招架。景舍和楚王眼看不妙，一起上阵，三人齐战庞涓。这时，众人背后杀声又起，原来是徐甲和侯英带着魏武卒冲杀过来了，楚国军队抵挡不过，大败离去，退回到楚国境内。

"大王，战不过庞涓，是臣的过失。"黑衣人说。

"庞涓的厉害孤见识到了，不过这一败不就在计划之中吗？"

"哼！下一次，我一定会赢他！"

第十一节　田旭

楚国愿意向魏国割地臣服，岁岁纳贡，庞涓收拾人马，回到安邑。

苏秦得知之前失散的一百人的先头部队成员全部战死，连曹墨也没有回来，心情十分复杂。曹文的兄长战死本来应该是一件难过的事情，但他每次见到曹墨又总会在心里生出一种不适感，而他现在再也不会有这种感觉，可以更方便地去找曹文了。

"你好像很在意曹墨。"庞涓说。

"因为我是他的举荐人，所以想了解他的表现，想不到第一次上战场他就没回来。"

"如果你上过战场就会知道，这种事太正常了。"

"我还想象不出来完全不认识的两个人以命相搏的样子。"

"我刚来的时候也做不到，但看得多了就习惯了。"

"师兄，我觉得你真的和之前不一样了。"

"我确实和之前不一样了，到了这个位置，我必须成长，必须改变。我刚开始上战场也下不了杀手，因为嬴师隰杀我全村父老乡亲，我才忍不住杀了他。后来，吴起告诉我，如果我在战场上不能狠下心来，就会有更多的人会因为我的仁慈而死去，战场上只有奋力拼杀才能活下来。"

"师兄之前都是和公子印一起出兵的，这次他并没有跟随，最近你们交流少了很多，是因为孙膑师兄的事情吗？"

"虽然我们都是对事不对人，但是毕竟说了那样的话，多少有些不一样了。所以，最近出兵他都没有一起来，可能需要什么契机，我们才会回到当初吧。"

"师兄，有件事我不得不说。之前丞相只给你一个月的时间夺回上林和林中，其实就是想让你输，但他是为你好。他认为你太过执着于'万胜不败'这个称号了，这不一定是好事，毕竟世上没有真正可以永远不败的人。"

"原来是这样，我知道他的意思了。那你就转告他，让他不用想那么多，以前没有可以永远不败的人，那是因为我还没有出生。从现在开始，让他放心地把战事交给我，我已经遇到过不少危急时刻，都是因为那个称号才让我坚持下来，反败为胜，包括之前夺回林中。只要这面旗在，我就是那个可以改变人们想法的人。"

苏秦看着庞涓，庞涓好像也在看苏秦，又好像在看其他人，他的话像是对苏秦说的，又好像不是。

"师兄，你真的变了，之前你没有这么自信的。现在，你一定没问题。"

庞涓笑着点点头，又看了看院子里的那面大旗。

每当没有战事的时候，庞涓就把那面大旗放在院子里端详。

"师兄在魏国已经位极人臣，将来你还想达到什么高度呢？"

"我没有想过将来，把眼前的每一场仗打好，不要辜负了师父的名声才是最重要的。至于我，随史官写吧，只要别把我写成一个嫉贤妒能、心狠手辣的人就好，哈哈哈哈。"

"哈哈，师兄说笑了，史官再过分都不可能把你写成那样的人。对了，师兄，有一件事我只告诉你。"

"什么事？"

"那天我带来你府上的曹文和曹墨，其中的那个曹文，你觉得怎么样？"

"我没有仔细看过她，怎么了？"

"我觉得我动心了，那天我做了一个梦，梦到一个好漂亮的女孩，然后曹文就出现了，我觉得这可能是某种暗示。"

"可是她看起来年纪比你大好多。"

"我不在乎，只要一看到她，一想到她，我就有点儿控制不了自己。"

"上次我不知道这件事，有机会你把她再带过来，让你嫂子见见，她是'笑面公主'，待人接物、察言观色不在话下，而且女人也更懂女人。"

"好，我找机会带她来。"

苏秦来到曹文住的客栈，看到曹文的笑脸，他更不知道该怎么告诉她曹墨的噩耗了。

"怎么了？你看起来不是很开心。"

"我刚去了帅府，师兄得胜归来了。"

"真的吗？那我兄长呢？"

苏秦张不开嘴。

看着苏秦的样子，曹文好像明白了什么。

"他到底怎么了？你告诉我！"

"他……他战死了。师兄在前阵杀敌，曹墨所在的前军被围困住了，最后全军覆没，没有一个人回来。"

他看向曹文，只见曹文默默地流下眼泪，转过身去。

"你不要太难过，我知道你们兄妹情深，但是战场上刀剑无眼，想必他早就有了这样的觉悟。"

"我知道，只是还是难以接受，我想一个人先静静。"

"好，你先休息，我不打扰你了。"

苏秦只好出来去找芈仲，并告诉芈仲，他算的这一卦真中了，自己在朝堂上一定会向大王说他的好话，芈仲千恩万谢。

此后，一连多日，苏秦都来找曹文并安慰她。这天，苏秦刚刚离开，客栈旁边有一个身材肥大、满脸堆笑的人对苏秦说："先生，我看你天天来我这客栈找那位姑娘，你是想和她结为秦晋之好吗？"

苏秦看向那个人，原来是客栈的掌柜。被人说中了心事，苏秦的脸红了起来。

"来来来，你跟我来，你也算是常客了，咱们好好聊聊。我没别的意思，就是想交个朋友。"

掌柜拉着苏秦来到一间整洁的屋子，让人端上几个好菜，又拿来一壶好酒，和苏秦聊了起来。

"贵客怎么称呼啊？"

"我叫苏秦，掌柜呢？"

"我叫田旭，大家看我样子憨憨的，都叫我'憨田旭'，哈哈。"

"自称憨的人，往往都很精明。"

"哈哈，苏秦贤弟你果然眼光独到，我可是精明得很啊，一眼就看出来你喜欢那个曹文姑娘，你还没有向她袒露心声吗？"

"我们还没到那一步，而且现在时机不合适。"

"哎，你得说才能进一步啊，你不说怎么到那一步？贤弟，男人要勇敢点！下次来你就提出来，看到她的反应后再做打算。"

苏秦点点头，田旭指点了很久，两人也聊得很投机。

第二天，苏秦又来到客栈，提出请曹文出去走走，曹文说身体不便，便推脱了。苏秦没精打采，把事情和田旭说了。田旭说："你得送点礼物，在女人身上得花钱，当初，我为了和贱内在一起，虽然生活拮据，但是我还是拿出一半的钱用来给她买些吃穿用品，她也知道我不容易，这样时间久了，她就愿意和我在一起。你得想着给她买点儿东西！"

苏秦又出去买了好些东西送过来，曹文也推辞不要，弄得苏秦更加垂头丧气，想安慰她又不知道怎么做，看来曹墨的死对她的打击很大。之前两人见面的时候明明靠得很近、很亲密，现在，苏秦却一点儿都靠近不了她了。

田旭经常宽慰他，苏秦漂泊在外，难得有人听自己诉说衷肠，田旭也不像芈仲年纪比苏秦大那么多，两人聊得久了，关系也日日渐近。

第十二节　公主会

这天，苏秦来到四方客栈，对曹文说："师兄说想让你去他府上，他觉得你不容易，想给你些赏赐。"

曹文当然知道这是什么意思，她的脸上竟然开始露出了一丝微笑。

"好啊，我和你去帅府。"

曹文答应得这么爽快，确实是苏秦没想到的。苏秦心想："这是不是意味着她开始看开了，我们的距离可以更近一步了？"

两人来到庞涓府上，庞涓在会客厅接待，璞月也坐在一旁。

苏秦上前说："师兄、嫂子，这是曹文。"

庞涓看看曹文，再看看璞月，璞月也在上下端详曹文，她笑着说："果然是一个标致的女子。"

苏秦对曹文说："这是我的嫂子璞月公主。"

曹文说："原来是公主，草民失礼了。"

说完，曹文赶忙下拜。

璞月没有动身，说："你既然是苏秦的朋友，就不必多礼了。"

曹文站起身，璞月指指旁边的座席，说："你们都坐吧。"

两人坐下，璞月仔细观看曹文的一举一动，问道："你是哪里人？"

"草民是赵国人，乃是墨家弟子，因为和兄长都懂些武艺，所以来魏国投军。"

"我听说你兄长的事情了，他是为国捐躯，以后大王和元帅是不会亏待你的。"

"多谢大王恩泽，多谢元帅和公主体恤，草民感激不尽。草民早就听说公主常常帮大王接待宾客，国色天香，知书达理，各国使臣无不称赞，被誉为'笑面公主'，今天一见，确实是神仙颜色。"

"都是各国使臣的谬赞，璞月不敢当。不过，你身为一介平民，竟然也知道这些事情？"

"这些都是苏秦讲给我听的。"

"原来是这样。"

璞月看向苏秦，苏秦说："我好像是说过。"

"我看你的一举一动，就算不是大家闺秀，也不像普通人家的女子。"

"公主这话真是让草民无地自容，我只是普通的墨家弟子而已。可能是因为师父教导有方，所以我们粗知礼仪。"

"你既然知道'笑面公主'的事情，想必也是关心各国政事的人吧？寻常百姓可不关心这些。"

"草民略知一二，但肯定不及公主万分之一。"

"我是比较关心国家的事情，毕竟我生在王室，从小父王就教我们要以国家为重。"

"这种事情对于男子来说理所应当，没想到公主竟然也如此以国家为念，让草民十分佩服。"

"我想如果你也生在王室，应该会和我一样吧。"

"如果我生在王室，我想我不会只做接待使臣这样的事情，而是会身先士卒，在战场上杀敌报国！"

璞月听了这句话，眼神变得锐利起来，盯着曹文看。曹文并不胆怯，也看着璞月。

"你们习武之人果然和我想的不一样。"

"这和习不习武没关系，我，不对，草民还是觉得能在战场上出力，才是真的帮助了国家。不过，王宫中那些下人在招待使臣的时候端茶送水也是在为国家出力，只不过他们出力的方式不一样罢了。"

璞月闻言站了起来，仍然笑着看曹文，只是笑得很不好看。

曹文赶忙下拜，说："公主不要误会，草民的意思是，公主招待使臣也是一种为国家出力的方式，因为草民见到公主和元帅有些紧张，所以失言了。"

庞涓拉了一下璞月的胳膊，示意她坐下。璞月缓缓坐下，眼神恢复如初，笑容也变得正常起来。

曹文说："公主号称'笑面公主'，在草民面前也是如此，没有一点儿看不起草民的样子，真是名不虚传。"

"我从来没有故意笑，我的笑都是由心而发，毫无掩饰的，不像遇到的有些人城府太深，心思难料。"

苏秦说："师兄，咱们先吃饭吧？慢慢聊。"

"好，上菜。"

酒席过后，众人散去。庞涓私下问璞月："此人如何？"

"我觉得她不简单，她虽然自称草民，但是面对我的时候那种自然随意的样子，还有她所说的话，不像是普通百姓能说得出来的。而且，她年纪比苏秦大许多，看起来很成熟的样子，不像是没有成过亲，这些需要苏秦自己去问清楚，认真考虑好。他年纪还小，你和他说清楚利害，毕竟他的人生还长，让他谨慎考虑。"

"我知道了。"

庞涓把苏秦叫到身边,又把璞月的意思转告给他。苏秦说:"我知道因为我们相差不少年纪,所以你们肯定会因为这个不同意。"

"我和璞月都不是那种仅仅因为年纪相差大,就认为你们不合适的人,我们都希望你能遇到好女孩。只是璞月见过很多人,她觉得不太合适,一定有她的原因,你自己一定要搞清楚,不要被感情冲昏了头脑。"

"我们之间的情况我自己最清楚,谢谢师兄了。"

苏秦很不高兴地走了,庞涓长叹一声,说:"每个人都有自己的命,就算最后他受了伤,也是一种成长吧。"

毕竟伤和伤不一样,有的可以痊愈,有的则会残废终身。

朝堂之上,魏印奏报:"大王,现在赵国丞相大成午病重,臣以为此时正是伐赵的时机。希望大王允臣率一支人马进攻赵国!"

"好,最近赵人和我们在边境摩擦不断,孤早就想灭灭他的威风了。"

"大王,臣庞涓也想前往。"

"这……"

庞涓想与魏印争功,让魏王不知该怎么办才好。魏印因为孙膑的事情,和庞涓的交流少了很多,但是看到他愿意出兵,心中高兴,于是说:"大王,臣愿意为副将,和元帅一起出兵。"

庞涓也想趁这个机会缓和两人关系,便说道:"请大王恩准。"

两人相视一笑。

"好,庞涓为元帅,魏印为副将,你们一起出兵攻打赵国。"

苏秦得到攻打赵国的消息后,来司天鉴找到芈仲。

"兄长,这次大王要攻打赵国,请再算一卦吧!"

"什么?大王要攻打赵国?"芈仲很吃惊。

"对,有什么问题吗?"

"没……没什么,让我算一算。"

芈仲照旧用龟甲推算,随后说:"贤弟,这次出兵不妙,至少也是一场苦战,甚至会对魏国造成不可挽回的损失,你最好还是劝劝庞涓元帅和大王放弃这个念头吧。"

"这么严重吗?师兄可从来没输过,兄长,你肯定不会错吗?"

"我肯定。"

第十三节　天狗

苏秦先来到四方客栈找曹文，对她说："大王想攻打你们赵国。"

"又要出兵了吗？我不想管这些事情了。"

"你不会为你的同胞而担忧吗？"

"担忧有什么用呢？这个世道打仗是难免的，我们能过好自己的日子就不容易了。"

"你放心，我会让你过上好日子的。"

曹文听到这句话竟然笑了，说："我知道你关心我。"

苏秦听到曹文突然说这样的话，脸上烧得红红的，心里却甜甜的。

和曹文分开之后，苏秦去了丞相府，对惠施说："丞相，我之前引荐过的司天鉴芈仲，他算的卦非常灵验，上次伐楚他算定魏国会很顺利，结果伐楚一战而胜。这次他算定伐赵是凶卦，即便不败，至少也是一场苦战，甚至会对魏国造成不可挽回的损失，请丞相告知大王此次出兵务必三思。"

"周易之事岂可全信？如果随便一个司天鉴的卦都要去惊动大王，大王可就太忙了。你不要多虑，我们静待元帅的佳音即可。如果这次芈仲的卦还准，我自会把这件事报给大王。"

庞涓将要出兵，璞月说："这次伐赵，我也想一起去。"

"你别开玩笑了，战场上可不是闹着玩的，而且哪有军中带女人的道理！"

"我是公主，还不能破例吗？"

"就算是子夷太后也不可以！你还是在安邑帮大王接待使臣，不是说燕国的使臣就要来了吗？"

"我不想只做一些接待使臣的事情，免得被人说我只会做一些下人都会做的事情！"

"别闹了，不管你怎么说，这件事没得商量。"

璞月再三求情，庞涓就是不准。

璞月找到魏印，魏印也劝她不要去，璞月没办法，只好作罢。

大军出发，一路摧城拔寨，直奔赵国重镇晋阳而去。

邯郸城内，赵王来到大成午榻前，询问退敌之策。

"魏人趁丞相病重之际前来侵犯，实为可恶，奈何丞相有病在身，不能为孤分忧。"

"臣虽然不能再亲上战场，但是可推荐一人，足以退敌。"

"何人？"

"孙天狗。"

"孤听说此人性淫好色，让这样的人为将，恐怕不妥。"

"好色只是个人癖好，无足轻重，大王该看重的应是个人的才干。他在墨家学艺多年，守城之术不在墨翟之下，加上晋阳城城墙坚固，如此一来，魏国绝对难越雷池半步。起用他，大王尽可高枕无忧。"

"只好如此了。"

"另外，臣有一封书信在此，请大王速给此人送去，他必会前来相助。"

赵王拿过书信，看到上面的名字，说："原来丞相一直和他有联系。"

赵王令孙天狗带兵前往晋阳。晋阳是赵国旧都，城郭坚固，武器充足，赵军又可以从后方源源不断地支援粮草和兵马，因此更加难以攻克。

庞涓的人马来到晋阳城下，两军摆开阵势，孙天狗自报名号，庞涓和魏卬看此人生得面相丑陋。魏卬说："让我先会一会他。"

说完，魏卬纵马提枪赶到战场中央，和孙天狗战在一处，二十多个回合下来之后，孙天狗招架不住，退回城中。庞涓趁势指挥人马攻城，只见孙天狗一入城，立刻命人弓箭齐发，魏军不能寸进。

庞涓一连几个月攻不下城，不管用什么方法，孙天狗总有方法将进攻化解，晋阳城池又十分高大，魏军不能寸进，人马损失甚巨。

庞涓和魏卬商议，可以采用当年智伯攻晋阳的方法，魏卬说："听说现在晋阳城早就为这种攻城的方法做好了准备，备着数千木筏，就算城门打开，我们进去踩着水也打不过他们，而且现在晋阳经过改造，也不会积水太久了。"

"如此说来，晋阳真的无懈可击吗？"

魏卬回答不了这个问题，如果可以他早就去做了。魏军和孙天狗僵持在晋阳，互不退让，谁也讨不到便宜。

"损失这么大，我们还要坚持吗？再坚持下去，损失只会更大，但是现在魏军撤军，就等于输了。"魏卬心想。

但如果失败的话，有一个人不会答应，因为"万胜不败"不能倒下。

这天，魏卬正在营中苦闷，突然听到有人来报，说有人求见，并奉上一枚玉佩。魏卬看到玉佩吃了一惊，说："快把人带进来。"

来人进了营，身后还跟着一个仆人。两人虽然是男子打扮，但是魏卬还是一眼就认出来了她们。

"你怎么来了？不是说了不让你来吗？"

"我身为魏国人，应该为魏国出一份力，更何况我是公主。"

"公子，我劝过公主了，她不听我的。"小蝶委屈地说。

是的，魏卬太了解这个王妹了，她决定的事情，没有人可以改变她的想法。

"我已经来了，就必须做点什么，别想把我送回去。"

"我们在攻城，你能做什么？你什么都帮不到我，在这里只能添乱。为了前线将士，为了让庞涓安心，你还是回去吧！"

这时，有人在帐外说："公子，小人来了。"

"进来。"

来人一身赵国士兵的装束，看到有人在一旁，不知该不该开口。

魏印说："李四，这是公主，没关系的，你说吧。"

"公子多年不见风采依旧，小人现在已经在赵国混到押粮官了，并画了赵国往晋阳城里运送粮草和人马的路线图，过来献给公子。"

魏印拿过来仔细观看，点点头，说："这是大功一件，我会告诉元帅，等取胜之后你就可以回去亲自在大王面前报功了。"

"多谢公子。"

璞月突然计上心头，说："王兄，我要和他一起去晋阳当卧底。"

"开什么玩笑？那里是龙潭虎穴，你去了要是有个三长两短，我怎么向元帅和大王交代？"

"不会有危险的，我去看看里面的情况。如果真的危险，我就让李四带我回来。说不定我可以看出一些不一样的地方，成为打破晋阳的关键呢。"

"你不用说了，我不可能同意的。"

璞月转身从兵器架上抽出一把剑，又把剑横在脖子上，说："王兄再不答应，璞月就死在这里。"

"你别乱来！"

魏印不确定她有没有这样的勇气自杀，但是他绝对没有勇气去试这个问题的答案。

"我真的拗不过你！李四，你一定要保护好公主，不然我杀了你！当然，如果公主平安回来，你的赏赐也少不了。"

"遵命。"

"璞月，你一定要注意安全，随机应变。李四，我给你响箭，如果有危险就放出来，我就是死也要冲进城去。"

李四接过响箭，答应道："小人一定死命保护公主安全。"

璞月也说道："王兄放心，我只是在城中看看，绝不会轻举妄动。"

第十四节　食月

璞月和小蝶跟着李四绕道汾河，来到晋阳城的后方。李四给她们两身赵国士兵的盔甲，让她们换上，两人混入运粮的队伍里，进了晋阳城。

进城之后，璞月看晋阳城内到处都是赵国士兵，一个个精神饱满，这时她才发现，原来别的国家的士兵和魏国一样是由普通人组成的，并没有什么不同。

"他们是敌人啊，我在想什么呢！"璞月提醒自己，继续走着。

粮草运到粮仓，李四就带她们到自己家中，璞月说："原来这晋阳城里的赵国人也都是普通人，和我们魏国的士兵没有区别。"

"公主说笑了，赵国人也是人。"

这时，小蝶俯下身，在炉灰边抓了一把灰抹在脸上，弄得没人能看出来她是男是女，长什么模样。

"你这是做什么？"

"公主，咱们在深宫长大，都是细皮嫩肉的，你看那些士兵哪个不是黑黝黝的？我这样做，他们就认不出我是女的了。"

"你观察得还挺仔细。"

"公主不来点儿吗？"

"我才不要，这东西太脏了。"

李四为了保证安全，很少让她们出去，最多带她们在粮道上走走。

这天傍晚，璞月在李四家里待得烦闷，就偷偷打开门，和小蝶走了出来。这时，对面来了一队人马，两人赶忙闪避。带头的人看着街上站岗的兵卒，目光扫到了她们两个人。

带头的人与她们擦肩而过之际，那人仔细看了看小蝶，摇了摇头，当看到璞月时，他的眼前一亮。

"站住！"

璞月和小蝶赶紧站住，她们的心"扑通扑通"直跳。

"知道我是谁吗？"

两人摇摇头。

"我就是镇守晋阳城的大将军孙天狗！"

两人听后，感到有些绝望。

"扭过头来。"

两人低着头扭过来，孙天狗指着小蝶说："你走开，没你的事！"小蝶故作镇定地走到一个角落躲了起来。

他又看着璞月说："抬头！"

璞月只好抬头，她虽然穿着一身军装，但是那清秀的面庞和忍不住的微笑太过扎眼了。

"哈哈哈哈，好，带回去！"

几个人过来把璞月抓起来，璞月用力挣扎着，喊道："放开我！"她脸上的笑显得那么诡异，但是她无法阻止自己笑。

她一说话更暴露了女人的身份，但是以她的力气，又能怎么办呢？

"我孙天狗阅女无数，一眼就能看出你的真面目，今天就是你我的好事！"

安邑城中，苏秦鼓起勇气，来到曹文门前，叩开房门。曹文笑着，向前迈了一步，又是几乎和苏秦挨在一起的距离，这让苏秦不禁感到有些开心。

"你的心情好些了吗？"

"你觉得我不开心吗？"

"虽然每次见到你，你都在对我笑，但我觉得你和我之间总是保持着距离，这让我靠近不了你，也让我很困扰。"

"什么样的'进一步'？"

"我……就是……"

"是这样吗？"

她抓起苏秦的手，放在自己的胸上。

苏秦愣住了，他从来没有遇到过这样的情况。曹文却自然地把他拉进来，关上了门。

"是不是这样？"

苏秦答不出来，他的手像被吸住了，完全挪不开，那种感觉让他像触电一样浑身颤抖。

曹文笑着，双手在他身上游走，触碰着他最脆弱的部位。

临淄城中，孙操正和孙膑说着近日来发生的一切，当说到庞涓攻打晋阳时，孙膑说："晋阳可以说是天下第一坚城，庞涓想拿下它太难了。"

"两边都损耗太大了，我想魏军该撤军了。"

"如果是别人的话，早就撤军了，如果是庞涓的话，他绝对不会。"

"为什么？"

"因为他是'万胜不败'将。如果撤退，就是在告诉世上所有人，他败给赵国了。所以，他一定会不惜代价攻下晋阳。"

"你觉得他会成功吗？"

"会。"

"为什么？"

"因为在遇到我之前，他不会败。"

"那你看他多久可以拿下晋阳呢？"

"啊！"

孙膑突然感到一阵撕心裂肺的疼痛，他捂住胸口，然后从轮椅上倒了下来，又抬起头来看着天上的月亮，不知为什么，眼泪从他的眼里滴滴答答地流了下来。

"膑儿，你怎么了？"

孙膑用手赶走孙操想要扶他的手，在地上不停地翻滚着。

"不要，你不要有事，不要啊！"

"公主，你一定不要有事啊！"

小蝶跑回李四的家里，趴在桌子上哭，她已经慌乱到不知道该怎么办。

这时，李四回来了，看到小蝶在哭，又不见公主，心中感觉不妙，赶忙询问发生了什么事。小蝶把刚才发生的事情说了一遍，李四一屁股坐在了地上。

"完了！完了！完了！孙天狗是色魔中的恶鬼，公主到了他手里就完蛋了！我该怎么向公子印交代啊？"

"李四大哥，你快救公主啊。"

"你找个地方躲起来吧，我家不安全了。"

说完，李四把响箭揣在怀里朝着南门走去，有人看运粮官来了，询问道："李四，你不是运粮官吗？怎么到城墙来了？这里很危险，魏军随时都有可能攻城。"

李四没有答话，拿出响箭，此时天色已暗，四下无声，响箭在空中划出一道明亮的光线，声音显得特别刺耳。四周的士兵知道这意味着什么，立刻过来要抓他，李四不等他们围上来，拔出佩刀自刎而死。

魏印心中忐忑，每天在营中关注着城中有什么动静，这时看到城上有响箭射出，心中暗叫："不好！"他立刻来到庞涓营中，说道："元帅，请速速攻城！"

"今天白天才结束攻城，现在城内守卫一定森严，不是最佳时机。"

"不能拖延了！相信我，咱们快攻城吧！"

"发生了什么事情，让公子这么着急？"

"元帅先不要问了，相信我快攻城！不能拖了！不然你后悔莫及！元帅如不出兵，我就自己带着本部人马去。"

"好，攻城！"

庞涓一声令下，魏军全力出动，如潮水般涌向晋阳城。

城上的守军看到魏军攻城，立刻层层通报，最后报告到将军府。

"将军！现在魏军攻城了，请将军速速到城楼上指挥！"

"好，我马上就好，这就来。"

这时，他身下的女子却不再挣扎，而是紧紧地把他抱住。

"怎么，你要走？这就不行了吗？走了你就不是男人！"

"你个婊子！刚刚不是还挣扎吗？现在又不让老子走了！好，再来大战三百回合!"

　　"将军,魏军攻城甚急,请以大事为重!"

　　"滚!别烦老子!就算天塌下来都别烦老子!"

　　"你就这点儿能耐吗?再用力啊!"

　　"这就让你见识老子的本事!让你再笑,老子让你再也笑不出来!"

　　"将军!啊!"

　　一声叫喊声过后,窗户上沾满了血,通报的兵卒横尸当场。庞涓一马当先,杀到将军府。攻打晋阳城几个月以来,魏军损失甚大,不知道有多少并肩作战的兄弟惨死,此刻庞涓压不住自己内心的怒火,提着"宿命"一脚踢开了房门。

　　床上,孙天狗正在酣战,根本来不及看庞涓一眼。庞涓上前一把把他拉下来,一剑结束了他的性命,后面跟着冲进来的兵卒一起过来,把他砍成了肉泥。庞涓又走向床,一把把床上的女人拉下来,准备一剑刺死,这时他听到魏卬大喊:"住手!庞涓不要!"

　　"为什么?"

　　"因为她是璞月。"

第十五节　墨魂

　　庞涓愣住了,他再仔细看了看手中这个赤裸的女子,竟然真的是自己的妻子。

　　"这到底是怎么回事?"

　　"你们都给我出去!今天看到的事情谁都不许说出去!"

　　魏卬一声怒吼,将冲进来的士兵全都赶了出去。

　　"小蝶跟我说璞月被孙天狗抓了,我就赶紧赶过来了。"魏卬说。

　　"我问你这到底是怎么回事?"

　　"这……"

　　"不关王兄的事,这是我的主意。"璞月笑着说。她笑得很开心的样子,但眼角挂着泪,了解她的人都知道,她笑成这个样子意味着什么。

　　璞月站了起来,拿起一块布用力地擦着自己的身体。

　　"你怎么能进城?这一定是你做的!"

　　庞涓再次狠狠地看着魏卬,双目圆睁,像是要把眼睛瞪出来一样。魏卬心中懊悔,不知该怎么解释。

不过，无论怎么解释，现在都已经无法挽回了。

"是我想进城查看晋阳的军情，和王兄无关，你不必怪他。"

"你一个女子看什么军情，你能看懂吗？"

"不管懂不懂，现在因为我，魏军攻破了晋阳城，让很多士兵没有继续白白牺牲，这就够了。"

"我可以攻破晋阳城，但我不需要你这样做。"

璞月看着庞涓说："我不想争辩这件事情，以后再也不要提这件事了。"

她已经穿好了衣服，打开门走了出去。

庞涓在后面跟了上去，忽然又停止了脚步，对屋里的魏印说："我以后，再也不想见到你。"

"膑儿，怎么样了？"

"好多了。"

"刚才发生了什么？"

"我不知道，只是一直觉得心好疼，疼到无法忍受。"

孙操把孙膑扶到轮椅上，孙膑抬起头，看着月亮说："希望你平安无事。"

苏秦走出曹文的房间，还是不能理解为什么会发生这一切。发生这样的事情，反倒让他觉得自己更加看不清她了。

他只有找田旭诉说，也唯有田旭适合听他说这些，至少苏秦是这样认为的。

但是第二天，苏秦再来找曹文，曹文对他的态度又变得冷淡了。有时候，苏秦觉得自己就是曹文的玩具，被她随意玩弄，却无可奈何。

"女人心，海底针，真的仅仅因为这样吗？"

走出将军府，庞涓愤怒地向天吼着："杀，都给我杀！"

他拔出剑，大喊一声："屠城！"

庞涓手中愤怒的宝剑朝投降的赵国兵卒和百姓头上砍去，这时，有一把剑拦住了他。庞涓看向此人，觉得有些熟悉，却又一时叫不出他的名字。

"庞将军，不，现在你应该是庞元帅了，还记得胜绰吗？"

"原来是你！你来做什么？"

"我为保护这赵国数万生灵而来。"

"今天他们都要死！"

"他们都只是奉命行事的兵卒和普通百姓。"

"你要阻止我？"

"你变了，当初的你是不会杀人的。"

"今天的我杀人了，所以我是'万胜不败'将、兵马大元帅！"

"今天，胜绰就拼了这条命保护他们。"

"可以，赢了我，我就放了他们。"

庞涓的变化让胜绰感到颇为意外，要知道当年的他不仅不敢杀人，每一招每一式也都透露着不自信，但是现在，只听他说话的语气，就让人相信他早已把当初的自己抛诸脑后了。

两人剑对剑，打在一处，双方在简单的试探后，立刻使出了真正的杀招。鬼谷剑法和墨家剑法的碰撞，比几年前凶险了很多。

百招过后，庞涓使出绝招："鬼谷剑法——一览众山！"

胜绰也使出绝招："墨家剑法——尚贤！"

这时，魏武卒里的徐甲、侯英都围上来观看这一场厮杀。

招式已尽，但两人仍是不分胜负。不过两人的内心已经有了答案：在别人注意不到的地方，庞涓的双手微微发抖，鬓角开始流汗，而胜绰则毫无变化。

"我不会输！"

"你不会输，所以放了他们吧，你赢了。"

"你在威胁我。"

"杀人是没有意义的，你希望自己的家人被杀吗？他们的家人又会希望他们被杀吗？"

这句话让庞涓想到被秦人杀害的全族，再看这些已经无力反抗的赵国人，竟让他隐约地看到了自己全族的影子。

"放了他们，我愿意以命交换，你有什么怨气，全都可以发泄在我身上，墨家的人不会为我报仇，因为胜绰几年前早就死了。"

"放了他们。"庞涓终于松口了。

"多谢庞元帅。"

"我说到做到，你也不要忘了你说的上一句话。"

"原来你真的变了，我懂了。"

剑光一闪，这次，胜绰彻底死了。

魏军虽然攻陷了晋阳，但是损失惨重，无力再战，于是和赵国议和撤军。

回国的路上，庞涓心情复杂，这场胜利的代价太大了，无论是对于魏国还是对于自己而言。以前每次胜利他都是满足的，但是这次他完全没有得胜的喜悦。

女子在军中多有不便，因此魏卬带着璞月和小蝶先回安邑，也想以此避开庞涓的视线。这件事情之后，魏卬再也没有脸面对庞涓，本来以为这是可以缓和两人关系的一次出征，没想到却以两人的进一步决裂而告终。

魏王在朝堂上论功行赏，但接受赏赐的每个人都心情沉重，丝毫没有得胜的样子。

"大王，臣想举荐一人。"

苏秦出列奏报。

"什么人？"

"司天鉴的芈仲。此人精通周易，算准此次出兵不利，请大王酌情录用。"

"孤想起来了，丞相和我说过这件事，宣司天鉴芈仲。"

芈仲上朝，拜见魏王。

"听说你精通周易，算出魏国这次伐赵会出兵不利，给孤讲讲。"

"臣略通一二，是丞相和苏秦抬举臣了。大王如果有兴趣了解，可以择日来司天鉴，让臣给大王展示其中的奥妙。"

"好，孤还从未去过司天鉴，明天就去看看。"

庞涓府内，璞月坐在床上笑着，庞涓站在窗前，两人沉默良久，房间内静得可怕。

"元帅还不睡觉吗？"璞月打破了沉默。

"我不想睡。"

"是因为我，还是因为死了的两万将士？"

庞涓沉默了，他不知道该怎么回答这个问题。

"我认为这是值得的。"璞月继续说。

"我知道你会这样想，我只是，不希望你这样想。战争是男人的事，你本不应该来。其实，我就是希望你不要想那么多，不要有那么多家国的压力。把这些交给我，去做你自己。"

"我不是那样的人。"

"所以，这让我更加心疼。"

庞涓走过来，把璞月紧紧地抱在怀里。

璞月脸上的笑容消失了。

第十六节　司天劫

芈仲来到苏秦家里，和苏秦一起畅饮。

"贤弟，这次多亏你了，不然我一定不可能这么快就有机会见到魏王。"

"是兄长神机妙算，苏秦只是推荐了一下。"

"你不用谦让，你记着哥哥，这就让我很感动了，真的谢谢你。"

"兄长今天怎么这么客气？"

"我就是高兴，所以找你来说说话。我一直有话想对你说，你这个人还是太年轻了，太容易相信别人了，你这样会吃亏的。"

"苏秦就是这样的人，也不会变的。而且，如果不是因为我容易相信人，又怎么会认识兄长？"

"我不值得，我告诉你，我不值得。"

"兄长是什么意思？怎么今天的话听起来怪怪的？"

"你是个好人，更是个有才的人，你将来会飞黄腾达、名留青史。我就是个普通人，历史上不会记载我只言片字。等到我死了，就像一片树叶落入尘埃，没有人会在意，没有人会留恋。所以，你不该认识我，也不该相信我。"

"兄长言重了，苏秦没有看不起你的意思。"

"你不要说，让我来说。这个世界人心隔肚皮，你还小，你看不透，也看不懂。很多事情即使是古稀老人也看不懂，今天把酒言欢的两个人，明天就有可能互相视作仇寇。你的两个师兄庞涓和孙膑，他们亲如兄弟，最后怎么样？还不是一刀两断。说句不恰当的话，今天咱们两个人在这里喝酒，谁知道明天我想不想杀你？哈哈，开个玩笑。"

芈仲端起酒杯，看着窗外，接着说：

"谁不希望没有争斗，让这个世界简单点儿，每个人都单纯点儿？但那是不可能的。我活了四十多年，看过太多的人来人往，兄弟阋墙，手足相残，朋友反目。那个时候，如果我能有位兄长像今天这样把这些话对当时的我说，可能我就不会失去那么多了，不，我一定不会失去那么多了。你是个好孩子，我真的很喜欢你。"

"但有时候看到你那个单纯的样子就让我生气。就说那个曹文和曹墨，他们不是简单的人物！你以为他们真的就是来投军的？"芈仲摇摇头说。

"你啊，多留个心眼儿，别什么都说、什么都信。我知道你喜欢那个曹文，但她不是你能碰的，你玩不过她，你放弃吧。"芈仲继续说。

"兄长，你说什么都可以，但请不要说她的坏话。"

"看看看，我看到你这个样子就生气。算了，将来你会懂的。看来我说错了，你这个倔强的样子还真有几分我当年的影子，就算有人把我这些话对当年的我说了，也没用。"

"人的命运是注定了的，别人说什么都没用。路还是要自己一步一步地走，坑也要自己一个坑一个坑地踩。你只有痛过，才能学会成长，才能懂得我今天说的话吧。"

两人喝到半夜，苏秦心情沉闷，昏昏睡去了。芈仲把他扶到床上，盖好被子。

"贤弟，对不起，如果没有这些国仇家恨，我赵仲真的很想和你做一辈子朋友。"

苏秦一早醒来，发现芈仲已经离开了，他想芈仲应该是早早回司天鉴做准备了。于是，他立刻动身去四方客栈找曹文，提出想和她一起去司天鉴，曹文竟然欣然答应。

司天鉴内，魏王身边簇拥着韩梁为首的内侍队。庞涓随后也来到了司天鉴，站在魏王身边。

芈仲看到苏秦来了，笑着拍拍苏秦的肩膀，说："贤弟，你来了。"

"兄长，今天你一定好好表现。"

"这是你给我的机会，我一定会把握好。"

他又看着曹文说："你为什么会来？"

曹文微微一笑，说："我来与不来，和你有什么关系？"

"我是司天鉴的人，这里不欢迎外人。"

苏秦赶忙说："兄长，她是我带来的。"

芈仲再次拍拍苏秦，转身带着魏王进去了。

芈仲带着一行人在司天鉴观看各种文献，以及观测天文的工具、占卜的器材等。

魏王问："当初你是怎么算定伐楚顺利、伐赵困难的？给孤演示一下。"

芈仲说："臣占卜和别人不同，有自己的偏好和环境要求，大王如果想看，就请随臣来。"

芈仲带着魏王一行人来到一个院子里，院子中有座高台，台上放着一张桌子，剩下的空间只能容纳两三个人。

芈仲说："臣就在那高台上占卜，大王有什么需要算的，请告知臣。"

"大梁宫殿修筑将成，迁都之日近在眼前，你就算一下迁都是吉是凶吧。"

芈仲站在高台上，拿出桌上龟甲指指点点，突然龟甲裂开，芈仲"啊"地叫了一声。

"怎么了？你算出什么了？"

"这……请大王过来仔细观瞧，让臣指点给大王看。"

魏王走上高台，韩梁紧紧跟随，其他人都站在台子下面。

芈仲指着裂纹说："大王请看这里，这裂纹的方向意味着——"

"意味着什么？"

魏王靠近仔细观看龟甲的裂纹。

"意味着大凶！"

话音刚落，芈仲突然手中拿着一把刀朝魏王的后脖颈刺了过来。韩梁看得清楚，但一时来不及拔出剑拦挡，只能上前一把推倒魏王，让魏王躲过这一刀，但是这也意味着把他的后背完全暴露在芈仲的刀下，芈仲一刀正扎在韩梁的脖子上。

这时，其他人才反应过来发生了什么，芈仲知道事情不利，立刻抽刀再次朝魏王刺去。然而，这一瞬间发生了令所有人都意想不到的一件事，只见魏王身形移动，比芈仲的速度更快，眨眼间跳出三丈之外，这绝不是一个手无缚鸡之力的人能做到的。

庞涓意识到危险，拔出"宿命"过来救驾，那边曹文也出剑救驾，就在芈仲要第三次刺向魏王的时候，两柄剑已经从他的胸口刺了进去。

芈仲明白，自己已经失败了，随着两柄剑被拔出，他瘫软地躺在地上。苏秦被这突然发生的一切惊呆了，他赶忙走过来把芈仲抱在怀里，喊着："兄长，为什么？为什么会这样？你为什么要这样做？"

芈仲微笑着看着他，轻轻地摇摇头，永远地闭上了眼睛。

他没什么遗憾的，想说的话，早就对想说的人说过了。

第十七节　绝望

"苏秦，这个人是你推荐的，到底是怎么回事？今天不解释清楚，唯你是问！"

"我不知道，我什么都不知道。"

"押下去，严加拷问。"

魏王怒气冲冲地离开了司天鉴，有人去收拾芈仲和韩梁的尸体。

庞涓来到狱中看望苏秦，不禁感慨道："师兄曾经来过这里，这次是你。"

"师兄，我真的不知道为什么会这样，我一直把他当成一个好兄长，想不到他会做这样的事。"

"毫无疑问，他是其他国家派来的刺客，你太年轻，轻易地相信了他的话，被他利用了。"

"他竟然是刺客，可是他为什么又对我说那些话？"

"你好好地想想他还对你说了什么，你说得越多，我就能帮你越多。"

"他还说让我不要轻易相信任何人，哪怕是他自己；他说人世间太复杂，哪怕是最亲近的兄弟，也可能有一天会反目成仇。原来，他早就把事实告诉我了。"

"他还真是一个与众不同的刺客。我知道了，我会向大王求情的。"

魏国王宫内，庞涓前来向魏王说明情况。

"虽然他是被利用了，但是这次的危险也是因他而起，看在元帅的面子上，罢掉他的官职，让他回去吧。"

"多谢大王。"

"不知道这个刺客是谁派来的。"

"根据苏秦所说，他是楚国人，但是这点也存疑。我们在他住的客栈中找不出什么线索，他有养过信鸽，但是鸽子也都被放走了。"

"可恨!"

四方客栈内，曹文回到屋中，有人早已在屋中等候。

"你回来了!"

"你是不是不希望我回来？这样就可以和那个臭小子继续亲热了。"

"你在胡说什么？谁会喜欢那个幼稚的傻子。对了，你为什么现在才回来？"

"我需要研究破解鬼谷剑法的招式并把它们记录下来，所以回来晚了。"

"我今天有个意外的发现，想不到魏王也会武艺。"

"这倒是个意外的发现，不过不足为虑。"

"这次你离开我太久了。"

"你还知道想我？"

"要不要证明一下我有多想你？"

"要。"

此时，田旭刚好路过门外，听到了里面的声音，慌慌张张地离开了。

苏秦回到家中，回想着芈仲的话，不禁潸然泪下，他真的不知道怎么面对这一切，这时门外响起了急促的敲门声。

苏秦开门，是田旭来了。

"发生什么事了？"

"不得了，不得了。"苏秦问。

"你说清楚。"

田旭看着苏秦哀伤的表情，欲言又止，但觉得又不得不说些什么。

"唉，兄弟啊，我劝你放弃那个曹文吧。你们……你们年纪差太多了，真的不合适。"

"你怎么也这样说？我以为你会懂我，原来你也是这样的人!"

"唉，这世上真的有很多好女孩，她不值得你用心，不管过去发生过什么，你还是放弃吧。"

"我不会放弃的。"

"你这个人怎么这么倔啊？听我的劝吧。我这么说是真的为你好，你要听我的劝啊。"

"你倒是说说为什么，年龄真的那么重要吗？"

"年龄倒是其次，主要是……你们真的不合适啊。"

"如果不是年龄，你倒是说说，还有哪里不合适？"

田旭欲言又止，像是有所顾虑。

"让你说你又不说。"

"听我的你不会吃亏的，不然你一定会后悔。"

"那么我现在就告诉你，我永远不会后悔。"

田旭怕告诉苏秦后，苏秦会受不了，会痛苦。他最看不得朋友痛苦，所以他宁愿不说。

"时间长了，他得不到或许就会放下，何必一定要现在捅破，让他痛苦呢？"

不说，真的是一个很聪明的办法，至少田旭是这么认为的。

"既然你这么坚持，那我不说了，反正你肯定会后悔的。"

迁都之日已到，魏国满朝文武开始进行迁都事宜。消息传遍安邑，苏秦自然也和庞涓一起去大梁，田旭也准备把客栈迁移到大梁，于是，他们立即收拾东西搬家。

苏秦又来到曹文的门口叩门，那个熟悉的身影打开了门，却没有让他进去的意思。

"你来有什么事？"

曹文的这句话冷冰冰的，让苏秦有些不知所措。

"大王要迁都了，我也准备走了。"

这么久了，苏秦一见到曹文还是一副没有底气的样子。

苏秦想往前走一步，恢复两人之前正常的说话距离，但是曹文做了一个让他意外的动作：她退后了一步。

苏秦发现曹文开始注意和自己保持距离，那么也就是说，之前她每次和他说话的时候距离那么近，并非她的无意之举，但是现在为什么又要保持距离？这让苏秦更加迷惑了。

"有话就在这说吧，你进来不太方便。"

曹文的脸上没有了以往那种迷人的笑，取而代之的是一副冷漠的表情。

"你也会一起去吧？"

"嗯。"

"和我一起走吧。"

"我自己去。"

"你这样让我突然不知道说什么了。"

"如果没有事，你就回去吧，我很忙。"

"为什么会这样，我们明明——"

"我们什么事都没有，你不要胡说，有话快说，没事你就走吧。"

"对不起，我想说，其实好多人都说你不好，嫂子说过，芈仲大哥说过，田旭也说过，但是我都帮你说话，我说他们不懂你，其实你很好。"

"谢谢，但是其实你根本不懂我。"

"对，懂一个人太难了，我确实不懂。"

"那就别勉强自己，没事的话你就走吧。"

"对不起，打扰你了。"

苏秦的心从未感到如此悲痛和绝望过。

"对了，我准备跟随内侍队一起保护大王，听说大王的营帐在后队，我们每两个时辰一换，每次两个人看守，不过外围有魏武卒保护，应该也不会有什么危险。"

"你说这些做什么？"

"我只是想让你知道我在做的事情。"

"谢谢，我知道了。"

曹文关上了门。

"我们一直认为迁都途中的守卫会比较弱，没想到会弱到这个程度。看来魏罃认为有了魏武卒在外面保护自己就安全了，但他不会想到我们可以靠轻功越过魏武卒的守卫，直接刺杀王驾。他们快换班的时候就是守卫力量最弱的时候，到时候我们就冲进去，就算被魏罃发现了，以他的武艺也不足为惧，那些内侍队的侍卫更不值一提。等我们回去告诉大王这个好消息，到时候大王再发兵进攻魏国，就可以报之前的仇了。"

"我研究了那么久庞涓的招式，现在他距离我这么近，我却不能和他再一试高下，真是遗憾。"

"你最好还是以大局为重，将来有的是机会。"

"我不需要你的提醒。"

曹文抱紧曹墨，说："事成之后，我们终于可以回去了。"

第十八节　鬼谷剑法

深夜，两个黑影正在观察着魏王营帐周围的一切，看到门口只有两个内侍队的兵卒在把守，又看到里面的烛光熄灭很长时间了，他们猜测魏王应该已经睡下了。

两个黑影算定马上就是换班的时间，于是互相点点头，箭一般地冲了过去。剑光一闪，两个兵卒横尸当场，两个人轻轻地拖着兵卒的尸体进入魏王营帐，没有发出一点儿声响，好像营帐外一直都是如此安静。一个黑衣人走到床前，掀下面纱，正是曹文。她举起手中剑朝床上刺去，剑落到床上，她却大吃一惊。

"床上没人！"曹文的声音里充满了惊讶。

"不好，快走！"

曹文转身和另一个黑衣人对视了一眼，立刻冲出营帐。这时，四周火把亮起，魏武卒将他们团团围住，为首的人正是庞涓，另一边，魏王也出现了。

"你们两个贼子，是谁派你们来行刺孤？还不如实招来！"

黑衣人说："魏罃，你不配知道。"

魏王大怒："你这个无耻的刺客竟然敢直呼孤的名讳！给我拿下！"

庞涓走了过来，说："露出你的真面目吧，不然你们只会死得不明不白。"

黑衣人掀开面罩，正是曹墨。

"原来你真的没有死。"

"想让我死并没有那么容易。"

"你们到底是谁？为什么要行刺大王？"

"我没有兴趣回答你的问题，不如你过来，用你的剑问问我的剑。"

曹墨的手在颤抖。

他的剑也在颤抖。

因为他的心在颤抖。

"我已经期待这一天很久了。"

说完，曹墨的剑就刺了过去。这一剑，已足够让所有懂剑的人惊叹，但庞涓也不相上下。

两个人打在一起，一会儿就已经打了三十多个回合，难分胜负。但是庞涓已经感受到熟悉的压力，因为对手对自己的每一招都了若指掌，而这一次明显准备得更加充分。

"你果然是个天才。第一次来我府上只看了一半的鬼谷剑法，就能记住并研究出破解的招式；在上林，我演示了完整的鬼谷剑法，看来这让你有了更充足的准备。"

"厉害的剑法就如同好听的乐曲，会让人忍不住记下来，你的鬼谷剑法就是最动听的乐曲。"

"所以，接下来这一招你有破解方法吗？"

"鬼谷剑法——一览众山！"庞涓使出一招。

曹墨不慌不忙，沉着冷静地拆解着庞涓的每一招，庞涓招招都被钳制住，完全落入了下风。

"看来我的招式奏效了，现在你还是'万胜不败'吗？"

"还没分出胜负，你就不能说我败了。"

"认输不是一件坏事，至少不是一件丢人的事。如果不服，你可以让所有人一起上，我不介意。"

庞涓突然怒吼一声，说："你听不懂吗？我还没败！"

有的人很少愤怒，是因为他一直在压抑自己的内心，但是一旦触碰到这种人的底线，后果就会很严重。

战场上有太多人说过要拿走庞涓"万胜不败"的大旗，但最终都是虚张声势。如果真的有人认为自己可以战胜庞涓，那么，他一定会后悔自己曾经这样想过。

曹墨就是这样一个人，他已经完全掌握了庞涓的招式，也研究透了每一招的破解方式，但是庞涓在招式不变的情况下，又将每一招的顺序打乱，再进行重新组合。

明明是鬼谷剑法，却又不是鬼谷剑法。

明明每一招都属于鬼谷剑法，但是通过无数种方式组合起来之后，就完全不属于任何一种剑法。

曹墨喜欢在面对强敌之前做好万全的准备，但眼前的这个人让他无论怎么准备都捉摸不透。

很少有人能打赢无把握的仗，至少曹墨做不到，所以他最终只有一个结果：败。

曹墨败得心服口服。

四周的魏武卒上来将曹墨绑起来，他没有不甘，只有快乐，能和这样的对手一战，就是他最大的快乐。

另一边，曹文在曹墨和庞涓动手的同时冲向魏王，只要庞涓被曹墨缠住，他们就还没失败。

曹文身形移动的速度极快，一剑朝魏王面门刺去，千钧一发之际，魏王的前面出现了一个人，这个人正是苏秦。曹文一看是苏秦，下意识地剑锋一偏，刺空了这一剑。

"你给我滚开！"曹文说。

"你为什么不杀我？"苏秦问。

"你不是我的目标，再不滚开，老娘连你也杀！"

曹文绕过苏秦，再次向魏王发起攻击。只见魏王不慌不忙，拔出剑来，虽然没人知道他武艺的高低，不过到目前为止，尽管遇到了危机，但他还没有失去一国君王的风范。

"对不起。"苏秦轻轻地说了一句。

这时，曹文听到背后有人高喊："鬼谷剑法——飞瀑！"

曹文以极快的速度转过身，接下了每一招，但是她突然发现自己已经被一柄剑顶住了后心。

"绑了。"站在曹文背后的魏王说。

曹文和曹墨都被生擒，随后被带到了魏王面前。

"你们是哪国的刺客？愿意招了吗？"

"呸！你这个不知天高地厚的蠢货，竟敢绑老娘，老娘死了之后变成鬼缠死你。"

旁边有兵卒过来在曹文脸上狠狠地打了一巴掌，曹文反而骂得更凶了，兵卒又过来反复地打她，苏秦看着满口脏话的曹文，感到无比陌生。

这时，曹文看到曹墨一直在笑，心中大怒，对着曹墨也破口大骂。这一幕看得苏秦有些恍惚，之前他从没见过曹墨笑，现在曹墨却一直在笑；之前他只要见到曹文她都在笑，现在她却是一副无赖的模样。

曹墨好像完全不在意曹文在说什么，他看着庞涓说："你们怎么知道我们是刺客？"

"你不能小看任何一个鬼谷门徒，哪怕他很年轻，哪怕他一直被你们利用着。"庞涓说完，看了看苏秦，苏秦走了出来。

"嫂子说过，曹文不是普通人，劝我放弃；芈仲大哥也提醒过我你不是普通人，让我放弃；最后田旭也来找我，还是让我放弃你。虽然我一直都不想承认，但是既然这么多人都在劝阻我，这就一定意味着什么，而不仅仅是因为年龄和不合适的问题。

芈仲大哥是刺客，刺客对刺客是很敏感的，所以，我回想了一下我们认识的方式，只要冷静下来，一切就都能想明白。芈仲大哥碰巧遇到我，又听到我是庞涓的师弟，所以临时起意接近我，而你们也是如此。又想起他在死的前一天告诉我，让我提防你，那时我就已经明白了。"

第十九节　迁都

"后来，田旭过来找我是因为他发现了你们的事情，他怕我受伤害所以迟迟说不出口，殊不知我早已想到了这些。所以，他只能告诉我实情，我才知道原来曹墨没有死，我也才明白，原来你们不是兄妹，而是夫妻。

我真蠢，连这个都没看出来。田旭险些因为照顾我的感情而耽误了大事，他果然是个憨人。

所以，我在想通了之后，把这一切告诉了师兄，然后过来找你。我多么希望我猜错了，我想去找你，甚至想告诉你这一切。"

苏秦看着曹文，曹文却冷眼看着他。

"但是那天，你对我前所未有的冷淡，这让我彻底绝望了。因为你态度的突然转变只有一个理由可以解释，就是我已经彻底没有利用价值了，所以，我故意告诉你大王营帐的位置和守卫情况，让你确定这是最好的刺杀机会。

如果你……如果你对我有过那么一点儿感情，也许你们的计划就会成功了。"

苏秦蹲下来，凑到曹文耳边继续说："告诉我，你对我是有感情的，因为刚才我挡在大王面前的时候你没有杀我。你对我多少还是有感情的，对吗？我不在乎你是不是成过亲，只要你一句话，我愿意用我的生命担保，一定保你一命。"

"你可以让我活下去？"曹文问。

"是的，我可以。"苏秦说。

曹文忽然笑了，笑得弯下了腰，连眼泪都快笑了出来。

"老娘之前每次对你的笑都是装的，只有这次是真的！"

苏秦一直希望能够再次看到曹文笑，像之前刚见到她时那样笑，但是现在他才知道，当她真正发自内心地笑起来的时候，这笑比哭还痛苦，甚至比利剑和尖针更伤人。

苏秦的脸上已全无血色，他的手也开始不停地颤抖，却还不肯放弃希望，又问了一句："你对我有过一丝的感情，对吧？告诉我，那天晚上你是认真的。"

曹文的笑声突然停了，冷冷地看着他，就好像完全不认识他一样，过了很久，才冷冷地说："滚！老娘看到你就觉得恶心！"

她的话就像是根无情的鞭子，把苏秦连皮带骨地抽了一顿，也把他的心抽了出来，而且让那颗心一直滚到他自己脚下，任他自己践踏。

苏秦站起来，转过身，缓缓地走开了。随着魏王一声"斩"，他的心门也彻底合上了。

来到魏国后，师兄庞涓成为他最倚重的依靠，但是师兄有太多的事情要忙，自己也不能像在云梦山上一样去随意打扰他。可他又很需要朋友，需要知无不言的朋友，所以芈仲帮了他。虽然芈仲是刺客，但是苏秦知道，而且芈仲也曾经真心对待过自己，也对自己说过肺腑之言，能够做到这样，苏秦就满足了，他对芈仲也一直是感激的。

但是，对于这个给他感情启蒙的曹文，他不知道该如何面对，因为这里面没有半点儿温馨。一想到曹文说每次对自己的微笑都是伪装的，自己就是一个让她厌恶的玩具，就让苏秦感到回忆是如此的痛苦又可怕。

魏国迁都大梁后，田旭也变卖了之前的客栈，随人群来到大梁，重新开起客栈。苏秦干脆就住在客栈，两人整日都在饮酒。

魏王因为苏秦荐人不察，于是不复录用，苏秦也整日庸庸碌碌，不思进取。

魏王将祖宗的灵位也移到了大梁，把魏缓的灵位也加了上去。

"各位先王，请恕不肖子孙魏罃未经过你们的请示，就把你们的灵位移到大梁。罃初继位，内忧外患不断，虽然罃不才，但是始终不敢忘记诸位先王的嘱托，怀着光宗耀祖的信念，加上各位忠臣良将的不懈努力，终于让魏国再次安定。现在北赵、南楚、西秦、东齐，四方诸国不敢轻犯魏国，为了进一步图取霸业，罃不得不迁都大梁。大梁西有洛阳，东有定陶，居黄河、长江、济水、泗水汇聚之处，是诸侯四通、货物所交易之地，实乃天下之中，希望诸位先王体恤，保佑我魏国国运昌隆，不肖子孙魏罃定尽心竭力，继之以死。"

魏王又看着魏缓的灵位说："孤曾经说过，魏国在孤的手上，一定比在你手上更强，看到今天的魏国，你是否满意呢？但这还没有结束，孤要的成就，也远远不止如此!"

迁都之后,魏国便走上了扩张之路,魏军以庞涓为帅,魏武卒和一字长蛇阵横扫四方,天下无人不惧怕魏国。

与此同时,孙膑每日操练人马,卓有成效。这天,孙膑正在操演,有人报丞相邹忌来了。孙膑让孙卓把自己推到一边暂时回避,又让田忌代替他上点将台继续演练。

"丞相日理万机,怎么有时间来看我训练兵马?"

"我看大王整天忧心忡忡,也想为大王分忧,所以来看看元帅练兵的进展。"

"目前国内外没有战事,大王为何忧愁?"

"目前没有,并不意味着以后没有。现在魏国四处征战,总有一天战火会烧到齐国。更让大王忧愁的是,元帅手握重兵,却没有一点儿战绩。"

"丞相这句话是什么意思?我辛辛苦苦练兵多年,不就是为了齐国吗?"

"我当然知道元帅是为了齐国练兵,但是不出兵又怎么知道元帅练兵的成效呢?敢问元帅练兵几年了?"

"大约有五年了。"

"这五年来的大小战斗都是各地大夫出兵,元帅没有动过一兵一卒,这是不是事实?"

"你是来质问我的吗?我告诉你,我这兵马练成之后,不比庞涓的一字长蛇阵和魏武卒差!"

"元帅为什么如此相信一支未战之师能有这样的实力?"

"因为,我这阵法一定不输庞涓!"

"那是什么阵法?"

"是……无可奉告,反正就是很厉害!"

"哈哈哈哈,一句'很厉害'就能让大王安心吗?"

"丞相不必相逼了,这个阵法是我孙膑在训练。"

第二十节　四国会盟

孙卓推着孙膑的轮椅，从一旁走了出来。

"我和庞涓在云梦山一起学习多年，我们也互相对阵过无数次，所以，我有信心这支兵马可以和庞涓的一字长蛇阵、魏武卒一战。训练这支兵马是大王同意的，如果大王心存疑虑，就请丞相回去禀报大王：元帅和孙膑已经准备好了，一旦有战事，我们义不容辞。"

"你就是孙宾？"

"不错，不过丞相也看到了，我现在是个废人，所以我叫孙膑。"

"人们都说你在魏国被削去了双膑，后来疯了，被孙操元帅接回了齐国。原来，你真的没有疯。"

"这件事大王一直都知道。隐瞒孙膑的消息，既是为了不给魏国出兵的理由，也是为了隐藏实力，准备将来和魏国一战。所以，请丞相也守口如瓶，不要把这件事说出去让魏国知道。"

"而且这些年来，军中一直没有军师，正是因为大王早就把这个位置留给他了！"田忌说。

"原来如此，既然大王已经知晓，倒是我多虑了。那不瞒元帅和军师，今天我来是有一件重要的事情要告诉两位。"

"丞相请说。"

"赵王派来使者，邀请齐国、燕国和宋国在平陆会盟，商议联合抵抗魏国的事宜。"

"看来这些年赵王被魏国欺负得很厉害，终于扛不住了。"孙膑说。

"这次诸侯会盟，必然是想商讨如何对魏国反击，我刚才也是担心元帅没有做好和魏国作战的准备。"

"丞相勿忧，这件事我回去自会思考对策。"

"既然如此，我就先告退了。"

邹忌离开后，孙膑说："邹忌似乎在有意为难元帅。"

"这个家伙看我不顺眼，总是想刁难我，我也不知道为什么。唉，他再看我不顺眼也没法把我怎么样，先想想这次四国会盟的事情该怎么办吧。"田忌说。

"我已经有想法了。"

邹忌回去之后，家丁报有人求见。

"你的消息果然不假，确实有孙膑这个人，而且我已经见到他了。"邹忌说。

"他在丞相面前露面了？"来人问。

"不错，不过这件事不算什么秘密，因为大王早就知道了。真正有趣的是，我很好奇他一个废人是不是真的可以战胜庞涓？"

"我见识过魏武卒的威力，实在太过震撼。齐人不好战，无论是什么人来训练，我都不认为他可以战胜魏武卒。"

"所以，这次田忌必须出兵，只要他败一次，就再也别想坐在这个帅位上！"

平陆邑东临兖州，西接梁山，南有微山湖，北靠泰山，这座平日繁华的齐国军事重镇，今天更加不平静。

齐王带着丞相邹忌、元帅田忌前来。

赵王带着已经康复的大成午前来。

燕王没有来，指派了丞相邹衍前来。

宋国公和元帅戴剔成一道前来。

四国国君商议自保之策，忧心忡忡。

"诸位君侯，自从魏国迁都大梁之后，虎踞天下之中，南征北讨，韩、赵两国首当其冲，韩国唯唯诺诺，已臣服于魏国，但我赵国怎么能像韩国一样放低自己，辱没先人的名声，辜负各位先王的嘱托？所以，今天和诸位会盟，希望能够讨论出一个对策，来制止魏国坐大。这不仅是帮赵国，也是帮助诸位君侯自己。"

宋公刚想说什么，元帅戴剔成已经站起来，说："赵王之言有理，宋虽然是小国，也有义务出一份力。魏国独大，人心惶惶，实在是不能继续下去了。有需要帮助的地方，宋国义不容辞。是不是，君上？"

"对，元帅的话就是我想说的。"宋公说。

邹衍说："赵王之言有理，燕国虽居东北一隅，与世无争，但如果不及早谋划，只怕总有一天也会遭到魏国侵扰。不知赵王可有腹案？"

"唉，魏国三番两次地侵扰，孤但凡有些办法，也不至于烦劳诸位君侯在此会盟。孤想听听齐王有什么高见？"

齐王走上前说："孤倒是有个想法，但需要诸位协助。"

"请齐王说出来，让大家一起讨论。"赵王说。

"这次我们和魏国的一战在所难免，但是如果面对面硬拼，只怕很难抗衡魏武卒和庞涓的一字长蛇阵。"齐王说。

"大王，你不要长他人志气，灭自己威风！我田忌练兵多年了，你怎么知道我打不过庞涓？"田忌说。

邹忌也走上前说："元帅，请让大王先说，我等随后再发言。"

齐王不理田忌，继续说："所以孤以为，可以先攻打卫国。一者，敲山震虎，让魏国知道赵国不是庸庸碌碌之辈；二者，便于各位君侯行动，卫国在魏国东北，和我们四国接壤，各国出兵皆便利；三者，魏国出兵救援，必然会分散兵力，到时候我们才有获胜的机会。"

赵王激动得直拍案，说："果然好计策！齐王有如此谋略，齐国能有今天的强盛实在不意外。既然如此，孤愿意先出兵攻打卫国。"

"魏国如果出兵救援，齐国一定出兵相助！"

"燕国也是。"

"宋国也是。"

四国商议已定，便开始分头行动。赵国丞相大成午亲自为帅，征讨卫国。卫国因国力弱小，只有依附魏国谋求生路。眼见赵国出兵，卫国毫无办法，被赵国连克漆和富丘。赵国一路高歌猛进，直取卫国都城朝歌。卫君无奈，只好求援魏国。

消息传到大梁，魏王和群臣商议，当时庞涓带兵未回，朝中能带兵的人只有魏卬。

"王弟愿意出兵救卫吗？"

"赵国就算再笨，也应该知道卫国是我们的附属国，现在公然出兵，分明是不把魏国放在眼里！请大王派臣出兵，臣一定赶走赵国兵马！"

"好！"

"且慢！"

魏王和魏卬看去，是丞相惠施在说话。

"丞相有什么见教？"魏王问。

"大王，臣以为赵国突然出兵卫国，绝对不是一时冲动。臣听说赵王在平陆和齐、燕、宋三国秘密会盟，这个时候又有这样怪异的举动，恐怕别有算计，臣提议还是等元帅回来再做计议。"

"管他有什么算计，在魏武卒面前，赵国从来没有赢过！"魏卬说。

"话虽如此，凡事总是小心为上。"

"丞相多虑了，我们这些年不知道赢了赵国多少次，他们这次不过是再一次自取其辱。就算有其他国家相助，我们不是还有庞涓嘛！"魏王说。

"没错，臣这就去点兵！"

第二十一节　第一战

魏卬带着五万魏武卒出发，前往卫国救援。魏军来到朝歌城近处，和赵军营寨遥遥相望。大成午早就得报，向齐、燕、宋三国发出求援信息，燕、宋两国已到，三国军队一起包围了朝歌。

魏印心中轻视三国人马，没有休息就摆开阵势，迎接挑战。此时大成午在中央，燕国元帅秦开在左，宋国元帅戴剔成在右。

魏印上前，耀武扬威。

"大成午，你们赵国难道不知道卫国是我们魏国的友邦吗？"

"就是知道你们沆瀣一气，所以我才出兵打卫国。"

"这些年，你们真是一点儿都没长进，一定要等我们魏国把你们灭了才会老实吗？"

"魏印你休说大话，今天三国军队在此，让你有来无回。"

两人战在一处，二十个回合后，大成午眼看马上抵挡不住，戴剔成也纵马上前，和大成午一起双战魏印，三人又打了三十个回合，仍然不分胜负。一旁的秦开也按捺不住了，提起大刀冲过来。

"二位让开，让我秦开收拾这魏印！"

"燕国偏远小邦，也敢多管闲事！"

"小邦也有小邦的骨气！"

秦开一刀落下，魏印举刀迎接，只觉得双臂发麻，暗叫不好。两人打斗了十个回合，魏印回马就走，退回到魏武卒阵中。魏武卒摆好阵形，朝着三国人马冲过来。

三国军队看到魏武卒缓缓前进，一种强大的压迫感迎面而来，都觉得害怕。三国联军一触即溃，全无战力，败退不止。秦开感叹道："魏国有如此军队，难怪这些年能在中原横行无阻。"

三国联军正在败退之际，听到不远处传来兵马的声音，大成午急忙观望，原来是田忌带着齐国援兵来了。

"元帅，快快救我们！"

田忌看到三国人马败退下来，说："各位元帅勿忧，有田忌在此，这就扭转局势。"

三国军队退去，齐国兵马已然摆好阵形，和魏武卒相望。

魏印看有齐国的兵马在前，便上前问道："来者何人？"

"齐国元帅田忌，你又是谁？"

"原来是齐国派人来了，难道你们都忘了魏武卒的军威了吗？"

田忌听不得挑衅，喊道："管你什么军威，今天让你看看爷爷的手段！"

说罢，田忌手提浑铁点钢枪，朝魏印冲了过去，魏印看他的枪比秦开的刀还要粗，不敢交手，回身转入魏武卒阵中。田忌又朝魏武卒冲过来，魏武卒有盾牌护身，又伸出不知多少支枪刺过来，田忌吃了一惊，勒紧马缰，转身回来。他看向远处，只见孙平已经在战车上，开始催动齐国军阵。

原来，齐国暗中以孙膑为军师，来救援赵国。孙膑选卫国为第一个对手，旨在试试练兵五年的成效。

这时，孙膑坐在阵眼的战车上，让孙平露面代为调度。魏印看战车上站着的是个不认识的年轻人，没有在意，便催动魏武卒前进。

看到魏武卒前进，齐国军阵突然避让，化方阵为雁阵，向四方展开。魏武卒再次向前，齐军或退或散，变化自如。魏卬觉得魏武卒的一举一动就像重拳打在棉花上，力气无处施展，强大的军队在此时显得如此笨拙，行动越来越慢，士气越来越低落，现在他开始后悔没有休息就直接开战了。

这时，齐军化雁阵为疏阵，阵形立刻膨胀起来，大阵中包含小阵，随后又突然发力，朝魏武卒冲过来。魏武卒已经筋疲力尽，毫无还手之力。赵、燕、宋三国人马也已经整顿好，再次杀了回来，一起包围住魏武卒。魏卬无奈，且战且退，魏武卒虽势弱，但是阵形未乱，不过最终还是损失惨重，所幸及时撤走了大部分人马，魏卬领着败兵退回魏国。

四国随后合兵一处，田忌面见三国元帅，孙膑仍在后军没有出头。

秦开说："魏武卒名不虚传，阵法果然厉害，而且十分强横。但是世人皆说齐人不好战，今天看来却是误传。有田忌元帅这样的人练兵，连魏武卒也不是对手。"

田忌笑道："哈哈，过奖过奖，这支人马我可是练了五年才有今天的威力！"

大成午问："不知这阵法是什么阵法？"

"这个……我有七个阵法，阵法之间可以不停地转换，具体的就不必说了吧。"

"在阵眼上指挥的将军是何人？"

"那是孙平，是军师的……不二人选。他可是孙操的儿子，前途无量啊。"

"原来是孙武子之后，果然厉害。"

这时，孙平过来拜见众位元帅，然后对田忌说："魏国撤走，必然会再来报仇，庞涓也一定会明白，这次虽是四国攻打卫国，但其实是敲山震虎。卫国不是最终的战场，在此久留并非长久之计，请众位元帅快回去做准备，静观魏国下一步举动，再做打算。"

大成午感慨道："你这么年轻就能考虑得如此周全，真是天才！"

孙平说："多谢元帅夸奖，孙平只不过是来传话而已。"

"哦？传何人的话？"

孙平不语，大成午思索片刻后，说："我知道了，其实那年我去看过他，想不到他真的没有事。"

孙平说："丞相果然厉害。为了能够取得最后的胜利，请元帅守口如瓶，现在还不是把这个消息传出来的时候。"

"我明白。"

几个人听得一头雾水，秦开和戴剺成都问说的是什么人，大成午说："现在说出来恐怕走漏风声，到时候诸位自然会知道。"

魏卬败退回大梁，报告战败的消息，魏王吃了一惊。这些年来，魏武卒在庞涓的带领下没有一场败绩，这久违的一败，让他太不习惯了。

"一个区区的田忌你都打不过？"

"这支齐军实在是厉害，进退有度，再加上我轻敌了，没有休整就进攻，导致魏武卒的体力被消耗太厉害，才有此败。"

"魏武卒多久没败过了？今天被你把脸丢尽了！"

"是臣的错，请大王治罪。"

惠施出来说道："大王，胜败乃兵家常事。依臣看来，这些年我们东征西讨，虽胜多负少，但也有不少消耗。现在虽然败了一阵，但是趁这个机会让大家歇一歇，休养生息，未尝不是好事。"

这时，不远处有个人迈着大步走了过来，魏王一看此人，立即对魏印说："快！"

魏印心领神会，立刻从一旁退了出去。

"大王，臣听说有人辱没魏武卒的名声，现在应该讨回来，让所有人都再也不敢对我魏国有非分之想，绝对不可就此作罢！请大王准许臣即刻出发，庞涓一定会一雪前耻！"

第二十二节　道别

魏国朝堂之上，庞涓穿戴着一身盔甲，并主动请战。

"元帅刚刚回朝，应该多休息些日子。"

"庞涓无伤无病，不需要休息。敌人打了我，我就应该立刻打回去，拖拖拉拉不应该是强者的姿态！"

"四国已经各自撤军，元帅认为我们应该先找谁报仇呢？"

"赵国会盟四国，挑起战事，应该先打赵国，以儆效尤。"

"这些年，我们打了不少次赵国，虽然一直在赢，但是总打不服他们，真是一块难啃的骨头。"

"这一次，臣就让他灭国！"

惠施退朝后，心情复杂，来到田旭重新开起来的四方客栈。

"哎呀，丞相大人又来了！"小二过来说。

"他人呢？"

"在楼上和掌柜的喝酒呢。"

"唉，带我去吧。"

来到房门口，惠施推开门，一股刺鼻的酒味扑面而来。屋内，苏秦和田旭正在推杯换盏，二人已经有些醉了。

惠施走上前，对田旭说："你先出去。"

田旭认得惠施，趁着还有些意识，赶紧跑了出去，把房门关上。

惠施把窗户打开，看着苏秦醉醺醺的模样，叹了一口气，说："你为什么要这样作践自己？"

"丞相，苏秦无能，你错看我了。因为我，大王两次遇刺，哈哈，算了吧，我什么都不敢做了。"

"你现在必须振作起来，现在元帅又要出兵，这些年魏国的征战太多了，我们该歇歇了。但是因为他一直在赢，所以没人愿意听我的劝。现在他又要去攻打赵国，我劝了他好几次，可他从不听我的，你是他的师弟，他多少还会给你一些面子。看在我的分上，你帮我劝说元帅几句，算惠施求你了。"

说完，惠施便向苏秦施礼。

"哈哈，丞相，你找错人了，我把你给我施的礼还回去。"

苏秦起身就向惠施施礼，礼到一半，苏秦"扑通"一声栽倒在地。他挣扎着爬起来，说："唉，丞相，我是真的废了，你另请高明吧。"

苏秦拿起酒杯继续喝，惠施看他这副模样，心中哀痛，却无可奈何，转身离开了。

苏秦看着他离去的背影，端着酒杯发愣，突然又发出一声笑，然后又继续往口中倒酒。

庞涓点齐兵马，正准备出发，璞月和小蝶来送行。

"你怎么来了？"庞涓问。

"我想送送你。"璞月说。

璞月的脸上有一丝微笑。

"回去吧，我就要出发了，等着我得胜的消息。"

"这次你要去多久？"

"不知道，可能比以前更久一些，因为我要灭掉赵国。"

"你一定可以的。"

她已经很懂得鼓励庞涓了，这句话确实让庞涓充满了力量。

"我当然会。"说完他看向背后的大旗，"万胜不败"的旗帜在飘扬。

就在魏国兵马准备起程时，庞涓大手一挥，大军立即停了下来，他回头看向璞月，跳下马来，又来到璞月的面前。

"怎么了？"璞月问。

"我突然心跳得厉害。"庞涓说。

"为什么？"

"我也不知道。"

庞涓把璞月紧紧地抱住，说："我就是有一种空虚的感觉。"

璞月脸上一点儿笑容都没有了，她也抱住了庞涓。

"好了，这里这么多人呢！"璞月说。

"照顾好自己。"庞涓说。

庞涓对着小蝶说："你一定要照顾好公主！"

"元帅放心。"小蝶说。

庞涓看着璞月，依依不舍地离开了。为什么会这样？他自己也不知道。

"等我回来。"他在心中默念。

庞涓率大军来到赵国境内，赵军无力抵抗，立刻败退。庞涓长驱直入，直奔都城邯郸。正是因为迁都大梁，魏军才有了今天这样的便利。

邯郸城下，赵王和庞涓日日对垒，双方都死伤不少。但是毕竟魏武卒更为训练有素，装备也更加精良，赵国越来越消耗不起，逐渐无力再战，一面退到城中坚守，再不出战，一面向其他三国求援。

宋国派出景敾前来救援，不出一个月，宋军被庞涓杀得大败亏输，全军撤退。

接着，燕国派出秦开前来救援，秦开和庞涓大战百余回合，终于不敌。耗了三个月后，燕军也无力再战，败退回燕国。

齐国都城内，齐王心急如焚，赶忙来找孙膑。齐王问："军师，赵王求救快半年了，为什么我们还不出兵？"

"还不到时候。"

"军师，要等到什么时候？宋国和燕国都出过兵了，现在他们每天都派人来催，孤已经找不出理由来搪塞了，再不出兵，齐国就要失信于天下了！"

"大王，还记得臣说过吗？要想赢，就要输得起。"

"赵国亡了，咱们就能打赢庞涓了吗？"

"赵国的存亡根本不重要，重要的是魏国军队的力量正在被消耗着。庞涓带走的是魏国最精良的军队，他面对的是一个不输晋阳的坚城。这一战，无论输赢，他都会损失巨大，到那个时候，我们出兵就是必胜之战！"

齐王无奈，只好相信孙膑的话。

"报！邯郸被围困十个月，请齐王派兵救援！"

"报！邯郸被围困十三个月，请齐王派兵救援！"

无论齐王有多着急，孙膑就是按兵不动，于是齐王找到孙操，想请孙操劝说孙膑。孙操听从王命，来找孙膑。

"大王现在很着急，赵国眼看支撑了一年多，已经无力再坚持了，你到底是怎么想的，可以对爹说吗？"

"我想等庞涓的实力被消耗到最大程度后再出兵。"

"你的意思是，你故意等邯郸自生自灭？"

"不错。"

"这样是否不妥？为了这场胜利，大王会彻底背上背信弃义、不守承诺的骂名。"

"在对手是庞涓的情况下，既要名又要赢，世上有这么好的事情吗？我问过大王，他说他输得起，那么他就要输得起赵国，输得起自己的名声。"

孙操还想再劝，这时齐颖和高唐胜来了。

"你们在聊什么啊？"两人同时问孙操。

"大王来找我，让我劝劝犬子出兵救赵国。"孙操说。

"那一定要救啊！咱们既然结盟了，盟友有难，我们当然要救！"齐颖说。

"对啊，言而无信，不知其可。贤侄，咱们已经拖了够久了，可以出兵了吧？"高唐胜说。

孙膑看着两位长辈说："侄儿确实有一计，可以救赵国。"

"什么计？"大家好像看到了希望，一起发问。

"这件功劳我想给两位叔父。"

"哈哈，还有我们的事情呢？那可太好了，我们已经太久没上战场了！你说吧。"

"侄儿想请两位叔父去打平陵。"

第二十三节　下等马

"平陵？你是不是说错了？"

"没错，就是平陵。"

"平陵虽小，但是魏国的重镇，魏国迁都之后，由上将军龙贾亲自镇守。而且，我军前往平陵的途中会经过市丘，极易被切断粮道，这如何是取胜之道？"

"我就是要攻打平陵，让庞涓和魏王认为齐国还是那个无能的齐国，彻底放下警惕。请两位叔父放心前去，平陵北面就是宋国，侄儿自会派人联系宋国救援，我也会安排援兵及时救援，保两位叔父平安。"

"哈哈，我们也好久没上战场了，正好活动活动筋骨。"

战场之上瞬息万变，一旦市丘被阻断，齐军真的可以及时救援吗？孙操知道孙膑很聪明，平时也信任他，但是这次他也不由得产生了疑问。

齐颖、高唐胜出兵平陵，虽然不是直接救援赵国，但是能够出兵，齐王总算松了一口气。两人各率本部人马五千人，合兵一万人，孙操亲自出城送别两位兄弟。

两路人马走后，孙操忍不住再次问孙膑："你到底打算什么时候派兵救赵国？"

"平陵战况传回之日，就是我们出兵之时。"

"你准备的援军呢？"

"我已经派人去宋国送信了，爹不用担心。"

齐颖、高唐胜两人越过市丘，来到平陵城下，城中的龙贾早就得到了消息，并做好了万全的准备。

两边军阵对圆，齐颖先冲了过去，手持一对双戟，与龙贾对战，交手十个回合之后，齐颖渐渐不敌。高唐胜拿着双锤来助阵，二人双战龙贾，龙贾用大刀刺伤齐颖一只手，又砍伤高唐胜一条腿，两人负伤败逃，龙贾挥军掩杀，齐军大败，后退五十里。

第二天，龙贾率兵冲向齐军军营，两人无力抵挡，再次败退，准备撤回齐国境内，但是齐军路过市丘时，魏卬早就得报，直接奔市丘而来，截断了退路。齐颖、高唐胜想要冲过去，结果被魏卬乱箭射回，无奈之下只好向宋国求援。宋国公与戴剔成商议，戴剔成道："前番我们出兵救赵国大败，齐国却按兵不动一年有余，现在他有了困难却又向我们求救，哪有这样的道理！"于是宋国对使者说："宋国救援赵国，已经无力再战，请使者报回给两位将军，还望将军多多保重。"

使者无奈，回报齐颖、高唐胜，齐国大军数日后又断了口粮，两人孤立无援，眼看就要全军覆没，齐颖仰天长叹，说："孙膑贤侄说会有援兵来救我们，为什么到了现在援兵还没来？"

高唐胜说："或许是他低估了魏军的实力，他还年轻，难免犯错，咱们还得坚持，在他派援军来之前坚持住。"

孙膑那边在齐颖、高唐胜出发十日后，也开始出发。齐王正式以田忌为元帅，以孙膑为军师，直奔邯郸。

临行前，孙操问儿子："你派去救援你两位叔父的援军怎么样了？"

"我已经派人去给宋国送信，让他们救援了。"孙膑说。

"我也派人去问过了，宋国拒绝出兵！他们现在音信全无，生死未卜啊！"孙操说。

"我知道了。"

"'我知道了'是什么意思？"

"没什么意思，现在我们应该以大局为重，我不能分兵，否则，万一我们因为兵力不足而败了，那么之前的一切准备就都付诸东流了。"

"齐颖和高唐胜的性命呢？你是不是从来都没打算救他们？"

"我要赢！其他的我不管。"

孙操感觉不认识眼前的这个儿子了，从他刚回来给齐王献策退韩、赵、魏、楚四国联军开始，孙操就觉得有些不对劲，这些日子的所作所为则进一步增加了他的不安。孙膑的心里好像充满了想要吞噬一切的仇恨，让他不顾世上一切的道德准则，又对外人充满了不信任，甚至除了家人外，他不让任何人推他的轮椅。

他知道儿子在魏国经历了什么，但是知道并不等于感同身受，面对这样一个智力远高于自己的儿子，他更不知道该怎么安慰。

大军即将起程，孙操无心送行，立刻面见齐王，请求带兵去救齐颖和高唐胜，齐王同意了。

孙操马上回府，穿戴整齐，点了一万人马，朝市丘急行军。三日后，孙操率军赶到，魏印兵马已经撤退，这让孙操有了非常不好的预感。他继续前进，见大道上有无数齐军的尸体，他一路向前寻找，终于找到了齐颖的双戟和高唐胜的双锤——这两件兵器，他太熟悉了。

但是，他宁愿自己未曾发现，因为兵器的旁边，就是他那两位兄弟的遗体。他们靠在一起，睁着眼睛，看着齐国的方向，到死都相信孙膑的援军会来。

他们从来没想过，孙膑根本不会派援兵来救他们。

"孙操对不起你们。"

一切的话语都是没有意义的，一切的愧疚也是没有意义的。

孙操能做的，只有跪在两位兄弟面前磕三个头，再合上他们的眼睛，将遗体收殓后送回齐城和高唐。

然后，等那个熟悉的陌生人回来后，他要再问个清楚。

孙膑下令让齐军向大梁进军，田忌不明所以，问道："军师，咱们此行不是去邯郸吗？"

"邯郸应该已经坚持不住了，等我们赶过去也徒劳无功，而且到那时，我们是疲惫之师，庞涓以逸待劳，就可以将我们一举击溃，如此一来，我们之前所有的努力就都付诸东流了。"

"可是我们不是说好了要救援赵国吗？现在改道大梁会不会使齐国失信于天下？"

"元帅认为是失信于天下重要，还是打败魏国和庞涓重要？"

"这……赢也要赢得光明正大。"

"赢就是赢，没有所谓的光明正大和阴谋诡计之分。人们只会记得谁赢了，也会认为他所做的一切都是对的。输的人什么都是错的。现在，我孙膑要抛弃那些没有意义的成见，帮助齐国，帮助元帅，赢得这场战争的最后胜利。"

"所以，我们就不管赵国了吗？"

"元帅还记得咱们第一次见面的时候吗？"

"那是在临淄城南的马场，当时我和大王赛马，因为你的计策，我才能反败为胜。"

"元帅最后能赢，就是因为肯输第一局，所以才有了后来的反败为胜，当时的那匹下等马就是元帅必须付出的代价。现在，赵国就是那匹'下等马'。"

"我明白了，齐颖和高唐胜也是吗？"

"为了迷惑庞涓和魏王，他们也是必须牺牲的'下等马'。"

"我们现在去打大梁，可以打赢吗？"

"这不重要。"

"重要的是什么？"

"重要的是以逸待劳。我们甚至可以围而不打，等庞涓赶回来救大梁，那个时候，魏军在已经消耗了一年多兵力的基础上，又急行军赶回来，实力必然大打折扣，这就是我们赢得胜利最好的机会！最终的决战地点我也已经找好了。"

"哪里？"

"桂陵。"

"这一次，魏卬、庞涓，我的仇，要你们血债血偿！"

第二十四节　破邯郸

"大王，齐国派出十万兵马，朝大梁过来了。"

"大王，齐人不足为虑，之前自作聪明竟然敢打平陵，被臣杀得全军覆没。这次，还请大王给臣一支人马，看我再次大败齐军，一雪朝歌之耻！"魏卬上前请战。

魏王也不以为意，说："齐国以何人为帅？"

"田忌为帅。"

"田忌匹夫之勇，不足为惧。"

"这次齐国出兵还打了一个旗号，上面写着'军师孙膑'。"

"什么？"

魏王和魏卬同时一惊，魏卬上前用双手把探子拉起来，问道："你再说一遍，军师是谁？"

"上面写着是孙膑。孙子的'孙'，膑刑的'膑'。"

"是同一个人吗？"魏王问。

"有可能是，他以膑为名，就是要记住当年断膑之仇。我知道了，朝歌之败，当时就是因为孙膑的阵法。我见过他和庞涓演练阵法，确实有几分相似。原来如此，是我轻视齐军，一时疏忽了！"

"现在该怎么办？"魏王又问。

"让臣先去试探，能赢则作罢，如果赢不了就只有坚守不出。现在，请大王立刻派人去平陵和邯郸，让上将军龙贾速速回援大梁，我们内外夹击。如果还是不行，就只能等元帅回来了。"

"就这么办。"

魏王趁着齐军还没来到大梁城下，立即派人前往邯郸和平陵送信。魏卬带着魏武卒出来，和齐军在城下对阵。

齐军大旗之下，田忌手持浑铁点钢枪，孙膑坐在旁边的战车上，穿着一身戎装，手中拿着剑。

"果然是孙宾吗？你竟然改了名字。如果我当初砍的是你的头，今天你是不是就叫孙头了？"

孙膑微微一笑，毫不在意他的挑衅言语，用手中剑点指魏卬，说："魏卬，你当初真的应该砍了我的头，这样魏国就不会落入今天的境地了。"

"就算今天大梁被围，魏国还是天下第一强国；就算你去了齐国，齐国还是一个喜欢声色犬马的纸老虎！"

田忌早已按捺不住，提着枪就朝魏卬冲过去，两人打了十个回合，魏卬不敢再战，退回到阵中，催动魏武卒前进。孙膑坐在战车上，指挥若定。魏卬吃过亏，知道再这样下去迟早要败，只好指挥魏武卒退回大梁，坚守不出。

孙膑只派少数人攻城，一边消磨他们的意志，一边紧密地关注着邯郸的战况。

魏军已经攻打邯郸城一年多了，赵国早已疲于应对，近期的防卫还常常出现疏漏，偶尔有魏军冲进城去，不过赵军还是依靠防御工事抵挡下来。但是双方都知道，现在已经到了战争的尽头，赵国认输只是迟早的事。

城中，赵王和大成午面面相觑，赵王说："丞相，为今之计，该当如何？"

"宋国和燕国前来救援，都大败亏输；已经过去一年多了，齐国又毫无动作；我们在邯郸坚守仍然挡不住客战的魏军。在这样绝对的实力面前，臣也无计可施，不如投降，魏国出于对国家颜面的考虑，或许不会对大王动手，大王至少还有一线生机。如果等到鱼死网破，情况就很难说了。"

赵王长叹一声，说："唉，只好如此了。"

于是，赵王下令邯郸城上挂起降旗，并打开城门，赵王和大成午拿着玺印来到城下。军士将此事报给魏军大营，庞涓也来到邯郸城下，看到这一幕，长舒一口气。自从出师以来，他从来没打过这么辛苦的仗，经过一年多的坚持，现在终于有了结果。他走上前去，接过玺印。

"元帅，是孤要坚持抵抗天兵，致使生灵涂炭。今天孤终于认清了自己的实力，愿意投降，所有的罪过都由孤一人承担，请元帅放过邯郸城中的百姓。"赵王说。

大成午也说："臣大成午未能及时提出明策，同样罪不可恕，请元帅放过城中百姓，放过大王，大成午愿意承担一切罪责。"

庞涓端着玺印，环视这遍布鲜血的邯郸城，但这里也埋葬了他无数的兄弟，他怎能轻易放过。赵王和大成午看到庞涓凶狠的表情，瞬间心都凉了。

庞涓举起手，正准备下令，这时旁边忽然有探马跑了过来。

"报元帅，大梁传来紧急军报：齐国以田忌为帅，以孙膑为军师，围困了大梁，请元帅速速回救。"

"你说谁是军师？"

"孙膑。"

"师兄，真的是你吗？这么多年过去了，你还在怪我当初没有救下你吗？"

对于很多人来说，对一个反目的朋友的恨是远远超过对一个仇人的恨的，孙膑也不例外。

庞涓的心情很复杂，他已经没心思想赵国的事情。接过赵王送上的玺印之后，他立刻派人占领了邯郸，再挑选还能战的精壮之士共计十万人，即刻赶回大梁。

"战斗总会有输赢，之前我和你从没分出过胜负，这次不得不见个分晓了。无论如何，输的人一定不会是我。"

大梁城外，龙贾已经带着五万铁甲军赶到，立刻准备冲阵，孙膑早已做好了准备，龙贾一马当先，冲进阵中，但立刻就被齐军团团包围住。田忌拿着浑铁点钢枪上前来战，两人大战五十个回合后，龙贾开始力怯，想要脱身又被田忌一杆枪紧紧缠住。大梁城中，魏印看到东方有烟尘飞起，知道是龙贾的救兵到了，于是也带着人马冲杀出来。他想杀出重围，奈何田忌越战越勇，魏印不能取胜。这时，魏印旁边又冲出一员小将，手使一杆丈八点钢枪，比田忌的浑铁点钢枪还要粗，上前拦住了田忌，双枪碰在一起时，田忌觉得双臂发麻。只见这员小将与普通人不同，他用的是左把枪，招式和一般人相反，田忌一时觉得棘手，两人纠缠了二十个回合难分胜负。魏印和龙贾趁机逃入城中，坚守不出，魏军的余下部众四处奔逃。

回到城中后，得救的龙贾问："这员小将是何人？"

"他乃是桓公的四代孙魏错，从小就喜爱武艺，膂力过人，现已被元帅收为弟子。"

原来，庞涓已经在魏国收了两个徒弟，大弟子就是这个魏错，他虽是王族之后，但家道已经没落。庞涓发现他是一个练武奇才，便亲自教他武艺。魏错为人不服输，因为练枪太用力伤了右手，从此改练左把枪，成为一绝。

庞涓的另一个弟子是魏王的太子魏申，虽然武艺不如魏错，但是聪慧过人，熟知兵法。

龙贾听说魏错是庞涓的弟子，不禁感慨道："不愧是元帅的徒弟，果然厉害。"

两人上了朝堂，魏王唉声叹气地说："现在该怎么办？"

朝堂之下，无人应答。这时，有个人从一旁走了过来，说："大王，请让我去齐国军营，劝说齐国军师孙膑撤军吧。"

第二十五节　久别重逢

"公主，公主，你知道吗？大梁被齐国包围了！"

"齐军不是前几天在平陵被王兄杀得全军覆没了吗？怎么突然来包围大梁了？"

"哎呀，这不是重点！你猜猜齐国的军师是谁？"

"我不认识齐国人，怎么能猜得到？"

说完，璞月好像突然意识到了什么。

"难道是？"

"孙宾将军。现在他改名孙膑，回来找大王和公子卬报仇了！"

"元帅和我说过，他们两个人以前常常一起比试，从来没有分过胜负。现在元帅在打邯郸，一时半会儿赶不回来，大梁太危险了。不行，我要去找大王！"

璞月带着小蝶往宫中走去，来到大殿之外，听到众人正在商议国事，她不便进去，只好先去找子夷太后问明缘由。见到子夷太后，璞月说道："娘，璞月想去齐国军营劝说孙膑撤军。"

"娘知道你关心国事，但是这是战争，咱们女人帮不上忙的。"

"娘，如果是别人，璞月确实难以帮上什么，但是如果是孙膑，我或许可以。"

"这是为什么？"

"娘，你知道他为什么把名字改成孙膑吗？"

"是因为魏卬把他的膑骨削去，所以他叫这个名字是要记住这份仇恨吧？"

"不是的，他曾经亲口对女儿说过，那是因为他希望'宾不离月，月不离宾'。这'月'，就是女儿我。"

"这到底是怎么回事？"

璞月就把当年的事情详细说了一遍，子夷太后听完大为感慨，说："原来还有这样的事，当年你应该对娘说出来啊。"

"当年女儿问过娘和大王是不是一定要嫁给元帅，娘和大王都说元帅人很好，又是魏国人，嫁给他，女儿既不用远嫁他乡，又可以彻底稳住元帅对魏国的忠心，这是最好的选择，所以女儿也不便多说。何况后来元帅也确实很疼女儿，并不能说这是错误的选择。"

"唉，这么多年过去了，那孙膑又能对你有多少感情呢？但是断膑的仇恨，会伴随他一辈子，他真的会因为你一个女子就放下吗？娘真的不敢让你去冒险。"

"娘，元帅不知道什么时候才能赶回来，现在也没有其他办法，不如让女儿去试试吧。至少看在当初的情分上，他应该不会伤害女儿的。"

子夷太后虽然疼女儿，但现在是关系到整个魏国生死存亡的时刻，她只好带着璞月来到殿上。这时，满朝文武正无计可施，璞月说道："大王，请让我去齐国军营，劝说齐国军师孙膑撤军吧。"

这一句惊动了满朝文武，魏王听到后也大吃一惊。

"母后、璞月，你们怎么来了？"魏王问。

"璞月说她有办法让齐国退兵，所以我就带她来了。"子夷太后说。

"你有什么办法？"魏王问璞月。

"我要去齐国军营见他们的军师孙膑。"

"胡闹！这是战场，你一个女子去了，无异于羊入虎口，快回去吧！"

"大王，璞月必须去，因为我和孙膑有特别的关系。印王兄，还记得那年你审问他的时候，他曾提出要见我吗？"

"不错，有这件事，不过我没有问过其中的缘由。"魏印说。

"就是因为他对我一直有些感情。现在情况危急，满朝文武没有一个人有办法，不如让璞月去试一试，或许可以劝他撤军。"

魏王犹豫了，但是魏印再也不愿意让璞月去冒险，上次的代价已经够大了。

"万万不可！我们继续坚守，等到元帅回来里应外合，一定可以战胜齐国！"魏印说。

魏印的这句话太无力了，谁都知道等庞涓回来就能解围，但是大梁可以坚持到那个时候吗？

魏王看到魏印的双眼里充满了哀求的神情，再看看璞月，她眼神坚定，脸上没有一丝笑容。

微笑是她的伪装，不笑的她是真的认真了。

"母后，这件事孤不强求，你认为可不可行？"

子夷太后眼中含泪，说："你们父王从小就教你们为了魏国可以牺牲一切，其实哀家一直很心疼你们，但是又能怎么办呢？你们毕竟生在王侯之家，不比寻常百姓。你要问哀家，哀家当然不想自己的女儿出去冒险，但是此事关乎国家安危，不应由我一人来决定啊。"

魏王看着璞月，问道："这一去生死未卜，你真的要去吗？"

"大王，你觉得我是那种会退缩的人吗？"

她的语气坚定，且带着斥责的口吻。

魏印拜倒在地，说："大王不可，千万不可！"

魏王轻轻地说："准。"

魏印站起来，抓住璞月的衣襟，喊道："王妹不可！"

"王兄，大王已经准奏，我准备一下，明天就去齐营。"

"不……不行，那……那我和你一起去！"

"你去了，必死无疑。"

"那就让我去死，他的膑骨是我削去的，我去给他抵命。"

"你抵命又有什么用？他不会因为你死了就撤军的，你去就是白白送死。"魏王说。

魏印感到深深的后悔，当初如果自己没有因为庞涓求情而一时心软，如果自己把孙膑杀了，就不会有今天的困境了。

深夜，璞月抱着五岁的庞英准备哄他入睡，庞英并不知道未来将会发生什么事情。

"英儿，娘明天要离开片刻，你一定要乖，听小蝶姨娘的话。"

"嗯。"

庞英睡下后，璞月走到院子里，小蝶正在看着院子的墙发呆。

"你在看什么？"

"公主，小蝶一直觉得很幸运可以遇到公主这样的主子。你从来没把小蝶当成仆人，我们就像姐妹一样，即使我和你开玩笑，你也不会生气。"

"为什么要说这样的话？"

"明天，我要和你一起去。"

"不可以，太危险了。"

"公主，你想见他吗？"

"无所谓想不想吧，只是不得不见。"

"我就知道你会这样回答。这些年来，元帅确实对你很好，所以我也没有提过。但是今天我还是想说，你和他才是更适合的。面对他，你只用一天就做到从陌生到放下微笑，我从没见过你可以那么快地接受一个人，连元帅也没能做到。或许你没有意识到，又或许你意识到了，但是刻意不去想这件事，可我一直都看得很清楚。"

"这些都是我的事，我要你待在家里，好好照顾庞英。"

"接下来才是我要说的，我真的很羡慕你，这世上最好的两个男人都喜欢你，但是你一点儿都不珍惜。你脑子里每天都想着那些国家大事，甚至还要去接待诸国使臣，那个'笑面公主'的名号有什么用？你就不能像个普通的、娇生惯养的公主一样每天去吃喝玩乐吗？你知道我有多嫉妒你吗？你知道这些年我为什么一直都拒绝你们帮我提亲吗？因为我就是放不下他。"

璞月恍然大悟，直到今天她才知道小蝶的心声，原来她把这份感情藏得这么深。

"那天，我偷偷看到了你们做的一切，他那双充满自信、充满阳光的眼睛让我一直都忘不了。他为你痛，我为他痛；他断了膑，我更为他痛。我不敢奢望他会喜欢我，甚至不敢奢望他会在意我。只要他快乐，他得到幸福，我就满足了。可是，你是怎么对他的？"

"对不起，我不知道这些。"

"公主，你不需要道歉，我今天只是不吐不快。明天你就要见到他了，我也想见他，我很想见他，能再见他一眼，我就心满意足了。"

"娘、小蝶姨娘，你们在聊什么呢？"

"娘来了，咱们该睡觉了。"

璞月爱怜地看着庞英，带着他往屋里走。

"公主！"

"我知道了，咱们从来没分开过，明天也一样。"

"谢谢公主！"

小蝶忍不住笑了出来，明天无论有什么危险，就算是龙潭虎穴，她都不在乎。

第二天，齐国军帐之中，孙膑和田忌正在研究下一步攻城的计划，这时听到有人来报说魏国派使者来讲和。

孙膑说："请他回去吧，不必多费唇舌了。"

"使者是两个女人，而且说军师一定会见她。"

忽然，孙膑的身体微微发抖，脸上的表情也变得很不自然，他已经猜到了来的人是谁。

这一天，他已经等了太久。

"请她来吧。"

帐帘掀开，多年未见的人，走了进来。

"孙将军，别来无恙。"

第二十六节　璞月之死

齐军营帐中，一个身影映入孙膑的眼帘。她脸上带着熟悉的微笑，但这对他来说又是那么的陌生。

孙膑的脸上没有表情，但是来人知道，他的心一定在发生着一些变化。

来人一直在笑，但是孙膑知道，她的心也一定在发生着一些变化。

"你们都出去吧。"孙膑说。田忌和其他人撤了出去。

"果然是你。"孙膑对璞月说。

"孙将军，多年不见，别来无恙。"

璞月说话的时候，脸上带着微笑，但是这微笑让孙膑感到心痛。

"你看孙膑无恙吗？"

听到孙膑自己念出这个名字，璞月的眉眼动了一下，但又马上恢复如常。

"都怪王兄当年莽撞，因为卫鞅的事情才会一时冲动，他也一直在后悔。"

"如果后悔有用，世上就不会有这么多恩怨了。不过，这从来不是我最在意的事情。"孙膑冷冷地看着她。

"那什么是你最在意的事？"

"你还记不记得，那天在牢里我问你，如果我拿了《法经》你会不会替我隐瞒，你当时是怎么回答的？"

"我……没有选择。"

璞月脸上的笑容变得更加灿烂了。

"你知道你的回答会让我变成今天的样子，但你还是那样做了。"

"如果这件事发生在齐国，有人拿了齐国重要的东西，孙将军又会怎么做呢？"

"其实，我没有拿《法经》，我只是想见你，想知道你是否对我有过一点点的感情，所以，我才故意那样说的。"

璞月的目光从孙膑身上移开了，她笑得很不自然。

"我只是——"璞月欲言又止。

"如果这件事发生在齐国，发生在你身上，我就是死，也要保护你。我知道你只是做了你认为对的事情，所以我恨魏王，恨魏卬，恨庞涓，却不恨你。因为我做不到。"孙膑说。

"孙将军，今天我来是来谈国事的。"璞月转移了话题。

"孙将军，现在你带领齐国大军包围了大梁，若真是两国开战，鱼死网破，恐怕对谁都不好。我希望我们能够议和，齐、魏若是交好，天下都是我们说了算。"璞月说。

说到魏国，她的眼神又坚定了起来，头也抬了起来。

"你希望我撤军？"

"孙将军是聪明人，璞月正是这个意思。"

"你希望我撤军，放过大梁、放过魏国，放下我这断膑之仇？你知道我为了这一天付出了多少吗？现在我大军兵临城下，你让我撤兵，我怎么向这十万士兵交代？怎么向众将帅交代？怎么向齐王交代？"

"孙将军如果愿意撤兵，这对齐国绝对有益无害，将来你们兄弟合兵，天下无敌。"

"你是说等庞涓撤兵回来里应外合，到时候再让他来打败我？"

"孙将军言重了，我并不是这个意思。"

"我问你，为什么是你来？两国交兵，和你一个弱女子有什么关系？魏国的男人呢？魏王呢？魏卬呢？惠施呢？龙贾呢？为什么他们都不敢来，却派你一个女子前来？"

"是……是璞月自荐前来，希望孙将军能够看在往日……你们的兄弟情分上，对魏国手下留情。我此次前来只是为了议和，请你撤军。"璞月的语速忽然急促起来，在这里多停留一刻，她的内心就要多承受一分煎熬。

"这是你在请求我，还是魏国在请求我？"

"我既是魏国的公主，也是使臣，自然代表魏国，也代表我。"

"月，你到现在都不愿意说一句让我欣慰的话吗？难道你真的对我没有一点儿感情？或者曾经是否有过一点点？"孙膑的声音变得很低。

"都过去了。"

璞月闭上眼，"月"这个称呼，如同一把刀子捅了过来，但是她知道，今天她避无可避。如果她避开了，这把刀就会捅向大梁，捅向魏国的心脏。

"我永远忘不了那天，那天发生的一切。那个染坊，那碗面……我们一起看乐书舞刀，然后坐在地里看着夕阳。回到齐国之后，我就再也没有笑过。因为你，我终于明白什么是快乐；也因为你，我这一生再也没有了快乐。"孙膑说。

说到看夕阳时，孙膑好像回到了那一天，脸上有了一丝阳光，但是等后面的话说完，他的脸上已经布满了泪痕。

"月，你为什么就是不能放过自己，让自己只做一个普通的公主，做一个普通的女孩？放下那些家国大事吧，我不想看到你这么累的样子。"孙膑说完，转动轮椅，将身体转了过去。

"我知道都是我的错，但我是魏国的公主，现在魏国有难，我必须站出来。孙将军，我求你，我求你撤兵吧。"璞月说。

孙膑闭上眼，没有回答她，因为这不是他想听到的话。

"宾哥，月求求你，撤军吧。"

璞月的语气中充满了哀求。"宾哥"这个本应是最温暖的称呼，现在对孙膑而言，却是那么的陌生。

"你还记得我离开安邑的时候问你的问题吗？"

"不要说了，宾哥，是璞月对不起你，你不要逼我。"

"逼你做什么？"

两人说话间，只听"嚓"的一声响，一柄宝剑出了鞘。孙膑彻底失望了，他知道那天的月永远都回不来了。

璞月拿着剑一步步地靠近他，说："只要你愿意撤军，要璞月怎么样都可以。"

孙膑心想："你终于要这样做了。"然后他一只手向后狠狠一挥，要把璞月手中的剑打掉，但是他马上就后悔了。因为璞月的剑没有对着他，而是对着她自己，他推掉的不是剑刃，而是璞月的手。剑没有飞出去，径直地插进了璞月的脖子里。

孙膑意识到发生了什么，立刻回身去看，但迎面而来的是飞溅出来的血液。

"不要！"孙膑和小蝶同时喊着，孙膑等不及轮椅转过来，就摔倒在了地上，他朝璞月爬过去，然后把她抱在怀里。

"不，我不是这个意思，我以为——"

"宾哥，是月对不起你，今生欠你的，来生再报。如果……如果真的有来生。"

现在，月求你最后一件事，撤兵，好吗？"

她睁着双眼，之后便再也说不出一个字了。

"我答应你，我都答应你！你不会有事的！大夫！快！"

侍卫们冲进营帐，但当看到眼前的一幕时，知道已经不需要叫大夫了。

孙膑把璞月紧紧地抱在怀里，用手抚着她的脸，这么多年来，他一直期待着能再见到她的那一天，但是现在，他再也无法期待了。

"月，我喜欢你，你能听到吗？"

第二十七节　璞月公主

"璞月，你从小就在宫里长大，还没出过宫，今天孤带你出去玩。"璞月的父亲魏王魏击说。

"好啊，好啊。"

魏王带璞月出了宫。到了安邑城外的乡村，看到丰收的作物，璞月十分好奇。

"这是什么啊？"

"这就是咱们每天吃的饭啊。"

"可是我没吃过呀。"

"其实你每天都吃这些东西的，只不过不是直接吃。这些作物经过研磨之后，厨子再把它们做成各种样式的饭食，我们才会吃到。"

"是这样啊。"

璞月在地里走着，一会儿走到了一处村子，她发现那些人穿的衣服都很破旧。

"你们为什么不穿得好一些呢？这样不难受吗？"

一个老农民看到璞月的穿着，又看到她身后跟着的佣人，知道她是大户人家的小姐，于是说："大小姐，我们是穷人，哪里有好衣服穿啊？能有衣服穿我就已经满足啦。"

老农民说完，端起一碗稀粥喝了起来。

"你为什么不吃肉和点心啊？只喝粥能吃饱吗？"

"我们啊，有这口饭就不错啦。前些年，河西闹灾荒，那里的人连这口粥都没得喝！"

"我还是不明白。"

"哈哈，大小姐，你会明白的。"

"父王，这是为什么呢？"璞月问父亲。

"因为我们魏国还不够强大。"魏击说。

"魏国强大了，他们就可以吃好吃的食物、穿漂亮的衣服了吗？"

"没错，孤和你的祖父，也就是先王，都是为了这个目标而奋斗。经过这么多年的努力，虽然魏国已经是天下实力最强的国家，但是这还不够。在安邑城外，还是有很多衣不蔽体的穷苦人家。璞月啊，我们生在王侯家的人，吃的、喝的、穿的、用的都是从他们身上得来的，所以我们为了他们必须付出很多很多，甚至是自己的性命。哈哈，算了，这些你还不懂，但是孤希望你能比其他人懂得更早。"

魏击只是希望璞月明白这个道理，但是他没想到，璞月和他的那些兄长相比，对国家的责任感一点儿也不比他们弱。

六年前，璞月刚刚和孙宾道别，回到王宫，魏王和子夷太后就来了。

"璞月，孤有一件事想和你说。想必你也早有耳闻，孤打算把你嫁给庞涓。"

璞月的脸上突然有了一丝笑容，魏王和子夷太后都以为璞月是因为害羞，所以露出了笑容。

"王妹，孤和你说，庞涓从一开始就跟着魏印出战，他性格老实本分，也真的有才，武艺又高强，能和吴起大战，足见他的实力。他身高八尺，长得也一表人才，你嫁给他绝对是一件喜事。而且，这样也能彻底笼络住他，让他死心塌地地为魏国效力。"

子夷太后一听，心中高兴，说："璞月，你别害羞，这真的是一件好事，你就听大王的话吧。"

"娘，一定要嫁给他吗？"璞月问。

"怎么，你还信不过大王吗？你和他可是天作之合。"

魏王接着说："不错，你不用犹豫，这个人值得托付。而且啊，如果他真的成了驸马，以后出兵打仗，孤也就不用担心他会拥兵自重了！"

"璞月听说，和他一起大战吴起的，还有他的师兄孙宾。"

"哦，你也听说孙宾了？不错，是有这么个人。但是孤给你分析一下，你不要嫁给这种人，无论他多好都不要嫁给这种人，因为他是齐国人。齐国人贪图享乐，不如我们魏国人踏实本分。假如说，你嫁给了他，可他是齐国人，我们不知道哪天他想家了或者齐国来个人召他回去，他就跑了。而且，他一旦回了齐国，璞月你是不是也得跟着去？到那个时候，娘怎么办？我们可就不知道你多久才能回来一次魏国了，甚至有可能你一辈子都回不来了。现在有这样的好机会，有庞涓这么优秀的人在眼前，你可不能错过。"

"嫁给庞涓，是对魏国最好的选择，是吗？"璞月问。

"对！"

"好，我愿意。"璞月点点头说道。

璞月就是这样一个人。她虽然是女子，但是内心其实非常坚强。她从小被魏击教育，作为王侯家的人，身上就要背负这个国家的利益，所以她一直都把魏国的利益放在第一位。

和孙宾度过的那个难忘的一天，确实让她忘记了这些压力。这个带她出来玩的人，也确实有一种迷人的气质。他的笑和自己的笑不同，自己是遇到危险才会笑，他却是因为真的开心才笑。他的笑容充满了阳光，只要看一眼，就能让人忘却所有的烦恼。

但在最后一刻，她还是回到了现实。

她回想起孙宾对她说的话："月，今天只是一个开始，对吧？"

"也许吧。"想到这里，她的脸上露出了一丝微笑。

然而这不会是开始，因为她身上还有更重要的东西，那就是魏国。她从来都不会因为自己是一个女人，就认为魏国和自己无关。

所以，她知道，如此美好的时光不会有很多，只要拥有过，就已经足够了。

至于感情，在听到魏王说出的那些话之后，她就把孙宾埋在了内心深处。

在魏国的利益面前，自己的感情从来都不重要。

所以，关于那一天，关于自己对孙宾的感情，她真的没有想过太多。那个单纯又美好的一天，已经过去了，就让它过去吧。

"为什么他就是放不下呢？"

她却没想过，为什么自己也放不下魏国呢？很多人都劝过她，就做一个简简单单的公主，不好吗？

当然好，但璞月知道，那注定不是她的路。

因此当曹文说"在战场上出力，才是真的帮助了国家，在宫中招待使臣不过是下人的事情"的时候，她忍受不了了。虽然自己付出的代价很大，但魏国因为她获得了胜利，她也没什么抱怨的，只要谁都不再提起那天的事。

直到今天，她人生的最后一句话，还是在劝孙膑放过魏国。

她真的太累了。

现在，她终于可以放下那些本不应压在她身上的压力，好好休息了。

孙膑给小蝶一辆车，让她把璞月放在车上，小蝶缓缓推着车，回到大梁城内。魏王看到璞月身死，无比心痛。子夷太后看到女儿遗体，昏死了过去。大梁城中一片混乱，众人不知齐军将会如何行动。

"撤，时机差不多了，我们也没必要在大梁待着了。"

"军师，下一步我们去哪里？"

"桂陵。"

第二十八节　桂陵决

赵国北部的一个客栈中，一个女子正在和身边的一位老人一起吃饭。

"公主，你都二十多岁了，为什么就是不肯嫁人呢？之前看过那么多王侯家的公子了，你却一个都不答应。这次来赵国，你又把人家拒绝了。"

"哼，只有英雄才能配得上我。"

"那你到底喜欢什么样的英雄啊？你倒是说出来，大王也好给你去找。"

"嗯……我也不知道，不过当他出现的时候，我一定可以认出来。"

这时，客栈的门打开了，走进来一个人。只见他身高一丈，身材极其壮实，手中拿一杆铁棍，那铁棍比碗口还粗。进来之后，他找了张桌子坐下，然后说："给我上一大碗面，要快。"

过了一会儿，店伙计把面端上来，公主看到他吃面，就像往嘴里倒一样，三五口就吃完了。吃完之后，这人擦擦嘴，转身就走。

"客官，你还没结账呢。"

"我没钱。"他说完就向门口走去。

公主说："小二，一碗面而已，他的账算在我这里。这位壮士，你吃饱没有？不如过来再一起吃点儿。"

那人回头看了看公主，说："不必，我不受别人的恩惠。"

公主微微一笑，说："你怕了？"

那人转过身来说："我百里嚣狂不曾怕过任何人！"

"那你过来，一起吃些好饭好菜吧。"

"我说过了，我不受别人的恩惠。我还有事要去做，你不要再纠缠了！"

"你要去做什么？"

"有人敢称'万胜不败'，我要去看看他能不能打败我。"

"你是赵国的将军吗？"

"百里嚣狂永远不会属于任何一国、任何一人！哈哈哈！"

百里嚣狂说完，迈步出去，拉过旁边的一匹骏马，飞身上马离去。

"哼，真是个不知天高地厚的野人！想必这马也是非偷即抢而来的。"女子身旁的老人说。

"不，这才是真正的英雄。"

"元帅，大梁传来消息，说齐军已经撤去了对大梁的包围，但是……"

"但是什么？"

"但是璞月公主作为使者前去齐营劝说孙膑撤军，结果被孙膑所杀。"

"什么？你再说一遍！"

"璞月公主，被孙膑所杀！"

"此事当真？"

"千真万确，公主的遗体已经由元帅府中的丫鬟小蝶运回大梁城内，太后也因悲痛过度去世了。"

"啊！"庞涓大喊一声，拔出"宿命"。只见他恨得钢牙咬碎，双目圆睁，指天高喊："孙膑，你和我有仇，有本事冲我来，我不怪你！但这和璞月有什么关系，你为什么要对她下毒手？杀我妻子，我庞涓和你势不两立！"

声如震雷，天地为之变色。

"现在齐军在哪里？"

"齐军已经撤到桂陵。"

"全军加速前进，我们这就去桂陵报仇！"

孙膑和田忌的十万大军已经在桂陵等候，等庞涓大军赶到，齐国这边军阵已经摆好，两边对圆，宿命之战一触即发。

在魏军前进的道路上，齐军已经铺好了荆棘。荆棘的后方，齐国战车紧密排列，步兵用盾牌遮挡在前，弓箭手隐藏在后面。庞涓只得让人上前扫除荆棘，恰在这时，齐军万箭齐发，魏军损失惨重，只好一边举盾，一边扫除障碍，缓缓前进，体力消耗甚巨。

魏军刚刚把荆棘移开，齐军已经向前迈进。齐军战车横冲直撞过来，也多亏魏军训练有素，庞涓立刻指挥退让，同时也将战车推到前面。双方战车相撞，车上的兵卒厮杀不止。

孙膑在后面看得清楚，他觉得已经达到了再次消耗魏军力量的目的，于是把手一挥，战车立即撤回。庞涓也收回战车，让魏武卒摆好阵势，一字长蛇阵逐渐成形。齐国那边也已经摆好阵形，依旧是孙膑最熟悉的方阵。

庞涓打马向前，用枪指着齐军，大喊："孙膑出来答话！"

齐军阵形分开，孙膑坐在战车之上，穿戴一身盔甲，手中握着剑。

"孙膑，我知道你恨我当初没有救下你，让你受了断膑之刑，但这是你我之间的事情，你为何要杀我妻子？"

这是孙膑最不想面对的问题，也不是他想要的结果，但是这个时候为了提振士气，他不能倾诉自己的痛苦。更何况，他已经不可能对庞涓倾诉任何心声了。

"庞涓，我不管她是谁，谁敢蔑视我齐国的威严，唯有杀无赦！"

"想不到你竟是如此无耻之人，战场上不敢和我打，竟然对女人下手。"

"你难道不是无耻之人？我当年为了救你，被吴起的剑刺穿肩膀，我连命都可以不要，如今疤痕尚在，你又是如何报答我的？"

"那你逃离安邑，又是谁救了你？早知今日，当初不如让魏印直接杀了你，也不至于留下今日之祸！"

"来来来，庞涓，这一天我等了太久了，今天就是你的死期！"

"当年在云梦山上，我们不曾真正分出胜负，今天就在战场上见真章！"

庞涓手提长枪朝孙膑冲过来，此时孙膑旁边忽然闪出元帅田忌，他手持浑铁点钢枪上前拦住庞涓，两人杀在一处，打了四五十个回合，不分胜负。庞涓看赢不了田忌的枪，拉个败式就走，田忌追上就刺，庞涓用枪挡开田忌的枪，又抽出宝剑砍向田忌。田忌缩颈藏头，被宝剑砍去盔甲一角，吓得出了一身冷汗。

田忌回马来到孙膑身边，心中仍然"突突"跳个不停。

"军师，我没事，让我换个盔甲继续和他一战。"

"没必要了，我还有'八阵'！"

庞涓将手中的剑指向孙膑，说："你认得这把剑吗？"

孙膑仔细看去，那正是当初师父给自己的"天谴"。

"你拿的是我的剑！"

"不错，今天我就用你的剑给璞月报仇！"

庞涓用剑一指，一字长蛇阵立即出击，朝齐军冲过去。孙膑将战车撤回阵中，居中调度。方、圆、疏、数、锥、雁、钩七阵来回切换，变化自如。一字长蛇阵变化如龙，在齐军阵中来回舞动。双方互相厮杀，一时间难分胜负。

田忌在阵中冲杀，心中暗想："我本以为军师的阵法如此玄妙，可谓天下无敌，想不到他和这庞涓的一字长蛇阵杀了这么久，也不过是个平手，更何况魏国还是疲惫之师。"

时间一长，魏国军队因为连夜赶路，已经十分疲惫，颇有些败势。庞涓大喊一声："魏武卒！"

魏武卒立即跟过来，融入一字长蛇阵内，二者合在一起，如同一条龙探出了四爪，魏武卒居中。

"孙膑，今天我就拿出这从来没用过的阵法。魏武卒身披三层甲，行动没有普通军队灵活；一字长蛇阵行动灵活，却不及魏武卒有杀伤力。现在我将这两个结合起来，以魏武卒为核心，以一字长蛇为手足，看你如何破我！"

孙膑将手中长剑一挥，大喊一声："玄襄！"

齐国军队阵形也突然变化，一时旌旗密布，层层叠叠，不知虚实。

"这是我在稷下学宫向道家请教，融合周易、八卦之术，再结合师父教给我的七阵所创造的第八阵，已经为你准备多时了！"

"好，不愧是孙膑，要打败你果然没那么容易。这一次，就是最后的对决了！"

第二十九节　狂人出世

桂陵战场上，八阵战一字长蛇阵，双方杀得天昏地暗，一时日月无光。双方派出的都是当世一等一的将领，摆出了前所未有的阵法，准备一决生死。

刚柔并济的一字长蛇阵对上变幻莫测的八阵，双方士卒一接触到对方阵法就非死即伤。此时，战场上的局势已经完全超出了庞涓和孙膑的掌控，全靠各自的十万精兵一刀一剑地砍杀。

但是庞涓知道，齐军有一个很明显的优势，那就是体力。这不由得让他有些焦急，于是，他看准孙膑的方向，舞枪冲过来，齐国兵卒挨着死，碰着亡，无人可挡。眼看孙膑就在眼前，突然横出十八个人，他们或穿素衣或披盔甲，或骑马或步行，手中拿着十八般兵器，拦住庞涓的去路。

"为了对抗你的魏武卒，我在稷下学宫招募了无数武士，组成了'齐技击'，他们各自身怀异能，就是为了今天能在这里杀了你！这十八个人是从漠北来的'燕云十八骑'，能够使用十八般兵器，十八个人加起来互相取长补短，你今天必死无疑！"

庞涓没有说话，握着枪杀了过来，十八个人把他团团围住。庞涓被困在当中，只能抵挡，毫无还手之力。这时，十八骑的鞭铜打在庞涓后背，将他掀下马来。十八样兵器一起砸下，庞涓不敢大意，就地一滚，滚出了十八个人的包围圈。

"哈哈哈哈，堂堂的'万胜不败'将、兵马大元帅，今天怎么成了这副模样？竟然在马的下面打滚！"孙膑嘲笑地说。

"孩子，咱们是普通人家的孩子，要低下头，夹起尾巴做人，不要太爱出风头，这才是我们的生存之道！"庞涓的耳边仿佛传来了爹娘的声音。

"我不能输，我绝对不能输，我要证明你们是错的，我是'万胜不败'将！"

庞涓突然站起来，手中的双剑各自出鞘。一把"宿命"，一把"天谴"，在日光的照耀下闪闪发光。

"杀！"孙膑一声令下，十八骑再次杀过来，十八般兵器也密密麻麻地砸了过来，庞涓舞动双剑，十八骑无可阻挡，片刻之间，被杀得横倒竖歪，非死即伤，武器纷纷落地。

这时，突然飞来一支飞镖，庞涓眼疾手快，用双剑格挡，将飞镖打在一旁的齐兵身上，只见中镖的齐兵立即口吐白沫，倒地而亡。发镖之人紧接着又刺来一剑，庞涓抬手把他的剑砍断，又抬起一脚把他踢飞。

"好毒的匹夫！孙膑，你为了杀我，连这样歹毒的人都要用吗？"

"公孙闰，这样的机会你都抓不住，给我退下！"

"是。"

"庞涓你说错了，他只是我的一条狗。狗用什么方式杀你，我并不在乎！"

"都没用的，我不会败给任何人，还有什么招式，拿出来吧！"

突然，庞涓只觉胸口发闷，一口鲜血吐了出来，刚才鞭铜砸在背上还是给他造成了内伤。

但这并不能阻止他的脚步，他一步步地朝孙膑的战车走去。

"璞月，我来给你报仇了。"

孙膑坐在轮椅上，把剑一横，说："我恨，我恨我不能站起来和你一战！"

"那你就坐着被我杀死吧！"

"那你快过来，我们看到底是谁能杀了谁！"

一直在孙膑左右的孙平拔出了剑，孙卓则拿起铁杵，蓄势待发。

这时，魏军后队突然阵脚大乱，不知发生了什么。只听有人在高喊："谁是'万胜不败'？谁是'万胜不败'？"

孙膑在战车上看得清楚，远处有一人身高一丈，骑着一匹宝马，手持一杆铁棍舞动如飞，无人可挡。他杀到魏武卒旁边，一棍砸下之后，魏武卒的盾牌纷纷裂开。他一脚踏进魏武卒阵营，如入无人之境。威震天下几十年、未有败绩的魏武卒在他面前不堪一击，如波开浪裂一般。齐国这边阵营也不例外，他大棍一挥，战旗后面的兵卒纷纷倒地。两位兵法奇才练就的绝世阵法，被他从中间划开了一道口子。

没过一会儿，此人已经到了庞涓的近前。庞涓说："我就是'万胜不败'将庞涓，你是何人？"

"我就是来找你的，你既然是'万胜不败'，快快上马拿起兵刃，和我大战一场！"

庞涓看到四周都是齐国的人。

"我的马已经被砍死了。"庞涓说。

那人指着旁边一个骑兵，说："把你的马给他。"

骑兵不服，上前就刺，那人伸手抓住骑兵的枪，他的枪就再也动不了了。然后，那人一棍砸下去，骑兵被打死，跌落到了马下。

"快上马！"那人说。

庞涓捡起他的枪，骑上他的马，四周齐军被这一下震撼到，都不敢上前。

这时，那人纵马向前抢下一棍，庞涓拿枪向上格挡，没想到枪应声而断，庞涓赶紧闪开，这一棍砸在了地上，声音震耳欲聋。

"不过如此，怎敢称'万胜不败'？"

这一棍砸得庞涓头晕眼花，他强忍着伤痛，趴在马上。

"你受伤了？"

"没错。"

"你在哪里？三个月后我去找你。"

"大梁。"

"你走吧。"

庞涓不知来人是谁，也不知道他的立场是什么，但自己已经无力再战，现在撤军也不能算输给孙膑，或许也是天意让他不败。

他捡起自己的枪，往空中一指，魏军排列好阵形，火速撤退。

孙膑也拿剑一指，喊道："杀！"

齐军正准备拦截，那人将棍一横，说："你听不到我要三个月后和他决战吗？"

那人说着纵马朝孙膑过来，这时田忌赶到，手握长枪直取此人，只见他轻松躲过，转身使出一棍朝田忌砸去，田忌用浑铁点钢枪一挡，顿觉双臂发麻。那人又横着一棍，田忌双臂开始发抖，接着又是一棍，田忌拼命往外招架，他手里的枪再也挡不住来人的蛮劲，应声而断。

"能挡我三棍，是个英雄，我不杀你。"

孙膑看到这一幕，被他的力量所震撼，知道今天只能眼睁睁地看着庞涓离开了。

"撤！"

孙膑剑一挥，齐军重新排列整齐。

"你是谁？是哪国派来的？"孙膑问。

"记住我，我叫百里嚣狂！世上没有人可以差遣我！"那人说。

说完，百里嚣狂骑着宝马离开了。

田忌说："天下竟有这样的奇人！我从没有输过，但是今天输得心服口服。"

"天不亡庞涓，以后想再有这样的机会就难了。"

孙膑长叹一声，只得带着齐国军队回国复命。

这天，在回军途中，齐技击的公孙闬来找孙膑和田忌说："元帅、军师，我刚刚听说，大王听信了丞相邹忌的谗言，说元帅要拥兵自重，元帅回去就会被大王削兵权、贬为庶民。此事重大，所以特来告知。"

田忌大怒，说："邹忌好无耻，我在朝歌、大梁、桂陵三战三胜，本来是有功之臣，怎么反而要遭受这不白之冤？大王轻信他的话，也未免太糊涂了。军师，我们该怎么办？"

"元帅，我有一计，可保元帅无事，还能让丞相邹忌成为阶下囚，以后再也不能和元帅作对。"

"快快说来。"

第三十节　毒计

　　"元帅就按照邹忌所说，全副武装地返回齐国，让那些疲惫老弱的士兵来把守住主地。主地的道路狭窄，车辆只能依次通行，并且一定会有碰撞和摩擦。守卫士兵虽弱但也足以以一当十，拦住所有可能的救援。然后，元帅背靠泰山，左有济水，右有高唐，军队的辎重可直达高宛，到那时只需轻车战马就可以直冲临淄的雍门。如此，齐国的大权就可以由元帅掌握了，届时，要杀要剐邹忌，全看元帅的意思。"

　　"这万万不可，这不就是谋反吗？我绝不能做这样的事。"

　　"元帅如果做不出这样的事，就只能任由邹忌摆布了。"

　　"我毕竟是王族，大王不会不分青红皂白就抓我的，我们回去对大王说清楚就可以了。"

　　孙膑叹了一口气，说："我言尽于此，元帅如果不用我的计策，就必须做一件事。"

　　孙膑说完拔剑出鞘，将剑抵着公孙闲的咽喉。公孙闲抽身后退，闪在一边。

　　"军师，你要做什么？"公孙闲急忙问道。

　　"元帅，今天我说的话大逆不道，如果被他传到大王耳中，你我必死，请速杀此人！"

　　"军师，你多虑了，公孙闲在我军中很久了，绝无二心。而且他是好心过来告诉我这件事，我怎么能无缘无故就杀他呢！"

　　孙膑看了公孙闲一眼，说："记住，如果我想杀你，和杀掉一条狗没有区别。"

　　"我绝对不敢说出去！多谢军师饶命，多谢元帅相救之恩！"

　　公孙闲退出帐外，半夜偷偷找到一匹快马，日夜兼程地赶回临淄，来到丞相府上，不经通报就直接进入了内室。

　　"丞相，公孙闲来了。"

　　"公孙闲，你的计策全失败了。当初，你让我全力推荐田忌出兵，结果他在朝歌、大梁、桂陵三战三胜，现在声势如日中天，这都亏了你啊。"

　　"这确实是出乎我的意料。丞相，现在我还有一计，只要丞相全力保住公孙闲的性命，这次就一定可以铲除掉田忌和孙膑。"

　　"我可以信你吗？"

　　"丞相，你听我说。"公孙闲把计谋向邹忌一一道来。

　　邹忌听罢大笑，说："好，你去办吧。"

　　临淄的街市和往日一样人来人往。这时，只见有一个人来到算命的摊位前，大声地说："我是田忌将军的部将公孙闲，如今将军三战三胜，名震天下，现在欲图大事，你且占卜一卦，看看吉凶如何？"

算卦的人吓得魂不附体，说："这样的卦，我怎敢算？你去找别人吧。"

"你这个人怎么这样胆小？有生意都不做！我给你十金，你算不算？"

说完，他将手中的包袱打开，把十金扔在地上。

"不敢不敢，多少金都不敢，你饶过我吧。"

算卦的人跪在地上连连磕头，旁边的人纷纷围了过来。这时，有顶轿子路过，轿子中的人说："外面何人如此吵闹？"

仆人把公孙闲和占卜的人一起抓了过来，说："丞相，是这两个人在喧哗。"

仆人把轿帘掀开，丞相邹忌走了出来。

"你们是何人？因何在此喧哗？"

算卦的人说："大人，小人并不知情，我只是在此占卜而已。他过来就要让我算元帅能不能成大事，小人不敢算，他就纠缠不休，还要给我十金让我算。"

"你是怎么回事？"

"我乃是田忌元帅帐下的副将公孙闲，我们元帅在前线和魏国三战三胜，功劳盖天，要我来算算是否能成大事！"

"大胆，竟敢说出如此大逆不道的话，给我带走，我要亲自交给大王。"

邹忌让人将两人抓住，带到齐王宫，说明缘由后，让齐王亲自审问。

齐王问公孙闲："你是什么人？"

"我乃是元帅田忌帐下的副将公孙闲。"

"何以证明？"

公孙闲拿出从军的证明，又说道："军中诸将都可以作证，我在战场上还和庞涓交过手。"

"是谁让你来占卜的？"

"自然是元帅和军师。"

"他们还说了什么？"

"元帅和丞相有仇，还曾问计于军师，军师说要全副武装地返回齐国，让疲惫老弱的士兵把守住主地，以一当十，拦住所有可能的救兵。之后，再由元帅率轻车战马直冲临淄的雍门。到时候，齐国的大权就可以由元帅掌握了，对丞相要杀要剐，更加易如反掌。"

"这是军师说的？"

"千真万确，当时我就在旁边。"

"带下去吧。"

"这两人如何处置？"齐王问邹忌。

"算卦的人不知道情况，所以无罪；公孙闲能够说明一切，也算是有功劳，来占卜只是上差下遣而已。"

"孙膑和田忌呢？"

"这次足见两人有反心，不可不防，却又不能打草惊蛇。"

"他们手握重兵，孤又能怎么办？"

"他们虽手握重兵，但如果贸然起兵，却名不正言不顺。我们只要把守好临淄城门，让他们单独入城；他们若是不从，我们则可以向其他国家求援。"

"唯有如此了。"

孙膑和田忌率大军回临淄，途中发现公孙闬不见了。孙膑提醒田忌说："此人突然不见，可能是去临淄报信了。我说的话如果让邹忌知道，我们两个人都会有死无生。"

田忌说道："无妨，他说他家中有事，军师多虑了。我田忌问心无愧，大王没有处罚我们的道理。"

孙膑于是回去告诉孙平、孙卓两个兄弟，若是他发生危险，他们要及时相救，二人立即答应了。

庞涓回到大梁，见到璞月的遗体，失声痛哭。本以为上次只是一次普通的分别，没想到两人竟然再也不能相见。公主和太后的葬礼举行之后，庞涓每日在家养伤，准备应对强敌。

三个月的期限已到，大梁城外，果然有一骑飞来。百里嚣狂手持铁棒飞入城中，问道："号称'万胜不败'的人在哪里？"

有人答道："元帅已等候多时，壮士请随我来。"

百里嚣狂随后跟上，两人来到教军场上，庞涓正在教军场正中央等待着他的到来。

"你的伤好了？"百里嚣狂问。

"没错，我们今天就一决胜负，让你见识一下什么叫'万胜不败'。"庞涓说。

"好，这样才够刺激啊！"

临淄城中，孙膑和两个兄弟提前回到家中，见到了孙操。孙操拔剑出鞘，直指孙膑。

"我问你，你是不是从来都没打算救高唐胜和齐颖？"

"没错，我必须将所有的力量都用在对付庞涓。"

"他们就是你的弃子，是你计划中的'下等马'？"

"他们的死有价值。"

"他们到死都不能瞑目，还在等你的救兵！你就是这样对他们的？"

"别人伤害我的时候，又有谁考虑过我的感受？"

"当初我真不该把你从安邑带回来！"

"你要为他们杀我吗？"

"他们是我的兄弟！"

"我是你的儿子！"

"我没你这样的儿子！"

孙操挥剑要怒斩孙膑。

大梁城中，乐书正准备与妻子和孩子告别。

"爹，你要去哪里？"

"我知道有一个人很需要帮助，我要去帮他。"

"不要去，好不好？"

"大丈夫知恩图报，我不得不去。"

"不要去！爹，我求求你不要去！"

"毅儿听话，和娘回家吧。"

"毅儿不要离开你了，我怕你回不来！你不要走！"

他用力吼叫着，但乐书还是坚定地离开了。

"爹，你不要走啊！"

第四章

孙庞斗智

第一节　战狂人

今天的大梁城城门大开，四个城门都有骑兵把守，城中极其安静，只因魏王下令，任何人不得出门。

日上竿头时分，一匹宝马从远处飞奔而来，马上之人身高一丈，手拿一杆铁棒，他正是百里嚣狂。当他来到城门口，有人上前问道："壮士可是来找元帅的？"

"我来找号称'万胜不败'的那个人。"

"元帅已等候多时了，请壮士随我来。"

百里嚣狂跟随他来到教军场，教军场的四周被魏武卒围住了，只露出一个入口放百里嚣狂进入。站在教军场中央的庞涓身披金盔金甲，手持长枪在等候。远处，魏王带着文武群臣过来观看。

"你的伤好了吗？"

"已经好了。"

"那就好，来和我痛痛快快地一战！"

"且慢，我还不知道你的名字。"

"百里嚣狂。"

"你是哪里人？"

"不知道。"

"你是哪国的壮士？师从何处？"

"我不属于任何国家、任何门派。"

"所以，你只有蛮力，不懂武艺。"

"哈哈哈哈，你的激将法对我无用！来战吧。"

庞涓枪法如龙，招招致命，手下毫不留情，百里嚣狂轻松闪躲，并不还手。斗了十个回合之后，百里嚣狂说："这就是你的招式吗？速度太慢，绵软无力，也敢号称'万胜不败'？"

庞涓大怒，加快了招式，招招紧逼，百里嚣狂将铁棒收在马的铁挂梁上，空手抵挡，轻松自如。十个回合之后，他已经不耐烦了。

"够了！将你的'万胜不败'大旗撤下来吧。"

说完，他朝着教军场大门的"万胜不败"大旗飞奔过去，庞涓紧追不舍，喊道："不许你动它！"

庞涓的马赶不上百里嚣狂的宝马，眼看百里嚣狂伸手就要去摘旗，庞涓突然脚踩马头，飞身扑了过去。百里嚣狂伸手一抓，抓在庞涓的盔甲上，于是顺手一甩，把庞涓摔到了地上。

"你不要命了吗？"

"我可以不要命，但你不许动这旗。"

"这只是一面旗。"

"它比我的生命更重要！"

"嗯？"

庞涓爬起来，坚定地站在大旗的前面。

"既然如此，我给你一个机会。"

百里嚣狂拿下铁棒，点指庞涓。

"如果能接我三棒，就算你赢，但是以后你再也没有资格和我动手。"

"你说话算数？"

"哈哈哈哈，百里嚣狂骗你有何意义？快上马。"

庞涓翻身上马，再次拿起自己的枪。

百里嚣狂纵马过来，单手抡起一棒，庞涓双臂震得发抖，再看自己手中的这杆枪，已经被砸弯了。

"我刚才用了五成力，你还能受得了吗？"

"没问题。"

魏王等人在远处都听到了这一棒的声音，足见其力道之大，不由得为庞涓捏了一把汗。魏王实在坐不住了，起身来到教军场上，文武百官也都跟了过来。

"他们是你的帮手？"

"他们不会出手，你放心，这是你我之间的较量。"

"算你还是个英雄，第二棒来了！"

百里嚣狂双手举棒，使出比刚才更大的力量，只听"咔嚓"一声，庞涓的枪应声而断。庞涓及时向旁边一跳，躲开了这一棒，而他坐下的马却被打趴下了，不能再站起来了。

魏王大吃一惊，不顾自己的安危，走到前面说："元帅，既然已经输了，就算了吧，何必为了一面旗搭上你的性命？"

"不可以！我还没输！"庞涓怒吼着说。他不允许任何人说他输了。因为他不可以输，无论是面对谁。

"可是你的枪已经断了，你要怎么接这第三棒？"

"枪没了，我就用我的手接！"

"你可以去再拿一杆枪来。下一棒，我不会再留情了。"

"元帅，孤有一杆先王用了多年的宝枪，现在孤命人去给你取来吧，性命攸关，可不能儿戏。"

"不用，现在换枪，岂不是让人耻笑？"

"你虽然很弱，但很有气概，值得赞赏。不过你现在准备好了吗？我没时间陪你玩了。"

"来吧！"

魏王感到绝望，闭上眼睛不敢看。庞涓在原地站定，百里嚣狂双手高高举起铁棒，用力挥下，庞涓突然向前两步，双手交叉，向上举起，正好架在铁棒的中间，让自己不必承受棒头的十成力量。但是这一棒的力量仍然巨大，庞涓被压得双臂生疼，靠着一股不服输的信念硬撑着。接着，他大喊一声，用全部的力量来托住铁棒，脚下的地板被震得裂开了一条缝，他的双脚也跟着陷入了地下。

"哼！你做到了，百里嚣狂说话算话。"

百里嚣狂收回铁棒，驾着宝马飞出教军场，离开了大梁，不知去往何方。

庞涓的双臂不停地发抖，额头的汗珠滴滴答答地落下，他站在原地一动不动。魏王见状，用眼神示意太子魏申过去察看。魏申轻轻抱住庞涓，立即伸手从怀里掏出一条手绢捂在庞涓嘴上，说："师父辛苦了。"

这时，他又朝着教军场上的众人说道："元帅英勇，战退了这个狂人，不愧是'万胜不败'！"

魏武卒齐声大喊："万胜不败！"

手绢之下，庞涓张开嘴，悄悄吐出一口鲜血。魏申扶着他缓缓转身，立即前往宫中让太医医治。

魏王叹息道："孤真不明白，元帅为什么要和这狂人约战，以至于受了这么重的伤！而且就算赢了，他又能如何？"

惠施说："桂陵一战，元帅当时输给了这狂人，虽然那时他身上有伤，但是在他心中，这件事已经让'万胜不败'的名号受到了影响，所以他要证明自己是真的'万胜不败'。现在，他对这个名号的看重，已经超过了自身的性命。大王看他空手接第三棒就知道，对他来说，如果输了他宁愿去死。"

"当初魏卬为了让他自信起来，特意给他做了这面旗。在当时看来，这面旗确实给了他很大的鼓励，但是今天他又因为这种鼓励，让自己频繁地陷入险境！有时间孤去劝劝他吧。"

"元帅现在恐怕听不进去任何人的劝，那面大旗就是他的自信来源。放弃了，就等于让他重新变回当初那个自卑的庞涓，他自己愿意接受吗？魏国又能够接受吗？"

第二节　斩子

"我要带她走，带她回齐国，让我永远守护着她。"

"不可以，公主一定要回大梁，魏国才是她挂念了一生的地方，才是她想要守护的地方。"

"你跟随她这么多年，还看不明白吗？这里让她活得太累了。"

"至少这里有安全感，有她熟悉的人。"

"我也是她熟悉的人。"

"你不是。"

孙膑抬起头，看着小蝶说："难道你忘了那天发生的事？"

"我记得，但是，你不是那个孙宾，你不是。"

孙膑盯着小蝶，没有说话。

"我记得那个孙宾，他的眼睛里充满了阳光，让人看一眼就觉得温暖。但是现在，你的眼里充满着仇恨，充满着对别人的不信任，你早就不是那个可以让公主一见倾心的孙宾了，你只是一个杀人凶手。"

"你不知道我经历的那些事对我意味着什么。"

"我是不知道，但是你不可以带走公主。"

"没有人可以阻止我。"

小蝶走到孙膑轮椅的背后，孙膑想回头看她，小蝶说："你敢不回头吗？你敢让我一直站在你的背后吗？如果做不到，你凭什么认为公主愿意和这样的你去齐国？你就是杀人凶手！"

忽然，一阵风吹过，掀起了营帐，也把帘子吹了起来，阳光照耀在孙膑的身上。他看到两个巡逻的士兵交错而过，就在两人分开的一瞬间，出现了一缕温暖的阳光，孙膑在恍惚间好像回到了那个傍晚，又好像看到了自己和璞月背靠背坐在田野上。

孙膑觉得那个时候的自己真的太单纯了，对谁都很信任，也没有防备之心。他会为了帮助庞涓连命都不要，会任性到不愿意向魏卬仔细解释自己和《法经》其实毫无关系，也会奋不顾身地去爱一个女孩。

"你为什么那么傻！"

孙膑看着躺在地上的璞月说："你还是那么美，一点儿都没变，而我再也不是那个我了。"

孙膑转动了轮椅，即使小蝶只是一个手无缚鸡之力的弱女子，他还是做不到把自己的后背交给她。

"你带她回去吧。"

"我曾经还一直抱着一个幻想，幻想有一天能打败魏国，然后带你回临淄，和你一起过下半生。想不到，最后却是我自己亲手扼杀了这个梦想。

听说人死后会变成天上的星星，这满天繁星，你又是哪一颗？如果你看到我，会不会恨我？

那年，你带走了我的笑；从今天开始，你又带走了我的泪。

哈哈哈哈，哈哈哈哈哈哈哈哈……"

"兄长，自从你回来之后，我就没见过你笑，今天为什么突然笑了？"站在孙膑背后的孙平问道。

"我笑自己谋划多年，最终功亏一篑，没有杀了庞涓。"

"不对，庞涓横行天下多少年了，最后还是被哥哥打败了。这事传到其他国家后，哥哥可就威风了。"孙卓说。

"没能生擒或者杀死庞涓，又如何算赢？庞涓终归是攻破了邯郸，回师解了大梁之围，又如何算输？"

"哪有这样的道理？我们明明伤亡比魏军少，如果不是那个狂人出现，最后赢的也一定是我们，怎么庞涓也成赢的一方了？"

"是输是赢哪有绝对？对于我们来说，将庞涓逼入绝境，在战场上获得了优势，就可以说是胜了；对于庞涓来说，他的回援解了大梁的危机，又能够全身而退，一样是胜了。所谓的胜败，不在我口，不在事实，只在大王如何认为了。"

"兄长的意思是，大王可能会否定兄长的功绩吗？"

"我为了这次获胜得罪了太多人，如果能生擒或者杀死庞涓倒还好，但现在功亏一篑，若赵、宋、燕三国追究起来，我难辞其咎。还有，公孙闲听到了我给元帅出的计策，这个人非常阴险，这次他突然消失，让我不得不更加谨慎地对待。"

孙膑换了普通的衣服，由孙平、孙卓带回临淄，守城的兵卒看到两位将军推着轮椅回来，在放他们入城之后，就暗中将消息报告给了齐王。

孙膑回到家中，只见母亲满脸愁容，唉声叹气。孙操看到他们三个人，脸色铁青地说："孙卓，你把他推到我书房来。"

"是，爹。"

"夫君，他是我的儿子。"孙膑的母亲突然对着孙操哭起来，但孙操并不搭理她，径直朝书房走去，这让孙膑隐隐有种不安的感觉。

来到书房后，孙膑问："爹，近来临淄城中可有一个叫公孙闲的人的消息？"

突然，孙操拔出剑，剑锋直指孙膑的额头。

"我问你，你是不是从来都没打算救高唐胜和齐颖？"

孙膑抬头看孙操，只见他双目圆睁，怒目而视。

孙平和孙卓想上前阻拦，孙操说："没你们的事！不许过来！"

两人只好站在旁边。

"我必须把所有的力量都用在对付庞涓，他们的失败有重要的作用。"

"他们是不是你的弃子，是你计划中那个本就打算遗弃的'下等马'？"

"他们的死是有价值的，他们成功地让魏国上下认为齐国不足为惧，我才有机会包围大梁，让庞涓不能及时回援。"

孙操对自己的儿子一直都很宽容。这既是因为他知道这个儿子远比自己要聪明，看待任何事情都比自己更有眼光，也是因为他受过膑刑，在年纪轻轻的时候就承受了一般人不能承受的痛苦。但是两位兄弟的死状仍然历历在目，让他的内心无时无刻不充满着愧疚。

"你知不知道他们到死都不能瞑目，还在等你的救兵？你就是这样对他们的？"

"别人伤害我的时候，又有谁考虑过我的感受？"

"你的伤是魏国人给你造成的，又不是他们。你为什么要把自己受过的伤转嫁到无辜的人身上？早知如此，当初我就不该把你从安邑带回来！"

孙操将剑向前一递，顶在孙膑的额头上，孙膑的额头瞬间流出了鲜红的血。

"你要为他们杀我吗？"孙膑毫不示弱，双眼盯着孙操。

"他们是我过命的兄弟！"

"我是你的儿子！"

"我没你这样的儿子！"

孙操再也忍受不了，挥起手中的剑，准备斩杀孙膑。

"夫君，大王来旨了！快出来接旨。"

孙操停下了手中的剑。此时，房门被推开，孙膑的母亲进来了，看到孙操拿剑指着孙膑，她心头一疼，赶忙过来抱住孙膑。

"大王的旨意来了，你对大王说说好话，让你爹别杀你。"

孙膑心中暗想："大王的旨意如果这么快就到了，应该不会是好事。"

"娘啊，见到大王，我怕是有死无生了。"

第三节　殿审

孙膑被人带来见齐王，齐王脸色阴沉。

"军师回来，为何不向孤打个招呼就直接回家了？你莫不是打算把你一家老小都接出这临淄城？"

"臣祖祖辈辈都住在临淄城，怎么会有离开的打算？臣回来是因为听说丞相要陷害臣和元帅，所以想探听一下虚实。"

"军师相信会有这种事吗？孤自以为对你已经足够信任了。"

"事关紧要，臣不得不谨慎。"

"军师说得有道理，孤也应该时刻谨慎，因为无论是自己多信任的人，都有可能反咬你一口。"

齐王说完就要离开，他用眼神示意邹忌。邹忌说："来人！将军师请到偏殿好生伺候，等元帅回来一起论功行赏。"

田忌率大军没过几日就来到了临淄城下，邹忌出城迎接，说："恭贺元帅得胜归来，大王请元帅先入城议事。"

"有什么事这么着急要议？战胜了魏国不应该先庆祝吗？还有，军师现在哪里？他先我一步回来，为什么没有任何消息？"

"元帅先入城见大王，一切自然就知道了。"

"难道你真的设计害了军师？"

"元帅说笑了，齐国疆土之内自然是大王说了算，军师岂是我想害就能害的？即使元帅信不过我，也应该信得过大王。"

"好，走。"

田忌准备指挥大军入城，邹忌赶忙阻拦，说："此时入城，恐有不妥，请元帅将大军交给其他人代管，独自入城。"

"你到底有什么盘算？"

"我也是奉命行事，请元帅不要为难我。"

尽管田忌心中有诸多疑问，但也只能先放下，跟随邹忌入了城。一路上，他感到十分忐忑不安。

齐国王宫内，满朝文武齐聚，孙膑也已经被送到了朝堂之上。齐王端坐在正中央，脸色依旧阴沉。

"大王，着急召我入城有何事啊？"

"田忌，公孙闬这个人你认识吗？"

有人把公孙闬推了过来。

"他是我的部将，大王为什么抓他？"

"此人在闹市上拿着十金，让人算你能不能成大事。你倒是和孤说说，你让他算的大事究竟是什么大事？"

"大王，这件事我不知情啊！公孙闬，你为什么要这样做？"

"这不是元帅让我做的吗？"公孙闬假装一脸无辜地说。

"你胡说！我什么时候让你做这样的事？"

孙膑摇摇头，说："大王，你真的相信有人会蠢到拿着十金招摇过市，还在闹市上公然询问这种大逆不道的事情吗？"

孙膑看向公孙闲，继续说："更何况是精明如公孙闲之人？"

"军师聪明，孤当然也知道这件事不能说服你，但是今天既然你们都在这里，孤就问你，你是不是给田忌献策，让他全副武装地回齐国，再直冲雍门，谋权篡位？"

孙膑听罢，对齐王的话毫不意外，嘴角微微一笑，说："这不过是他一面之词，大王怎能轻信？"

田忌一听，当初孙膑所担忧的事情，今天果然应验了，不由得怒气冲冲，上前揪住公孙闲的衣襟，问道："那天军师要我杀你，是我留你一命，现在你为什么要陷害我和军师？我和你有何怨何仇？"

"元帅何出此言？我只是奉你的命令行事。大王救我！"

齐王大怒，说："田忌，你竟敢在大殿上动武，莫非真要刺杀大王？"

田忌气愤不过，依然揪着公孙闲的衣襟怒气冲冲地说："我虽然愚钝，但是对齐国从来忠心不二，怎么可能谋反？倒是你公孙闲到底安的是什么心？为什么要这样做？是谁指使你的？"

"田忌！孤说过了，你在大殿上动武，是要谋反吗？谁让你在孤的面前自称'我'，你忘了你是臣了吗？"

齐王的这句话，让田忌立刻意识到齐王这次是真的动怒了，他赶忙松开手，拜倒在地。

"臣……知错。"

"孙膑有没有给你出过包围临淄的计策？"

"有。"

"你为什么不抓他？"

"军师只是戏言，臣也绝无此心。"

"哼！隐瞒不报，你和他同罪！"

"孙膑，你给田忌出这样的计策，是何居心？"

"当时是公孙闲对我们说邹忌要陷害元帅，元帅有危，我作为军师只是出主意而已，用与不用，全看元帅如何决定。正是因为他不肯采用，我们今天才会在此受审。"

齐王看到他一脸平静地说出这些话，更加愤怒了。

"孤一直很信任你，将十万兵马交给你训练，一直给你留着军师的位置，自认为对你推心置腹，你就是这样回报我的？你可知道这一年多以来，赵、燕、宋派来多少使者让孤出兵？孤全都听你的话按兵不动，哪怕这件事已经让孤在三国之间信义全失。可你最终连庞涓的一根汗毛都没带回来，怎么就敢这样猖狂？现在赵国已败，魏国元气未伤，齐国再无盟友，这些麻烦都是你引来的！"

孙膑依旧一脸的淡然，说："生死有命，富贵在天，天要齐国生，齐国自然生，天要齐国亡，逃也逃不掉。我只是一介草民，又能如何？不过顺势而为罢了。"

"今天你说得倒是轻巧，那么孤就让你见识一下孤杀你有多轻巧！来人，给我把孙膑、田忌拖下去，明日午时开刀问斩！"

不一会儿，就有武士过来将两人五花大绑，又把孙膑从轮椅上拖下来，准备把他们押入天牢。

孙膑像是已经提前知道了一切一样，脸色很平静，双眼看向殿下的孙操。

"爹，你不替我求情吗？"孙膑说。

所有人都看向孙操，只见孙操并不看孙膑，而是看着齐王说："叛逆当斩，法不容情，只是田忌元帅对齐国的忠心天地可鉴，请大王三思。"

此时此刻，孙操竟然只是给田忌求情。

"你说过，你会保护我。"

"你早就不是我的儿子孙宾了，我不认识你。"

"这就是你的回答？"

孙操闭目不语。

"哈哈哈哈。"孙膑突然仰天大笑。

"好啊，真好！有的人不顾兄弟情，眼睁睁地看着我变成废人；有的人无视功劳，为一本书就要杀害忠良；有的人不敢直视自己的内心，陷我于险境。今天，终于连我的父亲也要将我抛弃了。

天啊，这就是你给我孙膑安排的命运吗？

天啊，这就是你对我孙膑的捉弄吗？

天啊，你就是喜欢看我一次次受你的折磨吗？

哈哈哈哈哈！

那你就来杀我啊！如果不能把我杀死，你们一个个都会得到报应！

天啊，若是孙膑不死，这报应，连你也不会例外！"

齐王手指孙膑，对武士说：

"好一个嚣张的孙膑，快快把他押下去！孤不想再见到他！"

眼看两人马上就要被拖走，邹忌却跨步走上前来。

"启奏大王，臣以为元帅只是袒护下属，所以一时糊涂，没有将孙膑交出来。他并没有按照孙膑的计划执行，足见他并无反意，何况他刚刚得胜归来，就这样杀了他未免寒了将士们的心，请大王开恩，饶他一命。"

邹忌身后的文武群臣也纷纷为田忌求情。

"田忌和孙膑沆瀣一气，实在让孤震怒，先关他几天，让他吃点儿苦头吧。"

第四节　探天牢

"丞相为什么要救田忌？田忌一倒，丞相在朝中一家独大，这不是丞相所期待的吗？"

"相帅之争，万变不离其宗。大王知而不言，只是因为两方权力会互相制衡，这才是安定之道。元帅一旦真的倒了，相权独大，到时候我反而成了大王的眼中钉，以后的路就更难走了。所以，不如做个顺水人情，既能笼络元帅，又能摆脱陷害他的'嫌疑'。"

"丞相考虑得周到，但是要不要弄死孙膑？如果他死了，以后就没有人可以对付魏国了，我们难道不是会更危险吗？"

"魏国再强也不能一口吞下齐国，所以我们的安全暂时不需要担心。何况身为臣子，只需尽人事，齐国多块肉少块肉，或许与我有关，但永远不是切肤之痛。"

"丞相之言有理，公孙闬自愧不如。"

"你很聪明，但是还不善于观察人心。计谋只能赢一时，通晓人心才能让自己长久地立于不败之地啊。"

天牢之中，孙膑对人心已然感到绝望。他所信任的最后一个人——孙操，终于也向他伸出毒手，要置他于死地。

在旁边牢房里的田忌说："我们是得胜之师，我们差点儿就可以杀了庞涓，为什么现在反而会沦落到这个地步？"

"得胜还朝之师，转眼被下入大牢，这我太熟悉了。"孙膑很淡然地说。

"我们真的没救了吗？"

"没救了，大军在城外，肯定已经被控制了，完全指望不上。孙平、孙卓现在也肯定被孙操看起来，出不了孙府。没有谁会来救我们，也没有任何人能救得了我们，何况连你的父亲都想杀你。"

"如果我没有一时冲动承认了你给我献过包围临淄的计策，我们就不会这样了，是我太蠢了。"

"不过是生死而已。"

孙膑依然很平静，他早就不在乎自己的生死了。

连自己的生死都不在乎的人，才是可怕的。

"让我去见见儿子吧。"孙夫人在牢房门口说。

"夫人，对不起，他的罪太大了。万一出事了我们担待不起，你真的不能进去，请见谅。"

"求求你们，让我进去见他最后一面吧。"

狱卒看她实在可怜，地位又尊贵，只好放她进去。

"膑儿我儿，你还好吗？"

孙膑抬头看来人，是自己的娘。

"托孙操的福，我要死了。"

孙膑直呼孙操的名字，口中没有一丝尊敬。孙夫人听了他的话心碎欲裂，泪流不止，什么话都说不出口。

这是她最喜欢的儿子。为了他的前途，孙操早早地把他送到云梦山学武，想不到最后他们不仅没有享受到天伦之乐，还害了儿子的性命。早知今日，不如当初就让他在家做个普通人也好。

孙夫人抓着孙膑的手，哭个不停，孙膑看着她，面无表情。

这时，狱卒说："夫人，时间不短了，大王要是知道了，我们担不起这个责任，请不要为难我们。"

"娘，孙平、孙卓呢？"孙膑突然发问。

"他们被你爹关起来了，不能出房门半步。"

孙膑不再说话。孙夫人在佣人的搀扶下，依依不舍地离开。

田忌说："军师，孙夫人哭得连我也有些动容了。"

孙膑叹息一声，还是没有说话。

这时，外面又有人说话："几位兄弟，我们家夫人刚刚走了之后，想起来有几句话还没对少爷嘱咐，所以让我回来补上，就几句话，我说完就出来。"

说完，来人掏出一些金子，交到几个狱卒手中。

"好吧，好吧，你快点。"

"放心，就几句话。"

来人进了牢房，直接走到孙膑面前，孙膑看到眼前之人，立刻精神起来，来者乃是乐书。

"孙将军。"

"你怎么来了？"

"我刚才在门口徘徊，正巧遇到孙夫人过来探望你，趁她离开没多久，扯了个谎进来了。我在沿途已经听说了发生的事，孙将军可有脱身之策？有什么需要让乐书效劳的？"

"明日我就要被问斩了，我的两个兄弟已经被孙操关起来不能出门，你去孙府把他们放出来，让他们明天一起来劫法场。这个计划我在进城前就已告诉过孙平，他知道怎么做。"

"可是他们被孙老元帅关了起来，我怎么找他们？"

"你应该已经认得，刚才那位夫人是我娘，事情危急，可以拿她为人质要挟孙操。"

"这！"

"怎么还没说完，不是就说两句话吗？"

狱卒一边催，一边走过来把乐书向外推。

孙膑说："就是这些，全靠你了。"

乐书听了这话，心情复杂，但是自己也毫无办法，只好转身离去。他跟上孙夫人回家的队伍，等孙夫人一行人进了府，乐书看天色已晚，便跳上房檐，悄悄地跟着来到孙夫人房间的屋顶上，听到屋中有两个人在说话。

"你去看他了？"

"他是我们的儿子，你为什么不救他？"

"你还没看出来吗？他被仇恨蒙蔽了眼睛，除了报仇，他什么都不在乎，包括你我在内。这一切都是他自己作的恶，就应该承受后果。"

"无论他是什么样的人，他都是我的儿子，要怪就怪你当年不该把他送上云梦山，让他遇到后来的危险。"

"我不和你争，你一天没吃饭了，我去给你拿些吃的来。"

"我不吃！"

孙操走了出去，孙夫人伤心地坐在桌子旁，这时门突然开了，有个人走了进来，孙夫人没有抬头。

"我不吃，你拿来我也不吃。"

"孙夫人，在下乐书，是为了救孙膑而来。"

孙夫人听到陌生的声音，赶忙抬头一看，却不认识乐书，听到他说是来救孙膑的，一时又怕又喜。

"真的吗？你真的是来救膑儿的？"

"没错，孙夫人。你知道孙平、孙卓两位公子现在哪里吗？"

"我不知道，我夫君抓了他们，而且不许我过问。"

"既然如此，孙夫人，时间紧迫，请你做我的人质，逼孙元帅放出孙平、孙卓两位公子。如此一来，我们明天就可以劫法场。"

"你让我如何信你？"

"孙夫人，孙膑对我有知遇之恩，我当然要救他。而且以我的武艺，只要我愿意，早就已经挟持了孙夫人，请孙夫人相信我。"

"那就依你。"

乐书找来一块布遮盖住自己的脸，又拿出一把匕首，架在孙夫人的脖子上，两人站在房门口。这时，孙操拿了饭菜回来，被眼前的一幕吓了一跳。

"你是谁？"

"我是庞元帅派来的刺客，来杀你全家。"

"你不要动手，有话好说，有事好商量。"

"可以，把你的三个儿子交出来，不然我现在就杀了她！"

"你既然要杀我全家，我叫我儿子出来，岂不是白白送了性命？"

"只要你让我看他们一眼，我就放了你夫人。"

"你这刺客很奇怪。"

"我只问你交还是不交？"

第五节　劫法场

"逆子孙膑现在在天牢，孙某无能为力，只有另外两子在家，我可以让他们来，但你能否不伤害他们？要杀要剐，孙某悉听尊便。"

"只要你把他们两个人放出来，我就不杀他们。"

"好！来人，去把两位公子放出来！"

一旁的仆人赶忙去放孙平、孙卓，孙操盯着乐书，越看越觉得他的体态和声音有些熟悉。

"你是何人？我们以前是否见过？"

乐书害怕暴露身份，被孙操认出，识破计策，所以闭口不言。没过一会儿，孙平、孙卓被带了过来，他们手上的绑绳也已经解开。两人看到娘被一个蒙面人挟持，不由得担心起来。

孙平说："你放开我娘！"

孙卓跟着说："你别动手，可以用我换我娘吗？"

"你们现在立刻离开孙府，我就放了孙夫人。"

几人都不懂乐书的意思，露出怀疑的神情。

"你们再不走，明天谁去救孙膑？"

这句话让大家都知道了乐书的来意，原来魏国刺客是假，放人救孙膑是真。孙操明白了对手的用意，立即出手，准备夺回孙夫人。乐书看孙操出手，也准备弃了孙夫人，这时，孙操背后的孙平、孙卓同时出手，牢牢抓住孙操的双臂。

"你们干什么？"

"爹，我们必须去救兄长。"

"你们怎么就是不懂？他不是你们的兄长了，他早就变了！你们知道齐颖、高唐胜两位叔叔死得多惨吗？那都是他干的！"

"这些都已经发生了，我们没有办法改变，但是兄长一定不能死！"

乐书拿下面罩，孙操立刻认出了他。

"怎么是你？"

"得罪了，孙元帅！乐书被逼无奈，为了救孙将军只好出此下策。"

孙操长叹一声，说："你们何必如此？他真的不是孙宾了，不是了。"

三人把孙操抱进屋中，绑在床上，让孙夫人等劫法场成功后再放出孙操。

三人出来之后在大堂商议如何解救孙膑，孙平说："兄长早就有所交代，如果遇到劫难，就让我们往南走。孙卓去准备兄长的衣物和轮椅，把这些在城外藏好后再入城，等我们救下兄长出城的时候，帮助我们一起攻击守城的兵卒。我去找几位兄长比较信任的技击能人，一起劫法场。现在田忌元帅被囚禁了，爹也不能出手，临淄城中没有人能阻止我们！"

"原来孙将军确实已经准备好了。"

"兄长安排得再好，奈何我们兄弟两人被爹关起来，什么都做不了，多亏乐大哥来，才让兄长有了生机，我们兄弟在此多谢了。"

两人立刻下拜，乐书赶忙把他们扶起来。

"我因受了孙将军的恩情，才得到庞涓的重用。如果没有他，乐书也只是一个路边卖艺的普通人而已。知恩本该图报，两位公子不必多礼。现在时间紧迫，我们快快分头行动。"

孙卓准备好孙膑所需的轮椅、衣物、食物、钱财等，就立刻出城去了。

孙平和乐书去找齐技击，并说明来由。孙膑提出来的人都是自己的心腹，虽然只有七八个人，但是个个身怀绝技，都答应相助。当夜，他们来到孙府，一起商议如何劫法场。

孙平去看看爹娘，孙操还在劝他不要救孙膑，孙夫人哭得嗓子都哑了，无话可说。孙平说："爹，兄长只是受人陷害，我们救出他之后把他安顿到安全的地方，再回来赔罪。"

天光大亮，孙平和乐书一行人已经出发，他们都换上了普通百姓的衣服，又化了妆容，然后混入人群之中。

刑场上，孙膑和田忌被拉了过来。田忌跪在地上，孙膑的胸口用木桩支着，也跪倒在地上。丞相邹忌亲自在场边监斩，说："大王有旨，田忌作为元帅奋勇杀敌，念在此次实为被孙膑蛊惑，功过相抵，死罪饶恕，贬为庶民。来人，给元帅解绑。"

旁边的刀斧手退下，有人上前给田忌解绑，扶他起来。

"军师呢？"田忌起身问道。

"孙膑有谋反之心，罪不容诛。元帅，你的命是我邹忌在大王面前保下来的，再要耽误时间，我也救不了你。"

这时，有人过来强行把田忌拖走，孙膑没有看田忌，而是微微一笑。

邹忌问："孙膑，临死之前，你还有何话要说？"

"邹忌，你说什么？"

孙膑抬头看着邹忌，他的眼神让邹忌心中有不好的预感，但他已经没有心思听孙膑说任何话。

"来人，给我斩首！"

邹忌扔下令牌，刀斧手把刀高高举起。这时，在人群中隐藏的齐技击突然出手，无数暗器在空中飞舞，刀斧手还没反应过来就已经中招倒下。四周百姓被这突如其来的一幕吓得四散奔逃。刀剑无眼，暗器更加无眼，但齐技击好像根本不在乎会造成什么伤害，救下孙膑才是他们唯一在乎的事。

乐书看到这一幕，感到无比心痛。战场上两军交锋，血流成河，他不是没有见过，身为士兵当有死的觉悟，但是看到一群训练有素的死士这样不管不顾地伤害无辜百姓，这让他无法接受。

"你们在干什么？百姓是无辜的！"

"快救军师，不然死伤的人会更多。"

乐书没有办法，飞身上前，解开孙膑身上的绑绳，背上他就走。因为慌乱的百姓四处乱窜，齐兵也被冲乱了，不能及时阻止乐书的救援。几名齐技击保护着乐书、孙平和孙膑，朝临淄城南门退去。

乐书等十余人逃到南门的消息传了过来，齐兵拦住去路，又将大门紧闭，乐书等人无法出城。这时，旁边有个人大喊一声冲了过来，他手中的一杆铁杵上下翻飞，掀翻了无数齐兵，乐书一看来人正是孙卓。

孙卓力大无穷，无人敢挡。他冲到城门前，双手用力一拉，门闩就被拉断了，数丈的城门随之也被他硬拉开。

乐书一行人趁机纷纷出城，一阵箭雨从他们身后飞来，孙卓力气大，背着孙膑就跑，乐书和孙平掩护他们，拦挡着箭矢，其他人因为体力不济，纷纷中箭倒下。

孙卓跑了很远，来到一处隐秘的地方。他拨开杂草和乱石，推出轮椅，轮椅上面还有孙膑平时拿的宝剑。

"哥哥，咱们往哪里去？"

"继续往南，走得越远越好。"

孙卓推着轮椅，不知走了多远，终于没有人跟了上来。孙卓累得气喘吁吁。

"哥哥，咱们可以休息了吗？"

"不知现在到哪里了，前面有个村落，咱们去问问。"

第六节　杀亲

孙卓带着孙膑赶了几天的路，终于筋疲力尽，眼见前面有个村庄，孙卓想歇歇脚，孙膑也想知道到了哪里，便由孙卓推着轮椅上前。

两人走到近处的一家叩门，过了一会儿，一个少年人开了门，孙膑说："叨扰了小哥，我兄弟二人赶路至此，口渴难耐，不知可否给我们一杯水喝？"

少年同意了，让两人进屋。孙膑四下打量屋子，只见屋内十分破败，可见这家人的生活十分贫苦。

少年看孙膑坐着轮椅，也忍不住上下打量孙膑，看个不停，孙膑只装作没看到。

这时，少年端来了两碗水，递给两人后，就站在旁边看着孙膑。孙膑在心中不停地盘算，就是不喝端在手中的这碗水。眼看孙卓的那碗水已经递到了嘴边，孙膑突然伸手过去阻拦。

"不要喝！"

孙卓一愣，说："怎么了？"

那少年也是一愣，正准备问话，只见孙膑的宝剑出鞘后又入鞘，少年在一瞬间横尸当场。

"哥，你为什么杀他？"

孙卓吃了一惊。

"如果追兵追到这里，他一定会暴露我们的行踪。"

"哥哥说的一定是对的，那咱们快走吧，被更多人发现就不好了。"

两人从村庄出来，避开大路，只是沿着小路走。一直走了几个月，走到一处地方，两人见前方有界牌，上面写着"楚"字。

"哥哥，咱们到楚国了。"

"到了楚国就安全了，至少齐兵不敢贸然入境。"

"接下来，咱们去哪里？"

"我也不知道，走到哪里算哪里吧，现在首先要做的，就是活下来。"

两人来到一处密林之中，这里有农户留下的房屋，房屋不大，但是极其破败。孙卓收拾收拾，两人先住了下来。

孙卓住了几天，他是个急性子，耐不得寂寞，便对孙膑说道："哥，咱们什么时候回去？"

"回哪里？"

"当然是回家，咱们不能一直在外面吧？"

"你想回家了？"

"外面的生活太无聊了，而且时间久了，爹和娘会担心的。"

"好，我们回家。"

"真的？我早就想回去了，这里太闷了。"

"你是不是还要告诉他们我在这里？"

"爹和娘问起来，我当然要说的，他们肯定盼着你回去呢。哥哥，我知道爹的话过分了，但他是真的担心你。你不在的那些年，他经常向我们提起你。"

孙膑笑了笑，说："好，该回去了。孙卓，你看是谁来了？"

孙卓转身去看，没有看到任何人的身影，但他却有一种异样的感觉，于是，他低头看了一眼身体，只见一柄剑从胸口穿了出来。

这是一柄熟悉的剑，是他亲自交到孙膑手中的剑。

他无法相信这件事，因为他没有看到有人靠近他们，除非来人的武功远远超过自己，如果是这样的话，那么意味着孙膑也遇到了危险。

"发生了什么事？哥哥怎么样了？"

他奋力挣扎着转过身，看到孙膑手中握着剑柄，而且面无表情。

孙卓的身子软了下来，趴在孙膑身上。孙膑扶着孙卓，说："兄弟啊，你真的不应该这么执着，也不应该这么单纯，这么容易相信别人。兄弟就真的值得信任吗？我亲眼见过，你愿意为他赴汤蹈火，他却眼睁睁地看着你受伤而无动于衷。这是为兄教给你的重要一课，只是可惜，你就算学了也用不到了。"

孙膑轻轻一推，孙卓倒在了地上。

"孙操不是要杀了自己的儿子吗？那我就帮他杀掉他的儿子！哈哈哈哈！"

他又笑了，笑得是那么的凄凉。

孙卓看着孙膑，用最后的力气说道："我以为你遇到了危险。"

"哈——"孙膑的笑声戛然而止。

"你没事就好……就……好……"

说完，孙卓永远地闭上了眼睛。

他没有恨，没有不解，没有痛苦，只有安心。

孙膑把目光从孙卓身上移开，陷入了沉思。过了好一会儿，他推动轮椅准备离开。

"哈哈哈，不愧是军师，果然出手狠辣，连亲兄弟也不放过。"

孙膑闻言挑动双眉，这熟悉的声音让他心中一惊，但是马上又冷静了下来。

"哦，公孙闬。你既然来了，何不现身一叙？"

公孙闬的身影从门口闪出。

"军师，好久不见。"

"果然这一切都是你的手笔，你是邹忌的人。"

"不错，其实我没有做太多，全因为大王素日和田忌不和，他本就想打压一下田忌，而我给了他这个机会，顺便让军师陷入众叛亲离的境地。不知军师对我这一着如何评价？"

"哼。"孙膑轻轻地一哼。这轻轻的一哼却让公孙闲抑制不住自己的愤怒。

"你还想说我是一条狗？我受够了你一直看不起我。从临淄出来后，我就跟着你，因为孙卓一直不离你左右，所以没敢轻易下手。今天你自毁长城，孙膑啊孙膑，你可曾想过自己有一天会死在我公孙闲手里？"

"杀了我，这真是一件天大的功劳，就看你敢不敢了。"

"你认为我杀不了你一个废人？！"

公孙闲拔出了剑。

孙膑若无其事地看了看自己手中的剑，说道："来杀我吧。"

他竟然在笑。

公孙闲愣住了，他想不通孙膑为什么会笑，而且笑得如此自信。他觉得孙膑实在是一个深不可测的人，更是一个可怕的人。想到这里，他没有敢立刻出手。

"我是个废人，你都不敢过来杀我吗？你不是有毒镖吗？用毒镖射我吧。"

"他为什么这么自信？是他的轮椅有机关，还是这间屋子有机关？或者在我想不到的地方，他早已做好了安排？"公孙闲心想。

公孙闲调动自己的一切感官，提防着周围的一切，不敢有一丝一毫的放松。他缓缓地从怀中掏出毒镖，但依旧迟迟不敢下手。

"连用飞镖试探都不敢吗？是因为我手中有剑吗？那我把剑扔了，这下你可以了吧？"

孙膑一松手，宝剑落到地上，发出清脆的响声。孙膑摊开双手，示意自己没有任何防备。

公孙闲下意识地后退了一步。这时，孙膑在公孙闲眼中仿佛已经不是人，而是如同神明一般让他敬畏。不知不觉间，他的额头渗出了汗。

"到底是哪里自己没有想到？到底是什么？孙膑为什么这么有恃无恐？"

"为什么还不动手？公孙闲，我已经让到极限了，再让，我就得自杀了。难道你要过分到通过逼我自杀来给你邀功吗？"

"快啊，快想，这到底是为什么？"公孙闲在努力地思考，却没有任何头绪。

"啪"的一声，一滴冷汗滴在了地上，汗水落地的声音竟然吓了公孙闲一跳。

"犹豫什么？来杀我啊！"

孙膑突然怒吼一声，这凶狠的表情让公孙闲想到一个人。桂陵战场之上，"万胜不败"将庞涓也是带着这样凶狠的表情一步步走向孙膑的。

他的宝剑最终还是回到了剑鞘中。

"我终于明白了。孙膑、军师、鬼谷门徒，我竟然忘这么重要的事。我没有资格杀你，连齐王也没有，只有他才可以。"

"你终于想明白了。"

"杀你容易，只是从此以后，那个人会让我永无宁日。"

"你既然明白了，那就不要挡我的路。"

孙膑推动轮椅出来了。

"你为什么就是看不起我？我哪里比别人差？"公孙闲问。

孙膑没有说话，就像没有听到公孙闲在说话一样，或者说，他并没有把公孙闲的话当作是有人在提问，而只是当作一条狗叫了一声罢了。

不说话，比说话更伤人。

突然，他又停了下来。

"公孙闲，请你把他埋葬了。"

"什么？"

"请你，把他埋葬了。"

"我为什么要听你的？"

"我说，请——把他埋葬了"

第七节　襄陵

大梁城中，魏国朝堂上，庞涓正在面见魏王。

"元帅不在家中养伤，来见孤所为何事？"

"为出兵之事。"

"元帅伤重，何必急于出兵？"

"我一个人的伤，不应成为魏国扩张的阻碍，有的人双腿断了还能继续指挥战斗，我不比他差。"

"元帅，你的心情孤理解，但是你的身体可是关乎魏国命运的大事，绝不能意气用事。"

"我的身体我最清楚，绝对没有问题。"

这时，庞涓旁边的太子魏申走过来说："父王，儿臣愿为副将，随元帅一起出征。"

"你年纪还小，打什么仗！"

庞涓说："大王，臣以为不然，在伐楚之时，曾经有一员楚国小将名叫昭扬，和太子年纪相仿，却武艺不凡，各国诸侯也常带兵出征。太子能有此心，实是魏国之福。"

"这……元帅，你要打哪里？"

"齐国襄陵。"

"父王您是答应了吗？"魏申着急地问。

魏王无奈地说："此事元帅做主。"

太子纳头便拜："多谢父王。"

"大王，出兵之前，臣有一事要奏。"丞相惠施上前说道。

"何事？"

"臣以为，赵国虽已经投降，但毕竟是大国，人口众多。尽管邯郸陷落，但是其他地方依旧如常，赵国可以再次招兵买马，恢复实力。再者，如果我国一定要吞灭赵国，定然会成为众矢之的，从而陷入更大的困境。当年，韩国吞并郑国都需要休养很长时间，而我们经过邯郸、桂陵两战，本就损失甚大。臣以为，现在不如卖给赵国一个人情，两国和好，甚至可以和赵国约定出兵，反而于我当下有利。"

魏申说："师父好不容易才打下邯郸，让赵王出城投降，为什么这么轻易地就要放弃？"

"太子，我问你，如果给你一个美女，但你每天必须在她身上花费很多钱，让你背上巨大的负担，同时她还会不停地和别的男人眉来眼去，甚至偷偷勾结别的男人来你家劫掠，你会要这样的美女吗？"

"这样的美女，就算是国色天香，我也不会要的。"

"赵国就是这样的美女。我们做不到可以真正号令赵国，所以，赵国还会不断勾结其他国家想着复国，同时我们为了稳固赵国局势还要不断地耗费人马和钱粮，占领这样的赵国，对我们到底有什么意义呢？不如放赵国自由，赵国或许会感恩，还可以做我们的盟友。"

"我还是不能理解，国家领土怎么可以和美女一样看待？"

"太子，这些道理大王都明白，你以后也一定都会懂的。"

魏申看向魏王，魏王道："丞相之言有理，请丞相出使赵国，促成此事吧。"

"臣领旨。"

惠施出使赵国，说明来意，赵王不胜感激，立即同意了所有要求。两国在漳河边结盟，互为友邦，约定共同出兵伐齐。大军以庞涓为元帅，开向襄陵。

消息传到齐国，这时田忌已经被贬为庶民，齐王只好再次起用孙操为元帅，前往襄陵救援；同时派丞相邹忌带上重礼去宋、燕两国，陈述之前不出兵的缘由，将责任都归于孙膑，并请求两国出兵相助。

燕王全然不看邹忌的面子，拒不出兵。宋国看燕国不出兵，也同样没有动作。齐王心中无比埋怨孙膑，最让他不能忍受的是自己对孙膑推心置腹，但当田忌向他问策的时候，他只把自己当作普通人，甚至提出那样恶毒的计策。

齐国桂陵一战虽说没有完全战胜魏国，但也算一场平局，确实让所有国家都高看齐国一眼，这其中有多少孙膑的功劳，齐王是知道的。现在孙膑逃走的消息传遍天下，所有人都知道没人能战胜魏国，因此，都不会去主动招惹这个麻烦。

齐王别无他法，只有硬着头皮，派孙操出兵。孙操当初主动退位让贤，毫无怨言，但他的儿子却是另一副样子，这让齐王无比感慨。

孙操赶到襄陵时，魏国已经将城池团团包围住了。孙操率领人马杀入重围，迎面遇到了庞涓。

"贤侄，可否看在我的面子上暂且罢兵？"

"我和孙膑有杀妻之仇，将他交出来，我便退兵；否则，什么时候灭掉齐国，什么时候罢休。"

"孙膑已经离开了齐国，去向不明。他已经和齐国没有关系了，也和我没有关系了。"

"活要见人，死要见尸。交不出孙膑是你们齐国自己的事情，与我无关！战场之上，刀枪见真章。"

一旁的魏申一马当先，迎战孙操，孙操拦住魏申，带着人马杀入城中。孙操入城后，死守襄陵，庞涓因为身上有伤，不便亲自出马，因此魏军攻势不如以往凶猛，迟迟不能破城。但襄陵城中粮草有限，时间一长，齐军必然溃败，临淄城中的文武百官对此毫无办法。

公孙闬掩埋了孙卓，准备沿着孙膑离开的路线追赶过去，这时，他看到路边走来一个人，身材壮硕，手中拿着一把刀。他和公孙闬同时看了对方一眼，公孙闬低着头准备离开，突然，来人拔出手中的刀，直指公孙闬。

"壮士，这是何意？"

"我认得你，把你的手举起来，敢用毒镖的话我就先杀了你！"

"恕我眼拙，我对壮士毫无印象，不知我们曾在哪里见过？"

"桂陵，我看到过你对元帅出手。"

公孙闬心下一慌，说："你是魏国派来杀孙膑的吗？你为什么会找到这里？"

"孙膑？你有孙膑的下落？"

"壮士，你可以将你的兵刃收起来了。我叫公孙闬，我也是跟踪孙膑至此，他向南去了。你现在快去，或许还能找到他。等你抓住他，还请在庞元帅面前多多美言，是在下指引道路的。"

"我问你，他身边还有什么人？"

"还有他的兄弟孙卓，一直不离左右。"

乐书听他说得不错，觉得应该不是说谎。

"你回去吧，不必跟下去了，剩下的交给我，等我捉回孙膑，不会忘了你的功劳。"

"多谢壮士，不，多谢将军。"

第八节　恨

公孙闲心怀忐忑，看着乐书沿着孙膑离开的方向去了，才放下心来。他在脑海中回忆着桂陵战场上的事情，突然恍然大悟："我只想着在桂陵的时候，却忘了刚刚发生的事情，他的样貌和那天劫法场的其中一人何其相似！他如果是魏国来刺杀孙膑的，应该是去齐国才对，为什么会出现在楚国？而且，只有他一个人，其中必有蹊跷。"

公孙闲转身想回去跟踪，又想道："我打不过这个人，就算回去找到孙膑也无济于事，不如回去向丞相复命。"

随后，他朝齐国的方向走去，在途中听说魏国元帅庞涓亲率人马进攻齐国襄陵，尽管齐国有老元帅孙操镇守，但也已经是危如累卵。

公孙闲想道："合当我立此功，这一去既可缓解齐国襄陵之围，又可以在魏国捞到好处。"

想罢，他便朝魏国军营的方向走去。军营大门处早就有人发现公孙闲在靠近，便立刻张弓搭箭，问道："来者何人？快说明来意，否则，再进半步就让你万箭穿心！"

公孙闲喊道："不要射箭，我叫公孙闲，今天特来拜见元帅。请通知元帅，在下知道孙膑的下落。"

过了一会儿，有个人出来带着公孙闲进了魏军大营，走进中军帅帐。庞涓在军帐中央端坐，看着公孙闲。

"你有孙膑的下落？"庞涓问。

看庞涓并没有提自己在桂陵向他扔飞镖的事情，公孙闲心中稍安。

"不错，孙膑在临淄被救后，小人一路跟随，得知他现在在楚国境内。他的双腿已废，行动不便，我想元帅派去抓他的将军应该已经找到他了。"

"我不曾派人去楚国抓他。"

"啊？小人在楚国境内遇到一个人，他自称是元帅的副将，是来抓孙膑的。原来不曾有此事，小人被骗了。"

"这应该是救他的人骗了你，你告诉我，孙膑和我在桂陵大战，应当有功，为什么回去反而要被斩首？"

公孙闲便将自己串通邹忌陷害孙、田二人的计划和盘托出，又对庞涓讲了自己后来追踪孙膑到楚国，看到孙膑沿途杀死几个无辜之人以及突然杀死孙卓的事情。

"他为什么要杀这些人？"

"小人不知。"

"这些年来，他在齐国做过什么？你又是否知道他在桂陵之战前做了哪些准备？"

公孙闲又把这些年孙膑隐姓埋名，暗中操练军队，以及招募齐技击的事情告诉庞涓，包括桂陵之战前为了吸引魏国君臣注意力，他让高唐胜和齐颖去平陵送死的事情。

"他竟然做到了这一步！他真的还是我当年的师兄吗？"庞涓轻声说道。

"没有动手杀他，你做得很好。"庞涓对公孙闲说。

"我来找元帅，虽然耽误了不少时日，但是孙膑应该走得不远。"

"不错，他走不远，你说他会怎么走？"

"孙膑的特征太过明显，一定不敢走大路，所以，他一定会继续走小路向南，逃到一处深山里隐居。"

"你很聪明，不过有些自以为聪明，但你的聪明只能料事，不能料人，如果我是他，一定看不起你这样的人。"

公孙闲惊讶不已，庞涓对孙膑的了解，竟然远超过自己。

"请问元帅，他会去往何处？为什么元帅知道他瞧不起我？他确实一直都瞧不起我，无论我做什么，做得多好，他都瞧不起我。"

"我问你，他是个什么样的人？"

"聪明、坚强，有谋略、有胆识，我没有见过像他一样内心强大的人。当今天下没有人敢主动向魏国出击，敢挑战'万胜不败'，只有他敢。如果不是战场上出现的一个狂人扰乱了他的计划，他会赢得更彻底。"

"你说的都对，但最重要的一点你没有看到，你知道他所做的一切的根源是什么吗？"

"是什么？"

"是恨。"

"恨？"

"他的双腿被废，所以他恨魏印；我没有阻止这发生，所以他恨我。因为恨，所以他要打败魏国；因为恨，他可以抛弃任何东西，包括自己的名字，包括无辜之人的性命。恨给他带来了力量，却也带来了另一样东西。"

"什么东西？"

"不信任。他不信任君王，不信任自己的父亲，不信任自己的兄弟，不信任世上的任何一个人。所以，他才会在路上乱杀无辜，包括自己的兄弟。他已经不是曾经的他了，他是一个被恨包围的、对全世界都失去信任的可怜虫。你连这一点都看不到，还自以为聪明，想面对面地杀他，这只会招来他的嘲笑。"

公孙闲恍然大悟："我终于明白，为什么世上只有你有资格杀他了。"

孙膑走出了不知多远，看四下无人，便停了下来。望着前方看不到头的路，他陷入了迷茫。他忍不住抬起头，看着天上的月亮，伸出手来，数起了星星。

"一颗、两颗、三颗……"

数着数着，他的眼睛模糊了。

"我在做什么？做的一切又有什么意义呢？就算逃了又能逃到哪里？逃了，就能活下来吗？

就算活下来，又有什么意义？倒不如一了百了，也轻松自在。

说不定，九泉之下还可以遇到她，向她道歉呢。"

想到这里，他转动轮椅开始往回走，想捡回那柄剑。

但在回去的路上，他因为实在太疲惫，就靠在轮椅上睡着了。

不知过了多久，孙膑觉得身边有人在推自己的轮椅，立刻警惕起来，睁开眼睛回头看。

"孙将军，你醒了。"

孙膑听到这个声音，知道是乐书，但是他还是不能信任乐书，也不敢让他在自己的背后推轮椅，虽然他已将生死置之度外。

"你不必推了，让我自己来。"

"没关系，你累了，先休息吧，我推着你走。"

"不必！我自己可以，不要你推！"

孙膑的语气突然变得很强硬，乐书只好松开手。

"我们现在去哪里？"乐书问。

"回我和孙卓住过的那个屋子。"

"好。"

"你不问我为什么要回去吗？"

"乐书一介武夫，比不上孙将军聪慧，你要回去一定有你的道理。"

"孙卓死了，我想回去陪他。"

"为什么会这样？谁杀了他？"

"邹忌派来的刺客杀了他。对了，你怎么找到这里的？"

"一个自称公孙闲的人，告诉我你沿着这条路走下去了。我想你应该走不远，就跟了过来，果然找到了你。"

"就是他杀了孙卓。算了，我准备回去，你呢？"

"孙将军，你一个人太危险了，让我在你身边保护你。"

"你不可能一直在我身边保护我。"

"那就等到你安全了，我再离开。"

两个人顶着月色，回到了孙膑和孙卓之前停留过的小屋。

第九节　挑战

"那么现在，你觉得他可能会去哪里？"

"公孙闲愚钝，确实不知。"

"你确实愚钝，一个对所有人都不信任且无依无靠的人，他会去哪里？他能去哪里？小路或者大路对他来说还有什么区别？他不是求生的蝼蚁，他是孙膑。"

"他不会走？"

"他会等死。所以，我时间有限，你带路，我们去找他。"

一旁的太子魏申上前说："元帅，你要离开军营？"

"不错，我要亲手杀了孙膑。"

"可是两国交战，攻下襄陵只在旦夕之间，请元帅以大局为重。"

"孙膑不死，我心难安，身虽在此，又有何用？太子，从今天起，军中事务由你负责，要进要退，全凭你自己判断。"

"如果我败了呢？"

这个问题击中了庞涓的内心深处。

大军继续借着庞涓之名攻城，一旦败了，就会有损庞涓"万胜不败"之名。如果撤下庞涓的大旗，那么齐国必然士气大振，则魏国的胜算就更低。

孙膑之仇和"万胜不败"之名，哪个更重要？

庞涓走出营帐，看向襄陵的城墙，城上的守军已经尽显疲态，没有反败为胜的迹象。他想，魏申只要死守营盘，应该也不会失败，但是自己的仇如果不报，那就将是永远的遗憾。

"我很快就会回来，你就是死守也要给我守下来，不许失败！"庞涓说。

魏申想让庞涓以国事为重，但看庞涓态度强硬，只得答应了。

庞涓在公孙闲的带领下，沿着公孙闲离开的路返回，过了几日，便来到那间小屋附近。

"元帅，我先进去看看吗？"

"不必，我亲自去。"

庞涓走向那间小屋，他双眉紧锁，双手握得"咔咔"直响，他心中想过几百种当面杀死孙膑的方法，现在眼看就要做到了，却又觉得哪一种都不足以发泄他的恨。

所以，这一刻，他竟有些犹豫了。他甚至期待自己猜错，期待孙膑确实已经变了，并没有回到这里。

但是他很确定孙膑已经回来了，因为周围地上有轮椅的痕迹，房屋门口看着很整洁，绝不是没有人居住的样子。

这时，门开了，里面走出来一个人，一个他很熟悉的人。

"元帅！"乐书不禁脱口而出，但他的声音不大。

庞涓朝他摆摆手，转身就走。乐书回头看了一眼屋子，关上了门后，跟了上去。

两人回到公孙闲的面前，三人聚在一起。

公孙闲说："元帅，就是这个人在法场上救了孙膑，我也几乎命丧他手。"

"元帅，我——"

"你不必说了，魏王不肯封赏你，你有足够的理由离开，我不会干涉。"

"多谢元帅体恤。"

"我问你，孙膑可在那间屋子里？"

"元帅要杀孙将军吗？"

"你只需要回答是或不是。"

庞涓早已不是当年乐书第一次见到时的青涩模样，谈吐之间充满了强者的气息，逼得乐书不得不回答他的问题。

"是。"

"好，我要你带话给他。"

"元帅请说。"

"我有三件事要你告诉他。第一件事，七天之内，这里会出现很多人，其中有我派出的刺客，刺客可能是一个人，也可能是两个人，也有可能是很多人，让他找出刺客，否则，我派出的刺客不会手下留情。"

"元帅，这是何意？"

乐书心想："庞涓分明可以轻而易举地进去取孙膑的性命，以自己的武艺无论如何是拦不住他的，但是现在庞涓只是让自己带话给孙膑，他到底在想什么？"

"你可以留在他身边保护他，我不干涉你的选择。第二件事，我也会混在其中，让他找出我在哪里。"

"元帅不能饶孙将军一命吗？他已经是个众叛亲离的废人，无法对魏国构成任何威胁。"

"我知道你想带他走，或者劝他离开，让他远离纷争。他或许会同意，或许不会，所以我要你帮我做第三件事。"

说罢，庞涓从腰间拿下宝剑，往地上一扔，剑插在地上纹丝不动。乐书看着这柄剑的剑身，上面写着"天谴"两个字。

"元帅，这是何意？"

"将这柄剑交给他，他自然会接受我的挑战。告诉他，上一次，他趁我不备，算是赢了我一次。这一次，他的'天谴'注定要被我的'宿命'终结！这是我们两个人之间的胜负，你若违背我的意思，我现在就去杀了他。"

乐书拔出地上的剑，看得出这是一柄好剑，但是孙膑得到它，不但不能防身，反而会招来杀身之祸，然而，现在他们没有别的选择。

乐书拿着剑，转身回去了。

"你知道我为什么不亲自动手杀了他，而要设置这样的赌局吗？"庞涓问公孙闬。

"我不能理解元帅的深意。"公孙闬说。

"你恨一个人的时候，想怎么做？"

"亲手杀了他。"

"如果你恨他到极致呢？"

"将他碎尸万段。"

"想不到你是一个如此善良的人。"

"元帅是什么意思？"

"如果是我，我会让他活着，然后折磨他，看着他痛不欲生。"

有时候活着，确实比死更痛苦。

"你回来了。"

孙膑倚墙而坐，听到脚步声，就知道是乐书回来了。

"我想我现在很安全，你应该离开了，不应该因为我一个废人而耽误你的前程。"

"但我现在想走也做不到了。"

"为什么？"

孙膑看向乐书。

"因为这个。"

乐书把剑递给了孙膑。

孙膑愣住了，这柄剑本应在庞涓手里的。

"这是——我的'天谴'。"

孙膑接过"天谴"，回忆从脑海中翻涌而出。上次用这柄剑的时候，他还拥有一双完好的腿，他还能奔跑，还能舞剑，还在大战吴起，和那个人一起。

想到这里，心中的恨意陡然升起，他拔出"天谴"，熟练地舞了一个剑花，然后又狠狠地劈下，将旁边的桌子砍成了两段。

"真是不堪回首的记忆。这柄剑是他给你的？他来了？"

"对，他来了。"

"他为什么不直接来杀了我？"

"庞元帅让我转告孙将军三件事。"

孙膑看着他，没有说话。

"第一，七天之内会来一些人，其中有他派来的刺客，可能是一个，也可能是很多个，他要你分辨出来；第二，他会混入人群，让你找出他；第三，就是将这柄剑交给你，他说上次是你赢了，这次他要赢回来。"

孙膑听完，抚摸着手中的"天谴"。

"我接受他的挑战。"

第十节　刺客

这不只是一个挑战，更像是一个游戏。

庞涓是猫，孙膑是鼠。

"猫"本可以直接杀死"老鼠"，但他没有这样做，只因为他还没有玩够。

一旦玩够了，就只有那一种注定的结局。

孙膑很清楚，因为如果把他替换到庞涓的位置，他也会做同样的事。

但是他必须接下这个挑战，因为他也想知道，当两个人离开云梦山上之后，谁才是那个更强的人。

第一次他赢了，那么，第二次他还会赢吗？

这个结果对他们来说很重要，因为这也是他们两个人自从相识后一直在问自己的问题。

出山之前，这个问题，两个人都说不出口，但是现在，这已经不再是秘密。

这是孙膑最后的疑问，也是最后活下去的动力。

孙膑自己推着轮椅出了屋子，看着前方说："庞涓，我接受你的挑战。"

他不知道庞涓在哪里，但他知道庞涓一定听得到。

庞涓看到孙膑自己推着轮椅出来，更加确定了自己的判断，但是他现在更想笑，想大声地笑出来。

当一个爱笑的人不笑了，一个爱说话的人不说话了，当一个爱吃东西的人不爱吃东西了，那他或她一定是痛苦极了。

知道孙膑以前有多爱笑、那双眼睛有多吸引人的人，现在一眼就能看出来他有多痛苦。对于庞涓而言，没有比看到自己的仇人活得很惨更快乐的事情了。

孙膑浑身上下邋里邋遢，发髻凌乱，脸色十分憔悴。最重要的是，他的眼睛里完全没有希望，没有曾经那些美好的东西。

有的人很会表演，但眼睛不会骗人。

庞涓很开心，因为他看到了他想看到的东西。

第二天，乐书给孙膑准备了热水，他自己洗了个热水澡，又梳好了头发。虽然很麻烦，但他坚持要自己来。接着，他换了一身干净的衣服——那是孙卓带来的，整理完毕后，整个人换了一副模样。

他打理得很粗糙，之前这些事都是别人来帮他做的，他并不擅长，但是仍然遮盖不住他的英俊之气。

"孙将军和当年一样英俊。"

"怎么可能？我已经快三十岁了，坐了这么多年轮椅，脸圆了，肚子上都是赘肉。有的人都活不到三十岁，而我已经活得够久了。"

他所说的"有的人"当然是指璞月公主，别人的生死，他根本不在乎。

清晨的空气很清新，乐书打开门，看到门口站着一男一女两个中年人。

两人满脸堆笑，问道："这里是孙军师的住所吗？"

乐书突然警惕起来，说："你们是什么人？为什么会知道孙军师？"

"孙军师已经是闻名天下的人，谁不敬仰？能够在这里得遇孙军师，实在是我等小民三生有幸。我们夫妻二人以务农为生，听说孙军师在这里，特来拜会。"

乐书紧紧地盯着这两个人，在这个时候有陌生人来见孙膑，不能不让人起疑心。他正想把他们赶走，却听到孙膑说："让他们进来吧。"

两人走进屋子，乐书站到孙膑旁边，盯着他们的一举一动。

只见两人脸上一直带着笑，就好像他们和孙膑是久别重逢的朋友一样。

"两位此次前来，所为何事？"

"当然是为了瞻仰孙军师的风采。"

"现在你们见到了我，是否满意了？"

"孙军师果然仪表堂堂，相貌不凡啊。"

"还有呢？"

"还有……一表人才！"

"对对，一表人才。"

"还有呢？"

"这……"

两人不知道该说些什么。

"是庞涓派你们来的？"

"不，我们不认识庞涓，没有人派我们来。"

"你们身在楚国，认识孙膑，却不认识庞涓？"

"这……我们知道魏国元帅庞涓，但是和他毫无关系啊。"

"不，你们和他有关系，现在说还来得及。"

"我们夫妻二人就是楚国小民，以务农为生，当真不认得那些大人物！"

"好，我信你们。现在你们见到我了，没什么事，两位就请回吧。"

"好……好，我们走。"

两人走出屋子，相互看了一眼，男人低声说道："我看这个人的脾气十分不好，如果说出来怕是不会答应的。"

妇人道："怕什么，他不过是一个残废的人，咱们的要求也不过分，何况还有那些难得的好处。"

"好，我就舍下脸去说。"

说完，两人又转身回来。

乐书看到他们转身，便问："二位还有什么事？"

男人道："我们还有一件事要对孙军师讲。"

乐书看看孙膑，孙膑点点头，示意乐书放他们进来。

"孙军师，我们看您手中有一把剑十分漂亮，不知是否可以给我们看一眼？"

"对，就看一眼就好。"

"你们对我手中的剑好奇？"

"对对，我们每天务农，见到的都是些镰刀锄头，对战场上的兵器不甚了解。孙军师的剑必然是神兵利器，不知道能不能给我们看看？"

"你们两个人真的以务农为生？"

"不错。"

"好，你过来接我的剑。"

男人捧着双手准备接过孙膑的"天谴"，突然看到眼前闪过一道寒光，还没有等他反应过来，只见孙膑的左手上已经拿着两只手——男人的两只手。

男人不敢相信，因为他一点儿痛的感觉都没有。于是，他赶忙看向自己的手，才发现手腕不知什么时候被平平地切断了，鲜血瞬间喷出，而双手已经不见了。

"啊！"他吓得大喊一声，晕倒在地。

孙膑托着两只手，说："你们两个人以务农为生，为什么手上没有老茧？"

妇人早就被吓得瘫软在地，一个字都说不出来。

"既然务农，想必他现在已经没法下地干活了，那他就是个废人了吧？"

妇人一直在摇头，地上的男人身上已经满是血。

"废人活着是很痛苦的，因为我也是废人，所以我懂你们。"

孙膑看到乐书面带迟疑，于是，他再次拔出剑，一剑将地上的男人和妇人一起砍死。

"他们是刺客吗？"乐书问。

"你可以看他们的手。"孙膑说。

乐书去看妇人的手，发现她手上没有老茧。

"以务农为生的两个人，会有这么干净的手吗？"

"昨天庞涓刚刚说完，今天就下手了吗？"

"他早就迫不及待了，我也是。"

"这两具尸体怎么办？"

"扔到屋后就可以了，埋了或烧了都会浪费我们的精力。毕竟七日之后，我就和他们一样了。"

确实，七天之后，无论输赢，结果都是一样的。

第十一节　秦子阳

乐书让孙膑睡在床上，他自己在地上铺了席子，就这样休息了一晚。早上醒来之后，他觉得头有些昏沉。

他记得昨夜入睡前还想着要少睡一些，以便随时观察周围的动静，却没想到自己竟然比平时睡得更沉，或许是因为自己在过去这些日子里太累了。

他起来去看孙膑，只见孙膑满面通红，满头是汗，躺在床上很是痛苦的样子。

"孙将军，你怎么样了？"

"我浑身无力，应该是受了风寒。"孙膑咬着牙，无力地说道。

"这荒郊野岭的，又没有村庄市集，咱们该如何是好？"

"这个时候让我受风寒，应该是天意了。如果我扛不过去，倒是可以让我不必死在庞涓手上。"

孙膑说完，闭上眼睛躺下休息。

乐书说："孙将军，我推你去找大夫吧。如果什么都不做，你扛不了七天的。"

"不。"

孙膑不再说话，因为他现在已经没有太多体力说话了。

乐书无奈，只好给孙膑烧些热水，又用热布敷在他的额头上。然后他出来活动筋骨，让自己保持体力。

日到中午，远处来了一个人，只见来人衣着华丽，身材臃肿，三十多岁的模样，肩上背着一个小木箱。

来人看到乐书，便朝他走过去。只见来人一脸高傲的神情，一副谁都看不起的样子，他看到乐书后，欲言又止。

"你有什么事吗？"乐书问道。

"你不是很舒服。"

"我没有不舒服，可能最近休息得不太好，但在下是练武之人，这也不算什么。"

来人并不多言，伸手过来抓住乐书的手腕，乐书急忙把手收回，疑惑地看着他。

"你在做什么？"

"把手给我。"

来人的态度很强硬，双手一起伸过来抓住乐书的胳膊，并把右手按在乐书的手腕上。乐书看到他刚才伸手这一下的速度很慢，而且手上力道不重，不是练武之人，虽然态度不友好，但也不像心怀叵测的样子，便放松了警惕。

"嗯，没事。"来人说。

他又问："这里还有谁？"

乐书听到他问这句话，便又开始警惕起来。

"你是什么人？来此有何目的？难道你也是庞涓派来的刺客吗？"

来人轻蔑地看了乐书一眼，说："你看不出来我是做什么的吗？"

"恕在下眼拙。"

"哼。"

来人走向房屋，快走到门口时，他停下说："屋里有病人？"

乐书跟了过来，说："对，你——"

"你不要动。"

来人说完，从一个小箱子里拿出一排针，然后伸手抽出一根，扎在乐书的手背上。

"半炷香之后拔掉就可以了。"

乐书只觉得手背略微抽动，但是紧接着又感觉气血通畅、神清气爽，昨夜的疲惫瞬间被一扫而空。

"先生医术如神，不知是何处高人？"

"我乃是医家，扁鹊门徒秦子阳。"

"原来是扁鹊门徒，失敬！先生，我有个朋友昨夜害了风寒，请您治治他吧。"

"那个人吗？"

秦子阳指了指床上的孙膑，说："我在门口就感觉到屋中闷热，应该是有病气外散。"

"正是。"

他迈步走到床边，抓起孙膑的手腕。孙膑歇息片刻，稍稍有了精神，感觉有人碰自己，立刻把手收回去，秦子阳用力抓住他的手腕，说："想要病好就不要动！"

"你不要碰我！"

秦子阳不管他，伸手捏孙膑的脸，孙膑只能张嘴，秦子阳说："发热恶寒，有汗不解，口渴不欲饮，苔薄白，脉浮小数，对不对？"

"孙将军，这位大夫是扁鹊的弟子秦子阳，医术着实厉害，你就放心吧。"

"那你也不要碰我！"

"感受风邪，营卫不和，故见发热恶寒，有汗不解。以桂枝汤加芳宣之品，祛风辟秽，调和营卫，故热退，风邪得解。"

说完，他从箱子里拿出三包药递给乐书，并交代："每日清晨，将药煎半个时辰后饮下，睡前再煎半个时辰，饮下。第二天换另一包，三天后三包药喝完，他就没事了。"

乐书十分高兴，连忙说："多谢大夫，孙将军有救了！"

"孙将军？你是孙膑？"秦子阳问孙膑。

"对，庞涓告诉你的？"孙膑有气无力地问。

秦子阳伸手取出三支针，扎在孙膑的额头上，手法非常熟练。没过一会儿，孙膑的脸色就开始好转，汗也稍有减少。

"我只知道你在这里，所以想过来确认一下。"

看到孙膑有了力气，他才回答刚才的问题。

"你找我有事？"

孙膑靠着墙坐了起来。

"我找的不是你，是你的腿。"

"找我的腿？"

"不错，你可听说过'扁鹊起死回生'的故事？"

"你是说他救虢国太子的事情吗？"

"对。"

"我不信这种传言，除非真的发生在我面前。"

"这件事就发生在我面前。"

"真的是起死回生？"

"不是。"

"到底是怎么回事？"

"太子阴阳二气失调，内外不通，上下不通，导致太子气脉纷乱，面色全无，失去知觉，如同死了一般。但他其实并没有死，在他即将入殓时，是我和师尊一起用针救了他一命。"

"这确实是神奇的医术，但和我的腿有什么关系？"

"我要和师尊一样，做一件大事，让我的名字和师尊一起永远留在医家的史册。"

"治好我的腿，就是你说的大事？"

"不错，你的腿已经残废多年，如果有人可以治好，那个人就一定可以名扬天下。"

"世上和我一样断腿的人有很多，为什么一定要找我？"

"师尊做了很多起死回生的事情，除了虢国太子的事情你还听说过哪几件？"

"原来如此，所以你要治我的腿？"

"对，现在王公贵族中身体有残疾的，就属你的名声最大。治好你的腿，是每个医家梦寐以求的事情，但有这个能力的人不多。"

"我的腿已经残废七年了，我从来没奢望过自己会再站起来，你真的有这个能力？"

"我自信不比师尊的医术差。"

"我凭什么相信你？"

"不相信我，你就永远没有站起来的可能。而且，你旁边的这个人我在第一眼看到他的时候，就知道他很疲惫。"

秦子阳看向乐书，孙膑看着秦子阳。

"我知道他为什么这么疲惫。"秦子阳说道。

"他这几天照顾我很辛苦，所以看起来很疲惫吧。"孙膑看着秦子阳说。

"什么原因我不在乎，我只是个大夫。"

"好，我让你治我的腿。"

第十二节　治腿

孙膑从来没有想过自己可以再次站起来，这么多年以来，他已经让自己接受了这个现实。

"其实，自己之所以恨，不就是因为自己再也站不起来了吗？

假如自己能再次站起来，是不是那些恨也会变淡了呢？

就仿佛当年魏卬和庞涓只是踢了自己一脚而已，谁会因为别人踢了自己一脚而恨别人呢？

但是，就算自己能站起来，有的人也不会活过来了。

就算自己真的能站起来，但又能站起来几天呢？六天之后，自己一样要死的。"

秦子阳俯下身来，褪去孙膑外面的长裤，检查他的膝盖。

"就算治不好也没关系，反正六天之后就有人过来杀我了。"

"杀人是别人的事，我只管治你的腿。"

"我见过很多痴人，有的人痴迷武艺，有的人痴迷经典，有的人痴迷于某个人，难道医者也有所痴迷吗？"

"人的身体，就是我所痴迷的东西。在你们的眼里，人的身体千姿百态，但在我眼里都是一样的，不过都是五官七窍、五脏六腑而已。但就是这几样身体构造，能生出无数的疾病，这实在是世上最神奇的事情。"

过了很久，秦子阳又说："果然是膑刑，左腿一刀是从右上往左下劈的，右腿一刀是从左上往右下劈的。"

"治我的腿和刀怎么劈有关系吗？"

"你没有了膑骨，自然需要接新的膑骨，新的膑骨必须和你的伤口重合才能固定住，如果有一丝一毫的差错，就算接上了也不能重新长在一起。"

"按照你的说法，我的腿真的可以治好吗？"

"我做过十多次这种接骨之术，有七成把握可以成功，而且最近几次都成功了。"

秦子阳问孙膑："你愿意一试吗？"

"怎么接骨？"

"用刀切开你膝盖上的肉，取另一个和你伤口吻合的膑骨放上去，接好断掉的筋脉，再缝合好膝盖上的肉就可以了。大约一个月后伤口可以愈合；三个月后筋骨可以愈合；一年之后，你就可以走动；三年之后，活动自如。"

"太久了。"

"能恢复，多久都值得。"

"我是说我没有那么长的命了，六天之后，庞涓就会来取我的性命。"

"你一定会死吗？"

"他绝对不会放过我，我知道他就在周围观察着我，现在只是像猫玩弄老鼠一样玩弄我，等他玩够了我的死期就到了。"

"未来还没有发生，一切都有可能。"

"这样，六天之后如果我活着，你再来给我治腿，如何？"

"我不是你的仆人。"秦子阳说完站了起来。

"到时候就要你来找我了，但是医者居无定所，到那个时候，我也不知道我会在哪里，想找到我，也不知道是何年何月了。我给你一天的考虑时间，现在我就去找合适的膑骨，明天带回来，膑骨离开肉体只能保存一天，你的时间有限。"

"我还想问一句，真的有人可以忍受这样痛苦的治疗吗？"

"我动刀的时候，可以用药让你睡着，之后你只要经常用我配的药熏腿，便可以缓解疼痛，一个月之后，就能靠自己慢慢忍受了。"

孙膑的脸上有一丝犹豫。

"这样太疼了！孙将军，你如果不能忍受就不要做了。一想到这样的场景就让人胆寒。"乐书劝道。

"你先去取膑骨，明天我给你答案。"

秦子阳随后便离开了。乐书看着孙膑，不知道该说什么。

"孙将军，你真的要让他治腿吗？"

"我不知道，这是一个太大的诱惑，不是吗？如果是你，你会怎么做？"

"我也不知道，我应该会问内人，听她的意见。毕竟，秦子阳还有三成失败的可能，如果失败了，要知道战场上一道普通的伤口都可能致命，何况……"

"还有一天时间，明天再说吧。"

当恨一个人成了习惯，如果突然有一天这个恨不存在了，竟让人不知该如何面对。

这一夜，是如此的漫长。

第三天，乐书依旧睡到了很晚才醒，醒来之后，他给孙膑煎了药。孙膑已经好了大半，精神也恢复了很多。

晌午时分，秦子阳又出现了，这次他从怀里掏出一块布放在桌子上，打开给孙膑看。这是他从一位刚刚死去的病人身上取下来的膑骨。

"你决定好了吗？"

"嗯，来吧。"

"好。"

秦子阳突然笑了，他的表情一直很严肃，一副谁都无法亲近的模样，但是这一刻，他竟然再也忍不住笑了出来。

他取出准备好的药熬了起来，又拿出刀，放在旁边用火烤。看到刀逐渐变红，乐书和孙膑的心里都不是滋味。

"孙将军，要不算了吧？"乐书问。

孙膑看着火中的刀，似乎有了一丝犹豫。

"秦大夫，算了，我们不治了。"乐书劝道。

就在这时，只见秦子阳突然从怀中掏出一根针，迅速插在乐书的脖子上，乐书顿时感到全身无力，昏倒在地。然后，他又掏出一粒很小的药丸，塞进孙膑嘴里，接着拍了拍孙膑后背，孙膑忍不住咽了下去。

"你在做什么？"孙膑问。

孙膑觉得眼前开始变得模糊。

"你答应了我，就不能再拒绝了。"

秦子阳说完，抓起一块布，又伸手去拿那把烧红了的刀。他看着孙膑，举起了刀，然后缓缓地蹲了下来。

"其实，我骗了你，我只有三成把握可以成功，但是我等不了了。"

他笑着举起了刀。

孙膑的双眼已经看不清了，他听到秦子阳在说话，但听不清说的是什么，他用力地拍打着轮椅，然后就没有了知觉。

"公子？公子？"

孙膑听到有人在叫他，觉得这个声音很熟悉，但他想这一定是在做梦，因为这个声音是不可能出现在这里的。

"小蝶？"孙膑喊道。

"公子，是我，你没事吧？"

"月呢？为什么她没有来？"

"公子，你醒醒，是我。"

孙膑突然觉得这触感是真实的，有个人在碰他，他猛地睁开眼睛，眼前的人让他差点儿惊掉了下巴。

"小蝶？你怎么在这里？"

"公子，我……我终于找到你了！"

第十三节　欧阳幻

数日前，乐书准备离开大梁，这时有个人叫住了他。

"乐书将军。"

乐书回头一看，是璞月公主的丫鬟小蝶，因为他常在元帅府中，所以对小蝶并不陌生。

"你有什么事吗？"乐书问。

"你要去哪里？"小蝶说。

"我要去齐国。"

"你去齐国，是去找孙膑吗？"

"是。你问这个做什么？"

"我……可以和你一起去吗？"

"你去齐国做什么？"

"我想去找一个人。"

"你找谁，或者有什么话要带给他？我帮你去找他。去齐国的路途太遥远了，你从没出过远门，这对你来说太难了。"

"我要去找一个消失了很久的人，我也不知道能不能找到他。我……我只是还放不下他，我一定要亲自去才可以！乐书将军，请你一定要带我去。"

"我不是故意拒绝你的请求，只是这一路上不知会遇到多少艰难险阻，我怕你扛不住。"

"我留在这里，又有什么意义呢？我已经考虑好了，我一定不会拖累你的，请你带我去齐国吧。"

乐书看到小蝶坚定的眼神，知道她心意已决。

"我不是乐将军了，我也从来没做过将军，以后你我兄妹相称吧。"

"真的？你答应我了？好的，乐大哥！"

两个人一起来到了齐国，乐书将小蝶安置在客栈，自己先出去打听孙膑的下落。

小蝶在客栈一个人无聊，便想下楼四处走走。

远处，有一个中年人，手拿一柄宝剑，剑上面有一个"恕"字，他对旁边一个鬓发皆白的老者说："师叔，你在这里等候片刻，我先去买些吃的，然后咱们再回稷下。"

老者说："你去吧。"

中年人离开后，老者四处观看，一眼便看到了小蝶。他觉得这个女孩很熟悉，便走向小蝶，带着慈祥的微笑对她说："小姑娘，你好。"

小蝶也看着老人说："老人家，你好。"

"我……啊……哈哈，我口渴了，你能给我老人家一口水喝吗？"

"可以，请随我上楼来。"

"多谢。"

两人来到客栈，老人问："你叫什么名字？"

小蝶看他面相和善，便放松了警惕。

"我叫小蝶。"

"小蝶就是你的名字？"

"嗯。我从小无父无母，是主人家收留我。因为他们叫我小蝶，所以我就一直都叫小蝶了。"

"听你的口音，你不是齐国人吧？"

"对，我是魏国人。"

"哦，魏国人。"

"她是在魏国吗？好像是，又好像不是，但是她们真的太像了。是真的有关系，还是只是凑巧？"老人心中思绪万千，双眼出神地看着小蝶。

"老人家，你怎么了？魏国有什么问题吗？还是你有朋友在魏国？"

"我不记得了。你和我很久很久之前认识的一个人好像，但是我忘了她是谁，是哪里人了。"

"真的吗？还有这样的事？她现在在哪里？我倒想看看我老了之后是什么样子。"

"我不知道她是不在了，还是只是离开我了，我完全记不清了。对了，你们的声音也很像。"

"可惜，我不能见见她。"

"小蝶，你人真好。"

"我没有做什么，只是给你一杯水而已。"

"我没有做什么，只是给你一杯水而已"这句话在老人的脑海中回荡着，同样的声音，同样的语气，让他挥之不去，好像唤醒了一些很久以前的记忆。

"你来齐国做什么？"老人问。

"我来找人。老人家，你知道孙宾吗？他现在的名字是孙膑，他是齐国的军师。"

"他的大名，现在无人不知、无人不晓。你要找他吗？"

"对，我有重要的事要找他。"

"唉，应该已经晚了。"

"为什么？"

"你竟然不知道，他已经被押入天牢，明天就要问斩了。"

"啊？"

小蝶一时慌乱，哭了出来。

老人看到小蝶哭，竟然像感同身受一般，也手足无措起来，于是说："我……

我也只是听说，我这正准备和我的徒侄一起去王宫面见大王，请他放过孙膑一命，你不要哭了。"

"老人家，我求求你，一定要救他。"

"你别哭了，我这就去找我的徒侄。"

两人走出来，这时天色已近黄昏。老人抬头看了一眼天空，太阳温暖的余晖照在他身上，他转头看了一眼小蝶，突然心头一阵绞痛。

他依稀听到小蝶在说："我喜欢在黄昏的时候出来走走，然后看着天一点点地变黑，好像可以留住时间一样，虽然没有一天是可以留住的。"

于是，他脱口而出："我愿意陪你去试着留住每一个黄昏。"

"老人家，你说什么？"

老人捂着胸口，好像要倒下，小蝶赶紧扶住他。

他靠着路边的墙，对小蝶说："我好像想到了什么，却又说不出来。我真的老了，忘记了太多事情。"

他看着小蝶，眼神有些异样，缓缓地说："我好像听到你在说话，但又分不清是你说的，还是记忆中的某个人说的。对了，我叫欧阳幻。我想起来了，我已经去过王宫了，大王拒绝见任何人。"

"那他是不是一定会死？"

小蝶的眼泪又要流下来。

"你不要慌，明天一早我们去刑场，大王一定在那里，我就算豁出老命，也一定替你当面求情。"

"欧……老人家。"

"叫爷爷吧，这样显得亲近些。"

"爷爷，你是什么人？为什么可以见大王？"

"我是儒家的人，凭着年纪大，多少可以向大王说些话。明天我一定向大王求情，你别哭了，我一听你哭就心烦意乱，要是再有个三长两短的，明天可帮不了你了。"

两人回到客栈，乐书还没有回来，小蝶看着窗外，忧心忡忡。欧阳幻也在自己的屋子里看着窗外，他总觉得在哪里见过小蝶，但是又实在想不起来了。

他实在是忘记了太多事情。

次日清晨，两人来到刑场，小蝶看到孙膑跪在刑场上，眼泪又忍不住流了下来。欧阳幻看着这一幕，不知不觉眼眶也湿了，但这种感觉不只是同情，还有一些吃醋的意味。他是一个七八十岁的老人，没道理会因为一个不认识的二十多岁的姑娘而吃醋，可为什么会有这样的感觉，他自己也不知道。

"爷爷，请你去救他吧。"

"不用了，已经有人在准备救他了。"

"真的吗？在哪里？"

"我们赶紧走吧，我已经看到他们了。咱们在这里反而会耽误他们救人，你相信我。"

欧阳幻拉起小蝶的手就往外走，他用了很大的力气，小蝶竟然挣脱不开。

"爷爷，为什么我没看到？"

两人还没来得及离开，便听到人群中响起一阵声音，有人从人群中冲向孙膑。空中还飞着许多箭矢，朝无辜的百姓们射去，吓得小蝶脸色苍白。

欧阳幻不让她看，挡住她的视线，说："我看到有人藏着兵器靠近刑场，应该是孙膑早就安排好的，果然不愧是做过军师的人。他一定会被救走，到时候我们跟上去就可以了，现在里面太危险了。"

两人跟在乐书一行人后面，从临淄南门逃了出来。小蝶已经在努力赶路，奈何还是脚程太慢，跟不上孙膑的踪迹。小蝶与欧阳幻一老一少互相扶持，一路到处询问有没有人看到一个坐轮椅的人。

第十四节　重逢

欧阳幻虽然年纪大了，记性不好，但是头脑清醒，他料想孙膑不能走大路，就沿着山路去找，再沿途打听。虽然颇多曲折，但是孙膑坐轮椅的特征太与众不同，他们总算没有走太多弯路，打听到了孙膑的行踪。

"小蝶，我们走了几个月了，你真的要继续坚持吗？"

此时的两个人已经太疲惫了，小蝶看起来比欧阳幻还要累。

"我不会放弃的，爷爷。你没必要和我一起去找他，你这样一直陪着我，让我很过意不去。"

"我也不知道为什么，就是看着你很亲切。我也很想知道那个人到底是谁，我和她到底发生过什么。"

"她是你的妻子吗？"

"我不知道，我不知道我有没有娶妻。"

"你有孩子吗？"

"没有，没有吧。"

小蝶的脸上露出了同情的表情，说："我也真的希望你能想起来。"

"我倒也不强求，想起来未必是好事，想不起来也未必是坏事。"

这天，两人来到一间简陋的屋子前，想要寻求帮助，暂时休息一会儿。他们看到屋子的门是开着的，便走了进去，但是眼前的一幕让两个人吃了一惊。

只见靠门这边的地上趴着一个大汉，再往里面走，看见屋里煎着药，但药已经熬干了。两人继续往前走，看到地上躺着一个人，身上扎着五六支镖，其中有两支射在咽喉上，看来已经没救了。当走到最里面时，小蝶突然惊呼一声，只见一个人躺在轮椅上，已经不省人事了。

小蝶跑过来，把轮椅上的人扶起，一看正是孙膑！

"公子！公子！公子！你醒醒！"

小蝶日夜奔波就是为了见到眼前这个人。现在，他终于出现在她的眼前了，这一刻她既担心又开心。

孙膑悠悠转醒，他认出了小蝶的声音，但还是不敢相信小蝶会出现在这个地方。乐书并不知道他认识小蝶，所以一直也没有说过这件事。

直到孙膑睁开眼睛，他才确定这不是梦。

他原本希望这是梦，如果是梦的话，他就可以见到那个总会和小蝶一起出现的人了。

但对小蝶来说，这一刻比梦更加美好。

欧阳幻扶起乐书，把他脖子上的针拔掉，然后帮助乐书揉捏穴道。

"你怎么会来这里，这个人是谁？"孙膑问。

小蝶把和乐书一起去临淄，然后遇到欧阳幻，再和欧阳幻一路来到这里的事情一一说了。

"那你来找我有什么事吗？"

"我来，找一个人，赎一份罪。"

"你找的不是我吗？又是赎什么罪？"

小蝶突然平静了下来，说："如果不是因为公主，你也不会变成今天的样子。公主的错，让我来赎。"

"我从没怪过她。"

"所以，我更应该来替她赎罪。"

"但是现在这里很危险，四天之后，庞涓就会来杀我。"

"元帅也在这里吗？"

"没错，地上的这个人就是他派来的刺客。他装扮成大夫来治我的风寒，实际上却是来要我的命。"

"我会在你身边。当元帅出现的时候，我会替你求情，让他放过你。"

"你觉得他会听你一个丫鬟的劝？"

"那我陪你一起死。这样……这样就算是彻底帮公主赎罪了。"

旁边的乐书也醒了过来，一睁眼就看到欧阳幻。他起身看到孙膑没事，又看到小蝶也在，不禁又惊又喜。

"乐大哥，我跟着这位欧阳幻爷爷一起来的，一路上多亏了他。"

"多谢欧阳老先生。"

"我和这个小姑娘有缘，不过是举手之劳。"

乐书看到地上秦子阳的尸体，有些惊讶，说："我被他扎晕了，后来也不知道发生了什么事。"

"我也被他强迫吞下了迷药，醒来之后就看到他已经死了。"孙膑说。

"难道是有人救了我们？会是什么人？难道是元帅？"

"这是对我的考验，他不会插手的。不用想这些问题了，我总算逃过了一劫，过好最后的几天吧。"

乐书把秦子阳的尸体也扔到了屋后，之前的两具尸体已经开始散发出臭味，因此乐书将三具尸体一起埋了。

孙膑警惕地看着欧阳幻。

"老先生是什么人？"

"我出身儒家。"

"儒家？老先生可知道孟轲先生吗？"

"他是我的徒侄。"

"失敬，孟先生身为稷下学宫祭酒，我们此前多有联系。他的学识让晚辈钦佩，想来老先生比他学问更大吧。"

"他是个书呆子，喜欢读书，善于夸夸其谈。但我还不如他，不但不爱读书，还不会说话，更何况现在年纪大了，好多事情都记不住了。"

"据晚辈所知，儒家视楚国为蛮夷，老先生为何会来这个地方？"

"我是和小蝶一起来的，我很喜欢这个姑娘，所以陪她的。哈哈，难道你怀疑我别有目的？"

"晚辈不敢，只是现在身在局中，对任何人都不可不疑，请见谅。"

"无妨，反正我也记不住，可能过一会儿就忘了你说的话了。"

欧阳幻看到小蝶的目光一直看向孙膑，而孙膑却根本没有意识到。

"小蝶，太阳要落山了，你陪我去走走吧。"

"爷爷，公子行动不便，我想多陪他。"

"你去陪老先生吧，我没事的。"

"不，公子，我想……我想多和你说说话。"

"唉，年轻人还是应该多和年轻人在一起，还是我这个老头子自己去散散步吧。"

欧阳幻独自走了出来，他抬头看着夕阳，耳边又传来那两句话：

"我就是喜欢在黄昏的时候出来走走，然后看着天一点点地变黑，好像可以留住时间一样，虽然没有一天是可以留住的。"

"我愿意陪你去试着留住每一个黄昏。"

他伸出手想抓太阳，却什么都抓不到。

"你是谁？为什么我感觉你离我很近，或者说是曾经很近，却什么都想不起来？"欧阳幻说。

这时，他看到乐书在一块石头上坐着，低着头，若有所思。他走了过去，坐在乐书的旁边。

"年轻人，你叫什么？"

"欧阳先生，我叫乐书，魏国人。老先生，我已经四十岁了，早已不是年轻人了。"

"对我来说，你就是年轻人。看你愁眉紧锁，是在想什么事情吗？"

"我在想家，想我的夫人和孩子。"

"你既然有家室，为什么要千里迢迢来这里伺候孙膑？"

"他是我的恩人，没有他的帮助，就不会有乐书的今天。"

"这么说，你是抛弃了他们来到这里的？"

"抛弃？我并没有抛弃他们。我只是想用自己的贱躯做些事情，将来能有个更好的前程，从而让他们过得更好。"

"你现在得到你想要的了吗？"

"我还不知道路在何方。"乐书摇摇头说。

"他们，希望你这样做吗？还是只是你想要这样做？"

第十五节　故事

"无论我要做什么，他们都不会……都不会反对我。"

这句话刚说出口，乐书就想到了临走前乐毅拉着他的衣服不松手的样子，他的吼叫声常常在自己的脑海中回响。

"他们真的不会有一点儿的异议吗？"

乐书沉默了。

"我长你几岁，就倚老卖老，和你多说几句。人的一生不过三四十年，在现在这个世道，人的寿命就更短了。战场上瞬息万变，再厉害的人，也不能保证自己每次都能平安回到家，对不对？"

这本是很浅显的道理，乐书这些年已经经历过太多，因此点了点头。

"活到这个岁数，你也应该知道，什么对你来说是暂时的，什么是永恒的，什么是真实的，什么是虚幻的。"

"请老先生赐教。"

"朋友是永恒的吗？你们总要有各自的生活，不会一直在一起的。但是家人不一样，无论什么时候，血脉的纽带是不会断的。义气是真实的吗？也不一定，至少我已经见过不少曾经说要肝胆相照最后还是兵戎相见的人了。"

这时，两人不约而同地看向了孙膑的屋子。

"但是亲情不会，一天是亲人，永远都是亲人。"

"对。"

"你说你做这一切都是为了他们，那么，他们是不是真的希望你这样做呢？你有没有问过他们？"

乐毅吼叫的那一幕再次浮现在眼前，乐书想到了妻子的表情，现在看来，她并不是真的希望自己这样做，只是没能说出口。

乐书的眼眶红了。

"老先生说的是，乐书明白了。"

"回去吧，趁一切还来得及，什么都不如一家人在一起。"

"等元帅和孙将军的比试结束，无论结果如何，我都会回去。"

"他也是个好孩子。只可惜，他还在自己的困局里出不来。"

"老先生，晚辈不知该不该问，你来到楚国，您的家人不担心吗？"

"我……我好像没有家人。"

"没有家人？是遇到了变故还是？"

"我不记得了，很多事情，我都记不清了。我的生命里曾经出现过很多人，但是我都记不清他们是什么时候出现的了。是在我十岁的时候，还是三十岁的时候？或者是五十岁的时候？唉，老了，有的人在我的印象里明明是个孩子，见到了之后却发现他和我一样老；有的人我以为已经认识很久了，谈起来却发现我们之间的过去少得可怜。不过，这些都不重要了，都是故事而已。"

他在这个年纪孤身一人，明明是让人觉得很孤单的事，但是从他的表情和眼神里一点儿都看不出来。

"那您是否已经娶妻，这总算知道吧？"

"应该有吧，和我在一起的那个人一定是个大美女，哈哈哈。"

"您连这个都忘了吗？甚至您有没有孩子也忘了吗？"

"不记得了，我都忘了。即使有，我也不知道他们为什么不在我的身边了。无论是去世了，还是离我而去了，反正结果都一样，就是我现在这样。"

"可是，这分明不一样。"

"不，年轻人，这没有什么分别。如果说有区别，只是你给自己讲了不同的故事而已。如果她是去世了，说明她从一而终，你听了心里好受些；如果她是主动离开了，说明她与我有缘无分，你听了心里难受些。可结果都是现在只有我一个人了，所以这个故事到底是什么，真的很重要吗？所谓的真相，也只是一个故事而已。如果那些不能让你快乐，不如你给自己讲一个能让自己快乐的故事，然后让自己相信它。"

"故事？"

"那么，我现在就给你讲个故事。她是个很美很美的女孩，然后爱上了我，后来，她带着孩子回家了，我现在就是去找她的。这个故事怎么样？你听了之后是不是很开心？"

"晚辈希望这个故事是真的。"

欧阳幻拍了拍乐书的肩膀，说："就算它是真的，也只是一个故事。"

"老先生的话太深奥，乐书不懂，但是现在乐书确定，就算您没有和小蝶一起来，您也绝对不是那个刺客。"

"这也只是你愿意相信的一个故事。"

欧阳幻站了起来，继续说："我想说的是，去把握住你还能把握住的故事。不要等有一天，你只能讲故事给自己听，那么，一切就都追悔莫及了。"

屋子里面，孙膑想让小蝶睡在床上，自己打算在轮椅上靠墙休息。一看到这个女孩，他就忍不住想起璞月，所以他不希望委屈了她。

但是他明显低估了小蝶的坚强，从大梁出来之后，在这几个月的路途中，她从来没说过苦和累，她也不可能让自己最喜欢的人在最需要休息的时候坐着休息。

今天，在他们相遇后，孙膑就一直在聊璞月，每一句话都和璞月有关，他们刻意避开了孙膑失手杀死璞月的事实，因为孙膑就剩下四天的性命了，他们没必要说这种不开心的事情。

四个人挤在一间屋子里，竟然让房间里充满了少有的热闹氛围。

欧阳幻倒了一碗水打算喝，但他看了看水，忽然停了下来。

"怎么了？"孙膑问。

"水中有药。"欧阳幻说。

乐书听到这话立刻站了起来，端起水仔细看了看，但没有看出什么端倪。

"晚辈眼拙，看不出有什么问题。"乐书说。

"这种药我在临淄见过，是一种比较高明的迷药，化在水中无色无味，但是当把药水放在烛光下时会看到很多圆。"欧阳幻说。

乐书再仔细一看，果然看到碗中有三五个圆在波动。

"所以我这几天每天都睡到很晚，醒来之后头也昏昏沉沉，就是因为喝了迷药？"

"应该是这样。"

"如果有人有这样的本事，可以在我们完全不能察觉的情况下下药，为什么他又不动手？"

"这一定是他干的，看着猎物被他玩弄又不杀，现在只有他能做出来。"孙膑说。

"这里果然处处惊险，但是有人宁愿冒着生命危险，也要来这里。"欧阳幻说。

他说完之后，看着小蝶笑了出来，他似乎并不在意这里的危险。

欧阳幻重新烧了水，洗了碗，确定水没有问题了，才放心地让大家喝。

孙膑看着他们一一睡去，才闭上眼睛安心地睡下。

明天，等待他的不知会是什么样的挑战。

第十六节　轮椅

小蝶想推着孙膑的轮椅带他出去散散步，但是孙膑拒绝了，他拒绝任何人站在他的背后。他不是刻意要怀疑每个人，只是不自觉地会有不安的感觉，这是他自己不能控制的。

所以，他只让小蝶在一旁陪着他，他自己推着轮椅的轮子走。虽然一步一步很缓慢，但是他不急，没有目的地的人是不会着急的。

他想起了乐书说过的庞涓的第二个问题：他会混入出现的人当中，要孙膑把他找出来。那么，他出现了吗？

这几天出现在眼前的人，孙膑看不出任何端倪，他身边的几个人也不可能是庞涓化妆打扮的。

孙膑心想，或许庞涓还在隐忍，还在等待吧。

孙膑和小蝶回到小屋，看到门口出现了三个人，其中两个人身材魁梧，另一个人骨瘦如柴，身高约五尺。

三人看到孙膑坐着轮椅，六只眼睛冒出光来，过来把孙膑围住，上下打量他的轮椅。

孙膑推动轮椅向后退，说："你们做什么？"

小蝶挡在孙膑的身前，不让三人靠近，乐书也过来挡住三人。

其中较矮瘦的人说："我们没有恶意，只是看你坐着的这把轮椅既不中看也不中用，你早就该扔了，我们想给你换个新的轮椅。"

"我的轮椅坐了很久了，已经坐习惯了，不需要更换。"

"轮椅就是一个工具，总有磨损，也要保养。我看你坐的轮椅损耗已经很大了，本身质量也不够好，我们兄弟三人是此处的工匠，有些木匠的手艺，白送你一把轮椅，如何？"

"我不认识你们，无功不受禄，我不能接受你们的帮助。"

"自我介绍一下，我叫张木，这两位是我的兄弟，张林、张森。我们是世代的木匠，听说这里有人需要轮椅，所以特意打造了一把，你就算不着急换，也可以先收下留着备用。我们不收取钱财，只要你将来把我们的名字说出去，让我们多做些买卖就可以，怎么样？"

"我就算收了你的轮椅，也只会劈了当柴烧。"孙膑不屑地说。

三人听到这话脸色铁青，这实在是对他们职业最大的侮辱。

"这位小兄弟，我们看你不能走路，所以才想送你轮椅，你怎么不识抬举？"

"无论你们是受谁的指使来这里，我都不会接受你们的东西，拿着轮椅走吧。"

张木哼了一声，推着轮椅过来说："你看我们的轮椅，是用上好的红松木做的，平日里别人给多少钱我们都舍不得用。染料也是精挑细选的。轮椅做好之后我们还用心打磨过，上面一根木刺都没有，这样的做工，就算是当今大王来了我们都不给他用，现在你看都不看一眼就要把它当柴烧，实在是不识好歹！"

欧阳幻看了看轮椅，说："做工确实精良，但是突然有人送来这么好的东西，谁知道这背后要付出什么代价呢？"

"我们不要任何好处，只要你们收下，将来有人问起轮椅是从哪里买的，你们说从我们三兄弟手中买的就可以了。"

"所以，你们给我轮椅，只是为了让我给你们广而告之？"孙膑说道。

"对对对。"

"哼，轮椅这种东西有几个人会需要？而且，你们怎么确定我们会告诉别人这轮椅的来源？"

"我真的搞不懂，我们兄弟三人就算往路上扔把扫帚都会有人捡，现在想送你一把轮椅怎么就送不出去？"

"你们可知道我这轮椅的厉害之处？"

"这有什么厉害的？"

"这是鲁家的作品，是鲁家大师公输班亲自动手修过的轮椅。"

张木吃了一惊，说："这怎么可能？这竟然是公输班做的轮椅？"

"没有什么不可能，以我的地位，想要实现也是轻而易举的事。"

三人围着孙膑的轮椅看了又看，张木说："我们能仔细看看这轮椅的做工吗？"

孙膑微微一笑，说："可以，但是我有个要求。"

"什么要求？"

"你不能看，他们两个人可以来看。"

"为什么？"

"我不需要向你解释，看或不看，你自己考虑。"

"可以。"

"老先生、小蝶，你们先回去屋里吧。我和乐书在这里就可以了。"

"他们不像是有恶意的。"欧阳幻说。他好像懂得孙膑的心思。

"晚辈心中自有盘算。"孙膑说。

欧阳幻看向乐书，乐书点了点头，于是两人一起回到屋子里。

张林和张森两个人凑到孙膑跟前，抚摸着轮椅，上下观看，但并没有看出有什么特别的地方。两人看罢，一起看向张木，摇了摇头。

张木说："你们看得仔细一些，摸一摸这轮椅的质感，看看轮椅是什么木材做的，木头和木头的衔接处是不是精细，染料涂抹得是否均匀。"

两个人面面相觑，不知道怎么办。

"你们过来仔细看看，我这轮椅的扶手才是公输班用了最多心思的地方。"孙膑说。

张木看着两个人，又看了看轮椅，哀叹一声。

两人再次凑了过来，半蹲着仔细看了看扶手，依旧没有看出什么。孙膑紧紧地盯着他们，只见两人都只是简单地摸一摸，看起来不像很懂行的人。

"看出来了吗？"张木问。

两人说："尚未看出来。"

孙膑看向乐书，乐书想起欧阳幻对自己说的话，神情有些犹豫。

"他们看起来并不像，你确定吗？"乐书低声说。

孙膑见乐书不愿出手，便不再看他。

"你们再仔细看看。"孙膑说。

两人正对着两个扶手仔细观看，还是一无所获，此时孙膑突然双手一拍，扶手下方随之打开，两支飞镖弹射出来，正中两人的咽喉，两人立刻倒地。

"这下看出来了吗？我这轮椅是不是有精妙之处？"

眼前的一幕发生得太突然，把张木吓得瘫坐在地上。

"不要杀我！不要杀我！"

"你说我这轮椅是不是比你的厉害？"

"厉害，厉害，你饶了我的命吧。"

"是不是庞涓派你来刺杀我？"

"不……不是……不不……我不知道。"

"到底是不是？"

"我不认识他，他只是让我来……来……"

"来做什么？"

"不，我不能说。"

"什么？"

孙膑的双眼充满杀气，死死地盯着张木。

"他……他……他……"

张木吓得说不出话来，只想不停地向后退，翻身站起来之后，转身就跑。

就在这时，孙膑手中的"天谴"飞了出来，正中张木的后心。

"啊！"

这时，孙膑才注意到小屋的门打开了，小蝶站在门口看到了这一幕，大声喊叫了出来。

欧阳幻快步走到小蝶的面前，捂住她的眼睛，把她带回屋里。

"小蝶，没事，不要看了，他们会处理好的。"

"好可怕，好可怕！"

欧阳幻看到小蝶惊慌失措的样子，脸上满是怜爱。

"他的眼睛好可怕，他不是孙宾，他不是！他是孙膑！"

第十七节　去而复返

孙膑弯下身子查看张林和张森的脸，没有看出他们乔装打扮的痕迹。

"为什么要杀他们？"乐书问。

"你没看出来吗？他们根本不懂木匠活。这个机关虽然隐秘，但是对于世代木匠出身的人来说，并不难找。而且，他们的举动你不觉得很奇怪吗？想尽各种办法要我收下他们的轮椅，这分明是带着目的来的，他们轮椅之中一定有准备陷害我的机关。"

孙膑推动轮椅，从张木的身上拔下自己的剑，对着他们的轮椅背一剑砍过去，里面果然露出了一把匕首，甚至匕首的把手已在轮椅外面露出了头。

"只要我坐上轮椅，他们就可以把匕首拔出来，取我的性命。可惜这两个人身材高大，我以为庞涓混在其中，想不到他还没有出现。"

乐书无言可对，只能承认现实。

"不，不是这样的。"欧阳幻说。他走了过来，说话的语气也有些重，看起来不太高兴。

"这把匕首是硬插在轮椅里的，如果他们真的要用这种方式杀你，明明有更隐秘的藏匕首的方式，为什么还要在外面露一个把手的头？而且，从他们被你轻易就杀死来看，以他们的武艺，他们有能力把匕首拔出来吗？何况庞涓也知道你身边有乐书保护。"

"那他们为什么要送我这样一把有匕首的轮椅？"

"我不知道，我也猜不透这背后的原因，或许只是一个误会而已，你不该这么冲动。"

"不，这是赌命之局，就算是误会，我也不能冒险。"

"我终于明白为什么小蝶说你是孙膑，不是孙宾。"

"那只是我的两个名字。"

"我更希望你们是完全不同的两个人。"

孙膑没法解释这一切，所有出现的人都很明显是受人指使，都像是刺客。如果他们真的是刺客，但他们的表现又非常业余，这无异于摆明了告诉孙膑，他们就是别有目的。

不过现在，至少可以确定一件事：他们当中即使有刺客，也已经被杀了。只要杀了所有人，就绝对不会有漏网之鱼。

他很想知道庞涓如果知道了这个结果，会是什么心情。

但，如果这一切就是庞涓想要的结果，那么，这个真正的刺客又会以什么方式出现呢？或者说——

想到这里，孙膑看了周围一圈，他脸上没有露出任何表情。这样的事，他并不是没有经历过，也不是没有做好准备。

乐书把三具尸体拖到屋后掩埋了，屋后的味道也已经开始掩盖不住了。

欧阳幻安慰小蝶说："你确定你找的人是他吗？"

"不是他。"

"既然不是他，那你打算怎么办？"

孙膑说："既然你找的人不是我，那么，你应该离开了。"

"对，我应该离开，我甚至都不应该来，我明明知道你是这个样子，就不该抱有希望。"

"我一直是我现在的样子，从来不是你认为的那样。除了璞月，其他女子对我来说都像吠犬一样烦人。"

小蝶听到这话，心里像遭受了一记重击。

"我们走吧，有人不欢迎我们。"欧阳幻说。

他拉着小蝶，小蝶回头看了一眼，屋子里的孙膑面无表情地拔出剑，然后擦拭着剑身。

"他真的不在乎我。"

小蝶彻底死心了，和欧阳幻正要离开，这时她看到又有人来追他们。

"老先生！"来人喊道。

两人转身一看，是乐书跟过来了。

"年轻人，后会有期。"欧阳幻说。

"老先生保重。"

乐书与欧阳幻两个人惺惺相惜，然而此刻只能挥手道别。

"你刚才的话是不是太重了？"乐书对孙膑说。

"这里虽然没有刀光剑影，但是和战场没有区别，老人和女人本就不该出现在这个地方，我也是为了他们好。"

"原来你也是一番好意。"

其实，这不仅是孙膑的一番好意，也是为了防止他不愿意面对的那件事情发生。

小蝶刚开始走得很快，过了一会儿，不知是因为体力还是因为心情，渐渐地慢了下来。

"你打算去哪里？"欧阳幻问。

"我也不知道应该去哪里，我没有家。"

小蝶没有家，心里也没有了前进的目标，于是坐在地上哭了起来。

"你要回魏国吗？我可以送你去。"

小蝶没有回答他。

"或者，你和我回临淄吧，虽然临淄对你来说一样无亲无故。"

"爷爷，你为什么对我这么好？"

"因为，我总是会因为你想起一些过去，一些我早已忘记的过去。你说的很多话，做的很多事，都让我在某个瞬间觉得似曾相识。不知道是咱们之间的缘分，还是真的有一些关联，我想弄个清楚。"

他没能说出口的是，在小蝶含情脉脉地看着孙膑的时候，在她为照顾孙膑跑前跑后的时候，还有她提起孙膑的时候，都让他心里感到有些不舒服。但这话他说不出口，因为这种感觉不应该是他这个年纪的人会有的。

他们走到半夜才在一个小镇找到客栈住了下来。

第二天，欧阳幻问小蝶是否愿意离开，小蝶似乎有心事，静静地坐了一天。下午，欧阳幻把饭菜给她端来。

"你想了一天了，是在想去哪里，还是在想要不要回去？"

"他一向很聪明，或许是我错怪他了。"

"那你为什么要离开他？"

"因为我看到他的眼睛，和他杀死公主时候的眼睛一样，完全不是七年前的样子。"

"能跟我说说七年前他是什么样子的吗？"

"那个时候的他，有一双很有魅力的眼睛。"

小蝶把七年前发生的事情告诉欧阳幻，欧阳幻听完长叹一声。

"原来他是这么可怜的一个人，无论他多聪明，在面对感情的时候都只是一个脆弱的孩子。"

"所以，我说当年是因为公主对不起他，所以才造成他今天这个样子。我知道那件事和他无关，但公主一心以国家为重，为了避免自己感情用事对魏国不利，所以没有为他求情。公主欠下的债，应该让我来偿还。"

"这是他心里的结，一个七年的结，在公主已经离世的情况下，想要解开结并不容易。如果说还有谁有可能帮他解开结，小蝶，这个人只可能是你了。"

"为什么？"

"我能看出来，他看你和看其他人不同，毕竟七年前的那个故事里有你。"

"但我不是公主，他也不喜欢我。"

"但你是唯一的可能了。"

"我应该回去？"

"你不想回去吗？"

"不知道今天他又会遇到什么危险。"

"你害怕危险？"

"我才不怕！"

"如果你还关心他，那我们就回去吧，我会尽量帮你。"

"爷爷，谢谢你。"

小蝶感激地看着欧阳幻。

第十八节　毋人负我

小蝶猜错了，第五天非常平静，什么事情都没发生。

孙膑扩大了行动范围，但并没有看到庞涓和公孙闬的身影。

他知道自己找不到他们，所以他并不是为了能找到他们，而是为了多看看周围的风景，多看看这个世界。

等待自己的死期到来，实在不是一件轻松的事。

他找到了孙卓的墓，距离并不远，周围很整洁，说明公孙闬很认真地做了这件事。他有些欣慰，想亲自感谢他，虽然自己是被他陷害的。

毕竟人死了，这些就都不重要了。

其实，这五天里孙膑的精神一直高度紧张，再加上没有足够的食物，他已经很疲惫了，乐书也是一样。

但现在绝不是松懈的时候，他宁愿在第七天被庞涓杀死，也不要在这之前被一个无名的刺客杀死。

到了夜晚，有很多人骑着马跑过，扬起漫天尘土，看起来是楚国的军队路过，道路上过了很久才平静下来。

第六天很晚的时候，孙膑熟悉的人又回来了。

"你们为什么回来了？"孙膑问。

"明天就是第七天了，过了明天如果我必须走，我一定会走。但是在这之前，无论你用什么激将法，我都不会走了。"

"你只是一个丫鬟，留在这里有什么用？或者说，你就是为了来看我被杀，为你的主子报仇，是吗？"

"你！你当我是刺客吗？"

"并非没有可能。"

小蝶气到握紧拳头，但她还是忍住了，说："无论你说什么，我都不会离开你。"

小蝶突然脸红了，继续说："我……我是说，你和公主的事情，我要和你说个清楚。"

"那你说吧。"

欧阳幻突然在一旁捂住胸口，向后倒去，乐书和小蝶赶忙扶住他。

"谢谢，我真的老了，身体越来越不如从前了。"

他的眼神很无力，语气很哀伤，根本不像是在调侃自己的身体。

"爷爷，你先坐下来。"

小蝶扶他坐到床上，孙膑看他没事了，对小蝶说："现在可以说了吗？"

这时，门口出现了一个人，一个三十多岁的女人，虽然已经过了最美的年纪，但依然可以看出她的魅力。普通人家三十多岁的女人绝对不会有她这样的吸引力。

但是她的性别并没有让乐书放松警惕，他上前问道："夫人，你有什么事？"

"我来找我的夫君。"

"你的夫君是谁？"

"他叫秦子阳。"

屋子里的欧阳幻捂着心口没有抬头，孙膑面色凝重，一言不发，小蝶和乐书愣了一下，不知道该怎么答话。

他们脸上细微的表情变化被这个女人捕捉到了，她仔细看着屋子里的人，又看到孙膑坐在轮椅上，似乎明白了什么。

"前两日，他回到家中，说遇到了一个他很早就想见的人，想要给他治腿，还从停尸房里切了一对膑骨走了。你们见过他吗？"

说完，她看向坐在轮椅上的孙膑。孙膑好像完全没听到她说话，依旧一言不发，只是上下打量着她。

乐书说："我们没见过这个人，他应该是去其他地方了。夫人，如果没有别的事请回吧，这里多有不便。"

女人没有动身，开始四处打量这个屋子。乐书也看向屋子的四周，他忽然发现在自己背后的桌脚旁边放着秦子阳的箱子，心中暗叫不好。他下意识地向后靠，想挡住女人的视线。

女人的观察力很强，她看出了乐书的意图，跨步走了过来，一把推开了乐书。那个熟悉的箱子就在地上放着，这让她心中有了不好的感觉。

"这是我夫君的箱子，他人在哪里？"

"他离开了，我们不知道他去了哪里。"

"你刚才说没见过他。"

孙膑终于开口了，说："他确实离开了，他没有按照约定治好我的腿就走了。"

"那他的箱子为什么在这里？这箱子对他来说就是上战场的武器，他不可能扔下箱子的。"

"但他确实扔下箱子走了，走之前他留下了一句话。"

"什么话？"

"他不应该听信庞涓的话来找我。"

"庞涓是什么人？我不知道。我就问你，我的夫君去哪里了？"

"如果你没见过庞涓，怎么会在这山里找到我？"

女人拿起秦子阳的箱子，站在孙膑面前愤怒地问道："我的夫君在哪里？"

"他走了，你确定要去找他吗？"

乐书和小蝶听到他说这话，担心孙膑起了杀意，赶忙过来拦住他。小蝶说："这位大姐，其中一定有误会，你的夫君听信了别人的话来刺杀我们公子。"

女人转过头看着小蝶说："他杀人？他从来不会杀人，只会救人。他有时候会因为痴迷新的医术而拿人试验，但也是为了积累经验救更多的人。一个人如果没有被他切开就死了，对他来说是一种莫大的浪费，他怎么可能杀人？"

小蝶完全听不懂这番话，她只觉得害怕，又有些不知所措。

乐书看着孙膑，按住他的剑，示意他不要杀人。

屋子里的欧阳幻终于说话了："不要因为一个错误，就试图用另一个错误去掩盖，这样只会越错越多。"

他这句话像是在对孙膑说的。

孙膑说："宁我负人，毋人负我。"

他抬头看着女人说："我告诉你他去哪里了，你跟着他一起去吧。"

"他去哪里了？你快告诉我！"女人急忙问。

孙膑的剑被乐书按住了，于是他用手轻轻朝轮椅拍下来，轮椅扶手下面立即打开一个口子，一支飞镖从里面射了出来。这么近的距离，即使是绝世高手也躲不开，更何况她只是一个普通的女人。

"这下，你就能找到他了。"

小蝶再次叫了出来，乐书为自己没能拦住孙膑而自责，他已经明白了，原来秦子阳是被孙膑轮椅中的暗器杀死的。孙膑在杀张氏三兄弟的时候，乐书还没有想到这么多。

欧阳幻长叹一声，但他也阻止不了什么。

"她不是刺客，她只是来找她夫君的。"小蝶哭着说。

"宁我负人，毋人负我。这里只有生死，我宁愿错杀，也不能放过任何一个人。而且，毫无疑问，所有出现在这里的人都是在庞涓的指引下找到我的，这就足以说明他们来者不善。"

"她是无辜的，她只是来找她的夫君。"

小蝶的眼泪止不住了。

欧阳幻缓缓地站了起来，说："乐书将军，请你把这个人的遗体搬出去吧。小蝶，你也出去，我有话要和他谈谈。"

第十九节　回忆

女人的咽喉上扎着孙膑的飞镖，乐书把她的遗体抱到屋后，他没有掩埋，只是先放在了地上，然后立即回来陪着受了惊吓的小蝶。

"小蝶，你喜欢孙将军是不是？"乐书问。

小蝶摇摇头，说："我喜欢的人叫孙宾，不是这间屋子里的孙膑。"

欧阳幻让乐书带小蝶出去，自己有话要和孙膑说。

"你要对我说什么？"孙膑问。

"我听小蝶说了你的过去和你忘不了的那天。那天一定很美好，在我的记忆里并不存在那样美好的一天，所以，我很羡慕你。"

"如果你也有和我一样的经历，你就不会羡慕了。"

"我还是很羡慕。你知不知道小蝶喜欢你？她看你的眼神让我忌妒，如果曾经有一个像她这样的女孩可以用这种眼神看着我，我一定会珍惜她一辈子。"

"这不是我在乎的事情，而且，我也不会有一辈子了。"

"你会有的，我相信。"

"他不会放过我的。"

"我知道，但我相信，你会活下去。"

"你就是为了和我说这个？"

"我年纪大了，很多事情记不清楚了。但是我看事情看得比较明白，秦子阳是你杀的，这已经很明显了。"

"不错，在他迷晕我的时候，我用最后的一点儿力气发射了暗器。"

"我不了解在我来之前你们发生了什么，但是我想他如果真的要杀你，不必迷晕你再下手。"

"他要给我治腿，但是我不需要他治，他不应该替我做这个决定。"

"那天我发现的迷药应该也是你下的吧？以你的谨慎，不可能会让陌生人进入这间屋子，再不知不觉地给你下药。而且，那个药，我只在齐国见过。"

孙膑对欧阳幻的话并没有感到吃惊。

"这一点，秦子阳也看出来了，只是没有说破。老先生也是聪明人，应该知道有些话是不该说的。"

"我今天就有什么话说什么话了。我们在追寻你的路上，发现死了很多人，我想你杀的不只是我和小蝶看到的这几个人吧。"

"对，甚至连我的兄弟孙卓也是被我杀的。"

"他们都要伤害你吗？"

"他们让我感到不安全。"

"那么你对乐书下药，也因为怀疑他？"

"完全有这种可能，在我自以为赢了庞涓之后，如果乐书对我出手了，那么我就会彻彻底底地输了，甚至……"

"甚至这个出手的人可能是小蝶，或者我。"欧阳幻说。

"这个世界没有人能值得信任，如果连爹都可以杀儿子，那么还有谁是不能被怀疑的？"

"凡事有因有果。我不认识孙操，但以我对他道听途说的了解，他应该是一个很懂礼的人。"

"那个人已经与我无关了。"

欧阳幻看着孙膑的眼睛，和小蝶说的那双眼睛完全不一样，此时，孙膑的眼里只有冰冷，让人看一眼就想打个冷战。

在他眼里，世间所有的情感和生命都和草木一样，没有任何意义。

这样的人让人感到更加可怕，因为你没法想象曾经那么阳光的一个人，会变成今天这个样子。

如果想让他的眼里露出一丝的人性，就只有提到那个人了。

"我听小蝶说过在你身上发生的故事。我想问你，你后悔遇到璞月吗？如果没有遇到她，你就不会是今天这个样子。"

"不后悔，我从来没有后悔过。即使再来一次，我还是会，还是会找她。"

果然，他的目光变得柔和一些了。

"这真是一个很动人的故事。"

"那天，我听到了你和乐书的谈话，你说得很好。其实很多事情都只是一个故事，而故事有很多种讲述的方法，看你愿意相信哪个罢了。但是，无论在其他人看来我有多么惨，这些都是我最喜欢的故事，无论最终是什么样的结局，我都接受。"

孙膑说道。

"你很聪明，其实不需要我教，你就能懂这个道理。"

"不，我不能懂。当我在庞涓面前就要被施膑刑的时候，是什么样的兄弟可以做到无动于衷？而我曾经为了他差点被吴起杀死。当这样的事实摆在你的面前，你说，我可以从哪个角度去理解他？我怎么样能讲一个让我喜欢的故事给自己听呢？"

风吹了进来，冷得让欧阳幻不禁打了个寒战。

"我不只老了，还很笨，我不知道该怎么讲这个故事。也许，你应该给他一个机会，听听他当时的想法。"

孙膑看着照在地上的月光，慢悠悠地说："你说，我又能讲一个什么样的故事，让我放下一个爱了七年的人？而她，是被我亲手杀死的。"

七年，可以改变很多事情，却不能改变他的心。

他一直在强迫自己把心留在那一天，好像这样就可以让自己一直活在那一天。

但，那一天已经过去七年了。他早已不是那个白衣飘飘的少年，而她，也已经不在人世了。

"你们在一起的时间有多久？"

孙膑愣住了，没人问过他这个问题，他也从没想过这个问题。

"一天。但，但那是不同寻常的一天，那天的时间很长，很长，也很美好。那天的一切都是美好的。我……再也没有那么幸福过。"

但当这句话说出口后，孙膑竟然有些吃惊。

原来，他们之间的故事，只有一天。

但他确定自己的心是真的，虽然只有一天，但是足够让自己在七年的时间里一直难以释怀。假如，他们之间有很多很多天呢？

"所以，你们在一起的时间其实只有一天。"

"对，只有一天。"

"那你真的了解她吗？她喜欢吃什么？喜欢玩什么？在意什么？想过什么样的生活？"

孙膑愣住了，他一个问题都答不上来，这些问题的答案，他全都不知道。

"她喜欢你吗？"

"我……牵过她的手。"

"就这些吗？"

"对。"

"所以，这七年来，让你耿耿于怀、不能放下的那个人，其实你们只在一起了一天。她是什么样的人，你了解吗？"

"不了解。"

孙膑的眼神突然变得凌厉起来。

"你怀疑我对她的心？"孙膑问。

"对，其实，你并不喜欢她。"

"让我魂牵梦绕这么多年的人，你竟然说我不喜欢她？"

"对，你并不喜欢她，让你魂牵梦绕的人其实是你自己。你喜欢的人其实一直都是你自己，或者说是你自己想象的她。"

"不，不是！你不许胡说！"

"其实你对真实的她并不了解，又哪里谈得上喜欢呢？也许当你真的了解她，就会发现事实根本没有那么美好。"

"我警告你，你不要再说下去了。"

"你守着的一直都是一个你自己讲给自己的故事，七年了，已经够久了，该放下了。你最应该珍惜的是你眼前的人，不要最终什么都得不到。"

突然，一道寒光直取欧阳幻。

但这一切并没有逃过欧阳幻的眼睛，他的头脑不太好使，眼睛和手却很灵活。

只听"当"的一声响，孙膑的剑被挡住了。

他甚至连欧阳幻什么时候拔出剑都没看清，但这个老人分明做到了。

"你到底是谁？"孙膑问道。

接着，他又连出数剑，竟然都被欧阳幻挡住。两人的拼斗声引来乐书和小蝶，他们赶忙推开门进来。小蝶见状，挡在欧阳幻的面前，死死地看着孙膑说："你不许碰他。"

欧阳幻看着小蝶保护自己的样子，脑海中竟隐隐约约地浮现出一些画面。

第二十节　恶魔

这天晚上，欧阳幻从屋子里出来，背着行囊准备离开。在他身后，一个和小蝶长得一模一样的女人推开了门。

"欧阳，欧阳，你要离开我吗？"

"不是我要离开你，是你一直在逼我离开你。"

"果然，男人都是靠不住的。"

女人的眼神里闪过一丝哀伤，她似乎对这个结果早有准备。

"就是因为我说过我不会放手，所以，我才会坚持这么久。但是，我现在真的坚持不下去了。我一直认为，把从别人身上学到的成长用在你身上是一种罪过，但你一直在把别人带给你的伤痛转嫁到我身上。我只想要一份单纯快乐的感情，和你在一起却一直让我提心吊胆、手足无措。你就像一只刺猬，我越想把你抱紧，你就伤我越痛。"说完，欧阳幻闭上了双眼。

"我不知道该怎么放下，对过去我有太多的怨恨和歉疚。我对你说那些事情，也是因为我害怕过去的事情会重演。果然，所有人都一样，曾经信誓旦旦，最后又对我说'我很抱歉'，就连你也是。难道，这就是我的命吗？"女人说。

"这和命没有关系，是你自己不能放过自己。下一次，希望你不要再伤害喜欢你的人了。"

"对不起，也许我们确实不适合。"

"直到现在，你都不愿意说一句挽留我的话。"欧阳幻转过身来，看着她。

"说了就有用吗？"

"你说得对，那就让我用余生把你忘记吧。"

欧阳幻再次转身，此后，他再也没有回头。

看着小蝶，欧阳幻笑了，他终于想起来那个属于自己的故事。

但正如他所说，知道了事情的真相未必是一件好事，至少，这并不是一件让人快乐的事。

"我想起来了，我终于想起来了。原来我追寻的，是一段我曾经努力忘记的回忆，原来这段回忆，并不美好。

你和她长得一模一样，连声音也一样，看到你现在这么用心地去喜欢一个人，我很欣慰。她面对那个第一次让她不顾一切去爱的人时，应该就是你现在的样子吧。

可惜，那个她不属于我。"

欧阳幻说完，双眼变得空洞无神。

"儒家八剑！能把这八剑练得如此炉火纯青的人，这世上屈指可数，你到底是谁？"

"年轻人，我这个老头子是谁重要吗？重要的是你还记不记得你是谁？"

孙膑狠狠地看着他，仿佛已经彻底被恶魔附身，随时准备把欧阳幻撕碎。

乐书在心底里一直是愿意相信孙膑的，所以他对很多事情并不过问，也不会多想，但是现在他彻彻底底地对眼前的这个人失望了。

小蝶说过，孙膑早已不是以前的孙宾了，这一次从孙膑的眼神里，乐书才算是真正地懂了这句话。

他紧紧地握着手里的刀，看着孙膑说："你为什么要对老先生下手？"

"没有人可以质疑我对璞月的心！谁都不可以！"

孙膑的表情变得狰狞起来。

"只是因为这个吗？"

"你拿着刀干什么？是不是想杀我？"

"现在，你又认为我是刺客了？"

"只有一种人绝对不会是刺客！"

孙膑话刚说完，手指一抖，三道比剑更凌厉的寒光朝乐书射来，但此时他的一切举动早已被欧阳幻看在眼里，欧阳幻横出一剑，挡住孙膑射出的两根毒针，眼看另一根来不及阻挡，只好推了一把乐书，乐书躲闪不及，左臂中针，针上的毒素立即扩散开来。乐书此时也意识到危险，于是立即手起一刀，把毒针连带伤口旁边的肉割下。

乐书捂着自己的伤口，失望地看着孙膑。

原来，这个自己一心想保护的人，他的内心从来没有真正信任过自己，甚至还会对自己下毒手。

"对啊，他身边的人就是用毒针的，那他自然也会用毒针，他竟是这样阴险的人。"

乐书千里迢迢从大梁赶到临淄，再跑到楚国，没想到自己想要保护的竟然是一个小人。

"如果没有你，我现在还是一个在路边摆摊卖艺的普通人，因为你，我的家人不用再跟着我过苦日子。现在你我情义两清，我不再欠你什么了。"

说完，乐书捂着伤口，踉踉跄跄地出去了。

"小蝶，我们也该走了，这里不是我们应该停留的地方。"欧阳幻说道。

"爷爷，乐书大哥受了重伤，你去带着他找个安全的地方看大夫吧，不用管我。"

"你不要留恋他了。"

"我已经没有任何留恋了。"

公主死了，现在她又确定孙膑也"死"了，这世上确实已经没有值得她留恋的事情了。

没有留恋的人，也就没有了恐惧。

小蝶看着面前这个早已没了人性的"魔鬼"，他疯狂地吞噬着周围的所有生命，直到最后，将自己也要吞噬掉。

她在"魔鬼"的面前，是那么的弱小。

此时此刻，她反而笑了。

"你杀够了没有？"小蝶问。

孙膑浑身都在颤抖，他不是故意要杀人，只是控制不住自己。

但出手的人就是他，他看着自己的双手，"天谴"落在了地上。

小蝶从地上捡起"天谴"递给他，说："如果你还没有杀够，就把我也杀了吧。"

孙膑看着小蝶，没有接剑。

"你在犹豫什么？拿着剑杀了我啊！就像你想要杀死爷爷和乐书大哥一样，就像你杀死公主一样，一剑杀了我啊！"

"不，我不是——"

"不是什么？杀了我，杀了我你就安全了，你就不用再提心吊胆地过每一天了。给你，拿着啊！"

"我不会杀你，你走吧。"

"孙膑，你怕了吗？你怕什么？你怕你杀死我了之后没法向公主交代，还是你觉得你看在公主的面子上不杀我显得你很痴情？"

"你不要再提她了，我这些年已经因为她受了太多的折磨，你知道自己最喜欢的人嫁给别人的感受吗？"

"我知道，我很懂那种喜欢的人却喜欢别人的感受，我一直都很懂。你也不要在我面前装作自己都懂，我受够了你自以为是的样子。你以为公主喜欢你吗？你以为她曾经为你感到过一丝的难受吗？我告诉你，她从来都没有！她从来都没有喜欢过你！"

"你胡说！你胡说！"

"我胡说了吗？是你懂公主还是我懂公主？我们是一起长大的，她是什么样的人我太清楚了，她是绝对不可能喜欢你的，她永远都不可能喜欢你的，就算你一直和她在一起，她也不会对你动一点点心的。因为你就是个内心充满仇恨，没有一点儿同情和关爱的魔鬼！你不值得任何人喜欢！你看看你现在的样子，你过去的那双充满阳光的眼睛呢？那个值得公主去爱的，值得我爱的孙宾早就'死'了，他早就被你'杀死'了！你是孙膑，我们从来都不认识你，不认识你！"

孙膑全身剧烈地颤抖着，他感受到前所未有的心痛，痛到极致，他再也无法忍受，大叫了一声："啊！"

第二十一节　复活

安邑的刑场上，璞月被五花大绑，再过一会儿，她就要被斩首了。

刀斧手的刀已经高高举起，随时准备落下。

孙膑不明白自己为什么会身在魏国，更不明白为什么魏王要杀她，他发现自己站在地上，他的腿完好无损。但是此时此刻他没有心思去想这件事的逻辑。

"月，我来了！"

他一用力，竟然跳了起来，再一跃就跃到了刑场上。他用身体挡在璞月的面前，手中还握着一把剑。

"月，他们为什么要杀你？"

"我不知道。我为魏国做了那么多，王兄和母后为什么要杀我？他们是我最亲的人啊！"

孙膑叹息一声，说："在这里，发生这种事情太正常不过了，我这就救你走。"

"嗯，宾哥快救我！"

孙膑抬手就用剑割断了璞月身上的绑绳。远处的魏卬大喊："大胆孙膑，竟敢救魏国的反贼，给我杀！"

只听他一声令下，不知有多少魏国兵卒冲杀了过来。璞月紧紧地抱着孙膑，他不但不觉得行动不便，反而更加精神抖擞。

"宾哥，保护我！"

"月，你放心，你不会有事的。"

他左手抱着璞月，手中的剑变得更加锋利，没有人敢近身。

眼看捉拿不住孙膑，魏卬又一声令下："放箭！"

一时间，铺天盖地的箭矢射了过来，孙膑再次挥起手中的"天谴"，一边拦挡一边后退，但还是百密一疏。一支箭射中了璞月的后背，璞月一口鲜血吐在了孙膑身上。

"月，你没事吧？"

孙膑心中焦急，加快了脚步，看到有一处地方暂时可以躲避，孙膑跳了进去，但没想到这里竟然有一个人，一个他很熟悉的人——庞涓。

孙膑提高了警惕，准备和他拼命，庞涓却没有要动手的意思，而是拉过来一匹马。

"师兄，快上马，带着月走！"

两人一起扶着璞月上了马，孙膑也跳上了马。

"师兄，快走，不用管我。"

孙膑看向庞涓，从他的穿着和神情来看，分明还是云梦山上那个单纯的师弟，而非什么"万胜不败"将。他不由得说了一句："师弟，多加小心。"

孙膑再看璞月，只见她血流不止，力气衰弱，已经快要说不出话了。

"你放心，我一定会保护你出去的！"

孙膑一拍马，朝着安邑城外飞奔而去，接着又转身拦挡箭矢，有几支箭还是没能拦住，射在了孙膑身上。但是只要璞月安全，其他事情他都不在乎。

"宾哥，对不起，那年我不该那样对你。"

"别说了，都过去了，你看我现在不是好好的吗？我还能保护你。"

孙膑觉得自己的腿一直都是好好的，好像什么都不曾发生过，过去的一切就像一场梦。

"宾哥，我不想死，一定要保护我。"

"你不会有事的，一定不会，我保证，一定不会。"

孙膑的眼泪流了下来，落在了璞月身上。他紧紧地抱着璞月，再也不想放手。

"我真的不想再离开你了，我真的不能再失去你了。"

不知不觉，身后的箭停了，但孙膑不敢停下脚步，继续往前赶路。

"你说，他们为什么要杀我？是他们错了，还是璞月错了？"

"我不知道，这世上哪有绝对的对和错，也许他们也有自己的苦衷，不过无论如何他们都不应该杀你，你只是一个女孩。"

"所以，你的心里还在恨吗？恨我，恨庞涓，恨魏印，恨你的爹娘吗？"

"我不知道，其实我的心一直都很痛，我不想去恨任何人，但是我真的放不下。为什么你们都那么狠心，我为你们掏心掏肺，甚至豁出性命，但为什么你们不能同样地对我呢？所以，我恨庞涓，比对一个仇人的恨更深。我也想知道谁是那个可以不顾一切地爱我，让我放下一切戒心去面对的人。我不断地试探我身边的人，但他们都让我失望了。我越来越没有安全感，不敢让别人在我的背后给我推轮椅，甚至我还……杀了你。我知道我罪孽深重，但是我控制不了自己，我已经失去了对任何人的信任，我也不知道该怎么活下去了。但是现在，我有了你，我什么都不要了。我带你走，我们去一个谁都找不到的地方，一起过简简单单的日子，好不好？"

璞月用尽最后一点儿力气扭过头，笑着抚摸着孙膑的脸，擦去他脸上的泪水。

"其实你什么都明白，看到你这么说，我真的很高兴。你现在愿意相信月说的话吗？"

"你说什么我都相信。"

"其实，那一天对我一直都很重要。小蝶说的对，如果我和你在一起，一定会很幸福。我一直很喜欢你，喜欢你那双温柔得让人感到温暖的眼睛。"

孙膑终于忍不住了，泪水从脸上滑落。

这句话，他等了太久。

这一刻，即使他会立刻死去，身背千古骂名，他也不在乎了。

"宾哥，答应我，不要再恨了，好吗？"

"我答应你，我答应你！你说什么我都答应你！"

"答应我，不要再恨了"

"我答应你！月，你振作起来，我不能再失去你了！"

"不要……恨……了……"

"月，你振作啊，振作啊！

我一直都喜欢你，我喜欢你，你听到了吗？我喜欢你！"

她再也不能回答他了。

"月！"

"啊！！！"

空旷的田野上，这声嘶喊显得那么的无力。

他什么都做不到，什么都改变不了。

"你又梦到公主了？"

听到有人说话，孙膑猛然惊醒，但他的眼前没有璞月，只有小蝶。他再看看自己的双腿，才知道原来这只是一场梦。

他眼里的泪，却是真的。

"月早就死了，是吗？"

"公主早就死了，但你'死'得比她更早。"小蝶冷冷地说。

"虽然你每天都在吃饭、在说话，但你早已是一具'尸体'了。"小蝶继续说。

"那你打算以后怎么办呢？"孙膑问。

"我当然不会和一个'死人'在一起。"说完，小蝶转过身去，推开了门。

"你要走？"孙膑问。

"嗯。"小蝶点点头。

孙膑低下头，用手擦去身上滴落的泪水。

"你是不是对她说过，如果她和我在一起一定会很幸福？"

"说过，但是，你不是那个孙宾。"

"谢谢你，小蝶，你可以不要走吗？"

"我为什么要留下来？"

"我想请你以后为我推轮椅，在我的背后。"

"你说什么？"小蝶的声音在颤抖。

"我说，我想请你以后为我推轮椅，以后，我的后背，就交给你了。你，愿意吗？"

"你说，你愿意把你的后背交给我？"

"对，请你相信，当年的孙宾，回来了。"

小蝶转过身，看到孙膑在对她笑。那双眼睛就像那天一样温柔，让人一眼就忘不了，让人感觉充满了希望。

"公子，你真的回来了！"

是的，孙宾"复活"了。

"上天啊上天，

感谢你让我遇到那最美的月，

让我知道了幸福是什么模样。

上天啊上天，

你为何让我遇到那最美的月，

却又让我再也体会不到幸福的感觉。

我爱那天很长，

有七年那么长，

像一个很长很长的梦，

使我无法苏醒。

我恨那天很短，

只有十二个时辰那么短，

我还未看清她的美，

就已经永远地失去。

我早已习惯了她带给我的爱与恨，

也习惯了她带给我的情与仇。

当我放下了其中一种，

也放下了所有。

我现在才意识到，

月本就是可望而不可即的美好，

我又何必执着？

只是啊，

当我连在梦中都再无法和她相见，

我的灵魂又能在何处安放？

只有飘荡，飘荡。"

第二十二节　谜底

天已经亮了，今天是第七天。

孙膑做了一个很长很长的梦，一个他不愿意醒来的梦。

不是每个人都能从梦中醒来，但孙膑很幸运。

"你愿意相信我？"孙膑问。

"我一眼就可以认出现在的你是孙宾。"小蝶说。

"但我是个罪人，我杀了太多人。欧阳老先生和乐大哥呢？"

"爷爷带着乐书大哥去找大夫了，他伤得很重。"

孙膑推动轮椅往外走，小蝶来到他的背后，他松开双手，让她推着。

"谢谢你。"孙膑说。

小蝶的眼泪流了下来，说："真的是你，这样的你才是那年公主和我遇到的你，才是值得她喜欢的你。乐书大哥要来保护的，就是现在的这个你；爷爷想见的，也是现在的这个你。"

"等他们回来，我一定要向他们道歉，我对不起他们。我好像做了一个很长的梦，梦里的我不受自己的控制，做了太多错事。我不奢求别人的原谅，只是希望以后可以有机会弥补一些过错。"

他让小蝶推动轮椅来到屋后，屋后堆积的尸体散发出阵阵的恶臭，这些正是孙膑所犯下的罪过。孙膑的内心充满了愧疚，他双手用力一撑，身体没有控制好平衡，正面栽倒在了地上。小蝶想过来扶起他，他挥挥手拒绝了。孙膑再次用双手努力撑起身体，然后在地上磕了三个头。

做完这些，他的双臂已经没有了一点儿力气了，小蝶过来扶住他，把他抱上了轮椅。

忽然，有个人鼓着掌走了过来。

"我真想不到，一向孤傲的孙膑竟然向一堆尸体下跪磕头，你杀孙卓的时候可都没有眨过眼睛。"

"公孙闲，你终于来要我的命了吗？"

"不错，不过在这之前，我想问问孙军师，你找到那个刺客了吗？"

"对不起。"

"什么？"

公孙闲感到很惊讶，从前对自己几乎从不正眼看的人，现在居然会对自己说对不起。

"你是什么意思？"

"过去我说过很多不该说的话，在临死之前我想向你道歉，希望现在还来得及。"

"你确实说过很多不该说的话，而且每一句我都记着。无论我做得多好，你都不拿正眼看我，瞧不起我，甚至一直说我是，说我是——"

公孙闲握紧了拳头，表情有些激动。

"对不起。其实，你是我在齐国遇到的最聪明的人，也是最值得精雕细琢的一块璞玉。你只是经常目空一切，而我也自诩是聪明人，聪明人遇到聪明人总是忍不住想打压一下，所以，我总是说那样的话。"

"我一直把你当成我的师父，我渴望得到你的重视，得到你的肯定，甚至不择手段地想讨好你。在我发现这些都没有用之后，我就转而采用另一种向你证明我自己的方式，那就是陷害你，让你掉入我的陷阱，让你知道我的厉害。"

"你应该为自己而活，而不是为了我的肯定而活，我也没资格当你的老师，因为你并不比我差。你只是对人心还有些不了解，假以时日，你会比我有更好的前途。"

公孙闲不敢相信自己的耳朵，他仔细地看着眼前的这个人，就像是在看一个陌生人。

他终于发现，眼前的这个人确实和他认识的孙膑不是同一个人，他终于注意到了孙膑的眼睛。

"你是谁？你不是孙膑。"

"我是孙膑，但不是你认识的那个孙膑，再也不是了。"

公孙闬转过身，心中五味杂陈，他本以为今天是证明自己的时刻，是让自己把过去受到过的委屈都发泄出来的时刻，但是现在，他却没有了这种期待，甚至心中有了一种快乐的感觉。

他又想到了孙膑的暗器，暗自吃了一惊，奇怪自己竟然在这个时候放松警惕。他回身看向孙膑，孙膑没有任何动作，他的那双眼睛甚至给他一种温暖的感觉，让他再次放松了警惕。

"算了，都过去了。现在你可以说了吧，谁是刺客？"公孙闬问。

"没有，我没找到。他们每个人都像是你们派来的，却又都不像刺客，我承认我输了。"孙膑说。

"你不再想一想了吗？"

"不必了，逝者已矣。现在我只有对我鲁莽行为的后悔，请你告诉我真相吧。"

"第一天，我去附近的乡镇找了两个开客栈的夫妻，让他们装作农夫，只要他们可以碰一下你的剑，就给他们三十金。他们是因贪财而来。

第二天，我遇到了秦子阳，想让他装作其他行业的人，同样给他三十金。虽然他拒绝了我的要求和好处，但是他还是来了。

第三天，我遇到世代做木匠的张木，让他用最好的材料做一把轮椅，同样给他三十金，但是要求他必须带两个不懂木匠的外行，装成是兄弟三个人。只要你收下轮椅，他便能得到那三十金。他们用一天的时间将轮椅做好之后，又在第四天给你送了过去。在他们准备给你送去的时候，我在轮椅上将一把匕首藏了进去，而且故意露出匕首的把头。

第四天我没有遇到合适的人。

第六天，我遇到了秦子阳的夫人，指引她来找你。

这就是这几天我在庞涓指引下做的事情，他们之中没有一个人是刺客，但他们也没有一个人活了下来。"

"他果然很厉害，早已看穿了我的弱点。"

"还有最后一个问题，庞涓现在在哪里？"公孙闬问道。

"我把出现的每个人都杀了，但这些人里面没有他，我想不出他在哪里。"孙膑说。

"他就在这些人当中，这一点毋庸置疑，不过他现在还活着。他什么时候出现在你身边，出现在哪里，其实我都已经告诉你了。"

孙膑看着眼前一堆已经腐败发臭尸体，突然明白了。

"原来，他对我的恨已经到了这种地步。

不对，其实最不应该感到意外的人应该是我，这种恨正是我带给他的啊。"

孙膑向前喊道："师弟，辛苦你了，快出来吧。"

面前果然有了动静，只见尸体旁边的土开始松动，露出一个盖子，盖子被人从下面挪开，庞涓一跃从洞里跳了出来。

"刚才公孙闲没有说第五天。第五天，有一队人马路过，造成了很大的声响，你就是那个时候靠近的我。靠近的方式是，和那几具尸体待在一起。这一局，你宁愿忍受尸臭、和死人共处两天也要赢我。"孙膑说。

"只要赢你，这都是值得的。现在你承认你输了吗？"庞涓问。

"我输了。你看透了我，找到了我的弱点，我输得心服口服。"孙膑说。

"当初你密谋五年，在我毫无准备的情况下，才赢了我一次。这一次，我已经给了你提醒，但你还是输了。我很享受现在，看到你这副悲惨的模样，就是我最大的快乐。"庞涓说。

"我也很欣慰，你现在的样子，就是当年我期待你出山之后会成为的样子，师父如果能看到你现在的成就，一定会高兴的。"孙膑说。

第二十三节　解释

第五天的时候，公孙闲找来楚国的一支人马，让他们从这条路上经过，并制造出巨大的声响。此时，他和庞涓来到屋后乐书埋葬尸体的地方，在旁边挖了一个洞，庞涓钻了进去，公孙闲拿来东西帮他盖上，又在上面铺上了一层土，就这样神不知鬼不觉地让庞涓靠近了孙膑。屋子里发生的事情，庞涓都可以听得很清楚。

"元帅，你不怕我趁机下毒手吗？现在如果我把你杀了，然后埋在这个洞里，再出去杀了孙膑，我不仅会获得大富大贵的机会，还可以立刻名扬天下。"

庞涓毫不犹豫地跳到了洞里。

"你可以这样做。"庞涓笑着说。公孙闲感到背后有一阵异样，回身一看却又什么都没有发现。

"什么都没有，我没有任何准备。如果你对我和他之间的这局胜负毫不在意的话，可以试试对我下手。"庞涓说。

"元帅的布局和孙膑的应对我都看不懂。那个刺客到底是谁，什么时候会出现？"

"你认为呢？"

"我看不破。这些人都是我找来的，他们当中明明没有刺客。"

"不，你已经见到了那个刺客，我言尽于此。"

当一个聪明的人想出一个聪明的计划，甚至可以屈尊忍受尸臭，只为赢得最终的胜利，结局怎能不让人期待？

"你果然没有让我失望，现在，你知道那个刺客是谁了吗？"庞涓问。

"那个刺客就是我自己。"孙膑说。

这句话让公孙闲和小蝶都吃了一惊。

"确切地说，这个刺客是我内心的恨。因为恨，所以我对所有人都不信任。也因此，我对任何人都有防备。我不让别人推我的轮椅，甚至晚上睡觉时，我只有在给乐书下药后才能休息一会儿，而且根本睡不踏实，因为我还得提防着随时有人进来要我的性命。虚弱的精力也让我失去了应有的判断力，所以，我在发现一丝一毫的破绽之后便不会去多想，只会认为这些人就是你派来的刺客，然后下手杀了他们。最后，甚至会对身边的人下手，对一直照顾我、保护我的人下手。恨是我内心的魔鬼，而你看透了这个魔鬼，并把它释放出来，最后吞噬了我和我身边的人。"

庞涓拔出"宿命"，指着孙膑说：

"现在拔出你的剑，到了结束的时候了。"

"拔出剑有什么用？还不是一样的结果。"

"那就接受你的宿命吧。"

庞涓朝着孙膑走过来，小蝶拦在他的面前。

"元帅，不可以！"

"我一直没有问你，你为什么会出现在这里，为什么要保护他？"

"元帅，你听小蝶说几句话，说完之后你再决定要不要动手！"

"我有可能不动手吗？他可是杀了璞月的凶手！当时你就在现场，你为什么要护着他？"

"元帅知道当初为什么公主要出使齐营吗？"

"魏国当时危在旦夕，以她的性格，她绝对不会退缩。"

"可是魏国有那么多人，最后却只派公主去了，这又是为什么？元帅，这当中有一个秘密，一个小蝶一直都不忍心说出来的秘密，今天请元帅让小蝶说出来。"

"小蝶你不要说了，说出来只会增加他的痛苦，这有什么意义呢？"孙膑说。

"但是今天如果我不说，你就死了！公主已经死了，你如果也死了，我还怎么能活下去！"

小蝶说着眼泪就掉下来了，这句话让庞涓吃了一惊。

"这到底是怎么回事？"庞涓问。

"元帅，我要说的这句话对你会有些不尊敬，但是小蝶必须说，在小蝶的内心，一直希望驸马的人选是孙膑，而不是元帅。

七年前，你们大战吴起后回朝复命，所有人都很高兴。就在那个时候，孙膑公子遇到了公主，公主听说他和你一起大战吴起，又看他不像坏人，就偷偷出宫，和他在安邑玩了一天。那天，我一直偷偷地跟着他们，看到他们之间的距离越来越近，也看到公主脸上的笑容越来越少。"

璞月的笑越来越少意味着什么，庞涓很清楚。他们成亲后过了半年，璞月才能做到放下自己的笑容。而孙膑只需要一天。

有些事知道了，还不如不知道。

"我们只是在安邑走了一天，什么都没做，她是清白的。"孙膑赶忙解释说。

有些话说了不如不说。

"你不要说话了！你根本不知道发生过什么！"小蝶对孙膑说。

"发生过什么？"孙膑问道。

"发生过什么不重要，在我心里，她一直都是清清白白的。"庞涓说。

小蝶把七年前的事情说了一遍，庞涓有些懂了。他看着孙膑，眼神里有了一些温柔。

"然后呢？发生了什么？为什么你承认你拿了《法经》？"庞涓继续问。

"我和璞月分开之后，就去参加庆功宴。在宴会上，璞月却被许配给了你，我不能接受，就去找她，而她也没给我任何的解释。第二天早上，小蝶告诉我，我可以去找你，让我去和魏王说清楚，我就回到了你的府上。但是一觉醒来我就被魏印抓了，言语之间，我才知道是卫鞅师兄去了秦国，他把《法经》拿走了。因为刚刚回安邑的时候我去找师兄聊过一晚，所以魏印问我知不知道《法经》的下落，有没有副本。我想这是和璞月认真聊一聊的机会，就要求见璞月，但她还是没有告诉我，而且还要求我交出《法经》。我只是想试探一下她是不是真的对我有感情，所以，我故意说我有《法经》，只是希望她能替我说一句话。只要她愿意帮我求情，我就算是拼了命也愿意去帮魏国拿回《法经》，但——"

"以她的性格，她是不会说那样的话的，对她来说，没有比魏国更重要的东西了。"庞涓说。

"所以，她就把我有《法经》的事情告诉了魏印。其实我并没有《法经》，之后的事情你都知道了。让我不能接受的是，当时你就在旁边，却眼睁睁地看着我被处以断膑之刑而无动于衷。"

"小蝶一直认为，是因为公主和元帅，公子才变成了今天的这副模样，才会变得那么可怕。"小蝶说。

"那天，我是想救你的，但是在魏印逼我做选择的一瞬间，我想到了我的爹娘。我不想回去，不想再变成那个任人欺辱的小孩，就在犹豫的一瞬间，你已经被削去了膑骨，我也因为这件事悔恨了很久。我想弥补，但是你一直不愿意原谅我。"

"我知道你为我做过很多事，但无论你弥补了多少，裂痕终究是不能完全恢复的。而我也犯下了不能弥补的错，在大梁城下，我以为她要刺杀我，就下意识地拨开了她的剑，却把那把剑刺入了她的咽喉。这些年，我承受的痛和折磨，一直都不比你少。"

两个人面对面地交谈着，过了一会儿，却都沉默了。

第二十四节　约定

沉默，比喧闹更可怕。

小蝶不知道这意味着什么，他们明明已经把事情说开了，却没有任何表示，只是看着彼此。

突然，两个人同时拔出剑，"宿命"和"天谴"撞击在一起。但以庞涓的力道，他没有理由和孙膑打得不分胜负，可见他分明保留了力气，只是以招式相拼。

一旁的公孙闬看得明白，两人的招式之中毫无杀意，甚至不像是切磋，每一招都按照顺序一剑一剑地刺出。

孙、庞二人在这一剑一剑的拼斗当中，仿佛回到了他们在云梦山上一起学武的时候。

这时，庞涓双目精光迸射，高呼一声："鬼谷剑法——崇山峻岭！"他的剑从上向下砍。孙宾则精神抖擞，高呼："鬼谷剑法——惊涛拍岸！"横剑格挡，两柄剑碰在一起，发出清脆的响声。

响声过后，两人的招式停止了。

庞涓的剑被弹起，飞了出去。

"其实，那个时候你距离悟出'怒潮袭天'仅一步之遥，你的剑法已经超过我了。"庞涓说道。

"我本想把这个秘密藏一辈子的。"

"不，你根本就不该这样做。如果你当年没有让我这一剑，如今魏国的元帅就是你，'万胜不败'的人就是你，娶了璞月的驸马也是你，你就不必断膑，我们也不会走到今天这一步了。"

"再聪明的人都不能预知未来。谁知道在那个时候，自私竟然是对你我更好的选择。"

命运真的给他们开了一个太大的玩笑。

小蝶挡在两个人中间，说："你们明明都解开了彼此的误会，为什么还要打？元帅，你们真的要至死方休吗？"

庞涓一把把她推到了一边。

孙膑说："小蝶，你见过破镜重圆吗？如果镜子都无法恢复原样，人心又怎么可能回去呢？"

"元帅，你今天一定要杀了公子吗？"小蝶继续问庞涓。

"今天到此为止，你赢我一次，我赢你一次，我们扯平了。下一次，就要真正地分胜负了。"庞涓说。

"决生死。"孙膑说。

庞涓转身捡起剑，准备离开。

"师弟，我想求你一件事，把小蝶留给我。"孙膑突然说。

"她是璞月的人，不是我的人。"庞涓说。

"多谢师弟。"

庞涓离开后，孙膑对公孙闲说："现在如果你要杀我，就没人能阻止你了。"

"我已经不想杀你了，只想感谢你，这几天你们让我学习到了很多。"

"让你见笑了。我有一句话想对你说：谢谢你，谢谢你帮我埋了孙卓。"

"你真的完全不一样了，像变了一个人。"

"现在的我才是真正的我，也是璞月会喜欢的我。"

"接下来，你打算做什么？"

"我想休息一下。"

"你和庞涓的约定呢？"

"他只是给自己一个不杀我的理由，我哪里还有机会和他一决高下呢？"

"只要你愿意，没有哪个国家不想要你这样的人才。"

孙膑摇摇头，说："我累了，我想归隐。"

"那真是太遗憾了，这样下去，天下都将是魏国的。"

"经过这么多年的征战，魏国的国力早已不如当初，那个时候魏国都没有一统天下，以后只会更难，何况西边还有实力莫测的秦国，一切都是未知之数。你的打算呢？还要继续跟着邹忌吗？"

"我没有你经历得多，也没有你累，我还是想回去出人头地，还想要高官厚禄。这几天我私下派人联系了楚国，请楚国出兵调停。魏国在襄陵只有太子魏申把守，他经验有限，到时候一定会撤兵。"

"这就是你第五天可以搬来一支楚国人马的原因吗？"

"对。"

"齐国如果顺利解围，你厥功至伟，以后多保重。"

"希望我们有机会再见。"

说完，公孙闲转身离开，走出十多步后，他对孙膑轻轻地说了一句："师父。"

孙膑听到后，微微点了点头，答应了一声："嗯。"

公孙闲回到齐国后不久，齐国果然传来消息：楚国元帅景舍出面调停，魏申看襄陵久攻不下，只好答应景舍的请求，撤军回国。

他隐去孙膑的下落，只把求援楚国的事情说了，邹忌将功劳报上去，齐王大大地封赏了公孙闲。

庞涓在回来的路上，听到太子撤军的消息，也直接回到大梁去了。

襄陵之役后五年，魏国没有收敛，依旧四处攻伐。各国私下联合，暗中阻挠魏国，所以，魏国虽然国土扩大了，但是始终难有灭掉他国的机会。

"你这么轻易就相信我变了？如果我是假装的呢？"孙膑问小蝶。

"没关系，从今天起，我会一直在你身边，就算你是假装的，如果能装一辈子，假的也成真的了。"小蝶说。

"你不好奇我为什么突然变了？"

"我听到你在梦里喊了公主的名字，应该是你梦到她了吧？"

"所以你才愿意相信我？"

"我相信人在梦里是不会说谎的。"

"也许有人就是会在梦里说谎呢？"

"那这个人一定很可怜。"

"我确实梦到她了，梦里面的她在安邑要被处斩，我救了她。在逃走的路上，她抚摸着我的脸，让我放下仇恨，我答应了她，就一定要做到。"

"然后呢？你又失去她了？"

"嗯，无论是在真实生活还是在梦里，我都注定会失去她。这些年来，我不知梦到她多少次，都有些害怕了，因为每次都会醒来。"

"我也习惯了每天都在她的身边伺候她，突然有一天醒来之后，看不到她了，也不用再照顾她了，我也会感到很迷茫。"

"都怪我，你应该恨我的。"

"我很想恨你，但是我更理解你，好在你最终还是回来了。公主如果看到你又变回原来的样子，她也一定会很高兴的。"

"这代价真的太大了，我宁愿自己不要经历这么多。"

对很多人来说，经历得多未必就会成长，很多时候他们以为自己成长了，其实，只是那些经历让他们发生了改变。

成长未必会改变，改变也未必是成长。

"你和月在一起多久了？"

"从我记事开始，就和公主在一起了。"

"所以你就是最了解她的人。"

"比太后、大王、元帅他们更了解。"

"我想知道关于她的事情，很多关于她的事情。"

"那我就每天给你讲一件关于她的事情。"

"为什么每天只讲一件？"

"故事再长都会有讲完的时候，讲完了你就要赶我走了，所以我每天只给你讲一件。"

"和我在一起，只会拖累你。"

"这是我选的路，我不会放弃。话说回来，以后你是不是该叫回孙宾了。"

"还是就叫孙膑吧，因为——"

"因为宾不离月，月不离宾。"

第二十五节　一头猪

大梁城中，魏王正在看着丞相惠施的奏报，眉头紧锁。

这些年来，庞涓东征西讨，从无败绩，立下战功无数，国家疆域也是前所未有的辽阔，但是每年在军费上的开支已经成为魏国沉重的负担。每天军队人吃马喂，消耗巨大，再这样下去，魏国迟早要被掏空，即使能一直赢下去，魏国的财政也将会入不敷出。

想到这里，魏王长叹了一口气。

"大王何故叹息？"庞涓问道。

"孤想到孤即位十年有余，在元帅和丞相的辅佐下取得战功无数，也不枉负先王留下来的基业。只是连年征战，魏国现在国力已不如当初，不知将来的国运会如何，故此忧愁。"

"是臣未能做到让大王满意吗？"

"元帅说笑了，卿自从来到魏国以来，未尝败绩，如果孤连你都不满意，那这世上还有什么事情可以让孤满意呢？"

惠施上前一步说："国家钱粮后备不足，自然是臣的过失。"

"这些年来，开凿鸿沟，引黄河水入圃田泽，补充魏武卒兵力，筑长城……每一件事都开销甚大，而且每一件事很重要，又怎么能说是丞相的过失？虽然孤已经把能想到的每一件事都做到了最好，但是仍然需要面对现在的困局，不知诸位有没有良策？"

这时，有人跑过来报告魏王："报大王，秦国遣使来信。"

"秦国来信？呈上来。"

魏王展开信笺，看到是秦王嬴渠梁的书信。只见魏王看完之后，面露喜色，说："孤正在为此事忧愁，想不到秦王这封信正巧给孤指明了一条道路。"

"不知秦王为大王指了一条什么路？"惠施问道。

"秦王在信中说，以孤的地位，可以举行会盟，召集天下诸侯当众称王，与周天子齐尊。"

说罢，魏王让人把信递给惠施，惠施念道：

魏王亲启：

　　大王继承祖上基业，功盖于世，令行于天下，国势日盛。魏国文有惠施，武有"万胜不败"庞涓。然而，魏国今日所领十二诸侯，无非宋、卫、邹、鲁、陈、蔡之流，此皆碌碌之辈，数量虽众，但不足以王天下。欲王

天下，不如取燕、齐、韩、赵、楚之流。欲取之，不如先称王，制丹衣，
旃建九斿，从七星之旗，会盟诸侯。敢有不从者，可讨伐之，则其余俱服。
大王但有此心从天下之志，则王业必成，秦国愿唯大王马首是瞻，效
之以死。

秦国嬴渠梁敬上

惠施念罢，眉头紧锁。

"此举请大王慎重，诸侯能不能来，魏国称王之后会不会成为众矢之的，这都
是未知之数。"

庞涓走上前说："大王，臣以为此举甚妙。凭魏国的实力，天下诸侯不敢不来，
到时候您当众称王，将获得诸位先王都未能达到的成就。如果有人敢不服，臣和魏
武卒叫他当众身死国灭！"

魏王站起来说："好！丞相不用忧虑，现在楚国和齐国也已经称王，孤为什么
不能称王？孤意已决，无须再议。即日起建广公宫，制丹衣，旃建九斿，从七星之
旗，发帖诸国。三个月后，就在逢泽，孤要会盟天下诸侯，当众称王！"

请帖发出后，逢泽之会的消息传遍了各个诸侯国。在某个偏僻集镇的小酒馆中，
人们正在议论此事。

"这下逢泽可热闹了，到时候各个诸侯国的国君和文武群臣都要会聚一堂，这
将是少有的盛况啊。"

"能见到那么多大人物，这样的盛会我可不能错过！"

"会盟的时候不知道有多少热闹的节目，说不定还有比武，到时候一定会很精
彩！"

这时，旁边有个人正在吃饭，听到这些话，他站了起来，一丈的身高让他犹如
鹤立鸡群。他走到聊天的人面前，问道："你们说哪里有会盟？"

说话的几个人看他身材魁梧，手中的铁棒有碗口粗细，心中不由得有些害怕，
便如实说道："在魏国的逢泽，两个月后，天下诸侯就要去那里会盟了。"

"你说会有比武？"

"我……我也是猜测。在魏国会盟，各个诸侯国应该会带着自己最厉害的将军、
元帅去，那些人不只是高手，更是高手中的高手。"

来人忍不住笑了出来，拿起身边的铁棒，说："高手，高手中的高手，我百里
嚣狂来会一会你们！"

战斗的欲望在燃烧，战斗的血液在沸腾，脚下的地板被他踩得"咔嚓"直响，
狂人的名号将要响彻云霄。

教军场上，惠施来找庞涓。

"元帅，此次会盟，正是我大魏用人之际，我觉得有一个人可以派上用场。"

"丞相说的是谁？"

"令师弟苏秦。"

听到苏秦，庞涓哀叹一声。

"我已经劝过他很多次了，他什么都不听。我也没有办法，只能由他去了。"

"尊师鬼谷子知道此事吗？"

"师父有自己的事情，下山多有不便。我也有自己的事情，不可能总能把精力放在苏秦身上。"

"元帅是武将，可能有些看不起卖弄唇舌的人，但惠施作为文臣，深知这样的人也有他的作用。我希望元帅重视此事，我们一起帮助他恢复过来。"

庞涓听罢，将手一抬，把魏错叫了过来。

"魏错，你去带苏秦过来，他就在四方客栈。他是我的师弟，也就是你的师叔，你要好生待他。"

"既然是师叔，应该有些本事，为什么这几年我在魏国这几年没听说过这个人？"

"你把他带来，我再给你解释。"

"是！"

魏错立即单人独骑来到四方客栈，客栈的伙计看到是位官爷，赶忙过来迎接。

"官爷，您有什么吩咐？"

"你们这里有一个叫苏秦的人吗？"

"有有有，苏爷常在我们店里，现在他正在楼上和掌柜的喝酒呢！"

"带路。"

"是是，这边请。"

伙计带着魏错来到苏秦的房门口，轻轻叩门，说："掌柜的，有位官爷来找苏爷。"

魏错一把推开伙计，跨步走进屋里，一股冲天的酒气迎面扑来，让魏错泛起一阵恶心。

他身为武将，却从不饮酒。因为他看过太多人饮酒后的丑态，也厌恶那种不清醒的感觉，所以，他一直对酒这种东西避之唯恐不及。

魏错环视了一圈，只见有一个人赶忙起身，点头哈腰地对魏错说："官爷，我是这家客栈的掌柜，这位就是苏爷。"

他用手一指，魏错顺着他手指的方向看去，眼前的一幕更让他恶心了。

他以为苏秦作为鬼谷门徒、庞涓的师弟和自己的师叔，虽然这么多年一直默默无闻，但是能被丞相惠施器重，想必是个世外高人。然而，眼前的这个人却一点儿都没有世外高人的模样，只见他身材臃肿，袒胸露乳，手里抱着酒坛，口水从嘴角流到了胸口。

这哪里是个人，分明是一头待宰的猪。

第二十六节　清醒

魏错看着眼前的"这头猪"，气不打一处来，但他还抱着一丝希望，问道："你就是苏秦苏师叔吗？"

苏秦半睡半醒，一副想要睁开眼却又睁不开的样子。他眯着眼睛看了一眼魏错。

"是我，你是谁？"

"我是魏错，元帅是我的师父。"

"哦，对，你刚才叫我师叔。"

苏秦这才用力把眼睛睁开，看了看魏错。

"你来找我做什么？"

"元帅和丞相请师叔去教军场，有事商议。"

苏秦摇了摇自己的大脑袋，脸上的肉在乱晃。

"不，我不去。"

"师叔为什么不去？"魏错耐着性子，压住自己的脾气，尽量把话说得客气一些。

"我不去，我要喝酒。"说完，苏秦就把手中的酒坛对着嘴里倒。

魏错见状，怒火中烧，一步跨过来，抢过苏秦手中的酒坛说："好，我让你喝！"

话音刚落，只听"啪"的一声，酒坛被魏错摔得粉碎，酒也洒了苏秦一身。

苏秦吓得一激灵，生气地对魏错大声说："你干什么？"

魏错抬起一脚，把苏秦踢倒在地，一只脚踩在他肥胖的胸口上。

"你不是鬼谷门徒吗？你是怎么让自己变成一头猪的？"

"你才是猪，你放开我！"

"你看看你现在的样子！你就是一头让人恶心的猪！就你这个样子，凭什么让丞相对你如此重视，凭什么做我的师叔？"

"我没有求他重视我，也没有求你做我的师侄。你走开，不然我对你不客气！"

"那你就不客气给我看！让我看看你到底有什么能耐？"

苏秦想要起来，却被魏错踩得死死的，动弹不得。魏错看着他无力地挣扎，更加愤怒了。

"你就这么点儿能耐吗？用力啊，来把我打倒啊！"

苏秦觉得自己的胸口好像压了一座山，只好放弃了挣扎。

魏错看他这么容易就放弃了挣扎，心中又起了一阵怒意，他伸出左手，抓着苏秦的脖子，向前用力摔去。苏秦的脑袋撞在墙上，顿时感到一阵头晕目眩，几乎没有了意识。

"你就是一头没用的猪，你就是个废物！你凭什么做我师叔？我现在是魏国的将军，每逢出战都是铁打不动的先锋官，魏国没有人是我的对手，一对一打斗，连师父也自愧不如。你知道我为了练好枪法付出了多少吗？我的右手因为练枪太狠受了伤，没有办法持枪，所以我只好改用左手持枪，我自信没有人能比我付出更多的汗水和努力。我厌恶你这种分明是个废物，却因为师父的关系而被人关注，可以轻易不劳而获的人。你不配！"

说完，魏错伸出手，一巴掌打在苏秦的脸上，打出五个指印来。然后他怒哼一声，转身离开了。

苏秦过了好一会儿才缓过神来，田旭和伙计们已经过来把他扶了起来。苏秦闭上眼，回想着刚才魏错说的话。他突然想起七年前，曹文临死前对他说的那些话。

这时，苏秦的房门口出现了两个人，正是庞涓和惠施。惠施看到苏秦比之前胖了好几圈，简直判若两人，也吃了一惊。

庞涓走上前说："魏错回来之后说了你的情况，他下手重了些，我已经教训过他。但是，师弟，如果你自己不能振作起来，以后再遇到这样的事，我又能帮你几次呢？"

苏秦的眼泪流了下来，说："师兄，我痛。"

"无论她是什么样的人，对你来说都不值得留恋了，因为你以后还有你自己的人生，还有很长的路要走。为一个早已死去的人堕落，你希望自己一直这样下去吗？她希望吗？师父他老人家希望吗？

魏错是我在安邑的大街上捡来的。他虽然是王族之后，但是家道已然败落，和我当初的境遇有些相似。我看他天赋过人，就带回来教他武艺，他又极其勤奋。我亲眼看着他成长为魏国第一战将，这种变化真的很让人感动。所以，他看不得别人有着优越的条件却不思进取，我也可以理解，希望你原谅他。"

说完，庞涓把魏错叫了进来，说："给师叔道歉。"

魏错不服气，勉强说道："师侄向师叔——"

"住口！"苏秦打断了魏错的话。

"我不要你道歉，我要你等着，总有一天我会报今天的仇。我是家里的季子，备受家里关爱，从来没人打过我。今天你敢对我动手，我一定不会放过你，我会亲手把这一巴掌打回来！"

听到这话，魏错反倒笑了，说："好，师侄等着师叔来找我报仇的那一天。"

苏秦看着庞涓说："师兄，你就是对我太好了，早打我这一巴掌，我可能早就醒了。无论我变成什么样子，以牙还牙的自尊都还是有的。"

看到苏秦振作了起来，庞涓和惠施都非常高兴。

"原来是我用错了方法，看来劝诫不一定有用，有时候最原始的方法反而最有效。能看到你振作起来就好，魏国很需要你。"

"我更需要我。"

苏秦缓缓地站了起来，又看着魏错说："等着我。"

逢泽之会即将举行，魏国正在紧锣密鼓地进行各项准备工作。就在这天，远处有一骑飞来，马上之人手持一根长棍，魏兵纷纷躲避。有人大喊："桂陵的狂人来啦！"被百里嚣狂撞飞到一旁。

这时，有个人拦住百里嚣狂的去路，他正是魏国的第一猛将魏错。

"你是高手吗？"百里嚣狂问道。

魏错抬头一看，只见百里嚣狂虎背熊腰，身材比自己高出一头。魏错本来就比其他人高出一截，看到百里嚣狂比自己更高，宛如战神的模样，不禁暗暗敬佩。

"我乃是魏国大将魏错。"

"我不要打什么大将，我要和高手一战！"

魏错左手的枪一抖，直取百里嚣狂。百里嚣狂看他这一枪与众不同，心中大悦，便拿起棍子和魏错战在一起，两人斗了十个回合之后，魏错有些体力不济。

"能和我斗上十个回合，果然是个高手，但你还是不够强！"

说罢，百里嚣狂看准魏错的招式，竟然也使出相同的招式，枪、棍缠在一处，百里嚣狂一用力，就把魏错的枪打飞。

他没有伤害魏错，而是继续打马向前，来到垓心刚建成的高台上。

"不是说有高手吗？高手呢？"百里嚣狂问。

魏王和庞涓早已得到消息，来到高台周围，看到百里嚣狂耀武扬威，一时无可奈何。

万箭齐发未必能伤到他，反而会毁坏刚刚修建的高台。在这样崎岖不平的地方，魏军又不能摆出阵法赶他走，派出兵将与他单打独斗更是痴人说梦。

此刻，所有人的目光都聚集到了庞涓的身上，希望"万胜不败"的他可以想出办法，但众人看到庞涓也是眉头紧锁，无可奈何。

这时，魏王站了出来，说："既然大家都无计可施，就让孤来吧。"

第二十七节　败狂人

所有人都吃了一惊，不知道高高在上的魏王要做什么。

惠施赶忙上前说："大王不可亲身犯险，我们这么多人一定可以想出来解决的办法。"

魏王说："如果有办法，大家早就想出来了。孤心中有数，卿可放心。"

太子魏申和庞涓护在魏王左右，一起来到百里嚣狂的面前。

百里嚣狂看到庞涓，说："是你，你要来战吗？这一次我可不会手下留情。"

"这次要战的不是他，是孤。"魏王说。

百里嚣狂打量着魏王，只见他的身材样貌完全不像是会武艺的人，甚至连普通的兵卒都不如，只怕自己一棍就能把他打死，好奇他为什么敢这样夸口。

"孤猜你是听到了逢泽之会的消息，所以赶来这里要和天下的猛将交手，对不对？"

"不错。"

"但是逢泽之会并非比武场，你看让两匹马在这高台上往来交锋，也太过于局促了。"

"如果马上不能打，那就在地上打。"

"如在地上打，就不能用枪、棍这些长兵器了，到时候各国英杰就算要比试，也只会用短兵器，如刀和剑。"

"那我就和他们比试刀和剑。"

"你会剑法吗？"

"我不需要会。"

"果然是个英雄。这样，孤和你打个赌，如何？"

"赌什么？"

"你我就在这高台上比剑，如果你赢了，我们魏国不再阻拦你做任何事情，你想在这里待多久都可以；如果你输了，两个月后的逢泽之会上，你要代我们魏国出战。你敢答应吗？"

"我不会输。"

"所以你答应了？"

百里嚣狂再次打量了魏王，说："我答应了，但我没有剑。"

魏王对魏申说："取剑来。"

魏申解下腰间的宝剑，递给魏王。魏王拿过剑说："这柄剑就交给英雄使用。"

百里嚣狂跳下马来，走到近前接过宝剑。

魏王再看向庞涓，庞涓解下了自己的"宿命"交给魏王，然后和太子一起退出一段距离，又随时准备着万一发生危险就立刻上前搭救魏王。

两人拔出剑，百里嚣狂不懂剑法，拿着剑就朝魏王砍过去。魏王脚下轻轻一点，退出一丈有余，这一步让所有人都吃了一惊。

庞涓说："好步法，想不到大王还有这样的本事。"

魏申说："这是大周王族的秘传剑法，以快著称，不只是剑法快，更重要的是脚下的步法也快。父王练习多年，虽说算不上出神入化，但只论剑法，也少有敌手。"

庞涓仔细观看魏王的剑招，果然剑招虽有奇特之处，但并没有出人意料的地方，而他的步法才是其中的精髓。百里嚣狂虽然力气过人，但是剑剑砍空，空有蛮力。魏王则躲闪轻松自如，看起来魏王获胜只是时间问题。

这时，百里嚣狂突然不再移动自己的脚步，而是收起了攻势，专心地看着魏王的招式。等魏王再次进招，竟然被百里嚣狂用相同的剑招刺了回来，他已经不再乱砍一通，而是学得有模有样。

这一下虽然让庞涓心中多了几分担忧，但是还不值得他慌张，因为剑招好学，步法却不是一朝一夕的事情。

只见魏王立刻加快步法，这次百里嚣狂有些慌乱了。他根本看不清魏王的位置，就算知道他的出招方式，也不知道他会从哪个地方刺过来，想要跑开，又跑不过魏王，于是彻底站住不动，等着魏王的下一次进招。

魏王看他不动，立刻向他背后刺去一剑，百里嚣狂突然又抓住宝剑转起圈来。魏王的剑刚刚刺过去，百里嚣狂的剑就朝魏王转了过来，此时如果没有人停手，必然会是个双双死去的局面，懂武艺的人都吓得不敢看。在这千钧一发之际，魏王把心一横，用"宿命"砍向百里嚣狂手中的剑，只见百里嚣狂手中的剑应声而断，魏王顺势纵身一跳，从他头上跳了过去，落地之后，魏王伸出手来对百里嚣狂说："你看这是什么？"

百里嚣狂看到手中的剑已断，再看魏王的手里，竟然是自己的一缕头发。

"厉害，百里嚣狂心服口服，我愿代你们出战，但这并不代表我是你们魏国的人，更不会听从你的命令。"

"正合孤意，你这样的英雄，岂是我们区区魏国能降服得了的？"

"我还有一个要求。"

"什么要求？"

"我要学习你的剑法。"

"求之不得。但孤平日国事繁忙，不可能亲自教你，只有剑谱在此，你照着学习。学成什么样全看你的悟性，不过逢泽之会之后你要还给孤。"

"好。"

"来人，给百里英雄安排住宿，好吃好喝招待，一定要有求必应，不许怠慢！"

"遵命。"

这时，有人过来引路，百里嚣狂伸手拦阻，说："不必，我自己去找地方专心练习，两个月后我自然会来。"

文武百官看魏王得胜，心中感到惊讶之余，既欢喜又害怕。

庞涓上前问候道："大王是否无恙？"

"孤料他力气过人，擅长舞枪弄棒，但未必练过剑法这种精妙的武艺。还好果然被孤猜中，否则，真不知道该如何收场。"

"是臣无能，让大王亲身犯险。"

"此人的能力非常人可及，元帅无须自责。幸好他心思单纯，不然孤这种伎俩也不会成功。"

"世上竟然有这种人，今天真是大开眼界，可惜他不能一直为我所用，否则，我们夺取天下便会易如反掌。"

"苏爷，来喝酒了！这几天怎么都不和我们一起玩了？"

"我还有事要忙，你们先喝。"

说完，苏秦走到四方客栈的后院去练剑。

"你是不是瘦了一些？"一个常来的客人问道。

"对，这几天我一直在练剑。"

"那么辛苦干什么，喝酒不快活吗？"

"那个魏错打了我一巴掌，这一巴掌我要靠我的能力讨回来，我既然说了就要做到。"

"算了，人家可是大将军，魏国的第一猛将，你练一辈子都打不过他的。何况那一巴掌的印子早就没了，别记仇了。大家长这么大谁还没吃过亏？过好自己的日子，该开心的时候还是要开心。"

"我不去，你们自己喝吧。"

几个人过来要拉苏秦，苏秦狠狠地把他们推开了。

"你为什么要生气啊？"

"我最近有一种新的感觉，我觉得这种感觉比让我挨魏错那一巴掌更加难以忍受。"

"什么感觉？"

"就是被废物当成同类，而且这些废物还总喜欢对我的行为指手画脚。我，苏秦，和你们不一样！"

第二十八节　暗盟

逢泽之会将至，韩王一行人正在赶路，忽然有侍从报告，前方有人拦住了去路。此时，韩国在位的韩王乃是韩武，经过多年休养生息，韩国国力日渐强大，文有丞相申不害，武有元帅暴鸢。

"什么人敢拦住孤的队伍？"

"来者只有一个人，但他武艺高强，又不肯暴露身份，指明要见大王。"

"孤的上将暴鸢有万夫不当之勇，难道会怕他一个人？"

韩王转念又想，此人敢当众拦驾，定然不是普通人，且会他一会，便带着护卫走上前去。

只见对面的人身材高瘦，双目有神，一身黑衣，用面纱遮住了半张脸。

"你是什么人？"

"在下是使臣，特来拜会韩王。"

"你是哪国的使臣？"

"恕臣不便告知，但臣有一件要事一定要对大王说，否则，魏国称王之后将士气大振，便再难有压制魏国的机会了。"

"你认为孤会阻拦魏国称王？你又为什么会认为孤可以阻拦魏国称王？"

"如果有能力的话，谁不想阻拦魏国呢？"

韩王看着眼前的这个人，知道事情不简单。

"楚国这些年没有了吴起，和魏国交兵必败；齐国没有了孙膑和田忌，也没有了对抗庞涓的底气；赵国曾被魏国打败，更加有心无力；燕国远在北方，鞭长莫及；秦国贫弱，多年不敢轻举妄动。能和魏国一战的，便只有一直在养精蓄锐的韩国了。"

"即使孤再养精蓄锐十年，韩国也一样打不过魏国。"

"韩国确实打不过魏国，但如果是合六国之力呢？"

"六国会一条心对付魏国吗？"

"这次逢泽之会，诸国君侯相聚在一起，不就是最好的机会吗？以前各国只有使臣或者信笺往来，对于他国的心思只能靠猜测，这次各位大王可以面对面地交谈，不就是最好的联合机会？"

"你认为孤适合当这只出头鸟？"

"失败了才是出头鸟；如果成功了，那就是盟主。"

韩王沉思片刻，说道："荒唐之言，不要再说了，再要拦路，孤便不客气了。"

"臣告退，臣这就去游说其他五国诸侯。"

来人转身离去，元帅暴鸢问道："大王，来人说的是否可靠？大王为何突然发怒？"

"此人虚实未知，他如果不是魏国的探子，那就是秦国的使臣，我们到逢泽就有答案了。"

黑衣人离开后掀开面纱，原来他正是卫鞅。

"大王，臣已经在韩王心中埋下了一起联合攻打魏国的种子。等到五国私下会盟，除非魏国有天助，否则，无论再强盛，也已经可以看到尽头了。"

韩王一行人来到逢泽，齐、楚、燕、赵、秦、宋、卫、邹、曹、鲁、陈、蔡、许等国的君侯都已到了。魏国丞相惠施亲自接待，并安排诸国君侯住宿，现场好一派热闹的景象。

但在热闹的背后，韩王正在仔细观察着每位诸侯的神态，希望能看出一些蛛丝马迹。

大会前夜，韩王来到秦王的营帐拜会，二王会面，互相寒暄。

"孤请问秦王，为什么突然要提出让魏王称王？"

"魏国国力强盛，天下无人能敌，理当称王，会盟诸侯，如当年的齐桓公和晋文公，以彰显霸业。"

"齐桓公和晋文公的下场，秦王可知道？"

"哎呀，孤实在不知，请韩王赐教。"

"齐桓公晚年重用易牙、开方、竖刁三个小人，被他们关在宫中活活饿死；又有人说晋文公被其子晋襄公压在棺木之中活活憋死。秦王将魏王比作他们两人，不知是何意？"

"哦，原来是这样，恕秦国远在西方，孤陋寡闻。但是魏王听从了孤的建议举行逢泽会盟，这……难道也意味着魏国不会有好下场吗？如此一来，秦国岂不是犯下了大罪？"

"对啊，就是不知是秦王无心之过，还是有意为之呢？"

"事情未必就会如此吧？孤相信事在人为。"

"那秦王是为，还是不为？"

"秦国力量微薄，为与不为，要看是否有人振臂一呼了。"

这时，韩王拿出一条布帛，放在桌子上，上面写着韩武的名字。

"秦王当真愿意为吗？"

秦王微微一笑，说："韩王当真愿意振臂一呼吗？"

"除非秦王愿意与孤站在一起。"

秦王走上前，拿起笔来，写下"嬴渠梁"三个字。

"好。"韩王笑着说。秦王走上前用力地握住韩王的手，两人的手握在了一起。

就在此时，秦王的营帐帐门掀开了，一个瘦高的人走了进来。韩王一看，发现正是之前的拦路之人。

"你果然是秦国人。"

"臣卫鞅见过韩王。之前不知韩王的态度，所以卫鞅必须隐瞒身份，请恕罪。"

"其他几国诸侯你都见过了吗？"

"臣都已见过了。"

"怎么样？"

"只等大王出面，振臂一呼，臣看他们都愿意跟随。即使其他诸侯国不想当面和魏国撕破脸，但只要韩、魏开战，各国一定都会响应。"

韩王准备离开秦国军营，秦王亲自相送。两人分别后，韩王拿着布帛走遍各个诸侯国的营寨，果然满载而归。

这时，日暮西沉，韩王看到前方还有一处仅有十几人的小营寨，心中颇为好奇，便让左右上前询问是哪国的营寨。过了一会儿，士卒回报，乃是大周的营寨。

韩王心中好笑，魏王称王，大周本应罚罪才对，怎么反倒派人来祝贺？

"周王派什么人来了？"

"回大王，来的是一位大周的公主，名叫姬小翠。"

韩王心想，这倒奇了，周天子不但派人来祝贺，而且还派来一个公主，到底是什么意思？不如去会一会。

韩王上前让人通禀，没过多会儿，一个女子身着便服走了出来，她的身边跟着两个护卫和一位身穿大周官服的老人。

女子上前问道："您就是韩王吧？"

"您就是公主吗？"

"惭愧，我就是周公主姬小翠。"

韩王再看她，只见姬小翠衣着朴素，长相也有一种朴素的美，非常平易近人，让人完全想象不到她是一位养尊处优的公主。更让韩王吃惊的是，他认为公主应该是十二三岁的年纪，再年长一些就该出嫁了，不可能替周天子出使，所以他很好奇周天子为什么会派一个小女孩出使，而眼前的这位公主看起来至少已经二十五岁了。

韩王有些手足无措，因为他刚才并没有多想，现在他才意识到已经日暮西沉，此时会见王室成员，本就于礼不合，更何况眼前的人还是一位公主。

"臣拜见公主，仓促求见，多多失礼，请公主海涵。"

"韩王多礼了。自从小翠记事以来，各国诸侯从未来拜见过周王室。今天，韩王是第一位拜见者，小翠是第一位被拜见者，我应感到荣幸才是。"

"不敢不敢，在下本为周臣，拜见公主自然理所应当。"

第二十九节　逢泽之会

韩王听到姬小翠的话，并没有觉得有什么不妥，毕竟从韩王记事以来，他也从没听说过哪个诸侯国需要去拜见周王室。

从前，在名义上，大家都是周臣，但现在已经没人会这么想了。

"韩王客气了，您应该是疑惑周天子为什么会派一个公主前来吧？"

"不错，而且我看公主的年纪，应该已经出嫁了吧？"

这时，旁边的老人看了公主一眼，又摇摇头。

"这位是？"

"这位是周丞相启，也是小翠的叔父。"

"原来是丞相。"

"韩王有所不知，我们公主尚未婚配。她一直说非英雄不嫁，这些年相亲无数，但她都看不上，一直拖到今天快三十岁了，还是孑然一身。"

"叔父，不是还有你陪着我吗？而且我才二十五岁，离三十岁还早着呢！"

"公主国色天香，谈吐典雅，身份尊贵，迟早会找到中意的英雄。"

"韩王真会说话，小翠谢过了。"

"公主客气，只是不知此次逢泽会盟，天子为什么派公主前来？"

韩王看向小翠公主，想从她的表情和举止上看出更多的信息。

姬小翠面不改色地说："韩王多虑了，我来并不是天子的意思，而是我自己想来见识天下豪杰。天子担心我一个人不安全，所以让叔父跟随，还派了十几个护卫保护我。"

"公主果然与众不同，气概不输男子，韩武佩服。天色已晚，臣告退了。"

"韩王请便。"

韩王看姬小翠这边势单力孤，料想不会对会盟造成什么影响，便放心地离开了。

会盟之日已到，逢泽高台之下，各国诸侯纷纷就座。魏王在左右的搀扶下，一步步地走上高台。他的两侧分别是丞相惠施和元帅庞涓，他们紧紧地跟随魏王。

魏王登上台后转过身来，看着天下诸侯，心中无比畅快。他此刻竟然想到了魏缓："如果他还活着多好，这样就能让他亲眼看着自己走到这一步，而他魏缓又能做到吗？"

"各国诸侯、贤臣良将，在下魏罃虽不才，然奉天地恩泽，承先王遗志，终有今天魏国沃土千里、忠臣良将不可胜数之伟业，此乃千古未有之强盛，实是天运在魏。今日魏罃斗胆承天命，将王位之重担扛于肩上，从此以后，各国有求必应，有罪必罚。"

说完，魏王端起一杯酒，准备敬天地。这时，韩王站起来，大喊一声："停！"

庞涓说："韩王，你有何事会盟之后再说，不要打断大王敬天地。"

"孤有一句话问魏王，'有求必应、有罪必罚'，何为有罪？当年赵国何罪之有，以至于竟被灭国？"

"韩王有所不知，当初正值魏国迁都之际，赵王派刺客前来刺杀孤，孤只是以牙还牙，何错之有？况且灭赵之后，孤非但没有取赵王性命，反而与他谈和。正是如此，他今天才有机会前来参加逢泽之会，不信你去问他。"

所有人向赵王看去，只见赵王说道："大王说的是，一切都是孤咎由自取。"

"这些年来魏国东征西讨、穷兵黩武，又作何解释？"

"孤是否穷兵黩武，天下自有公论。韩王如果不服，可以问问你身边的其他各国诸侯，如果谁认为孤是穷兵黩武之人，请站出来说个详细。"

韩王听罢看了一眼四周，见没有人有动作，又见秦王微微摇头，知道自己此时不可再挑衅魏王。

魏王说："看来秦王也同意孤所说的话。"

"大王十余年不曾向我大秦用兵，确实可称仁德之君。"

韩王心有不甘，继续说道："魏王称王之举，是要从此以后与周天子平起平坐，请问魏王将来要置周天子于何地？"

"称王之举非孤首创。"魏王说完，看向齐王。齐王道："往事请魏王莫要再提。"

"孤知道此次大周也有派人前来，请上前答话。"

姬小翠走上前说："吾乃姬小翠，是大周的公主，请问魏王有何指教？"

"原来是公主到来，孤失敬了。韩王所言，想必公主也听到了，不知公主怎么看韩王说的话？"

姬小翠微微一笑，说道："魏王要置周天子于何地，小翠实难判断。自从小翠记事以来，从来没听说过各位诸侯做决定时会顾虑大周的看法，更没见过有谁请示过大周，今天突然要问我大周的意见，恕小翠见识短浅，不敢轻易下判断。"

只见姬小翠言语之间泰然自若，眉目之间一团英气，让在场所有人都觉得这个公主虽然是女子，但是魄力过人，大周能派她来并非没有道理。

魏王说："韩王，你听到了，公主没有异议。你还有什么可说的？"

"孤无话可说。"

韩王施礼，退了回去。

魏王继续祷告天地，礼毕后大摆宴席，庆祝这改变魏国国运的盛事。

席间，太子魏申说："今天诸位大王、王子以及文臣武将在此，魏申不才，愿在此献丑，为诸位舞剑助兴。"

太子登上高台，拔出宝剑舞动起来，用的正是鬼谷剑法"纵""横"两招，这平平无奇的招式竟引得周围人不停地喝彩。

这时，旁边窜过来一个人说："太子招式精妙，但是独自舞剑未免无趣，在下是邹国偏将邓云，请与太子共舞。"

只见魏申一脸不屑地说："邹国竟然派一员偏将来和我一起舞剑，是看不起我魏国吗？"

邹侯一脸惶恐，说："邓云，你快下来。"

邓云不服，上前就刺，魏申不慌不忙，使出手中的剑轻松格挡，不到十个回合后，反手刺伤了邓云右手，邓云愤愤不平，但也只好退了下来。

魏申抱拳说道："承让！各位将军、元帅，如果要指教魏申，请让有些本事的人上来，不要不自量力。"

高台之上的魏王看到太子轻松获胜，脸上不禁露出了微笑。

这时，旁边又有一个人跳上来，说："在下乃是宋国上将邓飞，太子的武艺不凡，但是刚才邓云也是因为忌惮太子的地位，所以招招留情，他并非无能之人。"

魏申道："他是什么人我不在乎，你也一样。"

太子句句咄咄逼人，邓飞大怒，招招用力，还夹杂着搏命的招式。太子施展鬼谷剑法，众人刚开始以为他的招式平平无奇，没想到现在的剑法比刚才的招式看起来更加精妙。两人斗到三十个回合以上，魏申一剑刺中邓飞的小腿，邓飞脚下一软，魏申顺势就要刺向邓飞的咽喉。就在这时，一把剑从旁边飞出，挡下了魏申的这一剑，有个人站出来说："今天是魏国的大喜日子，太子还是不要闹出人命为好。"

魏申定睛一看，乃是秦国的公子虔。他的脸上只剩下一只眼，魏申看到后，心里生出一阵寒意。

"太子，他们这些人都是碌碌无为之人，在小国混个营生，我们不必和他们一般计较，就让我来陪太子舞剑吧。"公子虔说。

"这……"魏申下意识地向后退了一步。

这时，台下一个熟悉的声音说道："太子，请下来吧，让我来和公子虔舞剑。"

第三十节　擂台

众人朝这个声音看去，只见说话的人正是魏国的兵马大元帅庞涓。

嬴虔上下打量着庞涓，哈哈大笑，说："庞元帅，你真是英姿不减当年啊！尤其是脸上的那道疤更显你的英雄气概了。"

"这还要多谢公子虔了。恕我直言，你一只眼睛的样子也更威武。"

两人剑拔弩张，庞涓正要上台，旁边的魏错伸手拦住了他。

"元帅，杀鸡何须牛刀？让我来吧。"

庞涓看魏错要去，便说道："多加小心。"

"知道。"

魏错一跃跳上了高台，对嬴虔说："公子，在下魏国大将魏错，来讨教公子的招式。太子已经累了，请下台歇息吧。"

魏申立刻下了台，嬴虔看着魏错说："你就是魏国第一猛将魏错？听说你的武艺比庞涓还要厉害，左把枪未逢敌手，久闻大名，如雷贯耳，果然英雄出少年。"

"公子抬爱，魏错的武艺还远不及师父。"

说罢，魏错左手出剑，嬴虔也出剑，两柄剑碰在一起，嬴虔立刻被魏错压得被迫转攻为守，又转守为躲，利用步法伺机进招。魏错剑招大开大合，虽然力气大，但是也较容易被对手预判，所以两人一时陷入僵局，难分胜负。

百招之后，嬴虔已经看破了魏错的剑法，魏错也许左把枪天下无敌，但在剑法上的造诣却一般。突然，嬴虔连续转身，不仅躲过了魏错的招式，而且两人的距离也被拉近了。这突然的变化让魏错吃了一惊，他知道此时嬴虔已然来到他的背后，再转身已经来不及，于是他用左手将剑绕到身体右侧，挡住后心，正巧挡住了嬴虔的一剑。

这一剑狠辣至极，如果是别人右手持剑，等剑从左侧绕一圈来挡，已经来不及了，但正巧魏错是左手剑绕右侧，距离稍短，所以才能逃得一命。这时，魏错才转过身来，眉角已经有冷汗滴了下来。

庞涓也已经来到了台上，说："可以了，魏错你下去吧。"

那边秦王也喊道："王兄，点到为止。"

嬴虔看着庞涓，露出了冷笑。

"这只是切磋比武，公子虔何必下死手？"

"贵国太子连伤两人便是魏国的待客之道吗？"

"你如果真的杀了魏错，你和秦王就都要留在逢泽了。"

"我知道，其实我本可以更快的，而且刺的是他下意识会保护的后心。"

"那我应该多谢公子虔手下留情。"

"那倒不必，我更期待可以和庞元帅在战场上再次相会，而不是在这里。这里一点儿都不痛快。"

"我期待那一天能早点到来，我要把这道疤还给你。"

"你不会期待的。"

嬴虔说完，后退了几步，说："元帅的徒弟已经这么厉害了，在下实在不敢和元帅交手，我就不献丑了，把这个机会让给其他诸侯国的将军们吧。"

说完，嬴虔跳下台来，回到秦国的队伍中。

"狡猾的秦人。"

庞涓的恨意，尽在不言中。

庞涓站在高台上，看着台下的诸侯。各国的元帅、将军纷纷上来挑战，庞涓剑法如神，连战十余人，无人可挡。

此时，已经过去了一个时辰，庞涓的额头开始流汗。

这时，一位老人从台下上来，他虽然鬓发皆白，但是双眼如电，目光炯炯。

"老先生从赵国那边来，想必是赵国人。"

"元帅说得不错，老朽只是赵国一个名不见经传的小人物，粗学过一些剑法，前来献丑。"

"既然能随赵王前来，老先生必定不是平凡人，还请赐教姓名。"

"元帅既然执意要问，那我就冒昧报上姓名。老朽名叫孙天德，乃是墨家门人。说起我的名字元帅一定不知道，但是我有个兄弟不知道元帅还记不记得？他叫孙天狗。"

"孙天狗！"

庞涓一听这个名字，怒从心头起，挥剑就要直取孙天德。孙天德挥动手中的剑，毫不示弱。这一交手，让庞涓吃了一惊。孙天德虽然有些年纪了，但是招式狠辣，闪展腾挪完全不像是一个老人。两人打斗了两百招以上，庞涓的体力开始不济，豆大的汗珠滴滴答答地掉落在台上；反观孙天德，依旧如初，不见一丝疲态。

台下的魏王看出孙天德剑法高强，若两人是一样的状态，胜负尚且难料，何况现在庞涓已经体力不支，再这样下去，庞涓迟早要败。魏王心想："百里嚣狂呢？他为什么还没来？"如果他食言的话就只能自己上了，但这是实在逼不得已的办法，毕竟自己更没有把握战胜孙天德。

就在魏王思考之时，庞涓已险象环生，节节后退。魏王无奈，脱掉自己的王袍准备上场。就在此时，台上风云突变，两人错身之际，庞涓回身就是一掌，孙天德将掌风听得清楚，也回身一掌对上。双掌一碰，孙天德赶忙收手，但庞涓更快，手起一剑，砍下了孙天德的左手，顿时血流如注。孙天德惨叫一声，庞涓捏住他左手腕，立刻叫人上来包扎。

孙天德被人救走后，庞涓用剑刺向他掉落的左手，又抹去高台上面的一切痕迹。

赢了就是赢了，他不在乎用的什么方法，只要赢就行。

他只是没有想到，自己有一天真的会用公孙闰的方法。

庞涓用剑支撑着地面，他想起五年前发生的事情，想起在攻入晋阳城帅府的时候看到的场景，心中泛起一阵恶心。他真的希望孙天狗可以复活，好让自己一次又一次地把他千刀万剐。如果不是今天不能随便杀人，刚才自己一定会把孙天德碎尸万段。

这时，台下又有一人跳了上来。只见他三十多岁的年纪，身材魁梧，手拿双锤，说道："我乃是韩国上将暴鸥，请元帅赐教。"

台下的太子魏申喊道："暴鸥，庞元帅今天已经在台上和各国英雄比试了两个时辰，理当休息片刻。"

"哦，元帅累了吗？"

暴鸥用不屑的眼神看着庞涓，说道："那元帅请下台吧。"

庞涓看他言语带有嘲讽，心有不甘，因此脚下并没有移动。

"元帅既然不下台，便是愿意赐教了。"

话刚说完，暴鸥已经挥动双锤砸来，庞涓已经筋疲力尽，勉强拿起手中的剑，这一战要如何打呢？暴鸥接连砸来几锤，庞涓躲闪的时候感觉脚下有些不听使唤了。

"要怎么样才能赢呢？我不可以输！不可以！魏国的国运在我手上，我不能输。"

但他连脑子也慢了，慢到连思考怎么躲闪都很吃力了。

这时，魏王再次脱掉了王袍，大喊一声："住手！"

暴鸥眼看自己马上就能战胜"万胜不败"的庞涓，哪里肯住手，反而加快了双锤的挥舞速度。魏王手拿宝剑，正准备跳上高台，这时只见远处尘烟荡起，一匹宝马由远及近，魏王大喜。

他没有食言，他来了。

第三十一节　狂名

百里嚣狂骑着马赶来，魏王赶忙走过来说："好汉赶路辛苦，比试已经开始了，请快上台替换下孤的元帅。但是切记，今天只是比试，不要杀人。"

"哦，已经开始了？"

百里嚣狂跳下马来，手持铁棒，腰悬佩剑，朝高台跑去，到了近处纵身一跃，一下子就来到了两人身旁。

他认得庞涓，便对庞涓说："你可以回去了。"

暴鸥哪里肯住手，如果能当众打败庞涓，他就可以扬名立万了，无论用什么手段，无论面对的是什么状态的庞涓。

想到这里，他反而加快了双锤的速度。百里嚣狂大怒，瞅准暴鸥的双锤，右手单手使出横棍拦截。锤棍相碰，暴鸥后退三步，百里嚣狂则纹丝不动，这一下让所有人都大吃了一惊。都说锤棍之将不可力敌，因为用这两样兵器的都是力大之人，暴鸥的双锤加起来虽有百斤但被他舞动得潇洒自如，想不到被这大汉一棍就震开了。

那边，庞涓已经转身跳下了高台。

"我说让他回去，你听不到吗？"百里嚣狂对暴鸥说。

暴鸥失去了战胜庞涓的机会，也愤怒至极，他不信百里嚣狂真的有那么大的力气，立刻朝他再次打来。百里嚣狂单手持棍，横起来拦挡，暴鸥连打三锤，百里嚣狂依旧纹丝不动。

"你是谁？世上还没有人可以这样蔑视我的力量。"

"你的废话真多。"

百里嚣狂一棍砸下，暴鸥双锤用力向上一挡，只觉那棍棒如一座山压了下来，他赶忙松开双锤，向后跳去，结果双锤被砸到地下，陷了进去。仅这一棍，就让暴鸥大吃一惊，顿时额头冷汗直流。

"你是哪国的英雄？"

"都不是。"

"你是来自氐还是羌，又或者是义渠？"

"你的废话太多了，快下去换高手来与我一战。"

"莫非你是白身？你叫什么名字？"

"连我一棍都接不了，凭你也想知道我的名字？拿着你的兵器滚！"

暴鸥过去捡双锤，但那对双锤被砸在地里，他竟然拿不动。

百里嚣狂冷哼一声，过来轻轻提起双锤，扔在一边。暴鸥满脸羞愧，举起双锤说："想不到我暴鸥堂堂韩国世代名将之后，今天竟然被一个白身羞辱，还有何颜面活在世上！"

暴鸥举起双锤就要砸向自己，百里嚣狂使出一棍隔开，说："输了就回去练武，赢回来不就可以了。死是懦弱的行为。"

"你这白身哪里懂我们名门之后的想法。输赢事小，颜面事大。"

"那就去台下死，不要在这里耽误我和别人比武！"

百里嚣狂抓住他的衣服，一把提起来，把他扔到了台下，正扔到魏国君臣这边。魏王派人把暴鸥扶起来，送回韩王一边。

这时，暴鸥的弟弟元帅暴鸢跳上台要给暴鸥报仇，他有家传的剑法，也曾拜在儒道门下学习过，还熟读兵法，可谓文武双全的帅才。他上台后说道："我们既然在台上比武，就不要用马上的长兵刃。"

百里嚣狂把棍插在高台的一角，拔出宝剑，站定姿势。魏王一看，仅仅三个月的时间，他这起手式就学得有模有样，不禁赞叹。

只见台上的两人双剑碰撞在一起，互不相让，百里嚣狂灵动的步法，让魏王大吃一惊，自己练到这个地步至少要三年，而这个狂人竟然三个月就做到了。

只见台上两人才斗到三十个回合，百里嚣狂就已经对对方的实力十分了解了，脚步竟然变得更加迅速。暴鸢已经渐渐坚持不住，好像被十几个人围住了一样，只有招架之功，没有还手之力。过了一会儿，他被百里嚣狂挑飞手中的剑，接着又被一掌拍到了台下，同样掉到魏国这边。

暴鸢是韩国大元帅，也是韩国第一上将，虽然剑法不如马上刀法出众，但是实力也绝对不弱，今天被百里嚣狂以这种方式打败，让所有人震撼不已。

接下来，又有十多个人上来挑战，百里嚣狂都轻松应对，没过多久，挑战者们都被打到了台下。最让人吃惊的是，他每打败一个人，在对战下一个人的时候，剑法里就出现了上一个对手的招式，而且有模有样，他的学习速度之快让所有人瞠目结舌。

这时，楚国的将军昭扬跳了上来。当年，他因为经验不足而被庞涓打败，这些年来，他的武艺又有了很大的长进，实力胜过当年更多，在剑法上也有很高的造诣。他看到百里嚣狂如此英勇，忍不住也想上来切磋。

昭扬双拳一抱，说："这位英雄，在下乃是楚国的将军昭扬，今天看英雄英勇无敌，想来讨教几招。不知英雄能否报个姓名，如果我败了也算败个明明白白。"

百里嚣狂看他言语谦逊，不像其他人趾高气扬，便说："那我就告诉你们，我叫百里嚣狂！"

这一声声如洪钟，台下的人都听得清清楚楚。

"多谢，我出招了。"

昭扬话刚说完，手中的剑就刺了出来，他虽然言语谦逊，但是动起手来却招式凌厉，毫不留情。尤其是他一样力气过人，和百里嚣狂竟然斗个旗鼓相当，一个招式精妙，一个步法过人，一来一往竟然斗上了一百个回合。这时，百里嚣狂的招式中已经开始出现昭扬的剑招，昭扬熟悉自己的招式，马上见招拆招，百里嚣狂又用步法弥补自己剑法的不足，一时间，仍然难分伯仲。

不知不觉，两人斗到了两百个回合，这时昭扬已经体力不支，而百里嚣狂反而精神倍增，招式和步法都更加灵活起来。昭扬找准机会，跳出好几步，然后说："百里英雄果然厉害，在下输了。"

"我少有这么痛快的比试。回去再练武，我会去找你。"

"一定奉陪。"

昭扬转身跳下高台，他也是目前唯一一个在百里嚣狂面前体面下台的人。

接下来，各国的高手，以及儒、墨、道、法、阴阳、名、杂、农、小说、纵横、兵、医十二大家的高手都纷纷上台，从白天斗到晚上，百里嚣狂连败七七四十九人，巍然站立在高台上，如神明一般，不见疲态。

百里嚣狂再次叫阵，但此时无人再敢上台。

这时，台下又有一个人跳了上去，把旁边的丞相启吓了一跳，他慌张地说："公主，你不要上去！"但姬小翠已经站在了百里嚣狂的面前。

"英雄，我们又见面了。"

"我不和女人动手。"

"你怕我？"

"啰唆！这是男人的战场，没有你的位置！"

"我偏偏要和你动手，而且——"

姬小翠拔出手中剑，她的起手式和百里嚣狂一模一样。

"我要让你见识真正的周王族剑法。"

第三十二节　祸起

姬小翠的话，勾起了百里嚣狂的兴趣。

"你说你的剑法比我的更厉害？"

"不错。"

"我如果出手，便不会留情。"

百里嚣狂使出一剑，姬小翠突然消失不见了。百里嚣狂知道她下一招的位置，赶忙用剑格挡，正好挡住了她这一招。

魏王看到姬小翠这一招，不禁暗暗吃惊，她虽然是女子，但是步法过人，这样看来，她娇小的身躯反而成了她的优势，让她的速度比一般的男子更快，甚至远远超过了自己。

这么快的速度，百里嚣狂也是见所未见，以他庞大的身躯，无论再练多久都不可能这么快。但他天赋神力，加上以守为主，以进攻为辅，姬小翠即使速度再快也攻不进去，百里嚣狂进攻虽少，但万一一招命中，姬小翠便承受不了。

姬小翠使出了全套的剑招，大约三十个回合后，便收招停在远处。

"不错，你的速度够快，再来啊。"百里嚣狂说。

"我的剑招用完了，你没有赢我，我也没有赢你，所以我们是平手。"

"还没有分胜负！"

"哎，你真是笨，我都说了我们是平手。如果一定要分胜负，那我是女子你要让着我，所以这一局我赢了。"

"我们再来比试第二局，这一次一定会分胜负。"

"我累了，有缘再见。"

姬小翠翩然跃下，回到丞相启的身边。

"公主，你可吓坏老臣了。"

"叔父，我心中有数。"

她看着百里嚣狂，忍不住嗾着嘴笑。

百里嚣狂看到她下去，也不追赶，继续站在台上叫阵，过了好一会儿，也不见有人再上来。

魏王这时鼓起掌来，说："好，百里英雄果然厉害，天下诸侯带来的精兵猛将都被你打败了。今天这大喜的日子，大家也只是为了比武助兴，输赢不要在意。既然天色已晚，诸位便各自回去休息吧。"

百里嚣狂看没人上场，便收剑回鞘，仰天大笑，喊道："痛快！痛快啊！"

这时，韩王大喊一声："你慢走，孤来会你一会！"

魏王看韩王要亲自上来，对百里嚣狂说："这位是韩王，百里英雄手下留情。"

韩王跃上高台，眼中满是傲慢，他直取百里嚣狂。十个回合之后，他被百里嚣狂挑飞宝剑，然后又被他轻轻一掌，推倒在台上。

韩王站起来，指着魏王说："魏罃！你今天是故意派这个无名之人来让孤难堪吗？"

"韩王，今天只是舞剑助兴，何必动怒。"

"魏罃！你今天分明是欺辱我，当我韩国会怕你吗？我回去就聚齐人马，来找你讨回颜面！"

"韩王的意思是要战吗？"

"不错！今天韩国在此，向你魏国宣战！"

"哈哈哈哈，好，韩王请回去吧。来日我们战场相见，孤倒要看看等你战败之日，是不是还像今天这样嚣张！"

逢泽之会顺利结束了，魏国名声大振，百里嚣狂的狂名更是在天下诸侯间传开。但各国诸侯感受到更多的是魏国君臣上下那种傲慢的态度，这让他们愤愤不平，由韩王牵头组织的联盟也变得更加紧密。

韩王离去之后，其他诸侯也陆续回去，各国诸侯一起最终定下计划，不久就集起了五支军队。

第一支由韩王率领，暴鸢为帅。

第二支由秦国派出的公子虔率领，宋、蔡为辅。

第三支由楚国派出的景舍率领，邹、卫为辅。

第四支由燕国派出的秦开率领，许、中山为辅。

第五支由齐国派出的孙操率领，赵国为辅。

每支军队三十万人马，合计一百五十万人马，誓要一举灭魏。魏国面临前所未有的危机，这一次庞涓还能化险为夷，维持自己不败的威名吗？

齐王回去之后，愁眉不展。

"众位爱卿，虽然这次是十多家诸侯一起讨伐魏国，但是庞涓和魏武卒英勇无敌，我们真的有胜算吗？"

丞相邹忌说："大王派元帅孙操前往，辅以赵国，定然能多出很多胜算。"

齐王摇头说："孙元帅虽然厉害，但相比庞涓——"

"大王，臣知道一人，若能让他出山相助，一定可以战胜庞涓。"

文武群臣一齐看去，说话的人乃是公孙闬。

"卿此言甚过，世上有谁一定能战胜庞涓？"

"难道大王忘了，五年前，我们齐国确实有一个人曾经献策打败了庞涓。"

"你说的是那个人？孤曾经听说他后来教唆田忌背叛朝廷，被先王处斩时为人所救，早已不知下落。"

"大王如果愿意不计前嫌起用他，臣愿出面。"

齐王听到这话，立刻精神起来，说："这么说，卿知道他的下落？只是当年他和先王的嫌隙太深，还愿意为我齐国效力吗？"

"这就要看大王有多少诚意了。"

"若他肯出山，孤愿意亲自相请，他和先王的恩怨一笔勾销，并且孤还许他世代荣华。"

秦国王宫中，秦王对卫鞅说："如果此战各诸侯国又输了，到那个时候，魏国更加如日中天，我们该怎么办？"

"大王，这一战的输赢并不重要。即使魏国赢了，其国力也必定遭受巨大的损耗，到那个时候，我们真正的战场不是在中原，而是在河西。"

秦王拊掌大笑，说："妙计！妙计！那便是我们夺回河西的大好机会！若能成功，孤便将河西的商地封给你。"

卫鞅立刻拜谢，说："臣公孙鞅谢过大王。"

"哈哈哈哈，你错了。"

"我错了？"

"若是把商地封给你，你就不是卫鞅了，那个时候你会有另一个名字——商鞅。"

楚国的一处小屋内，孙膑正在睡觉。这时，他感觉到有人在拍他，猛然睁开双眼，只见两个兵卒打扮的人正在叫他。

"孙将军，快醒来，敌将杀来了，请将军速速出战。"

孙膑赶忙起身，两人已经把盔甲和兵器拿来，其中有一身银盔银甲，盔甲的光芒闪烁耀眼，他穿在身上正合身。然后，他伸手接过枪，刚刚走出军帐就有人牵来一匹白龙马，他立刻上马，试了一下手中的枪，竟然觉得特别趁手，好像他已经用了好多年。

他一拍马，这匹白龙马嘶吼一声，冲向营外。对面有一员敌将正在耀武扬威，高喊挑衅，孙膑冲上前来，两人只打了三个回合，孙膑便将他刺下马。他随即高举手中的枪，身后的欢呼声此起彼伏。他又一挥手，喊道："众将士给我杀！"身后的人马一起冲杀上来，敌军大败亏输。

孙膑看着自己的胜果，心花怒放，他又看看胯下的白龙马、手中的亮银枪，以及身上闪闪发光的盔甲，轻声说道："我知道，这只是一个梦。"

　　这时，他手中的枪突然消失，身上的盔甲变成了粗布衣，胯下的马也不见踪迹，把他摔了下来。忽然他双膝一软，跌落在地，再也站不起来。

　　"不要，我不要失去这些，这些是我应得的！"

　　他喊着，叫天天不应，叫地地不灵。这时，他的面前出现了一个身穿白衣的女人。

　　"是你，你来了。"

　　来人面无表情，一会儿就消失了。这时，又出现了一个身穿粉红色衣服的人。

　　"小蝶，过来扶我起来。"孙膑说。

　　只见小蝶并不理他，向后退去。

　　"你不要走！你不要走！"

　　孙膑拼命向前爬着，前面是一片泥泞的沼泽，他不顾一切地爬了过去，身体却不听使唤，一直往下沉。

　　"我不会放弃的，你不要走！小蝶！"

　　他大喊着，直到泥沙埋没了他的头。

　　他猛然醒来，看到小蝶正在旁边的床上熟睡。

第五章

不败末路

第一节　第一战

"公孙闬，最近朝中的局势如何？"

"现在齐国依旧是以孙操为元帅，邹忌为丞相。先王在师父逃离临淄后不久就薨逝了，谥号'威'，由其子辟疆继位。田忌被贬到边陲之地，尚未复用。"

"齐国现在有什么青年才俊吗？"

"王族之中的田盼武艺高强，使一杆枪，是齐国第一的猛将，比昔日的元帅田忌有过之而无不及。"

"唉。"

"师父叹息什么？"

"我做了一个梦，梦到自己身骑白马，手持银枪，在战场上杀敌决胜，想到自己有经天纬地之才，却只能被困在轮椅之中虚度光阴，不由得感慨。"

"师父有出山的念头吗？"

"一想到我和先王的恩怨，我就不知道该怎么面对现在的大王。但我又不想去其他诸侯国，如果去了别国，总有一天会和齐国为敌，所以不知道该怎么办。"

"如果有机会的话，我一定会向大王推荐师父。"

公孙闬走后，小蝶进来说："公子，李老伯他们又送来吃的了。"

"这些年多亏了他们的时常接济，我才能活到今天。"

"看公子说的，你这么大个男人，能被活活饿死吗？"

"我只是个废人。"

"你的能力啊，都在这里。"

小蝶指了指头。

"你指点他们换了更好的农具，还教他们在农忙结束后去做别的生意，这使他们的生活不知道好了多少倍，这些是他们应该做的。"

"我只是举手之劳，他们却在救我的命，你也是。"

"我是心甘情愿的。"

"那天，我做了一个梦。"

听到这话，小蝶脸上的笑容突然消失了。

"你又梦到她了？"

孙膑看着她的表情，忍不住笑了出来。

"你笑什么！"

"我……还梦到一个人。"

"谁？"

"一个对我更重要的人。"

"爹，你又要走了？"

"对，爹有事情要忙。你在家要乖，没事把爹教你的招式多练几遍。"

"爹，你什么时候能回来？"

"可能三五个月之后，也可能一两年后。"

庞涓说到这里，温柔地抚摸着庞英的脸。

"这次你回来，能把娘和小蝶姨娘带回来吗？她们离开我很久了，我好想她们。"

"你放心，我一定会把她们带回来的。"

"师兄，这次我想随你去战场见见世面。"苏秦主动请缨。

"你的状态看起来好多了，但是战场凶险，谁也不能预料到会发生什么，你准备好了吗？"

"我已经颓废了太久。你放心，我没问题了。"

逢泽之会结束后，魏王达到了自己想要的目的，不但顺利举行了称王仪式，让各国诸侯来贺，还凭借百里嚣狂在演武场上力挫群雄，大出风头。只是韩王公然宣战，让他心中有些不悦。

魏王心想："虽然韩国勉强算个万乘之国，但和魏国还是无法相比，现在韩王竟然敢公然叫板，难道他是真的不知死活了吗？"

"庞涓何在？"

"臣在。"

"孤令你率领三十万人马，前去讨伐韩国。"

"大王放心，臣一定亲自把韩王抓回来，让他跪拜在大王面前请罪。"

"孤相信你的话，去吧。"

庞涓点齐兵马，令魏错留在大梁守卫都城，自己带着太子魏申即刻动身，率军来到了魏、韩边界。这时，有探马来报，说韩国兵马已经在前方摆好了阵势，正在等待魏军到来。

庞涓拍马向前，看到对面竟是韩王亲自督战，元帅暴鸢在帅旗之下，手持方天画戟耀武扬威。

"韩王，应汝之邀，庞涓来了。"

"庞涓，你既然来了，就让你看看我韩国的厉害！"

言罢，暴鸢已经冲到阵前，直取庞涓，庞涓持枪相迎，两人斗到五十个回合时，庞涓感到体力不佳，便往回走。暴鸢看到这个能打败庞涓的机会，哪肯放手，在后面一边紧跟不舍，一边提防着庞涓的回马枪。突然，庞涓的马速度变慢，他回身一枪扎过去，暴鸢用方天画戟隔开，顺手刺了过去，眼看就要刺中，庞涓又回身一剑，手中的"宿命"寒光一闪，瞬间将暴鸢的戟头砍断了。

"宿命"跟随庞涓多年，仍然锋利如初。暴鸢吃了一惊，赶忙拨马往回走。庞涓没有追赶，而是回到了阵中，站在战车之上，指挥一字长蛇阵摆成进攻状态。

　　暴鸢回去后，换了一杆画戟，也指挥人马进攻。只见韩军突然从左右冲出来，左手边的暴鸥手拿双锤，带领一支人马直取一字长蛇阵头七寸的位置，右手边的丞相申不害亲自率领一支人马直取一字长蛇阵阵尾七寸的位置，想钳制住一字长蛇阵。魏军这边，徐甲、侯英分别对上，死命拦住韩军去路，一时间，一字长蛇阵无法发挥出威力。

　　庞涓在中军看韩军早有准备，却不慌不忙，催动魏武卒向前。

　　"暴鸢，原来你是有备而来。"

　　"庞涓，我早就研究了你的阵法，魏武卒机动不足，靠你的一字长蛇阵增加灵活性。所以，只要钳制住你的一字长蛇阵，集中兵力对抗中军就能打败你！"

　　"为了打败我，你确实做了不少准备，但你做的功课还不够充分。"

　　"庞涓，你不要夸口。"

　　"你算错了三点，第一，即使魏武卒的机动性差，也不会输给你！"

　　庞涓指挥魏武卒向前，和韩军短兵相接，韩军在武器和军队素质方面都不如身经百战的魏武卒，稍作抵抗之后，便开始出现败象，被杀得节节后退。暴鸢看到韩军处于弱势，赶忙指挥人马后撤，韩军平日也训练有素，此时急速有序地往回退。

　　"第二，魏武卒的机动性也绝非如你所料！"

　　庞涓军旗一指，魏武卒分成很多小队，像无数把刀插到韩军中间，将韩军的队伍分割成很多段，无法互相呼应，只有少部分后军撤了出去，连暴鸢也被围困在中间。韩王在后面看得心急如焚，自己也带着人马冲过来救暴鸢。

　　这时，庞涓在战场上再次点指暴鸢，说："第三，你也做不到钳制我的一字长蛇阵！"

　　暴鸢再看暴鸥和申不害所率领的两支侧翼，也已经被庞涓的一字长蛇阵打得溃败。庞涓再次指挥，一字长蛇阵在外面又包围住了韩军，这下暴鸥、申不害、韩王三人一起陷入了包围圈。

　　"你的计策，反而让你因为分兵而削弱了自己的实力。我这面'万胜不败'的大旗，可不是你随随便便就能碰的。"

　　暴鸢看着庞涓，脸上露出了一丝恐惧，他没有说话，转身朝韩王杀去。庞涓指挥魏武卒将围住暴鸢，但仍然挡不住暴鸢带领自己的亲兵卫队护着韩王杀出重围。

　　这时，两翼的士兵仍然在拼杀，韩王说："元帅，韩国不能没有申不害。"

　　暴鸢看了一眼暴鸥，无奈只好再次带着人马先去救申不害，他身骑一匹马，手持一杆方天画戟，在一字长蛇阵里左冲右突，魏武卒还没来得及包围过来，他就已经接应上了申不害，带着他杀出重围。

　　庞涓看到申不害马上就要被救出，立刻加重对付暴鸥那边的兵力，并亲自杀向暴鸥。还没等到暴鸢将申不害带到安全的地方，暴鸥就已经被庞涓一枪挑下马，在乱军之中被踩成了肉泥。

韩军抵挡不住庞涓，连连败退。收拾好剩余的人马之后，暴鸢统计韩国的兵马，已三去其二。这一战让韩王和暴鸢都见识到了庞涓的厉害，不由得感慨十多年不败的战神果然名不虚传，只得回去整顿人马，打算等秦国人马到来，再组织第二次战斗。

庞涓没有深入追击，盘点完人马之后发现，不仅损失不大，还获得辎重无数。休整几日之后，魏军准备继续进军攻城略地，突然探马来报："韩王再次率领人马前来挑战！"

"这怎么可能？我军战胜尚且没有继续前进，韩国刚刚溃败，怎么能做到在这么短的时间内就再次集结人马来战？"

第二节　第二战

"韩国人马有多少？"庞涓问。

"人马太多，还没有具体消息，只知道至少有十万人。"探子说。

"不对，这件事太蹊跷了。"

"会不会是韩国第一战并没有用全力？"苏秦问道。

"没有道理，第一战败了只会影响军心，韩王没有隐藏实力的必要。"

庞涓隐隐感觉有些不对劲，但又说不出为什么。

"战就战，难道咱们会怕小小的韩国？"魏申说。

"不错，无论韩国玩出什么花样，都不可能战胜我。"

庞涓让兵马就地扎营，不再前进，等着韩军到来。

秦国这边，嬴虔已经借道楚地，来到了两军阵前。他让秦人穿上韩国的甲胄，随后准备出战。暴鸢告诉嬴虔第一战的详情，想要助战，被嬴虔拒绝了，只有韩王随军上了战场。

这天，两军对阵，庞涓看到韩王在对面，说："韩王，你已经是我的手下败将，怎么还敢来犯？"

"庞涓，是你来犯我韩国，怎么敢反客为主？胜败乃兵家常事，今天我就要报仇！"

"韩王这么快就能再次整顿这么多的人马？"

"我韩国的实力岂是你能猜透的！"

这时，韩王旁边的嬴虔拿出一块布遮住了脸，手拿着大刀，走上前来挑战。庞涓看他的身形有些熟悉，却看不清他的样貌。

"你是谁？"

嬴虔没有答话，挥刀来战。庞涓也挥动手中的枪，两人互不相让，战了二十个回合，不分胜负。

"你的招式很熟悉，你是谁？"

嬴虔仍然一言不发。

"你怕我认出你？"

对方仍然沉默，同时往回走。

庞涓放慢速度追了过去，嬴虔故伎重施，让马的前蹄半蹲在地上，自己回身用刀篡扎向庞涓，但被庞涓一枪隔开。

"是你！"庞涓认出了嬴虔。

嬴虔回归本阵后，说："庞元帅，上一阵你赢了，这一阵咱们再分胜负！"

只见嬴虔回到战车上，秦国军队阵法森严，军士铠甲的厚重不下魏武卒。

庞涓也回到战车上，催动阵法，魏武卒和对方兵阵战在一处，战场之惨烈实在是前所未见。只见两军相接之处，一排排的兵卒倒了下去，后一排的兵卒跟上后又倒了下去，如此反复几次后，双方的损伤都巨大。

韩王已经撤到后方，和元帅暴鸢在远处观看，他也被这一幕吓得目瞪口呆。魏武卒在这样的对手面前才发挥出了真正的实力，双方的实力都远在韩国之上。

庞涓看到魏武卒一排排倒下，心痛不已，赶忙指挥一字长蛇阵从两翼包围，只见对面也有两支兵马迎了上来，实力却远不如中军。其实，这两支乃是宋、蔡两国的兵马，自然无法和秦锐士相提并论，没过多久就被一字长蛇阵击溃。

一字长蛇阵包围住秦锐士，左右两边的徐甲、侯英看到中军是嬴虔在指挥，便纵马杀了过去。只见秦锐士用长矛拦住了两人去路。嬴虔示意放两人进来，秦锐士立刻分开，两人没有多想，带着一字长蛇阵的兵卒直奔嬴虔。嬴虔再次挥动手中令旗，秦锐士将两人团团围住，两人进退无路，庞涓也相救不及。嬴虔一声令下，秦锐士使出无数长枪，刺穿了两人的身体。

奈何徐甲与侯英本应颐养天年，在征战多年后却落得马革裹尸的下场。

庞涓看到多年一起征战的老部下瞬间殒命，便将令旗交给魏申，对他说："魏申，你来替我指挥魏武卒前进，让一字长蛇阵继续骚扰敌阵。"

说罢，他纵马持枪，冲向敌阵。魏武卒闪开一条路，让庞涓冲到秦锐士旁边，秦锐士有盾牌护身，使出密密麻麻的枪向庞涓刺了过去，庞涓收枪持剑，手中的剑所到之处，秦锐士的枪头纷纷掉落。庞涓身后的魏武卒也使出一排排的枪朝秦锐士扎过来，让秦锐士的盾牌不能随意动弹。庞涓再次挥动手中的枪，挑开盾牌，左刺右挑，杀得秦锐士东倒西歪。待扯开一个口子后，魏武卒立刻从开口处杀了进去。

庞涓依旧一马当先，一手持枪一手持剑，在前阵开路，杀得遍体通红，不知道有多少血是对手的，有多少血是自己的。阵中的苏秦看到这惨烈的一幕，心中无比震惊。当年在云梦山上的时候，师兄还是一个彬彬有礼、性格谦逊到有些过分的人。听说他刚出山的时候连杀人都做不到，想不到在十多年之后，竟然变成了现在这副"杀神"的模样。

赢虔看到庞涓拼命撕开了秦锐士的口子，秦锐士阵形已乱，便立刻指挥撤退。魏申也指挥魏武卒和一字长蛇阵向前迈进，这时，宋、蔡两国的人马反而成了累赘，在后退过程中使秦军阵形变得更乱，秦军被庞涓来回冲杀，立刻溃败。赢虔只好亲自上前，拦住庞涓，但在稍作抵抗后也立刻败退。

魏军终于赢了此战，庞涓回去之后脱掉铠甲清理伤口，发现身上有几十处伤口，幸好都不在要害。就在军医包扎伤口时，苏秦过来看望。

"师兄，你今天战场上的样子着实吓了我一跳。"

"战场上很多时候斗的就是士气，我必须站在最前面才能最大程度地振奋军心。"

"可是你这样很危险。"

"我们都是爹生娘养的，那个时候如果我不上去，就会有更多的兄弟遇到危险。今天你也看到跟随我多年的徐甲和侯英死了，我不可能不给他们报仇。"

"我是说，你以前不是这个样子的，听说你刚来魏国的时候连杀人都做不到。"

"这么一说，都过去十多年了。人总是要变的，你将来也是。"

"我没法想象有一天我会和你一样，我应该不会变成那副模样。"

"将来的事情还没发生，所以你永远想象不到自己会变成什么样子。有的人你刚认识他的时候阳光开朗，但有一天也会成为滥杀无辜、谁都不信任的刽子手。"

秦军败退几十里之后盘点人马，从秦国带来的十多万人马所剩无几，三万秦锐士也折了一半。赢虔责备宋、蔡两国的将领对军队疏于训练，以致如此惨败。韩王出面道歉，并感谢秦国出兵。

赢虔对韩王说："韩王，我有一事相告，下次楚国出战时，你可将一事告知庞涓，足以扰乱他的心智。现在，我就带领本部人马回去了。"

韩王听赢虔说罢，心中大喜，随后告别赢虔。

赢虔回到秦国拜见秦王，详述战场之事。

"臣有战败之罪，请大王责罚。"

"庞涓勇武异常，非王兄之过。而且这次出兵，主要是试验公孙鞅这些年变法的成效，从王兄所讲述的看来，秦锐士已不输魏武卒了。此战不败在秦锐士，也不败在王兄，而是败在庞涓，但庞涓只有一个。剩下的对手交给其他几国，等战局明朗之后，我们再根据形势进行下一步计划。"

第三节　决心

"大王，前方传来战报，韩国和秦国都败了。"

齐王听到奏报，愁眉不展。

"十多年来，魏国只要庞涓出马，就从无败绩。这次连韩国、秦国都败了，如果最后连我们齐国也败了，后果不堪设想。众卿可有办法？"

丞相邹忌说："大王，元帅孙操熟悉兵法，武艺高强，让他前往定可获胜。"

齐王摇摇头，说："孙元帅虽然厉害，但相比庞涓——"

"大王但有驱使，臣万死不辞。"孙操说道。

"孤不是怀疑孙元帅的能力，实在是庞涓太厉害，而我们齐国作为最后一路兵马又肩负重任。"

"大王，臣知道一人，若能让他出山相助，一定可以战胜庞涓，但恕臣不敢说出他的名字。"

文武群臣一齐看去，说话的人乃是公孙闲。

"是什么人让你连他的名字都不敢说？"齐王问。

"若要臣说，请大王先答应，无论臣说的是谁，大王都不会治臣的罪。"

"孤不会治你的罪，你放心说吧。"

"难道大王忘了五年前我们齐国曾有一位军师，用围魏救赵之计打败过庞涓？"

此话一出，满朝皆惊，邹忌、孙操与文武百官齐说不可。

邹忌怒道："公孙闲，你知道你在说什么吗？当年孙膑教唆田忌谋反，你就在当场，今天怎么还敢提他？当真是对先王的大不敬。大王虽然饶恕了你的死罪，但是你活罪难饶，请大王将公孙闲押入天牢，永世不得复用！"

"丞相，大王尚没有发话，你怎敢僭越？请大王将这个图谋不轨之人押入天牢，永世不得复用！"

两人剑拔弩张，自从当年公孙闲追杀孙膑回来之后，邹忌就发现公孙闲和他越来越离心离德。

"卿等不要吵闹。公孙闲，你说的那个人是孙膑吗？孤听先王说过，他教唆田忌背叛朝廷，在被处斩时为人所救，早已不知下落。"

"不错，他被自己的兄弟所救，逃出齐国隐居多年。大王如果愿意不计前嫌，再次起用他，必然可以战胜庞涓！"

"这……先王在世的时候，每次提到这件事都怒不可遏。孤不了解当时到底发生了什么，也不了解孙膑为人如何，但如果卿知道他现在身在何处，能不能带来和孤见一面？"

"大王，当年文王请姜尚，拉辇八百步；周公见贤人，一饭三吐哺；齐桓公只是见一个小臣稷，也要五次亲自前往拜访；大王如要请孙膑再次出山，也应当表示出您的诚意。"

"公孙闲，你不要太嚣张！大王怎能为了一个反贼而屈尊？莫非你和孙膑暗中串通，要谋害大王吗？"邹忌怒斥道。

"大王，孙膑此人性情偏激难测，臣尚且不能猜透，还请大王三思。"孙操也劝道。

齐王犹豫了，一时不知该如何是好。

公孙闲看齐王面对满朝文武的反对仍不能决定，便说道："大王，孙操元帅熟读兵书战策，邹忌丞相智计绝伦，派他们领兵去韩国，想必庞涓面对他们焉能有一战之力？他们一定能够为大王排忧解难。"

说罢，公孙闲回到队列之中，这一句话让百官安静了下来。

齐王起身，看向孙操，说："孤知道孙膑是你的儿子，你可承认此事？"

"正是逆子。"

"你说，你出兵面对庞涓有几成胜算？"

孙操沉思了一会儿，说："不足三成。"

"如果是孙膑呢？"

孙操长叹一声，说："大王，实不相瞒，等到我们出兵的时候，魏国经历四次大战实力必定损耗巨大，若是孙膑在，可使我大齐立于不败之地！"

邹忌奏道："大王，孙操元帅是孙膑的父亲，他的话还请大王三思。"

"元帅，既然你这样认为，而他又是你的儿子，为什么刚才你却阻止孤找他？"

"大王，当年孙膑回到齐国后，先王向他求计，他暗藏凶器想试探先王。后来，为了迷惑魏国君臣，他派齐颖、高唐胜攻打平陵，那平陵乃是魏国的重镇，由上将军龙贾镇守，而孙膑为了集中力量打败庞涓，故意不分兵救援二人，并骗他们说会有援兵，他们不是龙贾的对手，最终殒身报国，死不瞑目。最后，他又在回来的路上蛊惑田忌元帅背叛先王。他的心里在想什么没人知道，而且出手狠毒。这天下间，敢自认才能胜过他的也没有几个人，但怪异的性格却让他变成了一个十分危险的人。对于这样的一个人，大王还是不要用为好。"

"听元帅这样说，他的行为确实让人难以理解。"

齐王看起来准备放弃孙膑，但又说道："可惜这样的人才不能为我所用。"

"所以，他虽然是臣的儿子，但是臣依然不推荐起用他，否则，后果不堪设想。"

齐王对公孙闲说："不是孤不想用贤，只是他这样的人孤不敢用啊。"

"大王，如果是这样的孙膑，臣也不敢向大王推荐，但现在的他已经变了。"

"'变了'是什么意思？"

"五年前他逃出齐国后，遇到了魏国的元帅庞涓，两人进行了一番智斗。他因为当年庞涓没有阻止魏印对他用膑刑而记恨在心，逐渐对任何人都不再信任。最后，两人说开了一切，孙膑也解开了心结，幡然悔悟。从那之后，他就像变了一个人，变得性情温和、与人友善，不再是当初反复无常的样子了。"

"哦，果真如此？卿是如何得知？"

"当时臣也在场，见到两人冰释前嫌，约定将来再分胜负。大王如果愿意起用孙膑，就是成全了他们的约定，孙膑不会不答应。"

"后来你见过他吗？"

"这些年，臣偶有去拜访，每次谈到一些不明之处，他总能给出臣意料之外的见解。他常常会帮助周围的人，虽然得到的回报很少，但是也从不抱怨，反而对他们心怀感恩。"

这时，邹忌又说："大王，臣反复反对此事，并不是和孙膑有私仇，只是想请大王深思，此人深藏不露，起用他太危险了。"

齐王听到这话又犹豫起来。

公孙闬听到邹忌的话，也不争辩，对齐王说道："大王尽可放心，只要大王看到孙膑，就会知道真相。他的眼睛会告诉大王，他到底是个什么人。"

一旁的孙操听到公孙闬的这句话，问道："你是说，看到他的眼睛就知道他是什么人？"

"对，那是我从没看到的一双眼睛，充满了阳光和希望，让人觉得温暖。"

"大王信得过臣的话，请让臣先去见孙膑一面，自然就知道真假。"

"这也是个好办法。"

"大王，孙元帅来回一个月，大王再来回一个月，如此将贻误军机，大王也会失信于其他五国。"

齐王再次犯难了，公孙闬心中着急，说："大王，不请孙膑，天下早晚将归于魏国，齐国也会亡；请了孙膑，则齐国还有一线生机，请大王决断！"

齐王心一横，说道："好，就从卿言，孤随你去请孙膑！"

第四节　谣言

魏军继续前进，前方又有线报，说韩国再起三十万人马前来挑战，这次连魏申也觉得蹊跷。

"元帅，韩国第一次战败后，很快就集齐三十万人马来战，这次又这么快集齐三十万人马，实在是匪夷所思。难道韩国的兵将都是从天而降的吗？"

"他们当然不是从天而降的，而是从其他诸侯国来的。"

"什么？是哪国派来的？"

"这次不知道，但上一次的人马是秦国派来的，为首的那员将领是秦国的公子虔。我十多年前和他交过手，看得出他的招式，他也像挑衅一样暗示我他的身份，我脸上的这道疤就是他的杰作。"

"秦国？这些年我们和秦国相安无事，他们为什么要派兵帮助韩国？"

"秦国帮助韩国没什么好奇怪的，真正让我担心的事情是这次帮助韩国的不只是秦国。"

"还有其他诸侯国来帮韩国？元帅的意思是，这次来的不是韩国兵马？如此，韩国这么快就能整顿兵马来战也就解释得通了。"

"只怕这还没结束。"

"怕他什么，只要他敢来，我们就能打败他！"

"如果齐、楚、燕、赵都来呢？那样的话，我们就是和天下诸侯为敌，失败只是迟早的事。"

魏申听后震惊不已。

"各国诸侯貌合神离，都有各自的算盘，怎么可能这么齐心？"魏申问。

"他们确实各有各的算计，但曾经有一个机会让他们可以聚在一起认真谈论此事。"庞涓说。

"什么机会？"

"逢泽之会。现在回想起来，逢泽之会可能就是一个阴谋。从表面上看，逢泽之会是让各国诸侯来臣服魏国，但其实又给了各国一个碰头的机会，让他们可以坐在一起密谋灭魏。"

"好歹毒的计策！原来韩国只是出头鸟。"

"我想是不是如我所料，今天之后就有答案了。"

"报！"突然有军士来报。

"什么事？"

"启禀元帅，军营外突然射来无数支没有箭头的箭，箭上都有相同的书信，已经传遍军营。"

军士说完就把几封收来的信递了过来。

庞涓和魏申、苏秦依次看过书信，信中写道：

> 魏人无道，滥杀无辜。魏卬心狠手辣，杀庞氏满门，蒙蔽庞涓多年，使其效力十二载。庞涓无耻，不思报仇，反为爪牙，报之以死。今天我军在此，魏贼必败，如有羞耻心之人，当快快归降！

魏申看罢，怒道："这是韩王的离间之计。来人，快去各营收回这样的书信，敢有私藏书信或谈论此事者，立斩！"

"是！"一旁的侍卫应了一声准备出去。

"我没有发话你不许出去！"庞涓拦住了他。

魏申赶忙走上前说："元帅，这一定是韩王的离间计，元帅应该看得出来。"

"我知道。现在，立即召集全军，我有话说。"

只见庞涓面色铁青，不发一言，顶盔掼甲，向外走去，魏申战战兢兢，不知道庞涓要做什么，但看他这副模样又不敢问。

庞涓来到中军的高台之上，魏军人头攒动，纷纷聚集过来。

"各军都到齐了吗？"

"回元帅，已经全部到齐。"

庞涓伸手掏出一封书信展示在所有人的面前。

"本帅知道你们今天都收到了这样的书信，本帅来给你们念一遍：'魏人无道，滥杀无辜。魏卬心狠手辣，杀庞氏满门，蒙蔽庞涓多年，使其效力十二载。庞涓无耻，不思报仇，反为爪牙，报之以死。今天我军在此，魏贼必败，如有羞耻心之人，当快快归降！'"

庞涓的话被层层传了下去。

"对于这件事，本帅和公子卬都问心无愧。那年我们追杀秦军到河西，亲眼看见秦军烧杀抢掠、无恶不作，受害者中也包括本帅的全村老幼。当年本帅已经杀了秦王嬴师隰报了此仇，这是千真万确的。现在正是我们和韩军交战的关键时刻，收到敌军这样的谣言，并不意外。但是本帅相信，我们魏军是不会轻易被这样荒谬的谣言动摇军心的，本帅也不会收回这样无意义的书信，你们回去可以谈论，也可以猜测，但谁如果因为这封书信扰乱了军心，让我们在战场上枉死了兄弟，本帅决不轻饶！"

说罢，庞涓走下台，准备回帅帐。

魏申在他身后紧紧跟随，说："元帅，就这样吗？真的不收回书信吗？"

"面对谣言，最愚蠢的做法就是把别人都当傻子，一边掩耳盗铃地去遮掩，一边想强行堵住悠悠之口。你越遮掩，就越容易让别人猜测；越不让人说，别人就越有谈论的欲望。最后谣言会变成什么样，造成什么后果都是不可估量的。而且，你真的以为那些散出去的书信能全部收回来吗？难道我们真的要一个一个地搜身？现在，我作为你的师父，要再教你一点。遇到谣言有三种解决办法。

第一，置之不理。人的记忆力是有限的，很多事情在当时觉得很有冲击力，但是随着时间的推移，会被人慢慢忘记。只要拖到大家都忘记了，那谣言也就不重要了。

第二，用另一个关注点来压下谣言。人的注意力也是有限的，这些谣言和人们本身也没有切身利益，这时候如果有另一个更有吸引力的话题出现，大多数人也会跟着转移注意力，从而削弱谣言的破坏力。

第三，直面谣言，出面回应，用事实或者所谓的事实破解。

这三点也都有各自的限制条件，如果事态紧急而且会给当下带来很严重的后果，第一种方法就不可取。如果当下很难有其他关注点，那么，第二种方法就很难施行；如果可以的话，还需要主动创造关注点，但这种方法也不能立刻奏效。第三种方法，则要求回应必须有力，要有当事人在场或者强有力的证据，否则，也起不到说服他人的效果。当年，我们只是看到了我们全村的人已经被杀，但并没有亲眼看到凶手，只是我必须得那样说，才能稳定军心。"

"元帅的一番话令魏申茅塞顿开。"

"现在，我们要自己给自己散播'谣言'，而且是那种一眼看起来就很荒谬的'谣言'，比如，说魏王是黄帝转世，又比如，说我曾经斩杀天狗。慢慢地，大家也就会淡忘了。"

魏申大喜，出去找人散播消息去了。

庞涓让其他人也都退了出去，独自坐在帅帐中回想着当年的事情。

"月、师父，如果你们在这里就好了，我该怎么办？就算我堵得了别人的嘴，又怎么能做到让自己不想呢？"

第五节　第三战

约战日期已到，庞涓点齐人马出战。只见对面敌军仍然是韩王出面，在韩王的旁边有个人也用一块布遮住了脸，但看得出来此人并不是嬴虔。

"庞涓，孤想不到你竟然是如此无耻之人，还在为自己的仇人卖命。"

"韩王，你屡战屡败，竟然想出传播谣言这种下三烂的手段对付我，但是我庞涓岂能被你的雕虫小技乱了心智。"

"哈哈哈，庞涓，你真的没有一点儿怀疑吗？当你看到你全村老小尸体的时候，他们看起来死了多久了？秦人撤退的时候有时间杀他们吗？"

"韩王，这都是你的猜测，当年的细节你怎么可能知道？秦人残暴，所过之处鸡犬不留，杀人不过是抬手的事，能有什么意外？"

"不，我知道。我还知道是谁亲自动的手。"

"韩王，你不必在这里胡言乱语，扰我军心！"

"动手的是卫鞅，他们屠杀的不只是你长大的村子，还有附近的好几个庞家村，为的就是确保一个活口都不漏。因为当时你不敢杀人，他们为了让你杀人，所以想办法激起你内心的恨。从那之后，你为了报仇才开始杀秦人，是不是？"

"我说了，你不要再胡言乱语了！"

庞涓一枪刺去，韩王身边的人乃是楚国大元帅景舍，他眼疾手快，也使出手中的枪，在半空中拦住庞涓。

韩王把马往回一勒，说："庞涓，你害怕孤继续说下去吗？害怕的话，你可以回去找魏卬问个清楚，看他还有没有良心，会不会心虚。"

庞涓继续进招，景舍连连遮挡。

这时，忽然有人说道："元帅让开，让我向庞元帅请教几招。"

只见此人身上无盔无甲，手中拿剑，走向前来。他拔剑出鞘，做好了出招的准备。

庞涓看他的姿势就知道是高手，也跳下马来，问道："来者可通报姓名？"

"屈仲平。"

庞涓冷笑一声，说道："是楚国的人马来了吗？刚才的人想必是景舍大元帅了。"

屈仲平说："难怪庞元帅这些年英勇无敌，未尝败绩，果然聪明。"

"你准备和我比试剑法吗？"

"你敢和我比试剑法吗？"

"你要做好死的觉悟！"

"今天死的人是你！"

两人交起手来，打得战场上烟尘滚滚。

过了一会儿，庞涓心中大吃一惊，发现屈仲平的剑法好像是为了破解自己的剑法而创的。在自己出招之前，他就已经知道了自己的出招方式和步法，并提前出招限制自己，这不禁让他想起一个人。

庞涓一时险象环生，连连后退。

但对面的屈仲平更加吃惊，自己明明招招限制住庞涓，却总是差一点儿才能伤到他。一招两招还能理解，但招招都差一点儿，这让他不免有些慌张。

庞涓突然跳出圈外，点指屈仲平，说："你确定要继续打下去吗？"

"当然，你我之间有不共戴天之仇，今天必须决一生死。"

"你的剑法让我想起了一个人，你说的不共戴天之仇应该是和他有关。他在看过我的剑法之后，在很短时间内就能研究出破解的办法。虽然他们夫妻自称是赵国人，但是并没有任何证据证明这一点，我想你们应该认识。"

"能有这样天赋的人，只有他。"

"所以他是楚国人？"

"我是他的胞弟。他研究出破解你剑法的招式后，写成了一本剑谱，并将这本剑谱留给了我。"

"你把这些招式练得很纯熟。"

"我没有一天不在练习这套剑法。"

庞涓叹了一口气，说道："你知道吗？有时候越努力输得越惨。"

"你骗人，只要努力就一定会有回报。你刚才就被我招招限制。"

"哈哈哈，你知道他是怎么死的吗？"

"你们人多势众，他刺杀失败，被你们杀了。"

"有的人不到黄河心不死，你就是这种人。实话和你说，他是在和我一对一比试剑法的时候被我杀的。你不知道也不奇怪，因为，死人没法告诉你发生过的事。"

"这不可能。"

"如果知道了破解办法就可以赢，那年我早就已经死了。招是死的，人是活的，可惜你浪费这么多年的光阴，只为了练习这一套除了对付我以外毫无用处的剑法。而事实上，这套剑法对我也毫无作用。"

"你装腔作势！刚才我一直占据上风。"

"你是不愿意相信还是真的蠢？为什么你招招都是差一点儿才能伤到我？"

屈仲平此时惊得冷汗都流了下来，说道："这只是偶然。"

"你们都自以为做了万全的准备就能赢，但临场的变化是有无数种可能的。他都做不到的事情，你也做不到。可惜你这么努力，只是脑子笨了些。"

庞涓再次出招，仍然使的是鬼谷剑法，却是完全不同的鬼谷剑法。

屈仲平感觉每一招都很熟悉，但每一招的变化和那本剑谱上所写的都不一样。

他的招式已乱，因为他的心已乱。

他的心已乱，因为他完全不知道该出什么招克敌制胜。

因为他终于明白，错误的努力真的是毫无用处。

所以，他的结局和曹墨一样。

一把剑穿过了他的咽喉。

"这就是你要的结果吗？现在，你能和你的兄长相聚了。"

庞涓回到战车上，他的心也有些乱，韩王的话并非没有道理，但他知道现在不是思考这个问题的时候。

他继续指挥魏武卒冲杀，对面的楚国元帅景舍也身经百战，摆好二龙出水阵，和一字长蛇阵冲杀在一起。庞涓的指挥慢了一些，一字长蛇阵竟然被楚军截为三段，景舍继续冲杀，要彻底打乱魏军的阵形。

庞涓见状，重新稳定心神，左右指挥，一字长蛇阵没有强行连接，而是分成无数个小方阵，反过来有序地冲向楚军的阵营，两军顿时陷入僵持。这时，魏武卒向前推进，立刻改变了战局，反将楚军冲散。一字长蛇阵趁机重新连在一起，加上魏武卒长驱直入，楚军立即落入败势。景舍自己留下断后，亲自迎上庞涓，两人双枪并举，斗上一百个回合，始终不分胜负。在景舍的死命断后之下，楚军才不至于惨败。

庞涓盘点人马，这一战之后魏国还能征战的人数还剩不到二十万，已经有十多万的人或死或伤。

庞涓叹息道："如果不是徐甲、侯英阵亡，魏武卒今天也不会被楚军的第一波进攻就冲散了一字长蛇阵，虽然我们赢了，但是平白多出很多人员的损伤。"

苏秦说："既然如此，不如我们撤吧。"

庞涓的心中也有很多疑问。这时，一阵风刮过，外面"万胜不败"的大旗在风中发出"哗啦啦"的响声。

"我不能被这些杂念扰乱自己！"庞涓对自己说。

"现在韩王还没投降，我们的目的也尚未达到，断无撤退的理由。"庞涓说。

"但是这样下去，一次又一次的战斗也会使兵将们感到疲惫，损失只会越来越大。"

"不，不能撤，继续前进。"

第六节　望月山人

齐王身穿便服，在公孙闲的带领下，和元帅孙操带着十几个近身护卫来到楚国，孙平也跟随其中。

平静的山村突然来了十几个衣着华丽的人，有的人身上还佩着刀，显得格外扎眼，村民们议论纷纷。

"就要到孙膑的住处了吗？"

"回大王，师父就在山上。"

这时，孙操的目光被几座坟吸引了。他走上前，只见上面写着"扁鹊弟子秦子阳夫妻之墓"。

"医家弟子秦子阳是扁鹊最喜欢的弟子之一，这些年不见踪迹，原来他已经死在此地，不知是怎么死的。"

他看向公孙闲，公孙闲说："元帅可以等见到师父后问他。"

前方的道路变得平缓起来，众人的眼前出现一个小院。院子四周被竹子环绕，门扉紧掩。

"大王、元帅，师父这些年就住在这个小院里，有一个叫小蝶的魏国女子每天照顾他。"

齐王亲自上前，轻叩门扉，但不见有人来开门。

孙操说："我们直接进去吧。"

齐王摆摆手，说："孙膑可能出门了，我们等等吧。"

几人就地找地方坐下休息，孙操和孙平绕着小院四周看看，又一座坟墓出现在他们的视野中。还未靠近，孙操的心就"怦怦"直跳，有一种不祥的预感，然后他看向孙平，指着坟墓的方向，说："你去看看。"

孙平上前一看，然后瘫坐在地，泪流不止。

"如果，如果是我护送兄长而不是你，就不会这样了。是谁干的？是谁干的！"

孙操已经知道这是谁的墓了，他不想走过去，但他不得不走过去。

"弟孙卓之墓。"他看到了墓碑上的字。

"孙膑！公孙闲！"

孙操转身回去，来到齐王身边，一把揪住公孙闲。

"卿何故如此？"齐王问。他被孙操突如其来的举动吓了一跳。公孙闲知道孙操看到了什么，所以也没有反抗。

"你这些年一直和他有联系，告诉我孙卓是怎么死的！是不是他杀的？"

孙操双目圆睁，眼球泛起了红丝，十分吓人。加上他平时待人有礼，性格平和，此刻这样的举动显得更加骇人。

"我只是个外人，不便多言，还是等师父回来亲自解释吧。我只想提醒元帅，师父曾经确实做了很多错事，但他现在真的不一样了，等见到他的时候，希望元帅能够冷静一些。"

"爱卿放下他吧，有话慢慢说。"齐王也在一旁劝道。

孙操放开公孙闲，背向他们，他们只能听到孙操粗重的呼吸声。

"到底是怎么回事？"

"大王，元帅看到了孙卓的墓，孙卓正是元帅的第三子。"

"他是被孙膑杀死的吗？他们是亲兄弟，应该不会吧？"

"那年我们遇到庞涓，发生了很多事情。臣不是不想说，只是这些事情从臣口中说出，于师父名声有损，还是让他自己说吧。"

公孙闲再三推脱，就是不说，齐王便不再继续追问。

这时，远处传来一阵歌声，歌曰：

驾白马于无垠兮，纵天地为驰骋。

心属天宫之皓月兮，叹风云之不测。

先兄弟之无情兮，后手足亦不全。

君王起于微末兮，爹娘之恩犹似海。

几人看去，有一个中年汉子挑着柴上山来，他看了几人一眼，然后径直走向院子，打开门，将柴放在院中摆放好后，又转身离开了。

齐王待他出来，上前问道："方才先生所唱的是什么意思？"

那汉子打量了一下齐王，说："这是望月山人教我们的，我们山野粗人也不晓得是什么意思。"

"望月山人是什么人？"

"你们现在就在他家门口啊，你们是来做什么的？"

"望月山人可是坐着轮椅的？"

"没错，就是他。"

"原来如此，望月山人就是孙膑吧。我们是来找他的，不知道他现在人在何处？"

"山人前些天说过，他这几日去后山有事，可能还没回来吧。他坐着轮椅不会走太远，你们可以先进去等一会儿。"

孙操也走了过来，问道："请问望月山人平时是什么样的人？"

"他这个人平时很好，说话声音不高，但很好听，尤其是他的那双眼睛，让人看着就觉得舒服。不过，我经常看到他在后面的坟墓边叹气，问他原因，他又不说。其他的我就不知道了。"

齐王几个人来到院子的后边，看到了孙卓的坟墓。孙平已经停止了哭泣，但仍跪在一旁。

"这就是元帅第三子孙卓的墓？"齐王问。

"不错，五年前，孙卓和孙膑离临淄后，一直下落不明，原来他是惨死在此地。虽然臣早就想到这个结果，但是今天亲眼见到之后，仍情难自禁。"孙操说。

这时，后山又传来一阵歌声，歌曰：

吾情之不恤兮，恨此心皆深负。

逃楚地得苟且兮，幸梦月而悔悟。

叹宿命之难违兮，得天谴余不怨。

唯银枪起锈钝兮，仍故步于此间。

来人看起来三四十岁的年纪，一手拿了一条腊肉，一手拿了一只拔了毛、去了内脏的鸡，一边唱一边走来。他从齐王一行人身边走过，进了孙膑的院子，将腊肉和鸡放在屋中，转身又走了出来。

齐王上前拦住他，问道："这位先生所唱的歌也是望月山人教的吗？"

"对啊，你问这个做什么？你们这么多人来干什么？"

齐王稍有不悦，但还是压下了怒火。

"我们来找孙膑，你可知他的去处？"

"不知。"

"他身体不便，应该不会走太远。你们来找他做什么？"

齐王不喜欢他粗鲁的语气，于是说："打扰了，你可以回去了。"

"山人应该快回来了。"

"你说真的？"

齐王听到这话后，脸上终于露出了一丝喜悦。

"我也是猜测，他应该快回来了。"

齐王听了后又有些气馁。

这个人离开后，来到一处小屋。刚才送柴的人也在，两人把所见所闻一一讲了一遍，坐在轮椅上的人说："小蝶，我们该回去了。"

第七节　九叩首

"小蝶，我还不知道该怎么面对他。"

"那公子想见他吗？"

"想，无一日不想。"

"那你就必须面对他。"

"他们应该在孙卓的坟前，我们从前面绕过去吧。"

明明是小蝶在推着轮椅，孙膑却感觉自己是在被命运推着前进。

两人到了院门口，见门口没人，但门是开着的，继续往屋子跟前走，轮椅移动发出声响惊动了里面的人，只听到有人说："是孙子回来了吗？"

"何人在我家中？"孙膑问。

"是孙子！快！快！"

孙膑见其中一人眉清目秀，衣着华贵，眉宇之间有几分王者气质，又有几分温和。看到孙膑坐在轮椅上，那人赶忙过来施礼，说："请问先生可是当年和田忌一起三战三胜，在桂陵和庞涓大战的孙子吗？"

齐王想说孙膑，但想到"膑"字不雅，便没有说出口。孙膑未等齐王说完，赶忙伸手搀扶，说："阁下不必如此，在下正是望月山人，不知找山人有何事？"

公孙闲这时走了出来，说："师父，这位就是当今的齐王。"

"哎呀！"

孙膑突然从轮椅上掉了下来，他立即用双手撑地，身子趴在地上叩头。

"不知齐王驾临，罪臣有失远迎，罪过罪过！"

"卿身有不便，不必行此大礼，快快请起！"

齐王说完，便亲自来扶孙膑。

"大王不必，罪臣自己来。"

齐王松开手，只见孙膑双手撑在地上，身子竟然弹了起来，正好又落回到轮椅上。

"卿真奇人也！"

"大王今天亲自来到寒舍，所为何事？"

这时，屋外的几人已来到了内屋。

"卿久居山中，可知外面的事情？"

"略有耳闻。听说庞涓三番大战大获全胜，可谓势头正盛。"

"卿如何看待这次的魏、韩之战？"

"每场战斗之间间隔如此之短，绝对不是韩国一国之力可为，想必逢泽之会期间各诸侯国之间有所约定吧。"

"先生果然智谋过人，逢泽之会期间，各诸侯国密谋五路起兵助韩。否则，以魏国之强、庞涓之勇，天下将迟早尽归于魏。"

"臣还听说是秦国向魏国建议会盟诸侯，想必此计便是秦国谋划的。秦国能出此计者，也只有卫鞅。"

"这件事，孤只知道是韩王私下提起的。"

"韩王只是出头鸟，秦国才不会让战火烧到自己的地盘。一旦秦国与魏国打起来，路途遥远，其他诸侯国也很难相救。赵国自从降魏以后，元气大伤，所以最适合主导此事的就是一直在养精蓄锐的韩国。"

"原来如此，卿虽身居山中，但能看破孤所不能看破的事情。那么，卿以为，齐国出兵能胜吗？"

"战场之上瞬息万变，臣又如何能判断？"

"卿认为有几成胜算？"

"臣实不知。先祖兵法有云：'知己知彼，百战不殆。'臣一介山野匹夫，对此战之胜败，实在一无所知。朝中能人辈出，自有丞相和元帅告知大王。"

"卿愿意出山相助孤吗？"

孙膑再次施礼，说："大王莫要折杀罪臣。此时让臣回去，是要置臣于死地吗？"

齐王沉默了一会儿，然后转过身来，倒了一杯水。

"当年之事发生时，孤尚年幼，先王只是十分气愤，并没有说太多，公孙闲对很多事情也不知情，卿愿意如实告知吗？"

齐王说完，将水递给孙膑。

"若是先王错了，孤在此替先王请罪，望孙子恕罪。"

"大王不可！"

孙膑诚惶诚恐，想把水推开。

"卿如不饮此水，孤便一直托着。"

孙膑赶忙接过水，感动得流下了泪，说道："大王，当年错都在孙膑，不在先王，是罪臣罪该万死，如今不过是又枉活了五年，哪里承受得起大王如此恩待！有些内情不便为太多人知道，请大王屏退左右，臣将知无不言。"

护卫们看向齐王，齐王看了一眼公孙闲，公孙闲轻轻点了点头。齐王说："好，你们都退出去，不许任何人进来。"

护卫们和公孙闲离开了，屋中只剩下齐王、孙膑和小蝶。

"大王乃千金之躯，你我初次相见，竟然能对孙膑如此信任，实在是不该。"

"孤虽阅历尚浅，但自认为你不是那种奸邪歹毒之人。"

"然而臣确实是奸邪歹毒之人，否则，也不会做出那么多错事。"

孙膑便将当年下山到魏国遇到璞月，被魏卬施膑刑以及孙操将自己救走回齐国后发生的事情一五一十地讲了。

"大王，上山路上那些坟墓里的人都是我杀的，我的双手早已沾满了无辜之人的鲜血，所以，大王知道现在您的处境有多危险了吗？"

"听了你的话，孤更确定刚才做的决定都是正确的。孙元帅也来了，他更需要你的解释。"

这时，门外传来一阵响动，只听有人在说："你们怎么能让大王独自和他待在一起？快进去，大王有危险！"

门口的护卫们拦不住来人，门被一脚踢开了，来人看到孙膑后立刻拔出宝剑，剑尖直抵孙膑的额头，说道："你告诉我，孙卓是怎么死的？"

孙膑看着来人，没有丝毫躲避的意思，他的眼泪也早已控制不住了。

"爹，孩儿错了。"

孙操的手在颤抖，他本以为自己能下得了手，但看到孙膑的眼泪后，他的剑再也刺不下去了。

齐王走过来，抓住孙操的胳膊说："元帅，这当中有很多的原因，你是他的父亲，更应该耐心听他解释。"

孙操的宝剑从孙膑的额头上稍稍移开了一些。孙膑"扑通"一下跪在地上，双手撑着地，连磕了三个头。

"这三个头是请求原谅孩儿不孝之罪。"

接着，他又连磕了三个头。

"这三个头是请求原谅杀害胞弟之罪。"

齐王想搀他起来，但被孙操拦住了。

"让他磕，你还欠我三个。不，你还欠她三个。"

"孩儿不懂爹说的是谁？难道——"

"她一直在念着你，直到临死前还在劝我一定不要责怪你，让我保护你。如果她还活着，一定会跟我来。"

孙膑这次更加用力地磕了三个头，大声地哭喊道："娘，孩儿不孝！"

他几乎要哭晕了，倒在了地上。

孙操扔掉手中的剑，走过来抱住孙膑，又把他扶上了轮椅。

"如果不是看你诚心悔过和看在你娘的面子上，我是绝不会饶恕你的。"

"就算爹饶恕孩儿，孩儿也做不到饶恕自己。如果不是因为我，咱们家也不会变成现在这样。"

"是我教导无方，如果不是你受了那些苦，你也不会变成那个样子。如果我早些察觉你的想法，在你刚回齐国的时候，也不会纵容你的所作所为。"

第八节　白马银枪

"现在，你可以把当年发生的事情说清楚了吗？"

于是，孙膑把那年自己谋划劫法场，然后在孙卓的保护下一路跑到楚地，以及之后发生的所有事情又讲了一遍。

正在这时，有个人过来看了公孙闳一眼，公孙闳一见到那人，脸上的表情立刻变得很慌张，赶忙走了出去。那人在他耳边低声说了几句，公孙闳问道："他来了？"

"他力气太大，身体恢复到七八成的时候我们就管不住他了，非要跟我们过来。"

公孙闳回头一看，只见有个身材魁梧的男子推开院子大门走了进来，门口齐王的守卫也被他一把推得东倒西歪。公孙闳大喜，对着屋里喊道："师父，你看谁来了！"

众人看向屋外，那个人一眼就看到了孙膑，高兴地大声喊了出来："哥啊，你没事吧？"

"孙卓！你怎么——"

孙膑和孙操都不敢相信自己的眼睛。

"当年师父只是伤了他，我准备埋他的时候发现他还有气息，因为当时师父对我说了'请'字，我就找人去医治他了。当时，他的性命虽然保住了，但是一直痴痴呆呆的，行动又缓慢，我怕师父见了他难过，所以一直隐瞒了这件事。谁知道最近他的病情突然好转，身体和头脑都恢复如初了，这才带他赶过来，让你们一家团圆。"

孙膑和孙操一起跪下，对公孙闳说："你是我们家的恩人啊！"

公孙闳赶忙扶起两人。

孙卓这时走了过来，说："哥，我记得当时有人刺杀你，我帮你挡了一剑，后来我就什么都不知道了，你真的没事吗？"

"没事，我当然没事，多亏了你把他们都打跑，我才能安全啊。"

说完，孙膑的眼眶已经湿润，随后吟道：

> 驾白马于无垠兮，纵天地为驰骋。
> 心属天宫之皓月兮，叹风云之不测。
> 先兄弟之无情兮，后手足亦不全。
> 君王起于微末兮，爹娘之恩犹似海。
> 吾情之不恓兮，恨此心皆深负。
> 逃楚地得苟且兮，幸梦月而悔悟。
> 叹宿命之难违兮，得天谴余不怨。
> 唯银枪起锈钝兮，仍故步于此间。

这时，孙平也来到了屋中，兄弟多年不见，父子四人抱头痛哭。

过了好一会儿，孙操缓了缓心情，说："现在你就有一个弥补的机会，你要用尽你的所学，赢得此次和魏国的大战。"

"如果卿愿意下山，孤便任命你为齐国的兵马大元帅！"齐王说。

"臣不过是一个废人，怎能顶盔掼甲，坐镇中军？如果大王信得过，让臣做军师即可。"

"那孙操依旧为元帅，你为军师，你们父子二人一起出征，应该可以配合得更加亲密无间。"

孙膑脸上露出了担忧的神情，然后又看向孙操。

"你有什么话但说无妨，不必顾及我的感受。"孙操说。

"大王，此举不可！我若为军师，父亲则不可为帅。"

"为什么？"

"帅为父，则膑有很多事情不便对他指指点点。军师在出谋划策时瞻前顾后，这在军中是大忌。"

"如果不用孙元帅，又有何人可担此重任？"

"请大王重新起用田忌！"

孙操也走上前说："小儿所言有理，请大王复用田忌元帅。"

孙操看着孙膑说："这是你欠他的，也是我们孙家欠他的，而且我早该休息了。"

"多谢爹的理解，田忌元帅当年是受罪臣的拖累，才被贬为庶民，其实他对大王和齐国一直忠心耿耿，臣和他配合得也更加默契。"

"好，传孤的旨意，复用田忌，立即将其召回临淄听候调用。"

几个护卫立即带着齐王的口谕离开了。

屋内的几个人重新落座，齐王再次问孙膑："卿认为此战胜负将会如何，你有几成胜算？"

"无论魏国再强大，庞涓再勇猛，经过几番大战，相信魏军上下现在一定已经身心疲惫，我以精壮之师战魏军，至少有七成胜算。"

"在这种情况下，由卿出手，依然不能保证必胜吗？"

"罪臣之前没有说谎，战场之上瞬息万变，没有绝对的必胜，也没有永远的胜利。"

"但是庞涓就可以做到每战必胜、'万胜不败'，这些年来，各个诸侯国有很多机会打败他，但最后都没能成功。虽然当年卿也有机会取胜，但是毕竟也没有真的把他彻底打倒，难道这是他的天命吗？"

"道家有云：'祸兮福所倚，福兮祸所伏。'没有什么事情是绝对的，天命也是天谴。"

"孤不懂，诸侯之间互相征伐，不就是为了赢吗？赢的背后能有什么祸呢？"

"赢有小有大，有近有远，各不相同。"

"愿闻其详。"

"小胜可以是一次对决的胜利，也可以是小规模战斗的胜利；大胜是一场战斗的胜利，甚至是灭国的胜利，在此期间，对于小胜便要有所取舍。

近胜是今时今日的胜利，是眼下这场战斗的胜利；远胜重在长久的胜利，在此期间，对于近胜也要有所取舍。

在一场对决之前，要考虑接下来的对决怎么做，也要考虑以后的战斗怎么做；在今天的战斗之后，要考虑以后的战斗怎么做，哪怕是在灭国之战后，也要考虑以后该如何面对周围的势力变化。庞涓之不足，便在于此。"

"还请卿明言。"

"不知大王可知道当年我帮田忌元帅赢得赛马的故事？"

"略有耳闻，孙子让田忌用下马对先王上马，先输一局，然后用上马对中马、中马对下马，最后反败为胜。"

"为将者不但要料其胜，更要料其败，该进则进，该退则退。罪臣当年若三次比试都求胜，则一定不能获胜，所以一定要有所取舍。先输一局，以退为进，才能得到胜利的机会，这就是为了远胜而放弃近胜。

庞涓下山十多年以来，一直在胜，无所谓舍得，无所谓进退，只是一味地赢，这实在是有违兵法之道。之所以到现在还在赢，是因为他个人的智谋远胜其他人，而且魏国的国力也远胜其他诸侯国。

比如，当年他进攻赵国，只是想赢，却没想过赢了之后该怎么办。虽然魏军攻破了邯郸，但是最后迫于形势不得不撤兵，破其国而不能灭，这只是在积累仇恨。又比如，这次各个诸侯国都来韩国和魏军交战，我能看破其中蹊跷，相信庞涓也一定看破了，但他仍然不退。就算他最后赢了，也一定是一场惨胜，得不偿失。

得到庞涓之后，魏国一直赢到了今天，这是他的'得到'。但以庞涓的做法，一旦败一次，就是对他自己的信心和魏国实力的巨大打击，甚至他有可能从此一蹶不振。所以说，胜利是他的天命，也是天谴。"

"卿此言真让孤茅塞顿开。那么，什么时候该胜，什么时候又该败呢？"

"这并没有定数，唯有遵循一个'势'字。决策者应时刻提醒自己要着眼全局，不要困在当下的胜负欲中，具体的决断，全看决策者个人的判断了。但还是那句话，世上没有真正的'万胜不败'，很多事情再聪明的人都预测不到。"

说完，孙膑抚摸了一下自己的膝盖。

"比如罪臣现在能做的，就是每天勤加练习，不要让自己成为一个彻底的废物。"

"卿这些年所经历的困苦远超常人，然而还能如此聪明睿智，真神人也。如今，孤能得到卿的辅佐真是荣幸之至。"

"罪臣常年居于山林之间，不过一介戴罪匹夫，与世隔绝多年，早已身心俱废。世间能人辈出，罪臣怎敢不自量力！"

"你在这里隐居应该也有些感悟吧？给孤讲讲。"

孙膑说："膑出山那年年满二十，血气方刚，不知世事难料、人心叵测，自认为以我的才干，必然可以名扬天下，功成名就。我无数次想象在两军对垒之时，我身骑白马，手持银枪，纵马直取敌军上将首级而血不沾身，再潇洒地离开。我想这不仅是罪臣自己的想法，也是每个英雄少年都会有的想法。心怀梦想，英勇无畏，永远不会想到有一天失败会落在自己身上。

但是，现实永远不会如我所料，世上没有人可以一直顺利。马会疲惫，会受伤，会衰老，会染血，会跌入泥泞；枪会磨损，会老化，会被丢弃。天有不测风云，战场形势各不相同，对手更是有强有弱，强敌难胜，弱者也有自己的一技之长，最终能在战场上活下来就已经不容易，更别说永远保持那一身的洁白。

而且，危险不仅仅来自前方，来自左右，甚至有可能从天而降，或是从自己的背后出来。这每一道关卡都难以预测，没有人可以确信自己能够完全通过这些考验。真正经历过磨难的人才会明白，前方的道路充满泥泞，有太多的人从一开始就退缩了，也有太多的人中途放弃，还有太多的人葬身其中。从无数的白骨中能够爬上岸，就已经极为难得。到那个时候，自己可能会遍体鳞伤，可能会衣不蔽体，可能会面容狰狞，可能会一无所有，可能让别人看到自己的模样就感到恶心，但是没有人会嫌弃那个时候的自己。

白马银枪，永远是一个美好的梦。梦终会醒，但没有梦，就更没有赢的可能。"

第九节　第四战

不出意料，韩国给魏国送来了战书。经过连番征战，魏军已经显露出疲惫之势。苏秦知道，魏申知道，庞涓更知道，但现在撤军无异于向天下宣布，自己战败了，而且是败给了韩国这样的诸侯国，这是庞涓更加不能忍受的。

战场之上，燕军摆出一个看似松散的阵法，为首的将领是元帅秦开，他手持大刀，耀武扬威。

"对面可是魏国的'万胜不败'元帅庞涓？"

"不错，这次又是哪国的兵将来挑战？"

"我打着韩国的旗，自然是韩国的人马。"

"明人不说暗话，你明明是燕赵之地的口音。赵国的大将我都认识，你应该是燕国人吧？"

"庞元帅天下无敌，这实在是下下之策。你竟然能连胜三阵，果然不负'万胜不败'之名，但庞元帅就算是钢筋铁骨，想必手下兵卒也已经损失过半而且十分疲惫了吧？"

"所以，你认为你现在就可以赢我吗？"

"现在就是我的机会。"

秦开舞刀来战，庞涓背后的魏申冲出来举枪应战，两人杀在一处，刀枪并举，战到三十余个回合，不分胜负。

秦开毕竟经验丰富，庞涓顾及魏申太子的身份，以防有失，便亲自提枪来战，换下了魏申。秦开和庞涓又大战了三十个回合之后，回身败走。庞涓放慢马速，观察着秦开的一举一动。

只见秦开走入阵中，这个阵法看起来稀松平常。庞涓指挥人马冲了过去，当冲到离燕军一箭以内时，燕军前排闪出一排弓箭手填补了空隙，原本稀松的阵法瞬间变得井然有序，弓箭手的箭头都带着火，随后向空中一举，只见密密麻麻的箭矢如雨点般落下。

庞涓用枪拨打，有的箭矢落在了地上，有的箭矢落在了魏武卒身上，他一旦停手就会立刻殒命，这让他的内心无比挣扎，但也只能坚持着，再抽空指挥后退。一字长蛇阵很快撤到了安全的地段，魏武卒纷纷举起盾牌抵挡，无奈四周火起，重重的铠甲成了巨大的负担。魏武卒纷纷脱去盔甲，此时阵形已经散乱。秦开下令停止射箭，指挥兵马包围过来，将魏武卒和一字长蛇阵割裂开来。此时，魏武卒已经毫无战斗力，举步维艰，一字长蛇阵也无人指挥，加上连日征战的疲惫，魏军大败近在眼前。

秦开看到胜利在即，心中大喜。十多年来，庞涓从无败绩，今天眼看那面不败的大旗就要输在自己手中，从今以后，自己在各个诸侯国中的地位也将提高好几个级别。

"庞元帅，不要做困兽之斗了！立刻投降我还能保全你的性命，否则，刀枪无眼，别怪我无情！"

庞涓观察四周，看到火势的速度觉得有些不正常，显然这地方早就被对方布置了引火之物，因为自己太冒进，中了敌人之计。眼下唯一的办法就是冲出去，重新指挥一字长蛇阵，这样还有一丝翻盘的可能。

庞涓带着魏申冲杀，但是他杀到哪里，秦开就指挥人马包围到哪里，层层人马使他根本无法冲出去，加上魏武卒散乱的阵形和地上凌乱的箭矢、兵器阻碍，真是叫天天不应，叫地地不灵。

庞涓仰天长叹，说："如果徐甲、侯英尚在，便不至于此。难道天意要我败在此地吗？"

一旁的魏申说："元帅莫慌，请将虎符交给我，元帅先引走重兵，让我冲出去指挥一字长蛇阵。"

"你独自冲出去太冒险了。"

"现在没有别的办法了！"

庞涓没有别的选择，于是高举虎符大喊："我等是不败之兵，岂能被俘受辱！兄弟们随我杀！"

随后，他将虎符交给魏申，自己身先士卒，带着人马朝秦开杀过去。秦开指挥重兵包围，拦截庞涓的去路。

"庞元帅既然要自投罗网，那秦某便不客气了！"

两军厮杀在一处，场面甚是惨烈。

魏申朝另一个方向冲杀过去，虽然也十分凶险，但毕竟大多数兵马都被庞涓吸引走了，不久，他终于成功冲出重围。

只见另一边的一字长蛇阵如同没头的苍蝇，已经不成阵形，被燕军杀退。魏申冲入阵中，高举虎符大喊："不许乱！违令者斩！"

有要逃走的，被魏申纵马赶上戳死了几人，周围立刻变得安静下来。

魏申再次高举虎符，喊道："现在元帅被围，我们要去解救他，岂可自乱阵脚！现在一字长蛇阵由我指挥，速速恢复阵形，跟我去解救元帅！"

一字长蛇阵内的众兵将见到虎符，又见有人压阵，立即恢复阵形，开始听从魏申的指挥去解救庞涓。

秦开眼看胜利越来越近，已经准备亲自上前活捉庞涓，这时，他忽然听到前方有一阵喊声传来，有人报一字长蛇阵再次杀回来，要突破重围和魏武卒合兵一处。

秦开放下庞涓，来到一字长蛇阵这边，只见魏申在中军指挥，一字长蛇阵井井有条，至少恢复了庞涓指挥下的七成威力。

秦开懂得破解之法，朝着中军杀过去，魏申不和他战，一心指挥一字长蛇阵包围，过了一会儿，又用五层包围圈截断了秦开和其他人马的联系。秦开奋勇向前，冲破了四层，眼看要杀到魏申跟前，又听到背后杀声四起，原来是庞涓带着魏武卒冲了过来。魏申看到庞涓，便也拿枪冲过来，秦开腹背受敌，见难以取胜，准备斜刺着冲出来，再次指挥人马与庞涓等人对战。庞涓张弓搭箭，一箭射中了秦开的右臂，秦开负伤逃走了。

庞涓没有立即收回虎符，而是让魏申继续指挥。一字长蛇阵像鞭子一样，狠狠地抽打着燕军，秦开狼狈败走，魏军终于反败为胜，庞涓长舒了一口气。

魏军眼看离韩国都城新郑已经不远，一旦到了新郑，韩王想要嘴硬也不可能了。

庞涓整顿人马，这一战损失惨重，魏军还剩下不到七万的可用之兵。魏申成功突围，指挥一字长蛇阵回援，功劳最大。

看到魏申成长迅速，以后也足以独当一面，庞涓非常欣慰。得到了庞涓的赞赏，魏申也十分欣喜。

不久，苏秦也回来了，他全身被熏得焦黑，所幸坚持到了最后，没有受什么重伤。魏军暂时歇息，等待粮草送来后继续前进。

第十节　出征

"爹，有一件事孩儿还有疑虑，请爹告诉我该怎么办。"

"你说。"

"我不想和他为敌，他也一定不想和我为敌。但这又好像是我们的宿命，能逼大王请我出山的，这世上应该只有他。"

"实话告诉我，你到底有多少把握赢？要知道这些年来我们再也没有操演过你的阵法。"

"孩儿有十成把握。"

"你和庞涓的恩怨是你自己的事，如果想暗中帮助他我也不干涉。我只希望你记住，如果你还在乎我，在乎孙平，在乎我孙家满门的性命和名声，就一定要赢这场仗。你是聪明人，应该知道这次胜负的重要性。"

"孩儿自然知晓。"

"对了，你的'白马银枪论'有一点说得不足。"

"哪里不足？"

"你说能成功就不容易，但其实有很多人为了能活下去就已经拼尽全力了。《诗》曰：

> 何草不玄？何人不矜？哀我征夫，独为匪民。
> 匪兕匪虎，率彼旷野。哀我征夫，朝夕不暇。

都说我齐人贪图安逸，但谁想妻离子散，谁想背井离乡，谁想朝不保夕，谁想和无冤无仇的人以命相搏？士兵是我们手下的棋子，而我们也不过是君侯们手下的棋子而已。"

齐王和孙膑商议，由孙操、孙平先回临淄点齐人马，一边等田忌，一边等齐王和孙膑返回。

因孙膑腿脚不便，齐王一行人经过一个多月才回到临淄。一路上，两人每天都在谈论用兵和治国的方法，齐王受益匪浅。

回到临淄后，齐王询问朝中之事，邹忌奏道："目前韩、秦、楚、燕四国皆败，赵国已经派人前来催促出战，见臣迟迟无法给出明确答复，赵国使臣就回去了。大王去请孙膑此举实在不妥，当年齐国已经因为他失信于赵，现在不仅失信于赵，还失信于天下诸侯啊。"

齐王道："孤此去见到孙卿其人之后，更加确信亲自前去是值得的。齐国有他为军师，一定可以战胜庞涓。而且在归国的途中，孤与孙卿谈及丞相的治国之道，孙卿也多有称赞，所以关于他的事情，卿毋复言了。"

"臣担心他故态复萌，危及大王。既然大王如此说，臣便话止于此，不再提了。"

齐王看着孙膑说："卿此次打算如何调兵遣将？"

"当以田忌为帅，臣为军师，直取魏国都城大梁，逼庞涓回援。同时，把这个消息宣告于天下，打出齐国的名号，以示我齐国要与韩国站在同一战线对抗魏国，而不是像其他五国躲在韩国旗号的背后出兵。如此，可以不失信于天下诸侯。"

"既然要救韩，为什么不直接去新郑？"

"庞涓数战皆胜，士气正盛。如果此时正面交锋，胜负难料，不如逼他回援，也可挫他锐气。"

"军师妙计！即日起，田忌官复原位，卿为军师，你们二人一起领兵出战！"

教军场上，小蝶推着孙膑的轮椅来到中军，站在他们眼前的是一个久违的人。

田忌瘦了很多，眼睛也有些塌了下去，从元帅到贬为庶民，这些年他过得很苦。但是现在，他眼睛里的光依旧如前。

"你回来了！"田忌说。

他笑着扶着孙膑的轮椅，那笑容和当年孙膑告诉他如何在赛马中赢齐威王时一样。

"元帅受苦了。"孙膑说。

"有什么苦的，最后不还是我当元帅，你当军师，对手还是庞涓，什么都没变啊，哈哈哈哈！"

"元帅可以不怪罪，但孙膑知道元帅受这样的苦都是因为我的连累，这句'对不起'还是要说的。"

"从你帮我赢庞涓的那一刻起，无论你做什么我都不会怪你。"

孙膑充满感激地看着田忌，这时，旁边突然有人用枪直取田忌。田忌毫无防备，但是孙膑眼明手快，一把推开田忌，才躲过了这一枪。

孙膑看此人身高九尺，虎背熊腰，是一位少年将军，眉宇之间一团英气，他看着田忌，双眼充满了不忿。

"你凭什么当元帅？这元帅的位置应该是我的！"

"你是谁？"孙膑问。

少年将军看着孙膑说："这帅位应该是我的，你住在深山老林里，不知道世上能人辈出。我田盼打遍齐国无对手，而你却只知道推荐田忌做元帅！"

"原来你就是号称'齐国第一猛将'的田盼，久仰大名。"

"原来你知道我的名号，那为什么不让我做元帅？"

"我当然知道你的厉害，但是当元帅要懂得排兵布阵、统筹谋划，这些你知道多少？"

"不过是上阵杀敌而已，没人能比我杀得更多。"

"果然是英雄少年，但你一个人能杀几个人？在对方的阵法面前，你单枪匹马可能一个人都杀不了，甚至还会打乱自己的阵形。"

"你怎么知道我做不到？"

"因为没人能做到，连号称'魏国第一猛将'的魏错也做不到。"

"我早就想会会他！"

"但他实在是太厉害，我怕你会输。"

"你瞧不起我？"

田盼走出数步外，挥舞着手中的枪，一杆枪被他耍动得虎虎生风，出神入化。练罢，他收起枪，气不长出，面不改色。

孙膑笑道："齐国后继有人了。田盼，这次的元帅是田忌，这是大王的命令，王令如山不可更改。但先锋官的位置还有空缺，不知道你敢不敢做？"

"有何不敢？"

"这次先锋官有一个必须完成的任务，你确定你能做到吗？"

"军师请说。"

"必须赢魏错！"

"末将一定做到！"

田忌说："以你的力气应该用一把好枪，我的浑铁点钢枪当年被一个狂人打断，后来又找人重新锻铸了一杆更重更结实的，但我这些年一直没碰过它，这杆枪就交给你吧。"

田忌让四五个兵卒一起把枪扛过来，田盼一把抓过枪，依旧挥舞如飞，感到十分趁手，不禁开心起来，对田忌和孙膑千恩万谢。

齐国王宫中，邹忌带着一个人私下求见齐王。

"大王，臣知道大王信任孙膑，但知人知面不知心，当年先王也曾对他十分信任，所以这次出兵还请大王谨慎对待。"

"卿有什么建议？"

"靖郭君是大王之弟，足可信任。大王可以请他为监军，可保万无一失。"

靖郭君名田婴，是齐王之弟，封邑在靖郭，故以此为称呼。

"王弟可愿随军出征？"

"愿为王兄分忧。"

出征在即，孙膑和小蝶在临淄城中闲逛。城中人来人往，街边小贩吵闹不停，一派热闹景象。

"你喜欢的话就去玩吧，我在这里等着你。"

"好的，公子！"

小蝶跑入人群，孙膑看着开心的小蝶，隐隐约约好像看到她身边出现了一个神色平静的白衣女子，和她一起跑来跑去。

不知何时，他的思绪又回到了十二年前的那个黄昏。

"我知道一个地方，比安邑还要好。那里的人比安邑多，好玩的东西也比安邑多得多，那里的人也比安邑的人更快乐。"

"真的有这样的地方吗？那是哪里？"

"齐国都城临淄，我的家。将来我带你去玩吧！"

"月，你喜欢这里吗？"孙膑轻声说道。

不知何时，孙膑的眼眶已经湿润。

"公主，你喜欢这里吗？"小蝶轻声说道。

不知何时，小蝶的眼眶已经湿润。

第十一节　再围大梁

田忌点齐三十万人马，大军起程在即，监军田婴面见孙膑，说："公孙闲对我说过，当年大王封我薛地的时候楚国不同意，并以出兵威胁，是先生教他如何具陈利害说动楚王，才有了我今天的地位。"

"公孙闲聪明过人，当时却在识人方面不甚精通，我只是略加点拨。在楚王面前如何劝说都是他自己的能力，孙膑不敢邀功。"

"军师多少也于我有恩，我就知无不言了。其实，此次我为监军，乃是丞相邹忌的意思。"

"孙膑犯过的错早够自己死无数次了，丞相有这样的猜疑并非没有道理，我可以理解。只是我看先锋官年轻气盛不好管束，希望靖郭君相助。"

"只要对赢得胜利有帮助，我义不容辞。"

"我先请求一事，小蝶这些年来一直帮我推轮椅，照顾我的起居，我已经离不开她了，但是军中不能有女眷，所以，我希望靖郭君能网开一面。"

"军师情况特殊，这是自然，将军师交给男人照应我也不放心。"

"多谢靖郭君。"

两人来到教军场上，田忌在宣读军法军纪，只见先锋营的队形十分散乱，军士们之间也在互相吵闹。孙膑和靖郭君来到先锋营，见先锋田盼正在和周围的兵卒打闹，一会儿又拿起那杆浑铁点钢枪舞动起来，旁边的人不停地叫好。

田婴面色铁青，走上前呵斥道："你身为先锋官目无军纪，出征在即，却在此嬉戏打闹，成何体统？"

"叔父何必如此认真，以我的武艺，魏国绝对没有人是我的对手。"

"你从没出征过，怎么敢如此夸口！"

"叔父，不是侄儿夸口，就算是元帅在我面前也走不了十个回合。"

"那我们打个赌如何？"孙膑说。

"赌什么？"

"赌你能不能赢我。"

"你？哈哈哈哈，军师，你在开玩笑吧？"

"如果你赢了，我们就不再管你，从今天起你不受军纪管束；如果你输了，就要跟我学习枪法。"

田盼把枪往地上一杵，好像地都要震起来了。

"军师，你一枪都接不住。"

"我当然接不住。刀枪无眼，我们换棍比试，我身体不便，你就用三分力和我比试吧。"

"三分力？这可是军师你说的，如果伤了你，别怪我。"

"自然不会。"

两人取了长棍，田盼也找个地方坐了下来。他只用了半分力，使出一棍朝孙膑扎去，孙膑一挑，竟将田盼的棍挑飞了。

田盼的表情立刻严肃起来，他再次审视眼前这个坐在轮椅上的人，发现他的力量远超自己的想象。

"我小看你了。"

"我刚才说过让你用三分力。如果这就是你的三分力，那我可能过于高看你了。"

"我只用了半分力，但是这次不会了。"

田盼把棍子捡起来，开始认真地对待孙膑。孙膑面对用了三分力的田盼，觉得有些吃力，两人斗了三四十招，孙膑一棍点在了田盼左肩头。田盼不服，仍然继续进招，又过了三十招，被孙膑一棍点在了右肩头。他继续纠缠，十招过后，被孙膑一棍点在心口。

田婴说："住手吧，胜负已分。"

田盼不服，但无话可说，只能低头不语。

"你的临场经验太少，只是靠蛮力取胜。如果在战场上遇到和你力量差不多的人，即使对方枪法不如你，但凭借经验也能有很大的赢面。更何况以你的枪法，也完全不是五年前魏错的对手，而我也还有很多招式没有用。"孙膑说。

"你在齐国靠力量就能做到最强，但是天下之大，山外有山，人外有人，现在你知道厉害了吗？"田婴问。

田盼也不嘴硬，双拳一抱，说："军师，田盼输了，我服你。从今天起，你让我做什么我就做什么。"

"魏错是庞涓的徒弟，用的是他的枪法。我和庞涓师出同门，也教你这一路枪法，你只要认真练习就足可和他相敌，但我临场经验也不足，这一点你要向元帅请教。在到达大梁之前，你务必认真学习，大梁之战胜负难料，所以，你和魏错的一战至关重要，因为这是不能输的一战。"

"哦，这一战如此重要？"田婴问。

"靖郭君有何不解？"

"都说军师是先求败后求胜。与先王赛马时，先以下等马之败来换取上、中马之胜；桂陵之战时，先以平陵之败换桂陵之胜，而现在你说这次首战就要必胜，确实出乎意料。"

"我不知这种说法从何而来，也从来没有说过要先求败后求胜。对孙膑来说，在乎的只是势而已，如果赢可以让势在我，就要赢；如果败可以让势在我，那就败，无所谓先后。这一战，我们练兵的时间有限，攻城又不占地理优势，所以只有在斗将中获胜，才能逼庞涓尽快撤军。"

"军师所言甚是，田婴佩服。"

从这天起，田盼向孙膑学习枪法，加上又有田忌在旁指点，进步很快，孙膑甚是满意。

一路上，齐军势如破竹，魏国境内无人阻拦。没过几日，齐军已经来到大梁城下。城中早已得报，魏王听到孙膑的名字，心中暗叫不好。

庞涓外出，魏卬已登朝入殿，因为当年他私自允许璞月进晋阳城，造成庞涓和自己反目，此后，他便一直托病不出，只有庞涓外出时才上朝。虽然魏王多次劝说庞涓，但是庞涓不为所动，魏王无法，只好如此。今天大兵压境，魏卬请求率领一队人马和魏错一同出战，魏王当即同意了。

两军对阵，田盼率先出马。魏卬久未出战，舞刀来战，刀枪一碰，魏卬虎口崩开，赶忙回马就走。田盼紧追其后，一枪刺向魏卬后心，就在这时，有个人使出一杆丈八点钢枪拦住田盼。

田盼看来人，和自己一般的身高，一般的虎背熊腰，手中使的枪也和自己一般粗细，于是说道："你就是从无败绩的'魏国第一猛将'魏错吗？"

"不错，你是何人？"

"我乃是人称'齐国第一猛将'的田盼！早就想和你一会了。"

"你就是田盼？我也颇有耳闻。"

面对对手，田盼激动得浑身颤抖。

"你在发抖？如果怕了，现在回去还来得及。"

"不，我发抖是因为今天终于可以尽情一战了。"

"你知道你为什么是'齐国第一猛将'吗？"

"为什么？"

"因为你没在齐国遇到我。"

"哼，你被称为'魏国第一猛将'也只是因为我没生在魏国而已。"

"夸口！"

"狂妄！"

此时的大梁城下，丈八点钢枪再遇浑铁点钢枪，齐国第一猛将对阵魏国第一猛将，左把枪大战右把枪，最强之战一触即发。

第十二节　最强之战

大梁城下的这场关键之战、最强之战即将开启。两人的肩上都担负着重要的责任，输赢胜败关系着各自国家国运的兴衰。

只见两匹马交错而过，两杆枪碰在一处，响声震天，战场中央尘沙扬起，两边的将士都看得目瞪口呆。

当世少有的两员虎将，用一样的枪法，就在这大梁城下大战了一百个回合，难分胜负。两边各自换马再战，又战到战马力竭，仍然不分胜负。眼见天已昏暗，两边各自撤军，两人也都在心中赞叹，平生难得遇到这样的对手。

第二天天光大亮，两人再次出战，杀得天昏地暗，眼看又到了黄昏。两人的枪压在一处，一个向上，一个向下，互相角力。突然，两人互相对视一眼，同时把枪收了起来。

"不愧是'魏国第一猛将'，我听说你因为练枪太用力伤了右手，才改练左把枪，如果不是因为这个原因，我可能早就输了。"

"正因为我练了很多左把枪的招式，才显得更加难以捉摸，你能坚持到现在，让胜负更加难以预料了。"

两人竟然惺惺相惜，随后各自回归本阵，当日休战。

田盼回营之后，孙膑说："我看你们两个人的武艺一般高强，恐怕一时难分胜负，但是我们没有那么多时间可以耗下去了。"

"他是一个很好的对手。"

"我们这一战必须赢。"

孙膑说完，看了看田婴。

田婴走过来说："军师说得对，这是战场，不是你们比武较量的场合，再不分出胜负只怕会贻误战机。如果我们输了，就意味着魏国以一国之力打败了天下，后果不堪设想。"

"但我并非不想赢，而是那魏错确实是一员猛将，无法轻易取胜。"田盼说道。

"我要你赢，但不是要你每一招都赢，我教你的回马枪呢？"

"败中取胜，非君子所为。"

"赢的人才是君子。明天再不用回马枪，就用你的人头见我，我孙膑说到做到！"

田盼心中不服气，但是无可奈何。

第三日，两人又战在一团，一百多个回合之后，双方又回去换马。孙膑看向田盼，向他示意。

田盼回到战场之上，在战到五十个回合时，卖个破绽回身就走，魏错战得兴起，紧随其后。田盼看到对方追上来，一枪刺去，这时魏错才意识到田盼的枪已经到了面前，赶忙躲闪，同时用枪格挡。田盼枪头一转，一枪正刺在魏错的左手上。

魏错受了伤，惨叫一声，把枪换到右手，斜刺着冲了过去，田盼看到对手走远，也不追赶。田忌想指挥人马阻拦，被孙膑拦住了。

"不必了，我正要他把这个消息传给庞涓，上一次我们用失败迷惑庞涓，让庞涓不要急着回来救援，我们才能出其不意地包围大梁。这一次，我要以胜利逼庞涓以最快的速度回来，让他意识到局势危急，这样才能解救韩国。"

当年为了打败庞涓，孙膑以赵国为诱饵；今天为了救韩国，孙膑以自己为诱饵。

田忌看着眼前的这个人，想到人们都说他是因为变回了原来的自己，才会得到齐王和孙操的原谅，现在看来，原本的他确实值得尊敬。

魏印带人冲杀过来，想解救魏错，田忌一把拦住，两人缠斗在一起。一旁的田盼怒从心头起，也冲杀过来，魏印不敢交战，退回到阵中指挥。田盼冲进魏军阵营，田忌带领人马紧跟其后，以防田盼有危险。这一阵冲杀让魏军气势大挫，不得不败退回城中。

回到中军大帐后，田忌问："军师，接下来是该攻城还是保存实力？"

"围而不攻即可。"

田婴不解地问："为什么围而不攻？现在庞涓不在，正是我们攻城的时机。"

"庞涓得到魏错的报信，看到他受伤，必然会立即撤军。攻下大梁城至少需要几个月的时间，到时候我们一定会被内外夹击，这就犯了兵家大忌。"

"等庞涓回援大梁，那时候我们该怎么办？"

"撤。"

"撤？庞涓在韩国五战，即使全胜也必然损伤巨大。面对这个战胜他的好机会，我们为什么要撤？"

"即使他三十万人马只剩三万回来，我们也打不过他，毕竟现在的这支齐军不是五年前的那支齐军。"

"我们三十万人马，他最多只有五万疲惫之兵，我不信赢不了他。"

田盼也说："我就不信我这杆枪赢不了他！"

孙膑看向田盼，呵斥道："今天因为你在阵上胡乱冲杀，所以元帅不得不过去领兵保护你，万一你有危险那就耽误了大事。看在你赢了魏错的功劳上，我今天不追究，再敢如此任性，我就要用军法了！"

田盼低着头，不再说话。

孙膑对田婴说："这十多年来想在战场上打败庞涓的人太多了，但没有一个人能做到。我想避实就虚，引他追击，到时候再设伏围攻，或许还有胜利的希望。就算我们输了，也解了韩国之危，我齐国也算不负众诸侯国。"

"你确定他会追？"

"我有办法让他追。"

"他率领如此疲惫之师回来，应该休息才对。"

"因为他是庞涓，所以他一定会追。"

"如果他不追，军师的计策是不是就全盘皆废了？"

"是。"

"既然如此，对大梁围而不打、保存实力可以，但不和庞涓一战，我作为监军不能同意。"

"既然如此，到时候我和元帅带领十五万人马先撤，靖郭君和田盼带领十五万人马和庞涓一战吧。如果赢了，我们就杀回来，攻陷大梁；如果败了，我们也方便接应。"

"就这样决定！"

计议已定，齐军包围大梁城，围而不打，魏国城中的兵卒也冲杀不出去，只能等庞涓来救援。

一阵风吹来，掀起营帐，也把帘子吹了起来，阳光洒在孙膑的身上。他看到眼前两个巡逻的士兵交错而过，在两人后背分开的一瞬间，孙膑的思绪瞬间回到了五年前。同样在大梁城下，那天，他终于见到他心心念念的人。

但那个时候的他，不是真正的他。

他恨那个时候的自己为什么那么偏执，那么愚昧，但发生过的事现在已经无法挽回了。

"我推你出去走走吧。"

"好。"

小蝶推着孙膑来到可以看到大梁城墙的地方，驻足观望。

"你们真的要打吗？不打的话你们还是很好的兄弟。"

孙膑没有说话。

"你不是说，你们约定将来第三次决胜负只是当时他给你的台阶吗？你真的要不打败元帅不罢休吗？"

小蝶说完，蹲在地上哭了起来。

"你应该知道，师弟他刚出山的时候，连杀人都做不到，现在他却是杀人无数的不败战神。但我知道他其实很孤独，没有真正交心的朋友。这是他想要的吗？他有他放不下的执念，我也有我必须还的债，他的无奈和我的无奈是一样的。"

"我不管，我不管，我只想你们都好好地活着！"

"你不要哭了，我答应你，我一定会让他活着。"

第十三节　第五战

新郑已在眼前，此前一次又一次的战斗虽然艰苦，但是到了这里，也就意味着战争将要结束了。

这一战结束之后，魏国和其他国家都会损失惨重，但赢的一方总归是收获更大的那一方。

对手就在眼前，庞涓观察着他们，这次的人数远不如之前的四战，足见各个诸侯国的士气已经低落了许多。

庞涓不再挑战，直接指挥魏军进攻。对方将领看魏军冲了上来，也指挥人马应战，虽然人数和魏军相当，但在魏军面前不堪一击，只是稍作抵抗就败退了下去。

"追！"

庞涓一声令下，令旗所指之处，魏申一马当先，带头冲锋陷阵。

对方的败军一直败退出去数十里。这时，庞涓忽然听到一声炮响，看到从左右两边杀出一支人马，分别由韩王和暴鸢带领，三路人马一起夹击庞涓。

"雕虫小技。"庞涓说。

他再次指挥一字长蛇阵迎敌，拦住左右的两支人马。

魏军此前损失不小，又是疲惫之师，现在竟然和三路人马杀个旗鼓相当。

庞涓亲自上马提枪，直取韩王，两人交手数个回合后，韩王急忙奔走。暴鸢看到韩王被庞涓追杀，丢下人马过来救他，庞涓一手持枪一手持剑与暴鸢僵持在一处。

魏申向前追击，对方将领且战且退，眼看已经到了黄河岸边，再退便是滔滔河水。

魏申用枪指着对方说："现在你已退无可退，快快投降，本将军饶你不死！"

对方把枪指向天，说："兄弟们，还记得五年前的血海深仇吗？五年前魏国杀了我们多少人，让我们受了多少屈辱！今天既然已经到了绝路，我唯有死战而已！你们要降要战，我绝不怪罪。"

他身后的将士齐声高喊"报仇"，声势震天，魏申听到后也不禁生出敬畏之心。

"随我杀！"

对方说完，直奔魏申，两人双枪并举斗到四五十个回合，对方力怯，便退回了本阵。魏申正杀在兴头上，想在取胜之后回身帮助庞涓，便指挥人马冲了过来。两军短兵相接，呐喊声响震天际。忽然，一支冷箭射穿了魏申的护心镜，从他的胸膛穿了过去。

魏申高举手中枪，喊道："杀！"

话音刚落，他便跌落马下，对面的人马冲杀过来，将他砍成了肉泥。

庞涓正在和韩王、暴鸢缠斗，突然心惊肉跳，想到魏申孤军深入，担心他有危险，便舍弃了两人，朝魏申的方向追过去。在距离魏申人马的不远处，就看到魏申被一箭穿透胸口，跌了下去。

庞涓大喊一声，冲向对面冷箭的方向，对方的人马如波开浪裂，看到庞涓都纷纷躲避。射中魏申的那员将领，看到庞涓过来，被他的威势所惊，一时间措手不及，被庞涓一枪刺中了喉咙，当场殒命。

对面的兵卒都面露恐惧之色，刚才的士气已经荡然无存。

"是庞涓！"

"是'万胜不败'！"

"是杀人不眨眼的杀神！"

庞涓愤怒地看着他们说："你们要背水一战吗，那就都给我淹死在河中吧！"

将军怒目，眼中不只是仇，不只是恨，还有对前方的迷茫，对命运的控诉。

"为什么刚刚崭露头角的年轻将军要马革裹尸？

为什么有贤王气度的太子惨死疆场？

为什么每个对我重要的人都要离去？

为什么我到头来，只能看着自己越来越孤独？"

右手枪，枪出如龙，千军横扫。

左手剑，气动四方，势如破竹。

庞涓如杀神降世，杀得对面溃不成军，死伤无数。韩王和暴鸢看到打败庞涓的机会已经来了，带着韩军包围过来。庞涓筋疲力尽，拼命支撑着自己不要倒下。

"庞涓，今天你必败无疑了！"

韩王说完，催动人马将他层层包围，自己却不敢上前。但凡有人靠近，庞涓就一枪一剑地立刻取他性命。

但是韩王知道，只要耗到庞涓倒下，这场战斗的胜利就彻底握在自己手中了。

就在此时，韩王身后突然大乱。

"没听说还有其他人马会来给魏军助阵，这人是谁？"

韩王回头一看，只见自己的阵形被冲乱了，有一个人手持长枪冲了过来。元帅暴鸢迎了上去，对方高举手中的枪，用力一砸，暴鸢被震得双臂发麻，败下阵来。

来人又冲到韩王近前，一枪刺倒了韩王的马，但没有取他的性命，而是直奔庞涓。

"元帅！"来人喊道。

庞涓看见来人，不禁吃了一惊，说："魏错，你怎么会来这里？"

"元帅，先杀出去再说。"

这时，庞涓才注意到魏错的左手已经受伤。

两人一前一后，冲出韩军的包围，庞涓再次指挥魏武卒冲杀，韩王带着败军退入新郑，闭门坚守不出。

魏军包围住新郑后，庞涓收拾战场，收殓了魏申的残躯。安顿好之后，庞涓落座中军，询问魏错为什么会到此地。

"你来到韩国，是大梁出事了吗？"

"元帅有所不知，齐国复用田忌为帅，以田盼为先锋，以田婴为监军，已经包围大梁了！"

"齐国包围了大梁？"

"不来救援而去围困大梁，这个战法元帅应该很熟悉。"

"孙膑也来了？"

"没错，这次齐国的军师就是孙膑。大梁城的兵马有限，不是齐军的对手，只能让我突围来向元帅报信。"

"可是如今新郑就在眼前，不出数月，不，不出数日，我们就能让韩王投降。孙膑没有时间练兵，齐国的兵马也不会太强，大梁一时半刻不会有事的。"

"元帅，大梁危险！"魏错举起受伤的左手说。

"我们以后还能再败韩国，但大梁城现在一刻都耽误不得。"

他是左手将，左手是他的一切。

大梁现在就像他的左手一样正在遭受痛苦。

庞涓明明赢了，但他却没有选择。

"好，撤军。"

第三天，韩王收到消息，魏军已经不见了。

"到底发生了什么事，可以让庞涓放弃这到手的胜利？"

"无论是什么原因，现在都是追击的好时机。"暴鸢说。

"好，你多加小心。"

暴鸢得令，点齐一支人马沿着魏军撤退的踪迹追击。只见庞涓单枪匹马站在魏军队尾，死死地盯着暴鸢，一旁的"万胜不败"大旗随风飘扬，让人胆寒。

暴鸢只能眼睁睁地看着庞涓撤退，却不敢追击。

"好一个'万胜不败'，到底谁才能把你打败呢？"

第十四节　减灶计

当初约定和孙膑第三战，只是庞涓给自己一个台阶，饶过孙膑一命，想不到两人真的会再次对决。

不过，这也并不意外，世上能阻止庞涓的，也只有孙膑了。

"我能想到这点，别人也可以。我并不想和你为敌，但这就是我们的宿命吧。"庞涓低声说道。

他看着手中的"宿命"，这几战多亏了这柄剑才能取得胜利。

"到底是自己在驾驭宿命前进，还是宿命在推着自己前进？也许很快就有结果了。"

庞涓带着不到五万的兵马赶回大梁，齐军早就得报，孙膑已经和田忌带着一半的兵马撤离。庞涓看到对面的大旗上有一个"田"字，齐军为首的是监军田婴，在他旁边的是先锋官田盼。

魏错告诉庞涓，齐军的先锋官正是打败他的田盼。庞涓回到战车上，指挥魏武卒前进，田盼纵然勇武，但看到魏武卒严密的军阵，也不敢轻易上前。虽然魏军是疲惫之师，但是在齐军面前看起来像是更强大的那一方。

田婴看到这阵势，也终于明白庞涓为什么是"万胜不败"将了。

而魏武卒也正像他看到的那样，魏武卒推进到哪里，齐军哪里就乱成了一片，自己也喝止不住。最后，齐军只好让田盼断后，慌忙败退。

庞涓紧紧地追赶齐军，田忌拦住了庞涓的去路，两边又开始混战一番。但毕竟齐军人数众多，两边杀了一天之后，各自撤军。

大梁之围已解，庞涓并没入城，而是准备继续追击。他让魏错回去养伤，也让苏秦离开了战场。

"师兄，大梁之围已解，这场战斗该结束了，你该歇一歇了，士兵们也该歇一歇了。"

"你知道孙膑在对面，这一战是我们当年的约定，我不能负约。"

"我们回去休整几年，养精蓄锐，以后再战吧。你们都太辛苦了，以这样的状态和孙膑师兄争本来也不公平。"

"他这次一出山就领兵前来，根本没时间练兵，所以齐军才会这么弱，这对他也不公平。你不必劝了，我不打算回大梁。"

"那我也不走。如果见到孙膑师兄，无论你们谁遇到危险，我都会出手。我不想你们任何人再受到伤害了。"

"既然你执意留下来，那我就不强求了。"

这时有人来报，说丞相惠施来了，庞涓让人将其带入中军帅帐。

"元帅在韩国五战五胜，如今又回来解了大梁之围，想必已经很累了。不如先入城休整，不必着急追击齐国。"

"谢丞相关心，我并不打算进大梁城。"

"元帅为何不愿入城？"

"一旦进了城，我就要找魏卬问一个问题。"

庞涓说完，把怀中保存着的韩王散布的流言信笺拿了出来，惠施看罢大惊。

"想必这是两军阵前散布的流言，来扰乱我军军心的。"

"这当然也有可能，但是我清晰地记得当年我去河西的时候，庞家村被人屠戮，他们的样子分明刚刚死了不久，而当时秦军已经撤走了很长时间。如果只把它当成流言，我说服不了自己。当面问清楚这个答案，我又没有这个勇气，毕竟没有他，就没有今天的我。"

"元帅莫急进军，我先去向大王问过此事，一定给元帅一个满意的答复。"

"烦劳丞相。"

惠施带着这封书信入宫，献给了魏王，把庞涓的话也告诉了魏王。魏王看罢，将信扔在一旁，宣魏卬入宫。魏卬先是惊讶，但马上又恢复了平静。

"事情是你做的，你打算怎么办？"

"魏国可以没有魏卬，但不能没有庞涓，罪责全在我一个人身上。等元帅回来，我愿意以死谢罪，但看在大王一直对他推心置腹，还有璞月、庞英的面子上，请他不要为难大王。"

"孤也知道王弟这么做是为了魏国，但国事在前，孤也没有办法，该面对的终归逃避不了。丞相，先去请元帅入城吧，就说孤有要事相商。"

惠施领命，急忙出城，又来到军营之中，对庞涓说魏王召见，有要事相商，请庞涓入城。庞涓正在犹豫，又听到探马来报，说齐军撤离后的营地，灶火印记明显少了很多。

惠施说："灶火印记减少，是因为齐军战败之后军心涣散，士兵都逃走了吗？"

"有这个可能。丞相，现在齐军军心已经涣散，正是打败他们的好时机。请告知大王，将在外君命有所不受，等抓住孙膑之后我自当回去请罪，今天我就不入城了。"

惠施只好同意，随后回大梁禀报魏王。

齐军大营内，田婴和田盼面见孙膑，两人的脸色十分惭愧。原来庞涓和魏武卒这么厉害，今日一见，他们才知道"万胜不败"不是浪得虚名，又想到孙膑当年的八阵能和他战个平手，果然也非凡人。

"军师果然厉害，我们不是庞涓的对手，幸亏大王请了军师在此，否则，无论是何人领兵前来都将必败无疑。现在我们要怎么办？"

"撤退。"

"撤回齐国？就这样输了吗？"

"不是撤回齐国，是向北撤。"

"军师这是何意？"

"拉长庞涓的补给线，拖垮魏武卒的体力和耐力，我们才有机会取胜。元帅，传令下去，从今天起每天减少灶火的使用量。"

"这又是为什么？"田忌问道。

"这是为了让庞涓认为我们已经军心涣散，每天都有大量的逃兵，他才会更放心地追。"

"军师好一个减灶计！"田婴感叹道。

于是，齐军按计划撤退，之前十人一灶，第二天二十人一灶，以此类推，让魏军看到齐军做饭的灶越来越少，齐国大军已经向北撤去。

孙膑回到营中，小蝶坐在一旁，没有理他。

"为什么不理我？"

"你说了一定要让元帅活着，但是今天又用减灶计引诱元帅追击，这不就是要置他于死地吗？"

"当然不是，你错怪我了。"

"我都听到了，哪里错怪你了？"

"敌方军营人数多少并不是只根据灶火的数量判断，除此之外还要看军营每天残留的粪便量、营帐印记、车马印等。我只是让元帅减灶，但没有提到其他方面，就是想给师弟留下破绽，他作为领兵这么多年的元帅，当然不会看不透这些。"

"原来是这样，元帅看到你给他的暗示就不会追了吧？"

"这是我的本意，但他会不会这样认为，我就不确定了。"

第十五节　阳谋

庞涓一边继续追击齐军，一边让人探听齐军的情况，齐军的灶火痕迹每天都在减少，但每天残留的粪便量、营帐印记、车马印迹等并未减少。

苏秦听罢仍然不解，问道："师兄，这是为什么？"

庞涓看向身边"万胜不败"的大旗，一会儿，又低头看向正在前行的兵卒们，指着其中一个人说道："你上前答话。"

"是。"小卒走到庞涓的马旁边。

"我问你，敌军每天的灶都在减少，这说明什么？"

小卒被庞涓这么一问，有些不知所措。

"禀元帅，我只是一个普通的小卒，不敢胡乱猜测。"

"无妨，你想到什么就说出来，我不会怪罪于你。"

"灶火减少说明齐军每天吃饭的人在减少，他们知道打不过元帅，所以军心涣散，每天都有人逃走。"

"那你说这个时候，我是应该继续追击，还是应该撤军呢？"

"应该……应该继续追。"

"为什么我应该继续追？你不用怕，有什么说什么，只是随便聊聊而已。"

"因为……因为元帅是'万胜不败'将，现在齐军已经兵无战心，我们当然要去彻底打败他们。如果这个时候撤军，不就等于向齐军示弱，表示我们魏军害怕他们的埋伏。这怎么对得起元帅这面旗上的'万胜不败'四个字！"

"你说得好，归队吧。"

"是。"

小卒回去后，庞涓问苏秦："你明白了吗？"

"师兄的意思是，孙膑师兄故意减灶，让我们以为齐军人心涣散，每天都有逃兵，其实反而是在引诱师兄追击他？"

"对，他想告诉我的绝对不是一个普通兵卒都能看破的东西，减灶计不是阴谋，而是阳谋；不是示弱，而是挑衅。若是别人领兵可以不追，但是如果是我，就必须追，因为我是'万胜不败'。"

他们一起看向那面大旗，庞涓第一次觉得这面旗不再是荣誉，不再是动力，而是压得他喘不了气的罪魁祸首，但他又做不到放弃。

这是他能获得今日之功名的原因，是他不可能割舍的、比生命更重要的东西。

如果这是宿命，那他认了；如果这一生一定要输一次，那他也只愿意输在这个人的手里。

"师兄，我来了。"

孙膑每天都在营中等待探马的消息，得知魏军一直在追。

"我们要退到哪里？"田忌问。

孙膑长叹一声，指着地图，说："这里，马陵。"

"马陵的两旁是山，可以用来隐蔽，中间只有一条险路，如果在这里伏击魏军，确实有很大的胜算。但这样一条险路，庞涓会从这里走吗？"

"他一定会。"

"那我们就在马陵设伏。"

田婴说："军师，从马陵这样的险路走，就算是没有读过兵法的山野村夫也知道这里很危险。你怎么确定庞涓一定会从这里走？"

"我们从这里撤，他就一定会从这里走。因为他是'万胜不败'将，他不会放下这个名声的。"

"但他如果真的走马陵，就必死无疑。"

"他死也会来，请靖郭君相信我。"

田婴虽然怀疑，但是也不好再阻拦。

齐军来到马陵后，田忌让人在沿途七零八落地扔着兵马辎重，以图迷惑魏军，又让人在两边埋伏起来。

孙膑来到马陵道口，他看到路口有一棵粗壮的树，就用手中的"天谴"在树干上写下"庞涓死于此地"这几个字。

　　田婴再次感到不解，问道："军师此举难道不是在告诉庞涓这里设有埋伏吗？"

　　"请靖郭君相信我，我愿意立军令状，庞涓一定会走此路。如果他不走此路，孙膑愿把人头献上。"

　　"如果庞涓不走这条路，我要你的人头有什么用？"

　　田忌说："靖郭君，我愿意和军师一起立军令状。"

　　田婴看到两人的态度如此坚定，只好不再阻拦。

　　齐军埋伏已定，孙膑等人来到两侧的高地上，等待着魏军的到来。

　　"前方是哪里？"

　　"马陵道。"

　　"齐军从马陵道退了吗？"

　　"马陵道上都是齐军散落的辎重，应该无误。"

　　"那就走马陵道。"

　　"师兄，马陵道是出名的险路，我们还是换一条路吧。"苏秦说。

　　"马陵？我想明白了，是我误会他了，减灶计不是挑衅，而是劝告。他在劝我放下对胜利的执念。我没有放下，他就用马陵道再劝我一次。不过，如果我真的绕了路，你要如何向田忌和齐王交代？"

　　"师兄，既然孙膑师兄如此劝你，我们就撤军吧。"

　　"都追了三天了，如果追一支败军追了三天，却突然因为畏惧而改了道，这不是要让我被天下人耻笑吗？如果这是我的宿命，那么，我愿意直面宿命。"

　　宿命就在眼前，魏国大军来到马陵道口，看到一棵树上刻着扎眼的六个字。

　　"庞涓死于此地"。

　　庞涓看到这六个字笑了，说："哈哈哈哈，师兄，我现在终于肯定你这一步一步的用意是什么了，我会记得你的好意。"

　　庞涓回身看向大军，又看向苏秦。

　　"苏秦你带大军回去吧，我一个人去追。"

　　"这条路太险，师兄要去，我也一定要跟随！"

　　庞涓身后的大军也齐声说："愿誓死跟随元帅！"

　　"这是军令！你们给我回去！"

　　但大军不动分毫。

　　"愿誓死跟随元帅！"

　　庞涓的脸上流下了热泪，他大声地喊道："前面是死路！你们会死！"

　　"愿誓死跟随元帅！"

　　"好，我们一起走。"

庞涓把魏军的队形排得细长，想尽量少带一些人进来。

走在马陵道上，庞涓抬头看向那面"万胜不败"的大旗，突然他有了一种幻觉，好像大旗在向后移动，变得越来越远，他越来越看不清旗上面的字了。

"掌旗官，你过来！"庞涓说。

"遵命！"

掌旗官是多年的老将，这面旗他已经扛了很多年了。旗杆的重量、旗杆的温度，旗杆上面哪里凸起、哪里凹陷，他都太熟悉了。

他举着旗跑了过来，旗杆并不轻，但在他的手里却显得很轻。

"元帅，什么事？"掌旗官问。

庞涓伸手抚摸着大旗上面的字。

"你不要离我太远。"

第十六节　不败末路

马陵道上，突然一阵狂风刮了过来，飞沙走石迷住了所有人的眼睛。

掌旗官把旗竖在地上，支撑住自己的身体。庞涓一只手遮挡住眼睛，一只手抚摸着大旗，然后用力地抓住旗面，往自己的怀里拉。

"咔嚓！"

大旗发出的声响让庞涓的心"扑通"跳个不停，他觉得自己头晕目眩，几乎要跌下马来。

风停了，眼前的景象让他吃了一惊。

"万胜不败"的大旗被庞涓扯了下来，掌旗官跪在地上，口中还说着请求宽恕的话，他却什么都听不到，只觉得耳朵里嗡嗡直响。

"师兄？师兄？"

苏秦推了推他，庞涓终于听到了声音。

"不关你的事，归队吧。"庞涓对掌旗官说。

庞涓声音很轻，很温柔，几乎没人见过他在军中用这样的语气说话。他自己也忘了上次这样说话是什么时候了，大概是刚上战场的那一两年吧。

都已经过去十多年了。

这十多年里，庞涓身边的人来来去去，发生了太多太多的事情。

这一切都是为了什么呢？

他答不出来，但是答案又好像就在自己的手中。他有些吃惊，难道自己这么多年做的一切就只是为了这四个字，为了这面旗吗？

"值得吗？"他问自己。

他不知道该怎么回答，一个男人这一生能有这样的功名，应该是值得的吧。

"但是自己还得到了什么？兄弟？家人？好像除了庞英，我什么都没有了。"

想着想着，他把手松开了，那面旗掉到了地上。

掌旗官想去捡起来，庞涓伸手拦住了他。

"算了，只是一面旗而已。"

大军继续向前，庞涓抬头看向两侧的山，他明白如果继续前行，自己将要面对的是什么。

一声梆子响过后，两侧的高山之上出现了无数的兵马，军队的大旗上赫然写着一个"齐"字。

"你终于来了。"庞涓说。

齐军大旗之下，一个人坐在轮椅上，穿着一身白衣，手中持着宝剑，从高处看向下方。

"师弟，你不该走这条路的。"孙膑说。

孙膑的眼神充满了无奈，没有一丝得意的神情，他已经三次劝告庞涓不要追了，尽自己的努力在劝他放下。

"我知道'减灶计'既不是阴谋也不是阳谋，你已经想尽办法告诉我，这是一个陷阱，但是我终于还是跳不出自己给自己设置的陷阱。"

"你为什么还是不能放下？"

"你放下自己的心结，又谈何容易？"

孙膑沉默了，心中有结的人，都知道要解开结是一件多么困难的事情。如果没有足够好的机遇和足够长的时间，又有几个人能解开心结？

庞涓拔出剑，说："如果我的宿命就是今天要败，那么，我也只愿意败在你手中。"

十多年来，庞涓从没说过自己会败，因为他害怕败，害怕到连亲口说出这个字都不愿意。但是今天，他终于把这个字说出口了。

孙膑也拔出剑，说："看来，这是不可避免的一战，是你的宿命，也是我的天谴，胜败在天！"

突然，孙膑推动自己的轮椅，从近乎笔直的山上滑下，朝着庞涓冲过来。在他身后的小蝶没有反应过来，想伸手抓住但已经来不及，"啊"的一声喊了出来。一旁的众将也都吃了一惊，但是现在也只能眼睁睁地看着孙膑的轮椅冲下去。

只见孙膑在空中舞动"天谴"，寒光闪烁，使出一招鬼谷剑法"风平浪静"。

庞涓在马上坐定，蓄势待发，挥动手中的"宿命"，随时准备接下这一招。随后，他使出鬼谷剑法"一览众山"。

两名鬼谷门徒，十多年的恩恩怨怨，终将在这一招之后，彻底结束。

两柄剑碰撞在一处，发出清脆的响声，只见"宿命"从庞涓刻的"万胜不败"的"不"和"败"两个字中间开始断裂。

孙膑的剑，刺穿了庞涓的胸膛。

庞涓很平静，感到吃惊的那个人，反而是孙膑。

眼看孙膑就要跌落到地上，庞涓用最后的力气托了他一把，让他没有重重地摔到地上。尽管如此，轮椅滑过之处，荡起的尘土也已经将他们笼罩了起来。

"不，不应该是这样的。"孙膑说。

"师兄，当年你替我受了吴起一剑，今天我还你了；云梦山上你让我的一招，我也还你了。"庞涓说。

"我不需要你还我，我只想要你放下执念，好好地活下去。"

说完，孙膑失声痛哭起来。

"其实我从来都不想和你为敌，也从来都不想伤害你。我很怀念我们在云梦山上无忧无虑的日子，如果可以一直那样下去该有多好。但是他们的话一直在我的心头萦绕，我忘不了，也放不下。最终的结果证明了他们还是对的，现在我就要见到他们了，但是我没有脸去见他们。"

"不，不是的，你已经做得很好了，如果他们知道你今天的这个样子，他们一定会很高兴，会为你骄傲。"

"真的吗？他们真的会为我骄傲吗？"

"会的！他们一定会的！"

庞家村，庞涓站在爹娘的面前。

"爹、娘，你们知道吗？孩儿现在是魏国的兵马大元帅，统领千军万马，杀得天下诸侯无一人敢与魏国为敌。"

看着身材健硕魁梧的庞涓，庞涓的爹娘没有提出任何异议，只是笑着说："真的吗？你给我们讲讲这些年都发生了什么？"

"孩儿自从在云梦山跟随鬼谷子师父学艺，被魏国公子卬请下山之后，败赵、韩，杀秦王，战吴起，率领魏武卒、一字长蛇阵从无败绩，天下各个诸侯国联合起来都被我打败了！"

庞涓详细地讲述着过去的事情，他的爹娘怜爱地看着他，同时不住地点头，好像看到了小时候的庞涓在他们面前比比画画的模样，脸上乐开了花。

庞涓讲完了之后，低下头说："但是……但是最后我还是败了。我应该听你们的话的，你们是对的，锋芒毕露不是好事。我应该……我应该夹着尾巴做人，那样的话，也不至于像今天这样一无所有。"

"不，不是的，孩子。"

庞涓的爹娘把庞涓抱在怀里，就像庞涓小时候一样紧紧地抱着他。

"你是对的，你才是对的。我们的庞涓一直都很棒，你从来都不比任何人差，你是世上最好的孩子，我们为你感到骄傲。"

"你们真的这样认为吗？真的吗？"

庞涓的爹娘用力地点点头，庞涓的脸上已经满是泪水。

庞涓看着孙膑说：

"他们真的会为我感到骄傲，我真的很开心。

我好……开……心……"

然后，他再也没有力气说一个字了，然而他的脸上却有着从未有过的轻松。

第十七节　终

马陵一战，庞涓身死。苏秦上前扶起孙膑坐下，然后指挥全军投降。齐国众将来到山下，将孙膑放回轮椅之上。孙膑示意不要伤害降兵，放他们回去，田忌和靖郭君都同意他的建议，没有为难降兵。

"军师，我们回临淄吧。"田忌说。

孙膑摆摆手，说："庞涓一死，我已心如死灰，以后或归隐，或四处漂泊，不想再管天下争斗之事。"

田忌扶着孙膑的轮椅，说："既然你已经决定了，我就不再强留，以后你多加保重，想我了可以来找我喝酒。"

"一定。"

孙膑把自己的佩剑交给苏秦，说："这柄剑在我手里是暴殄天物，我把它交给你。在我手里时，它叫'天谴'，但这个名字太不吉利了，你给它重新起个名字吧。"

"那就叫它'纵横'吧"。苏秦说。

大梁的王陵内，庞涓的遗体和璞月葬在一起，魏王带着文武群臣参拜后，含泪离开了。

远处，一个女子推着轮椅，她和轮椅上的人朝王陵观望，久久不愿离去。

"我们该离开了。"女子说。

"不，是你该离开了。"轮椅上的人说。

"你不走吗？"

"我想多陪他们一会。"

"你不走，我也不走。"

"你应该离开了，你已经伺候了我五年，已经够久了。"

"但是，我已经离不开你了。不，从我第一次见到你开始，我就离不开你了。"

"我是个废人，连普通人的生活都给不了你，甚至还是你的拖累。你不应该再在我身上浪费时间和精力了。"

"那过去的这五年算什么？我有说过我要从你身上得到什么吗？我只是想留在你身边而已。"

她的声音开始变低了。

他闭上了眼睛，说："我，不值得。"

"我知道，你还是忘不了公主，她是你这一生唯一爱的人。我无论如何，都是无法和一个再也不会出现的人相比的。但我从不奢求可以替代她在你心里的位置，我很清楚我要的是什么。从我第一次看到你的那双能带给人快乐、带给人希望的眼睛开始，我就告诉自己，只要能和你在一起，我就什么都不在乎。如果你是因为讨厌我让我离开，不想让我再出现在你的眼前，你可以直接告诉我。"

"过去，在很长的一段时间里，我都活在那一天，都在回忆和怀念那一天。直到欧阳幻老先生出现，他告诉我，一切都只是我自己的想象而已。他说得对，其实璞月是个什么样的人，她喜欢吃什么、喜欢玩什么、在意什么、想过什么样的生活，我都不知道。其实，我根本不是喜欢她，我喜欢的一直都是我自己，或者说，我喜欢的一直都是那个我想象出来的她。她对我有不可替代的意义，但是，这五年以来，陪在我身边的那个人是你。"

孙膑牵起了小蝶的手，继续说：

"这五年以来，我真正了解的人也是你。正是因为你每天在我身边照顾我、帮助我、理解我，才能有我的今天。我早就知道，谁才是我生命中最重要的人。其实，刚才我很害怕，害怕你真的会离开我。谢谢你，你并没有这样做。"

小蝶的脸上露出了喜悦的表情，但是马上又消失了。

"这只是你让自己相信的一个故事吧？"她说。

"是的。"

"什么？"小蝶的声音听起来有些失落。

"但是世上有什么不是故事呢？我只知道，这是我现在唯一愿意相信而且期待的故事。"

"公子，以后你要去哪里，我就推你去哪里。"

"以后你想去的地方，也是我想去的地方。"

小蝶走到孙膑的面前，弯下腰，两人抱在了一起。

远处，太阳已经升起，阳光洒满了大地。

后记一

小谈关于《势论》一节

田忌赛马就像是孙膑给齐王递上去的简历，简历非常棒，勾起了齐王对他的兴趣。

但优秀的简历只是第一步，接下来，他还要接受齐王的面试，而面试时说什么是非常重要的，这一番话要有足够的干货让齐王认定自己就是那个能让齐国变强盛的人才。

我当然是没有能力去写这些干货的，这里涉及战争领域的专业问题，所以我不得不翻看了《孙膑兵法》。其实这本书很短，确切地说，流传下来的篇幅很短，而且不完整，加上一多半的内容都是关于专业的作战技术，真正可读的故事只有前面的一两节内容，但是我在读了之后还是感触颇多，不吐不快。

尔比那颜良文丑如何

《孙膑兵法》一书的开头就是最精彩的《擒庞涓》，说的即是我们熟悉的"围魏救赵"的故事。不过书里的说法是救卫国，而非《史记》中的赵国。

无论事实是什么，过程和结果都是一样的，最后孙膑凭借智慧生擒庞涓，取得了精彩的胜利。这是孙膑人生最得意的事情，如果有人对他写的这本书不服，孙膑可能就会像关羽一样轻蔑地看他，缓缓地说道："尔比那魏国庞涓如何？"

毕竟，打败那个时候如日中天的魏国和庞涓，也只有孙膑做到了。

其中，有一个比较令人意外的事情是：我们印象里的孙膑是正面人物，是一个白衣翩翩的柔弱公子，但《孙膑兵法》展现的他，并不是这种完美的样子。

《吕氏春秋·不二篇》说"孙膑贵势"，就是说他的兵法特别注重对形势的把握，即使形势对自己一方不利，他也有办法让形势扭转。《孙膑兵法》里也讲了很多他面对不同战场形势时采取的不同的战术，其中他最喜欢的就是奇袭，用俗话说就是"找炮灰去送命"，并通过这种方式来获得敌人的信息，或者麻痹敌人。

在《擒庞涓》中，他就直白地问田忌："都大夫孰为不识事？"翻译过来就是：能打仗的这些大夫里，谁比较傻啊？田忌说："齐城、高唐两个人比较傻。"孙膑一拍板，就他俩了，去打魏国重镇吧，然后齐城和高唐就全军覆没了。这下彻底误导了魏国上下对齐国实力的判断，连田忌自己都搞不懂了，说孙膑你在干什么，不但输了还死了人、丢了城？孙膑说现在可以了，全力去攻打大梁吧。最后，就是我们知道的胜利了。这篇末了还来一句"孙子之所以为者尽矣"，孙膑打仗真牛啊。

历史的胜利者永远不会是"傻白甜"，孙膑能做出一般人做不到的事情，是因为他有一种超越常人的狠。人性是厌恶失去、厌恶失败的，今天的我们尚难以克服这种心理，但是两千多年前的孙膑早已看透了这一点。从田忌赛马的故事也能看出来，输得起，不去追求战术上的每一次胜利，才能取得战略上的最终胜利。

低情商还是真性情

我不知道该怎么给这两个词语下定义，或者两者本来就没有清晰的区别。一个人总是可以流露出真性情，就难免会顾及不到别人的感受。我不知道是孙膑不懂得这个道理，还是他真的不在乎。

像《擒庞涓》这篇，他竟然就直白地写了"都大夫孰为不识事"这样的话。从今天来看，他们是你的"同事"啊，而且你的"同事"也是有家人的。这句话本来是你和"项目经理"之间的私密谈话，说说就算了，你还写到书里打算流传后世，让子孙后代都知道齐国有这么两个笨蛋炮灰，你让人家齐城、高唐的家人和后代怎么看这件事？

而且，你把"项目经理"也给"装"进去了，原来这两个人的死是你田忌供出来的。本来人家田忌是没事的，却因为你而被"卖"了，你让"项目经理"以后怎么做人，下次谁还敢在他的手下做事？

类似的内容，书中不止一处。后面的《威王问》篇一开篇，齐威王就问孙膑打仗的问题，在问到"我强敌弱，我众敌寡，用之奈何"的时候，孙膑"再拜"后说："这真是个好问题，大王谨慎的态度是安国定邦的根本啊。"然后他开始回答田忌的问题，整个问答非常精彩，问题也非常尖锐，可惜残缺太多，我在小说里也只好靠自己粗浅的理解来把这部分补全。

最后，三个人聊完了，孙膑出来后，画风马上就变了。孙膑的弟子问："齐王和田忌提问题的水平怎么样？"孙膑说："齐王问了九个问题，田忌问了七个问题，算是懂兵法了，但是'未达于道也'。"意思是说他们还是不行，他们还是不够专业，他们还是不如我老孙！

我直呼好家伙，你刚和"甲方""项目经理"谈完项目，出来就说这俩人不行，这俩人不如我。如果说高唐、齐城的后人可能死了或逃跑了，又或者他们两个人的地位低，你不在乎也就算了，但齐王可是还在呢，以后还得天天见呢，真是毫不避讳，张口就来。更过分的是你还写进你的书里了，你让齐王和田忌怎么看，你让世世代代的齐王怎么看？

就我个人来说，如果不是那个时候齐国已经做到了言论自由，就是孙膑仗着自己的功劳有点飘了，不在乎任何人的态度。抑或者，他就是没什么情商，想怎么写就怎么写了。

当然，如果《孙膑兵法》是他晚年隐居在楚国时候写的，那倒也有可能，不过《孙膑兵法》是在山东挖出来的，这个可能性或许不大。

为什么不如《孙子兵法》流传广

《孙膑兵法》在东汉时期就失传了，一直到一九七二年由于考古挖掘才得以重见天日。反观同为兵法的《孙子兵法》却从来没有失传的风险，这是为什么呢？

因为，这两本书一个是"论道"，一个是"论术"。

《孙子兵法》说的是很"虚"的概念，如写军队的行动："其疾如风，其徐如林，侵掠如火，不动如山，难知如阴，动如雷震"。如果你去行军打仗，拿着这句话能干什么？什么也干不了。怎么就其疾如风，其徐如林了？他没告诉你，那些具体的操作你要自己想，他只告诉你道理。书里面即使有关于作战的描述，也是春秋时期的战斗，对于孙膑、庞涓那个时代而言，早就已经落伍了。

而《孙膑兵法》不同，他在每一章节都讲了具体的作战方法，面对不同的战场形势要怎么应对，能想到的他都写了。那个时代的将领拿着这本书是有可操作性的，这是两本书最大的不同。

所以，《孙膑兵法》之所以会失传，大概就是因为他太务实了，具体的作战方式是会随着时代发展而被淘汰的。就像没人去看一本三十年前教编程的书，但有可能看教编程思想的书，更何况这本书是《孙子兵法》。

能够穿越时代的，必然是务虚的东西，这种"虚"不是没有用，而是一种内功，是战略眼光。所以，李世民说："观诸兵书，无出孙武。"《孙膑兵法》更像是几十年后对《孙子兵法》的一个补充，让这本书的"道"和"术"更加完整。

因此，在小说里我们可以看到，不同的将领对于《孙子兵法》是有不同的判断的，有的人认为它很精妙，有的人则认为它并不实用，都是假大空的话。

残缺

残缺，是一个一直围绕着孙膑的话题，更像是他的宿命。

身体的残缺是一个很残酷，但对孙膑来说又不得不面对的问题。他年纪轻轻就在魏国被施以膑刑，孙膑不是一个名字，而是一个蔑称，就好像"孙瘸子""孙残废"一样。

更戏剧性的是，他留在世间的反倒是这个"孙膑"的名字，没人知道他的真名到底是什么了。所以对我们来说，他连名字都是残缺的。

看完《孙膑兵法》，我真的有一种充满了遗憾的感觉，特别希望有一天可以挖掘出一份更加完整的《孙膑兵法》，让我看看他对"田忌七问"和《十问》篇中那些我们看不到的部分是怎样回答的。唯一可以欣慰的是，至少现在我们还可以看到一部分，而不是像从东汉到一九七二年之间的人，连孙武和孙膑是不是一个人都搞不清楚。这是作品的残缺之处。

梦想的残缺

我写过一篇关于张飞和赵云形象的文章，我认为张飞是身骑白马手持银枪的帅哥，赵云是个五大三粗的壮汉（当然也并不一定准确）。孙膑在我们印象里是一个瘦弱的、风度翩翩的形象，但是现实也可能完全不同。或许在他身体健全的时候，他是一个健壮的人，是一个对未来充满希望和斗志的人。他曾经的梦想是和同学庞涓一样，站在战车上指挥战斗，带着武器冲杀驰骋，但是后来因为身体的原因他做不到，只能在远处看着别人做他曾经认为自己可以轻易做到的事情。看着齐国获胜的军队，他有没有一种自己不能亲身作战的遗憾？

最终，他只能像接受自己身体的残缺一样，让梦想也一起陪着他残缺下去。

而在我的小说里，他连爱情也是残缺的。

后记二

注定分手的恋爱（写在最后一章动笔前）

我想过很多次，如果可以回到过去的话，我希望回到什么时候？

是七年前听到有人对我说"你怎么一直在吃啊"的时候？

是六年前有人对我说"闫老师你回去吧"的时候？

还是五年前那次痛苦到三天没吃饭，然后莫名失忆的时候？

又或者是大学期间最没心没肺、最无忧无虑的时候？

甚至是更早？

这当中有所谓的痛苦，也有所谓的快乐。

但对我来说，都只能叫作"特别的时候"，因为快乐和痛苦都只是一种能让我感受到极端情绪的方式而已，经过时间的洗礼后，再回头看，它们并没有什么区别。

不同之处只在于它们给当下带来的感受不同，而当下又太短暂。

我更在乎的，永远是那个在更长的时间尺度上更有意义的事情，那个超越我自己人生的事情。

所以，当看到有道云笔记里保存的我写了快三十万字的小说的时候，当一想到如果回去我很可能会失去她的时候，我就放弃了所有对过去的怀念。

从西安回到北京后，我就开始构思这个故事的大纲和人物性格，再把背景设定好，让自己站在一旁，观察他们在那个世界里的一举一动，然后记录下来。

小说中的世界对我来说，是一个比我每天上下班、去健身房更现实的世界，戏中人就像我身边的朋友，陪我度过了一天又一天。他们向我诉说着自己内心深处的快乐和哀愁，我们同悲同喜。我也会劝他们，看得开点，不必太过执着，很多事情将来回过头再看，其实并没有眼下想得那么严重。

但偏执不是一天形成的。

有些人的偏执确实导致了他们最终的失败。但曾经的成功，或许也正是因为这种同样的偏执才会发生。

比如，刘备正是因为重兄弟情才会落得托孤白帝城的结局，但如果不是因为兄弟情又哪里能有蜀汉的基业？

所以，我没有能力改变他们，只能站在一旁以一个朋友的身份说"我支持你"，然后看着他们走向成功或者毁灭。

因为我知道他们在做决定的时候，早就想好了最坏的后果。

我知道蛮横地为别人做决定是多么愚蠢的事情，所以我不会做同样的事，哪怕他们的选择看起来很蠢，哪怕在别人眼里，他们只是我笔下的一个个角色。

何况，他们本就比我聪明。

每当我焦虑的时候，他们也会走出来告诉我，那些都不重要，生活中的困难都会过去，最多会成为一段记载在日记本上的经历，最终我还是要回到这个更真实的属于我自己的世界。

所以"迷茫"对我来说已经成了一个陌生的词。

这是一段特别的经历，像是一场大型 3D（三维）游戏，或者是一场亲身体验的电影。

只是这段经历，注定要有一个终点。

就像是一段恋情，一段从一开始就注定要分手的恋爱。

我会先把自己想了无数次的片段写下来，就像是一个个里程碑，然后看着自己一次又一次地到达。这当中有成就感，有期待，也有不舍。

但我想起来《一公升的眼泪》里水野医生说，当那个孩子知道医生隐瞒了他的病情后，他说："我恨你，如果我知道事实的话，我会跑更多的步，踢更多的球，做更多的事情，但是你让我没有机会去做了。"

如果知道最后一定会分手，你还会爱吗？

我一定会更加用力地去爱。

其实说起来，三十万字写了四五年是很慢的，期间中断过很多次，各种各样的原因让我动不了笔。有时候，我会觉得这种中断也是有意义的，因为在这期间发生的事情反而会让我想到一些更有趣的场景和人物，然后让小说更加充实起来。

结局不重要，重要的是这些人物对我这些年的陪伴。

终于，故事来到了最后一章，很快，它就要面对自己的结局，而我也要走向下一段"恋情"。

我可能会成功，也可能会继续默默无闻，但我确信我生来就是做这个的，这是超越我生命的事。

我无比坚定。